गबन

गबन

प्रेमचंद

GYAN

गबन

ISBN : 9788121265652 (PB)

भारत में सन् 2022 में प्रकाशित

ज्ञान पब्लिशिंग हाऊस

5, अंसारी रोड, दरियागंज,
नई दिल्ली–110002

वेब साइट: www.gyanbooks.com
ई–मेंल: books@gyanbooks.com
Phone : 011-47034999, 9811692060

मुद्रित: ज्ञान प्रेस, दिल्ली

एक

बरसात के दिन हैं, सावन का महीना। आकाश में सुनहरी घटाएँ छाई हुई हैं। रह-रहकर रिमझिम वर्षा होने लगती है। अभी तीसरा पहर है; पर ऐसा मालूम हो रहा है, शाम हो गयी। आमों के बाग में झूला पड़ा हुआ है। लड़कियां भी झूल रहीं हैं और उनकी माताएँ भी। दो-चार झूल रहीं हैं, दो चार झुला रही हैं। कोई कजली गाने लगती है, कोई बारहमासा। इस ऋतु में महिलाओं की बाल-स्मृतियाँ भी जाग उठती हैं। ये फुहारें मानो चिंताओं को हृदय से धो डालती हैं। मानो मुरझाए हुए मन को भी हरा कर देती हैं। सबके दिल उमंगों से भरे हुए हैं। धानी साड़ियों ने प्रकृति की हरियाली से नाता जोड़ा है।

इसी समय एक बिसाती आकर झूले के पास खड़ा हो गया उसे देखते ही झूला बंद हो गया छोटी-बड़ी सबों ने आकर उसे घेर लिया। बिसाती ने अपना संदूक खोला और चमकती-दमकती चीजें निकालकर दिखाने लगा। कच्चे मोतियों के गहने थे, कच्चे लैस और गोटे, रंगीन मोजे, खूबसूरत गुड़ियाँ और गुड़ियों के गहने, बच्चों के लट्टू और झुनझुने। किसी ने कोई चीज ली, किसी ने कोई चीज। एक बड़ी-बड़ी आँखों वाली बालिका ने वह चीज पसंद की, जो उन चमकती हुई चीजों में सबसे सुंदर थी। वह गिरोजी रंग का एक चन्द्रहार था। माँ से बोली-अम्माँ, मैं यह हार लूंगी।

माँ ने बिसाती से पूछा-बाबा, यह हार कितने का है-बिसाती ने हार को रूमाल से पोंछते हुए कहा खरीद तो बीस आने की है, मालकिन जो चाहें दे दें।

माता ने कहा-यह तो बड़ा महंगा है। चार दिन में इसकी चमक-दमक जाती रहेगी।

बिसाती ने मार्मिक भाव से सिर हिलाकर कहा-बहूजी, चार दिन में तो बिटिया को असली चन्द्रहार मिल जाएगा! माता के हृदय पर इन सहृदयता से भरे हुए शब्दों ने चोट की। हार ले लिया गया

बालिका के आनंद की सीमा न थी। शायद हीरों के हार से भी उसे इतना आनंद न होता। उसे पहनकर वह सारे गाँव में नाचती गिरी। उसके पास जो

बाल-संपत्ति थी, उसमें सबसे मूल्यवान, सबसे प्रिय यही बिल्लौर का हार था। लड़की का नाम जालपा था, माता का मानकी।

महाशय दीनदयाल प्रयाग के छोटे-से गाँव में रहते थे। वह किसान न थे पर खेती करते थे। वह जमींदार न थे पर जमींदारी करते थे। थानेदार न थे पर थानेदारी करते थे। वह थे जमींदार के मुख्तार। गाँव पर उन्हीं की धाक थी। उनके पास चार चपरासी थे, एक घोड़ा, कई गाएं-भैंसें। वेतन कुल पाँच रूपये पाते थे, जो उनके तंबाकू के खर्च को भी काफी न होता था। उनकी आय के और कौन से मार्ग थे, यह कौन जानता है। जालपा उन्हीं की लड़की थी। पहले उसके तीन भाई और थे, पर इस समय वह अकेली थी। उससे कोई पूछता-तेरे भाई क्या हुए, तो वह बड़ी सरलता से कहती-बड़ी दूर खेलने गए हैं। कहते हैं, मुख्तार साहब ने एक गरीब आदमी को इतना पिटवाया था कि वह मर गया था। उसके तीन वर्ष के अंदर तीनों लड़के जाते रहे। तब से बेचारे बहुत संभलकर चलते थे। फूंक-फूंककर पांव रखते, दूध के जले थे, छाछ भी फूंक-फूंककर पीते थे। माता और पिता के जीवन में और क्या अवलंब? दीनदयाल जब कभी प्रयाग जाते, तो जालपा के लिए कोई न कोई आभूषण जरूर लाते। उनकी व्यावहारिक बुद्धि में यह विचार ही न आता था कि जालपा किसी और चीज से अधिक प्रसन्न हो सकती है। गुड़ियाँ और खिलौने वह व्यर्थ समझते थे, इसलिए जालपा आभूषणों से ही खेलती थी। यही उसके खिलौने थे। वह बिल्लौर का हार, जो उसने बिसाती से लिया था, अब उसका सबसे प्यारा खिलौना था। असली हार की अभिलाषा अभी उसके मन में उदय ही नहीं हुई थी। गाँव में कोई उत्सव होता, या कोई त्योहार पड़ता, तो वह उसी हार को पहनती। कोई दूसरा गहना उसकी आँखों में जंचता ही न था। एक दिन दीनदयाल लौटे, तो मानकी के लिए एक चन्द्रहार लाए। मानकी को यह इच्छा बहुत दिनों से थी। यह हार पाकर वह मुग्ध हो गई। जालपा को अब अपना हार अच्छा न लगता, पिता से बोली-बाबूजी, मुझे भी ऐसा ही हार ला दीजिए।

दीनदयाल ने मुस्कराकर कहा-ला दूँगा, बेटी!

कब ला दीजिएगा

बहुत जल्दी।

बाप के शब्दों से जालपा का मन न भरा।

उसने माता से जाकर कहा-अम्माँजी, मुझे भी अपना सा हार बनवा दो।

माँ-वह तो बहुत रूपयों में बनेगा, बेटी!

जालपा-तुमने अपने लिए बनवाया है, मेरे लिए क्यों नहीं बनवातीं?

माँ ने मुस्कराकर कहा-तेरे लिए तेरी ससुराल से आएगा।

यह हार छः सौ में बना था। इतने रूपये जमा कर लेना, दीनदयाल के लिए आसान न था। ऐसे कौन बड़े ओहदेदार थे। बरसों में कहीं यह हार बनने की नौबत आई। जीवन में फिर कभी इतने रूपये आयेंगे, इसमें उन्हें संदेह था। जालपा लजाकर भाग गई, पर यह शब्द उसके हृदय में अंकित हो गए। ससुराल उसके लिए अब उतनी भंयकर न थी। ससुराल से चन्द्रहार आएगा, वहाँ के लोग उसे माता-पिता से अधिक प्यार करेंगे, तभी तो जो चीज ये लोग नहीं बनवा सकते, वह वहाँ से आएगी।

लेकिन ससुराल से न आए तो उसके सामने तीन लड़कियों के विवाह चुके थे, किसी की ससुराल से चन्द्रहार न आया था। कहीं उसकी ससुराल से भी न आया तो-उसने सोचा-तो क्या माताजी अपना हार मुझे दे देंगी? अवश्य दे देंगी।

इस तरह हँसते-खेलते सात वर्ष कट गए। और वह दिन भी आ गया, जब उसकी चिरसंचित अभिलाषा पूरी होगी।

दो

मुंशी दीनदयाल की जान-पहचान के आदमियों में एक महाशय दयानाथ थे, बड़े ही सज्जन और सहृदय कचहरी में नौकर थे और पचास रूपये वेतन पाते थे। दीनदयाल अदालत के कीड़े थे। दयानाथ को उनसे सैकड़ों ही बार काम पड़ चुका था। चाहते, तो हजारों वसूल करते, पर कभी एक पैसे के भी रवादार नहीं हुए थे। दीनदयाल के साथ ही उनका यह सलूक न था?-यह उनका स्वभाव था। यह बात भी न थी कि वह बहुत ऊँचे आदर्श के आदमी हों, पर रिश्वत को हराम समझते थे। शायद इसलिए कि वह अपनी आँखों से इस तरह के दृश्य देख चुके थे। किसी को जेल जाते देखा था, किसी को संतान से हाथ धोते, किसी को दुर्व्यसनों के पंजे में फँसते। ऐसी उन्हें कोई मिसाल न मिलती थी, जिसने रिश्वत लेकर चैन किया हो उनकी यह दृढ़ धारणा हो गई थी कि हराम की कमाई हराम ही में जाती है। यह बात वह कभी न भूलते। इस जमाने में पचास रुपए की भुगुत ही क्या पाँच आदमियों का पालन बड़ी मुश्किल से होता था। लड़के अच्छे कपड़ों को तरसते, स्त्री गहनों को तरसती, पर दयानाथ विचलित न होते थे। बड़ा लड़का दो ही महीने तक कालेज में रहने के बाद पढ़ना छोड़ बैठा। पिता ने साफ कह दिया-मैं तुम्हारी डिग्री के लिए सबको भूखा और नंगा नहीं रख सकता। पढ़ना चाहते हो, तो अपने पुरूषार्थ से पढ़ो। बहुतों ने किया है, तुम भी कर सकते हो। लेकिन रमानाथ में इतनी

लगन न थी। इधर दो साल से वह बिलकुल बेकार था। शतरंज खेलता, सैर-सपाटे करता और माँ और छोटे भाइयों पर रोब जमाता। दोस्तों की बदौलत शौक पूरा होता रहता था। किसी का चेस्टर माँग लिया और शाम को हवा खाने निकल गए। किसी का पंपःशू पहन लिया, किसी की घड़ी कलाई पर बांध ली। कभी बनारसी फैशन में निकले, कभी लखनवी फैशन मेंव दस मित्रों ने एक-एक कपड़ा बनवा लिया, तो दस सूट बदलने का उपाय हो गया सहकारिता का यह बिलकुल नया उपयोग था। इसी युवक को दीनदयाल ने जालपा के लिए पसंद किया दयानाथ शादी नहीं करना चाहते थे। उनके पास न रूपये थे और न एक नए परिवार का भार उठाने की हिम्मत, पर जागेश्वरी ने त्रिया-हठ से काम लिया और इस शक्ति के सामने पुरूष को झुकना पड़ा। जागेश्वरी बरसों से पुत्रवधू के लिए तड़प रही थी। जो उसके सामने बहुएं बनकर आईं, वे आज पोते खिला रही हैं, फिर उस दुखिया को कैसे धैर्य होता। वह कुछ कुछ निराश हो चली थी। ईश्वर से मनाती थी कि कहीं से बात आए। दीनदयाल ने संदेश भेजा, तो उसको आँखें सी मिल गई। अगर कहीं यह शिकार हाथ से निकल गया, तो फिर न जाने कितने दिनों और राह देखनी पड़े। कोई यहाँ क्यों आने लगा। न धन ही है, न जायदाद। लड़के पर कौन रीझता है। लोग तो धन देखते हैं, इसलिए उसने इस अवसर पर सारी शक्ति लगा दी और उसकी विजय हुई।

दयानाथ ने कहा, भाई, तुम जानो तुम्हारा काम जाने। मुझमें समाई नहीं है। जो आदमी अपने पेट की फिक्र नहीं कर सकता, उसका विवाह करना मुझे तो अधर्म-सा मालूम होता है। फिर रूपये की भी तो फिक्र है। एक हजार तो टीमटाम के लिए चाहिए, जोड़े और गहनों के लिए अलग। (कानों पर हाथ रखकर) ना बाबा! यह बोझ मेरे मान का नहीं।

जागेश्वरी पर इन दलीलों का कोई असर न हुआ, बोली-वह भी तो कुछ देगा। मैं उससे माँगने तो जाऊँगा नहीं।

तुम्हारे माँगने की जरूरत ही न पड़ेगी। वह खुद ही देंगे। लड़की के ब्याह में पैसे का मुँह कोई नहीं देखता। हाँ, मकदूर चाहिए, सो दीनदयाल पोढ़े आदमी हैं। और फिर यही एक संतान है; बचाकर रखेंगे, तो किसके लिए? दयानाथ को अब कोई बात न सूझी, केवल यही कहा-वह चाहे लाख दे दें, चाहे एक न दें, मैं न कहूँगा कि दो, न कहूँगा कि मत दो। कर्ज मैं लेना नहीं चाहता, और लूं, तो दूँगा किसके घर से?

जागेश्वरी ने इस बाधा को मानो हवा में उड़ाकर कहा-मुझे तो विश्वास है कि वह टीके में एक हजार से कम न देंगे। तुम्हारे टीमटाम के लिए इतना बहुत है। गहनों का प्रबंध किसी सर्राफ से कर लेना। टीके में एक हजार देंगे, तो क्या द्वार पर एक

हजार भी न देंगे–वही रूपये सर्राफ को दे देना। दो–चार सौ बाकी रहे, वह धीरे–धीरे चुक जाएँगे। बच्चा के लिए कोई न कोई द्वार खुलेगा ही।

दयानाथ ने उपेक्षा–भाव से कहा–खुल चुका, जिसे शतरंज और सैर–सपाटे से फुरसत न मिले, उसे सभी द्वार बंद मिलेंगे।

जागेश्वरी को अपने विवाह की बात याद आई। दयानाथ भी तो गुलछर्रे उड़ाते थे लेकिन उसके आते ही उन्हें चार पैसे कमाने की फिक्र कैसी सिर पर सवार हो गई थी। साल–भर भी न बीतने पाया था कि नौकर हो गए। बोली–बहू आ जाएगी, तो उसकी आँखें भी खुलेंगी, देख लेना। अपनी बात याद करो। जब तक गले में जुआ नहीं पड़ा है, तभी तक यह कुलेलें हैं। जुआ पड़ा और सारा नशा हिरन हुआ। निकम्मों को राह पर लाने का इससे बढ़कर और कोई उपाय ही नहीं।

जब दयानाथ परास्त हो जाते थे, तो अखबार पढ़ने लगते थे। अपनी हार को छिपाने का उनके पास यही संकेत था।

तीन

मुंशी दीनदयाल उन आदमियों में से थे, जो सीधों के साथ सीधे होते हैं, पर टेढ़ों के साथ टेढ़े ही नहीं, शैतान हो जाते हैं। दयानाथ बड़ा–सा मुँह खोलते, हजारों की बातचीत करते, तो दीनदयाल उन्हें ऐसा चकमा देते कि वह उम्र–भर याद करते। दयानाथ की सज्जनता ने उन्हें वशीभूत कर लिया। उनका विचार एक हजार देने का था, पर एक हजार टीके ही में दे आए। मानकी ने कहा–जब टीके में एक हजार दिया, तो इतना ही घर पर भी देना पड़ेगा। आएगा कहाँ से–दीनदयाल चिढ़कर बोले–भगवान मालिक है। जब उन लोगों ने उदारता दिखाई और लड़का मुझे सौंप दिया, तो मैं भी दिखा देना चाहता हूँ कि हम भी शरीफ हैं और शील का मूल्य पहचानते हैं। अगर उन्होंने हेकड़ी जताई होती, तो अभी उनकी खबर लेता।

दीनदयाल एक हजार तो दे आए, पर दयानाथ का बोझ हल्का करने के बदले और भारी कर दिया वह कर्ज से कोसों भागते थे। इस शादी में उन्होंने मियाँ की जूती मियाँ की चांद वाली नीति निभाने की ठानी थी पर दीनदयाल की सहृदयता ने उनका संयम तोड़ दिया वे सारे टीमटाम, नाच–तमाशे, जिनकी कल्पना का उन्होंने गला घोंट दिया था, वही रूप धारण करके उनके सामने आ गए। बंधा हुआ घोड़ा थान से खुल गया, उसे कौन रोक सकता है। धूमधाम से विवाह करने की ठन गई। पहले जोड़े गहने को उन्होंने गौण समझ रखा था, अब वही सबसे मुख्य हो गया ऐसा चढ़ावा

हो कि मड़वे वाले देखकर भड़क उठें। सबकी आँखें खुल जाएँ। कोई तीन हजार का सामान बनवा डाला। सर्राफ को एक हजार नगद मिल गए, एक हजार के लिए एक सप्ताह का वादा हआ, तो उसने कोई आपत्ति न की। सोचा-दो हजार सीधे हुए जाते हैं, पाँच-सात सौ रूपये रह जाएँगे, वह कहाँ जाते हैं। व्यापारी की लागत निकल आती है, तो नगद को तत्काल पाने के लिए आग्रह नहीं करता। फिर भी चन्द्रहार की कसर रह गई। जड़ाऊ चन्द्रहार एक हजार से नीचे अच्छा नहीं मिल सकता था। दयानाथ का जी तो लहराया कि लगे हाथ उसे भी ले लो, किसी को नाक सिकोड़ने की जगह तो न रहेगी, पर जागेश्वरी इस पर राजी न हुई। बाजी पलट चुकी थी। दयानाथ ने गर्म होकर कहा-तुम्हें क्या, तुम तो घर में बैठी रहोगी। मौत तो मेरी होगी, जब उधार के लोग नाकभौं सिकोड़ने लगेंगे।

जागेश्वरी-दोगे कहाँ से, कुछ सोचा है?

दयानाथ-कम-से-कम एक हजार तो वहाँ मिल ही जाएँगे।

जागेश्वरी-खून मुँह लग गया क्या?

दयानाथ ने शरमाकर कहा-नहीं-नहीं, मगर आखिर वहाँ भी तो कुछ मिलेगा?

जागेश्वरी-वहाँ मिलेगा, तो वहाँ खर्च भी होगा। नाम जोड़े गहने से नहीं होता, दान-दक्षिणा से होता है। इस तरह चन्द्रहार का प्रस्ताव रद्द हो गया मगर दयानाथ दिखावे और नुमाइश को चाहे अनावश्यक समझें, रमानाथ उसे परमावश्यक समझता था। बारात ऐसे धूम से जानी चाहिए कि गाँव-भर में शोर मच जाय। पहले दूल्हे के लिए पालकी का विचार था। रमानाथ ने मोटर पर जोर दिया उसके मित्रों ने इसका अनुमोदन किया, प्रस्ताव स्वीकृत हो गया दयानाथ एकांतप्रिय जीव थे, न किसी से मित्रता थी, न किसी से मेल-जोल। रमानाथ मिलनसार युवक था, उसके मित्र ही इस समय हर एक काम में अग्रसर हो रहे थे। वे जो काम करते, दिल खोल कर। आतिशबाजियाँ बनवाई, तो अव्वल दर्जे की। नाच ठीक किया, तो अव्वल दर्जे का; बाजे-गाजे भी अव्वल दर्जे के, दोयम या सोयम का वहाँ जिक्र ही न था। दयानाथ उसकी उच्छृखलता देखकर चिंतित तो हो जाते थे पर कुछ कह न सकते थे। क्या कहते!

चार

नाटक उस वक्त पास होता है, जब रसिक समाज उसे पसन्द कर लेता है। बारात का नाटक उस वक्त पास होता है, जब राह चलते आदमी उसे पसन्द कर लेते

हैं। नाटक की परीक्षा चार-पाँच घंटे तक होती रहती है, बारात की परीक्षा के लिए केवल इतने ही मिनटों का समय होता है। सारी सजावट, सारी दौड़धूप और तैयारी का निबटारा पाँच मिनटों में हो जाता है। अगर सबके मुँह से वाह-वाह निकल गया, तो तमाशा पास नहीं तो! रूपया, मेहनत, फिक्र, सब अकारथ। दयानाथ का तमाशा पास हो गया शहर में वह तीसरे दर्जे में आता, गाँव में अव्वल दर्जे में आया कोई बाजों की धोंधों-पों-पों सुनकर मस्त हो रहा था, कोई मोटर को आँखें गाड़-गाड़कर देख रहा था। कुछ लोग फुलवारियों के तख्त देखकर लोट-लोट जाते थे। आतिशबाजी ही मनोरंजन का केंद्र थी। हवाइयाँ जब सिर के से ऊपर जातीं और आकाश में लाल, हरे, नीले, पीले, कुमकुमे-से बिखर जाते, जब चर्खियाँ छूटतीं और उनमें नाचते हुए मोर निकल आते, तो लोग मंत्रमुग्ध-से हो जाते थे। वाह, क्या कारीगरी है! जालपा के लिए इन चीजों में लेशमात्र भी आकर्षण न था। हाँ, वह वर को एक आँख देखना चाहती थी, वह भी सबसे छिपाकर; पर उस भीड़-भाड़ में ऐसा अवसर कहाँ। द्वारचार के समय उसकी सखियाँ उसे छत पर खींच ले गई और उसने रमानाथ को देखा। उसका सारा विराग, सारी उदासीनता, सारी मनोव्यथा मानो छू-मंतर हो गई थी। मुँह पर हर्ष की लालिमा छा गई। अनुराग स्फूर्ति का भंडार है।

द्वारचार के बाद बारात जनवासे चली गई। भोजन की तैयारियाँ होने लगीं। किसी ने पूरियाँ खाई, किसी ने उपलों पर खिचड़ी पकाई। देहात के तमाशा देखने वालों के मनोरंजन के लिए नाच-गाना होने लगा। दस बजे सहसा फिर बाजे बजने लगे। मालूम हुआ कि चढ़ावा आ रहा है। बारात में हर एक रस्म डंके की चोट पर अदा होती है। दूल्हा कलेवा करने आ रहा है, बाजे बजने लगे। समधी मिलने आ रहा है, बाजे बजने लगे। चढ़ावा ज्योंही पहुँचा, घर में हलचल मच गई। स्त्री-पुरूष, बूढ़े-जवान, सब चढ़ावा देखने के लिए उत्सुक हो उठे। ज्योंही किश्तियाँ मंडप में पहुँचीं, लोग सब काम छोड़कर देखने दौड़े। आपस में धक्कम-धक्का होने लगा। मानकी प्यास से बेहाल हो रही थी, कंठ सूखा जाता था, चढ़ावा आते ही प्यास भाग गई। दीनदयाल मारे भूख-प्यास के निर्जीव-से पड़े थे, यह समाचार सुनते ही सचेत होकर दौड़े। मानकी एक-एक चीज को निकाल-निकालकर देखने और दिखाने लगी। वहाँ सभी इस कला के विशेषज्ञ थे। मदोऊ ने गहने बनवाए थे, औरतों ने पहने थे, सभी आलोचना करने लगे। चूहेदन्ती कितनी सुंदर है, कोई दस तोले की होगी वाह! साढे। ग्यारह तोले से रत्ती भर भी कम निकल जाए, तो कुछ हार जाऊँ! यह शेरदहाँ तो देखो, क्या हाथ की सफाई है! जी चाहता है कारीगर के हाथ चूम लें। यह भी बारह तोले से कम न होगा। वाह! कभी देखा भी है, सोलह तोले से कम निकल जाए, तो मुँह न दिखाऊं। हाँ, माल उतना चोखा नहीं है। यह कंगन तो देखो,

बिलकुल पक्की जड़ाई है, कितना बारीक काम है कि आँख नहीं ठहरती! कैसा दमक रहा है। सच्चे नगीने हैं। झूठे नगीनों में यह आब कहाँ। चीज तो यह गुलूबंद है, कितने खूबसूरत फूल हैं! और उनके बीच के हीरे कैसे चमक रहे हैं! किसी बंगाली सुनार ने बनाया होगा। क्या बंगालियों ने कारीगरी का ठेका ले लिया है, हमारे देश में एक-से-एक कारीगर पड़े हुए हैं। बंगाली सुनार बेचारे उनकी क्या बराबरी करेंगे। इसी तरह एक-एक चीज की आलोचना होती रही। सहसा किसी ने कहा-चन्द्रहार नहीं है क्या!

मानकी ने रोनी सूरत बनाकर कहा-नहीं, चन्द्रहार नहीं आया

एक महिला बोली-अरे, चन्द्रहार नहीं आया?

दीनदयाल ने गंभीर भाव से कहा-और सभी चीजें तो हैं, एक चन्द्रहार ही तो नहीं है।

उसी महिला ने मुँह बनाकर कहा-चन्द्रहार की बात ही और है!

मानकी ने चढ़ाव को सामने से हटाकर कहा-बेचारी के भाग में चन्द्रहार लिखा ही नहीं है।

इस गोलाकार जमघट के पीछे अंधेरे में आशा और आकांक्षा की मूर्ति-सी जालपा भी खड़ी थी। और सब गहनों के नाम कान में आते थे, चन्द्रहार का नाम न आता था। उसकी छाती धक-धक कर रही थी। चन्द्रहार नहीं है क्या? शायद सबके नीचे हो इस तरह वह मन को समझाती रही। जब मालूम हो गया चन्द्रहार नहीं है तो उसके कलेजे पर चोट-सी लग गई। मालूम हुआ, देह में रक्त की बूंद भी नहीं है। मानो उसे मूर्छा आ जायगी। वह उन्माद की सी दशा में अपने कमरे में आई और फूट-फूटकर रोने लगी। वह लालसा जो आज सात वर्ष हुए, उसके हृदय में अंकुरित हुई थी, जो इस समय पुष्प और पल्लव से लदी खड़ी थी, उस पर वज्रपात हो गया वह हरा-भरा लहलहाता हुआ पौधा जल गया?-केवल उसकी राख रह गई। आज ही के दिन पर तो उसकी समस्त आशाएं अवलंबित थीं। दुर्दैव ने आज वह अवलंब भी छीन लिया उस निराशा के आवेश में उसका ऐसा जी चाहने लगा कि अपना मुँह नोच डाले। उसका वश चलता, तो वह चढ़ावे को उठाकर आग में फेंक देती। कमरे में एक आले पर शिव की मूर्ति रक्खी हुई थी। उसने उसे उठाकर ऐसा पटका कि उसकी आशाओं की भांति वह भी चूर-चूर हो गई। उसने निश्चय किया, मैं कोई आभूषण न पहनूंगी। आभूषण पहनने से होता ही क्या है। जो रूप विहीन हों, वे अपने को गहने से सजाएँ, मुझे तो ईश्वर ने यों ही सुंदरी बनाया है, मैं गहने न पहनकर भी बुरी न लगूँगी। सस्ती चीजें उठा लाए, जिसमें रूपये खर्च होते थे,

उसका नाम ही न लिया अगर गिनती ही गिनानी थी, तो इतने ही दामों में इसके दूने गहने आ जाते!

वह इसी क्रोध में भरी बैठी थी कि उसकी तीन सखियाँ आकर खड़ी हो गई। उन्होंने समझा था, जालपा को अभी चढ़ाव की कुछ खबर नहीं है। जालपा ने उन्हें देखते ही आँखें पोंछ डालीं और मुस्कराने लगी।

राधा मुस्कराकर बोली–जालपा–मालूम होता है, तूने बड़ी तपस्या की थी, ऐसा चढ़ाव मैंने आज तक नहीं देखा था। अब तो तेरी सब साध पूरी हो गई। जालपा ने अपनी लंबी-लंबी पलकें उठाकर उसकी ओर ऐसे दीन–नजर से देखा, मानो जीवन में अब उसके लिए कोई आशा नहीं है?

हाँ बहन, सब साध पूरी हो गई। इन शब्दों में कितनी अपार मर्मान्तक वेदना भरी हुई थी, इसका अनुमान तीनों युवतियों में कोई भी न कर सकी। तीनों कौतूहल से उसकी ओर ताकने लगीं, मानो उसका आशय उनकी समझ में न आया हो। बासन्ती ने कहा–जी चाहता है, कारीगर के हाथ चूम लूं।

शहजादी बोली-चढ़ावा ऐसा ही होना चाहिए, कि देखने वाले भड़क उठें।

बासन्ती-तुम्हारी सास बड़ी चतुर जान पड़ती हैं, कोई चीज नहीं छोड़ी।

जालपा ने मुँह उधरकर कहा-ऐसा ही होगा।

राधा-और तो सब कुछ है, केवल चन्द्रहार नहीं है।

शहजादी-एक चन्द्रहार के न होने से क्या होता है बहन, उसकी जगह गुलूबंद तो है।

जालपा ने वक्रोक्ति के भाव से कहा-हाँ, देह में एक आँख के न होने से क्या होता है, और सब अंग होते ही हैं, आँखें हुई तो क्या, न हुई तो क्या!

बालकों के मुँह से गंभीर बातें सुनकर जैसे हमें हँसी आ जाती है, उसी तरह जालपा के मुँह से यह लालसा से भरी हुई बातें सुनकर राधा और बासन्ती अपनी हँसी न रोक सकीं। हाँ, शहजादी को हँसी न आई। यह आभूषण लालसा उसके लिए हँसने की बात नहीं, रोने की बात थी। कृत्रिम सहानुभूति दिखाती हुई बोली-सब न जाने कहाँ के जंगली हैं कि और सब चीजें तो लाए, चन्द्रहार न लाए, जो सब गहनों का राजा है। लाला अभी आते हैं तो पूछती हूँ कि तुमने यह कहाँ की रीति निकाली है?-ऐसा अनर्थ भी कोई करता है।

राधा और बासन्ती दिल में कांप रही थीं कि जालपा कहीं ताड़ न जाय। उनका बस चलता तो शहजादी का मुँह बंद कर देतीं, बार-बार उसे चुप रहने का इशारा कर रही थीं, मगर जालपा को शहजादी का यह व्यंग्य, संवेदना से परिपूर्ण

जान पड़ा। सजल नेत्र होकर बोली–क्या करोगी पूछकर बहन, जो होना था सो हो गया!

शहजादी–तुम पूछने को कहती हो, मैं रूलाकर छोड़ूँगी। मेरे चढ़ाव पर कंगन नहीं आया था, उस वक्त मन ऐसा हुआ कि सारे गहनों पर लात मार दूं। जब तक कंगन न बन गए, मैं नींद भर सोई नहीं।

राधा–तो क्या तुम जानती हो, जालपा का चन्द्रहार न बनेगा।

शहजादी–बनेगा तब बनेगा, इस अवसर पर तो नहीं बना। दस–पाँच की चीज तो है नहीं, कि जब चाहा बनवा लिया, सैकड़ों का खर्च है, फिर कारीगर तो हमेशा अच्छे नहीं मिलते।

जालपा का भग्न हृदय शहजादी की इन बातों से मानो जी उठा, वह रूंधे कंठ से बोली–यही तो मैं भी सोचती हूँ बहन, जब आज न मिला, तो फिर क्या मिलेगा!

राधा और बासन्ती मन–ही–मन शहजादी को कोस रही थीं, और थप्पड़ दिखा–दिखाकर धमका रही थीं, पर शहजादी को इस वक्त तमाशे का मजा आ रहा था। बोली–नहीं, यह बात नहीं है जल्ली; आग्रह करने से सब कुछ हो सकता है, सास–ससुर को बार–बार याद दिलाती रहना। बहनोईजी से दो–चार दिन रूठे रहने से भी बहुत कुछ काम निकल सकता है। बस यही समझ लो कि घरवाले चैन न लेने पाएँ, यह बात हरदम उनके ध्यान में रहे। उन्हें मालूम हो जाय कि बिना चन्द्रहार बनवाए कुशल नहीं। तुम जरा भी ढीली पड़ीं और काम बिगडा।

राधा ने हँसी को रोकते हुए कहा–इनसे न बने तो तुम्हें बुला लें, क्यों–अब उठोगी कि सारी रात उपदेश ही करती रहोगी!

शहजादी–चलती हूँ, ऐसी क्या भागड़ पड़ी है। हाँ, खूब याद आई, क्यों जल्ली, तेरी अम्माँजी के पास बड़ा अच्छा चन्द्रहार है। तुझे न देंगी।

जालपा ने एक लंबी सांस लेकर कहा–क्या कहूँ बहन, मुझे तो आशा नहीं है।

शहजादी–एक बार कहकर देखो तो, अब उनके कौन पहनने–ओढ़ने के दिन बैठे हैं।

जालपा–मुझसे तो न कहा जाएगा।

शहजादी–मैं कह दूँगी।

जालपा–नहीं–नहीं, तुम्हारे हाथ जोड़ती हूँ। मैं जरा उनके मातृस्नेह की परीक्षा लेना चाहती हूँ।

बासन्ती ने शहजादी का हाथ पकड़कर कहा–अब उठेगी भी कि यहाँ सारी रात उपदेश ही देती रहेगी।

शहजादी उठी, पर जालपा रास्ता रोककर खड़ी हो गई और बोली–नहीं, अभी बैठो बहन, तुम्हारे पैरों पड़ती हूँ।

शहजादी–जब यह दोनों चुडैलें बैठने भी दें। मैं तो तुम्हें गुर सिखाती हूँ और यह दोनों मुझ पर झल्लाती हैं। सुन नहीं रही हो, मैं भी विष की गांठ हूँ।

बासन्ती–विष की गांठ तो तू है ही।

शहजादी–तुम भी तो ससुराल से साल भर बाद आई हो, कौन–कौन–सी नई चीजें बनवा लाई।

बासन्ती–और तुमने तीन साल में क्या बनवा लिया

शहजादी–मेरी बात छोड़ो, मेरा खसम तो मेरी बात ही नहीं पूछता।

राधा–प्रेम के सामने गहनों का कोई मूल्य नहीं।

शहजादी–तो सूखा प्रेम तुम्हीं को गले।

इतने में मानकी ने आकर कहा–तुम तीनों यहाँ बैठी क्या कर रही हो , चलो वहाँ लोग खाना खाने आ रहे हैं।

तीनों युवतियाँ चली गई। जालपा माता के गले में चन्द्रहार की शोभा देखकर मन–ही–मन सोचने लगी? गहनों से इनका जी अब तक नहीं भरा।

पाँच

महाशय दयानाथ जितनी उमंगों से ब्याह करने गए थे, उतना ही हतोत्साह होकर लौटे। दीनदयाल ने खूब दिया, लेकिन वहाँ से जो कुछ मिला, वह सब नाच–तमाशे, नेगचार में खर्च हो गया। बार–बार अपनी भूल पर पछताते, क्यों दिखावे और तमाशे में इतने रूपये खर्च किए। इसकी जरूरत ही क्या थी, ज्यादा–से–ज्यादा लोग यही तो कहते–महाशय बड़े कृपण हैं। उतना सुन लेने में क्या हानि थी? मैंने गाँव वालों को तमाशा दिखाने का ठेका तो नहीं लिया था। यह सब रमा का दुस्साहस है। उसी ने सारे खर्च बढ़ा–बढ़ाकर मेरा दिवाला निकाल दिया और सब तकाजे तो दस–पाँच दिन टल भी सकते थे, पर सर्राफ किसी तरह न मानता था। शादी के सातवें दिन उसे एक हजार रूपये देने का वादा था। सातवें दिन सर्राफ आया, मगर यहाँ रूपये कहाँ थे? दयानाथ में लल्लो–चप्पो की आदत न थी, मगर आज उन्होंने उसे चकमा देने की खूब कोशिश की। किस्त बांधकर सब रूपये छः महीने में अदा कर देने का वादा किया फिर तीन महीने पर आए, मगर सर्राफ भी एक ही घुटा हुआ आदमी था, उसी वक्त टला, जब दयानाथ ने तीसरे दिन बाकी

रकम की चीजें लौटा देने का वादा किया और यह भी उसकी सज्जनता ही थी। वह तीसरा दिन भी आ गया, और अब दयानाथ को अपनी लाज रखने का कोई उपाय न सूझता था। कोई चलता हुआ आदमी शायद इतना व्यग्र न होता, हीले-हवाले करके महाजन को महीनों टालता रहता; लेकिन दयानाथ इस मामले में अनाड़ी थे।

जागेश्वरी ने आकर कहा-भोजन कब से बना ठंडा हो रहा है। खाकर तब बैठो।

दयानाथ ने इस तरह गर्दन उठाई, मानो सिर पर सैकड़ों मन का बोझ लदा हुआ है। बोले-तुम लोग जाकर खा लो, मुझे भूख नहीं है।

जागेश्वरी-भूख क्यों नहीं है, रात भी तो कुछ नहीं खाया था! इस तरह दाना-पानी छोड़ देने से महाजन के रूपये थोड़े ही अदा हो जाएँगे।

दयानाथ-मैं सोचता हूँ, उसे आज क्या जवाब दूँगा-मैं तो यह विवाह करके बुरा फँस गया बहू कुछ गहने लौटा तो देगी।

जागेश्वरी-बहू का हाल तो सुन चुके, फिर भी उससे ऐसी आशा रखते हो उसकी टेक है कि जब तक चन्द्रहार न बन जायगा, कोई गहना ही न पहनूंगी। सारे गहने संदूक में बंद कर रखे हैं। बस, वही एक बिल्लौरी हार गले में डाले हुए है। बहुएं बहुत देखीं, पर ऐसी बहू न देखी थी। फिर कितना बुरा मालूम होता है कि कल की आई बहू, उससे गहने छीन लिए जाएँ। दयानाथ ने चिढ़कर कहा-तुम तो जले पर नमक छिड़कती हो बुरा मालूम होता है तो लाओ एक हजार निकालकर दे दो, महाजन को दे आऊँ, देती हो? बुरा मुझे खुद मालूम होता है, लेकिन उपाय क्या है? गला कैसे छूटेगा?

जागेश्वरी-बेटे का ब्याह किया है कि ठट्टा है? शादी-ब्याह में सभी कर्ज लेते हैं, तुमने कोई नई बात नहीं की। खाने-पहनने के लिए कौन कर्ज लेता है। धर्मात्मा बनने का कुछ फल मिलना चाहिए या नहीं-तुम्हारे ही दर्जे पर सत्यदेव हैं, पक्का मकान खड़ाकर दिया, जमींदारी खरीद ली, बेटी के ब्याह में कुछ नहीं तो पाँच हजार तो खर्च किए ही होंगे।

दयानाथ-जभी दोनों लड़के भी तो चल दिए!

जागेश्वरी-मरना-जीना तो संसार की गति है, लेते हैं, वह भी मरते हैं,नहीं लेते, वह भी मरते हैं। अगर तुम चाहो तो छः महीने में सब रूपये चुका सकते हो'

दयानाथ ने त्योरी चढ़ाकर कहा-जो बात जिंदगी भर नहीं की, वह अब आखिरी वक्त नहीं कर सकता बहू से साफ-साफ कह दो, उससे पर्दा रखने की जरूरत ही क्या है, और पर्दा रह ही कितने दिन सकता है। आज नहीं तो कल सारा हाल मालूम ही हो जाएगा। बस तीन-चार चीजें लौटा दे, तो काम बन जाय। तुम

उससे एक बार कहो तो।

जागेश्वरी झुंझलाकर बोली-उससे तुम्हीं कहो, मुझसे तो न कहा जायगा।

सहसा रमानाथ टेनिस-रैकेट लिये बाहर से आया सफेद टेनिस शर्ट था, सफेद पतलून, कैनवस का जूता, गोरे रंग और सुंदर मुखाकृति पर इस पहनावे ने रईसों की शान पैदा कर दी थी। रूमाल में बेले के गजरे लिये हुए था। उससे सुगंध उड़ रही थी। माता-पिता की आँखें बचाकर वह जीने पर जाना चाहता था, कि जागेश्वरी ने टोका-इन्हीं के तो सब कांटे बोए हुए हैं, इनसे क्यों नहीं सलाह लेते? (रमा से) तुमने नाच-तमाशे में बारह-तेरह सौ रूपये उड़ा दिए, बतलाओ सर्राफ को क्या जवाब दिया जाय-बड़ी मुश्किलों से कुछ गहने लौटाने पर राजी हुआ, मगर बहू से गहने माँगे कौन-यह सब तुम्हारी ही करतूत है।

रमानाथ ने इस आक्षेप को अपने ऊपर से हटाते हुए कहा-मैंने क्या खर्च किया-जो कुछ किया बाबूजी ने किया हाँ, जो कुछ मुझसे कहा गया, वह मैंने किया

रमानाथ के कथन में बहुत कुछ सत्य था। यदि दयानाथ की इच्छा न होती तो रमा क्या कर सकता था? जो कुछ हुआ उन्हीं की अनुमति से हुआ। रमानाथ पर इल्जाम रखने से तो कोई समस्या हल न हो सकती थी

बोले-मैं तुम्हें इल्जाम नहीं देता भाई। किया तो मैंने ही, मगर यह बला तो किसी तरह सिर से टालनी चाहिए। सर्राफ का तकाजा है। कल उसका आदमी आवेगा। उसे क्या जवाब दिया जाएगा? मेरी समझ में तो यही एक उपाय है कि उतने रूपये के गहने उसे लौटा दिए जायें। गहने लौटा देने में भी वह झंझट करेगा, लेकिन दस बीस रूपये के लोभ में लौटाने पर राजी हो जायगा। तुम्हारी क्या सलाह है?

रमानाथ ने शरमाते हुए कहा-मैं इस विषय में क्या सलाह दे सकता हूँ, मगर मैं इतना कह सकता हूँ कि इस प्रस्ताव को वह खुशी से मंजूर न करेगी। अम्माँ तो जानती हैं कि चढ़ावे में चन्द्रहार न जाने से उसे कितना बुरा लगा था। प्रण कर लिया है, जब तक चन्द्रहार न बन जाएगा, कोई गहना न पहनूंगी।

जागेश्वरी ने अपने पक्ष का समर्थन होते देख, खुश होकर कहा-यही तो मैं इनसे कह रही हूँ।

रमानाथ-रोना-धोना मच जायगा और इसके साथ घर का पर्दा भी खुल जायगा।

दयानाथ ने माथा सिकोड़कर कहा-उससे पर्दा रखने की जरूरत ही क्या! अपनी यथार्थ स्थिति को वह जितनी ही जल्दी समझ ले, उतना ही अच्छा।

छः

रमानाथ ने जवानों के स्वभाव के अनुसार जालपा से खूब जीभ उड़ाई थी। खूब बढ़-बढ़कर बातें की थीं। जमींदारी है, उससे कई हजार का नफा है। बैंक में रूपये हैं, उनका सूद आता है। जालपा से अब अगर गहने की बात कही गई, तो रमानाथ को वह पूरा लबाड़िया समझेगी। बोला-पर्दा तो एक दिन खुल ही जायगा, पर इतनी जल्दी खोल देने का नतीजा यही होगा कि वह हमें नीच समझने लगेगी। शायद अपने घरवालों को भी लिख भेजे। चारों तरफ बदनामी होगी।

दयानाथ-हमने तो दीनदयाल से यह कभी न कहा था कि हम लखपती हैं।

रमानाथ-तो आपने यही कब कहा था कि हम उधार गहने लाए हैं और दो-चार दिन में लौटा देंगे! आखिर यह सारा स्वांग अपनी धाक बैठाने के लिए ही किया था या कुछ और?

दयानाथ-तो फिर किसी दूसरे बहाने से माँगना पड़ेगा। बिना माँगे काम नहीं चल सकता कल या तो रूपये देने पड़ेंगे, या गहने लौटाने पड़ेंगे। और कोई राह नहीं।

रमानाथ ने कोई जवाब न दिया जागेश्वरी बोली-और कौन-सा बहाना किया जायगा-अगर कहा जाय, किसी को मंगनी देना है, तो शायद वह देगी नहीं। देगी भी तो दो-चार दिन में लौटाएंगे कैसे?

दयानाथ को एक उपाय सूझा। बोले-अगर उन गहनों के बदले मुलम्मे के गहने दे दिए जाएँ? मगर तुरंत ही उन्हें ज्ञात हो गया कि यह लचर बात है, खुद ही उसका विरोध करते हुए कहा-हाँ, बाद में मुलम्मा उड़ जायगा तो फिर लज्जित होना पड़ेगा। अक्ल कुछ काम नहीं करती। मुझे तो यही सूझता है, यह सारी स्थिति उसे समझा दी जाय। जरा देर के लिए उसे दु:ख तो जरूर होगा, लेकिन आगे के वास्ते रास्ता साफ हो जाएगा।

संभव था, जैसा दयानाथ का विचार था, कि जालपा रो-धोकर शांत हो जायगी, पर रमा की इसमें किरकिरी होती थी। फिर वह मुँह न दिखा सकेगा। जब वह उससे कहेगी, तुम्हारी जमींदारी क्या हुई-बैंक के रूपये क्या हुए, तो उसे क्या जवाब देगा-विरक्त भाव से बोला-इसमें बेइज्जती के सिवा और कुछ न होगा।

आप क्या सर्राफ को दो-चार-छः महीने नहीं टाल सकते?आप देना चाहें, तो इतने दिनों में हजार-बारह सौ रूपये बड़ी आसानी से दे सकते हैं।

दयानाथ ने पूछा-कैसे?

रमानाथ-उसी तरह जैसे आपके और भाई करते हैं!

दयानाथ-वह मुझसे नहीं हो सकता।

तीनों कुछ देर तक मौन बैठे रहे। दयानाथ ने अपना फैसला सुना दिया जागेश्वरी और रमा को यह फैसला मंजूर न था। इसलिए अब इस गुत्थी के सुलझाने का भार उन्हीं दोनों पर था। जागेश्वरी ने भी एक तरह से निश्चय कर लिया था। दयानाथ को झख मारकर अपना नियम तोड़ना पड़ेगा। यह कहाँ की नीति है कि हमारे ऊपर संकट पड़ा हुआ हो और हम अपने नियमों का राग अलापे जायं। रमानाथ बुरी तरह फँसा था। वह खूब जानता था कि पिताजी ने जो काम कभी नहीं किया, वह आज न करेंगे। उन्हें जालपा से गहने माँगने में कोई संकोच न होगा और यही वह न चाहता था। वह पछता रहा था कि मैंने क्यों जालपा से डींगें मारी। अब अपने मुँह की लाली रखने का सारा भार उसी पर था। जालपा की अनुपम छवि ने पहले ही दिन उस पर मोहिनी डाल दी थी। वह अपने सौभाग्य पर फूला न समाता था। क्या यह घर ऐसी अनन्य सुंदरी के योग्य था? जालपा के पिता पाँच रूपये के नौकर थे, पर जालपा ने कभी अपने घर में झाड़ू न लगाई थी। कभी अपनी धोती न छांटी थी। अपना बिछावन न बिछाया था। यहाँ तक कि अपनी धोती की खींच तक न सी थी। दयानाथ पचास रूपये पाते थे, पर यहाँ केवल चौका-बासन करने के लिए महरी थी। बाकी सारा काम अपने ही हाथों करना पड़ता था। जालपा शहर और देहात का फर्क क्या जाने! शहर में रहने का उसे कभी अवसर ही न पड़ा था। वह कई बार पति और सास से साश्चर्य पूछ चुकी थी, क्या यहाँ कोई नौकर नहीं है? जालपा के घर दूध-दही-घी की कमी नहीं थी। यहाँ बच्चों को भी दूध मयस्सर न था। इन सारे अभावों की पूर्ति के लिए रमानाथ के पास मीठी-मीठी बड़ी-बड़ी बातों के सिवा और क्या था। घर का किराया पाँच रूपया था, रमानाथ ने पंद्रह बतलाए थे। लड़कों की शिक्षा का खर्च मुश्किल से दस रूपये था, रमानाथ ने चालीस बतलाए थे। उस समय उसे इसकी जरा भी शंका न थी, कि एक दिन सारा भांडा फूट जायगा। मिथ्या दूरदर्शी नहीं होता, लेकिन वह दिन इतनी जल्दी आयगा, यह कौन जानता था। अगर उसने ये डींगें न मारी होतीं, तो जागेश्वरी की तरह वह भी सारा भार दयानाथ पर छोड़कर निश्चिन्त हो जाता, लेकिन इस वक्त वह अपने ही बनाए हुए जाल में फँस गया था। कैसे निकले! उसने कितने ही उपाय सोचे, लेकिन कोई ऐसा न था, जो आगे चलकर उसे उलझनों में न डाल देता, दलदल में न फँसा देता। एकाएक उसे एक चाल सूझी। उसका दिल उछल पड़ा, पर इस बात को वह मुँह तक न ला सका, ओह!

कितनी नीचता है! कितना कपट! कितनी निर्दयता! अपनी प्रेयसी के साथ ऐसी धूर्तता! उसके मन ने उसे धिक्कारा अगर इस वक्त उसे कोई एक हजार रूपया

दे देता, तो वह उसका उम्र भर के लिए गुलाम हो जाता। दयानाथ ने पूछा-कोई बात सूझी? मुझे तो कुछ नहीं सूझता।

कोई उपाय सोचना ही पड़ेगा। आप ही सोचिए, मुझे तो कुछ नहीं सूझता।

क्यों नहीं उससे दो-तीन गहने माँग लेते?तुम चाहो तो ले सकते हो,

हमारे लिए मुश्किल है।

मुझे शर्म आती है।

तुम विचित्र आदमी हो, न खुद माँगोगे न मुझे माँगने दोगे, तो आखिर यह नाव कैसे चलेगी? मैं एक बार नहीं, हजार बार कह चुका कि मुझसे कोई आशा मत रक्खो। मैं अपने आखिरी दिन जेल में नहीं काट सकता इसमें शर्म की क्या बात है, मेरी समझ में नहीं आता। किसके जीवन में ऐसे कुअवसर नहीं आते? तुम्हीं अपनी माँ से पूछो।

जागेश्वरी ने अनुमोदन किया-मुझसे तो नहीं देखा जाता था कि अपना आदमी चिंता में पड़ा रहे, मैं गहने पहने बैठी रहूँ। नहीं तो आज मेरे पास भी गहने न होते? एक-एक करके सब निकल गए। विवाह में पाँच हजार से कम का चढ़ावा नहीं गया था, मगर पाँच ही साल में सब स्वाहा हो गया तब से एक छल्ला बनवाना भी नसीब न हुआ।

दयानाथ जोर देकर बोले-शर्म करने का यह अवसर नहीं है। इन्हें माँगना पड़ेगा!

रमानाथ ने झेंपते हुए कहा-मैं माँग तो नहीं सकता, कहिए उठा लाऊं।

यह कहते-कहते लज्जा, क्षोभ और अपनी नीचता के ज्ञान से उसकी आँखें सजल हो गईं।

दयानाथ ने भौंचक्क होकर कहा-उठा लाओगे, उससे छिपाकर?

रमानाथ ने तीव्र कंठ से कहा-और आप क्या समझ रहे हैं?

दयानाथ ने माथे पर हाथ रख लिया, और एक क्षण के बाद आहत कंठ से बोले-नहीं, मैं ऐसा न करने दूँगा। मैंने छल कभी नहीं किया, और न कभी करूंगा। वह भी अपनी बहू के साथ! छिः-छिः, जो काम सीधे से चल सकता है, उसके लिए यह फरेब-कहीं उसकी निगाह पड़ गई, तो समझते हो, वह तुम्हें दिल में क्या समझेगी? माँग लेना इससे कहीं अच्छा है।

रमानाथ-आपको इससे क्या मतलब। मुझसे चीजें ले लीजिएगा, मगर जब आप जानते थे, यह नौबत आएगी, तो इतने जेवर ले जाने की जरूरत ही क्या थी? व्यर्थ की विपत्ति मोल ली। इससे कई लाख गुना अच्छा था कि आसानी से जितना ले जा सकते, उतना ही ले जाते। उस भोजन से क्या लाभ कि पेट में पीड़ा होने

लगे? मैं तो समझ रहा था कि आपने कोई मार्ग निकाल लिया होगा। मुझे क्या मालूम था कि आप मेरे सिर यह मुसीबतों की टोकरी पटक देंगे। वरना मैं उन चीजों को कभी न ले जाने देता।

दयानाथ कुछ लज्जित होकर बोले–इतने पर भी चन्द्रहार न होने से वहाँ हाय–तोबा मच गई।

रमानाथ–उस हाय–तोबा से हमारी क्या हानि हो सकती थी। जब इतना करने पर भी हाय–तोबा मच गई, तो मतलब भी तो न पूरा हुआ। उधर बदनामी हुई, इधर यह आफत सिर पर आई। मैं यह नहीं दिखाना चाहता कि हम इतने फटेहाल हैं। चोरी हो जाने पर तो सब्र करना ही पड़ेगा।

दयानाथ चुप हो गए। उस आवेश में रमा ने उन्हें खूब खरी–खरी सुनाई और वह चुपचाप सुनते रहे। आखिर जब न सुना गया, तो उठकर पुस्तकालय चले गए। यह उनका नित्य का नियम था। जब तक दो–चार पत्र पत्रिकाएं न पढ़लें, उन्हें खाना न हजम होता था। उसी सुरक्षित गढ़ी में पहुँचकर घर की चिंताओं और बाधाओं से उनकी जान बचती थी। रमा भी वहाँ से उठा, पर जालपा के पास न जाकर अपने कमरे में गया। उसका कोई कमरा अलग तो था नहीं, एक ही मर्दाना कमरा था, इसी में दयानाथ अपने दोस्तों से गप–शप करते, दोनों लड़के पढ़ते और रमा मित्रों के साथ शतरंज खेलता। रमा कमरे में पहुँचा, तो दोनों लड़के ताश खेल रहे थे। गोपी का तेरहवां साल था, विश्वम्भर का नवां। दोनों रमा से थरथर कांपते थे। रमा खुद खूब ताश और शतरंज खेलता, पर भाइयों को खेलते देखकर हाथ में खुजली होने लगती थी। खुद चाहे दिनभर सैर–सपाटे किया करे, मगर क्या मजाल कि भाई कहीं घूमने निकल जायं। दयानाथ खुद लड़कों को कभी न मारते थे। अवसर मिलता, तो उनके साथ खेलते थे। उन्हें कनकौवे उड़ाते देखकर उनकी बाल–प्रकृति सजग हो जाती थी। दो–चार पेंच लड़ा देते। बच्चों के साथ कभी–कभी गुल्ली–डंडा भी खेलते थे। इसलिए लड़के जितना रमा से डरते, उतना ही पिता से प्रेम करते थे।

रमा को देखते ही लड़कों ने ताश को टाट के नीचे छिपा दिया और पढ़ने लगे। सिर झुकाए चपत की प्रतीक्षा कर रहे थे, पर रमानाथ ने चपत नहीं लगाई, मोढ़े पर बैठकर गोपीनाथ से बोला–तुमने भंग की दुकान देखी है न, नुक्कड़ पर?

गोपीनाथ प्रसन्न होकर बोला–हाँ, देखी क्यों नहीं। जाकर चार पैसे का माजून ले लो, दौड़े हुए आना। हाँ, हलवाई की दुकान से आधा सेर मिठाई भी लेते आना। यह रूपया लो।

कोई पंद्रह मिनट में रमा ये दोनों चीजें ले, जालपा के कमरे की ओर चला। रात के दस बज गए थे। जालपा खुली हुई छत पर लेटी हुई थी। जेठ की सुनहरी

चांदनी में सामने फैले हुए नगर के कलश, गुंबद और वृक्ष स्वप्न चित्रों से लगते थे। जालपा की आँखें चंद्रमा की ओर लगी हुई थीं। उसे ऐसा मालूम हो रहा था, मैं चंद्रमा की ओर उड़ी जा रही हूँ। उसे अपनी नाक में खुश्की, आँखों में जलन और सिर में चक्कर मालूम हो रहा था। कोई बात ध्यान में आते ही भूल जाती, और बहुत याद करने पर भी याद न आती थी। एक बार घर की याद आ गई, रोने लगी। एक ही क्षण में सहेलियों की याद आ गई, हँसने लगी। सहसा रमानाथ हाथ में एक पोटली लिये, मुस्कराता हुआ आया और चारपाई पर बैठ गया

जालपा ने उठकर पूछा-पोटली में क्या है?

रमानाथ-बूझ जाओ तो जानूं।

जालपा-हँसी का गोलगप्पा है! (यह कहकर हँसने लगी।)

रमानाथ-मलतब? जालपा-नींद की गठरी होगी!

रमानाथ-मलतब?

जालपा-तो प्रेम की पिटारी होगी!

रमानाथ-ठीक, आज मैं तुम्हें फूलों की देवी बनाऊंगा।

जालपा खिल उठी। रमा ने बड़े अनुराग से उसे फूलों के गहने पहनाने शुरू किए, फूलों के शीतल कोमल स्पर्श से जालपा के कोमल शरीर में गुदगुदी-सी होने लगी। उन्हीं फूलों की भांति उसका एक-एक रोम प्रफुल्लित हो गया

रमा ने मुस्कराकर कहा-कुछ उपहार?

जालपा ने कुछ उत्तर न दिया इस वेश में पति की ओर ताकते हुए भी उसे संकोच हुआ। उसकी बड़ी इच्छा हुई कि जरा आईने में अपनी छवि देखे। सामने कमरे में लैंप जल रहा था, वह उठकर कमरे में गई और आईने के सामने खड़ी हो गई। नशे की तरंग में उसे ऐसा मालूम हुआ कि मैं सचमुच फूलों की देवी हूँ। उसने पानदान उठा लिया और बाहर आकर पान बनाने लगी। रमा को इस समय अपने कपट-व्यवहार पर बड़ी ग्लानि हो रही थी। जालपा ने कमरे से लौटकर प्रेमोल्लसित नजरों से उसकी ओर देखा, तो उसने मुँह उधर कर लिया उस सरल विश्वास से भरी हुई आँखों के सामने वह ताक न सका। उसने सोचा-मैं कितना बड़ा कायर हूँ। क्या मैं बाबूजी को साफ साफ जवाब न दे सकता था? मैंने हामी ही क्यों भरी-क्या जालपा से घर की दशा साफ-साफ कह देना मेरा कर्तव्य न था-उसकी आँखें भर आई। जाकर मुंडेर के पास खड़ा हो गया। प्रणय के उस निर्मल प्रकाश में उसका मनोविकार किसी भंयकर जंतु की भांति घूरता हुआ जान पड़ता था। उसे अपने ऊपर इतनी घृणा हुई कि एक बार जी में आया, सारा कपट-व्यवहार खोल दूं, लेकिन संभल गया, कितना भयंकर परिणाम होगा। जालपा की नजरों से फिर जाने की

कल्पना ही उसके लिए असह्य थी।

जालपा ने प्रेम-सरस नजरों से देखकर कहा-मेरे दादाजी तुम्हें देखकर गए और अम्माँजी से तुम्हारा बखान करने लगे, तो मैं सोचती थी कि तुम कैसे होगे। मेरे मन में तरह-तरह के चित्र आते थे।'

रमानाथ ने एक लंबी सांस खींची। कुछ जवाब न दिया

जालपा ने फिर कहा-मेरी सखियाँ तुम्हें देखकर मुग्ध हो गईं। शहजादी तो खिड़की के सामने से हटती ही न थी। तुमसे बातें करने की उसकी बड़ी इच्छा थी। जब तुम अंदर गए थे तो उसी ने तुम्हें पान के बीड़े दिए थे, याद है?'

रमा ने कोई जवाब न दिया

जालपा-अजी, वही जो रंग-रूप में सबसे अच्छी थी, जिसके गाल पर एक तिल था, तुमने उसकी ओर बड़े प्रेम से देखा था, बेचारी लाज के मारे गड़ गई थी। मुझसे कहने लगी, जीजा तो बड़े रसिक जान पड़ते हैं। सखियों ने उसे खूब चिढ़ाया, बेचारी रूआंसी हो गई। याद है?'

रमा ने मानो नदी में डूबते हुए कहा-मुझे तो याद नहीं आता।'

जालपा-अच्छा, अबकी चलोगे तो दिखा दूँगी। आज तुम बाजार की तरफ गए थे कि नहीं?'

रमा ने सिर झुकाकर कहा-आज तो फुरसत नहीं मिली।'

जालपा-जाओ, मैं तुमसे न बोलूंगी! रोज हीले-हवाले करते हो अच्छा, कल ला दोगे न?'

रमानाथ का कलेजा मसोस उठा। यह चन्द्रहार के लिए इतनी विकल हो रही है। इसे क्या मालूम कि दुर्भाग्य इसका सर्वस्व लूटने का सामान कर रहा है। जिस सरल बालिका पर उसे अपने प्राणों को न्योछावर करना चाहिए था, उसी का सर्वस्व अपहरण करने पर वह तुला हुआ है! वह इतना व्यग्र हुआ,कि जी में आया, कोठे से कूदकर प्राणों का अंत कर दे।

सात

आधी रात बीत चुकी थी। चन्द्रमा चोर की भांति एक वृक्ष की आड़ से झांक रहा था। जालपा पति के गले में हाथ डाले हुए निद्रा में मग्न थी। रमा मन में विकट संकल्प करके धीरे से उठा, पर निद्रा की गोद में सोए हुए पुष्प प्रदीप ने उसे अस्थिर कर दिया। वह एक क्षण खड़ा मुग्ध नजरों से जालपा के निद्रा-विहसित मुख की

ओर देखता रहा। कमरे में जाने का साहस न हुआ। फिर लेट गया

जालपा ने चौंककर पूछा–कहाँ जाते हो, क्या सवेरा हो गया?

रमानाथ–अभी तो बड़ी रात है।

जालपा–तो तुम बैठे क्यों हो?

रमानाथ–कुछ नहीं, जरा पानी पीने उठा था।

जालपा ने प्रेमातुर होकर रमा के गले में बांहें डाल दी और उसे सुलाकर कहा–तुम इस तरह मुझ पर टोना करोगे, तो मैं भाग जाऊँगी। न जाने किस तरह ताकते हो, क्या करते हो, क्या मंत्र पढ़ते हो कि मेरा मन चंचल हो जाता है। बासन्ती सच कहती थी, पुरूषों की आँख में टोना होता है।

रमा ने फटे हुए स्वर में कहा–टोना नहीं कर रहा हूँ, आँखों की प्यास बुझा रहा हूँ।

दोनों फिर सोए, एक उल्लास में डूबी हुई, दूसरा चिंता में मग्न।

तीन घंटे और गुजर गए। द्वादशी के चांद ने अपना विश्व–दीपक बुझा दिया। प्रभात की शीतल–समीर प्रकृति को मद के प्याले पिलाती फिरती थी। आधी रात तक जागने वाला बाजार भी सो गया केवल रमा अभी तक जाग रहा था। मन में भांति–भांति के तर्क–वितर्क उठने के कारण वह बार–बार उठता था और फिर लेट जाता था। आखिर जब चार बजने की आवाज कान में आई, तो घबराकर उठ बैठा और कमरे में जा पहुँचा। गहनों का संदूकचा आलमारी में रक्खा हुआ था, रमा ने उसे उठा लिया, और थरथर कांपता हुआ नीचे उतर गया इस घबराहट में उसे इतना अवकाश न मिला कि वह कुछ गहने छांटकर निकाल लेता। दयानाथ नीचे बरामदे में सो रहे थे। रमा ने उन्हें धीरे–से जगाया, उन्होंने हकबकाकर पूछा कौन

रमा ने होंठ पर उंगली रखकर कहा–मैं हूँ। यह संदूकची लाया हूँ। रख लीजिए।

दयानाथ सावधन होकर बैठ गए। अभी तक केवल उनकी आँखें जागी थीं, अब चेतना भी जाग्रत हो गई। रमा ने जिस वक्त उनसे गहने उठा लाने की बात कही थी, उन्होंने समझा था कि यह आवेश में ऐसा कह रहा है। उन्हें इसका विश्वास न आया था कि रमा जो कुछ कह रहा है, उसे भी पूरा कर दिखाएगा। इन कमीनी चालों से वह अलग ही रहना चाहते थे। ऐसे कुत्सित कार्य में पुत्र से सांठ–गांठ करना उनकी अंतरात्मा को किसी तरह स्वीकार न था। पूछा–इसे क्यों उठा लाए?

रमा ने धृष्टता से कहा–आप ही का तो हुक्म था।

दयानाथ–झूठ कहते हो!

रमानाथ–तो क्या फिर रख आऊँ?

रमा के इस प्रश्न ने दयानाथ को घोर संकट में डाल दिया, झेंपते हुए बोले-अब क्या रख आओगे, कहीं देख ले, तो गजब ही हो जाए वही काम करोगे, जिसमें जग-हँसाई हो खड़े क्या हो, संदूकची मेरे बड़े संदूक में रख आओ और जाकर लेट रहो कहीं जाग पड़े तो बस! बरामदे के पीछे दयानाथ का कमरा था। उसमें एक देवदार का पुराना संदूक रखा था। रमा ने संदूकची उसके अंदर रख दी और बड़ी फुर्ती से ऊपर चला गया छत पर पहुँचकर उसने आहट ली, जालपा पिछले पहर की सुखद निद्रा में मग्न थी।

रमा ज्योंही चारपाई पर बैठा, जालपा चौंक पड़ी और उससे चिमट गई।

रमा ने पूछा-क्या है, तुम चौंक क्यों पड़ीं?

जालपा ने इधर-उधर प्रसन्न नजरों से ताककर कहा-कुछ नहीं, एक स्वप्न देख रही थी। तुम बैठे क्यों हो, कितनी रात है अभी?

रमा ने लेटते हुए कहा-सवेरा हो रहा है, क्या स्वप्न देखती थीं? जालपा-जैसे कोई चोर मेरे गहनों की संदूकची उठाए लिये जाता हो।

रमा का हृदय इतने जोर से धक-धक करने लगा, मानो उस पर हथौड़े पड़ रहे हैं। खून सर्द हो गया परंतु संदेह हुआ, कहीं इसने मुझे देख तो नहीं लिया वह जोर से चिल्ला पड़ा-चोर! चोर! नीचे बरामदे में दयानाथ भी चिल्ला उठे-चोर! चोर! जालपा घबड़ाकर उठी। दौड़ी हुई कमरे में गई, झटके से आलमारी खोली। संदूकची वहाँ न थी? मूर्छित होकर फिर पड़ी।

सवेरा होते ही दयानाथ गहने लेकर सर्राफ के पास पहुँचे और हिसाब होने लगा। सर्राफ के पंद्रह सौ रू. आते थे, मगर वह केवल पंद्रह सौ रू. के गहने लेकर संतुष्ट न हुआ। बिके हुए गहनों को वह बक्रे पर ही ले सकता था। बिकी हुई चीज कौन वापस लेता है। रोकड़ पर दिए होते, तो दूसरी बात थी। इन चीजों का तो सौदा हो चुका था। उसने कुछ ऐसी व्यापारिक सिद्धान्त की बातें कीं, दयानाथ को कुछ ऐसा शिकंजे में कसा कि बेचारे को हाँ-हाँ करने के सिवा और कुछ न सूझा। दफ्तर का बाबू चतुर दुकानदार से क्या पेश पाता-पंद्रह सौ रू. में पच्चीस सौ रू. के गहने भी चले गए, ऊपर से पचास रू. और बाकी रह गए। इस बात पर पिता-पुत्र में कई दिन खूब वाद-विवाद हुआ। दोनों एक-दूसरे को दोषी ठहराते रहे। कई दिन आपस में बोलचाल बंद रही, मगर इस चोरी का हाल गुप्त रखा गया पुलिस को खबर हो जाती, तो भांडा फूट जाने का भय था। जालपा से यही कहा गया कि माल तो मिलेगा नहीं, व्यर्थ का झंझट भले ही होगा। जालपा ने भी सोचा, जब माल ही न मिलेगा, तो रपट व्यर्थ क्यों की जाय।

जालपा को गहनों से जितना प्रेम था, उतना कदाचित संसार की और किसी वस्तु से न था, और उसमें आश्चर्य की कौन-सी बात थी। जब वह तीन वर्ष की अबोध बालिका थी, उस वक्त उसके लिए सोने के चूड़े बनवाए गए थे। दादी जब उसे गोद में खिलाने लगती, तो गहनों की ही चर्चा करती-तेरा दूल्हा तेरे लिए बड़े सुंदर गहने लाएगा। ठुमक-ठुमककर चलेगी। जालपा पूछती-चांदी के होंगे कि सोने के, दादीजी?

दादी कहती-सोने के होंगे बेटी, चांदी के क्यों लाएगा-चांदी के लाए तो तुम उठाकर उसके मुँह पर पटक देना।

मानकी छेड़कर कहती-चांदी के तो लाएगा ही। सोने के उसे कहाँ मिले जाते हैं!

जालपा रोने लगती, इस बूढ़ी दादी, मानकी, घर की महरियाँ, पड़ोसिनें और दीनदयाल-सब हँसते। उन लोगों के लिए यह विनोद का अशेष भंडार था। बालिका जब जरा और बड़ी हुई, तो गुड़ियों के ब्याह करने लगी। लड़के की ओर से चढ़ावे जाते, दुलहिन को गहने पहनाती, डोली में बैठाकर विदा करती, कभी-कभी दुलहिन गुड़िया अपने गुड्डे दूल्हे से गहनों के लिए मान करती, गुड्डा बेचारा कहीं-न-कहीं से गहने लाकर स्त्री को प्रसन्न करता था। उन्हीं दिनों बिसाती ने उसे वह चन्द्रहार दिया, जो अब तक उसके पास सुरक्षित था। जरा और बड़ी हुई तो बड़ी-बूढ़ियों में बैठकर गहनों की बातें सुनने लगी। महिलाओं के उस छोटे-से संसार में इसके सिवा और कोई चर्चा ही न थी। किसने कौन-कौन गहने बनवाए, कितने दाम लगे, ठोस हैं या पोले, जड़ाऊ हैं या सादे, किस लड़की के विवाह में कितने गहने आए? इन्हीं महत्वपूर्ण विषयों पर नित्य आलोचना-प्रत्यालोचना, टीका-टिप्पणी होती रहती थी। कोई दूसरा विषय इतना रोचक, इतना ग्राह्य हो ही नहीं सकता था। इस आभूषण-मंडित संसार में पली हुई जालपा का यह आभूषण-प्रेम स्वाभाविक ही था।

महीने-भर से ऊपर हो गया उसकी दशा ज्यों-की-त्यों है। न कुछ खाती-पीती है, न किसी से हँसती बोलती है। खाट पर पड़ी हुई शून्य नजरों से शून्याकाश की ओर ताकती रहती है। सारा घर समझाकर हार गया, पड़ोसिनें समझाकर हार गई, दीनदयाल आकर समझा गए, पर जालपा ने रोग-शय्या न छोड़ी। उसे अब घर में किसी पर विश्वास नहीं है, यहाँ तक कि रमा से भी उदासीन रहती है। वह समझती है, सारा घर मेरी उपेक्षा कर रहा है। सबके-सब मेरे प्राण के ग्राहक हो रहे हैं। जब इनके पास इतना धन है, तो फिर मेरे गहने क्यों नहीं बनवाते? जिससे हम सबसे अधिक स्नेह रखते हैं, उसी पर सबसे अधिक रोष भी करते हैं। जालपा को सबसे अधिक क्रोध रमानाथ पर था। अगर यह अपने माता-पिता से जोर देकर कहते, तो

कोई इनकी बात न टाल सकता, पर यह कुछ कहें भी-इनके मुँह में तो दही जमा हुआ है। मुझसे प्रेम होता, तो यों निश्चिंत न बैठे रहते। जब तक सारी चीजें न बनवा लेते, रात को नींद न आती। मुँह देखे की मुहब्बत है, माँ-बाप से कैसे कहें, जाएँगे तो अपनी ही ओर, मैं कौन हूँ! वह रमा से केवल खिंची ही न रहती थी, वह कभी कुछ पूछता तो दोचार जली कटी सुना देती। बेचारा अपना-सा मुँह लेकर रह जाता! गरीब अपनी ही लगाई हुई आग में जला जाता था। अगर वह जानता कि उन डींगों का यह फल होगा, तो वह जबान पर मुहर लगा लेता। चिंता और ग्लानि उसके हृदय को कुचले डालती थी। कहाँ सुबह से शाम तक हँसी-कहकहे, सैर-सपाटे में कटते थे, कहाँ अब नौकरी की तलाश में ठोकरें खाता फिरता था। सारी मस्ती गायब हो गई। बार-बार अपने पिता पर क्रोध आता, यह चाहते तो दो-चार महीने में सब रूपये अदा हो जाते, मगर इन्हें क्या फिक्र! मैं चाहे मर जाऊँ पर यह अपनी टेक न छोड़ेंगे। उसके प्रेम से भरे हुए, निष्कपट हृदय में आग-सी सुलगती रहती थी। जालपा का मुरझाया हुआ मुख देखकर उसके मुँह से ठंडी सांस निकल जाती थी। वह सुखद प्रेम-स्वप्न इतनी जल्द भंग हो गया, क्या वे दिन फिर कभी आएंगे-तीन हजार के गहने कैसे बनेंगे-अगर नौकर भी हुआ, तो ऐसा कौन-सा बड़ा ओहदा मिल जाएगा-तीन हजार तो शायद तीन जन्म में भी न जमा हों। वह कोई ऐसा उपाय सोच निकालना चाहता था, जिसमें वह जल्द-से-जल्द अतुल संपत्ति का स्वामी हो जाय। कहीं उसके नाम कोई लाटरी निकल आती! फिर तो वह जालपा को आभूषणों से मढ़ देता। सबसे पहले चन्द्रहार बनवाता। उसमें हीरे जड़े होते। अगर इस वक्त उसे जाली नोट बनाना आ जाता तो अवश्य बनाकर चला देता। एक दिन वह शाम तक नौकरी की तलाश में मारा-मारा फिरता रहा।

आठ

शतरंज की बदौलत उसका कितने ही अच्छे-अच्छे आदमियों से परिचय था, लेकिन वह संकोच और डर के कारण किसी से अपनी स्थिति प्रकट न कर सकता था। यह भी जानता था कि यह मान-सम्मान उसी वक्त तक है, जब तक किसी के समाने मदद के लिए हाथ नहीं फैलाता। यह आन टूटी, फिर कोई बात भी न पूछेगा। कोई ऐसा भलामानुस न दीखता था, जो कुछ बिना कहे ही जान जाए, और उसे कोई अच्छी-सी जगह दिला दे। आज उसका चित्त बहुत खिन्न था। मित्रों पर ऐसा क्रोध आ रहा था कि एक-एक को फटकारे और आएं तो द्वार से दुत्कार दे। अब किसी

ने शतरंज खेलने को बुलाया, तो ऐसी फटकार सुनाऊंगा कि बच्चा याद करें, मगर वह जरा गौर करता तो उसे मालूम हो जाता कि इस विषय में मित्रों का उतना दोष न था, जितना खुद उसका। कोई ऐसा मित्र न था, जिससे उसने बढ़-बढ़कर बातें न की हों। यह उसकी आदत थी। घर की असली दशा को वह सदैव बदनामी की तरह छिपाता रहा और यह उसी का फल था कि इतने मित्रों के होते हुए भी वह बेकार था। वह किसी से अपनी मनोव्यथा न कह सकता था और मनोव्यथा सांस की भांति अंदर घुटकर असह्य हो जाती है। घर में आकर मुँह लटकाए हुए बैठ गया।

जागेश्वरी ने पानी लाकर रख दिया और पूछा-आज तुम दिनभर कहाँ रहे? लो हाथ-मुँह धो डालो। रमा ने लोटा उठाया ही था कि जालपा ने आकर उग्र भाव से कहा-मुझे मेरे घर पहुँचा दो, इसी वक्त!

रमा ने लोटा रख दिया और उसकी ओर इस तरह ताकने लगा, मानो उसकी बात समझ में न आई हो।

जागेश्वरी बोली-भला इस तरह कहीं बहू-बेटियाँ विदा होती हैं, कैसी बात कहती हो, बहू?

जालपा-मैं उन बहू-बेटियों में नहीं हूँ। मेरा जिस वक्त जी चाहेगा, जाऊँगी, जिस वक्त जी चाहेगा, आऊँगी। मुझे किसी का डर नहीं है। जब यहाँ कोई मेरी बात नहीं पूछता, तो मैं भी किसी को अपना नहीं समझती। सारे दिन अनाथों की तरह पड़ी रहती हूँ। कोई झांकता तक नहीं। मैं चिड़िया नहीं हूँ, जिसका पिंजड़ा दाना-पानी रखकर बंद कर दिया जाय। मैं भी आदमी हूँ। अब इस घर में मैं क्षण-भर न रूकुँगी। अगर कोई मुझे भेजने न जायगा, तो अकेली चली जाउंगी। राह में कोई भेड़िया नहीं बैठा है, जो मुझे उठा ले जाएगा और उठा भी ले जाए, तो क्या गम। यहाँ कौन-सा सुख भोग रही हूँ।

रमा ने सावधान होकर कहा-आखिर कुछ मालूम भी तो हो, क्या बात हुई?

जालपा-बात कुछ नहीं हुई, अपना जी है। यहाँ नहीं रहना चाहती।

रमानाथ-भला इस तरह जाओगी तो तुम्हारे घरवाले क्या कहेंगे, कुछ यह भी तो सोचो!

जालपा-यह सब कुछ सोच चुकी हूँ, और ज्यादा नहीं सोचना चाहती। मैं जाकर अपने कपड़े बांधती हूँ और इसी गाड़ी से जाऊँगी।

यह कहकर जालपा ऊपर चली गई। रमा भी पीछे-पीछे यह सोचता हुआ चला, इसे कैसे शांत करूं। जालपा अपने कमरे में जाकर बिस्तर लपेटने लगी कि रमा ने उसका हाथ पकड़ लिया और बोला-तुम्हें मेरी कसम जो इस वक्त जाने का नाम लो!

जालपा ने त्योरी चढ़ाकर कहा–तुम्हारी कसम की हमें कुछ परवा नहीं है।

उसने अपना हाथ छुडालिया और फिर बिछावन लपेटने लगी। रमा खिसियाना–सा होकर एक किनारे खड़ा हो गया। जालपा ने बिस्तरबंद से बिस्तरे को बांध और फिर अपने संदूक को साफ करने लगी। मगर अब उसमें वह पहले–सी तत्परता न थी, बार–बार संदूक बंद करती और खोलती।

वर्षा बंद हो चुकी थी, केवल छत पर रूका हुआ पानी टपक रहा था। आखिर वह उसी बिस्तर के बंडल पर बैठ गई और बोली–तुमने मुझे कसम क्यों दिलाई? रमा के ह्रदय में आशा की गुदगुदी हुई। बोला–इसके सिवा मेरे पास तुम्हें रोकने का और क्या उपाय था?

जालपा–क्या तुम चाहते हो कि मैं यहीं घुट–घुटकर मर जाऊँ?

रमानाथ–तुम ऐसे मनहूस शब्द क्यों मुँह से निकालती हो? मैं तो चलने को तैयार हूँ, न मानोगी तो पहुँचाना ही पड़ेगा। जाओ, मेरा ईश्वर मालिक है, मगर कम–से–कम बाबूजी और अम्माँ से पूछ लो।

बुझती हुई आग में तेल पड़ गया। जालपा तड़पकर बोली–वह मेरे कौन होते हैं,जो उनसे पूछूं?

रमानाथ–कोई नहीं होते?

जालपा–कोई नहीं! अगर कोई होते, तो मुझे यों न छोड़ देते। रूपये रखते हुए कोई अपने प्रियजनों का कष्ट नहीं देख सकता ये लोग क्या मेरे आंसू न पोंछ सकते थे? मैं दिन–के दिन यहाँ पड़ी रहती हूँ, कोई झूठों भी पूछता है? मुहल्ले की स्त्रियाँ मिलने आती हैं, कैसे मिलूं? यह सूरत तो मुझसे नहीं दिखाई जाती। न कहीं आना न जाना, न किसी से बात न चीत, ऐसे कोई कितने दिन रह सकता है? मुझे इन लोगों से अब कोई आशा नहीं रही। आखिर दो लड़के और भी तो हैं, उनके लिए भी कुछ जोड़ेंगे कि तुम्हीं को दे दें!

रमा को बड़ी–बड़ी बातें करने का फिर अवसर मिला। वह खुश था कि इतने दिनों के बाद आज उसे प्रसन्न करने का मौका तो मिला बोला–प्रिये, तुम्हारा ख्याल बहुत ठीक है। जरूर यही बात है। नहीं तो ढाई–तीन हजार उनके लिए क्या बड़ी बात थी? पचासों हजार बैंक में जमा हैं, दफ्तर तो केवल दिल बहलाने जाते हैं।

जालपा–मगर हैं मक्खीचूस पल्ले सिरे के!

रमानाथ–मक्खीचूस न होते, तो इतनी संपत्ति कहाँ से आती!

जालपा–मुझे तो किसी की परवा नहीं है जी, हमारे घर किस बात की कमी है! दाल–रोटी वहाँ भी मिल जायगी। दो–चार सखी–सहेलियां हैं, खेत–खलिहान हैं, बाग–बगीचे हैं, जी बहलता रहेगा।

रमानाथ–और मेरी क्या दशा होगी, जानती हो? घुल-घुलकर मर जाऊँगा। जब से चोरी हुई, मेरे दिल पर जैसी गुजरती है, वह दिल ही जानता है। अम्माँ और बाबूजी से एक बार नहीं, लाखों बार कहा, जोर देकर कहा कि दो-चार चीजें तो बनवा ही दीजिए, पर किसी के कान पर जूं तक न रेंगी। न जाने क्यों मुझसे आँखें उधर कर लीं।

जालपा–जब तुम्हारी नौकरी कहीं लग जाय, तो मुझे बुला लेना।

रमानाथ–तलाश कर रहा हूँ। बहुत जल्द मिलने वाली है। हजारों बड़े-बड़े आदमियों से मुलाकात है, नौकरी मिलते क्या देर लगती है, हाँ, जरा अच्छी जगह चाहता हूँ।

जालपा–मैं इन लोगों का रूख समझती हूँ। मैं भी यहाँ अब दावे के साथ रहूँगी। क्यों, किसी से नौकरी के लिए कहते नहीं हो?

रमानाथ–शर्म आती है किसी से कहते हुए।

जालपा–इसमें शर्म की कौन-सी बात है–कहते शर्म आती हो, तो खत लिख दो।

रमा उछल पड़ा, कितना सरल उपाय था और अभी तक यह सीधी-सी बात उसे न सूझी थी। बोला–हाँ, यह तुमने बहुत अच्छी तरकीब बतलाई, कल जरूर लिखूंगा।

जालपा–मुझे पहुँचाकर आना तो लिखना। कल ही थोड़े लौट आओगे।

रमानाथ–तो क्या तुम सचमुच जाओगी? तब मुझे नौकरी मिल चुकी और मैं खत लिख चुका! इस वियोग के दुःख में बैठकर रोऊंगा कि नौकरी ढूंढूंगा। नहीं, इस वक्त जाने का विचार छोड़ो। नहीं, सच कहता हूँ, मैं कहीं भाग जाऊँगा। मकान का हाल देख चुका। तुम्हारे सिवा और कौन बैठा हुआ है, जिसके लिए यहाँ पड़ा-सड़ा करूं। हटो तो जरा मैं बिस्तर खोल दूं।

जालपा ने बिस्तर पर से जरा खिसककर कहा–मैं बहुत जल्द चली आऊँगी। तुम गए और मैं आई।

रमा ने बिस्तर खोलते हुए कहा–जी नहीं, माफ कीजिए, इस धोखे में नहीं आता। तुम्हें क्या, तुम तो सहेलियों के साथ विहार करोगी, मेरी खबर तक न लोगी, और यहाँ मेरी जान पर बन आवेगी। इस घर में फिर कैसे कदम रक्खा जायगा।

जालपा ने एहसान जताते हुए कहा–आपने मेरा बंधा-बंधाया बिस्तर खोल दिया, नहीं तो आज कितने आनंद से घर पहुँच जाती। शहजादी सच कहती थी, मर्द बड़े टोनहे होते हैं। मैंने आज पक्का इरादा कर लिया था कि चाहे ब्रह्मा भी उतर

आएं, पर मैं न मानूंगी। पर तुमने दो ही मिनट में मेरे सारे मनसूबे चौपट कर दिए। कल खत लिखना जरूर। बिना कुछ पैदा किए अब निर्वाह नहीं है।

रमानाथ-कल नहीं, मैं इसी वक्त जाकर दो-तीन चिट्ठियाँ लिखता हूँ।

जालपा-पान तो खाते जाओ।

रमानाथ ने पान खाया और मर्दाने कमरे में आकर खत लिखने बैठे। मगर फिर कुछ सोचकर उठ खड़े हुए और एक तरफ को चल दिए। स्त्री का सप्रेम आग्रह पुरूष से क्या नहीं करा सकता।

नौ

रमा के परिचितों में एक रमेश बाबू म्यूनिसिपल बोर्ड में हेड क्लर्क थे। उम्र तो चालीस के ऊपर थी, पर थे बड़े रसिक। शतरंज खेलने बैठ जाते, तो सवेरा कर देते। दफ्तर भी भूल जाते। न आगे नाथ न पीछे पगहा जवानी में स्त्री मर गई थी, दूसरा विवाह नहीं किया। उस एकांत जीवन में सिवा विनोद के और क्या अवलंब था। चाहते तो हजारों के वारे-न्यारे करते, पर रिश्वत की कौड़ी भी हराम समझते थे। रमा से बड़ा स्नेह रखते थे। और कौन ऐसा निठल्ला था, जो रात-रात भर उनसे शतरंज खेलता। आज कई दिन से बेचारे बहुत व्याकुल हो रहे थे। शतरंज की एक बाजी भी न हई। अखबार कहाँ तक पढ़ते। रमा इधर दो-एक बार आया अवश्य, पर बिसात पर न बैठा रमेश बाबू ने मुहरे बिछा दिए। उसको पकड़कर बैठाया, पर वह बैठा नहीं। वह क्यों शतरंज खेलने लगा। बहू आई है, उसका मुँह देखेगा, उससे प्रेमालाप करेगा कि इस बूढ़े के साथ शतरंज खेलेगा! कई बार जी में आया, उसे बुलवाएं, पर यह सोचकर कि वह क्यों आने लगा, रह गए। कहाँ जायं-सिनेमा ही देख आवें-किसी तरह समय तो कटे। सिनेमा से उन्हें बहुत प्रेम न था, पर इस वक्त उन्हें सिनेमा के सिवा और कुछ न सूझा। कपड़े पहने और जाना ही चाहते थे कि रमा ने कमरे में कदम रखा। रमेश उसे देखते ही गेंद की तरह लुढ़ककर द्वार पर जा पहुँचे और उसका हाथ पकड़कर बोले-आइए, आइए, बाबू रमानाथ साहब बहादुर! तुम तो इस बुड्ढे को बिलकुल भूल ही गए। हाँ भाई, अब क्यों आओगे? प्रेमिका की रसीली बातों का आनंद यहाँ कहाँ? चोरी का कुछ पता चला?

रमानाथ-कुछ भी नहीं।

रमेश-बहुत अच्छा हुआ, थाने में रपट नहीं लिखाई, नहीं सौ-दो सौ के मत्थे और जाते। बहू को तो बड़ा दुःख हुआ होगा?

रमानाथ–कुछ पूछिए मत, तभी से दाना–पानी छोड़ रक्खा है? मैं तो तंग आ गया जी में आता है, कहीं भाग जाऊँ। बाबूजी सुनते नहीं।

रमेश–बाबूजी के पास क्या कहीं का खजाना रक्खा हुआ है? अभी चार पाँच हजार खर्च किए हैं, फिर कहाँ से लाकर गहने बनवा दें? दस–बीस हजार रूपये होंगे, तो अभी तो बच्चे भी तो सामने हैं और नौकरी का भरोसा ही क्या पचास रू. होता ही क्या है?

रमानाथ–मैं तो मुसीबत में फँस गया अब मालूम होता है, कहीं नौकरी करनी पड़ेगी। चैन से खाते और मौज उड़ाते थे, नहीं तो बैठे–बैठाए इस मायाजाल में फँसे। अब बतलाइए, है कहीं नौकरी–चाकरी का सहारा?

रमेश ने ताक पर से मुहरे और बिसात उतारते हुए कहा–आओ एक बाजी हो जाए, फिर इस मामले को सोचें, इसे जितना आसान समझ रहे हो, उतना आसान नहीं है। अच्छे–अच्छे धक्के खा रहे हैं।

रमानाथ–मेरा तो इस वक्त खेलने को जी नहीं चाहता। जब तक यह प्रश्न हल न हो जाय, मेरे होश ठिकाने नहीं होंगे।

रमेश बाबू ने शतरंज के मुहरे बिछाते हुए कहा–आओ बैठो। एक बार तो खेल लो, फिर सोचें, क्या हो सकता है।

रमानाथ–जरा भी जी नहीं चाहता, मैं जानता कि सिर मुंडाते ही ओले पड़ेंगे, तो मैं विवाह के नजदीक ही न जाता!

रमेश–अजी, दो–चार चालें चलो तो आप–ही–आप जी लग जायगा। जरा अक्ल की गांठ तो खुले।

बाजी शुरू हुई। कई मामूली चालों के बाद रमेश बाबू ने रमा का रूख पीट लिया

रमानाथ–ओह, क्या गलती हुई!

रमेश बाबू की आँखों में नशे की–सी लाली छाने लगी। शतरंज उनके लिए शराब से कम मादक न था। बोले–बोहनी तो अच्छी हुई! तुम्हारे लिए मैं एक जगह सोच रहा हूँ। मगर वेतन बहुत कम है, केवल तीस रूपये। वह रंगी दाढ़ी वाले खां साहब नहीं हैं, उनसे काम नहीं होता। कई बार बचा चुका हूँ। सोचता था, जब तक किसी तरह काम चले, बने रहें। बाल–बच्चे वाले आदमी हैं। वह तो कई बार कह चुके हैं, मुझे छुट्टी दीजिए। तुम्हारे लायक तो वह जगह नहीं है, चाहो तो कर लो। यह कहते–कहते रमा का फीला मार लिया। रमा ने फीले को फिर उठाने की चेष्टा करके कहा–आप मुझे बातों में लगाकर मेरे मुहरे उड़ाते जाते हैं, इसकी सनद नहीं, लाओ मेरा फीला।

रमेश-देखो भाई, बेईमानी मत करो। मैंने तुम्हारा फीला जबरदस्ती तो नहीं उठाया हाँ, तो तुम्हें वह जगह मंजूर है?

रमानाथ-वेतन तो तीस है।

रमेश-हाँ, वेतन तो कम है, मगर शायद आगे चलकर बढ़ जाय। मेरी तो राय है, कर लो।

रमानाथ-अच्छी बात है, आपकी सलाह है तो कर लूंगा।

रमेश-जगह आमदनी की है। मियाँ ने तो उसी जगह पर रहते हुए लड़कों को एम.ए., एल.एल. बी. करा लिया दो कॉलेज में पढ़ते हैं। लड़कियों की शादियां अच्छे घरों में कीं। हाँ, जरा समझ-बूझकर काम करने की जरूरत है।

रमानाथ-आमदनी की मुझे परवा नहीं, रिश्वत कोई अच्छी चीज तो है नहीं।

रमेश-बहुत खराब, मगर बाल-बच्चों वाले आदमी क्या करें। तीस रूपयों में गुजर नहीं हो सकती। मैं अकेला आदमी हूँ। मेरे लिए डेढ़ सौ काफी हैं। कुछ बचा भी लेता हूँ, लेकिन जिस घर में बहुत से आदमी हों, लड़कों की पढ़ाई हो, लड़कियों की शादियां हों, वह आदमी क्या कर सकता है। जब तक छोटे-छोटे आदमियों का वेतन इतना न हो जाएगा कि वह भलमनसी के साथ निर्वाह कर सकें, तब तक रिश्वत बंद न होगी। यही रोटी दाल, घी-दूध तो वह भी खाते हैं। फिर एक को तीस रूपये और दूसरे को तीन सौ रूपये क्यों देते हो? रमा का फर्जी पिट गया, रमेश बाबू ने बड़े जोर से कहकहा मारा।

रमा ने रोष के साथ कहा-अगर आप चुपचाप खेलते हैं तो खेलिए, नहीं मैं जाता हूँ। मुझे बातों में लगाकर सारे मुहरे उड़ा लिए!

रमेश-अच्छा साहब, अब बोलूं तो जबान पकड़ लीजिए। यह लीजिए, शह! तो तुम कल अर्जी दे दो। उम्मीद तो है, तुम्हें यह जगह मिल जाएगी, मगर जिस दिन जगह मिले, मेरे साथ रात-भर खेलना होगा।

रमानाथ-आप तो दो ही मातों में रोने लगते हैं।

रमेश-अजी वह दिन गए, जब आप मुझे मात दिया करते थे। आजकल चन्द्रमा बलवान हैं। क्या मजाल कि कोई मात दे सके। फिर शह!

रमानाथ-जी तो चाहता है, दूसरी बाजी मात देकर जाऊँ, मगर देर होगी।

रमेश-देर क्या होगी। अभी तो नौ बजे हैं। खेल लो, दिल का अरमान निकल जाय। यह शह और मात!

रमानाथ-अच्छा कल की रही। कल ललकार कर पाँच मातें न दी हों तो कहिएगा।

रमेश-अजी जाओ भी, तुम मुझे क्या मात दोगे! हिम्मत हो, तो अभी सही!

रमानाथ–अच्छा आइए, आप भी क्या कहेंगे, मगर मैं पाँच बाजियों से कम न खेलूंगा!

रमेश–पाँच नहीं, तुम दस खेलो जी। रात तो अपनी है। तो चलो फिर खाना खा लें। तब निश्चिन्त होकर बैठे। तुम्हारे घर कहलाए देता हूँ कि आज यहीं सोएंगे, इंतजार न करें।

दोनों ने भोजन किया और फिर शतरंज पर बैठे पहली बाजी में ग्यारह बज गए। रमेश बाबू की जीत रही। दूसरी बाजी भी उन्हीं के हाथ रही। तीसरी बाजी खत्म हुई तो दो बज गए।

रमानाथ–अब तो मुझे नींद आ रही है।

रमेश–तो मुँह धो डालो, बरग रक्खी हुई है। मैं पाँच बाजियाँ खेले बगैर सोने न दूँगा।

रमेश बाबू को यह विश्वास हो रहा था कि आज मेरा सितारा बुलंद है। नहीं तो रमा को लगातार तीन मात देना आसान न था। वह समझ गए थे, इस वक्त चाहे जितनी बाजियाँ खेलूं, जीत मेरी ही होगी मगर जब चौथी बाजी हार गए, तो यह विश्वास जाता रहा उलटे यह भय हुआ कि कहीं लगातार हारता न जाऊँ। बोले–अब तो सोना चाहिए।

रमानाथ–क्यों, पाँच बाजियाँ पूरी न कर लीजिए?

रमेश–कल दफ्तर भी तो जाना है।

रमा ने अधिक आग्रह न किया दोनों सोए।

रमा यों ही आठ बजे से पहले न उठता था, फिर आज तो तीन बजे सोया था। आज तो उसे दस बजे तक सोने का अधिकार था। रमेश नियमानुसार पाँच बजे उठ बैठे, स्नान किया, संध्या की, घूमने गए और आठ बजे लौटे, मगर रमा तब तक सोता ही रहा आखिर जब साढ़े नौ बज गए तो उन्होंने उसे जगाया

रमा ने बिगड़कर कहा–नाहक जगा दिया, कैसी मजे की नींद आ रही थी।

रमेश–अजी वह अर्जी देना है कि नहीं तुमको?

रमानाथ–आप दे दीजिएगा।

रमेश–और जो कहीं साहब ने बुलाया, तो मैं ही चला जाऊँगा?

रमानाथ–ऊंह, जो चाहे कीजिएगा, मैं तो सोता हूँ।

रमा फिर लेट गया और रमेश ने भोजन किया, कपड़े पहने और दफ्तर चलने को तैयार हुए। उसी वक्त रमानाथ हड़बड़ाकर उठा और आँखें मलता हुआ बोला–मैं भी चलूंगा।

रमेश–अरे मुँह-हाथ तो धो ले, भले आदमी!

रमानाथ-आप तो चले जा रहे हैं।

रमेश-नहीं, अभी पंद्रह-बीस मिनट तक रूक सकता हूँ, तैयार हो जाओ।

रमानाथ-मैं तैयार हूँ। वहाँ से लौटकर घर भोजन करूंगा।

रमेश-कहता तो हूँ, अभी आधा घंटे तक रूका हुआ हूँ।

रमा ने एक मिनट में मुँह धोया, पाँच मिनट में भोजन किया और चटपट रमेश के साथ दफ्तर चला।

रास्ते में रमेश ने मुस्कराकर कहा-घर क्या बहाना करोगे, कुछ सोच रक्खा है?

रमानाथ-कह दूँगा, रमेश बाबू ने आने नहीं दिया

रमेश-मुझे गालियां दिलाओगे और क्या फिर कभी न आने पाओगे।

रमानाथ-ऐसा स्त्री-भक्त नहीं हूँ। हाँ, यह तो बताइए, मुझे अर्जी लेकर तो साहब के पास न जाना पड़ेगा?

रमेश-और क्या तुम समझते हो, घर बैठे जगह मिल जायगी? महीनों दौड़ना पड़ेगा, महीनों! बीसियों सिफारिशें लानी पडेंगी। सुबह-शाम हाजिरी देनी पड़ेगी। क्या नौकरी मिलना आसान है?

रमानाथ-तो मैं ऐसी नौकरी से बाज आया मुझे तो अर्जी लेकर जाते ही शर्म आती है। खुशामदें कौन करेगा-पहले मुझे क्लर्कों पर बड़ी हँसी आती थी, मगर वही बला मेरे सिर पड़ी। साहब डांट-वांट तो न बताएंगे?

रमेश-बुरी तरह डांटता है, लोग उसके सामने जाते हुए कांपते हैं।

रमानाथ-तो फिर मैं घर जाता हूँ। यह सब मुझसे न बरदाश्त होगा।

रमेश-पहले सब ऐसे ही घबाराते हैं, मगर सहते-सहते आदत पड़ जाती है। तुम्हारा दिल धड़क रहा होगा कि न जाने कैसी बीतेगी। जब मैं नौकर हुआ, तो तुम्हारी ही उम्र मेरी भी थी, और शादी हुए तीन ही महीने हुए थे। जिस दिन मेरी पेशी होने वाली थी, ऐसा घबराया हुआ था मानो फांसी पाने जा रहा हूँ; मगर तुम्हें डरने का कोई कारण नहीं है। मैं सब ठीक कर दूँगा।

रमानाथ-आपको तो बीस-बाईस साल नौकरी करते हो गए होंगे!

रमेश-पूरे पच्चीस हो गए, साहब! बीस बरस तो स्त्री का देहाँत हुए हो गए। दस रूपये पर नौकर हुआ था!

रमानाथ-आपने दूसरी शादी क्यों नहीं की-तब तो आपकी उम्र पच्चीस से ज्यादा न रही होगी।

रमेश ने हँसकर कहा-बरफी खाने के बाद गुड़ खाने को किसका जी चाहता है? महल का सुख भोगने के बाद झोंपड़ा किसे अच्छा लगता है? प्रेम आत्मा को

तृप्त कर देता है। तुम तो मुझे जानते हो, अब तो बूढ़ा हो गया हूँ, लेकिन मैं तुमसे सच कहता हूँ, इस विधुर-जीवन में मैंने किसी स्त्री की ओर आँख तक नहीं उठाई। कितनी ही सुंदरियाँ देखीं, कई बार लोगों ने विवाह के लिए घेरा भी, लेकिन कभी इच्छा ही न हुई। उस प्रेम की मधुर स्मृतियों में मेरे लिए प्रेम का सजीव आनंद भरा हुआ है। यों बातें करते हुए, दोनों आदमी दफ्तर पहुँच गए।

दस

रमा दफ्तर से घर पहुँचा, तो चार बज रहे थे। वह दफ्तर ही में था कि आसमान पर बादल घिर आए। पानी आया ही चाहता था, पर रमा को घर पहंचने की इतनी बेचैनी हो रही थी कि उससे रूका न गया। हाते के बाहर भी न निकलने पाया था कि जोर की वर्षा होने लगी। आषाढ़ का पहला पानी था, एक ही क्षण में वह लथपथ हो गया फिर भी वह कहीं रूका नहीं। नौकरी मिल जाने का शुभ समाचार सुनाने का आनंद इस दौड़ने की क्या परवाह कर सकता था? वेतन तो केवल तीस ही रूपये थे, पर जगह आमदनी की थी। उसने मन-ही-मन हिसाब लगा लिया था कि कितना मासिक बचत हो जाने से वह जालपा के लिए चन्द्रहार बनवा सकेगा। अगर पचास-साठ रूपये महीने भी बच जायं, तो पाँच साल में जालपा गहनों से लद जाएगी। कौन-सा आभूषण कितने का होगा, इसका भी उसने अनुमान कर लिया था। घर पहुँचकर उसने कपड़े भी न उतारे, लथपथ जालपा के कमरे में पहुँच गया

जालपा उसे देखते ही बोली-यह भीग कहाँ गए, रात कहाँ गायब थे?

रमानाथ-इसी नौकरी की फिक्र में पड़ा हुआ हूँ। इस वक्त दफ्तर से चला आता हूँ। म्युनिसिपैलिटी के दफ्तर में मुझे एक जगह मिल गई।

जालपा ने उछलकर पूछा-सच! कितने की जगह है?

रमा को ठीक-ठीक बतलाने में संकोच हुआ। तीस की नौकरी बताना अपमान की बात थी। स्त्री के नजरों में तुच्छ बनना कौन चाहता है। बोला-अभी तो चालीस मिलेंगे, पर जल्द तरक्की होगी। जगह आमदनी की है।

जालपा ने उसके लिए किसी बड़े पद की कल्पना कर रखी थी। बोली-चालीस में क्या होगा? भला साठ सभार तो होते!

रमानाथ-मिल तो सकती थी सौ रूपये की भी, पर यहाँ रौब है, और आराम है। पचास-साठ रूपये ऊपर से मिल जाएँगे।

जालपा-तो तुम घूस लोगे, गरीबों का गला काटोगे?

रमा ने हँसकर कहा-नहीं प्रिये, वह जगह ऐसी नहीं कि गरीबों का गला काटना पड़े। बड़े-बड़े महाजनों से रकमें मिलेगी और वह खुशी से गले लगायेंगे। मैं जिसे चाहूँ दिनभर दफ्तर में खड़ा रक्खूं, महाजनों का एक-एक मिनट एक-एक अशरफी के बराबर है। जल्द-से-जल्द अपना काम कराने के लिए वे खुशामद भी करेंगे, पैसे भी देंगे।

जालपा संतुष्ट हो गई, बोली-हाँ, तब ठीक है। गरीबों का काम यों ही कर देना। रमानाथ-वह तो करूंगा ही।

जालपा-अभी अम्माँजी से तो नहीं कहा?जाकर कह आओ। मुझे तो सबसे बड़ी खुशी यही है कि अब मालूम होगा कि यहाँ मेरा भी कोई अधिकार है।

रमानाथ-हाँ, जाता हूँ, मगर उनसे तो मैं बीस ही बतलाऊंगा।

जालपा ने उल्लसित होकर कहा-हाँ जी, बल्कि पंद्रह ही कहना, ऊपर की आमदनी की तो चर्चा ही करना व्यर्थ है। भीतर का हिसाब वे ले सकते हैं। मैं सबसे पहले चन्द्रहार बनवाऊंगी।

इतने में डाकिए ने पुकारा। रमा ने दरवाजे पर जाकर देखा, तो उसके नाम एक पार्सल आया था। महाशय दीनदयाल ने भेजा था। लेकर खुश-खुश घर में आए और जालपा के हाथों में रखकर बोले-तुम्हारे घर से आया है, देखो इसमें क्या है?

रमा ने चटपट कैंची निकाली और पार्सल खोला उसमें देवदार की एक डिबिया निकली। उसमें एक चन्द्रहार रक्खा हुआ था। रमा ने उसे निकालकर देखा और हँसकर बोला-ईश्वर ने तुम्हारी सुन ली, चीज तो बहुत अच्छी मालूम होती है।

जालपा ने कुंठित स्वर में कहा-अम्माँजी को यह क्या सूझी, यह तो उन्हीं का हार है। मैं तो इसे न लूंगी। अभी डाक का वक्त हो तो लौटा दो।

रमा ने विस्मित होकर कहा-लौटाने की क्या जरूरत है, वह नाराज न होंगी?

जालपा ने नाक सिकोड़कर कहा-मेरी बला से, रानी रूठेंगी अपना सुहाग लेंगी। मैं उनकी दया के बिना भी जीती रह सकती हूँ। आज इतने दिनों के बाद उन्हें मुझ पर दया आई है। उस वक्त दया न आई थी, जब मैं उनके घर से विदा हुई थी। उनके गहने उन्हें मुबारक हों। मैं किसी का एहसान नहीं लेना चाहती। अभी उनके ओढ़ने-पहनने के दिन हैं। मैं क्यों बाधक बनूं। तुम कुशल से रहोगे, तो मुझे बहुत गहने मिल जाएँगे। मैं अम्माँजी को यह दिखाना चाहती हूँ कि जालपा तुम्हारे गहनों की भूखी नहीं है।

रमा ने संतोष देते हुए कहा-मेरी समझ में तो तुम्हें हार रख लेना चाहिए। सोचो, उन्हें कितना दुःख होगा। विदाई के समय यदि न दिया तो, तो अच्छा ही किया नहीं तो और गहनों के साथ यह भी चला जाता।

जालपा-मैं इसे लूंगी नहीं, यह निश्चय है।

रमानाथ-आखिर क्यों?

जालपा-मेरी इच्छा!

रमानाथ-इस इच्छा क़ा कोई कारण भी तो होगा?

जालपा रूंधे हुए स्वर में बोली-कारण यही है कि अम्माँजी इसे खुशी से नहीं दे रही हैं, बहुत संभव है कि इसे भेजते समय वह रोई भी हों और इसमें तो कोई संदेह ही नहीं कि इसे वापस पाकर उन्हें सच्चा आनंद होगा।

देने वाले का हृदय देखना चाहिए। प्रेम से यदि वह मुझे एक छल्ला भी दे दें, तो मैं दोनों हाथों से ले लूं। जब दिल पर सब्र करके दुनिया की लाज से या किसी के धिक्कारने से दिया, तो क्या दिया, दान भिखारिनियों को दिया जाता है। मैं किसी का दान न लूंगी, चाहे वह माता ही क्यों न हों।

माता के प्रति जालपा का यह द्वेष देखकर रमा और कुछ न कह सका। द्वेष तर्क और प्रमाण नहीं सुनता। रमा ने हार ले लिया और चारपाई से उठता हुआ बोला-जरा अम्माँ और बाबू जी को तो दिखा दूं। कम-से-कम उनसे पूछ तो लेना ही चाहिए। जालपा ने हार उसके हाथ से छीन लिया और बोली-वे लोग मेरे कौन होते हैं, जो मैं उनसे पूछूं-केवल एक घर में रहने का नाता है। जब वह मुझे कुछ नहीं समझते, तो मैं भी उन्हें कुछ नहीं समझती।

यह कहते हुए उसने हार को उसी डिब्बे में रख दिया, और उस पर कपड़ा लपेटकर सीने लगी। रमा ने एक बार डरते-डरते फिर कहा-ऐसी जल्दी क्या है, दस-पाँच दिन में लौटा देना। उन लोगों की भी खातिर हो जाएगी। इस पर जालपा ने कठोर नजरों से देखकर कहा-जब तक मैं इसे लौटा न दूँगी, मेरे दिल को चैन न आएगा। मेरे हृदय में कांटा-सा खटकता रहेगा। अभी पार्सल तैयार हुआ जाता है, हाल ही लौटा दो। एक क्षण में पार्सल तैयार हो गया और रमा उसे लिये हुए चिंतित भाव से नीचे चला।

ग्यारह

महाशय दयानाथ को जब रमा के नौकर हो जाने का हाल मालूम हुआ, तो बहुत खुश हुए। विवाह होते ही वह इतनी जल्द चेतेगा इसकी उन्हें आशा न थी। बोले-जगह तो अच्छी है। ईमानदारी से काम करोगे, तो किसी अच्छे पद पर पहुँच जाओगे। मेरा यही उपदेश है कि पराए पैसे को हराम समझना।

रमा के जी में आया कि साफ कह दूं-अपना उपदेश आप अपने ही लिए रखिए, यह मेरे अनुकूल नहीं है।' मगर इतना बेहया न था।

दयानाथ ने फिर कहा-यह जगह तो तीस रूपये की थी, तुम्हें बीस ही रूपए मिले?

रमानाथ-नए आदमी को पूरा वेतन कैसे देते, शायद साल-छः महीने में बढ़ जाय। काम बहुत है।

दयानाथ-तुम जवान आदमी हो, काम से न घबड़ाना चाहिए।

रमा ने दूसरे दिन नया सूट बनवाया और फैशन की कितनी ही चीजें खरीदीं। ससुराल से मिले हुए रूपये कुछ बच रहे थे। कुछ मित्रों से उधार ले लिए। वह साहबी ठाठ बनाकर सारे दफ्तर पर रोब जमाना चाहता था। कोई उससे वेतन तो पूछेगा नहीं, महाजन लोग उसका ठाठ-बाट देखकर सहम जाएँगे। वह जानता था, अच्छी आमदनी तभी हो सकती है जब अच्छा ठाठ हो, सड़क के चौकीदार को एक पैसा काफी समझा जाता है, लेकिन उसकी जगह सार्जंट हो, तो किसी की हिम्मत ही न पड़ेगी कि उसे एक पैसा दिखाए। फटेहाल भिखारी के लिए चुटकी बहुत समझी जाती है, लेकिन गेरूए रेशम धारण करने वाले बाबाजी को लजाते-लजाते भी एक रूपया देना ही पड़ता है। शेष और भीख में सनातन से मित्रता है।

तीसरे दिन रमा कोट-पैंट पहनकर और हैट लगाकर निकला, तो उसकी शान ही कुछ और हो गई। चपरासियों ने झुककर सलाम किए। रमेश बाबू से मिलकर जब वह अपने काम का चार्ज लेने आया, तो देखा एक बरामदे में फटी हुई मैली दरी पर एक मियाँ साहब संदूक पर रजिस्टर फैलाए बैठे हैं और व्यापारी लोग उन्हें चारों तरफ से घेरे खड़े हैं। सामने गाड़ियों, ठेलों और इक्कों का बाजार लगा हुआ है। सभी अपने-अपने काम की जल्दी मचा रहे हैं। कहीं लोगों में गाली-गलौज हो रही है, कहीं चपरासियों में हँसी-दिल्लगी। सारा काम बड़े ही अव्यवस्थित रूप से हो रहा है। उस फटी हुई दरी पर बैठना रमा को अपमानजनक जान पड़ा। वह सीधे रमेश बाबू से जाकर बोला-क्या मुझे भी इसी मैली दरी पर बिठाना चाहते हैं?एक अच्छी-सी मेज और कई कुर्सियाँ भिजवाइए और चपरासियों को हुक्म दीजिए कि एक आदमी से ज्यादा मेरे सामने न आने पावे। रमेश बाबू ने मुस्कराकर मेज और कुर्सियाँ भिजवा दीं। रमा शान से कुर्सी पर बैठा बूढ़े मुंशीजी उसकी उच्छृंखलता पर दिल में हँस रहे थे। समझ गए, अभी नया जोश है, नई सनक है। चार्ज दे दिया चार्ज में था ही क्या, केवल आज की आमदनी का हिसाब समझा देना था। किस जिस पर किस हिसाब से चुंगी ली जाती है, इसकी छपी हुई तालिका मौजूद थी, रमा आधा घंटे में अपना काम समझ गया। बूढ़े मुंशीजी ने यद्यपि खुद ही यह जगह छोड़ी

थी, पर इस वक्त जाते हुए उन्हें दुःख हो रहा था। इसी जगह वह तीस साल से बराबर बैठते चले आते थे। इसी जगह की बदलौत उन्होंने धन और यश दोनों ही कमाया था। उसे छोड़ते हुए क्यों न दुःख होता। चार्ज देकर जब वह विदा होने लगे तो रमा उनके साथ जीने के नीचे तक गया। खां साहब उसकी इस नम्रता से प्रसन्न हो गए। मुस्कराकर बोले–हर एक बिल्टी पर एक आना बंधा हुआ है, खुली हुई बात है। लोग शौक से देते हैं। आप अमीर आदमी हैं, मगर रस्म न बिगाड़िएगा। एक बार कोई रस्म टूट जाती है, तो उसका बंधना मुश्किल हो जाता है। इस एक आने में आधा चपरासियों का हक है। जो बड़े बाबू पहले थे, वह पचीस रूपये महीना लेते थे, मगर यह कुछ नहीं लेते।

रमा ने अरूचि प्रकट करते हुए कहा–गंदा काम है, मैं सफाई से काम करना चाहता हूँ।

बूढ़े मियाँ ने हँसकर कहा–अभी गंदा मालूम होता है, लेकिन फिर इसी में मजा आएगा।

खां साहब को विदा करके रमा अपनी कुर्सी पर आ बैठा और एक चपरासी से बोला–इन लोगों से कहो, बरामदे के नीचे चले जाएँ। एक-एक करके नंबरवार आवें, एक कागज पर सबके नाम नंबरवार लिख लिया करो।

एक बनिया, जो दो घंटे से खड़ा था, खुश होकर बोला–हाँ सरकार, यह बहुत अच्छा होगा।

रमानाथ–जो पहले आवे, उसका काम पहले होना चाहिए। बाकी लोग अपना नंबर आने तक बाहर रहें। यह नहीं कि सबसे पीछे वाले शोर मचाकर पहले आ जाएँ और पहले वाले खड़े मुँह ताकते रहें। कई व्यापारियों ने कहा–हाँ बाबूजी, यह इंतजाम हो जाए, तो बहुत अच्छा हो भभ्भड़ में बड़ी देर हो जाती है।

इतना नियंत्रण रमा का रोब जमाने के लिए काफी था। वणिक-समाज में आज ही उसके रंग-ढंग की आलोचना और प्रशंसा होने लगी। किसी बड़े कॉलेज के प्रोफसर को इतनी ख्याति उम्रभर में न मिलती। दो-चार दिन के अनुभव से ही रमा को सारे दांव-घात मालूम हो गए। ऐसी-ऐसी बातें सूझ गई जो खां साहब को ख्वाब में भी न सूझी थीं। माल की तौल, गिनती और परख में इतनी धांधली थी जिसकी कोई हद नहीं। जब इस धांधली से व्यापारी लोग सैकड़ों की रकम डकार जाते हैं, तो रमा बिल्टी पर एक आना लेकर ही क्यों संतुष्ट हो जाय, जिसमें आध ा आना चपरासियों का है। माल की तौल और परख में दृढ़ता से नियमों का पालन करके वह धन और कीर्ति, दोनों ही कमा सकता है। यह अवसर वह क्यों छोड़ने लगा–विशेषकर जब बड़े बाबू उसके गहरे दोस्त थे। रमेश बाबू इस नए रंगरूर की

कार्य-पटुता पर मुग्ध हो गए। उसकी पीठ ठोंककर बोले-कायदे के अंदर रहो और जो चाहो करो। तुम पर आंच तक न आने पायेगी।'

रमा की आमदनी तेजी से बढ़ने लगी। आमदनी के साथ प्रभाव भी बढ़ा। सूखी कलम घिसने वाले दफ्तर के बाबुओं को जब सिगरेट, पान, चाय या जलपान की इच्छा होती, तो रमा के पास चले आते, उस बहती गंगा में सभी हाथ धो सकते थे। सारे दफ्तर में रमा की सराहना होने लगी। पैसे को तो वह ठीकरा समझता है! क्या दिल है कि वाह! और जैसा दिल है, वैसी ही जबान भी। मालूम होता है, नस-नस में शराफत भरी हुई है। बाबुओं का जब यह हाल था, तो चपरासियों और मुहर्रिरों का पूछना ही क्या? सब-के-सब रमा के बिना दामों गुलाम थे। उन गरीबों की आमदनी ही नहीं, प्रतिष्ठा भी खूब बढ़ गई थी। जहाँ गाड़ीवान तक फटकार दिया करते थे, वहाँ अब अच्छे-अच्छे की गर्दन पकड़कर नीचे ढकेल देते थे। रमानाथ की तूती बोलने लगी।

मगर जालपा की अभिलाषाएं अभी एक भी पूरी न हुई। नागपंचमी के दिन मुहल्ले की कई युवतियाँ जालपा के साथ कजली खेलने आईं, मगर जालपा अपने कमरे के बाहर नहीं निकली। भादों में जन्माष्टमी का उत्सव आया। पड़ोस ही में एक सेठजी रहते थे, उनके यहाँ बड़ी धूमधाम से उत्सव मनाया जाता था। वहाँ से सास और बहू को बुलावा आया। जागेश्वरी गई, जालपा ने जाने से इंकार किया। इन तीन महीनों में उसने रमा से एक बार भी आभूषण की चर्चा न की,पर उसका यह एकांत-प्रेम, उसके आचरण से उत्तेजक था। इससे ज्यादा उत्तेजक वह पुराना सूची-पत्र था, जो एक दिन रमा कहीं से उठा लाया था। इसमें भांति-भांति के सुंदर आभूषणों के नमूने बने हुए थे। उनके मूल्य भी लिखे हुए थे। जालपा एकांत में इस सूची-पत्र को बड़े ध्यान से देखा करती। रमा को देखते ही वह सूची-पत्र छिपा लेती थी। इस हार्दिक कामना को प्रकट करके वह अपनी हँसी न उड़वाना चाहती थी।

रमा आधी रात के बाद लौटा, तो देखा, जालपा चारपाई पर पड़ी है। हँसकर बोला-बड़ा अच्छा गाना हो रहा था। तुम नहीं गईं; बड़ी गलती की।

जालपा ने मुँह उधर कर लिया, कोई उत्तर न दिया। रमा ने फिर कहा-यहाँ अकेले पड़े-पड़े तुम्हारा जी घबाराता रहा होगा!

जालपा ने तीव्र स्वर में कहा-तुम कहते हो, मैंने गलती की, मैं समझती हूँ, मैंने अच्छा किया। वहाँ किसके मुँह में कालिख लगती।

जालपा ताना तो न देना चाहती थी, पर रमा की इन बातों ने उसे उत्तेजित कर दिया। रोष का एक कारण यह भी था कि उसे अकेली छोड़कर सारा घर उत्सव देखने चला गया। अगर उन लोगों के हृदय होता, तो क्या वहाँ जाने से इंकार न कर देते?

रमा ने लज्जित होकर कहा–कालिख लगने की तो कोई बात न थी, सभी जानते हैं कि चोरी हो गई है, और इस जमाने में दो–चार हजार के गहने बनवा लेना, मुँह का कौर नहीं है।

चोरी का शब्द जबान पर लाते हुए, रमा का ह्रदय धड़क उठा। जालपा पति की ओर तीव्र दृष्टि से देखकर रह गई। और कुछ बोलने से बात बढ़ जाने का भय था, पर रमा को उसकी दृष्टि से ऐसा भासित हुआ, मानो उसे चोरी का रहस्य मालूम है और वह केवल संकोच के कारण उसे खोलकर नहीं कह रही है। उसे उस स्वप्न की बात भी याद आई, जो जालपा ने चोरी की रात को देखा था। वह दृष्टि बाण के समान उसके ह्रदय को छेदने लगी; उसने सोचा, शायद मुझे भ्रम हुआ। इस दृष्टि में रोष के सिवा और कोई भाव नहीं है, मगर यह कुछ बोलती क्यों नहीं–चुप क्यों हो गई?उसका चुप हो जाना ही गजब था। अपने मन का संशय मिटाने और जालपा के मन की थाह लेने के लिए रमा ने मानो डुब्बी मारी–यह कौन जानता था कि डोली से उतरते ही यह विपत्ति तुम्हारा स्वागत करेगी।

जालपा आँखों में आंसू भरकर बोली–तो मैं तुमसे गहनों के लिए रोती तो नहीं हूँ। भाग्य में जो लिखा था, वह हुआ। आगे भी वही होगा, जो लिखा है। जो औरतें गहने नहीं पहनतीं, क्या उनके दिन नहीं कटते?'

इस वाक्य ने रमा का संशय तो मिटा दिया, पर इसमें जो तीव्र वेदना छिपी हुई थी, वह उससे छिपी न रही। इन तीन महीनों में बहुत प्रयत्न करने पर भी वह सौ रूपये से अधिक संग्रह न कर सका था। बाबू लोगों के आदर–सत्कार में उसे बहुत–कुछ फलना पड़ता था; मगर बिना खिलाए–पिलाए काम भी तो न चल सकता था। सभी उसके दुश्मन हो जाते और उसे उखाड़ने की घातें सोचने लगते। मुफ्त का धन अकेले नहीं हजम होता, यह वह अच्छी तरह जानता था। वह स्वयं एक पैसा भी व्यर्थ खर्च न करता। चतुर व्यापारी की भांति वह जो कुछ खर्च करता था, वह केवल कमाने के लिए। आश्वासन देते हुए बोला–ईश्वर ने चाहा तो दो–एक महीने में कोई चीज बन जाएगी।'

जालपा–मैं उन स्त्रियों में नहीं हूँ, जो गहनों पर जान देती हैं। हाँ, इस तरह किसी के घर आते–जाते शर्म आती ही है।

रमा का चित्त ग्लानि से व्याकुल हो उठा। जालपा के एक–एक शब्द से निराशा टपक रही थी। इस अपार वेदना का कारण कौन था?क्या यह भी उसी का दोष न था कि इन तीन महीनों में उसने कभी गहनों की चर्चा नहीं की? जालपा यदि संकोच के कारण इसकी चर्चा न करती थी, तो रमा को उसके आंसू पोंछने के लिए, उसका मन रखने के लिए, क्या मौन के सिवा दूसरा उपाय न था? मुहल्ले में रोज

ही एक-न-एक उत्सव होता रहता है, रोज ही पासपड़ोस की औरतें मिलने आती हैं, बुलावे भी रोज आते ही रहते हैं, बेचारी जालपा कब तक इस प्रकार आत्मा का दमन करती रहेगी, अंदर-ही-अंदर कुढती रहेगी। हँसने-बोलने को किसका जी नहीं चाहता, कौन कैदियों की तरह अकेला पड़ा रहना पसंद करता है? मेरे ही कारण तो इसे यह भीषण यातना सहनी पड़ रही है। उसने सोचा, क्या किसी सर्राफ से गहने उधार नहीं लिए जा सकते? कई बड़े सर्राफों से उसका परिचय था, लेकिन उनसे वह यह बात कैसे कहता-कहीं वे इंकार कर दें तो-या संभव है, बहाना करके टाल दें। उसने निश्चय किया कि अभी उधार लेना ठीक न होगा। कहीं वादे पर रूपये न दे सका, तो व्यर्थ में थुक्का-फजीहत होगी। लज्जित होना पड़ेगा। अभी कुछ दिन और धैर्य से काम लेना चाहिए। सहसा उसके मन में आया, इस विषय में जालपा की राय लूं। देखूं वह क्या कहती है। अगर उसकी इच्छा हो तो किसी सर्राफ से वादे पर चीजें ले ली जायं, मैं इस अपमान और संकोच को सह लूंगा। जालपा को संतुष्ट करने के लिए कि उसके गहनों की उसे कितनी फिक्र है! बोला-तुमसे एक सलाह करना चाहता हूँ। पूछूं या न पूं।

जालपा को नींद आ रही थी, आँखें बंद किए हुए बोली-अब सोने दो भई, सवेरे उठना है।

रमानाथ-अगर तुम्हारी राय हो, तो किसी सर्राफ से वादे पर गहने बनवा लाऊं। इसमें कोई हर्ज तो है नहीं।

जालपा की आँखें खुल गई। कितना कठोर प्रश्न था। किसी मेहमान से पूछना-कहिए तो आपके लिए भोजन लाऊं, कितनी बड़ी अशिष्टता है। इसका तो यही आशय है कि हम मेहमान को खिलाना नहीं चाहते। रमा को चाहिए था कि चीजें लाकर जालपा के सामने रख देता। उसके बार-बार पूछने पर भी यही कहना चाहिए था कि दाम देकर लाया हूँ। तब वह अलबत्ता खुश होती। इस विषय में उसकी सलाह लेना, घाव पर नमक छिड़कना था। रमा की ओर अविश्वास की आँखों से देखकर बोली-मैं तो गहनों के लिए इतनी उत्सुक नहीं हूँ।'

रमानाथ-नहीं, यह बात नहीं, इसमें क्या हर्ज है कि किसी सर्राफ से चीजें ले लूं। धीरे-धीरे उसके रूपये चुका दूँगा।'

जालपा ने दृढ़ता से कहा-नहीं, मेरे लिए कर्ज लेने की जरूरत नहीं। मैं वेश्या नहीं हूँ कि तुम्हें नोच खसोटकर अपना रास्ता लूं। मुझे तुम्हारे साथ जीना और मरना है। अगर मुझे सारी उम्र बे-गहनों के रहना पड़े, तो भी मैं कुछ लेने को न कहूँगी। औरतें गहनों की इतनी भूखी नहीं होतीं। घर के प्राणियों को संकट में डालकर गहने पहनने वाली दूसरी होंगी। लेकिन तुमने तो पहले कहा था कि जगह बड़ी आमदनी

की है, मुझे तो कोई विशेष बचत दिखाई नहीं देती।'

रमानाथ–बचत तो जरूर होती और अच्छी होती, लेकिन जब अहलकारों के मारे बचने भी पाए सब शैतान सिर पर सवार रहते हैं। मुझे पहले न मालूम था कि यहाँ इतने प्रेतों की पूजा करनी होगी।'

जालपा–तो अभी कौन–सी जल्दी है, बनते रहेंगे धीरे–धीरे।

रमानाथ–खैर, तुम्हारी सलाह है, तो एक–आधा महीने और चुप रहता हूँ। मैं सबसे पहले कंगन बनवाऊंगा।

जालपा ने गदगद होकर कहा–तुम्हारे पास अभी इतने रूपये कहाँ होंगे?

रमानाथ–इसका उपाय तो मेरे पास है। तुम्हें कैसा कंगन पसंद है?

जालपा अब अपने कृत्रिम संयम को न निभा सकी। आलमारी में से आभूषणों का सूची–पत्र निकालकर रमा को दिखाने लगी। इस समय वह इतनी तत्पर थी, मानो सोना लाकर रक्खा हुआ है, सुनार बैठा हुआ है, केवल डिजाइन ही पसंद करना बाकी है। उसने सूची के दो डिजाइन पसंद किए। दोनों वास्तव में बहुत ही सुंदर थे। पर रमा उनका मूल्य देखकर सन्नाटे में आ गया एक–एक हजार का था, दूसरा आठ सौ का।

रमानाथ–ऐसी चीजें तो शायद यहाँ बन भी न सकें, मगर कल मैं जरा सर्राफे की सैर करूंगा।

जालपा ने पुस्तक बंद करते हुए करूण स्वर में कहा–इतने रूपये न जाने तुम्हारे पास कब तक होंगे? उंह, बनेंगे–बनेंगे, नहीं कौन कोई गहनों के बिना मरा जाता है।

रमा को आज इसी उधेड़बुन में बड़ी रात तक नींद न आई। ये जड़ाऊ कंगन इन गोरी–गोरी कलाइयों पर कितने खिलेंगे। यह मोह–स्वप्न देखते–देखते उसे न जाने कब नींद आ गई।

बारह

दूसरे दिन सवेरे ही रमा ने रमेश बाबू के घर का रास्ता लिया उनके यहाँ भी जन्माष्टमी में झांकी होती थी। उन्हें स्वयं तो इससे कोई अनुराग न था, पर उनकी स्त्री उत्सव मनाती थी, उसी की यादगार में अब तक यह उत्सव मनाते जाते थे। रमा को देखकर बोले–आओ जी, रात क्यों नहीं आए? मगर यहाँ गरीबों के घर क्यों आते। सेठजी की झांकी कैसे छोड़ देते। खूब बहार रही होगी!

रमानाथ-'आपकी-सी सजावट तो न थी, हाँ और सालों से अच्छी थी। कई कत्थक और वेश्याएं भी आई थीं। मैं तो चला आया था; मगर सुना रातभर गाना होता रहा।

रमेश-सेठजी ने तो वचन दिया था कि वेश्याएं न आने पावेंगी, फिर यह क्या किया। इन मूर्खों के हाथों हिन्दू-धर्म का सर्वनाश हो जायगा। एक तो वेश्याओं का नाम यों भी बुरा, उस पर ठाकुरद्वारे में! छिः-छिः, न जाने इन गधों को कब अक्ल आवेगी।

रमानाथ-वेश्याएं न हों, तो झांकी देखने जाय ही कौन-सभी तो आपकी तरह योगी और तपस्वी नहीं

रमेश-'मेरा वश चले, तो मैं कानून से यह दुराचार बंद कर दूं। खैर, फुरसत हो तो आओ एक-आधा बाजी हो जाय।'

रमानाथ-'और आया किसलिए हूँ; मगर आज आपको मेरे साथ जरा सर्राफ तक चलना पड़ेगा। यों कई बड़ी-बड़ी कोठियों से मेरा परिचय है; मगर आपके रहने से कुछ और ही बात होगी।'

रमेश-'चलने को चला चलूंगा, मगर इस विषय में मैं बिलकुल कोरा हूँ। न कोई चीज बनवाई न खरीदी। तुम्हें क्या कुछ लेना है?'

रमानाथ-लेना-देना क्या है, जरा भाव-ताव देखूंगा।' रमेश-मालूम होता है, घर में फटकार पड़ी है।'

रमानाथ-जी, बिलकुल नहीं। वह तो जेवरों का नाम तक नहीं लेती। मैं कभी पूछता भी हूँ, तो मना करती हैं, लेकिन अपना कर्तव्य भी तो कुछ है। जब से गहने चोरी चले गए, एक चीज भी नहीं बनी।'

रमेश-मालूम होता है, कमाने का ढंग आ गया। क्यों न हो, कायस्थ के बच्चे हो कितने रूपये जोड़ लिए?'

रमानाथ-रूपये किसके पास हैं, वादे पर लूंगा।'

रमेश-इस खब्त में न पड़ो। जब तक रूपये हाथ में न हों, बाजार की तरफ जाओ ही मत। गहनों से तो बुड्ढे नई बीवियों का दिल खुश किया करते हैं, उन बेचारों के पास गहनों के सिवा होता ही क्या है। जवानों के लिए और बहुत से लटके हैं। यों मैं चाहूँ, तो दो-चार हजार का माल दिलवा सकता हूँ,मगर भई, कर्ज की लत बुरी

रमानाथ-मैं दो-तीन महीनों में सब रूपये चुका दूँगा। अगर मुझे इसका विश्वास न होता, तो मैं जिक्र ही न करता।'

रमेश–तो दो–तीन महीने और सब्र क्यों नहीं कर जाते? कर्ज से बड़ा पाप दूसरा नहीं। न इससे बड़ी विपत्ति दूसरी है। जहाँ एक बार धड़का खुला कि तुम आए दिन सर्राफ की दुकान पर खड़े नजर आओगे। बुरा न मानना। मैं जानता हूँ, तुम्हारी आमदनी अच्छी है, पर भविष्य के भरोसे पर और चाहे जो काम करो, लेकिन कर्ज कभी मत लो। गहनों का मर्ज न जाने इस दरिद्र देश में कैसे फैल गया जिन लोगों के भोजन का ठिकाना नहीं, वे भी गहनों के पीछे प्राण देते हैं। हर साल अरबों रूपये केवल सोना–चांदी खरीदने में व्यय हो जाते हैं। संसार के और किसी देश में इन धातुओं की इतनी खपत नहीं। तो बात क्या है? उन्नत देशों में धन व्यापार में लगता है, जिससे लोगों की परवरिश होती है, और धन बढ़ता है। यहाँ धन! श्रृंगार में खर्च होता है, उसमें उन्नति और उपकार की जो दो महान शक्तियाँ हैं, उन दोनों ही का अंत हो जाता है। बस यही समझ लो कि जिस देश के लोग जितने ही मूर्ख होंगे, वहाँ जेवरों का प्रचार भी उतना ही अधिक होगा। यहाँ तो खैर नाक–कान छिदाकर ही रह जाते हैं, मगर कई ऐसे देश भी हैं, जहाँ होंठ छेदकर लोग गहने पहनते हैं।

रमा ने कौतूहल से कहा–याद नहीं आता, पर शायद अफ्रीका हो, हमें यह सुनकर अचंभा होता है, लेकिन अन्य देश वालों के लिए नाक–कान का छिदना कुछ कम अचंभे की बात न होगी। बुरा मरज है, बहुत ही बुरा। वह धन, जो भोजन में खर्च होना चाहिए, बाल–बच्चों का पेट काटकर गहनों की भेंट कर दिया जाता है। बच्चों को दूध न मिले न सही। घी की गंध तक उनकी नाक में न पहुँचे, न सही। मेवों और फलों के दर्शन उन्हें न हों, कोई परवा नहीं, पर देवीजी गहने जरूर पहनेंगी और स्वामीजी गहने जरूर बनवाएंगे। दस–दस, बीस–बीस रूपये पाने वाले क्लर्कों को देखता हूँ, जो सड़ी हुई कोठरियों में पशुओं की भांति जीवन काटते हैं, जिन्हें सवेरे का जलपान तक मयस्सर नहीं होता, उन पर भी गहनों की सनक सवार रहती है। इस प्रथा से हमारा सर्वनाश होता जा रहा है। मैं तो कहता हूँ, यह गुलामी पराध ीनता से कहीं बढ़कर है। इसके कारण हमारा कितना आत्मिक, नैतिक, दैहिक, आर्थिक और धार्मिक पतन हो रहा है, इसका अनुमान ब्रह्मा भी नहीं कर सकते।

रमानाथ–'मैं तो समझता हूँ, ऐसा कोई भी देश नहीं, जहाँ स्त्रियाँ गहने न पहनती हों। क्या युरोप में गहनों का रिवाज नहीं है?'

रमेश–'तो तुम्हारा देश युरोप तो नहीं है। वहाँ के लोग धनी हैं। वह धन लुटाएं, उन्हें शोभा देता है। हम दरिद्र हैं, हमारी कमाई का एक पैसा भी फजूल न खर्च होना चाहिए।'

रमेश बाबू इस वाद–विवाद में शतरंज भूल गए। छुट्टी का दिन था ही,दो–चार मिलने वाले और आ गए, रमानाथ चुपके से खिसक आया इस बहस में एक बात

ऐसी थी, जो उसके दिल में बैठ गई। उधार गहने लेने का विचार उसके मन से निकल गया। कहीं वह जल्दी रूपया न चुका सका, तो कितनी बड़ी बदनामी होगी। सर्राफे ? तक गया अवश्य, पर किसी दुकान में जाने का साहस न हुआ। उसने निश्चय किया, अभी तीन-चार महीने तक गहनों का नाम न लूंगा।

वह घर पहुँचा, तो नौ बज गए थे। दयानाथ ने उसे देखा तो पूछा-'आज सवेरे-सवेरे कहाँ चले गए थे?' रमानाथ-'जरा बड़े बाबू से मिलने गया था।'

दयानाथ-'घंटे-आधा घंटे के लिए पुस्तकालय क्यों नहीं चले जाया करते। गप-शप में दिन गंवा देते हो अभी तुम्हारी पढ़ने-लिखने की उम्र है। इम्तहान न सही, अपनी योग्यता तो बढ़ा सकते हो। एक सीधा-सा खत लिखना पड़ जाता है, तो बगलें झांकने लगते हो। असली शिक्षा स्कूल छोड़ने के बाद शुरू होती है, और वही हमारे जीवन में काम भी आती है। मैंने तुम्हारे विषय में कुछ ऐसी बातें सुनी हैं, जिनसे मुझे बहुत खेद हुआ है और तुम्हें समझा देना मैं अपना धर्म समझता हूँ। मैं यह हरगिज नहीं चाहता कि मेरे घर में हराम की एक कौड़ी भी आए। मुझे नौकरी करते तीस साल हो गए। चाहता, तो अब तक हजारों रूपये जमा कर लेता, लेकिन मैं कसम खाता हूँ कि कभी एक पैसा भी हराम का नहीं लिया तुममें यह आदत कहाँ से आ गई, यह मेरी समझ में नहीं आता।' रमा ने बनावटी क्रोध दिखाकर कहा-किसने आपसे कहा है? जरा उसका नाम तो बताइए? मुछें उखाड़ लूं उसकी!

दयानाथ-'किसी ने भी कहा हो, इससे तुम्हें कोई मतलब नहीं। तुम उसकी मूंछे उखाड़ लोगे, इसलिए बताऊंगा नहीं, लेकिन बात सच है या झूठ, मैं इतना ही पूछना चाहता हूँ।'

रमानाथ-'बिलकुल झूठ!'

दयानाथ-'बिलकुल झूठ?'

रमानाथ-'जी हाँ, बिलकुल झूठ?'

दयानाथ-'तुम दस्तूरी नहीं लेते?'

रमानाथ-'दस्तूरी रिश्वत नहीं है, सभी लेते हैं और खुल्लम-खुल्ला लेते हैं। लोग बिना माँगे आप-ही-आप देते हैं, मैं किसी से माँगने नहीं जाता।' दयानाथ-'सभी खुल्लम-खुल्ला लेते हैं और लोग बिना माँगे देते हैं, इससे तो रिश्वत की बुराई कम नहीं हो जाती।'

रमानाथ-'दस्तूरी को बंद कर देना मेरे वश की बात नहीं। मैं खुद न लूं, लेकिन चपरासी और मुहर्रिर का हाथ तो नहीं पकड़ सकता आठ-आठ, नौ नौ पाने वाले नौकर अगर न लें, तो उनका काम ही नहीं चल सकता मैं खुद न लूं, पर उन्हें नहीं रोक सकता।'

दयानाथ ने उदासीन भाव से कहा–'मैंने समझा दिया, मानने का अख्तियार तुम्हें है।'

यह कहते हुए दयानाथ दफ्तर चले गए। रमा के मन में आया, साफ कह दे, आपने निस्पृह बनकर क्या कर लिया, जो मुझे दोष दे रहे हैं। हमेशा पैसे-पैसे को मुहताज रहे। लड़कों को पढ़ा तक न सके। जूते-कपड़े तक न पहना सके। यह डींग मारना तब शोभा देता, जब कि नीयत भी साफ रहती और जीवन भी सुख से कटता।

रमा घर में गया तो माता ने पूछा–आज कहाँ चले गए बेटा, तुम्हारे बाबूजी इसी पर बिगड़ रहे थे।

रमानाथ–'इस पर तो नहीं बिगड़ रहे थे, हाँ, उपदेश दे रहे थे कि दस्तूरी मत लिया करो। इससे आत्मा दुर्बल होती है और बदनामी होती है।'

जागेश्वरी–'तुमने कहा नहीं, आपने बड़ी ईमानदारी की तो कौन-से झंडे गाड़ दिए! सारी जिंदगी पेट पालते रहे।'

रमानाथ–कहना तो चाहता था, पर चिढ़ जाते। जैसे आप कौड़ी-कौड़ी को मुहताज रहे, वैसे मुझे भी बनाना चाहते हैं। आपको लेने का शऊर तो है नहीं। जब देखा कि यहाँ दाल नहीं गलती, तो भगत बन गए। यहाँ ऐसे घोंघा-बसंत नहीं हैं। बनियों से रूपये ऐंठने के लिए अक्ल चाहिए, दिल्लगी नहीं है! जहाँ किसी ने भगतपन किया और मैं समझ गया, बुद्धू है। लेने की तमीज नहीं, क्या करे बेचारा। किसी तरह आंसू तो पोंछे।'

जागेश्वरी–'बस-बस यही बात है बेटा, जिसे लेना आवेगा, वह जरूर लेगा। इन्हें तो बस घर में कानून बघारना आता है और किसी के सामने बात तो मुँह से निकलती नहीं। रूपये निकाल लेना तो मुश्किल है।' रमा दफ्तर जाते समय ऊपर कपड़े पहनने गया, तो जालपा ने उसे तीन लिफाफे डाक में छोड़ने के लिए दिए। इस वक्त उसने तीनों लिफाफे जेब में डाल लिए, लेकिन रास्ते में उन्हें खोलकर चिट्ठियाँ पढ़ने लगा। चिट्ठियाँ क्या थीं, विपत्ति और वेदना का करूण विलाप था, जो उसने अपनी तीनों सहेलियों को सुनाया था। तीनों का विषय एक ही था। केवल भावों का अंतर था, जिंदगी पहाड़ हो गई है, न रात को नींद आती है न दिन को आराम, पतिदेव को प्रसन्न करने के लिए, कभी-कभी हँस-बोल लेती हूँ पर दिल हमेशा रोया करता है। न किसी के घर जाती हूँ, न किसी को मुँह दिखाती हूँ। ऐसा जान पड़ता है कि यह शोक मेरी जान ही लेकर छोड़ेगा। मुझसे वादे तो रोज किए जाते हैं, रूपये जमा हो रहे हैं, सुनार ठीक किया जा रहा है, डिजाइन तय किया जा रहा है, पर यह सब धोखा है और कुछ नहीं।'

रमा ने तीनों चिट्ठियाँ जेब में रख लीं। डाकखाना सामने से निकल गया, पर उसने उन्हें छोड़ा नहीं। यह अभी तक यही समझती है कि मैं इसे धोखा दे रहा हूँ-क्या करूं, कैसे विश्वास दिलाऊं-अगर अपना वश होता तो इसी वक्त आभूषणों के टोकरे भर-भर जालपा के सामने रख देता, उसे किसी बड़े सर्राफ की दुकान पर ले जाकर कहता, तुम्हें जो-जो चीजें लेनी हों, ले लो। कितनी अपार वेदना है, जिसने विश्वास का भी अपहरण कर लिया है। उसको आज उस चोट का सच्चा अनुभव हुआ, जो उसने झूठी मर्यादा की रक्षा में उसे पहुँचाई थी। अगर वह जानता, उस अभिनय का यह फल होगा, तो कदाचित् अपनी डींगों का परदा खोल देता। क्या ऐसी दशा में भी, जब जालपा इस शोक-ताप से फुकी जा रही थी, रमा को कर्ज लेने में संकोच करने की जगह थी? उसका ह्दय कातर हो उठा। उसने पहली बार सच्चे ह्दय से ईश्वर से याचना की,भगवन्, मुझे चाहे दंड देना, पर मेरी जालपा को मुझसे मत छीनना। इससे पहले मेरे प्राण हर लेना। उसके रोम-रोम से आत्मध्वनि-सी निकलने लगी-ईश्वर, ईश्वर! मेरी दीन दशा पर दया करो। लेकिन इसके साथ ही उसे जालपा पर क्रोध भी आ रहा था। जालपा ने क्यों मुझसे यह बात नहीं कही। मुझसे क्यों परदा रखा और मुझसे परदा रखकर अपनी सहेलियों से यह दुखड़ा रोया? बरामदे में माल तौला जा रहा था। मेज पर रूपये-पैसे रखे जा रहे थे और रमा चिंता में डूबा बैठा हुआ था। किससे सलाह ले, उसने विवाह ही क्यों किया-सारा दोष उसका अपना था। जब वह घर की दशा जानता था, तो क्यों उसने विवाह करने से इंकार नहीं कर दिया? आज उसका मन काम में नहीं लगता था। समय से पहले ही उठकर चला आया।

जालपा ने उसे देखते ही पूछा, 'मेरी चिट्ठियाँ छोड़ तो नहीं दी?'

रमा ने बहाना किया, अरे इनकी तो याद ही नहीं रही। जेब में पड़ी रह गई।'

जालपा-'यह बहुत अच्छा हुआ। लाओ, मुझे दे दो, अब न भेजूंगी।

रमानाथ-'क्यों, कल भेज दूँगा।'

जालपा-'नहीं, अब मुझे भेजना ही नहीं है, कुछ ऐसी बातें लिख गई थी, जो मुझे न लिखना चाहिए थीं। अगर तुमने छोड़ दी होती, तो मुझे दुःख होता। मैंने तुम्हारी निंदा की थी। यह कहकर वह मुस्कराई।

रमानाथ-'जो बुरा है, दगाबाज है, धूर्त है, उसकी निंदा होनी ही चाहिए।'

जालपा ने व्यग्र होकर पूछा-तुमने चिट्ठियाँ पढ़ लीं क्या?

रमा ने निसंकोच भाव से कहा,हाँ, यह कोई अक्षम्य अपराध है?'

जालपा कातर स्वर में बोली, तब तो तुम मुझसे बहुत नाराज होगे?

आंसुओं के आवेग से जालपा की आवाज रूक गई। उसका सिर झुक गया और झुकी हई आँखों से आंसुओं की बूंदें आंचल पर फिरने लगीं। एक क्षण में उसने स्वर को संभालकर कहा, मुझसे बड़ा भारी अपराध हुआ है। जो चाहे सजा दो; पर मुझसे अप्रसन्न मत हो ईश्वर जानते हैं, तुम्हारे जाने के बाद मुझे कितना दुःख हुआ। मेरी कलम से न जाने कैसे ऐसी बातें निकल गई।'

जालपा जानती थी कि रमा को आभूषणों की चिंता मुझसे कम नहीं है, लेकिन मित्रों से अपनी व्यथा कहते समय हम बहुधा अपना दुःख बढ़ाकर कहते हैं। जो बातें परदे की समझी जाती हैं, उनकी चर्चा करने से एक तरह का अपनापन जाहिर होता है। हमारे मित्र समझते हैं, हमसे जरा भी दुराव नहीं रखता और उन्हें हमसे सहानुभूति हो जाती है। अपनापन दिखाने की यह आदत औरतों में कुछ अधि क होती है।

रमा जालपा के आंसू पोंछते हुए बोला–मैं तुमसे अप्रसन्न नहीं हूँ, प्रिये! अप्रसन्न होने की तो कोई बात ही नहीं है। आशा का विलंब ही दुराषा है, क्या मैं इतना नहीं जानता। अगर तुमने मुझे मना न कर दिया होता, तो अब तक मैंने किसी–न–किसी तरह दो–एक चीजें अवश्य ही बनवा दी होतीं। मुझसे भूल यही हुई कि तुमसे सलाह ली। यह तो वैसा ही है जैसे मेहमान को पूछ–पूछकर भोजन दिया जाय। उस वक्त मुझे यह ध्यान न रहा कि संकोच में आदमी इच्छा होने पर भी नहीं–नहीं करता है। ईश्वर ने चाहा तो तुम्हें बहुत दिनों तक इंतजार न करना पड़ेगा।

जालपा ने संचित नजरों से देखकर कहा,तो क्या उधार लाओगे?

रमानाथ–'हाँ, उधार लाने में कोई हर्ज नहीं है। जब सूद नहीं देना है, तो जैसे नगद वैसे उधार। ऋण से दुनिया का काम चलता है। कौन ऋण नहीं लेता। हाथ में रूपया आ जाने से अलल्ले–तलल्ले खर्च हो जाते हैं। कर्ज सिर पर सवार रहेगा, तो उसकी चिंता हाथ रोके रहेगी।'

जालपा–'मैं तुम्हें चिंता में नहीं डालना चाहती। अब मैं भूलकर भी गहनों का नाम न लूंगी।'

रमानाथ–'नाम तो तुमने कभी नहीं लिया, लेकिन तुम्हारे नाम न लेने से मेरे कर्तव्य का अंत तो नहीं हो जाता। तुम कर्ज से व्यर्थ इतना डरती हो। रूपये जमा होने के इंतजार में बैठा रहूँगा, तो शायद कभी न जमा होंगे। इसी तरह लेते–देते साल में तीन–चार चीजें बन जाएँगी।'

जालपा–'मगर पहले कोई छोटी–सी चीज लाना।'

रमानाथ–'हाँ, ऐसा तो करूंगा ही।'

रमा बाजार चला, तो खूब अंधेरा हो गया था। दिन रहते जाता तो संभव था, मित्रों में से किसी की निगाह उस पर पड़ जाती। मुंशी दयानाथ ही देख लेते। वह इस मामले को गुप्त ही रखना चाहता था।

तेरह

सर्राफे में गंगू की दुकान मशहूर थी। गंगू था तो ब्राह्मण, पर बड़ा ही व्यापारकुशल! उसकी दुकान पर नित्य ग्राहकों का मेला लगा रहता था। उसकी कर्मनिष्ठा ग्राहकों में विश्वास पैदा करती थी। और दुकानों पर ठगे जाने का भय था। यहाँ किसी तरह का धोखा न था। गंगू ने रमा को देखते ही मुस्कराकर कहा, 'आइए बाबूजी, ऊपर आइए। बड़ी दया की। मुनीमजी, आपके वास्ते पान मंगवाओ। क्या हुक्म है बाबूजी, आप तो जैसे मुझसे नाराज हैं। कभी आते ही नहीं, गरीबों पर भी कभी-कभी दया किया कीजिए।'

गंगू की शिष्टता ने रमा की हिम्मत खोल दी। अगर उसने इतने आग्रह से न बुलाया होता तो शायद रमा को दुकान पर जाने का साहस न होता। अपनी साख का उसे अभी तक अनुभव न हुआ था। दुकान पर जाकर बोला, यहाँ हम जैसे मजदूरों का कहाँ गुजर है, महाराज! गांठ में कुछ हो भी तो!

गंगू-'यह आप क्या कहते हैं सरकार, आपकी दुकान है, जो चीज चाहिए ले जाइए, दाम आगे-पीछे मिलते रहेंगे। हम लोग आदमी पहचानते हैं बाबू साहब, ऐसी बात नहीं है। धन्य भाग कि आप हमारी दुकान पर आए तो। दिखाऊं कोई जड़ाऊ चीज? कोई कंगन, कोई हार-अभी हाल ही में दिल्ली से माल आया है।'

रमानाथ-'कोई हलके दामों का हार दिखाइए।

गंगू-'यही कोई सात-आठ सौ तक?'

रमानाथ-'अजी नहीं, हद चार सौ तक।'

गंगू-'मैं आपको दोनों दिखाए देता हूँ। जो पसंद आवें, ले लीजिएगा। हमारे यहाँ किसी तरह का दफल गसल नहीं बाबू साहब! इसकी आप जरा भी चिंता न करें। पाँच बरस का लड़का हो या सौ बरस का बूढ़ा, सबके साथ एक बात रखते हैं। मालिक को भी एक दिन मुँह दिखाना है, बाबू!'

संदूक सामने आया, गंगू ने हार निकाल-निकालकर दिखाने शुरू किए। रमा की आँखें खुल गई, जी लोट-पोट हो गया क्या सगाई थी! नगीनों की कितनी सुंदर सजावट! कैसी आब-ताब! उनकी चमक दीपक को मात करती थी। रमा ने सोच

रखा था सौ रूपये से ज्यादा उधार न लगाऊंगा, लेकिन चार सौ वाला हार आँखों में कुछ जंचता न था। और जेब में तो तीन सौ रूपये थे। सोचा, अगर यह हार ले गया और जालपा ने पसंद न किया, तो फायदा ही क्या? ऐसी चीज ले जाऊँ कि वह देखते ही भड़क उठे। यह जड़ाऊ हार उसकी गर्दन में कितनी शोभा देगा। वह हार एक सहस्र मणि-रंजित नजरों से उसके मन को खींचने लगा। वह अभिभूत होकर उसकी ओर ताक रहा था, पर मुँह से कुछ कहने का साहस न होता था। कहीं गंगू ने तीन सौ रूपये उधार लगाने से इंकार कर दिया, तो उसे कितना लज्जित होना पड़ेगा। गंगू ने उसके मन का संशय ताड़कर कहा, आपके लायक तो बाबूजी यही चीज है, अंधेरे घर में रख दीजिए, तो उजाला हो जाय।

रमानाथ-'पसंद तो मुझे भी यही है, लेकिन मेरे पास कुल तीन सौ रूपये हैं, यह समझ लीजिए।

शर्म से रमा के मुँह पर लाली छा गई। वह धड़कते हुए हृदय से गंगू का मुँह देखने लगा। गंगू ने निष्कपट भाव से कहा, बाबू साहब, रूपये का तो जिक्र ही न कीजिए। कहिए दस हजार का माल साथ भेज दूं। दुकान आपकी है, भला कोई बात है? हुक्म हो, तो एक-आधा चीज और दिखाऊं? एक शीशफूल अभी बनकर आया है, बस यही मालूम होता है, गुलाब का फल खिला हुआ है। देखकर जी खुश हो जाएगा। मुनीमजी, जरा वह शीशफूल दिखाना तो। और दाम का भी कुछ ऐसा भारी नहीं, आपको ढाई सौ में दे दूँगा।

रमा ने मुस्कराकर कहा, महाराज, बहुत बातें बनाकर कहीं उल्टे छुरे से न मूंड लेना, गहनों के मामले में बिलकुल अनाड़ी हूँ, गंगू-'ऐसा न कहो बाबूजी, आप चीज ले जाइए, बाजार में दिखा लीजिए, अगर कोई ढाई सौ से कौड़ी कम में दे दे, तो मैं मुफ्त दे दूँगा। शीशफूल आया, सचमुच गुलाब का फूल था, जिस पर हीरे की कलियां ओस की बूंदों के समान चमक रही थीं। रमा की टकटकी बंध गई, मानो कोई अलौकिक वस्तु सामने आ गई हो।

गंगू-'बाबूजी, ढाई सौ रूपये तो कारीगर की सगाई के इनाम हैं। यह एक चीज है।'

रमानाथ-'हाँ, है तो सुंदर, मगर भाई ऐसा न हो, कि कल ही से दाम का तकाजा करने लगो। मैं खुद ही जहाँ तक हो सकेगा, जल्दी दे दूँगा।'

गंगू ने दोनों चीजें दो सुंदर मखमली केसों में रखकर रमा को दे दी। फिर मुनीमजी से नाम टंकवाया और पान खिलाकर विदा किया। रमा के मनोल्लास की इस समय सीमा न थी, किंतु यह विशुद्ध उल्लास न था, इसमें एक शंका का भी समावेश था। यह उस बालक का आनंद न था जिसने माता से पैसे माँगकर मिठाई

ली हो; बल्कि उस बालक का, जिसने पैसे चुराकर ली हो, उसे मिठाइयाँ मीठी तो लगती हैं, पर दिल कांपता रहता है कि कहीं घर चलने पर मार न पड़ने लगे। साढ़े छः सौ रूपये चुका देने की तो उसे विशेष चिंता न थी, घात लग जाय तो वह छः महीने में चुका देगा। भय यही था कि बाबूजी सुनेंगे तो जरूर नाराज होंगे, लेकिन ज्यों-ज्यों आगे बढ़ता था, जालपा को इन आभूषणों से सुशोभित देखने की उत्कंठा इस शंका पर विजय पाती थी। घर पहुँचने की जल्दी में उसने सड़क छोड़ दी, और एक गली में घुस गया। सघन अंधेरा छाया हुआ था। बादल तो उसी वक्त छाए हुए थे, जब वह घर से चला था। गली में घुसा ही था, कि पानी की बूंद सिर पर छर्रे की तरह पड़ी। जब तक छतरी खोले, वह लथपथ हो चुका था। उसे शंका हुई, इस अंधकार में कोई आकर दोनों चीजें छीन न ले, पानी की झरझर में कोई आवाज भी न सुने। अंधेरी गलियों में खून तक हो जाते हैं। पछताने लगा, नाहक इधर से आया दो-चार मिनट देर ही में पहुँचता, तो ऐसी कौन-सी आफत आ जाती। असामयिक वृष्टि ने उसकी आनंद कल्पनाओं में बाधा डाल दी। किसी तरह गली का अंत हुआ और सड़क मिली। लालटेनें दिखाई दीं। प्रकाश कितनी विश्वास उत्पन्न करने वाली शक्ति है, आज इसका उसे यथार्थ अनुभव हुआ। वह घर पहुँचा तो दयानाथ बैठे हुक्का पी रहे थे। वह उस कमरे में न गया उनकी आँख बचाकर अंदर जाना चाहता था कि उन्होंने टोका, इस वक्त कहाँ गए थे?'

रमा ने उन्हें कुछ जवाब न दिया कहीं वह अखबार सुनाने लगे, तो घंटों की खबर लेंगे। सीधा अंदर जा पहुँचा। जालपा द्वार पर खड़ी उसकी राह देख रही थी, तुरंत उसके हाथ से छतरी ले ली और बोली, तुम तो बिलकुल भीग गए। कहीं ठहर क्यों न गए।'

रमानाथ-'पानी का क्या ठिकाना, रात-भर बरसता रहे।'

यह कहता हुआ रमा ऊपर चला गया उसने समझा था, जालपा भी पीछे-पीछे आती होगी, पर वह नीचे बैठी अपने देवरों से बातें कर रही थी, मानो उसे गहनों की याद ही नहीं है। जैसे वह बिलकुल भूल गई है कि रमा सर्राफे से आया है। रमा ने कपड़े बदले और मन में झुंझलाता हुआ नीचे चला आया उसी समय दयानाथ भोजन करने आ गए। सब लोग भोजन करने बैठ गए। जालपा ने जब्त तो किया था, पर इस उत्कंठा की दशा में आज उससे कुछ खाया न गया जब वह ऊपर पहुँची, तो रमा चारपाई पर लेटा हुआ था। उसे देखते ही कौतुक से बोला, 'आज सर्राफे का जाना तो व्यर्थ ही गया हार कहीं तैयार ही न था। बनाने को कह आया हूँ। जालपा की उत्साह से चमकती हुई मुख-छवि मलिन पड़ गई, बोली, वह तो पहले ही जानती थी। बनते-बनते पाँच-छः महीने तो लग ही जाएँगे।'

रमानाथ–'नहीं जी, बहुत जल्द बना देगा, कसम खा रहा था।

जालपा–'ऊह, जब चाहे दे!'

उत्कंठा की चरम सीमा ही निराशा है। जालपा मुँह उधरकर लेटने जा रही थी, कि रमा ने जोर से कहकहा मारा। जालपा चौंक पड़ी। समझ गई, रमा ने शरारत की थी। मुस्कराती हुई बोली, 'तुम भी बड़े नटखट हो क्या लाए?'

रमानाथ–'कैसा चकमा दिया?'

जालपा–'यह तो मरदों की आदत ही है, तुमने नई बात क्या की?'

जालपा दोनों आभूषणों को देखकर निहाल हो गई। हृदय में आनंद की लहरें–सी उठने लगीं। वह मनोभावों को छिपाना चाहती थी कि रमा उसे ओछी न समझे, लेकिन एक–एक अंग खिल जाता था। मुस्कराती हुई आँखें, दमकते हुए कपोल और खिले हुए अधर उसका भरम गंवाए देते थे। उसने हार गले में पहना, शीशफल जूड़े में सजाया और हर्ष से उन्मत्त होकर बोली, तुम्हें आशीर्वाद देती हूँ, ईश्वर तुम्हारी सारी मनोकामनाएं पूरी करे। आज जालपा की वह अभिलाषा पूरी हुई, जो बचपन ही से उसकी कल्पनाओं का एक स्वप्न, उसकी आशाओं का क्रीडास्थल बनी हुई थी। आज उसकी वह साध पूरी हो गई। यदि मानकी यहाँ होती, तो वह सबसे पहले यह हार उसे दिखाती और कहती, 'तुम्हारा हार तुम्हें मुबारक हो!'

रमा पर घड़ों नशा चढ़ा हुआ था। आज उसे अपना जीवन सफल जान पड़ा। अपने जीवन में आज पहली बार उसे विजय का आनंद प्राप्त हुआ। जालपा ने पूछा, जाकर अम्माँजी को दिखा आऊँ?

रमा ने नम्रता से कहा, अम्माँ को क्या दिखाने जाओगी। ऐसी कौन–सी बड़ी चीजें हैं।

जालपा–'अब मैं तुमसे साल–भर तक और किसी चीज के लिए न कहूँगी। इसके रूपये देकर ही मेरे दिल का बोझ हल्का होगा।'

रमा गर्व से बोला, 'रूपये की क्या चिंता! हैं ही कितने!'

जालपा–'जरा अम्माँजी को दिखा आऊँ, देखें क्या कहती हैं!'

रमानाथ–'मगर यह न कहना, उधार लाए हैं।

जालपा इस तरह दौड़ी हुई नीचे गई, मानो उसे वहाँ कोई निधि मिल जायगी।

आधी रात बीत चुकी थी। रमा आनंद की नींद सो रहा था। जालपा ने छत पर आकर एक बार आकाश की ओर देखा। निर्मल चांदनी छिटकी हुई थी, वह कार्तिक की चांदनी जिसमें संगीत की शांति हैं, शांति का माधुर्य और माधुर्य का उन्मादब जालपा ने कमरे में आकर अपनी संदूकची खोली और उसमें से वह कांच का चन्द्रहार निकाला जिसे एक दिन पहनकर उसने अपने को धन्य माना था। पर

अब इस नए चन्द्रहार के सामने उसकी चमक उसी भांति मंद पड़ गई थी, जैसे इस निर्मल चन्द्रज्योति के सामने तारों का आलोक उसने उस नकली हार को तोड़ डाला और उसके दानों को नीचे गली में फेंक दिया, उसी भांति जैसे पूजन समाप्त हो जाने के बाद कोई उपासक मिट्टी की मूर्तियों को जल में विसर्जित कर देता है।

चौदह

उस दिन से जालपा के पति-स्नेह में सेवा-भाव का उदय हुआ। वह स्नान करने जाता, तो उसे अपनी धोती चुनी हुई मिलती। आले पर तेल और साबुन भी रक्खा हुआ पाता। जब दफ्तर जाने लगता, तो जालपा उसके कपड़े लाकर सामने रख देती। पहले पान माँगने पर मिलते थे, अब जबरदस्ती खिलाए जाते थे। जालपा उसका रूख देखा करती। उसे कुछ कहने की जरूरत न थी। यहाँ तक कि जब वह भोजन करने बैठता, तो वह पंखा झला करती। पहले वह बड़ी अनिच्छा से भोजन बनाने जाती थी और उस पर भी बेगार-सी टालती थी। अब बड़े प्रेम से रसोई में जाती। चीजें अब भी वही बनती थीं, पर उनका स्वाद बढ़ गया था। रमा को इस मधुर स्नेह के सामने वह दो गहने बहुत ही तुच्छ जंचते थे।

उधर जिस दिन रमा ने गंगू की दुकान से गहने खरीदे, उसी दिन दूसरे सर्राफों को भी उसके आभूषण-प्रेम की सूचना मिल गई। रमा जब उधर से निकलता, तो दोनों तरफ से दुकानदार उठ-उठकर उसे सलाम करते, 'आइए बाबूजी, पान तो खाते जाइए। दो-एक चीजें हमारी दुकान से तो देखिए।'

रमा का आत्म-संयम उसकी साख को और भी बढ़ाता था। यहाँ तक कि एक दिन एक दलाल रमा के घर पर आ पहुँचा, और उसके नहीं-नहीं करने पर भी अपनी संदूकची खोल ही दी।

रमा ने उससे पीछा छुड़ाने के लिए कहा, भाई, इस वक्त मुझे कुछ नहीं लेना है। क्यों अपना और मेरा समय नष्ट करोगे। दलाल ने बड़े विनीत भाव से कहा, बाबूजी, देख तो लीजिए। पसंद आए तो लीजिएगा, नहीं तो न लीजिएगा। देख लेने में तो कोई हर्ज नहीं है। आखिर रईसों के पास न जायं, तो किसके पास जायं। औरों ने आपसे गहरी रकमें मारी, हमारे भाग्य में भी बदा होगा, तो आपसे चार पैसा पा जाएँगे। बहूजी और माईजी को दिखा लीजिए! मेरा मन तो कहता है कि आज आप ही के हाथों बोहनी होगी।

रमानाथ-'औरतों के पसंद की न कहो, चीजें अच्छी होंगी ही। पसंद आते क्या देर लगती है, लेकिन भाई, इस वक्त हाथ खाली है।'

दलाल हँसकर बोला, 'बाबूजी, बस ऐसी बात कह देते हैं कि वाह! आपका हुक्म हो जाय तो हजार-पाँच सौ आपके ऊपर निछावर कर दें। हम लोग आदमी का मिजाज देखते हैं, बाबूजी! भगवान् ने चाहा तो आज मैं सौदा करके ही उठूंगा।'

दलाल ने संदूकची से दो चीजें निकालीं, एक तो नए फैशन का जड़ाऊ कंगन था और दूसरा कानों का रिंग दोनों ही चीजें अपूर्व थीं। ऐसी चमक थी मानो दीपक जल रहा हो। दस बजे थे, दयानाथ दफ्तर जा चुके थे, वह भी भोजन करने जा रहा था। समय बिलकुल न था, लेकिन इन दोनों चीजों को देखकर उसे किसी बात की सुध ही न रही। दोनों केस लिये हुए घर में आया उसके हाथ में केस देखते ही दोनों स्त्रियाँ टूट पड़ीं और उन चीजों को निकाल-निकालकर देखने लगीं। उनकी चमक-दमक ने उन्हें ऐसा मोहित कर लिया कि गुण-दोष की विवेचना करने की उनमें शक्ति ही न रही। जागेश्वरी-आजकल की चीजों के सामने तो पुरानी चीजें कुछ जंचती ही नहीं।

जालपा-'मुझे तो उन पुरानी चीजों को देखकर कै आने लगती है। न जाने उन दिनों औरतें कैसे पहनती थीं।'

रमा ने मुस्कराकर कहा,'तो दोनों चीजें पसंद हैं न?'

जालपा-'पसंद क्यों नहीं हैं, अम्माँजी, तुम ले लो।'

जागेश्वरी ने अपनी मनोव्यथा छिपाने के लिए सिर झुका लिया जिसका सारा जीवन ग्रहस्थी की चिंताओं में कट गया, वह आज क्या स्वप्न में भी इन गहनों के पहनने की आशा कर सकती थी! आह! उस दुखिया के जीवन की कोई साध ही न पूरी हुई। पति की आय ही कभी इतनी न हुई कि बाल-बच्चों के पालन-पोषण के उपरांत कुछ बचता। जब से घर की स्वामिनी हुई, तभी से मानो उसकी तपश्चर्या का आरंभ हुआ और सारी लालसाएं एक-एक करके धूल में मिल गई। उसने उन आभूषणों की ओर से आँखें हटा लीं। उनमें इतना आकर्षण था कि उनकी ओर ताकते हुए वह डरती थी। कहीं उसकी विरक्ति का परदा न खुल जाय। बोली, 'मैं लेकर क्या करूंगी बेटी, मेरे पहनने-ओढ़ने के दिन तो निकल गए। कौन लाया है बेटा? क्या दाम हैं इनके?

रमानाथ-'एक सर्राफ दिखाने लाया है, अभी दाम-आम नहीं पूछे, मगर ऊंचे दाम होंगे। लेना तो था ही नहीं, दाम पूछकर क्या करता?'

जालपा-'लेना ही नहीं था, तो यहाँ लाए क्यों?'

जालपा ने यह शब्द इतने आवेश में आकर कहे कि रमा खिसिया गया उनमें इतनी उत्तेजना, इतना तिरस्कार भरा हुआ था कि इन गहनों को लौटा ले जाने की उसकी हिम्मत न पड़ी। बोला, तो ले लूं?'

जालपा-'अम्माँ लेने की नहीं कहतीं तो लेकर क्या करोगे-क्या मुफ्त में दे रहा है?'

रमानाथ-'समझ लो मुफ्त ही मिलते हैं।'

जालपा-'सुनती हो अम्माँजी, इनकी बातें। आप जाकर लौटा आइए। जब हाथ में रूपये होंगे, तो बहुत गहने मिलेंगे।'

जागेश्वरी ने मोहासक्त स्वर में कहा, रूपये अभी तो नहीं माँगता?

जालपा-'उधार भी देगा, तो सूद तो लगा ही लेगा?'

रमानाथ-'तो लौटा दूं-एक बात चटपट तय कर डालो। लेना हो, ले लो, न लेना हो, तो लौटा दो। मोह और दुविधा में न पड़ो...'

जालपा को यह स्पष्ट बातचीत इस समय बहुत कठोर लगी। रमा के मुँह से उसे ऐसी आशा न थी। इंकार करना उसका काम था, रमा को लेने के लिए आग्रह करना चाहिए था। जागेश्वरी की ओर लालायित नजरों से देखकर बोली, 'लौटा दो। रात-दिन के तकाजे कौन सहेगा।'

वह केसों को बंद करने ही वाली थी कि जागेश्वरी ने कंगन उठाकर पहन लिया, मानो एक क्षण-भर पहनने से ही उसकी साध पूरी हो जायगी। फिर मन में इस ओछेपन पर लज्जित होकर वह उसे उतारना ही चाहती थी कि रमा ने कहा, 'अब तुमने पहन लिया है अम्माँ, तो पहने रहो मैं तुम्हें भेंट करता हूँ।'

जागेश्वरी की आँखें सजल हो गई। जो लालसा आज तक न पूरी हो सकी, वह आज रमा की मातृ-भक्ति से पूरी हो रही थी, लेकिन क्या वह अपने प्रिय पुत्र पर ऋण का इतना भारी बोझ रख देगी? अभी वह बेचारा बालक है, उसकी सामर्थ्य ही क्या है? न जाने रूपये जल्द हाथ आएं या देर में। दाम भी तो नहीं मालूम। अगर ऊंचे दामों का हुआ, तो बेचारा देगा कहाँ से-उसे कितने तकाजे सहने पड़ेंगे और कितना लज्जित होना पड़ेगा। कातर स्वर में बोली, 'नहीं बेटा, मैंने यों ही पहन लिया था। ले जाओ, लौटा दो।'

माता का उदास मुख देखकर रमा का हृदय मातृ-प्रेम से हिल उठा। क्या ऋण के भय से वह अपनी त्यागमूर्ति माता की इतनी सेवा भी न कर सकेगा? माता के प्रति उसका कुछ कर्तव्य भी तो है? बोला, रूपये बहुत मिल जाएँगे अम्माँ, तुम इसकी चिंता मत करो। जागेश्वरी ने बहू की ओर देखा। मानो कह रही थी कि रमा मुझ पर कितना अत्याचार कर रहा है। जालपा उदासीन भाव से बैठी थी। कदाचित

उसे भय हो रहा था कि माताजी यह कंगन ले न लें। मेरा कंगन पहन लेना बहू को अच्छा नहीं लगा, इसमें जागेश्वरी को संदेह नहीं रहा उसने तुरंत कंगन उतार डाला, और जालपा की ओर बढ़ाकर बोली, मैं अपनी ओर से तुम्हें भेंट करती हूँ, मुझे जो कुछ पहनना-ओढ़ना था, ओढ़-पहन चुकी। अब जरा तुम पहनो, देखूं,'

जालपा को इसमें जरा भी संदेह न था कि माताजी के पास रूपये की कमी नहीं। वह समझी, शायद आज वह पसीज गई हैं और कंगन के रूपए दे देंगी। एक क्षण पहले उसने समझा था कि रूपये रमा को देने पड़ेंगे, इसीलिए इच्छा रहने पर भी वह उसे लौटा देना चाहती थी। जब माताजी उसका दाम चुका रही थीं, तो वह क्यों इंकार करती, मगर ऊपरी मन से बोली, 'रूपये न हों, तो रहने दीजिए अम्माँजी, अभी कौन जल्दी है?

रमा ने कुछ चिढ़कर कहा, 'तो तुम यह कंगन ले रही हो?'

जालपा-'अम्माँजी नहीं मानतीं, तो मैं क्या करूं?'

रमानाथ-'और ये रिंग, इन्हें भी क्यों नहीं रख लेतीं?'

जालपा-'जाकर दाम तो पूछ आओ।

रमा ने अधीर होकर कहा, तुम इन चीजों को ले जाओ, तुम्हें दाम से क्या मतलब!

रमा ने बाहर आकर दलाल से दाम पूछा तो सन्नाटे में आ गया, कंगन सात सौ के थे, और रिंग डेढ़ सौ के, उसका अनुमान था कि कंगन अधिक से-अधिक तीन सौ के होंगे और रिंग चालीस-पचास रूपये के, पछताए कि पहले ही दाम क्यों न पूछ लिए, नहीं तो इन चीजों को घर में ले जाने की नौबत ही क्यों आती? उध ारते हुए शर्म आती थी, मगर कुछ भी हो, उधारना तो पड़ेगा ही। इतना बड़ा बोझ वह सिर पर नहीं ले सकता दलाल से बोला, 'बड़े दाम हैं भाई, मैंने तो तीन-चार सौ के भीतर ही आंका था। दलाल का नाम चरनदास था। बोला,दाम में एक कौड़ी फरक पड़ जाय सरकार, तो मुँह न दिखाऊं। धनीराम की कोठी का तो माल है, आप चलकर पूछ लें। दमड़ी रूपये की दलाली अलबत्ता मेरी है, आपकी मरजी हो दीजिए या न दीजिए।'

रमानाथ-'तो भाई इन दामों की चीजें तो इस वक्त हमें नहीं लेनी हैं।'

चरनदास-ऐसी बात न कहिए, बाबूजी! आपके लिए इतने रूपये कौन बड़ी बात है। दो महीने भी माल चल जाय तो उसके दूने हाथ आ जायंगे। आपसे बढ़कर कौन शौकीन होगा। यह सब रईसों के ही पसंद की चीजें हैं। गंवार लोग इनकी कद्र क्या जानें।'

रमानाथ-'साढ़े आठ सौ बहुत होते हैं भई!'

चरनदास–रूपयों का मुँह न देखिए बाबूजी, जब बहूजी पहनकर बैठेंगी, तो एक निगाह में सारे रूपये तर जायंगे।

रमा को विश्वास था कि जालपा गहनों का यह मूल्य सुनकर आप ही बिचक जायगी। दलाल से और ज्यादा बातचीत न की। अंदर जाकर बड़े जोर से हँसा और बोला, आपने इस कंगन का क्या दाम समझा था, माँजी?

जागेश्वरी कोई जवाब देकर बेवकूफ न बनना चाहती थी, इन जड़ाऊ चीजों में नाप-तौल का तो कुछ हिसाब रहता नहीं जितने में तै हो जाय, वही ठीक है।

रमानाथ–'अच्छा, तुम बताओ जालपा, इस कंगन का कितना दाम आंकती हो?'

जालपा–'छः सौ से कम का नहीं।'

रमा का सारा खेल बिगड़ गया दाम का भय दिखाकर रमा ने जालपा को डरा देना चाहा था, मगर छः और सात में बहुत थोडा ही अंतर था। और संभव है चरनदास इतने ही पर राजी हो जाय। कुछ झेंपकर बोला, कच्चे नगीने नहीं हैं।'

जालपा–'कुछ भी हो, छः सौ से ज्यादा का नहीं।'

रमानाथ–'और रिंग का?'

जालपा–'अधिक से अधिक सौ रूपये!'

रमानाथ–'यहाँ भी चूकीं, डेढ़सौ माँगता है।'

जालपा–'जट्ट है कोई, हमें इन दामों लेना ही नहीं।

रमा की चाल उल्टी पड़ी, जालपा को इन चीजों के मूल्य के विषय में बहुत धोखा न हुआ था। आखिर रमा की आर्थिक दशा तो उससे छिपी न थी, फिर वह सात सौ रूपये की चीजों के लिए मुँह खोले बैठी थी। रमा को क्या मालूम था कि जालपा कुछ और ही समझकर कंगन पर लहराई थी। अब तो गला छूटने का एक ही उपाय था और वह यह कि दलाल छः सौ पर राजी न हो बोला, 'वह साढ़े आठ से कौड़ी कम न लेगा।' जालपा–तो लौटा दो।'

रमानाथ–'मुझे तो लौटाते शर्म आती है। अम्माँ, जरा आप ही दालान में चलकर कह दें, हमें सात सौ से ज्यादा नहीं देना है। देना होता तो दे दो, नहीं चले जाओ।'

जागेश्वरी-हाँ रे, क्यों नहीं, उस दलाल से मैं बातें करने जाऊँ!

जालपा–'तुम्हीं क्यों नहीं कह देते, इसमें तो कोई शर्म की बात नहीं।'

रमानाथ–'मुझसे साफ जवाब न देते बनेगा। दुनिया-भर की खुशामद करेगा। चुनी चुना, आप बड़े आदमी हैं, रईस हैं, राजा हैं। आपके लिए डेढ़ सौ क्या चीज है। मैं उसकी बातों में आ जाऊँगा।

जालपा–अच्छा, चलो मैं ही कहे देती हूँ।

रमानाथ–'वाह, फिर तो सब काम ही बन गया।

रमा पीछे दुबक गया जालपा दालान में आकर बोली, जरा यहाँ आना जी, ओ सर्राफ! लूटने आए हो, या माल बेचने आए हो!

चरनदास बरामदे से उठकर द्वार पर आया और बोला, 'क्या हुक्म है, सरकार।'

जालपा–'माल बेचने आते हो, या लूटने आते हो? सात सौ रूपये कंगन के माँगते हो?'

चरनदास–'सात सौ तो उसकी कारीगरी के दाम हैं, हूजूर!'

जालपा–'अच्छा तो जो उस पर सात सौ निछावर कर दे, उसके पास ले जाओ। रिंग के डेढ़सौ कहते हो, लूट है क्या? मैं तो दोनों चीजों के सात सौ

से अधिक न दूँगी।

चरनदास–'बहूजी, आप तो अंधेर करती हैं। कहाँ साढ़े आठ सौ और कहाँ सात सौ?'

जालपातुम्हारी खुशी, अपनी चीज ले जाओ।

चरनदास–'इतने बड़े दरबार में आकर चीज लौटा ले जाऊँ?' आप यों ही पहनें। दस–पाँच रूपये की बात होती, तो आपकी जबान ने उधरता। आपसे झूठ नहीं कहता बहूजी, इन चीजों पर पैसा रूपया नगद है। उसी एक पैसे में दुकान का भाडा, बका–खाता, दस्तूरी, दलाली सब समझिए। एक बात ऐसी समझकर कहिए कि हमें भी चार पैसे मिल जाएँ। सवेरे–सवेरे लौटना न पड़े।

जालपा–'कह दिए, वही सात सौ।'

चरनदास ने ऐसा मुँह बनाया, मानो वह किसी धर्म–संकट में पड़ गया है। फिर बोला–'सरकार, है तो घाटा ही, पर आपकी बात नहीं टालते बनती। रूपये कब मिलेंगे?'

जालपा–'जल्दी ही मिल जायंगे।'

जालपा अंदर जाकर बोली–आखिर दिया कि नहीं सात सौ में–डेढ़सौ साफ उड़ाए लिए जाता था। मुझे पछतावा हो रहा है कि कुछ और कम क्यों न कहा वे लोग इस तरह ग्राहकों को लूटते हैं।'

रमा इतना भारी बोझ लेते घबरा रहा था, लेकिन परिस्थिति ने कुछ ऐसा रंग पकड़ा कि बोझ उस पर लद ही गया जालपा तो खुशी की उमंग में दोनों चीजें लिये ऊपर चली गई, पर रमा सिर झुकाए चिंता में डूबा खड़ा था। जालपा ने उसकी दशा जानकर भी इन चीजों को क्यों ठुकरा नहीं दिया, क्यों जोर देकर नहीं कहा–'मैं न

लूंगी, क्यों दुविधा में पड़ी रही। साढ़े पाँच सौ भी चुकाना मुश्किल था, इतने और कहाँ से आएंगे।'

असल में गलती मेरी ही है। मुझे दलाल को दरवाजे से ही दुत्कार देना चाहिए था। लेकिन उसने मन को समझाया यह अपने ही पापों का तो प्रायश्चित है। फिर आदमी इसीलिए तो कमाता है। रोटियों के लाले थोड़े ही थे? भोजन करके जब रमा ऊपर कपड़े पहनने गया, तो जालपा आईने के सामने खड़ी कानों में रिंग पहन रही थी। उसे देखते ही बोली–'आज किसी अच्छे का मुँह देखकर उठी थी। दो चीजें मुफ्त हाथ आ गई।'

रमा ने विस्मय से पूछा, 'मुफ्त क्यों? रूपये न देने पड़ेंगे?'

जालपा–'रूपये तो अम्माँजी देंगी?'

रमानाथ–'क्या कुछ कहती थीं?'

जालपा–'उन्होंने मुझे भेंट दिए हैं, तो रूपये कौन देगा?'

रमा ने उसके भोलेपन पर मुस्कराकर कहा, यही समझकर तुमने यह चीजें ले लीं? अम्माँ को देना होता तो उसी वक्त दे देतीं जब गहने चोरी गए थे। क्या उनके पास रूपये न थे?

जालपा असमंजस में पड़कर बोली, तो मुझे क्या मालूम था। अब भी तो लौटा सकते हो कह देना, जिसके लिए लिया था, उसे पसंद नहीं आया यह कहकर उसने तुरंत कानों से रिंग निकाल लिए। कंगन भी उतार डाले और दोनों चीजें केस में रखकर उसकी तरफ इस तरह बढ़ाई, जैसे कोई बिल्ली चूहे से खेल रही हो वह चूहे को अपनी पकड़ से बाहर नहीं होने देती। उसे छोड़कर भी नहीं छोड़ती। हाथों को फैलाने का साहस नहीं होता था। क्या उसके ह्दय की भी यही दशा न थी? उसके मुख पर हवाइयाँ उड़ रही थीं। क्यों वह रमा की ओर न देखकर भूमि की ओर देख रही थी–क्यों सिर ऊपर न उठाती थी? किसी संकट से बच जाने में जो हार्दिक आनंद होता है, वह कहाँ था? उसकी दशा ठीक उस माता की–सी थी, जो अपने बालक को विदेश जाने की अनुमति दे रही हो। वही विवशता, वही कातरता, वही ममता इस समय जालपा के मुख पर उदय हो रही थी। रमा उसके हाथ से केसों को ले सके, इतना कड़ा संयम उसमें न था। उसे तकाजे सहना, लज्जित होना, मुँह छिपाए फिरना, चिंता की आग में जलना, सब कुछ सहना मंजूर था। ऐसा काम करना नामंजूर था जिससे जालपा का दिल टूट जाए, वह अपने को अभागिन समझने लगे। उसका सारा ज्ञान, सारी चेष्टा, सारा विवेक इस आघात का विरोध करने लगा। प्रेम और परिस्थितियों के संघर्ष में प्रेम ने विजय पाई।

उसने मुस्कराकर कहा, रहने दो, अब ले लिया है, तो क्या लौटाएं। अम्माँजी भी हँसेंगी।

जालपा ने बनावटी कांपते हुए कंठ से कहा, अपनी चादर देखकर ही पांव फैलाना चाहिए। एक नई विपत्ति मोल लेने की क्या जरूरत है! रमा ने मानो जल में डूबते हुए कहा, ईश्वर मालिक है। और तुरंत नीचे चला गया हम क्षणिक मोह और संकोच में पड़कर अपने जीवन के सुख और शांति का कैसे होम कर देते हैं! अगर जालपा मोह के इस झोंके में अपने को स्थिर रख सकती, अगर रमा संकोच के आगे सिर न झुका देता, दोनों के हृदय में प्रेम का सच्चा प्रकाश होता, तो वे पथ-भ्रष्ट होकर सर्वनाश की ओर न जाते। ग्यारह बज गए थे। दफ्तर के लिए देर हो रही थी, पर रमा इस तरह जा रहा था, जैसे कोई अपने प्रिय बंधु की दाह-क्रिया करके लौट रहा हो।

पन्द्रह

जालपा अब वह एकांतवासिनी रमणी न थी, जो दिन-भर मुँह लपेटे उदास पड़ी रहती थी। उसे अब घर में बैठना अच्छा नहीं लगता था। अब तक तो वह मजबूर थी, कहीं आ-जा न सकती थी। अब ईश्वर की दया से उसके पास भी गहने हो गए थे। फिर वह क्यों मन मारे घर में पड़ी रहती। वस्त्राभूषण कोई मिठाई तो नहीं जिसका स्वाद एकांत में लिया जा सके। आभूषणों को संदूकची में बंद करके रखने से क्या फायदा। मुहल्ले या बिरादरी में कहीं से बुलावा आता, तो वह सास के साथ अवश्य जाती। कुछ दिनों के बाद सास की जरूरत भी न रही। वह अकेली आने-जाने लगी। फिर कार्य-प्रयोजन की कैद भी नहीं रही। उसके रूप-लावण्य, वस्त्र-आभूषण और शील विनय ने मुहल्ले की स्त्रियों में उसे जल्दी ही सम्मान के पद पर पहुँचा दिया। उसके बिना मंडली सूनी रहती थी। उसका कंठ-स्वर इतना कोमल था, भाषण इतना मधुर, छवि इतनी अनुपम कि वह मंडली की रानी मालूम होती थी। उसके आने से मुहल्ले के नारी-जीवन में जान-सी पड़ गई। नित्य ही कहीं-न-कहीं जमाव हो जाता। घंटे-दो घंटे गा-बजाकर या गपशप करके रमणियाँ दिल बहला लिया करतीं। कभी किसी के घर, कभी किसी के घर, फागुन में पंद्रह दिन बराबर गाना होता रहा जालपा ने जैसा रूप पाया था, वैसा ही उदार हृदय भी पाया था। पान-पत्तों का खर्च प्राय: उसी के मत्थे पड़ता। कभी-कभी गायनें बुलाई जातीं, उनकी सेवा-सत्कार का भार उसी पर था। कभी-कभी वह स्त्रियों के साथ

गंगा-स्नान करने जाती, तांगे का किराया और गंगा-तट पर जलपान का खर्च भी उसके मत्थे जाता। इस तरह उसके दो-तीन रूपये रोज उड़ जाते थे। रमा आदर्श पति था। जालपा अगर माँगती तो प्राण तक उसके चरणों पर रख देता। रूपये की हैसियत ही क्या थी? उसका मुँह जोहता रहता था। जालपा उससे इन जमघटों की रोज चर्चा करती। उसका स्त्री-समाज में कितना आदर-सम्मान है, यह देखकर वह फूला न समाता था।

एक दिन इस मंडली को सिनेमा देखने की धुन सवार हुई। वहाँ की बहार देखकर सब-की-सब मुग्ध हो गईं। फिर तो आए दिन सिनेमा की सैर होने लगी। रमा को अब तक सिनेमा का शौक न था। शौक होता भी तो क्या करता। अब हाथ में पैसे आने लगे थे, उस पर जालपा का आग्रह, फिर भला वह क्यों न जाता-सिनेमा-गृह में ऐसी कितनी ही रमणियाँ मिलतीं, जो मुँह खोले निसंकोच हँसती-बोलती रहती थीं। उनकी आजादी गुप्तरूप से जालपा पर भी जादू डालती जाती थी। वह घर से बाहर निकलते ही मुँह खोल लेती, मगर संकोचवश परदेवाली स्त्रियों के ही स्थान पर बैठती। उसकी कितनी इच्छा होती कि रमा भी उसके साथ बैठता। आखिर वह उन फैशनेबुल औरतों से किस बात में कम है? रूप-रंग में वह हेठी नहीं। सजधज में किसी से कम नहीं। बातचीत करने में कुशल। फिर वह क्यों परदेवालियों के साथ बैठे। रमा बहुत शिक्षित न होने पर भी देश और काल के प्रभाव से उदार था। पहले तो वह परदे का ऐसा अनन्य भक्त था, कि माता को कभी गंगा-स्नान कराने लिवा जाता, तो पंडों तक से न बोलने देता। कभी माता की हँसी मर्दाने में सुनाई देती, तो आकर बिगड़ता, तुमको जरा भी शर्म नहीं है अम्माँ! बाहर लोग बैठे हुए हैं, और तुम हँस रही हो, माँ लज्जित हो जाती थीं। किंतु अवस्था के साथ रमा का यह लिहाज गायब होता जाता था। उस पर जालपा की रूप-छटा उसके साहस को और भी उत्तेजित करती थी। जालपा रूपहीन, काली-कलूटी, फूहड़ होती तो वह जबरदस्ती उसको परदे में बैठाता। उसके साथ घूमने या बैठने में उसे शर्म आती। जालपा-जैसी अनन्य सुंदरी के साथ सैर करने में आनंद के साथ गौरव भी तो था। वहाँ के सभ्य समाज की कोई महिला रूप, गठन और शृंगार में जालपा की बराबरी न कर सकती थी। देहात की लड़की होने पर भी शहर के रंग में वह इस तरह रंग गई थी, मानो जन्म से शहर ही में रहती आई है। थोड़ी-सी कमी अंग्रेजी शिक्षा की थी। उसे भी रमा पूरी किए देता था। मगर परदे का यह बंधन टूटे कैसे। भवन में रमा के कितने ही मित्र, कितनी ही जान-पहचान के लोग बैठे नजर आते थे। वे उसे जालपा के साथ बैठे देखकर कितना हँसेंगे। आखिर एक दिन उसने

समाज के सामने ताल ठोंककर खड़े हो जाने का निश्चय कर ही लिया। जालपा से बोला, आज हम-तुम सिनेमाघर में साथ बैठेंगे।

जालपा के ह्रदय में गुदगुदी-सी होने लगी। हार्दिक आनंद की आभा चेहरे पर झलक उठी। बोली, 'सच! नहीं भाई, साथवालियां जीने न देंगी।'

रमानाथ-'इस तरह डरने से तो फिर कभी कुछ न होगा। यह क्या स्वांग है कि स्त्रियाँ मुँह छिपाए चिक की आड़ में बैठी रहें।'

इस तरह यह मामला भी तय हो गया पहले दिन दोनों झेंपते रहे, लेकिन दूसरे दिन से हिम्मत खुल गई। कई दिनों के बाद वह समय भी आया कि रमा और जालपा संध्या समय पार्क में साथ-साथ टहलते दिखाई दिए।

जालपा ने मुस्कराकर कहा,कहीं बाबूजी देख लें तो?'?

रमानाथ-'तो क्या, कुछ नहीं।'

जालपा-'मैं तो मारे शर्म के गड़ जाऊँ।'

रमानाथ-अभी तो मुझे भी शर्म आएगी, मगर बाबूजी खुद ही इधर न आएंगे।'

जालपा-'और जो कहीं अम्माँजी देख लें!-

रमानाथ-'अम्माँ से कौन डरता है, दो दलीलों में ठीक कर दूँगा।'

दस ही पाँच दिन में जालपा ने नए महिला-समाज में अपना रंग जमा लिया उसने इस समाज में इस तरह प्रवेश किया, जैसे कोई कुशल वक्ता पहली बार परिषद के मंच पर आता है। विद्वान लोग उसकी उपेक्षा करने की इच्छा होने पर भी उसकी प्रतिभा के सामने सिर झुका देते हैं। जालपा भी आई, देखा और विजय कर लिया। उसके सौंदर्य में वह गरिमा, वह कठोरता, वह शान, वह तेजस्विता थी जो कुलीन महिलाओं के लक्षण हैं। पहले ही दिन एक महिला ने जालपा को चाय का निमंत्रण दे दिया और जालपा इच्छा न रहने पर भी उसे अस्वीकार न कर सकी। जब दोनों प्राणी वहाँ से लौटे, तो रमा ने चिंतित स्वर में कहा, तो कल इसकी चाय-पार्टी में जाना पड़ेगा?

जालपा-'क्या करती-इंकार करते भी तो न बनता था!'

रमानाथ-'तो सबेरे तुम्हारे लिए एक अच्छी-सी साड़ी ला दूं?'

जालपा-'क्या मेरे पास साड़ी नहीं है, जरा देर के लिए पचास-साठ रूपये खर्च करने से फायदा!'

रमानाथ-'तुम्हारे पास अच्छी साड़ी कहाँ है। इसकी साड़ी तुमने देखी? ऐसी ही तुम्हारे लिए भी लाऊंगा।'

जालपा ने विवशता के भाव से कहा,मुझे साफ कह देना चाहिए था कि फुरसत नहीं है।

रमानाथ-'फिर इनकी दावत भी तो करनी पडेगी।'

जालपा-'यह तो बुरी विपत्ति गले पड़ी।'

रमानाथ-'विपत्ति कुछ नहीं है, सिर्फ यही ख्याल है कि मेरा मकान इस काम के लायक नहीं। मेज, कुर्सियाँ, चाय के सेट रमेश के यहाँ से माँग लाऊंगा, लेकिन घर के लिए क्या करूं !'

जालपा-'क्या यह जरूरी है कि हम लोग भी दावत करें?'

रमा ने ऐसी बात का कुछ उत्तर न दिया। उसे जालपा के लिए एक जूते की जोड़ी और सुंदर कलाई की घड़ी की फिक्र पैदा हो गई। उसके पास कौड़ी भी न थी। उसका खर्च रोज बढ़ता जाता था। अभी तक गहने वालों को एक पैसा भी देने की नौबत न आई थी। एक बार गंगू महाराज ने इशारे से तकाजा भी किया था, लेकिन यह भी तो नहीं हो सकता कि जालपा फटे हालों चाय-पार्टी में जाय। नहीं, जालपा पर वह इतना अन्याय नहीं कर सकता इस अवसर पर जालपा की रूप-शोभा का सिक्का बैठ जायगा। सभी तो आज चमाचम साडियाँ पहने हुए थीं। जड़ाऊ कंगन और मोतियों के हारों की भी तो कमी न थी, पर जालपा अपने सादे आवरण में उनसे कोसों आगे थी। उसके सामने एक भी नहीं जंचती थी। यह मेरे पूर्व कर्मो का फल है कि मुझे ऐसी सुंदरी मिली। आखिर यही तो खाने-पहनने और जीवन का आनंद उठाने के दिन हैं। जब जवानी ही में सुख न उठाया, तो बुढ़ापे में क्या कर लेंगे! बुढ़ापे में मान लिया धन हुआ ही तो क्या? यौवन बीत जाने पर विवाह किस काम का साड़ी और घड़ी लाने की उसे धुन सवार हो गई। रातभर तो उसने सब्र किया दूसरे दिन दोनों चीजें लाकर ही दम लिया। जालपा ने झुंझलाकर कहा, मैंने तो तुमसे कहा था कि इन चीजों का काम नहीं है। डेढ़ सौ से कम की न होंगी?

रमानाथ-'डेढ़सौ! इतना फजूल-खर्च मैं नहीं हूँ।'

जालपा-'डेढ़सौ से कम की ये चीजें नहीं हैं।'

जालपा ने घड़ी कलाई में बांध ली और साड़ी को खोलकर मंत्रमुग्ध नजरों से देखा।

रमानाथ-'तुम्हारी कलाई पर यह घड़ी कैसी खिल रही है! मेरे रूपये वसूल हो गए।

जालपा-'सच बताओ, कितने रूपये खर्च हुए?

रमानाथ-'सच बता दूं-एक सौ पैंतीस रूपये। पचहत्तर रूपये की साड़ी, दस के जूते और पचास की घड़ी।

जालपा-'यह डेढ़ सौ ही हुए। मैंने कुछ बढ़ाकर थोड़े कहा था, मगर यह सब रूपये अदा कैसे होंगे? उस चुडैल ने व्यर्थ ही मुझे निमंत्रण दे दिया अब मैं बाहर जाना ही छोड़ दूँगी।'

रमा भी इसी चिंता में मग्न था, पर उसने अपने भाव को प्रकट करके जालपा के हर्ष में बाधा न डाली। बोला, सब अदा हो जायगा। जालपा ने तिरस्कार के भाव से कहा। कहाँ से अदा हो जाएगा, जरा सुनूं। कौड़ी तो बचती नहीं, अदा कहाँ से हो जायगा? वह तो कहो बाबूजी घर का खर्च संभाले हुए हैं, नहीं तो मालूम होता।

क्या तुम समझते हो कि मैं गहने और साड़ियों पर मरती हूँ? इन चीजों को लौटा आओ। रमा ने प्रेमपूर्ण नजरों से कहा, इन चीजों को रख लो। फिर तुमसे बिना पूछे कुछ न लाऊंगा।

संध्या समय जब जालपा ने नई साड़ी और नए जूते पहने, घड़ी कलाई पर बांधी और आईने में अपनी सूरत देखी, तो मारे गर्व और उल्लास के उसका मुखमंडल प्रज्वलित हो उठा। उसने उन चीजों के लौटाने के लिए सच्चे दिल से कहा हो, पर इस समय वह इतना त्याग करने को तैयार न थी। संध्या समय जालपा और रमा छावनी की ओर चले। महिला ने केवल बंगले का नंबर बतला दिया था। बंगला आसानी से मिल गया। फाटक पर साइनबोर्ड था, इन्दुभूषण, ऐडवोकेट, हाईकोर्ट अब रमा को मालूम हुआ कि वह महिला पं. इन्दुभूषण की पत्नी थी। पंडितजी काशी के नामी वकील थे। रमा ने उन्हें कितनी ही बार देखा था, पर इतने बड़े आदमी से परिचय का सौभाग्य उसे कैसे होता! छः महीने पहले वह कल्पना भी न कर सकता था, कि किसी दिन उसे उनके घर निमंत्रित होने का गौरव प्राप्त होगा, पर जालपा की बदौलत आज वह अनहोनी बात हो गई। वह काशी के बड़े वकील का मेहमान था। रमा ने सोचा था कि बहुत से स्त्री-पुरूष निमंत्रित होंगे, पर यहाँ वकील साहब और उनकी पत्नी रतन के सिवा और कोई न था। रतन इन दोनों को देखते ही बरामदे में निकल आई और उनसे हाथ मिलाकर अंदर ले गई और अपने पति से उनका परिचय कराया पंडितजी ने आरामकुर्सी पर लेटे-ही-लेटे दोनों मेहमानों से हाथ मिलाया और मुस्कराकर कहा, 'क्षमा कीजिएगा बाबू साहब, मेरा स्वास्थ्य अच्छा नहीं है। आप यहाँ किसी आफिस में हैं?'

रमा ने झेंपते हुए कहा,'जी हाँ, म्युनिसिपल आफिस में हूँ। अभी हाल ही में आया हूँ। कानून की तरफ जाने का इरादा था, पर नए वकीलों की यहाँ जो हालत हो रही है, उसे देखकर हिम्मत न पड़ी।'

रमा ने अपना महत्व बढ़ाने के लिए जरा-सा झूठ बोलना अनुचित न समझा। इसका असर बहुत अच्छा हुआ। अगर वह साफ कह देता, मैं पच्चीस रूपये का क्लर्क हूँ, तो शायद वकील साहब उससे बातें करने में अपना अपमान समझते। बोले, आपने बहुत अच्छा किया जो इधर नहीं आए। वहाँ दो-चार साल के बाद अच्छी

जगह पर पहुँच जाएँगे, यहाँ संभव है दस साल तक आपको कोई मुकदमा ही न मिलता।'

जालपा को अभी तक संदेह हो रहा था कि रतन वकील साहब की बेटी है या पत्नी। वकील साहब की उम्र साठ से नीचे न थी। चिकनी चांद आसपास के सफेद बालों के बीच में वारनिश की हुई लकड़ी की भांति चमक रही थी। मूंछे साफ थीं, पर माथे की शिकन और गालों की झुर्रियाँ बतला रही थीं कि यात्री संसार-यात्रा से थक गया है। आरामकुर्सी पर लेटे हुए वह ऐसे मालूम होते थे, जैसे बरसों के मरीज हों! हाँ, रंग गोरा था, जो साठ साल की गर्मी-सर्दी खाने पर भी उड़ न सका था। ऊंची नाक थी, ऊंचा माथा और बड़ी-बड़ी आँखें, जिनमें अभिमान भरा हुआ था! उनके मुख से ऐसा भासित होता था कि उन्हें किसी से बोलना या किसी बात का जवाब देना भी अच्छा नहीं लगता। इसके प्रतिकूल रतन सांवली, सुगठित युवती थी, बड़ी मिलनसार, जिसे गर्व ने छुआ तक न था। सौंदर्य का उसके रूप में कोई लक्षण न था। नाक चिपटी थी, मुख गोल, आँखें छोटी, फिर भी वह रानी-सी लगती थी। जालपा उसके सामने ऐसी लगती थी, जैसे सूर्यमूखी के सामने जूही का फूल। चाय आई। मेवे फल, मिठाई, बर्ग की कुल्फी, सब मेजों पर सजा दिए गए। रतन और जालपा एक मेज पर बैठीं। दूसरी मेज रमा और वकील साहब की थी। रमा मेज के सामने जा बैठा, मगर वकील साहब अभी आरामकुर्सी पर लेटे ही हुए थे।

रमा ने मुस्कराकर वकील साहब से कहा, आप भी तो आएं।

वकील साहब ने लेटे-लेटे मुस्कराकर कहा, 'आप शुरू कीजिए, मैं भी आया जाता हूँ।'

लोगों ने चाय पी, फल खाए, पर वकील साहब के सामने हँसते-बोलते रमा और जालपा दोनों ही झिझकते थे। जिंदादिल बूढ़ों के साथ तो सोहबत का आनंद उठाया जा सकता है, लेकिन ऐसे रूखे, निर्जीव मनुष्य जवान भी हों, तो दूसरों को मुर्दा बना देते हैं। वकील साहब ने बहुत आग्रह करने पर दो घूंट चाय पी। दूर से बैठे तमाशा देखते रहे। इसलिए जब रतन ने जालपा से कहा,चलो, हम लोग जरा बागीचे की सैर करें, इन दोनों महाशयों को समाज और नीति की विवेचना करने दें, तो मानो जालपा के गले का गंदा छूट गया रमा ने पिंजड़े में बंद पक्षी की भांति उन दोनों को कमरे से निकलते देखा और एक लंबी सांस ली। वह जानता कि यहाँ यह विपत्ति उसके सिर पड़ जायगी, तो आने का नाम न लेता।

वकील साहब ने मुँह सिकोड़कर पहलू बदला और बोले, मालूम नहीं, पेट में क्या हो गया है, कि कोई चीज हजम ही नहीं होती। दूध भी नहीं हजम होता। चाय को लोग न जाने क्यों इतने शौक से पीते हैं, मुझे तो इसकी सूरत से भी डर लगता

है। पीते ही बदन में ऐंठन-सी होने लगती है और आँखों से चिनगारियाँ-सी निकलने लगती

रमा ने कहा, आपने हाजमे की कोई दवा नहीं की?'

वकील साहब ने अरूचि के भाव से कहा, दवाओं पर मुझे रत्ती-भर भी विश्वास नहीं। इन वैद्य और डाक्टरों से ज्यादा बेसमझ आदमी संसार में न मिलेंगे। किसी में निदान की शक्ति नहीं। दो वैद्यों, दो डाक्टरों के निदान कभी न मिलेंगे। लक्षण वही है, पर एक वैद्य रक्तदोष बतलाता है, दूसरा पित्तदोष, एक डाक्टर फेफड़े की सूजन बतलाता है, दूसरा आमाशय का विकार। बस, अनुमान से दवा की जाती है और निर्दयता से रोगियों की गर्दन पर छुरी दूरी जाती है। इन डाक्टरों ने मुझे तो अब तक जहन्नुम पहुँचा दिया होता; पर मैं उनके पंजे से निकल भागा। योगाभ्यास की बड़ी प्रशंसा सुनता हूँ पर कोई ऐसे महात्मा नहीं मिलते, जिनसे कुछ सीख सकूँ। किताबों के आधार पर कोई क्रिया करने से लाभ के बदले हानि होने का डर रहता है। यहाँ तो आरोग्य-शास्त्र का खंडन हो रहा था, उधर दोनों महिलाओं में प्रगाढ़ स्नेह की बातें हो रही थीं।

रतन ने मुस्कराकर कहा, 'मेरे पतिदेव को देखकर तुम्हें बड़ा आश्चर्य हुआ होगा।' जालपा को आश्चर्य ही नहीं, भम्र भी हुआ था। बोली, 'वकील साहब का दूसरा विवाह होगा।'

रतन, 'हाँ, अभी पाँच ही बरस तो हुए हैं। इनकी पहली स्त्री को मरे पैंतीस वर्ष हो गए। उस समय इनकी अवस्था कुल पच्चीस साल की थी। लोगों ने समझाया, दूसरा विवाह कर लो, पर इनके एक लड़का हो चुका था, विवाह करने से इंकार कर दिया और तीस साल तक अकेले रहे, मगर आज पाँच वर्ष हुए, जवान बेटे का देहाँत हो गया, तब विवाह करना आवश्यक हो गया मेरे माँ-बाप न थे। मामाजी ने मेरा पालन किया था। कह नहीं सकती, इनसे कुछ ले लिया या इनकी सज्जनता पर मुग्ध हो गए। मैं तो समझती हूँ, ईश्वर की यही इच्छा थी, लेकिन मैं जब से आई हूँ, मोटी होती चली जाती हूँ। डाक्टरों का कहना है कि तुम्हें संतान नहीं हो सकती। बहन, मुझे तो संतान की लालसा नहीं है, लेकिन मेरे पति मेरी दशा देखकर बहुत दुखी रहते हैं। मैं ही इनके सब रोगों की जड़ हूँ। आज ईश्वर मुझे एक संतान दे दे, तो इनके सारे रोग भाग जाएँगे। कितना चाहती हूँ कि दुबली हो जाऊँ, गरम पानी से टब-स्नान करती हूँ, रोज पैदल घूमने जाती हूँ, घी-दूध कम खाती हूँ, भोजन आधा कर दिया है, जितना परिश्रम करते बनता है, करती हूँ, फिर भी दिन-दिन मोटी ही होती जाती हूँ। कुछ समझ में नहीं आता, क्या करूं।

जालपा-'वकील साहब तुमसे चिढ़ते होंगे?

रतन, 'नहीं बहन, बिलकुल नहीं, भूलकर भी कभी मुझसे इसकी चर्चा नहीं की। उनके मुँह से कभी एक शब्द भी ऐसा नहीं निकला, जिससे उनकी मनोव्यथा प्रकट होती, पर मैं जानती हूँ, यह चिंता उन्हें मारे डालती है। अपना कोई बस नहीं है। क्या करूं। मैं जितना चाहूँ, खर्च करूं, जैसे चाहूँ रहूँ, कभी नहीं बोलते। जो कुछ पाते हैं, लाकर मेरे हाथ पर रख देते हैं। समझाती हूँ, अब तुम्हें वकालत करने की क्या जरूरत है, आराम क्यों नहीं करते, पर इनसे घर पर बैठे रहा नहीं जाता। केवल दो चपातियों से नाता है। बहुत जिद की तो दो चार दाने अंगूर खा लिए। मुझे तो उन पर दया आती है, अपने से जहाँ तक हो सकता है, उनकी सेवा करती हूँ। आखिर वह मेरे ही लिए तो अपनी जान खपा रहे हैं।

जालपा-''ऐसे पुरूष को देवता समझना चाहिए। यहाँ तो एक स्त्री मरी नहीं कि दूसरा ब्याह रच गया। तीस साल अकेले रहना सबका काम नहीं है। रतन-हाँ बहन, हैं तो देवता ही। अब भी कभी उस स्त्री की चर्चा आ जाती है, तो रोने लगते हैं। तुम्हें उनकी तस्वीर दिखाऊंगी। देखने में जितने कठोर मालूम होते हैं, भीतर से इनका ह्रदय उतना ही नरम है। कितने ही अनाथों, विधवाओं और गरीबों के महीने बांध रक्खे हैं। तुम्हारा यह कंगन तो बड़ा सुंदर है!'

जालपा-'हाँ, बड़े अच्छे कारीगर का बनाया हुआ है।'

रतन-'मैं तो यहाँ किसी को जानती ही नहीं। वकील साहब को गहनों के लिए कष्ट देने की इच्छा नहीं होती। मामूली सुनारों से बनवाते डर लगता है, न जाने क्या मिला दें। मेरी सपत्नीजी के सब गहने रक्खे हुए हैं, लेकिन वह मुझे अच्छे नहीं लगते। तुम बाबू रमानाथ से मेरे लिए ऐसा ही एक जोड़ा कंगन बनवा दो।'

जालपा-'देखिए, पूछती हूँ।'

रतन-'-'आज तुम्हारे आने से जी बहुत खुश हुआ। दिनभर अकेली पड़ी रहती हूँ। जी घबड़ाया करता है। किसके पास जाऊँ?' किसी से परिचय नहीं और न मेरा मन ही चाहता है कि उनसे मेल करूं। दो-एक महिलाओं को बुलाया, उनके घर गई, चाहा कि उनसे बहनापा जोड़ लूं, लेकिन उनके आचार-विचार देखकर उनसे दूर रहना ही अच्छा मालूम हुआ। दोनों ही मुझे उल्लू बनाकर लूटना चाहती थीं। मुझसे रूपये उधार ले गई और आज तक दे रही हैं। शृंगार की चीजों पर मैंने उनका इतना प्रेम देखा, कि कहते लज्जा आती है। तुम घड़ी-आधा घड़ी के लिए रोज चली आया करो बहन।

जालपा-'वाह इससे अच्छा और क्या होगा.'

रतन-'मैं मोटर भेज दिया करूंगी।'

जालपा-'क्या जरूरत है। तांगे तो मिलते ही हैं।

रतन–'न-जाने क्यों तुम्हें छोड़ने को जी नहीं चाहता। तुम्हें पाकर रमानाथजी अपना भाग्य सराहते होंगे। जालपा ने मुस्कराकर कहा, भाग्य-वाग्य तो कहीं नहीं सराहते, घुड़किया जमाया करते हैं।

रतन–'सच! मुझे तो विश्वास नहीं आता। लो, वह भी तो आ गए। पूछना, ऐसा दूसरा कंगन बनवा देंगे।'

जालपा-'(रमा से) क्यों चरनदास से कहा जाए तो ऐसा कंगन कितने दिन में बना देगा! रतन ऐसा ही कंगन बनवाना चाहती हैं।'

रमा ने तत्परता से कहा–हाँ, बना क्यों नहीं सकता इससे बहुत अच्छे बना सकता है।

रतन–'इस जोड़े के क्या लिए थे?'

जालपा–आठ सौ के थे।

रतन–'कोई हरज नहीं, मगर बिलकुल ऐसा ही हो, इसी नमूने का। रमा–हाँ-हाँ, बनवा दूँगा।'

रतन–'मगर भाई, अभी मेरे पास रूपये नहीं हैं।'

रूपये के मामले में पुरूष महिलाओं के सामने कुछ नहीं कह सकता क्या वह कह सकता है, इस वक्त मेरे पास रूपये नहीं हैं। वह मर जाएगा, पर यह उज्र न करेगा। वह कर्ज लेगा, दूसरों की खुशामद करेगा, पर स्त्री के सामने अपनी मजबूरी न दिखाएगा। रूपये की चर्चा को ही वह तुच्छ समझता है। जालपा पति की आर्थिक दशा अच्छी तरह जानती थी। पर यदि रमा ने इस समय कोई बहाना कर दिया होता, तो उसे बहुत बुरा मालूम होता। वह मन में डर रही थी कि कहीं यह महाशय यह न कह बैठें, सर्राफ से पूछकर कहूँगा। उसका दिल धड़क रहा था, जब रमा ने वीरता के साथ कहा, –हाँ-हाँ, रूपये की कोई बात नहीं, जब चाहे दे दीजिएगा, तो वह खुश हो गई।

रतन–'तो कब तक आशा करूं?

रमानाथ–'मैं आज ही सर्राफ से कह दूँगा, तब भी पंद्रह दिन तो लग ही जाएँगे।

जालपा–'अब की रविवार को मेरे ही घर चाय पीजिएगा।

रतन ने निमंत्रण सहर्ष स्वीकार किया और दोनों आदमी विदा हुए। घर पहुँचे, तो शाम हो गई थी। रमेश बाबू बैठे हुए थे। जालपा तो तांगे से उतरकर अंदर चली गई, रमा रमेश बाबू के पास जाकर बोला–क्या आपको आए देर हुई?

रमेश–'नहीं, अभी तो चला आ रहा हूँ। क्या वकील साहब के यहाँ गए थे?

रमा–'जी हाँ, तीन रूपये की चपत पड़ गई।'

रमेश–'कोई हरज नहीं, यह रूपये वसूल हो जाएँगे। बड़े आदमियों से राहरस्म हो जाय तो बुरा नहीं है, बड़े-बड़े काम निकलते हैं। एक दिन उन लोगों को भी तो बुलाओ।'

रमा–'अबकी इतवार को चाय की दावत दे आया हूँ।'

रमेश'–कहो तो मैं भी आ जाऊँ। जानते हो न वकील साहब के एक भाई इंजीनियर हैं। मेरे एक साले बहुत दिनों से बेकार बैठे हैं। अगर वकील साहब उसकी सिफारिश कर दें, तो गरीब को जगह मिल जाय। तुम जरा मेरा इंट्रोडक्शन करा देना, बाकी और सब मैं कर लूंगा। पार्टी का इंतजाम ईश्वर ने चाहा, तो ऐसा होगा कि मेमसाहब खुश हो जाएँगी। चाय के सेट, शीशे के रंगीन गुलदान और फानूस मैं ला दूँगा। कुर्सियाँ, मेजें, फर्श सब मेरे ऊपर छोड़ दो। न कुली की जरूरत, न मजूर की। उन्हीं मूसलचंद को रगेदूँगा।

रमानाथ–'तब तो बड़ा मजा रहेगा। मैं तो बड़ी चिंता में पड़ा हुआ था।

रमेश–'चिंता की कोई बात नहीं, उसी लौंडे को जोत दूँगा। कहूंगा, जगह चाहते हो तो कारगुजारी दिखाओ। फिर देखना, कैसी दौड़-धूप करता है।

रमानाथ–'अभी दो-तीन महीने हुए आप अपने साले को कहीं नौकर रखा चुके हैं न?'

रमेश–'अजी, अभी छः और बाकी हैं। पूरे सात जीव हैं। जरा बैठ जाओ, जरूरी चीजों की सूची बना ली जाए आज ही से दौड़-धूप होगी, तब सब चीजें जुटा सकूँगा। और कितने मेहमान होंगे?'

रमानाथ–'मेम साहब होंगी, और शायद वकील साहब भी आएं।'

रमेश–'यह बहुत अच्छा किया बहुत-से आदमी हो जाते, तो भम्भड़ हो जाता। हमें तो मेम साहब से काम है। ठलुओं की खुशामद करने से क्या फायदा?

दोनों आदमियों ने सूची तैयार की। रमेश बाबू ने दूसरे ही दिन से सामान जमा करना शुरू किया। उनकी पहूंच अच्छे-अच्छे घरों में थी। सजावट की अच्छी-अच्छी चीजें बटोर लाए, सारा घर जगमगा उठा। दयानाथ भी इन तैयारियों में शरीक थे। चीजों को करीने से सजाना उनका काम था। कौन गमला कहाँ रक्खा जाय, कौन तस्वीर कहाँ लटकाई जाय, कौन सा गलीचा कहाँ बिछाया जाय, इन प्रश्नों पर तीनों मनुष्यों में घंटों वाद-विवाद होता था। दफ्तर जाने के पहले और दफ्तर से आने के बाद तीनों इन्हीं कामों में जुट जाते थे। एक दिन इस बात पर बहस छिड़ गई कि कमरे में आईना कहाँ रखा जाय। दयानाथ कहते थे, इस कमरे में आईने की जरूरत नहीं। आईना पीछे वाले कमरे में रखना चाहिए। रमेश इसका विरोध कर रहे थे। रमा दुविधा में चुपचाप खड़ा था। न इनकी-सी कह सकता था, न उनकी-सी।

दयानाथ-'मैंने सैकड़ों अंगरेजों के ड्राइंग-रुम देखे हैं, कहीं आईना नहीं देखा। आईना श्रृंगार के कमरे में रहना चाहिए। यहाँ आईना रखना बेतुकी-सी बात है।

रमेश-'मुझे सैकड़ों अंगरेजों के कमरों को देखने का अवसर तो नहीं मिला है, लेकिन दो-चार जरूर देखे हैं और उनमें आईना लगा हुआ देखा। फिर क्या यह जरूरी बात है कि इन जरा-जरा-सी बातों में भी हम अंगरेजों की नकल करें-हम अंगरेज नहीं, हिन्दुस्तानी हैं। हिन्दुस्तानी रईसों के कमरे में बड़े-बड़े आदमकद आईने रक्खे जाते हैं। यह तो आपने हमारे बिगड़े हुए बाबुओं की सी बात कही, जो पहनावे में, कमरे की सजावट में, बोली में, चाय और शराब में, चीनी की प्यालियों में, गरज दिखावे की सभी बातों में तो अंगरेजों का मुँह चिढ़ाते हैं, लेकिन जिन बातों ने अंगरेजों को अंगरेज बना दिया है, और जिनकी बदौलत वे दुनिया पर राज करते हैं, उनकी हवा तक नहीं छू जाती। क्या आपको भी बुढ़ापे में, अंगरेज बनने का शौक चर्राया है?

दयानाथ अंगरेजों की नकल को बहुत बुरा समझते थे। यह चाय-पार्टी भी उन्हें बुरी मालूम हो रही थी। अगर कुछ संतोष था, तो यही कि दो-चार बड़े आदमियों से परिचय हो जायगा। उन्होंने अपनी जिंदगी में कभी कोट नहीं पहना था। चाय पीते थे, मगर चीनी के सेट की कैद न थी। कटोरा-कटोरी, गिलास, लोटा-तसला किसी से भी उन्हें आपत्ति न थी, लेकिन इस वक्त उन्हें अपना पक्ष निभाने की पड़ी थी। बोले, हिन्दुस्तानी रईसों के कमरे में मेजें-कुर्सियाँ नहीं होतीं, फर्श होता है। आपने कुर्सी-मेज लगाकर इसे अंगरेजी ढंग पर तो बना दिया, अब आईने के लिए हिन्दुस्तानियों की मिसाल दे रहे हैं। या तो हिन्दुस्तानी रखिए या अंगरेजी यह क्या कि आधा तीतर आधा बटेर, कोटपतलून पर चौगोशिया टोपी तो नहीं अच्छी मालूम होती! रमेश बाबू ने समझा था कि दयानाथ की जबान बंद हो जायगी, लेकिन यह जवाब सुना तो चकराए। मैदान हाथ से जाता हुआ दिखाई दिया बोले, तो आपने किसी अंगरेज के कमरे में आईना नहीं देखा-भला ऐसे दस-पाँच अंगरेजों के नाम तो बताइए? एक आपका वही किरंटा हेड क्लर्क है, उसके सिवा और किसी अंगरेज के कमरे में तो शायद आपने कदम भी न रक्खा हो उसी किरंटे को आपने अंगरेजी रूचि का आदर्श समझ लिया है खूब! मानता हूँ।

दयानाथ-'यह तो आपकी जबान है, उसे किरंटा, चमरेशियन, पिलपिली जो चाहे कहें, लेकिन रंग को छोड़कर वह किसी बात में अंगरेजों से कम नहीं। और उसके पहले तो योरोपियन था।

रमेश इसका कोई जवाब सोच ही रहे थे कि एक मोटरकार द्वार पर आकर रूकी, और रतनबाई उतरकर बरामदे में आई। तीनों आदमी चटपट बाहर निकल

आए। रमा को इस वक्त रतन का आना बुरा मालूम हुआ। डर रहा था कि कहीं कमरे में भी न चली आए, नहीं तो सारी कलई खुल जाए आगे बढ़कर हाथ मिलाता हुआ बोला, आइए, यह मेरे पिता हैं, और यह मेरे दोस्त रमेश बाबू हैं, लेकिन उन दोनों सज्जनों ने न हाथ बढ़ाया और न जगह से हिले। सकपकाए-से खड़े रहे। रतन ने भी उनसे हाथ मिलाने की जरूरत न समझी। दूर ही से उनको नमस्कार करके रमा से बोली, नहीं, बैठूंगी नहीं। इस वक्त फुरसत नहीं है। आपसे कुछ कहना था। यह कहते हुए वह रमा के साथ मोटर तक आई और आहिस्ता से बोली, 'आपने सर्राफ से कह तो दिया होगा?'

रमा ने निःसंकोच होकर कहा, 'जी हाँ, बना रहा है।'

रतन-'उस दिन मैंने कहा था, अभी रूपये न दे सकूँगी, पर मैंने समझा शायद आपको कष्ट हो, इसलिए रूपये मंगवा लिए। आठ सौ चाहिए न?'

जालपा ने कंगन के दाम आठ सौ बताए थे। रमा चाहता तो इतने रूपये ले सकता था। पर रतन की सरलता और विश्वास ने उसके हाथ पकड़ लिए। ऐसी उदार, निष्कपट रमणी के साथ वह विश्वासघात न कर सका। वह व्यापारियों से दो-दो, चार-चार आने लेते जरा भी न झिझकता था। वह जानता था कि वे सब भी ग्राहकों को उल्टे छुरे से मूंडते हैं। जैसों के साथ जैसा व्यवहार करते हुए उसकी आत्मा को लेशमात्र भी संकोच न होता था, लेकिन इस देवी के साथ यह कपट व्यवहार करने के लिए किसी पुराने पापी की जरूरत थी। कुछ सकुचाता हुआ बोला,क्या जालपा ने कंगन के दाम आठ सौ बतलाए थे? उसे शायद याद न रही होगी। उसके कंगन छः सौ के हैं। आप चाहें तो आठ सौ का बनवा दूं! रतन--'नहीं, मुझे तो वही पसंद है। आप छः सौ का ही बनवाइए।'

उसने मोटर पर से अपनी थैली उठाकर सौ-सौ रूपये के छः नोट निकाले।

रमा ने कहा, 'ऐसी जल्दी क्या थी, चीज तैयार हो जाती, तब हिसाब हो जाता।'

रतन-'मेरे पास रूपये खर्च हो जाते। इसलिए मैंने सोचा, आपके सिर पर लाद आऊँ। मेरी आदत है कि जो काम करती हूँ, जल्द-से-जल्द कर डालती हूँ। विलंब से मुझे उलझन होती है।'

यह कहकर वह मोटर पर बैठ गई, मोटर हवा हो गई। रमा संदूक में रूपये रखने के लिए अंदर चला गया, तो दोनों वृद्धजनों में बातें होने लगीं।

रमेश-'देखा?

दयानाथ-'जी हाँ, आँखें खुली हुई थीं। अब मेरे घर में भी वही हवा आ रही है। ईश्वर ही बचावे।'

रमेश–'बात तो ऐसी ही है, पर आजकल ऐसी ही औरतों का काम है। जरूरत पड़े, तो कुछ मदद तो कर सकती हैं। बीमार पड़ जाओ तो डाक्टर को तो बुला ला सकती हैं। यहाँ तो चाहे हम मर जाएँ, तब भी क्या मजाल कि स्त्री घर से बाहर पांव निकाले।'

दयानाथ–'हमसे तो भाई, यह अंगरेजियत नहीं देखी जाती। क्या करें। संतान की ममता है, नहीं तो यही जी चाहता है कि रमा से साफ कह दूं, भैया अपना घर अलग लेकर रहो आँख फटी, पीर गई। मुझे तो उन मर्दो पर क्रोध आता है, जो स्त्रियों को यों सिर चढ़ाते हैं। देख लेना, एक दिन यह औरत वकील साहब को दगा देगी।'

रमेश–'महाशय, इस बात में मैं तुमसे सहमत नहीं हूँ। यह क्यों मान लेते हो कि जो औरत बाहर आती जाती है, वह जरूर ही बिगड़ी हुई हैं? मगर रमा को मानती बहुत है। रूपये न जाने किसलिए दिए?'

दयानाथ–'मुझे तो इसमें कुछ गोलमाल मालूम होता है। रमा कहीं उससे कोई चाल न चल रहा हो?

इसी समय रमा भीतर से निकला आ रहा था। अंतिम वाक्य उसके कान में पड़ गया भौंहें चढ़ाकर बोला, 'जी हाँ, जरूर चाल चल रहा हूँ। उसे धोखा देकर रूपये ऐंठ रहा हूँ। यही तो मेरा पेशा है!'

दयानाथ ने झेंपते हुए कहा,तो इतना बिगड़ते क्यों हो, 'मैंने तो कोई ऐसी बात नहीं कही।'

रमानाथ–'पक्का जालिया बना दिया और क्या कहते?आपके दिल में ऐसा शुबहा क्यों आया–आपने मुझमें ऐसी कौन? सी बात देखी, जिससे आपको यह ख्याल पैदा हुआ–मैं जरा साफ-सुथरे कपड़े पहनता हूँ, जरा नई प्रथा के अनुसार चलता हूँ, इसके सिवा आपने मुझमें कौन?सी बुराई देखी–मैं जो कुछ खर्च करता हूँ, ईमान से कमाकर खर्च करता हूँ। जिस दिन धोखे और फरेब की नौबत आएगी, जहर खाकर प्राण दे दूँगा। हाँ, यह बात है कि किसी को खर्च करने की तमीज होती है, किसी को नहीं होती। वह अपनी सुबुद्धि है, अगर इसे आप धोखेबाजी समझें, तो आपको अख्तियार है। जब आपकी तरफ से मेरे विषय में ऐसे संशय होने लगे, तो मेरे लिए यही अच्छा है कि मुँह में कालिख लगाकर कहीं निकल जाऊँ। रमेश बाबू यहाँ मौजूद हैं। आप इनसे मेरे विषय में जो कुछ चाहें, पूछ सकते हैं। यह मेरे खातिर झूठ न बोलेंगे।

सत्य के रंग में रंगी हुई इन बातों ने दयानाथ को आश्वस्त कर दिया बोले, जिस दिन मुझे मालूम हो जायगा कि तुमने यह ढंग अख्तियार किया है, उसके पहले

मैं मुँह में कालिख लगाकर निकल जाऊँगा। तुम्हारा बढ़ता हुआ खर्च देखकर मेरे मन में संदेह हुआ था, मैं इसे छिपाता नहीं हूँ, लेकिन जब तुम कह रहे हो तुम्हारी नीयत साफ है, तो मैं संतुष्ट हूँ। मैं केवल इतना ही चाहता हूँ कि मेरा लड़का चाहे गरीब रहे, पर नीयत न बिगाड़े। मेरी ईश्वर से यही प्रार्थना है कि वह तुम्हें सत्पथ पर रक्खे।

रमेश ने मुस्कराकर कहा, अच्छा, यह किस्सा तो हो चुका, अब यह बताओ, उसने तुम्हें रूपये किसलिए दिए! मैं गिन रहा था, छः नोट थे, शायद सौ-सौ के थे।

रमानाथ-'ठग लाया हूँ।'

रमेश-'मुझसे शरारत करोगे तो मार बैठूंगा। अगर लूट ही लाए हो, तो भी मैं तुम्हारी पीठ ठोकूँगा, जीते रहो खूब लूटो, लेकिन आबरू पर आंच न आने पाए किसी को कानोंकान खबर न हो ईश्वर से तो मैं डरता नहीं। वह जो कुछ पूछेगा, उसका जवाब मैं दे लूंगा, मगर आदमी से डरता हूँ। सच बताओ, किसलिए रूपये दिए-कुछ दलाली मिलने वाली हो तो मुझे भी शरीक कर लेना।

रमानाथ-'जड़ाऊ कंगन बनवाने को कह गई हैं।'

रमेश-'तो चलो, मैं एक अच्छे सर्राफ से बनवा दूं। यह झंझट तुमने बुरा मोल ले लिया, औरत का स्वभाव जानते नहीं। किसी पर विश्वास तो इन्हें आता ही नहीं। तुम चाहे दो-चार रूपये अपने पास ही से खर्च कर दो, पर वह यही समझेंगी कि मुझे लूट लिया नेकनामी तो शायद ही मिले, हाँ, बदनामी तैयार खड़ी है।'

रमानाथ-'आप मूर्ख स्त्रियों की बातें कर रहे हैं। शिक्षित स्त्रियाँ ऐसी नहीं होती।

जरा देर बाद रमा अंदर जाकर जालपा से बोला, अभी तुम्हारी सहेली रतन आई थीं।

जालपा-'सच! तब तो बड़ा गड़बड़ हुआ होगा। यहाँ कुछ तैयारी तो थी ही नहीं।

रमानाथ-'कुशल यही हुई कि कमरे में नहीं आई। कंगन के रूपये देने आई थीं। तुमने उनसे शायद आठ सौ रूपये बताए थे। मैंने छः सौ ले लिए।'

जालपा ने झेंपते हुए कहा,मैंने तो दिल्लगी की थी। जालपा ने इस तरह अपनी सफाई तो दे दी, लेकिन बहुत देर तक उसके मन में उथल-पुथल होती रही। रमा ने अगर आठ सौ रूपये ले लिए होते, तो शायद उथल-पुथल न होती। वह अपनी सफलता पर खुश होती, पर रमा के विवेक ने उसकी धर्म-बुद्धि को जगा दिया था। वह पछता रही थी कि मैं व्यर्थ झूठ बोली। यह मुझे अपने मन में कितनी नीच समझ रहे होंगे। रतन भी मुझे कितनी बेईमान समझ रही होगी।

सोलह

चाय-पार्टी में कोई विशेष बात नहीं हुई। रतन के साथ उसकी एक नाते की बहन और थी। वकील साहब न आए थे। दयानाथ ने उतनी देर के लिए घर से टल जाना ही उचित समझा। हाँ, रमेश बाबू बरामदे में बराबर खड़े रहे। रमा ने कई बार चाहा कि उन्हें भी पार्टी में शरीक कर लें, पर रमेश में इतना साहस न था। जालपा ने दोनों मेहमानों को अपनी सास से मिलाया ये युवतियाँ उन्हें कुछ ओछी जान पड़ीं। उनका सारे घर में दौड़ना, धम-धम करके कोठे पर जाना, छत पर इधर-उधर उचकना, खिलखिलाकर हँसना, उन्हें हुड़दंगपन मालूम होता था। उनकी नीति में बहू-बेटियों को भारी और लज्जाशील होना चाहिए था। आश्चर्य यह था कि आज जालपा भी उन्हीं में मिल गई थी। रतन ने आज कंगन की चर्चा तक न की।

अभी तक रमा को पार्टी की तैयारियों से इतनी फुर्सत नहीं मिली थी कि गंगू की दुकान तक जाता। उसने समझा था, गंगू को छः सौ रूपये दे दूँगा तो पिछले हिसाब में जमा हो जाएँगे। केवल ढाई सौ रूपये और रह जाएँगे। इस नये हिसाब में छः सौ और मिलाकर फिर आठ सौ रह जाएँगे। इस तरह उसे अपनी साख जमाने का सुअवसर मिल जायगा। दूसरे दिन रमा खुश होता हुआ गंगू की दुकान पर पहुँचा और रोब से बोला, 'क्या रंग ढंग है महाराज, कोई नई चीज बनवाई है इधर?'

रमा के टालमटोल से गंगू इतना विरक्त हो रहा था कि आज कुछ रूपये मिलने की आशा भी उसे प्रसन्न न कर सकी। शिकायत के ढंग से बोला, बाबू साहब, चीजें कितनी बनीं और कितनी बिकीं, आपने तो दुकान पर आना ही छोड़ दिया इस तरह की दुकानदारी हम लोग नहीं करते। आठ महीने हुए, आपके यहाँ से एक पैसा भी नहीं मिला।

रमानाथ-'भाई, खाली हाथ दुकान पर आते शर्म आती है। हम उन लोगों में नहीं हैं, जिनसे तकाजा करना पड़े। आज यह छः सौ रूपये जमा कर लो, और एक अच्छा-सा कंगन तैयार कर दो।'

गंगू ने रूपये लेकर संदूक में रखे और बोला, बन जाएँगे। बाकी रूपये कब तक मिलेंगे?

रमानाथ-'बहुत जल्द।

गंगू-'हाँ बाबूजी, अब पिछला साफ कर दीजिए।

गंगू ने बहुत जल्द कंगन बनवाने का वचन दिया, लेकिन एक बार सौदा करके उसे मालूम हो गया था कि यहाँ से जल्द रूपये वसूल होने वाले नहीं। नतीजा

यह हुआ कि रमा रोज तकाजा करता और गंगू रोज हीले करके टालता। कभी कारीगर बीमार पड़ जाता, कभी अपनी स्त्री की दवा कराने ससुराल चला जाता, कभी उसके लड़के बीमार हो जाते। एक महीना गुजर गया और कंगन न बने। रतन के तकाजों के डर से रमा ने पार्क जाना छोड़ दिया, मगर उसने घर तो देख ही रक्खा था। इस एक महीने में कई बार तकाजा करने आई। आखिर जब सावन का महीना आ गया तो उसने एक दिन रमा से कहा, वह सुअर नहीं बनाकर देता, तो तुम किसी और कारीगर को क्यों नहीं देते?'

रमानाथ-'उस पाजी ने ऐसा धोखा दिया कि कुछ न पूछो, बस रोज आजकल किया करता है। मैंने बड़ी भूल की जो उसे पेशगी रूपये दे दिये। अब उससे रूपये निकलना मुश्किल है।'

रतन-'आप मुझे उसकी दुकान दिखा दीजिए, मैं उसके बाप से वसूल कर लूंगी। तावान अलग। ऐसे बेईमान आदमी को पुलिस में देना चाहिए।

जालपा ने कहा, 'हाँ और क्या सभी सुनार देर करते हैं, मगर ऐसा नहीं, रूपये डकार जायं और चीज के लिए महीनों दौड़ाएं।'

रमा ने सिर खुजलाते हुए कहा, 'आप दस दिन और सब्र करें, मैं आज ही उससे रूपये लेकर किसी दूसरे सर्राफ को दे दूँगा।'

रतन-'आप मुझे उस बदमाश की दुकान क्यों नहीं दिखा देते। मैं हंटर से बात करूं।' रमानाथ-'कहता तो हूँ। दस दिन के अंदर आपको कंगन मिल जाएँगे।'

रतन-'आप खुद ही ढील डाले हुए हैं। आप उसकी लल्लो-चप्पो की बातों में आ जाते होंगे। एक बार कड़े पड़ जाते, तो मजाल थी कि यों हीलेहवाले करता!'

आखिर रतन बड़ी मुश्किल से विदा हुई। उसी दिन शाम को गंगू ने साफ जवाब दे दिया,बिना। आधे रूपये लिये कंगन न बन सकेंगे। पिछला हिसाब भी बेबाक हो जाना चाहिए।

रमा को मानो गोली लग गई। बोला, 'महाराज, यह तो भलमनसी नहीं है। एक महिला की चीज है, उन्होंने पेशगी रूपये दिए थे। सोचो, मैं उन्हें क्या मुँह दिखाऊंगा। मुझसे अपने रूपयों के लिए पुरनोट लिखा लो, स्टांप लिखा लो और क्या करोगे?'

गंगू-'पुरनोट को शहद लगाकर चाटूंगा क्या? आठ-आठ महीने का उधार नहीं होता। महीना, दो महीना बहुत है। आप तो बड़े आदमी हैं, आपके लिए पाँच-छः सौ रूपये कौन बड़ी बात है। कंगन तैयार हैं।

रमा ने दांत पीसकर कहा, अगर यही बात थी तो तुमने एक महीना पहले क्यों न कह दी? अब तक मैंने रूपये की कोई फिक्र की होती न!

गंगू-'मैं क्या जानता था, आप इतना भी नहीं समझ रहे हैं।

रमा निराश होकर घर लौट आया अगर इस समय भी उसने जालपा से सारा वृत्तांत साफ-साफ कह दिया होता तो उसे चाहे कितना ही दुःख होता, पर वह कंगन उतारकर दे देती, लेकिन रमा में इतना साहस न था। वह अपनी आर्थिक कठिनाइयों की दशा कहकर उसके कोमल ह्रदय पर आघात न कर सकता था। इसमें संदेह नहीं कि रमा को सौ रूपये के करीब ऊपर से मिल जाते थे, और वह किफायत करना जानता तो इन आठ महीनों में दोनों सर्राफों के कम से-कम आधे रूपये अवश्य दे देता, लेकिन ऊपर की आमदनी थी तो ऊपर का खर्च भी था। जो कुछ मिलता था, सैर-सपाटे में खर्च हो जाता और सर्राफों का देना किसी एकमुश्त रकम की आशा में रूका हुआ था। कौड़ियों से रूपये बनाना वणिकों का ही काम है। बाबू लोग तो रूपये की कौड़ियाँ ही बनाते हैं। कुछ रात जाने पर रमा ने एक बार फिर सर्राफे का चक्कर लगाया। बहुत चाहा, किसी सर्राफ को झांसा दूं, पर कहीं दाल न गली। बाजार में बेतार की खबरें चला करती हैं।

रमा को रातभर नींद न आई। यदि आज उसे एक हजार का रूक्का लिखकर कोई पाँच सौ रूपये भी दे देता तो वह निहाल हो जाता, पर अपनी जान-पहचान वालों में उसे ऐसा कोई नजर न आता था। अपने मिलने वालों में उसने सभी से अपनी हवा बांध रक्खी थी। खिलाने-पिलाने में खुले हाथों रूपया खर्च करता था। अब किस मुँह से अपनी विपत्ति कहे-वह पछता रहा था कि नाहक गंगू को रूपये दिए। गंगू नालिश करने तो जाता न था। इस समय यदि रमा को कोई भयंकर रोग हो जाता तो वह उसका स्वागत करता। कम-से-कम दस-पाँच दिन की मुहलत तो मिल जाती, मगर बुलाने से तो मौत भी नहीं आती! वह तो उसी समय आती है, जब हम उसके लिए बिलकुल तैयार नहीं होते। ईश्वर कहीं से कोई तार ही भिजवा दे, कोई ऐसा मित्र भी नजर नहीं आता था, जो उसके नाम फर्जी तार भेज देता। वह इन्हीं चिंताओं में करवटें बदल रहा था कि जालपा की आँख खुल गई। रमा ने तुरंत चादर से मुँह छिपा लिया, मानो बेखबर सो रहा है। जालपा ने धीरे से चादर हटाकर उसका मुँह देखा और उसे सोता पाकर ध्यान से उसका मुँह देखने लगी। जागरण और निद्रा का अंतर उससे छिपा न रहा उसे धीरे से हिलाकर बोली, 'क्या अभी तक जाग रहे हो?'

रमानाथ-'क्या जाने, क्यों नींद नहीं आ रही है। पड़े-पड़े सोचता था, कुछ दिनों के लिए कहीं बाहर चला जाऊँ। कुछ रूपये कमा लाऊं।

जालपा-'मुझे भी लेते चलोगे न?

रमानाथ-'तुम्हें परदेश में कहाँ लिये-लिये फिरूंगा?

जालपा-'तो मैं यहाँ अकेली रह चुकी। एक मिनट तो रहूँगी नहीं। मगर जाओगे कहाँ?

रमानाथ-'अभी कुछ निश्चय नहीं कर सका हूँ।

जालपा-'तो क्या सचमुच तुम मुझे छोड़कर चले जाओगे? मुझसे तो एक दिन भी न रहा जाय। मैं समझ गई, तुम मुझसे मुहब्बत नहीं करते। केवल मुँह देखे की प्रीति करते हो।'

रमानाथ-'तुम्हारे प्रेम-पाश ही ने मुझे यहाँ बांध रक्खा है। नहीं तो अब तक कभी चला गया होता।

जालपा-'बातें बना रहे हो अगर तुम्हें मुझसे सच्चा प्रेम होता, तो तुम कोई परदा न रखते। तुम्हारे मन में जरूर कोई ऐसी बात है, जो तुम मुझसे छिपा रहे हो कई दिनों से देख रही हूँ, तुम चिंता में डूबे रहते हो, मुझसे क्यों नहीं कहते। जहाँ विश्वास नहीं है, वहाँ प्रेम कैसे रह सकता है?

रमानाथ-'यह तुम्हारा भ्रम है, जालपा! मैंने तो तुमसे कभी परदा नहीं रखा।

जालपा-'तो तुम मुझे सचमुच दिल से चाहते हो?'

रमानाथ-'यह क्या मुँह से कहूँगा जभी!'

जालपा-अच्छा, अब मैं एक प्रश्न करती हूँ। संभले रहना। तुम मुझसे क्यों प्रेम करते हो! तुम्हें मेरी कसम है, सच बताना।

रमानाथ-'यह तो तुमने बेढब प्रश्न किया अगर मैं तुमसे यही प्रश्न पूछू तो तुम मुझे क्या जवाब दोगी?'

जालपा-'मैं तो जानती हूँ।' रमानाथ-'बताओ'। जालपा-'तुम बतला दो, मैं भी बतला दूं'। रमानाथ-'मैं तो जानता ही नहीं। केवल इतना ही जानता हूँ कि तुम मेरे रोम-रोम में रम रही हो।' जालपा-'सोचकर बतलाओ। मैं आदर्श-पत्नी नहीं हूँ, इसे मैं खूब जानती हूँ। पति-सेवा अब तक मैंने नाम को भी नहीं की। ईश्वर की दया से तुम्हारे लिए अब तक कष्ट सहने की जरूरत ही नहीं पड़ी। घर-गृहस्थी का कोई काम मुझे नहीं आता। जो कुछ सीखा, यहीं सीखाब फिर तुम्हें मुझसे क्यों प्रेम है? बातचीत में निपुण नहीं। रूप रंग भी ऐसा आकर्षक नहीं। जानते हो, मैं तुमसे क्यों प्रश्न कर रही हूँ?'

रमानाथ-'क्या जाने भाई, मेरी समझ में तो कुछ नहीं आ रहा है।'

जालपा-'मैं इसलिए पूछ रही हूँ कि तुम्हारे प्रेम को स्थायी बना सकूँ।'

रमानाथ-'मैं कुछ नहीं जानता जालपा, ईमान से कहता हूँ। तुममें कोई कमी है, कोई दोष है, यह बात आज तक मेरे ध्यान में नहीं आई, लेकिन तुमने मुझमें कौन? सी बात देखी-न मेरे पास धन है, न रूप है। बताओ?

जालपा–'बता दूं? मैं तुम्हारी सज्जनता पर मोहित हूँ। अब तुमसे क्या छिपाऊं, जब मैं यहाँ आई तो यद्यपि तुम्हें अपना पति समझती थी, लेकिन कोई बात कहते या करते समय मुझे चिंता होती थी कि तुम उसे पसंद करोगे या नहीं। यदि तुम्हारे बदले मेरा विवाह किसी दूसरे पुरूष से हुआ होता तो उसके साथ भी मेरा यही व्यवहार होता। यह पत्नी और पुरूष का रिवाजी नाता है, पर अब मैं तुम्हें गोपियों के कृष्ण से भी न बदलूंगी। लेकिन तुम्हारे दिल में अब भी चोर है। तुम अब भी मुझसे किसी-किसी बात में परदा रखते हो!'

रमानाथ–'यह तुम्हारी केवल शंका है, जालपा! मैं दोस्तों से भी कोई दुराव नहीं करता। फिर तुम तो मेरी ह्दयेश्वरी हो।'

जालपा–'मेरी तरफ देखकर बोलो, आँखें नीची करना मर्दो का काम नहीं है!'

रमा के जी में एक बार फिर आया कि अपनी कठिनाइयों की कथा कह सुनाऊं, लेकिन मिथ्या गौरव ने फिर उसकी जबान बंद कर दी। जालपा जब उससे पूछती, सर्राफों को रूपये देते जाते हो या नहीं, तो वह बराबर कहता, 'हाँ कुछ-न? कुछ हर महीने देता जाता हूँ,' पर आज रमा की दुर्बलता ने जालपा के मन में एक संदेह पैदा कर दिया था। वह उसी संदेह को मिटाना चाहती थी। जरा देर बाद उसने पूछा, 'सर्राफ के तो अभी सब रूपये अदा न हुए होंगे?'

रमानाथ–'अब थोड़े ही बाकी हैं।'

जालपा–'कितने बाकी होंगे, कुछ हिसाब-किताब लिखते हो?'

रमानाथ–'हाँ, लिखता क्यों नहीं। सात सौ से कुछ कम ही होंगे।'

जालपा–'तब तो पूरी गठरी है, तुमने कहीं रतन के रूपये तो नहीं दे दिए?'

रमा दिल में कांप रहा था, कहीं जालपा यह प्रश्न न कर बैठे। आखिर उसने यह प्रश्न पूछ ही लिया उस वक्त भी यदि रमा ने साहस करके सच्ची बात स्वीकार कर ली होती तो शायद उसके संकटों का अंत हो जाता। जालपा एक मिनट तक अवश्य सन्नाटे में आ जाती। संभव है, क्रोध और निराशा के आवेश में दो-चार कटु शब्द मुँह से निकालती, लेकिन फिर शांत हो जाती। दोनों मिलकर कोई-न कोई युक्ति सोच निकालते। जालपा यदि रतन से यह रहस्य कह सुनाती, तो रतन अवश्य मान जाती, पर हाय रे आत्मगौरव, रमा ने यह बात सुनकर ऐसा मुँह बना लिया मानो जालपा ने उस पर कोई निष्ठुर प्रहार किया हो बोला, 'रतन के रूपये क्यों देता। आज चाहूँ, तो दो-चार हजार का माल ला सकता हूँ। कारीगरों की आदत देर करने की होती ही है। सुनार की खटाई मशहूर है। बस और कोई बात नहीं। दस दिन में या तो चीज ही लाऊंगा या रूपये वापस कर दूँगा, मगर यह शंका तुम्हें क्यों हुई? पराई रकम भला मैं अपने खर्च में कैसे लाता।'

जालपा-'कुछ नहीं, मैंने यों ही पूछा था।'

जालपा को थोड़ी देर में नींद आ गई, पर रमा फिर उसी उधेड़बुन में पड़ा। कहाँ से रूपये लाए। अगर वह रमेश बाबू से साफ-साफ कह दे तो वह किसी महाजन से रूपये दिला देंगे, लेकिन नहीं, वह उनसे किसी तरह न कह सकेगा। उसमें इतना साहस न था। उसने प्रातःकाल नाश्ता करके दफ्तर की राह ली। शायद वहाँ कुछ प्रबंध हो जाए! कौन प्रबंध करेगा, इसका उसे ध्यान न था। जैसे-रोगी वैद्य के पास जाकर संतुष्ट हो जाता है पर यह नहीं जानता, मैं अच्छा हूँगा या नहीं। यही दशा इस समय रमा की थी। दफ्तर में चपरासी के सिवा और कोई न था। रमा रजिस्टर खोलकर अंकों की जांच करने लगा। कई दिनों से मीजान नहीं दिया गया था, पर बड़े बाबू के हस्ताक्षर मौजूद थे। अब मीजान दिया, तो ढाई हजार निकले। एकाएक उसे एक बात सूझी। क्यों न ढाई हजार की जगह मीजान दो हजार लिख दूं। रसीद बही की जांच कौन करता है। अगर चोरी पकड़ी भी गई तो कह दूँगा, मीजान लगाने में गलती हो गई। मगर इस विचार को उसने मन में टिकने न दिया इस भय से, कहीं चित्त चंचल न हो जाए, उसने पेंसिल के अंकों पर रोशनाई उधर दी, और रजिस्टर को दराज में बंद करके इधर-उधर घूमने लगा। इक्की-दुक्की गाड़ियाँ आने लगीं। गाड़ीवानों ने देखा, बाबू साहब आज यहीं हैं, तो सोचा जल्दी से चुंगी देकर छुट्टी पर जायं। रमा ने इस कृपा के लिए दस्तूरी की दूनी रकम वसूल की, और गाड़ीवानों ने शौक से दी क्योंकि यही मंडी का समय था और बारह-एक बजे तक चुंगीघर से फुरसत पाने की दशा में चौबीस घंटे का हर्ज होता था, मंडी दस-ग्यारह बजे के बाद बंद हो जाती थी, दूसरे दिन का इंतजार करना पड़ता था। अगर भाव रूपये में आधा पाव भी फिर गया, तो सैकड़ों के मत्थे गई। दस-पाँच रूपये का बल खा जाने में उन्हें क्या आपत्ति हो सकती थी। रमा को आज यह नई बात मालूम हुई। सोचा, आखिर सुबह को मैं घर ही पर बैठा रहता हूँ। अगर यहाँ आकर बैठ जाऊँ तो रोज दसपाँच रूपये हाथ आ जायं। फिर तो छः महीने में यह सारा झगड़ा साफ हो जाय। मान लो रोज यह चांदी न होगी, पंद्रह न सही, दस मिलेंगे, पाँच मिलेंगे। अगर सुबह को रोज पाँच रूपये मिल जायं और इतने ही दिनभर में और मिल जायं, तो पाँच-छः महीने में मैं ऋण से मुक्त हो जाऊँ। उसने दराज खोलकर फिर रजिस्टर निकाला। यह हिसाब लगा लेने के बाद अब रजिस्टर में हेर-उधर कर देना उसे इतना भंयकर न जान पड़ा। नया रंगरूट जो पहले बंदूक की आवाज से चौंक पड़ता है, आगे चलकर गोलियों की वर्षा में भी नहीं घबड़ाता। रमा दफ्तर बंद करके भोजन करने घर जाने ही वाला था कि एक बिसाती का ठेला आ पहुँचा। रमा ने कहा, लौटकर चुंगी लूंगा। बिसाती ने मिकैत करनी शुरू की। उसे

कोई बड़ा जरूरी काम था। आखिर दस रूपये पर मामला ठीक हुआ। रमा ने चुंगी ली, रूपये जेब में रक्खे और घर चला। पच्चीस रूपये केवल दो-ढाई घंटों में आ गए। अगर एक महीने भी यह औसत रहे तो पल्ला पार है। उसे इतनी खुशी हुई कि वह भोजन करने घर न गया बाजार से भी कुछ नहीं मंगवायाँ रूपये भुनाते हुए उसे एक रूपया कम हो जाने का ख्याल हुआ। वह शाम तक बैठा काम करता रहा चार रूपये और वसूल हुए। चिराग जले वह घर चला, तो उसके मन पर से चिंता और निराशा का बहुत कुछ बोझ उतर चुका था। अगर दस दिन यही तेजी रही, तो रतन से मुँह चुराने की नौबत न आएगी।

सतरह

नौ दिन गुजर गए। रमा रोज प्रातः दफ्तर जाता और चिराग जले लौटता। वह रोज यही आशा लेकर जाता कि आज कोई बड़ा शिकार फँस जाएगा। पर वह आशा न पूरी होती। इतना ही नहीं। पहले दिन की तरह फिर कभी भाग्य का सूर्य न चमका। फिर भी उसके लिए कुछ कम श्रेय की बात नहीं थी कि नौ दिनों में ही उसने सौ रूपये जमा कर लिए थे। उसने एक पैसे का पान भी न खाया था। जालपा ने कई बार कहा, चलो कहीं घूम आवें, तो उसे भी उसने बातों में ही टाला। बस, कल का दिन और था। कल आकर रतन कंगन माँगेगी तो उसे वह क्या जवाब देगा। दफ्तर से आकर वह इसी सोच में बैठा हुआ था। क्या वह एक महीना-भर के लिए और न मान जायगी। इतने दिन वह और न बोलती तो शायद वह उससे उऋण हो जाता। उसे विश्वास था कि मैं उससे चिकनी-चुपड़ी बातें करके राजी कर लूंगा। अगर उसने जिद की तो मैं उससे कह दूँगा, सर्राफ रूपये नहीं लौटाता। सावन के दिन थे, अंधेरा हो चला था, रमा सोच रहा था, रमेश बाबू के पास चलकर दो-चार बाजियाँ खेल आऊँ, मगर बादलों को देख-देख रूक जाता था। इतने में रतन आ पहुँची। वह प्रसन्न न थी। उसकी मुद्रा कठोर हो रही थी। आज वह लड़ने के लिए घर से तैयार होकर आई है और मुरव्वत और मुलाहजे की कल्पना को भी कोसों दूर रखना चाहती है।

जालपा ने कहा, तुम खूब आई। आज मैं भी जरा तुम्हारे साथ घूम आऊँगी। इन्हें काम के बोझ से आजकल सिर उठाने की भी फुर्सत नहीं है।

रतन ने निष्ठुरता से कहा, 'मुझे आज तो बहुत जल्द घर लौट जाना है। बाबूजी को कल की याद दिलाने आई हूँ।'

रमा उसका लटका हुआ मुँह देखकर ही मन में सहम रहा था। किसी तरह उसे प्रसन्न करना चाहता था। बड़ी तत्परता से बोला, 'जी हाँ, खूब याद है, अभी सर्राफ की दुकान से चला आ रहा हूँ। रोज सुबह-शाम घंटे-भर हाजिरी देता हूँ, मगर इन चीजों में समय बहुत लगता है। दाम तो कारीगरी के हैं। मालियत देखिए तो कुछ नहीं। दो आदमी लगे हुए हैं, पर शायद अभी एक महीने से कम में चीज तैयार न हो, पर होगी लाजवाबब जी खुश हो जायगा।'

पर रतन जरा भी न पिघली। तिनककर बोली, 'अच्छा! अभी महीना-भर और लगेगा। ऐसी कारीगरी है कि तीन महीने में पूरी न हुई! आप उससे कह दीजिएगा मेरे रूपये वापस कर दे। आशा के कंगन देवियाँ पहनती होंगी, मेरे लिए जरूरत नहीं!'

रमानाथ-'एक महीना न लगेगा, मैं जल्दी ही बनवा दूँगा। एक महीना तो मैंने अंदाजन कह दिया था। अब थोड़ी ही कसर रह गई है। कई दिन तो नगीने तलाश करने में लग गए।'

रतन-'मुझे कंगन पहनना ही नहीं है, भाई! आप मेरे रूपये लौटा दीजिए, बस, सुनार मैंने भी बहुत देखे हैं। आपकी दया से इस वक्त भी तीन जोड़े कंगन मेरे पास होंगे, पर ऐसी धांधली कहीं नहीं देखी।'

धांधली के शब्द पर रमा तिलमिला उठा, धांधली नहीं, मेरी हिमाकत कहिए। मुझे क्या जरूरत थी कि अपनी जान संकट में डालता। मैंने तो पेशगी रूपये इसलिए दे दिए कि सुनार खुश होकर जल्दी से बना देगा। अब आप रूपये माँग रही हैं, सर्राफ रूपये नहीं लौटा सकता।'

रतन ने तीव्र नजरों से देखकर कहा, क्यों, रूपये क्यों न लौटाएगा?'

रमानाथ-'इसलिए कि जो चीज आपके लिए बनाई है, उसे वह कहाँ बेचता फिरेगा। संभव है, साल-छः महीने में बिक सके। सबकी पसंद एक-सी तो नहीं होती।'

रतन ने त्योरियाँ चढ़ाकर कहा, मैं कुछ नहीं जानती, उसने देर की है, उसका दंड भोगे। मुझे कल या तो कंगन ला दीजिए या रूपये। आपसे यदि सर्राफ से दोस्ती है, आप मुलाहिजे और मुरव्वत के सबब से कुछ न कह सकते हों, तो मुझे उसकी दुकान दिखा दीजिए।नहीं आपको शर्म आती हो तो उसका नाम बता दीजिए, मैं पता लगा लूंगी। वाह, अच्छी दिल्लगी! दुकान नीलाम करा दूँगी। जेल भिजवा दूँगी। इन बदमाशों से लड़ाई के बगैर काम नहीं चलता।' रमा अप्रतिभ होकर जमीन की ओर ताकने लगा। वह कितनी मनहूस घड़ी थी, जब उसने रतन से रूपये लिए! बैठे-बिठाए विपत्ति मोल ली।

जालपा ने कहा, 'सच तो है, इन्हें क्यों नहीं सर्राफ की दुकान पर ले जाते, चीज आँखों से देखकर इन्हें संतोष हो जायगा।'

रतन-'मैं अब चीज लेना ही नहीं चाहती।

रमा ने कांपते हुए कहा,'अच्छी बात है, आपको रूपये कल मिल जायंगे।'

रतन-'कल किस वक्त?

रमानाथ-'दफ्तर से लौटते वक्त लेता आऊँगा।'

रतन-'पूरे रूपये लूंगी। ऐसा न हो कि सौ-दो सौ रूपये देकर टाल दे।

रमानाथ-'कल आप अपने सब रूपये ले जाइएगा।

यह कहता हुआ रमा मरदाने कमरे में आया, और रमेश बाबू के नाम एक रूक्का लिखकर गोपी से बोला,इसे रमेश बाबू के पास ले जाओ। जवाब लिखाते आना। फिर उसने एक दूसरा रूक्का लिखकर विश्वम्भरदास को दिया कि माणिकदास को दिखाकर जवाब लाए। विश्वम्भर ने कहा, 'पानी आ रहा है।'

रमानाथ-'तो क्या सारी दुनिया बह जाएगी! दौड़ते हुए जाओ।

विश्वम्भर-और वह जो घर पर न मिलें?

मानाथ-'मिलेंगे। वह इस वक्त कहीं नहीं जाते।'

आज जीवन में पहला अवसर था कि रमा ने दोस्तों से रूपये उधार माँगे। आग्रह और विनय के जितने शब्द उसे याद आये, उनका उपयोग किया उसके लिए यह बिलकुल नया अनुभव था। जैसे पत्र आज उसने लिखे, वैसे ही पत्र उसके पास कितनी ही बार आ चुके थे। उन पत्रों को पढ़कर उसका ह्रदय कितना द्रवित हो जाता था, पर विवश होकर उसे बहाने करने पड़ते थे। क्या रमेश बाबू भी बहाना कर जायंगे-उनकी आमदनी ज्यादा है, खर्च कम, वह चाहें तो रूपये का इंतजाम कर सकते हैं। क्या मेरे साथ इतना सुलूक भी न करेंगे? अब तक दोनों लड़के लौटकर नहीं आए। वह द्वार पर टहलने लगा। रतन की मोटर अभी तक खड़ी थी। इतने में रतन बाहर आई और उसे टहलते देखकर भी कुछ बोली नहीं। मोटर पर बैठी और चल दी। दोनों कहाँ रह गए अब तक! कहीं खेलने लगे होंगे। शैतान तो हैं ही। जो कहीं रमेश रूपये दे दें, तो चांदी है। मैंने दो सौ नाहक माँगे, शायद इतने रूपये उनके पास न हों। ससुराल वालों की नोच-खसोट से कुछ रहने भी तो नहीं पाता। माणिक चाहे तो हजार-पाँच सौ दे सकता है, लेकिन देखा चाहिए, आज परीक्षा हो जायगी। आज अगर इन लोगों ने रूपये न दिए, तो फिर बात भी न पूछूंगा। किसी का नौकर नहीं हूँ कि जब वह शतरंज खेलने को बुलायें तो दौडाचला जाऊँ। रमा किसी की आहट पाता, तो उसका दिल जोर से धड़कने लगता था। आखिर विश्वम्भर लौटा, माणिक ने लिखा था, आजकल बहुत तंग हूँ। मैं तो तुम्हीं से माँगने वाला था। रमा

ने पुर्जा फाड़कर फेंक दिया मतलबी कहीं का! अगर सब-इंस्पेक्टर ने माँगा होता तो पुर्जा देखते ही रूपये लेकर दौड़े जाते। खैर, देखा जायगा। चुंगी के लिए माल तो आयगा ही। इसकी कसर तब निकल जायगी। इतने में गोपी भी लौटा। रमेश ने लिखा था,मैंने अपने जीवन में दोचार नियम बना लिए हैं। और बड़ी कठोरता से उनका पालन करता हूँ। उनमें से एक नियम यह भी है कि मित्रों से लेन-देन का व्यवहार न करूंगा। अभी तुम्हें अनुभव नहीं हुआ है, लेकिन कुछ दिनों में हो जाएगा कि जहाँ मित्रों से लेन-देन शुरू हुआ, वहाँ मनमुटाव होते देर नहीं लगती। तुम मेरे प्यारे दोस्त हो, मैं तुमसे दुश्मनी नहीं करना चाहता। इसलिए मुझे क्षमा करो। रमा ने इस पत्र को भी फाड़कर फेंक दिया और कुर्सी पर बैठकर दीपक की ओर टकटकी बांधकर देखने लगा। दीपक उसे दिखाई देता था, इसमें संदेह है। इतनी ही एकाग्रता से वह कदाचित आकाश की काली, अभेध मेघ-राशि की ओर ताकता! मन की एक दशा वह भी होती है, जब आँखें खुली होती हैं और कुछ नहीं सूझता, कान खुले रहते हैं और कुछ नहीं सुनाई देता।

अठारह

संध्या हो गई थी, म्युनिसिपैलिटी के अहाते में सन्नाटा छा गया था। कर्मचारी एक-एक करके जा रहे थे। मेहतर कमरों में झाड़ू लगा रहा था। चपरासियों ने भी जूते पहनना शुरू कर दिया था। खोंचेवाले दिनभर की बिक्री के पैसे गिन रहे थे। पर रमानाथ अपनी कुर्सी पर बैठा रजिस्टर लिख रहा था। आज भी वह प्रातःकाल आया था, पर आज भी कोई बड़ा शिकार न फँसा, वही दस रूपये मिलकर रह गए। अब अपनी आबरू बचाने का उसके पास और क्या उपाय था! रमा ने रतन को झांसा देने की ठान ली। वह खूब जानता था कि रतन की यह अधीरता केवल इसलिए है कि शायद उसके रूपये मैंने खर्च कर दिए। अगर उसे मालूम हो जाए कि उसके रूपये तत्काल मिल सकते हैं, तो वह शांत हो जाएगी। रमा उसे रूपये से भरी हुई थैली दिखाकर उसका संदेह मिटा देना चाहता था। वह खजांची साहब के चले जाने की राह देख रहा था। उसने आज जान-बूझकर देर की थी। आज की आमदनी के आठ सौ रूपये उसके पास थे। इसे वह अपने घर ले जाना चाहता था। खजांची ठीक चार बजे उठा। उसे क्या गरज थी कि रमा से आज की आमदनी माँगता। रूपये गिनने से ही छुट्टी मिली। दिनभर वही लिखते-लिखते और रूपये गिनते-गिनते बेचारे की कमर दुख रही थी। रमा को जब मालूम हो गया कि खजांची साहब दूर निकल गए

होंगे, तो उसने रजिस्टर बंद कर दिया और चपरासी से बोला, 'थैली उठाओ। चलकर जमा कर आएं।'

चपरासी ने कहा, 'खजांची बाबू तो चले गए!'

रमा ने आखें गाड़कर कहा, 'खजांची बाबू चले गए! तुमने मुझसे कहा क्यों नहीं-अभी कितनी दूर गए होंगे?'

चपरासी-'सड़क के नुक्कड़ तक पहुँचे होंगे।

रमानाथ-'यह आमदनी कैसे जमा होगी?'

चपरासी-'हुकुम हो तो बुला लाऊं?'

रमानाथ-'अजी, जाओ भी, अब तक तो कहा नहीं, अब उन्हें आधे रास्ते से बुलाने जाओगे। हो तुम भी निरे बछिया के ताऊ, आज ज्यादा छान गए थे क्या? खैर, रूपये इसी दराज में रखे रहेंगे। तुम्हारी जिम्मेदारी रहेगी।

चपरासी-'नहीं बाबू साहब, मैं यहाँ रूपया नहीं रखने दूँगा। सब घड़ी बराबर नहीं जाती। कहीं रूपये उठ जायं, तो मैं बेगुनाह मारा जाऊँ। सुभीते का ताला भी तो नहीं है यहाँ।'

रमानाथ-'तो फिर ये रूपये कहाँ रक्खू?'

चपरासी-'हुजूर, अपने साथ लेते जाएँ।'

रमा तो यह चाहता ही था। एक इक्का मंगवाया, उस पर रूपयों की थैली रक्खी और घर चला। सोचता जाता था कि अगर रतन भभकी में आ गई, तो क्या पूछना! कह दूँगा, दो-ही-चार दिन की कसर है। रूपये सामने देखकर उसे तसल्ली हो जाएगी।

जालपा ने थैली देखकर पूछा,क्या कंगन न मिला?'

रमानाथ-'अभी तैयार नहीं था, मैंने समझा रूपये लेता चलूं जिसमें उन्हें तस्कीन हो जाय।

जालपा-'क्या कहा सर्राफ ने?'

रमानाथ-'कहा क्या, आज-कल करता है। अभी रतन देवी आइ नहीं?'

जालपा-'आती ही होगी, उसे चैन कहाँ?'

जब चिराग जले तक रतन न आई, तो रमा ने समझा अब न आएगी। रूपये आल्मारी में रख दिए और घूमने चल दिया। अभी उसे गए दस मिनट भी न हुए होंगे कि रतन आ पहुँची और आते-ही-आते बोली,कंगन तो आ गए होंगे?'

जालपा-'हाँ आ गए हैं, पहन लो! बेचारे कई दफा सर्राफ के पास गए। अभागा देता ही नहीं, हीले-हवाले करता है।'

रतन-'कैसा सर्राफ है कि इतने दिन से हीले-हवाले कर रहा है। मैं जानती कि रूपये झमेले में पड़ जाएँगे, तो देती ही क्यों। न रूपये मिलते हैं, न कंगन मिलता है!'

रतन ने यह बात कुछ ऐसे अविश्वास के भाव से कही कि जालपा जल उठी। गर्व से बोली, आपके रूपये रखे हुए हैं, जब चाहिए ले जाइए। अपने बस की बात तो है नहीं। आखिर जब सर्राफ देगा, तभी तो लाएंगे?'

रतन-'कुछ वादा करता है, कब तक देगा?'

जालपा-'उसके वादों का क्या ठीक, सैकड़ों वादे तो कर चुका है।'

रतन-'तो इसके मानी यह हैं कि अब वह चीज न बनाएगा?'

जालपा-'जो चाहे समझ लो!'

रतन-'तो मेरे रूपये ही दे दो, बाज आई ऐसे कंगन से।'

जालपा झमककर उठी, आल्मारी से थैली निकाली और रतन के सामने पटककर बोली, 'ये आपके रूपये रखे हैं, ले जाइए।'

वास्तव में रतन की अधीरता का कारण वही था, जो रमा ने समझा था। उसे भ्रम हो रहा था कि इन लोगों ने मेरे रूपये खर्च कर डाले। इसीलिए वह बार-बार कंगन का तकाजा करती थी। रूपये देखकर उसका भ्रम शांत हो गया कुछ लज्जित होकर बोली, 'अगर दो-चार दिन में देने का वादा करता हो तो रूपये रहने दो।'

जालपा-'मुझे तो आशा नहीं है कि इतनी जल्द दे दे। जब चीज तैयार हो जायगी तो रूपये माँग लिए जाएँगे।

रतन-'क्या जाने उस वक्त मेरे पास रूपये रहें या न रहें। रूपये आते तो दिखाई देते हैं, जाते नहीं दिखाई देते। न जाने किस तरह उड़ जाते हैं। अपने ही पास रख लो तो क्या बुरा?'

जालपा-'तो यहाँ भी तो वही हाल है। फिर पराई रकम घर में रखना जोखिम की बात भी तो है। कोई गोलमाल हो जाए, तो व्यर्थ का दंड देना पड़े। मेरे ब्याह के चौथे ही दिन मेरे सारे गहने चोरी चले गए। हम लोग जागते ही रहे, पर न जाने कब आँख लग गई, और चोरों ने अपना काम कर लिया दस हजार की चपत पड़ गई। कहीं वही दुर्घटना फिर हो जाय तो कहीं के न रहें।'

रतन-'अच्छी बात है, मैं रूपये लिये जाती हूँ; मगर देखना निश्चिन्त न हो जाना। बाबूजी से कह देना सर्राफ का पिंड न छोड़ें।'

रतन चली गई। जालपा खुश थी कि सिर से बोझ टला। बहुधा हमारे जीवन पर उन्हीं के हाथों कठोरतम आघात होता है, जो हमारे सच्चे हितैषी होते हैं। रमा

कोई नौ बजे घूमकर लौटा, जालपा रसोई बना रही थी। उसे देखते ही बोली, रतन आई थी, मैंने उसके सब रूपये दे दिए।'

रमा के पैरों के नीचे से मिट्टी खिसक गई। आँखें फैलकर माथे पर जा पहुँचीं। घबराकर बोला, क्या कहा, रतन को रूपये दे दिए? तुमसे किसने कहा था कि उसे रूपये दे देना?'

जालपा–'उसी के रूपये तो तुमने लाकर रखे थे। तुम खुद उसका इंतजार करते रहे। तुम्हारे जाते ही वह आई और कंगन माँगने लगी। मैंने झल्लाकर उसके रूपये फेंक दिए।

रमा ने सावधान होकर कहा, 'उसने रूपये माँगे तो न थे?'

जालपा–माँगे क्यों नहीं। हाँ, जब मैंने दे दिए तो अलबत्ता कहने लगी, इसे क्यों लौटाती हो, अपने पास ही पड़े रहने दो। मैंने कह दिया, ऐसे शक्की मिजाज वालों का रूपया मैं नहीं रखती।'

रमानाथ–'ईश्वर के लिए तुम मुझसे बिना पूछे ऐसे काम मत किया करो।'

जालपा–'तो अभी क्या हुआ, उसके पास जाकर रूपये माँग लाओ, मगर अभी से रूपये घर में लाकर अपने जी का जंजाल क्यों मोल लोगे।'

रमा इतना निस्तेज हो गया कि जालपा पर बिगड़ने की भी शक्ति उसमें न रही। रूआंसा होकर नीचे चला गया और स्थिति पर विचार करने लगा। जालपा पर बिगड़ना अन्याय था। जब रमा ने साफ कह दिया कि ये रूपये रतन के हैं, और इसका संकेत तक न किया कि मुझसे पूछे बगैर रतन को रूपये मत देना, तो जालपा का कोई अपराध नहीं। उसने सोचा,इस समय झल्लाने और बिगड़ने से समस्या हल न होगी। शांत चित्त होकर विचार करने की आवश्यकता थी। रतन से रूपये वापस लेना अनिवार्य था। जिस समय वह यहाँ आई है, अगर मैं खुद मौजूद होता तो कितनी खूबसूरती से सारी मुश्किल आसान हो जाती। मुझको क्या शामत सवार थी कि घूमने निकला! एक दिन न घूमने जाता, तो कौन मरा जाता था! कोई गुप्त शक्ति मेरा अनिष्ट करने पर उतारु हो गई है। दस मिनट की अनुपस्थिति ने सारा खेल बिगाड़ दिया वह कह रही थी कि रूपये रख लीजिए। जालपा ने जरा समझ से काम लिया होता तो यह नौबत काहे को आती। लेकिन फिर मैं बीती हई बातें सोचने लगा। समस्या है, रतन से रूपये वापस कैसे लिए जाएँ। क्यों न चलकर कहूँ, रूपये लौटाने से आप नाराज हो गई हैं। असल में मैं आपके लिए रूपये न लाया था। सर्राफ से इसलिए माँग लाया था, जिसमें वह चीज बनाकर दे दे। संभव है, वह खुद ही लज्जित होकर क्षमा माँगे और रूपये दे दे। बस इस वक्त वहाँ जाना चाहिए।

यह निश्चय करके उसने घड़ी पर नजर डाली। साढ़े आठ बजे थे। अंधकार छाया हुआ था। ऐसे समय रतन घर से बाहर नहीं जा सकती। रमा ने साइकिल उठाई और रतन से मिलने चला।

रतन के बंगले पर आज बड़ी बहार थी। यहाँ नित्य ही कोई-न-कोई उत्सव, दावत, पार्टी होती रहती थी। रतन का एकांत नीरस जीवन इन विषयों की ओर उसी भांति लपकता था, जैसे प्यासा पानी की ओर लपकता है। इस वक्त वहाँ बच्चों का जमघट था। एक आम के वृक्ष में झूला पड़ा था, बिजली की बत्तियाँ जल रही थीं, बच्चे झूला झूल रहे थे और रतन खड़ी झुला रही थी। हू-हा मचा हुआ था। वकील साहब इस मौसम में भी ऊनी ओवरकोट पहने बरामदे में बैठे सिगार पी रहे थे। रमा की इच्छा हुई, कि झूले के पास जाकर रतन से बातें करे, पर वकील साहब को खड़े देखकर वह संकोच के मारे उधर न जा सका। वकील साहब ने उसे देखते ही हाथ बढ़ा दिया और बोले, आओ रमा बाबू, कहो, तुम्हारे म्युनिसिपल बोर्ड की क्या खबरें हैं?'

रमा ने कुर्सी पर बैठते हुए कहा, 'कोई नई बात तो नहीं हुई।'

वकील,-'आपके बोर्ड में लड़कियों की अनिवार्य शिक्षा का प्रस्ताव कब पास होगा? और कई बोर्डों ने तो पास कर दिया। जब तक स्त्रियों की शिक्षा का काफी प्रचार न होगा, हमारा कभी उद्धार न होगा। आप तो योरप न गए होंगे? ओह! क्या आजादी है, क्या दौलत है, क्या जीवन है, क्या उत्साह है! बस मालूम होता है, यही स्वर्ग है। और स्त्रियाँ भी सचमुच देवियाँ हैं। इतनी हँसमुख, इतनी स्वच्छंद, यह सब स्त्री-शिक्षा का प्रसाद है!'

रमा ने समाचार-पत्रों में इन देशों का जो थोडा-बहुत हाल पढ़ा था, उसके आधार पर बोला, वहाँ स्त्रियों का आचरण तो बहुत अच्छा नहीं है।

वकील-'नान्सेसं ! अपने-अपने देश की प्रथा है। आप एक युवती को किसी युवक के साथ एकांत में विचरते देखकर दांतों तले उंगली दबाते हैं। आपका अंप्तःकरण इतना मलिन हो गया है कि स्त्री-पुरूष को एक जगह देखकर आप संदेह किए बिना रह ही नहीं सकते, पर जहाँ लड़के और लड़किया एक साथ शिक्षा पाते हैं, वहाँ यह जाति-भेद बहुत महत्व की वस्तु नहीं रह जाती, आपस में स्नेह और सहानुभूति की इतनी बातें पैदा हो जाती हैं कि कामुकता का अंश बहुत थोडारह जाता है। यह समझ लीजिए कि जिस देश में स्त्रियों की जितनी अधिक स्वाधीनता है, वह देश उतना ही सभ्य है। स्त्रियों को कैद में, परदे में, या पुरूषों से कोसों दूर रखने का तात्पर्य यही निकलता है कि आपके यहाँ जनता इतनी आचार-भ्रष्ट है कि स्त्रियों का अपमान करने में जरा भी संकोच नहीं करती। युवकों के लिए राजनीति,

धर्म, ललित-कला, साहित्य, दर्शन, इतिहास, विज्ञान और हजारों ही ऐसे विषय हैं, जिनके आधार पर वे युवतियों से गहरी दोस्ती पैदा कर सकते हैं। कामलिप्सा उन देशों के लिए आकर्षण का प्रधान विषय है, जहाँ लोगों की मनोवृत्तियाँ संकुचित रहती हैं। मैं सालभर योरप और अमरीका में रह चुका हं। कितनी ही सुंदरियों के साथ मेरी दोस्ती थी। उनके साथ खेला हूँ, नाचा भी हूँ, पर कभी मुँह से ऐसा शब्द न निकलता था, जिसे सुनकर किसी युवती को लज्जा से सिर झुकाना पड़े, और फिर अच्छे और बुरे कहाँ नहीं हैं?' रमा को इस समय इन बातों में कोई आनंद न आया, वह तो इस समय दूसरी ही चिंता में मग्न था। वकील साहब ने फिर कहा,जब तक हम स्त्री-पुरूषों को अबाध रूप से अपना-अपना मानसिक विकास न करने देंगे, हम अवनति की ओर खिसकते चले जाएँगे। बंधनों से समाज का पैर न बांधिए, उसके गले में कैदी की जंजीर न डालिए। विधवा-विवाह का प्रचार कीजिए, खूब जोरों से कीजिए, लेकिन यह बात मेरी समझ में नहीं आती कि जब कोई अधेड़ आदमी किसी युवती से ब्याह कर लेता है तो क्यों अखबारों में इतना कुहराम मच जाता है। युरोप में अस्सी बरस के बूढ़े युवतियों से ब्याह करते हैं, सत्तर वर्ष की वृद्धाएं युवकों से विवाह करती हैं, कोई कुछ नहीं कहता। किसी को कानों-कान खबर भी नहीं होती। हम बूढ़ों को मरने के पहले ही मार डालना चाहते हैं। हालांकि मनुष्य को कभी किसी सहगामिनी की जरूरत होती है तो वह बुढ़ापे में, जब उसे हरदम किसी अवलंब की इच्छा होती है, जब वह परमुखापेक्षी हो जाता है। रमा का ध्यान झूले की ओर था। किसी तरह रतन से दो-दो बातें करने का अवसर मिले। इस समय उसकी सबसे बड़ी यही कामना थी। उसका वहाँ जाना शिष्टाचार के विरूद्ध था। आखिर उसने एक क्षण के बाद झूले की ओर देखकर कहा, 'ये इतने लड़के किधर से आ गए?'

वकील-'रतन बाई को बाल-समाज से बड़ा स्नेह है। न जाने कहाँ? कहाँ से इतने लड़के जमा हो जाते हैं। अगर आपको बच्चों से प्यार हो, तो जाइए! रमा तो यह चाहता ही था, चट झूले के पास जा पहुँचा। रतन उसे देखकर मुस्कराई और बोली, 'इन शैतानों ने मेरी नाक में दम कर रखा है। झूले से इन सबों का पेट ही नहीं भरता। आइए, जरा आप भी बेगार कीजिए, मैं तो थक गई। यह कहकर वह पक्के चबूतरे पर बैठ गई। रमा झोंके देने लगा। बच्चों ने नया आदमी देखा, तो सब-के-सब अपनी बारी के लिए उतावले होने लगे। रतन के हाथों दो बारियाँ आ चुकी थीं? पर यह कैसे हो सकता था कि कुछ लड़के तो तीसरी बार झूलें, और बाकी बैठे मुँह ताकें! दो उतरते तो चार झूले पर बैठ जाते। रमा को बच्चों से नाममात्र को भी प्रेम न था पर इस वक्त फँस गया था, क्या करता! आखिर आधा घंटे की

बेगार के बाद उसका जी ऊब गया घड़ी में साढ़े नौ बज रहे थे। मतलब की बात कैसे छेड़े। रतन तो झूले में इतनी मग्न थी, मानो उसे रूपयों की सुध ही नहीं है। सहसा रतन ने झूले के पास जाकर कहा, 'बाबूजी, मैं बैठती हूँ, मुझे झुलाइए, मगर नीचे से नहीं, झूले पर खड़े होकर पेग मारिए।'

रमा बचपन ही से झूले पर बैठते डरता था। एक बार मित्रों ने जबरदस्ती झूले पर बैठा दिया, तो उसे चक्कर आने लगा, पर इस अनुरोध ने उसे झूले पर आने के लिए मजबूर कर दिया अपनी अयोग्यता कैसे प्रकट करे। रतन दो बच्चों को लेकर बैठ गई, और यह गीत गाने लगी,

कदम की डरिया झूला पड़ गयो री, राधा रानी झूलन आई।

रमा झूले पर खड़ा होकर पेग मारने लगा, लेकिन उसके पांव कांप रहे थे, और दिल बैठा जाता था। जब झूला ऊपर से फिरता था, तो उसे ऐसा जान पड़ता था, मानो कोई तरल वस्तु उसके वक्ष में चुभती चली जा रही है, और रतन लड़कियों के साथ गा रही थी,

कदम की डरिया झूला पड़ गयो री, राधा रानी झूलन आई।

एक क्षण के बाद रतन ने कहा, जरा और बढ़ाइए साहब, आपसे तो झूला बढ़ता ही नहीं।'

रमा ने लज्जित होकर और जोर लगाया पर झूला न बढ़ा, रमा के सिर में चक्कर आने लगा।'

रतन–'आपको पेंग मारना नहीं आता, कभी झूला नहीं झूले?

रमा ने झिझकते हुए कहा, हाँ, इधर तो वर्षो से नहीं बैठा।

रतन–'तो आप इन बच्चों को संभालकर बैठिए, मैं आपको झुलाऊंगी।'

अगर उस डाल से न छू ले तो कहिएगा! रमा के प्राण सूख गए। बोला, आज तो बहुत देर हो गई है, फिर कभी आऊँगा।'

रतन–'अजी अभी क्या देर हो गई है, दस भी नहीं बजे, घबड़ाइए नहीं, अभी बहुत रात पड़ी है। खूब झूलकर जाइएगा। कल जालपा को लाइएगा, हम दोनों झूलेंगे।'

रमा झूले पर से उतर आया तो उसका चेहरा सहमा हुआ था। मालूम होता था, अब गिरा, अब गिरा। वह लड़खड़ाता हुआ साइकिल की ओर चला और उस पर बैठकर तुरंत घर भागा। कुछ दूर तक उसे कुछ होश न रहा पांव आप ही आप पैडल घुमाते जाते थे, आधी दूर जाने के बाद उसे होश आया उसने साइकिल घुमा दी, कुछ दूर चला, फिर उतरकर सोचने लगा, आज संकोच में पड़कर कैसी बाजी हाथ से खोई, वहाँ से चुपचाप अपना-सा मुँह लिये लौट आया क्यों उसके मुँह से आवाज

नहीं निकली। रतन कुछ हौवा तो थी नहीं, जो उसे खा जाती। सहसा उसे याद आया, थैली में आठ सौ रूपये थे, जालपा ने झुंझलाकर थैली की थैली उसके हवाले कर दी। शायद, उसने भी गिना नहीं, नहीं जरूर कहती। कहीं ऐसा न हो, थैली किसी को दे दे, या और रूपयों में मिला दे, तो गजब ही हो जाए कहीं का न रहूँ। क्यों न इसी वक्त चलकर बेशी रूपये माँग लाऊं, लेकिन देर बहुत हो गई है, सबेरे फिर आना पड़ेगा। मगर यह दो सौ रूपये मिल भी गए, तब भी तो पाँच सौ रूपयों की कमी रहेगी। उसका क्या प्रबंध होगा? ईश्वर ही बेडा पार लगाएं तो लग सकता है।

सबेरे कुछ प्रबंध न हुआ, तो क्या होगा! यह सोचकर वह कांप उठा। जीवन में ऐसे अवसर भी आते हैं, जब निराशा में भी हमें आशा होती है। रमा ने सोचा, एक बार फिर गंगू के पास चलूं, शायद दुकान पर मिल जाय, उसके हाथ-पांव जोडूं। संभव है, कुछ दया आ जाय। वह सर्राफे जा पहुँचा मगर गंगू की दुकान बंद थी। वह लौटा ही था कि चरनदास आता हुआ दिखाई दिया

रमा को देखते ही बोला, बाबूजी, 'आपने तो इधर का रास्ता ही छोड़ दिया। कहिए, रूपये कब तक मिलेंगे?'

रमा ने विनम्र भाव से कहा, 'अब बहुत जल्द मिलेंगे भाई, देर नहीं है। देखो गंगू के रूपये चुकाए हैं, अब की तुम्हारी बारी है।'

चरनदास, वह सब किस्सा मालूम है, गंगू ने होशियारी से अपने रूपये न ले लिये होते, तो हमारी तरह टापा करते। साल-भर हो रहा है। रूपये सैकड़े का सूद भी रखिए तो चौरासी रूपये होते हैं। कल आकर हिसाब कर जाइए, सब नहीं तो आधा-तिहाई कुछ दे दीजिए। लेते-देते रहने से मालिक को ढाढ़स रहता है। कान में तेल डालकर बैठे रहने से तो उसे शंका होने लगती है कि इनकी नीयत खराब है। तो कल कब आइएगा?'

रमानाथ–'भई, कल मैं रूपये लेकर तो न आ सकूँगा, यों जब कहो तब चला आऊँ। क्यों, इस वक्त अपने सेठजी से चार-पाँच सौ रूपयों का बंदोबस्त न करा दोगे? 'तुम्हारी मुट्ठी भी गर्म कर दूँगा।'

चरनदास–'कहाँ की बात लिये फिरते हो बाबूजी, सेठजी एक कौड़ी तो देंगे नहीं। उन्होंने यही बहुत सलूक किया कि नालिश नहीं कर दी। आपके पीछे मुझे बातें सुननी पड़ती हैं। क्या बड़े मुंशीजी से कहना पड़ेगा?'

रमा ने झल्लाकर कहा, तुम्हारा देनदार मैं हूँ, बड़े मुंशी नहीं हैं। मैं मर नहीं गया हूँ, घर छोड़कर भागा नहीं जाता हूँ। इतने अधीर क्यों हुए जाते हो?'

चरनदास-साल-भर हुआ, एक कौड़ी नहीं मिली, अधीर न हों तो क्या हों। कल कम-से-कम दो सौ की गिकर कर रखिएगा।'

रमानाथ–मैंने कह दिया, मेरे पास अभी रूपये नहीं हैं।'

चरनदास–रोज गठरी काट-काटकर रखते हो, उस पर कहते हो, रूपये नहीं हैं। कल रूपये जुटा रखना। 'कल आदमी जाएगा जरूर।'

रमा ने उसका कोई जवाब न दिया, आगे बढ़ा। इधर आया था कि कुछ काम निकलेगा, उल्टे तकाजा सहना पड़ा। कहीं दुष्ट सचमुच बाबूजी के पास तकाजा न भेज दे। आग ही हो जायंगे। जालपा भी समझेगी, कैसा लबाडिया आदमी है। इस समय रमा की आँखों से आंसू तो न निकलते थे, पर उसका एक-एक रोआं रो रहा था। जालपा से अपनी असली हालत छिपाकर उसने कितनी भारी भूल की! वह समझदार औरत है, अगर उसे मालूम हो जाता कि मेरे घर में भूंजी भांग भी नहीं है, तो वह मुझे कभी उधार गहने न लेने देती। उसने तो कभी अपने मुँह से कुछ नहीं कहा मैं ही अपनी शान जमाने के लिए मरा जा रहा था। इतना बड़ा बोझ सिर पर लेकर भी मैंने क्यों किफायत से काम नहीं लिया? मुझे एक-एक पैसा दांतों से पकड़ना चाहिए था। साल-भर में मेरी आमदनी सब मिलाकर एक हजार से कम न हुई होगी। अगर किफायत से चलता, तो इन दोनों महाजनों के आधे-आधे रूपये जरूर अदा हो जाते, मगर यहाँ तो सिर पर शामत सवार थी। इसकी क्या जरूरत थी कि जालपा मुहल्ले भर की औरतों को जमा करके रोज सैर करने जाती–सैकड़ों रूपये तो तांगे वाला ले गया होगा, मगर यहाँ तो उस पर रोब जमाने की पड़ी हुई थी। सारा बाजार जान जाय कि लाला निरे लफंगे हैं, पर अपनी स्त्री न जानने पाए! वाह री बुद्धि, दरवाजे के लिए परदों की क्या जरूरत थी! दो लैंप क्यों लाया, नई निवाड़ लेकर चारपाइयाँ क्यों बिनवाई, उसने रास्ते ही में उन खर्चों का हिसाब तैयार कर लिया, जिन्हें उसकी हैसियत के आदमी को टालना चाहिए था। आदमी जब तक स्वस्थ रहता है, उसे इसकी चिंता नहीं रहती कि वह क्या खाता है, कितना खाता है, कब खाता है, लेकिन जब कोई विकार उत्पन्न हो जाता है, तो उसे याद आती है कि कल मैंने पकौडियाँ खाई थीं। विजय बहिर्मुखी होती है, पराजय अन्तर्मुखी। जालपा ने पूछा, 'कहाँ चले गए थे, बड़ी देर लगा दी।'

रमानाथ–तुम्हारे कारण रतन के बंगले पर जाना पड़ा। तुमने सब रूपये उठाकर दे दिए, उसमें दो सौ रूपये मेरे भी थे।

जालपा तो मुझे क्या मालूम था, तुमने कहा भी तो न था, मगर उनके पास से रूपये कहीं जा नहीं सकते, वह आप ही भेज देंगी।'

रमानाथ–'माना, पर सरकारी रकम तो कल दाखिल करनी पड़ेगी।' जालपा-'कल मुझसे दो सौ रूपये ले लेना, मेरे पास हैं।' रमा को विश्वास न आया बोला-'कहीं

हों न तुम्हारे पास! इतने रूपये कहाँ से आए?' जालपा–'तुम्हें इससे क्या मतलब, मैं तो दो सौ रूपये देने को कहती हूँ।'

रमा का चेहरा खिल उठा। कुछ–कुछ आशा बंधी। दो–सौ रूपये यह देदे, दो सौ रूपये रतन से ले लूं, सौ रूपये मेरे पास हैं ही, तो कुल तीन सौ की कमी रह जाएगी, मगर यही तीन सौ रूपये कहाँ से आएंगे? ऐसा कोई नजर न आता था, जिससे इतने रूपये मिलने की आशा की जा सके। हाँ, अगर रतन सब रूपये दे दे तो बिगड़ी बात बन जाय। आशा का यही एक आधार रह गया था।

जब वह खाना खाकर लेटा, तो जालपा ने कहा, 'आज किस सोच में पड़े हो?' रमानाथ–'सोच किस बात का–क्या मैं उदास हूँ?' जालपा–'हाँ, किसी चिंता में पड़े हुए हो, मगर मुझसे बताते नहीं हो!' रमानाथ–ऐसी कोई बात होती तो तुमसे छिपाता?' जालपा–'वाह, तुम अपने दिल की बात मुझसे क्यों कहोगे? ऋषियों की आज्ञा नहीं है।' रमानाथ–मैं उन ऋषियों के भक्तों में नहीं हूँ।' जालपा–वह तो तब मालूम होता, जब मैं तुम्हारे हृदय में पैठकर देखती।'

रमानाथ–'वहाँ तुम अपनी ही प्रतिमा देखतीं।'

रात को जालपा ने एक भयंकर स्वप्न देखा, वह चिल्ला पड़ी। रमा ने चौंककर पूछा, क्या है? जालपा, क्या स्वप्न देख रही हो?'

जालपा ने इधर–उधर घबड़ाई हुई आँखों से देखकर कहा, बड़े संकट में जान पड़ी थी। न जाने कैसा सपना देख रही थी!'

रमानाथ–क्या देखा?'

जालपा–'क्या बताऊं, कुछ कहा नहीं जाता। देखती थी कि तुम्हें कई सिपाही पकड़े लिये जा रहे हैं। कितना भंयकर रूप था उनका!'

रमा का खून सूख गया दो–चार दिन पहले, इस स्वप्न को उसने हँसी में उड़ा दिया होता, इस समय वह अपने को सशंकित होने से न रोक सका, पर बाहर से हँसकर बोला, 'तुमने सिपाहियों से पूछा नहीं, इन्हें क्यों पकड़े लिये जाते हो?'

जालपा–'तुम्हें हँसी सूझ रही है, और मेरा हृदय कांप रहा है।'

थोड़ी देर के बाद रमा ने नींद में बकना शुरू किया, 'अम्माँ, कहे देता हूँ, फिर मेरा मुँह न देखोगी, मैं डूब मरूँगा।'

जालपा को अभी तक नींद न आई थी, भयभीत होकर उसने रमा को जोर से हिलाया और बोली, 'मुझे तो हँसते थे और खुद बकने लगे। सुनकर रोएं खड़े हो गए। स्वप्न देखते थे क्या?'

रमा ने लज्जित होकर कहा,–हाँ जी, न जाने क्या देख रहा था कुछ याद नहीं।' जालपा ने पूछा, 'अम्माँजी को क्यों धमका रहे थे। सच बताओ, क्या देखते

थे?' रमा ने सिर खुजलाते हुए कहा, 'कुछ याद नहीं आता, यों ही बकने लगा हूँगा।' जालपा-'अच्छा तो करवट सोना। चित सोने से आदमी बकने लगता है।'

रमा करवट पौढ़ गया, पर ऐसा जान पड़ता था, मानो चिंता और शंका दोनों आँखों में बैठी हुई निद्रा के आक्रमण से उनकी रक्षा कर रही हैं। जगते हुए दो बज गए। सहसा जालपा उठ बैठी, और सुराही से पानी उड़ेलती हुई बोली, 'बड़ी प्यास लगी थी, क्या तुम अभी तक जाग ही रहे हो?'

रमा 'हाँ जी, नींद उचट गई है। मैं सोच रहा था, तुम्हारे पास दो सौ रूपये कहाँ से आ गए? मुझे इसका आश्चर्य है।'

जालपा-'ये रूपये मैं मायके से लाई थी, कुछ विदाई में मिले थे, कुछ पहले से रक्खे थे।' रमानाथ–तब तो तुम रूपये जमा करने में बड़ी कुशल हो यहाँ क्यों नहीं कुछ जमा किया?' जालपा ने मुस्कराकर कहा, श्तुम्हें पाकर अब रूपये की परवाह नहीं रही।' रमानाथ–अपने भाग्य को कोसती होगी!' जालपा-'भाग्य को क्यों कोसूं, भाग्य को वह औरतें रोएं, जिनका पति निखट्टू हो, शराबी हो, दुराचारी हो, रोगी हो, तानों से स्त्री को छेदता रहे, बात-बात पर बिगड़े। पुरूष मन का हो तो स्त्री उसके साथ उपवास करके भी प्रसन्न रहेगी।'

रमा ने विनोद भाव से कहा, 'तो मैं तुम्हारे मन का हूँ!'

जालपा ने प्रेम-पूर्ण गर्व से कहा, श्मेरी जो आशा थी, उससे तुम कहीं बढ़कर निकले। मेरी तीन सहेलिया हैं। एक का भी पति ऐसा नहीं। एक एम.ए. है पर सदा रोगी। दूसरा विद्वान भी है और धनी भी, पर वेश्यागामीब तीसरा घरघुस्सू है और बिलकुल निखट्टू...'

रमा का ह्रदय गदगद हो उठा। ऐसी प्रेम की मूर्ति और दया की देवी के साथ उसने कितना बड़ा विश्वासघात किया इतना दुराव रखने पर भी जब इसे मुझसे इतना प्रेम है, तो मैं अगर उससे निष्कपट होकर रहता, तो मेरा जीवन कितना आनंदमय होता!

उन्नीस

प्रातःकाल रमा ने रतन के पास अपना आदमी भेजा। खत में लिखा, मुझे बड़ा खेद है कि कल जालपा ने आपके साथ ऐसा व्यवहार किया, जो उसे न करना चाहिए था। मेरा विचार यह कदापि न था कि रूपये आपको लौटा दूं, मैंने सर्राफ को ताकीद करने के लिए उससे रूपये लिए थे। कंगन दो-चार रोज में अवश्य मिल

जाएँगे। आप रूपये भेज दें। उसी थैली में दो सौ रूपये मेरे भी थे। वह भी भेजिएगा। अपने सम्मान की रक्षा करते हए जितनी विनम्रता उससे हो सकती थी, उसमें कोई कसर नहीं रक्खी। जब तक आदमी लौटकर न आया, वह बड़ी व्यग्रता से उसकी राह देखता रहा कभी सोचता, कहीं बहाना न कर दे, या घर पर मिले ही नहीं, या दो-चार दिन के बाद देने का वादा करे। सारा दारोमदार रतन के रूपये पर था। अगर रतन ने साफ जवाब दे दिया, तो फिर सर्वनाश! उसकी कल्पना से ही रमा के प्राण सूखे जा रहे थे। आखिर नौ बजे आदमी लौटा। रतन ने दो सौ रूपये तो दिए थे। मगर खत का कोई जवाब न दिया था। रमा ने निराश आँखों से आकाश की ओर देखा। सोचने लगा, रतन ने खत का जवाब क्यों नहीं दिया-मामूली शिष्टाचार भी नहीं जानती? कितनी मक्कार औरत है! रात को ऐसा मालूम होता था कि साधुता और सज्जनता की प्रतिमा ही है, पर दिल में यह गुबार भरा हुआ था! शेष रूपयों की चिंता में रमा को नहाने-खाने की भी सुध न रही। कहार अंदर गया, तो जालपा ने पूछा, 'तुम्हें कुछ काम-धंधो की भी खबर है कि मटरगश्ती ही करते रहोगे! दस बज रहे हैं, और अभी तक तरकारी-भाजी का कहीं पता नहीं?

कहार ने त्योरियाँ बदलकर कहा, 'तो का चार हाथ-गोड़ कर लेई! कामें से तो गवा रहिनब बाबू मेम साहब के तीर रूपैया लेबे का भेजिन रहा।'

जालपा-'कौन मेम साहब?' कहार-'जौन मोटर पर चढ़कर आवत हैं।'

जालपा-'तो लाए रूपये?'

कहार-'लाए काहे नाहीं' पिरथी के छोर पर तो रहत हैं, दौरत-दौरत गोड़ पिराय लाग।'

जालपा-'अच्छा चटपट जाकर तरकारी लाओ।'

कहार तो उधर गया, रमा रूपये लिये हुए अंदर पहुँचा तो जालपा ने कहा, 'तुमने अपने रूपये रतन के पास से मंगवा लिए न? अब तो मुझसे न लोगे?'

रमा ने उदासीन भाव से कहा, 'मत दो!'

जालपा-'मैंने कह दिया था रूपया दे दूँगी। तुम्हें इतनी जल्द माँगने की क्यों सूझी? समझी होगी, इन्हें मेरा इतना विश्वास भी नहीं।'

रमा ने हताश होकर कहा, 'मैंने रूपये नहीं माँगे थे। केवल इतना लिख दिया था कि थैली में दो सौ रूपये ज्यादे हैं। उसने आप ही आप भेज दिए।'

जालपा ने हँसकर कहा, 'मेरे रूपये बड़े भाग्यवान हैं, दिखाऊं? चुनचुनकर नए रूपये रखे हैं। सब इसी साल के हैं, चमाचम! देखो तो आँखें ठंडी हो जाएँ।

इतने में किसी ने नीचे से आवाज दी, 'बाबूजी, सेठ ने रूपये के लिए भेजा है।'

दयानाथ स्नान करने अंदर आ रहे थे, सेठ के प्यादे को देखकर पूछा, 'कौन सेठ, कैसे रूपये? मेरे यहाँ किसी के रूपये नहीं आते!'

प्यादा-'छोटे बाबू ने कुछ माल लिया था। साल-भर हो गए, अभी तक एक पैसा नहीं दिया। सेठजी ने कहा है, बात बिगड़ने पर रूपये दिए तो क्या दिए। आज कुछ जरूर दिलवा दीजिए।'

दयानाथ ने रमा को पुकारा और बोले, 'देखो, किस सेठ का आदमी आया है। उसका कुछ हिसाब बाकी है, साफ क्यों नहीं कर देते? कितना बाकी है इसका?'

रमा कुछ जवाब न देने पाया था कि प्यादा बोल उठा, 'पूरे सात सौ हैं, बाबूजी!'

दयानाथ की आँखें फैलकर मस्तक तक पहुँच गई, 'सात सौ! क्यों जी,यह तो सात सौ कहता है?'

रमा ने टालने के इरादे से कहा, 'मुझे ठीक से मालूम नहीं।'

प्यादा- 'मालूम क्यों नहीं।'पुरजा तो मेरे पास है। तब से कुछ दिया ही नहीं,कम कहाँ से हो गए।'

रमा ने प्यादे को पुकारकर कहा, 'चलो तुम दुकान पर, मैं खुद आता हूँ।'

प्यादा-'हम बिना कुछ लिए न जाएँगे, साहब! आप यों ही टाल दिया करते हैं, और बातें हमको सुननी पड़ती हैं।'

रमा सारी दुनिया के सामने जलील बन सकता था, किंतु पिता के सामने जलील बनना उसके लिए मौत से कम न था। जिस आदमी ने अपने जीवन में कभी हराम का एक पैसा न छुआ हो, जिसे किसी से उधार लेकर। भोजन करने के बदले भूखों सो रहना मंजूर हो, उसका लड़का इतना बेशर्म और बेगैरत हो! रमा पिता की आत्मा का यह घोर अपमान न कर सकता था। वह उन पर यह बात प्रकट न होने देना चाहता था कि उनका पुत्र उनके नाम को बट्टा लगा रहा है। कर्कश स्वर में प्यादे से बोला, 'तुम अभी यहीं खड़े हो? हट जाओ, नहीं तो धक्का देकर निकाल दिए जाओगे।'

प्यादा-'हमारे रूपये दिलवाइए, हम चले जायं। हमें क्या आपके द्वार पर मिठाई मिलती है!'

रमानाथ-'तुम न जाओगे! जाओ लाला से कह देना नालिश कर दें।

दयानाथ ने डांटकर कहा, 'क्या बेशर्मी की बातें करते हो जी, जब गिरह में रूपये न थे, तो चीज लाए ही क्यों? और लाए, तो जैसे बने वैसे रूपये अदा करो। कह दिया, नालिश कर दो। नालिश कर देगा, तो कितनी आबरू रह जायगी? इसका भी कुछ ख्याल है! सारे शहर में उंगलिया उठेंगी, मगर तुम्हें इसकी क्या परवा।

तुमको यह सूझी क्या कि एकबारगी इतनी बड़ी गठरी सिर पर लाद ली। कोई शादी-ब्याह का अवसर होता, तो एक बात भी थी। और वह औरत कैसी है जो पति को ऐसी बेहूदगी करते देखती है और मना नहीं करती। आखिर तुमने क्या सोचकर यह कर्ज लिया? तुम्हारी ऐसी कुछ बड़ी आमदनी तो नहीं है!'

रमा को पिता की यह डांट बहुत बुरी लग रही थी। उसके विचार में पिता को इस विषय में कुछ बोलने का अधिकार ही न था। निसंकोच होकर बोला, 'आप नाहक इतना बिगड़ रहे हैं, आपसे रूपये माँगने जाऊँ तो कहिएगा। मैं अपने वेतन से थोड़ा-थोड़ा करके सब चुका दूँगा।'

अपने मन में उसने कहा, 'यह तो आप ही की करनी का फल है। आप ही के पाप का प्रायश्चित्ता कर रहा हूं।

प्यादे ने पिता और पुत्र में वाद-विवाद होते देखा, तो चुपके से अपनी राह ली। मुंशीजी भुनभुनाते हुए स्नान करने चले गए। रमा ऊपर गया, तो उसके मुँह पर लज्जा और ग्लानि की फटकार बरस रही थी। जिस अपमान से बचने के लिए वह डाल-डाल, पात-पात भागता-फिरता था, वह हो ही गया। इस अपमान के सामने सरकारी रूपयों की फिक्र भी गायब हो गई। कर्ज लेने वाले बला के हिम्मती होते हैं। साधारण बुद्धि का मनुष्य ऐसी परिस्थितियों में पड़कर घबरा उठता है, पर बैठकबाजों के माथे पर बल तक नहीं पड़ता। रमा अभी इस कला में दक्ष नहीं हुआ था। इस समय यदि यमदूत उसके प्राण हरने आता, तो वह आँखों से दौड़कर उसका स्वागत करता। कैसे क्या होगा, यह शब्द उसके एक-एक रोम से निकल रहा था। कैसे क्या होगा! इससे अधिक वह इस समस्या की और व्याख्या न कर सकता था। यही प्रश्न एक सर्वव्यापी पिशाच की भांति उसे घूरता दिखाई देता था। कैसे क्या होगा! यही शब्द अगणित बगूलों की भांति चारों ओर उठते नजर आते थे। वह इस पर विचार न कर सकता था। केवल उसकी ओर से आँखें बंद कर सकता था। उसका चित्त इतना खिन्न हुआ कि आँखें सजल हो गईं।

जालपा ने पूछा, 'तुमने तो कहा था, इसके अब थोड़े ही रूपये बाकी हैं।

'रमा ने सिर झुकाकर कहा, 'यह दुष्ट झूठ बोल रहा था, मैंने कुछ रूपये दिए हैं।'

जालपा-'दिए होते, तो कोई रूपयों का तकाजा क्यों करता? जब तुम्हारी आमदनी इतनी कम थी तो गहने लिए ही क्यों? मैंने तो कभी जिद न की थी। और मान लो, मैं दो-चार बार कहती भी, तुम्हें समझ-बूझकर काम करना चाहिए था। अपने साथ मुझे भी चार बातें सुनवा दीं। आदमी सारी दुनिया से परदा रखता है, लेकिन अपनी स्त्री से परदा नहीं रखता। तुम मुझसे भी परदा रखते हो। अगर मैं

जानती, तुम्हारी आमदनी इतनी थोड़ी है, तो मुझे क्या ऐसा शौक चर्राया था कि मुहल्ले-भर की स्त्रियों को तांगे पर बैठा-बैठाकर सैर कराने ले जाती। अधिक-से-अधिक यही तो होता, कि कभी-कभी चित्त दुःखी हो जाता, पर यह तकाजे तो न सहने पड़ते। कहीं नालिश कर दे, तो सात सौ के एक हजार हो जाएँ। मैं क्या जानती थी कि तुम मुझ से यह छल कर रहे, हो कोई वेश्या तो थी नहीं कि तुम्हें नोच-खसोटकर अपना घर भरना मेरा काम होता। मैं तो भले-बुरे दोनों ही की साथिन हूँ। भले में तुम चाहे मेरी बात मत पूछो, बुरे में तो मैं तुम्हारे गले पडूंगी ही।'

रमा के मुख से एक शब्द न निकला, दफ्तर का समय आ गया था। भोजन करने का अवकाश न था। रमा ने कपड़े पहने, और दफ्तर चला। जागेश्वरी ने कहा, 'क्या बिना भोजन किए चले जाओगे?'

रमा ने कोई जवाब न दिया, और घर से निकलना ही चाहता था कि जालपा झपटकर नीचे आई और उसे पुकारकर बोली, 'मेरे पास जो दो सौ रूपये हैं, उन्हें क्यों नहीं सर्राफ को दे देते?'

रमा ने चलते वक्त जान-बूझकर जालपा से रूपये न माँगे थे। वह जानता था, जालपा माँगते ही दे देगी, लेकिन इतनी बातें सुनने के बाद अब रूपये के लिए उसके सामने हाथ फैलाते उसे संकोच ही नहीं, भय होता था। कहीं वह फिर न उपदेश देने बैठ जाए, इसकी अपेक्षा आने वाली विपत्तियाँ कहीं हल्की थीं। मगर जालपा ने उसे पुकारा, तो कुछ आशा बंधी ठिठक गया और बोला, 'अच्छी बात है, लाओ दे दो।'

वह बाहर के कमरे में बैठ गया जालपा दौड़कर ऊपर से रूपये लाई और गिन-गिनकर उसकी थैली में डाल दिए। उसने समझा था, रमा रूपये पाकर फूला न समाएगा, पर उसकी आशा पूरी न हुई। अभी तीन सौ रूपये की फिक्र करनी थी। वह कहाँ से आएंगे? भूखा आदमी इच्छापूर्ण भोजन चाहता है, दो-चार फुलकों से उसकी तुष्टि नहीं होती। सड़क पर आकर रमा ने एक तांगा लिया और उससे जार्जटाउन चलने को कहा,शायद रतन से भेंट हो जाएँ वह चाहे तो तीन सौ रूपये का बड़ी आसानी से प्रबंध कर सकती है। रास्ते में वह सोचता जाता था, आज बिलकुल संकोच न करूंगा। जरा देर में जार्जटाउन आ गया रतन का बंगला भी आया वह बरामदे में बैठी थी। रमा ने उसे देखकर हाथ उठाया, उसने भी हाथ उठाया, पर वहाँ उसका सारा संयम टूट गया वह बंगले में न जा सका। तांगा सामने से निकल गया रतन बुलाती, तो वह चला जाता। वह बरामदे में न बैठी होती तब भी शायद वह अंदर जाता, पर उसे सामने बैठे देखकर वह संकोच में डूब गया जब

तांगा गवर्नमेंट हाउस के पास पहुँचा, तो रमा ने चौंककर कहा, चुंगी के दफ्तर चलो। तांगे वाले ने घोड़ा उधर मोड़ दिया

ग्यारह बजते-बजते रमा दफ्तर पहुँचा। उसका चेहरा उतरा हुआ था। छाती धड़क रही थी। बड़े बाबू ने जरूर पूछा होगा। जाते ही बुलाएंगे। दफ्तर में जरा भी रियायत नहीं करते। तांगे से उतरते ही उसने पहले अपने कमरे की तरफ निगाह डाली। देखा, कई आदमी खड़े उसकी राह देख रहे हैं। वह उधर न जाकर रमेश बाबू के कमरे की ओर गया

रमेश बाबू ने पूछा, 'तुम अब तक कहाँ थे जी, खजांची साहब तुम्हें खोजते फिरते हैं? चपरासी मिला था?'

रमा ने अटकते हुए कहा, 'मैं घर पर न था। जरा वकील साहब की तरफ चला गया था। एक बड़ी मुसीबत में फँस गया हूँ।'

रमेश-'कैसी मुसीबत, घर पर तो कुशल है।'

रमानाथ-'जी हाँ, घर पर तो कुशल है। कल शाम को यहाँ काम बहुत था, मैं उसमें ऐसा फँसा कि वक्त की कुछ खबर ही न रही। जब काम खत्म करके उठा, तो खजांची साहब चले गए थे। मेरे पास आमदनी के आठ सौ रूपये थे। सोचने लगा इसे कहाँ रक्खू, मेरे कमरे में कोई संदूक है नहीं। यही निश्चय किया कि साथ लेता जाऊँ। पाँच सौ रूपये नकद थे, वह तो मैंने थैली में रक्खे तीन सौ रूपये के नोट जेब में रख लिए और घर चला। चौक में एक-दो चीजें लेनी थीं। उधार से होता हुआ घर पहुँचा तो नोट गायब थे। रमेश बाबू ने आँखें गाड़कर कहा, 'तीन सौ के नोट गायब हो गए?'

रमानाथ-'जी हाँ, कोट के ऊपर की जेब में थे। किसी ने निकाल लिए?'

रमेश-'और तुमको मारकर थैली नहीं छीन ली?'

रमानाथ-'क्या बताऊं बाबूजी, तब से चित्त की जो दशा हो रही है, वह बयान नहीं कर सकता तब से अब तक इसी फिक्र में दौड़ रहा हूँ। कोई बंदोबस्त न हो सका।'

रमेश-'अपने पिता से तो कहा ही न होगा?'

रमानाथ-'उनका स्वभाव तो आप जानते हैं। रूपये तो न देते, उल्टी डांट सुनाते।'

रमेश-'तो फिर क्या फिक्र करोगे?'

रमानाथ-'आज शाम तक कोई न कोई फिक्र करूंगा ही।'

रमेश ने कठोर भाव धारण करके कहा, तो फिर करो न! इतनी लापरवाही तुमसे हुई कैसे! यह मेरी समझ में नहीं आता। मेरी जेब से तो आज तक एक पैसा

न गिरा, आँखें बंद करके रास्ता चलते हो या नशे में थे? मुझे तुम्हारी बात पर विश्वास नहीं आता। सच-सच बतला दो, कहीं अनाप-शनाप तो नहीं खर्च कर डाले? उस दिन तुमने मुझसे क्यों रूपये माँगे थे?

रमा का चेहरा पीला पड़ गया कहीं कलई तो न खुल जाएगी। बात बनाकर बोला, क्या सरकारी रूपया खर्च कर डालूंगा? उस दिन तो आपसे रूपये इसलिए माँगे थे कि बाबूजी को एक जरूरत आ पड़ी थी। घर में रूपये न थे। आपका खत मैंने उन्हें सुना दिया था। बहुत हँसे, दूसरा इंतजाम कर लिया इन नोटों के गायब होने का तो मुझे खुद ही आश्चर्य है।'

रमेश-'तुम्हें अपने पिताजी से माँगते संकोच होता हो, तो मैं खत लिखकर मंगवा लूं।'

रमा ने कानों पर हाथ रखकर कहा, 'नहीं बाबूजी, ईश्वर के लिए ऐसा न कीजिएगा। ऐसी ही इच्छा हो, तो मुझे गोली मार दीजिए।'

रमेश ने एक क्षण तक कुछ सोचकर कहा, 'तुम्हें विश्वास है, शाम तक रूपये मिल जाएँगे?'

रमानाथ-'हाँ, आशा तो है।'

रमेश-'तो इस थैली के रूपये जमा कर दो, मगर देखो भाई, मैं साफ-साफ कहे देता हूँ, अगर कल दस बजे रूपये न लाए तो मेरा दोष नहीं। कायदा तो यही कहता है कि मैं इसी वक्त तुम्हें पुलिस के हवाले करूं, मगर तुम अभी लड़के हो, इसलिए क्षमा करता हूँ। वरना तुम्हें मालूम है, मैं सरकारी काम में किसी प्रकार की मुरौवत नहीं करता। अगर तुम्हारी जगह मेरा भाई या बेटा होता, तो मैं उसके साथ भी यही सलूक करता, बल्कि शायद इससे सख्त। तुम्हारे साथ तो फिर भी बड़ी नर्मी कर रहा हूँ। मेरे पास रूपये होते तो तुम्हें दे देता, लेकिन मेरी हालत तुम जानते हो हाँ, किसी का कर्ज नहीं रखता। न किसी को कर्ज देता हूँ, न किसी से लेता हूँ। कल रूपये न आए तो बुरा होगा। मेरी दोस्ती भी तुम्हें पुलिस के पंजे से न बचा सकेगी। मेरी दोस्ती ने आज अपना हक अदा कर दिया वरना इस वक्त तुम्हारे हाथों में हथकडियाँ होतीं।

हथकडियाँ! यह शब्द तीर की भांति रमा की छाती में लगा। वह सिर से पांव तक कांप उठा। उस विपत्ति की कल्पना करके उसकी आँखें डबडबा आई। वह धीरे-धीरे सिर झुकाए, सजा पाए हुए कैदी की भांति जाकर अपनी कुर्सी पर बैठ गया, पर यह भयंकर शब्द बीच-बीच में उसके ह्रदय में गूंज जाता था। आकाश पर काली घटाएं छाई थीं। सूर्य का कहीं पता न था, क्या वह भी उस घटारूपी कारागार में बंद है, क्या उसके हाथों में भी हथकडियाँ हैं?

बीस

रमा शाम को दफ्तर से चलने लगा, तो रमेश बाबू दौड़े हुए आए और कल रूपये लाने की ताकीद की। रमा मन में झुंझला उठा। आप बड़े ईमानदार की दुम बने हैं! ढोंगिया कहीं का! अगर अपनी जरूरत आ पड़े, तो दूसरों के तलवे सहलाते फिरेंगे, पर मेरा काम है, तो आप आदर्शवादी बन बैठे। यह सब दिखाने के दांत हैं, मरते समय इसके प्राण भी जल्दी नहीं निकलेंगे! कुछ दूर चलकर उसने सोचा, एक बार फिर रतन के पास चलूं। और ऐसा कोई न था जिससे रूपये मिलने की आशा होती। वह जब उसके बंगले पर पहुँचा, तो वह अपने बगीचे में गोल चबूतरे पर बैठी हुई थी। उसके पास ही एक गुजराती जौहरी बैठा संदूक से सुंदर आभूषण निकाल-निकालकर दिखा रहा था। रमा को देखकर वह बहुत खुश हुई। 'आइये बाबू साहब, देखिए सेठजी कैसी अच्छी-अच्छी चीजें लाए हैं। देखिए, हार कितना सुंदर है, इसके दाम बारह सौ रूपये बताते हैं।'

रमा ने हार को हाथ में लेकर देखा और कहा हाँ, चीज तो अच्छी मालूम होती है!'

रतन-'दाम बहुत कहते हैं।'

जौहरी-'बाईजी, ऐसा हार अगर कोई दो हजार में ला दे, तो जो जुर्माना कहिए, दूं। बारह सौ मेरी लागत बैठ गई है।'

रमा ने मुस्कराकर कहा, 'ऐसा न कहिए सेठजी, जुर्माना देना पड़ जाएगा।'

जौहरी-'बाबू साहब, हार तो सौ रूपये में भी आ जाएगा और बिलकुल ऐसा ही। बल्कि चमक-दमक में इससे भी बढ़कर। मगर परखना चाहिए। मैंने खुद ही आपसे मोल-तोल की बात नहीं की। मोल-तोल अनाड़ियों से किया जाता है। आपसे क्या मोल-तोल, हम लोग निरे रोजगारी नहीं हैं बाबू साहब, आदमी का मिजाज देखते हैं। श्रीमतीजी ने क्या अमीराना मिजाज दिखाया है कि वाह!'

रतन ने हार को लुब्ध नजरों से देखकर कहा, 'कुछ तो कम कीजिए, सेठजी! आपने तो जैसे कसम खा ली!'

जौहरी-'कमी का नाम न लीजिए, हुजूर! यह चीज आपकी भेंट है।'

रतन-'अच्छा, अब एक बात बतला दीजिए, कम-से-कम इसका क्या लेंगे?'

जौहरी ने कुछ क्षुब्ध होकर कहा, 'बारह सौ रूपये और बारह कौडियाँ होंगी, हुजूर, आप से कसम खाकर कहता हूँ, इसी शहर में पंद्रह सौ का बेचूंगा, और आपसे कह जाऊँगा, किसने लिया'

यह कहते हुए जौहरी ने हार को रखने का केस निकाला। रतन को विश्वास हो गया, यह कुछ कम न करेगा। बालकों की भांति अधीर होकर बोली, 'आप तो ऐसा समेटे लेते हैं कि हार को नजर लग जाएगी!'

जौहरी-'क्या करूं हुजूर! जब ऐसे दरबार में चीज की कदर नहीं होती, तो दुख होता ही है।' रतन ने कमरे में जाकर रमा को बुलाया और बोली, 'आप समझते हैं यह कुछ और उतरेगा?'

रमानाथ-'मेरी समझ में तो चीज एक हजार से ज्यादा की नहीं है।'

रतन-'उँह, होगा। मेरे पास तो छः सौ रूपये हैं। आप चार सौ रूपये का प्रबंध कर दें, तो ले लूं। यह इसी गाड़ी से काशी जा रहा है। उधार न मानेगा। वकील साहब किसी जलसे में गए हैं, नौ-दस बजे के पहले न लौटेंगे। मैं आपको कल रूपये लौटा दूँगी।'

रमा ने बड़े संकोच के साथ कहा, 'विश्वास मानिए, मैं बिलकुल खाली हाथ हूँ। मैं तो आपसे रूपये माँगने आया था। मुझे बड़ी सख्त जरूरत है। वह रूपये मुझे दे दीजिए, मैं आपके लिए कोई अच्छा-सा हार यहीं से ला दूँगा। मुझे विश्वास है, ऐसा हार सात-आठ सौ में मिल जायगा।'

रतन-'चलिए, मैं आपकी बातों में नहीं आती। छः महीने में एक कंगन तो बनवा न सके, अब हार क्या लाएंगे! मैं यहाँ कई दुकानें देख चुकी हूँ, ऐसी चीज शायद ही कहीं निकले। और निकले भी, तो इसके ड्योढ़े दाम देने पड़ेंगे।'

रमानाथ-'तो इसे कल क्यों न बुलाइए, इसे सौदा बेचने की गरज होगी, तो आप ठहरेगा।'

रतन-'अच्छा कहिए, देखिए क्या कहता है।' दोनों कमरे के बाहर निकले, रमा ने जौहरी से कहा, 'तुम कल आठ बजे क्यों नहीं आते?'

जौहरी-'नहीं हुजूर, कल काशी में दो-चार बड़े रईसों से मिलना है। आज के न जाने से बड़ी हानि हो जाएगी।'

रतन-'मेरे पास इस वक्त छः सौ रूपये हैं, आप हार दे जाइए, बाकी के रूपये काशी से लौटकर ले जाइएगा।'

जौहरी-'रूपये का तो कोई हर्ज न था, महीने-दो महीने में ले लेता, लेकिन हम परदेशी लोगों का क्या ठिकाना, आज यहाँ हैं, कल वहाँ हैं, कौन जाने यहाँ फिर कब आना हो! आप इस वक्त एक हजार दे दें, दो सौ फिर दे दीजिएगा।'

रमानाथ-'तो सौदा न होगा।' जौहरी-इसका अख्तियार आपको है, मगर इतना कहे देता हूँ कि ऐसा माल फिर न पाइएगा।'

रमानाथ-'रूपये होंगे तो माल बहुत मिल जायगा।'

जौहरी–'कभी–कभी दाम रहने पर भी अच्छा माल नहीं मिलता। यह कहकर जौहरी ने फिर हार को केस में रक्खा और इस तरह संदूक समेटने लगा, मानो वह एक क्षण भी न रूकेगा।

रतन का रोयाँ–रोयाँ कान बना हुआ था, मानो कोई कैदी अपनी किस्मत का फैसला सुनने को खड़ा हो उसके ह्रदय की सारी ममता, ममता का सारा अनुराग, अनुराग की सारी अधीरता, उत्कंठा और चेष्टा उसी हार पर केंद्रित हो रही थी, मानो उसके प्राण उसी हार के दानों में जा छिपे थे, मानो उसके जन्मजन्माँतरों की संचित अभिलाषा उसी हार पर मंडरा रही थी। जौहरी को संदूक बंद करते देखकर वह जलविहीन मछली की भांति तड़पने लगी। कभी वह संदूक खोलती, कभी वह दराज खोलती, पर रूपये कहीं न मिले। सहसा मोटर की आवाज सुनकर रतन ने फाटक की ओर देखा। वकील साहब चले आ रहे थे। वकील साहब ने मोटर बरामदे के सामने रोक दी और चबूतरे की तरफ चले। रतन ने चबूतरे के नीचे उतरकर कहा, 'आप तो नौ बजे आने को कह गए थे?'

वकील, 'वहाँ काम ही पूरा न हुआ, बैठकर क्या करता! कोई दिल से तो काम करना नहीं चाहता, सब मुफ्त में नाम कमाना चाहते हैं। यह क्या कोई जौहरी है?'

जौहरी ने उठकर सलाम किया

वकील साहब रतन से बोले, क्यों, तुमने कोई चीज पसंद की?

रतन–'हाँ, एक हार पसंद किया है, बारह सौ रूपये माँगते हैं।'

वकील, बस! और कोई चीज पसंद करो। तुम्हारे पास सिर की कोई अच्छी चीज नहीं है।'

रतन–'इस वक्त मैं यही एक हार लूंगी। आजकल सिर की चीजें कौन पहनता है।'

वकील–लेकर रख लो, पास रहेगी तो कभी पहन भी लोगी। नहीं तो कभी दूसरों को पहने देख लिया, तो कहोगी, मेरे पास होता, तो मैं भी पहनती।'

वकील साहब को रतन से पति का–सा प्रेम नहीं, पिता का–सा स्नेह था। जैसे कोई स्नेही पिता मेले में लड़कों से पूछ–पूछकर खिलौने लेता है, वह भी रतन से पूछ–पूछकर खिलौने लेते थे। उसके कहने भर की देर थी। उनके पास उसे प्रसन्न करने के लिए धन के सिवा और चीज ही क्या थी। उन्हें अपने जीवन में एक आधार की जरूरत थी, सदेह आधार की, जिसके सहारे वह इस जीर्ण दशा में भी जीवन संग्राम में खड़े रह सकें, जैसे किसी उपासक को प्रतिमा की जरूरत होती है। बिना प्रतिमा के वह किस पर फल चढ़ाए, किसे गंगा–जल से नहलाए, किसे

स्वादिष्ट चीजों का भोग लगाए। इसी भांति वकील साहब को भी पत्नी की जरूरत थी। रतन उनके लिए सदेह कल्पना मात्र थी जिससे उनकी आत्मिक पिपासा शांत होती थी। कदाचित रतन के बिना उनका जीवन उतना ही सूना होता, जितना आँखों के बिना मुख।

रतन ने केस में से हार निकालकर वकील साहब को दिखाया और बोली, 'इसके बारह सौ रूपये माँगते हैं।'

वकील साहब की निगाह में रूपये का मूल्य आनंददायिनी शक्ति थी। अगर हार रतन को पसंद है, तो उन्हें इसकी परवा न थी कि इसके क्या दाम देने पड़ेंगे। उन्होंने चेक निकालकर जौहरी की तरफ देखा और पूछा, 'सच सच बोलो, कितना लिखूं!।'

जौहरी ने हार को उलट-पलटकर देखा और हिचकते हुए बोला, 'साढ़े ग्यारह सौ कर दीजिए।।'वकील साहब ने चेक लिखकर उसको दिया, और वह सलाम करके चलता हुआ। रतन का मुख इस समय वसन्त की प्राकृतिक शोभा की भांति विहंसित था। ऐसा गर्व, ऐसा उल्लास उसके मुख पर कभी न दिखाई दिया था। मानो उसे संसार की संपत्ति मिल गई है। हार को गले में लटकाए वह अंदर चली गई। वकील साहब के आचार-विचार में नई और पुरानी प्रथाओं का विचित्र मेल था। भोजन वह अभी तक किसी ब्राह्मण के हाथ का भी न खाते थे। आज रतन उनके लिए अच्छी-अच्छी चीजें बनाने गई, अपनी कृतज्ञता को वह कैसे जाहिर करे।

रमा कुछ देर तक तो बैठा वकील साहब का युरोप-गौरव-गान सुनता रहा, अंत को निराश होकर चल दिया।

इक्कीस

अगर इस समय किसी को संसार में सबसे दुखी, जीवन से निराश, चिंताग्नि में जलते हुए प्राणी की मूर्ति देखनी हो, तो उस युवक को देखे, जो साइकिल पर बैठा हुआ, अल्फ्रेड पार्क के सामने चला जा रहा है। इस वक्त अगर कोई काला सांप नजर आए तो वह दोनों हाथ फैलाकर उसका स्वागत करेगा और उसके विष को सुधा की तरह पिएगा। उसकी रक्षा सुधा से नहीं, अब विष ही से हो सकती है। मौत ही अब उसकी चिंताओं का अंत कर सकती है, लेकिन क्या मौत उसे बदनामी से भी बचा सकती है? सबेरा होते ही, यह बात घर-घर फैल जायगी, सरकारी रूपया खा गया और जब पकड़ा गया, तब आत्महत्या कर ली! दिल में कलंक लगाकर,

मरने के बाद भी अपनी हँसी कराके चिंताओं से मुक्त हुआ तो क्या, लेकिन दूसरा उपाय ही क्या है। अगर वह इस समय जाकर जालपा से सारी स्थिति कह सुनाए, तो वह उसके साथ अवश्य सहानुभूति दिखाएगी। जालपा को चाहे कितना ही दुख हो, पर अपने गहने निकालकर देने में एक क्षण का भी विलंब न करेगी। गहनों को गिरवी रखकर वह सरकारी रूपये अदा कर सकता है। उसे अपना परदा खोलना पड़ेगा। इसके सिवा और कोई उपाय नहीं है।

मन में यह निश्चय करके रमा घर की ओर चला, पर उसकी चाल में वह तेजी न थी जो मानसिक स्फूर्ति का लक्षण है। लेकिन घर पहुँचकर उसने सोचा,जब यही करना है, तो जल्दी क्या है, जब चाहूँगा माँग लूंगा। कुछ देर गप-शप करता रहा, फिर खाना खाकर लेटा।

सहसा उसके जी में आया, क्यों न चुपके से कोई चीज उठा ले जाऊँ?' कुलमर्यादा की रक्षा करने के लिए एक बार उसने ऐसा ही किया था। उसी उपाय से क्या वह प्राणों की रक्षा नहीं कर सकता-अपनी जबान से तो शायद वह कभी अपनी विपत्ति का हाल न कह सकेगा। इसी प्रकार आगा-पीछा में पड़े हुए सबेरा हो जायगा और तब उसे कुछ कहने का अवसर ही न मिलेगा।

मगर उसे फिर शंका हुई, कहीं जालपा की आँख खुल जाय-फिर तो उसके लिए त्रिवेणी के सिवा और स्थान ही न रह जायगा। जो कुछ भी हो एक बार तो यह उद्योग करना ही पड़ेगा। उसने धीरे से जालपा का हाथ अपनी छाती पर से हटाया, और नीचे खड़ा हो गया उसे ऐसा ख्याल हुआ कि जालपा हाथ हटाते ही चौंकी और फिर मालूम हुआ कि यह भ्रम-मात्र था। उसे अब जालपा के सलूके की जेब से चाभियों का गुच्छा निकालना था। देर करने का अवसर न था। नींद में भी निम्नचेतना अपना काम करती रहती है। बालक कितना ही गाफिल सोया हो, माता के चारपाई से उठते ही जाग पड़ता है, लेकिन जब चाभी निकालने के लिए झुका, तो उसे जान पड़ा जालपा मुस्करा रही है। उसने झट हाथ खींच लिया और लैंप के क्षीण प्रकाश में जालपा के मुख की ओर देखा, जो कोई सुखद स्वप्न देख रही थी। उसकी स्वप्न-सुख विलसित छवि देखकर उसका मन कातर हो उठा। हा! इस सरला के साथ मैं ऐसा विश्वासघात करूं? जिसके लिए मैं अपने प्राणों को भेंट कर सकता हूँ, उसी के साथ यह कपट?

जालपा का निष्कपट स्नेह-पूर्ण हृदय मानो उसके मुखमंडल पर अंकित हो रहा था। आह! जिस समय इसे ज्ञात होगा इसके गहने फिर चोरी हो गए, इसकी क्या दशा होगी? पछाड़ खायगी, सिर के बाल नोचेगी। वह किन आँखों से उसका यह क्लेश देखेगा? उसने सोचा, मैंने इसे आराम ही कौन सा पहुँचाया है। किसी दूसरे

से विवाह होता, तो अब तक वह रत्नों से लद जाती। दुर्भाग्यवश इस घर में आई, जहाँ कोई सुख नहीं, उल्टे और रोना पड़ा।

रमा फिर चारपाई पर लेट रहा उसी वक्त जालपा की आँखें खुल गई। उसके मुख की ओर देखकर बोली, 'तुम कहाँ गए थे? मैं अच्छा सपना देख रही थी। बड़ा बाग है, और हम-तुम दोनों उसमें टहल रहे हैं। इतने में तुम न जाने कहाँ चले जाते हो, एक और साधु आकर मेरे सामने खड़ा हो जाता है। बिलकुल देवताओं का-सा उसका स्वरूप है। वह मुझसे कहता है, बेटी, मैं तुझे वर देने आया हूँ। माँग, क्या माँगती है। मैं तुम्हें इधर-उधर खोज रही हूँ कि तुमसे पूछूं क्या माँगू और तुम कहीं दिखाई नहीं देते। मैं सारा बाग छान आई। पेड़ों पर झांककर देखा, तुम न-जाने कहाँ चले गए हो बस इतने में नींद खुल गई, वरदान न माँगने पाई।

रमा ने मुस्कराते हुए कहा, क्या वरदान माँगतीं?'

'माँगती जो जी में आता, तुम्हें क्या बता दूं?'

'नहीं, बताओ, शायद तुम बहुत-सा धन माँगतीं।'

'धन को तुम बहुत बड़ी चीज समझते होगे? मैं तो कुछ नहीं समझती।'

'हाँ, मैं तो समझता हूँ। निर्धन रहकर जीना मरने से भी बदतर है। मैं अगर किसी देवता को पकड़ पाऊं तो बिना काफी रूपये लिये न मानूंब मैं सोने की दीवार नहीं खड़ी करना चाहता, न राकट्ठलर और कारनेगी बनने की मेरी इच्छा है। मैं केवल इतना धन चाहता हूँ कि जरूरत की मामूली चीजों के लिए तरसना न पड़े। बस कोई देवता मुझे पाँच लाख दे दे, तो मैं फिर उससे कुछ न माँगूंगा। हमारे ही गरीब मुल्क में ऐसे कितने ही रईस, सेठ, ताल्लुकेदार हैं, जो पाँच लाख एक साल में खर्च करते हैं, बल्कि कितनों ही का तो माहवार खर्च पाँच लाख होगा। मैं तो इसमें सात जीवन काटने को तैयार हूँ, मगर मुझे कोई इतना भी नहीं देता। तुम क्या माँगतीं-अच्छे-अच्छे गहने!'

जालपा ने त्योरियाँ चढ़ाकर कहा, क्यों चिढ़ाते हो मुझे! क्या मैं गहनों पर और स्त्रियों से ज्यादा जान देती हूँ-मैंने तो तुमसे कभी आग्रह नहीं किया? तुम्हें जरूरत हो, आज इन्हें उठा ले जाओ, मैं खुशी से दे दूँगी।'

रमा ने मुस्कराकर कहा, तो फिर बतलाती क्यों नहीं?'

जालपा-'मैं यही माँगती कि मेरा स्वामी सदा मुझसे प्रेम करता रहे। उनका मन कभी मुझसे न गिरे।'

रमा ने हँसकर कहा, 'क्या तुम्हें इसकी भी शंका है?'

'तुम देवता भी होते तो शंका होती, तुम तो आदमी हो मुझे तो ऐसी कोई स्त्री न मिली, जिसने अपने पति की निष्ठुरता का दुखड़ा न रोया हो सालदो साल तो वह

खूब प्रेम करते हैं, फिर न जाने क्यों उन्हें स्त्री से अरूचि सी हो जाती है। मन चंचल होने लगता है। औरत के लिए इससे बड़ी विपत्ति नहीं। उस विपत्ति से बचने के सिवा मैं और क्या वरदान माँगती?' यह कहते हुए जालपा ने पति के गले में बांहें डाल दी और प्रणय-संचित नजरों से देखती हुई बोली, 'सच बताना, तुम अब भी मुझे वैसे ही चाहते हो, जैसे पहले चाहते थे? देखो, सच कहना, बोलो!'

रमा ने जालपा के गले से चिमटकर कहा, 'उससे कहीं अधिक, लाख गुना!'

जालपा ने हँसकर कहा, 'झूठ! बिलकुल झूठ! सोलहों आना झूठ!'

रमानाथ-'यह तुम्हारी जबरदस्ती है। आखिर ऐसा तुम्हें कैसे जान पड़ा?'

जालपा-'आँखों से देखती हं और कैसे जान पड़ा। तुमने मेरे पास बैठने की कसम खा ली है। जब देखो तुम गुमसुम रहते हो मुझसे प्रेम होता, तो मुझ पर विश्वास भी होता। बिना विश्वास के प्रेम हो ही कैसे सकता है? जिससे तुम अपनी बुरी-से-बुरी बात न कह सको, उससे तुम प्रेम नहीं कर सकते। हाँ, उसके साथ विहार कर सकते हो, विलास कर सकते हो उसी तरह जैसे कोई वेश्या के पास जाता है। वेश्या के पास लोग आनंद उठाने ही जाते हैं, कोई उससे मन की बात कहने नहीं जाता। तुम्हारी भी वही दशा है। बोलो है या नहीं? आँखें क्यों छिपाते हो? क्या मैं देखती नहीं, तुम बाहर से कुछ घबड़ाए हुए आते हो? बातें करते समय देखती हूँ, तुम्हारा मन किसी और तरफ रहता है। भोजन में भी देखती हूँ, तुम्हें कोई आनंद नहीं आता। दाल गाढ़ी है या पतली, शाक कम है या ज्यादा, चावल में कनी है या पक गए हैं, इस तरफ तुम्हारी निगाह नहीं जाती। बेगार की तरह भोजन करते हो और जल्दी से भागते हो मैं यह सब क्या नहीं देखती-मुझे देखना न चाहिए! मैं विलासिनी हूँ, इसी रूप में तो तुम मुझे देखते हो मेरा काम है,विहार करना, विलास करना, आनंद करना। मुझे तुम्हारी चिंताओं से मतलब! मगर ईश्वर ने वैसा ह्रदय नहीं दिया क्या करूं? मैं समझती हूँ, जब मुझे जीवन ही व्यतीत करना है, जब मैं केवल तुम्हारे मनोरंजन की ही वस्तु हूँ, तो क्यों अपनी जान विपत्ति में डालूं?'

जालपा ने रमा से कभी दिल खोलकर बात न की थी। वह इतनी विचारशील है, उसने अनुमान ही न किया था। वह उसे वास्तव में रमणी ही समझता था। अन्य पुरूषों की भांति वह भी पत्नी को इसी रूप में देखता था। वह उसके यौवन पर मुग्ध था। उसकी आत्मा का स्वरूप देखने की कभी चेष्टा ही न की। शायद वह समझता था, इसमें आत्मा है ही नहीं। अगर वह रूप-लावण्य की राशि न होती, तो कदाचित वह उससे बोलना भी पसंद न करता। उसका सारा आकर्षण, उसकी सारी आसक्ति केवल उसके रूप पर थी। वह समझता था, जालपा इसी में प्रसन्न है। अपनी चिंताओं के बोझ से वह उसे दबाना नहीं चाहता था, पर आज उसे ज्ञात हुआ,

जालपा उतनी ही चिंतनशील है, जितना वह खुद था। इस वक्त उसे अपनी मनोव्यथा कह डालने का बहुत अच्छा अवसर मिला था, पर हाय संकोच! इसने फिर उसकी जबान बंद कर दी। जो बातें वह इतने दिनों तक छिपाए रहा, वह अब कैसे कहे? क्या ऐसा करना जालपा के आरोपित आक्षेपों को स्वीकार करना न होगा? हाँ, उसकी आँखों से आज भ्रम का परदा उठ गया। उसे ज्ञात हुआ कि विलास पर प्रेम का निर्माण करने की चेष्टा करना उसका अज्ञान था।

रमा इन्हीं विचारों में पड़ा-पड़ा सो गया, उस समय आधी रात से ऊपर गुजर गई थी। सोया तो इसी सबब से था कि बहुत सबेरे उठ जाऊँगा, पर नींद खुली, तो कमरे में धूप की किरणें आ-आकर उसे जगा रही थीं। वह चटपट उठा और बिना मुँह-हाथ धोए, कपड़े पहनकर जाने को तैयार हो गया वह रमेश बाबू के पास जाना चाहता था। अब उनसे यह कथा कहनी पड़ेगी। स्थिति का पूरा ज्ञान हो जाने पर वह कुछ-न कुछ सहायता करने पर तैयार हो जाएँगे।

जालपा उस समय भोजन बनाने की तैयारी कर रही थी। रमा को इस भांति जाते देखकर प्रश्न-सूचक नजरों से देखा। रमा के चेहरे पर चिंता, भय, चंचलता और हिंसा मानो बैठी घूर रही थीं। एक क्षण के लिए वह बेसुध-सी हो गई। एक हाथ में छुरी और दूसरे में एक करेला लिये हुए वह द्वार की ओर ताकती रही। यह बात क्या है, उसे कुछ बताते क्यों नहीं-वह और कुछ न कर सके, हमदर्दी तो कर ही सकती है। उसके जी में आया, पुकार कर पूछूं, क्या बात है? उठकर द्वार तक आई भी, पर रमा सड़क पर दूर निकल गया था। उसने देखा, वह बड़ी तेजी से चला जा रहा है, जैसे सनक गया हो न दाहिनी ओर ताकता है, न बाई ओर, केवल सिर झुकाए, पथिकों से टकराता, पैरगाड़ियों की परवा न करता हुआ, भागा चला जा रहा था। आखिर वह लौटकर फिर तरकारी काटने लगी, पर उसका मन उसी ओर लगा हुआ था। क्या बात है, क्यों मुझसे इतना छिपाते हैं?

रमा रमेश के घर पहुँचा तो आठ बज गए थे। बाबू साहब चौकी पर बैठे संध्या कर रहे थे। इन्हें देखकर इशारे से बैठने को कहा, कोई आधा घंटे में संध्या समाप्त हुई, बोले, 'क्या अभी मुँह-हाथ भी नहीं धोया, यही लीचड़पन मुझे नापसंद है। तुम और कुछ करो या न करो, बदन की सफाई तो करते रहो क्या हुआ, रूपये का कुछ प्रबंध हुआ?'

रमानाथ-'इसी फिक्र में तो आपके पास आया हूँ।'

रमेश-'तुम भी अजीब आदमी हो, अपने बाप से कहते हुए तुम्हें क्यों शर्म आती है? यही न होगा, तुम्हें ताने देंगे, लेकिन इस संकट से तो छूट जाओगे। उनसे

सारी बातें साफ-साफ कह दो। ऐसी दुर्घटनाएं अक्सर हो जाया करती हैं। इसमें डरने की क्या बात है! नहीं कहो, मैं चलकर कह दूं।'

रमानाथ-'उनसे कहना होता, तो अब तक कभी कह चुका होता! क्या आप कुछ बंदोबस्त नहीं कर सकते?'

रमेश-'कर क्यों नहीं सकता, पर करना नहीं चाहता। ऐसे आदमी के साथ मुझे कोई हमदर्दी नहीं हो सकती। तुम जो बात मुझसे कह सकते हो, क्या उनसे नहीं कह सकते? मेरी सलाह मानो। उनसे जाकर कह दो। अगर वह रूपये न दें तब मेरे पास आना।'

रमा को अब और कुछ कहने का साहस न हुआ। लोग इतनी घनिष्ठता होने पर भी इतने कठोर हो सकते हैं। वह यहाँ से उठा, पर उसे कुछ सुझाई न देता था। चौवैया में आकाश से फिरते हुए जल-बिंदुओं की जो दशा होती है, वही इस समय रमा की हुई। दस कदम तेजी से आगे चलता, तो फिर कुछ सोचकर रूक जाता और दस-पाँच कदम पीछे लौट जाता। कभी इस गली में घुस जाता, कभी उस गली में... सहसा उसे एक बात सूझी, क्यों न जालपा को एक पत्र लिखकर अपनी सारी कठिनाइयाँ कह सुनाऊं। मुँह से तो वह कुछ न कह सकता था, पर कलम से लिखने में उसे कोई मुश्किल मालूम नहीं होती थी। पत्र लिखकर जालपा को दे दूँगा और बाहर के कमरे में आ बैठूंगा। इससे सरल और क्या हो सकता है? वह भागा हुआ घर आया, और तुरंत पत्र लिखा, 'प्रिये, क्या कहूँ, किस विपत्ति में फँसा हुआ हूँ। अगर एक घंटे के अंदर तीन सौ रूपये का प्रबंध न हो गया, तो हाथों में हथकडियाँ पड़ जाएँगी। मैंने बहुत कोशिश की, किसी से उधार ले लूं, किंतु कहीं न मिल सके। अगर तुम अपने दो-एक जेवर दे दो, तो मैं गिरों रखकर काम चला लूं। ज्योंही रूपये हाथ आ जाएँगे, छुडा दूँगा। अगर मजबूरी न आ पड़ती तो, तुम्हें कष्ट न देता। ईश्वर के लिए रूष्ट न होना। मैं बहुत जल्द छुडा दूँगा-

अभी यह पत्र समाप्त न हुआ था कि रमेश बाबू मुस्कराते हुए आकर बैठ गए और बोले, कहा उनसे तुमने?

रमा ने सिर झुकाकर कहा, 'अभी तो मौका नहीं मिला।'

रमेश-'तो क्या दो-चार दिन में मौका मिलेगा-मैं डरता हूँ कि कहीं आज भी तुम यों ही खाली हाथ न चले जाओ, नहीं तो गजब ही हो जाय!'

रमानाथ-'जब उनसे माँगने का निश्चय कर लिया, तो अब क्या चिंता!'

रमेश-'आज मौका मिले, तो जरा रतन के पास चले जाना। उस दिन मैंने कितना जोर देकर कहा था, लेकिन मालूम होता है तुम भूल गए।'

रमानाथ-'भूल तो नहीं गया, लेकिन उनसे कहते शर्म आती है।'

रमेश–'अपने बाप से कहते भी शर्म आती है? अगर अपने लोगों में यह संकोच न होता, तो आज हमारी यह दशा क्यों होती?

रमेश बाबू चले गए, तो रमा ने पत्र उठाकर जेब में डाला और उसे जालपा को देने का निश्चय करके घर में गया। जालपा आज किसी महिला के घर जाने को तैयार थी। थोड़ी देर हुई, बुलावा आ गया उसने अपनी सबसे सुंदर साड़ी पहनी थी। हाथों में जड़ाऊ कंगन शोभा दे रहे थे, गले में चन्द्रहार, आईना सामने रखे हुए कानों में झूमके पहन रही थी।

रमा को देखकर बोली, आज सबेरे कहाँ चले गए थे? हाथ–मुँह तक न ध ोया दिन–भर तो बाहर रहते ही हो, शामसबेरे तो घर पर रहा करो। तुम नहीं रहते, तो घर सूना–सूना लगता है। मैं अभी सोच रही थी, मुझे मैके जाना पड़े, तो मैं जाऊँ या न जाऊँ? मेरा जी तो वहाँ बिलकुल न लगे।

रमानाथ–'तुम तो कहीं जाने को तैयार बैठी हो।'

जालपा–'सेठानीजी ने बुला भेजा है, दोपहर तक चली आऊँगी।'

रमा की दशा इस समय उस शिकारी की–सी थी, जो हिरनी को अपने शावकों के साथ किलोल करते देखकर तनी हुई बंदूक कंधो पर रख लेता है, और वह वात्सल्य और प्रेम की क्रीड़ा देखने में तल्लीन हो जाता है। उसे अपनी ओर टकटकी लगाए देखकर जालपा ने मुस्कराकर कहा, 'देखो,

मुझे नजर न लगा देना। मैं तुम्हारी आँखों से बहुत डरती हूँ।'

रमा एक ही उड़ान में वास्तविक संसार से कल्पना और कवित्व के संसार में जा पहुँचा। ऐसे अवसर पर जब जालपा का रोम–रोम आनंद से नाच रहा है, क्या वह अपना पत्र देकर उसकी सुखद कल्पनाओं को दलित कर देगा? वह कौन ह्रदयहीन व्याधा है, जो चहकती हुई चिड़िया की गर्दन पर छुरी चला देगा? वह कौन अरसिक आदमी है, जो किसी प्रभात–कुसुम को तोड़कर पैरों से कुचल डालेगा–रमा इतना ह्रदयहीन, इतना अरसिक नहीं है। वह जालपा पर इतना बड़ा आघात नहीं कर सकता उसके सिर कैसी ही विपत्ति क्यों न पड़ जाए, उसकी कितनी ही बदनामी क्यों न हो, उसका जीवन ही क्यों न कुचल दिया जाए, पर वह इतना निष्ठुर नहीं हो सकता उसने अनुरक्त होकर कहा,नजर तो न लगाऊंगा, हाँ, ह्रदय से लगा लूंगा। इसी एक वाक्य में उसकी सारी चिंताएं, सारी बाधाएं विसर्जित हो गई। स्नेह–संकोच की वेदी पर उसने अपने को भेंट कर दिया। इस अपमान के सामने जीवन के और सारे क्लेश तुच्छ थे। इस समय उसकी दशा उस बालक की–सी थी, जो गोड़े पर नश्तर की क्षणिक पीड़ा न सहकर उसके फटने, नासूर पड़ने, वर्षो खाट पर पड़े रहने और कदाचित प्राणांत हो जाने के भय को भी भूल जाता है।

जालपा नीचे जाने लगी, तो रमा ने कातर होकर उसे गले से लगा लिया और इस तरह भींच-भींचकर उसे आलिंगन करने लगा, मानो यह सौभाग्य उसे फिर न मिलेगा। कौन जानता है, यही उसका अंतिम आलिंगन हो उसके करपाश मानो रेशम के सहस्रों तारों से संगठित होकर जालपा से चिमट गए थे। मानो कोई मरणासन्न कृपण अपने कोष की कुंजी मुट्ठी में बंद किए हो, और प्रतिक्षण मुट्ठी कठोर पड़ती जाती हो क्या मुट्ठी को बलपूर्वक खोल देने से ही उसके प्राण न निकल जाएँगे?

सहसा जालपा बोली, 'मुझे कुछ रूपये तो दे दो, शायद वहाँ कुछ जरूरत पड़े।'

रमा ने चौंककर कहा, 'रूपये! रूपये तो इस वक्त नहीं हैं।'

जालपा-'हैं हैं, मुझसे बहाना कर रहे हो बस मुझे दो रूपये दे दो, और ज्यादा नहीं चाहती।'

यह कहकर उसने रमा की जेब में हाथ डाल दिया, और कुछ पैसे के साथ वह पत्र भी निकाल लिया

रमा ने हाथ बढ़ाकर पत्र को जालपा से छीनने की चेष्टा करते हुए कहा, 'कागज मुझे दे दो, सरकारी कागज है।'

जालपा-'किसका खत है।

जालपा ने तह किए हुए पुरजे को खोलकर कहा,यह सरकारी कागज है! झूठे कहीं के! तुम्हारा ही लिखा है।

रमानाथ–दे दो, क्यों परेशान करती हो!' रमा ने फिर कागज छीन लेना चाहा, पर जालपा ने हाथ पीछे उधरकर कहा, मैं बिना पढ़े न दूँगी। कह दिया ज्यादा जिद करोगे, तो फाड़ डालूंगी। रमानाथ-'अच्छा फाड़ डालो।

जालपा-'तब तो मैं जरूर पढ़ूंगी।'

उसने दो कदम पीछे हटकर फिर खत को खोला और पढ़ने लगी। रमा ने फिर उसके हाथ से कागज छीनने की कोशिश नहीं की। उसे जान पड़ा, आसमान फट पड़ा है, मानो कोई भंयकर जंतु उसे निकलने के लिए बढ़ा चला आता है। वह धड़-धड़ करता हुआ ऊपर से उतरा और घर के बाहर निकल गया। कहाँ अपना मुँह छिपा ले-कहाँ छिप जाए कि कोई उसे देख न सके।

उसकी दशा वही थी, जो किसी नंगे आदमी की होती है। वह सिर से पांव तक कपड़े पहने हुए भी नंगा था। आह! सारा परदा खुल गया! उसकी सारी कपटलीला खुल गई! जिन बातों को छिपाने की उसने इतने दिनों चेष्टा की, जिनको गुप्त रखने के लिए उसने कौन-कौन?सी कठिनाइयाँ नहीं झेलीं, उन सबों ने आज मानो उसके मुँह पर कालिख पोत दी। वह अपनी दुर्गति अपनी आँखों से नहीं देख

सकता जालपा की सिसकियां, पिता की झिड़किया, पड़ोसियों की कनफुसकिया सुनने की अपेक्षा मर जाना कहीं आसान होगा। जब कोई संसार में न रहेगा, तो उसे इसकी क्या परवा होगी, कोई उसे क्या कह रहा है। हाय! केवल तीन सौ रूपयों के लिए उसका सर्वनाश हुआ जा रहा है, लेकिन ईश्वर की इच्छा है, तो वह क्या कर सकता है। प्रियजनों की नजरों से फिरकर जिए तो क्या जिए! जालपा उसे कितना नीच, कितना कपटी, कितना धूर्त, कितना गपोड़िया समझ रही होगी। क्या वह अपना मुँह दिखा सकता है?

क्या संसार में कोई ऐसी जगह नहीं है, जहाँ वह नए जीवन का सूत्रपात कर सके, जहाँ वह संसार से अलग-थलग सबसे मुँह मोड़कर अपना जीवन काट सके। जहाँ वह इस तरह छिप जाय कि पुलिस उसका पता न पा सके। गंगा की गोद के सिवा ऐसी जगह और कहाँ थी। अगर जीवित रहा, तो महीने दो महीने में अवश्य ही पकड़ लिया जाएगा। उस समय उसकी क्या दशा होगी, वह हथकडियाँ और बेडियाँ पहने अदालत में खड़ा होगा। सिपाहियों का एक दल उसके ऊपर सवार होगा। सारे शहर के लोग उसका तमाशा देखने जाएँगे। जालपा भी जाएगी। रतन भी जाएगी। उसके पिता, संबंधी, मित्र, अपने-पराए, सभी भिन्न-भिन्न भावों से उसकी दुर्दशा का तमाशा देखेंगे। नहीं, वह अपनी मिट्टी यों न खराब करेगा, न करेगा। इससे कहीं अच्छा है, कि वह डूब मरे! मगर फिर ख्याल आया कि जालपा किसकी होकर रहेगी! हाय, मैं अपने साथ उसे भी ले डूबा! बाबूजी और अम्माँजी तो रो-धोकर सब्र कर लेंगे, पर उसकी रक्षा कौन करेगा-क्या वह छिपकर नहीं रह सकता-क्या शहर से दूर किसी छोटे-से गाँव में वह अज्ञातवास नहीं कर सकता-संभव है, कभी जालपा को उस पर दया आए, उसके अपराधों को क्षमा कर दे। संभव है, उसके पास धन भी हो जाए, पर यह असंभव है कि वह उसके सामने आँखें सीधी कर सके। न जाने इस समय उसकी क्या दशा होगी! शायद मेरे पत्र का आशय समझ गई हो शायद परिस्थिति का उसे कुछ ज्ञान हो गया हो शायद उसने अम्माँ को मेरा पत्र दिखाया हो और दोनों घबराई हुई मुझे खोज रही हों। शायद पिताजी को बुलाने के लिए लड़कों को भेजा गया हो। चारों तरफ मेरी तलाश हो रही होगी। कहीं कोई इधर भी न आता हो कदाचित मौत को देखकर भी वह इस समय इतना भयभीत न होता, जितना किसी परिचित को देखकर। आगे-पीछे चौकन्नी आँखों से ताकता हुआ, वह उस जलती हुई धूप में चला जा रहा था। कुछ खबर न थी, किधर, सहसा रेल की सीटी सुनकर वह चौंक पड़ा। अरे, मैं इतनी दूर निकल आया? रेलगाड़ी सामने खड़ी थी। उसे उस पर बैठ जाने की प्रबल इच्छा हुई, मानो उसमें बैठते ही वह सारी बाधाओं से मुक्त हो जाएगा, मगर जेब में रूपये न थे। उंगली में अंगूठी

पड़ी हुई थी। उसने कुलियों के जमादार को बुलाकर कहा, कहीं यह अंगूठी बिकवा सकते हो? एक रूपया तुम्हें दूँगा। मुझे गाड़ी में जाना है। रूपये लेकर घर से चला था, पर मालूम होता है, कहीं फिर गए। फिर लौटकर जाने में गाड़ी न मिलेगी और बड़ा भारी नुकसान हो जाएगा।'

जमादार ने उसे सिर से पांव तक देखा, अंगूठी ली और स्टेशन के अंदर चला गया रमा टिकट-घर के सामने टहलने लगा। आँखें उसकी ओर लगी हुई थीं। दस मिनट गुजर गए और जमादार का कहीं पता नहीं। अंगूठी लेकर कहीं गायब तो नहीं हो जाएगा! स्टेशन के अंदर जाकर उसे खोजने लगा। एक कुली से पूछा, उसने पूछा, 'जमादार का नाम क्या है?' रमा ने जबान दांतों से काट ली।

नाम तो पूछा ही नहीं। बतलाए क्या? इतने में गाड़ी ने सीटी दी, रमा अधीर हो उठा। समझ गया, जमादार ने चरका दिया बिना टिकट लिये ही गाड़ी में आ बैठा। मन में निश्चय कर लिया, साफ कह दूँगा मेरे पास टिकट नहीं है। अगर उतरना भी पड़ा, तो यहाँ से दस पाँच कोस तो चला ही जाऊँगा। गाड़ी चल दी, उस वक्त रमा को अपनी दशा पर रोना आ गया हाय, न जाने उसे कभी लौटना नसीब भी होगा या नहीं। फिर यह सुख के दिन कहाँ मिलेंगे। यह दिन तो गए, हमेशा के लिए गए। इसी तरह सारी दुनिया से मुँह छिपाए, वह एक दिन मर जायगा। कोई उसकी लाश पर आंसू बहाने वाला भी न होगा। घरवाले भी रो-धोकर चुप हो रहेंगे। केवल थोड़े-से संकोच के कारण उसकी यह दशा हुई। उसने शुरू ही से, जालपा से अपनी सच्ची हालत कह दी होती, तो आज उसे मुँह पर कालिख लगाकर क्यों भागना पड़ता। मगर कहता कैसे, वह अपने को अभागिनी न समझने लगती-कुछ न सही, कुछ दिन तो उसने जालपा को सुखी रक्खा। उसकी लालसाओं की हत्या तो न होने दी। रमा के संतोष के लिए अब इतना ही काफी था। अभी गाड़ी चले दस मिनट भी न बीते होंगे। गाड़ी का दरवाजा खुला, और टिकट बाबू अंदर आए। रमा के चेहरे पर हवाइयाँ उड़ने लगीं। एक क्षण में वह उसके पास आ जाएगा। इतने आदमियों के सामने उसे कितना लज्जित होना पड़ेगा। उसका कलेजा धक-धक करने लगा। ज्यों-ज्यों टिकट बाबू उसके समीप आता था, उसकी नाड़ी की गति तीव्र होती जाती थी। आखिर बला सिर पर आ ही गई। टिकट बाबू ने पूछा, आपका टिकट?'

रमा ने जरा सावधान होकर कहा, 'मेरा टिकट तो कुलियों के जमादार के पास ही रह गया उसे टिकट लाने के लिए रूपये दिए थे। न जाने किधर निकल गया

टिकट बाबू को यकीन न आया, बोला, 'मैं यह कुछ नहीं जानता। आपको अगले स्टेशन पर उतरना होगा। आप कहाँ जा रहे हैं?'

रमानाथ-'सफर तो बड़ी दूर का है, कलकत्ता तक जाना है।'

टिकट बाबू–'आगे के स्टेशन पर टिकट ले लीजिएगा।'

रमानाथ–'यही तो मुश्किल है। मेरे पास पचास का नोट था। खिड़की पर बड़ी भीड़ थी। मैंने नोट उस जमादार को टिकट लाने के लिए दिया, पर वह ऐसा गायब हुआ कि लौटा ही नहीं। शायद आप उसे पहचानते हों। लंबा-लंबा चेचकरू आदमी है।

टिकट बाबू–'इस विषय में आप लिखा-पढ़ी कर सकते है? मगर बिना टिकट के जा नहीं सकते।

रमा ने विनीत भाव से कहा, 'भाई साहब, आपसे क्या छिपाऊं। मेरे पास और रूपये नहीं हैं। आप जैसा मुनासिब समझें, करें।'

टिकट बाबू–'मुझे अफसोस है, बाबू साहब, कायदे से मजबूर हूँ।'

कमरे के सारे मुसाफिर आपस में कानाफूसी करने लगे। तीसरा दर्जा था, अधिकांश मजदूर बैठे हुए थे, जो मजूरी की टोह में पूरब जा रहे थे। वे एक बाबू जाति के प्राणी को इस भांति अपमानित होते देखकर आनंद पा रहे थे। शायद टिकट बाबू ने रमा को धक्का देकर उतार दिया होता, तो और भी खुश होते। रमा को जीवन में कभी इतनी झेंप न हुई थी। चुपचाप सिर झुकाए खड़ा था। अभी तो जीवन की इस नई यात्रा का आरंभ हुआ है। न जाने आगे क्या क्या विपत्तियाँ झेलनी पडेंगी। किस-किसके हाथों धोखा खाना पड़ेगा। उसके जी में आया, गाड़ी से कूद पडूं, इस छीछालेदर से तो मर जाना ही अच्छा। उसकी आँखें भर आई, उसने खिड़की से सिर बाहर निकाल लिया और रोने लगा। सहसा एक बूढ़े आदमी ने, जो उसके पास ही बैठा हुआ था, पूछा, 'कलकत्ता में कहाँ जाओगे, बाबूजी?'

रमा ने समझा, वह गंवार मुझे बना रहा है, झुंझलाकर बोला,'तुमसे मतलब, मैं कहीं जाऊँगा!'

बूढ़े ने इस उपेक्षा पर कुछ भी ध्यान न दिया, बोला, 'मैं भी वहीं चलूंगा। हमारा-तुम्हारा साथ हो जायगा। फिर धीरे से बोला,किराए के रूपये मुझसे ले लो, वहाँ दे देना।'

अब रमा ने उसकी ओर ध्यान से देखा। कोई साठ-सत्तर साल का बूढ़ा घुला हुआ आदमी था। माँस तो क्या हड्डियाँ तक फूल गई थीं। मूंछ और सिर के बाल मुड़े हुए थे। एक छोटी-सी बच्ची के सिवा उसके पास कोई असबाब भी न था। रमा को अपनी ओर ताकते देखकर वह फिर बोला, 'आप हाबड़े ही उतरेंगे या और कहीं जाएँगे?'

रमा ने एहसान के भार से दबकर कहा, 'बाबा, आगे मैं उतर पडूंगा। रूपये का कोई बंदोबस्त करके फिर आऊँगा।'

बूढ़ा–'तुम्हें कितने रूपये चाहिए, मैं भी तो वहीं चल रहा हूँ। जब चाहे दे देना। क्या मेरे दस–पाँच रूपये लेकर भाग जाओगे। कहाँ घर है?'

रमानाथ–'यहीं, प्रयाग ही में रहता हूँ।'

बूढ़े ने भक्ति के भाव से कहा, मान्य है प्रयाग, धन्य है! मैं भी त्रिवेणी का स्नान करके आ रहा हूँ, सचमुच देवताओं की पुरी है। तो कै रूपये निकालूं?'

रमा ने सकुचाते हुए कहा, 'मैं चलते ही चलते रूपया न दे सकूँगा, यह समझ लो।'

बूढ़े ने सरल भाव से कहा, 'अरे बाबूजी, मेरे दस–पाँच रूपये लेकर तुम भाग थोड़े ही जाओगे। मैंने तो देखा, प्रयाग के पण्डे यात्रियों को बिना लिखाए–पढ़ाए रूपये दे देते हैं। दस रूपये में तुम्हारा काम चल जाएगा?'

रमा ने सिर झुकाकर कहा, 'हाँ, इतने बहुत हैं।'

टिकट बाबू को किराया देकर रमा सोचने लगा,यह बूढ़ा कितना सरल, कितना परोपकारी, कितना निष्कपट जीव है। जो लोग सभ्य कहलाते हैं, उनमें कितने आदमी ऐसे निकलेंगे, जो बिना जान–पहचान किसी यात्री को उबार लें। गाड़ी के और मुसाफिर भी बूढ़े को श्रद्धा की नजरों से देखने लगे। रमा को बूढ़े की बातों से मालूम हुआ कि वह जाति का खटिक है, कलकत्ता में उसकी शाक–भाजी की दुकान है। रहने वाला तो बिहार का है, पर चालीस साल से कलकत्ता ही में रोजगार कर रहा है। देवीदीन नाम है, बहुत दिनों से तीर्थयात्रा की इच्छा थी, बदरीनाथ की यात्रा करके लौटा जा रहा है।

रमा ने आश्चर्य से पूछा, 'तुम बदरीनाथ की यात्रा कर आए? वहाँ तो पहाड़ों की बड़ी–बड़ी चढ़ाइयाँ हैं।

देवीदीन–'भगवान की दया होती है तो सब कुछ हो जाता है, बाबूजी! उनकी दया चाहिए।'

रमानाथ–'तुम्हारे बाल–बच्चे तो कलकत्ता ही में होंगे?'

देवीदीन ने रूखी हँसी हँसकर कहा, 'बाल–बच्चे तो सब भगवान के घर गए। चार बेटे थे। दो का ब्याह हो गया था। सब चल दिए। मैं बैठा हुआ हूँ। मुझी से तो सब पैदा हुए थे। अपने बोए हुए बीज को किसान ही तो काटता है! यह कहकर वह फिर हँसा, जरा देर बाद बोला, बुढ़िया अभी जीती हैं। देखें, हम दोनों में पहले कौन चलता है। वह कहती है, पहले मैं जाऊँगी, मैं कहता हूँ ,पहले मैं जाऊँगा। देखो किसकी टेक रहती है। बन पड़ा तो तुम्हें दिखाऊंगा। अब भी गहने पहनती है। सोने की बालियां और सोने की हसली पहने दुकान पर बैठी रहती है। जब कहा कि चल तीर्थ कर आवे तो बोली, 'तुम्हारे तीर्थ के लिए क्या दुकान मिट्टी में मिला दूं? यह

है जिंदगी का हाल, आज मरे कि कल मरे, मगर दुकान न छोड़ेगी। न कोई आगे, न कोई पीछे, न कोई रोने वाला, न कोई हँसने वाला, मगर माया बनी हुई है। अब भी एक-न एक गहना बनवाती ही रहती है। न जाने कब उसका पेट भरेगा। सब घरों का यही हाल है। जहाँ देखो, हाय गहने! हाय गहने! गहने के पीछे जान दे दें, घर के आदमियों को भूखा मारें, घर की चीजें बेचें, और कहाँ तक कहूँ, अपनी आबरू तक बेच दें। छोटे-बड़े, अमीर-गरीब सबको यही रोग लगा हुआ है। कलकत्ता में कहाँ काम करते हो, भैया?'

रमानाथ-'अभी तो जा रहा हूँ। देखूं कोई नौकरी-चाकरी मिलती है या नहीं?'

देवीदीन-'तो फिर मेरे ही घर ठहरना। दो कोठरियाँ हैं, सामने दालान है, एक कोठरी ऊपर है। आज बेचूं तो दस हजार मिलें। एक कोठरी तुम्हें दे दूँगा। जब कहीं काम मिल जाय, तो अपना घर ले लेना। पचास साल हुए घर से भागकर हाबड़े गया था, तब से सुख भी देखे, दुख भी देखे। अब मना रहा हूँ, भगवान् ले चलो। हाँ, बुढ़िया को अमर कर दो। नहीं, तो उसकी दुकान कौन लेगा, घर कौन लेगा और गहने कौन लेगा!

यह कहकर देवीदीन फिर हँसा, वह इतना हँसोड़, इतना प्रसन्नचित्त था कि रमा को आश्चर्य हो रहा था। बेबात की बात पर हँसता था। जिस बात पर और लोग रोते हैं, उस पर उसे हँसी आती थी। किसी जवान को भी रमा ने यों हँसते न देखा था। इतनी ही देर में उसने अपनी सारी जीवन कथा कह सुनाई, कितने ही लतीफे याद थे। मालूम होता था, रमा से वर्षों की मुलाकात है। रमा को भी अपने विषय में एक मनगढंत कथा कहनी पड़ी। देवीदीन-'तो तुम भी घर से भाग आए हो? समझ गया घर में झगड़ा हुआ होगा। बहू कहती होगी,मेरे पास गहने नहीं, मेरा नसीब जल गया।' सास-बहू में पटती न होगी। उनका कलह सुन-सुन जी और खट्टा हो गया होगा। रमानाथ-'हाँ बाबा, बात यही है, तुम कैसे जान गए?

देवीदीन हँसकर बोला,'यह बड़ा भारी काम है भैया! इसे तेली की खोपड़ी पर जगाया जाता है। अभी लड़के-बाले तो नहीं हैं न?'

रमानाथ-'नहीं, अभी तो नहीं हैं।'

देवीदीन-'छोटे भाई भी होंगे?'

रमा चकित होकर बोला, 'हाँ दादा, ठीक कहते हो तुमने कैसे जाना?

देवीदीन फिर ठटठा मारकर बोला,यह सब कर्मों का खेल है। ससुराल धनी होगी, क्यों?'

रमानाथ-'हाँ दादा, है तो।'

देवीदीन-'मगर हिम्मत न होगी।'

रमानाथ–बहुत ठीक कहते हो, दादा। बड़े कम–हिम्मत हैं। जब से विवाह हुआ अपनी लड़की तक को तो बुलाया नहीं।'

देवीदीन–'समझ गया भैया, यही दुनिया का दस्तूर है। बेटे के लिए कहो चोरी करें, भीख माँगें, बेटी के लिए घर में कुछ है ही नहीं।'

तीन दिन से रमा को नींद न आई थी। दिनभर रूपये के लिए मारा–मारा फिरता, रात–भर चिंता में पड़ा रहता। इस वक्त बातें करते–करते उसे नींद आ गई। गरदन झुकाकर झपकी लेने लगा। देवीदीन ने तुरंत अपनी गठरी खोली, उसमें से एक दरी निकाली, और तख्त पर बिछाकर बोला, 'तुम यहाँ आकर लेट रहो, भैया! मैं तुम्हारी जगह पर बैठ जाता हूँ।'

रमा लेट रहा देवीदीन बार–बार उसे स्नेह–भरी आँखों से देखता था, मानो उसका पुत्र कहीं परदेश से लौटा हो।

बाईस

जब रमा कोठे से धम–धम नीचे उतर रहा था, उस वक्त जालपा को इसकी जरा भी शंका न हुई कि वह घर से भागा जा रहा है। पत्र तो उसने पढ़ ही लिया था। जी ऐसा झुंझला रहा था कि चलकर रमा को खूब खरी–खरी सुनाऊं। मुझसे यह छल–कपट! पर एक ही क्षण में उसके भाव बदल गए। कहीं ऐसा तो नहीं हुआ है, सरकारी रूपये खर्च कर डाले हों। यही बात है, रतन के रूपये सराफ को दिए होंगे। उस दिन रतन को देने के लिए शायद वे सरकारी रूपये उठा लाए थे। यह सोचकर उसे फिर क्रोध आया,यह मुझसे इतना परदा क्यों करते हैं? क्यों मुझसे बढ़–बढ़कर बातें करते थे? क्या मैं इतना भी नहीं जानती कि संसार में अमीर–गरीब दोनों ही होते हैं? क्या सभी स्त्रियाँ गहनों से लदी रहती हैं? गहने न पहनना क्या कोई पाप है? जब और जरूरी कामों से रूपये बचते हैं,तो गहने भी बन जाते हैं। पेट और तन काटकर, चोरी या बेईमानी करके तो गहने नहीं पहने जाते! क्या उन्होंने मुझे ऐसी गई–गुजरी समझ लिया! उसने सोचा, रमा अपने कमरे में होगा, चलकर पूछूं, कौन से गहने चाहते हैं। परिस्थिति की भयंकरता का अनुमान करके क्रोध की जगह उसके मन में भय का संचार हुआ। वह बड़ी तेजी से नीचे उतरीब उसे विश्वास था, वह नीचे बैठे हुए इंतजार कर रहे होंगे। कमरे में आई तो उनका पता न था। साइकिल रक्खी हुई थी, तुरंत दरवाजे से झांका। सड़क पर भी नहीं। कहाँ चले गए? लड़के दोनों पढ़ने स्कूल गए थे, किसको भेजे कि जाकर उन्हें बुला लाए। उसके

हृदय में एक अज्ञात संशय अंकुरित हुआ। फौरन ऊपर गई, गले का हार और हाथ का कंगन उतारकर रूमाल में बांध, फिर नीचे उतरी, सड़क पर आकर एक तांगा लिया, और कोचवान से बोली, चुंगी कचहरी चलो। वह पछता रही थी कि मैं इतनी देर बैठी क्यों रही। क्यों न गहने उतारकर तुरंत दे दिए। रास्ते में वह दोनों तरफ बड़े ध्यान से देखती जाती थी। क्या इतनी जल्द इतनी दूर निकल आए? शायद देर हो जाने के कारण वह भी आज तांगे ही पर गए हैं, नहीं तो अब तक जरूर मिल गए होते। तांगे वाले से बोली, 'क्यों जी, अभी तुमने किसी बाबूजी को तांगे पर जाते देखा?'

तांगे वाले ने कहा, 'हाँ माईजी, एक बाबू अभी इधर ही से गए हैं।'

जालपा को कुछ ढाढ़स हुआ, रमा के पहुँचते-पहुँचते वह भी पहुँच जाएगी। कोचवान से बार-बार घोड़ा तेज करने को कहती। जब वह दफ्तर पहुँची, तो ग्यारह बज गए थे। कचहरी में सैकड़ों आदमी इधर-उधर दौड़ रहे थे। किससे पूछे? न जाने वह कहाँ बैठते हैं। सहसा एक चपरासी दिखलाई दिया जालपा ने उसे बुलाकर कहा, सुनो जी, जरा बाबू रमानाथ को तो बुला लाओ।

चपरासी बोला,उन्हीं को बुलाने तो जा रहा हूँ। बड़े बाबू ने भेजा है। आप क्या उनके घर ही से आई हैं?

जालपा-'हाँ, मैं तो घर ही से आ रही हूँ। अभी दस मिनट हुए वह घर से चले हैं।

चपरासी-'यहाँ तो नहीं आए।'

जालपा बड़े असमंजस में पड़ी। वह यहाँ भी नहीं आए, रास्ते में भी नहीं मिले, तो फिर गए कहाँ? उसका दिल बांसों उछलने लगा। आँखें भर-भर आने लगीं। वहाँ बड़े बाबू के सिवा वह और किसी को न जानती थी। उनसे बोलने का अवसर कभी न पड़ा था, पर इस समय उसका संकोच गायब हो गया, भय के सामने मन के और सभी भाव दब जाते हैं। चपरासी से बोली, जरा बड़े बाबू से कह दो-नहीं चलो, मैं ही चलती हूँ। बड़े बाबू से कुछ बातें करनी हैं। जालपा का ठाठ-बाट और रंग-ढंग देखकर चपरासी रोब में आ गया, उल्टे पांव बड़े बाबू के कमरे की ओर चला। जालपा उसके पीछे-पीछे हो ली। बड़े बाबू खबर पाते ही तुरंत बाहर निकल आए।

जालपा ने कदम आगे बढ़ाकर कहा, 'क्षमा कीजिए, बाबू साहब, आपको कष्ट हुआ। वह पंद्रह-बीस मिनट हुए घर से चले, क्या अभी तक यहाँ नहीं आए?'

रमेश-'अच्छा आप मिसेज रमानाथ हैं। अभी तो यहाँ नहीं आए। मगर दफ्तर के वक्त सैर-सपाटे करने की तो उसकी आदत न थी।'

जालपा ने चपरासी की ओर ताकते हुए कहा, 'मैं आपसे कुछ अर्ज करना चाहती हूँ।'

रमेश–'तो चलो अंदर बैठो, यहाँ कब तक खड़ी रहोगी। मुझे आश्चर्य है कि वह गए कहाँ! कहीं बैठे शतरंज खेल रहे होंगे।

जालपा–'नहीं बाबूजी, मुझे ऐसा भय हो रहा है कि वह कहीं और न चले गए हों। अभी दस मिनट हुए, उन्होंने मेरे नाम एक पुरजा लिखा था। (जेब से टटोल कर) जी हाँ, देखिए वह पुरजा मौजूद है। आप उन पर कृपा रखते हैं, तो कोई परदा नहीं। उनके जिम्मे कुछ सरकारी रूपये तो नहीं निकलते!' रमेश ने चकित होकर कहा, 'क्यों, उन्होंने तुमसे कुछ नहीं कहा?'

जालपा–'कुछ नहीं। इस विषय में कभी एक शब्द भी नहीं कहा!

रमेश–'कुछ समझ में नहीं आता। आज उन्हें तीन सौ रूपये जमा करना है। परसों की आमदनी उन्होंने जमा नहीं की थी? नोट थे, जेब में डालकर चल दिए। बाजार में किसी ने नोट निकाल लिए। (मुस्कराकर) किसी और देवी की पूजा तो नहीं करते?'

जालपा का मुख लज्जा से नत हो गया बोली, अगर यह ऐब होता, तो आप भी उस इलजाम से न बचते। जेब से किसी ने निकाल लिए होंगे। मारे शर्म के मुझसे कहा न होगा। मुझसे जरा भी कहा होता, तो तुरंत रूपये निकालकर दे देती, इसमें बात ही क्या थी।'

रमेश बाबू ने अविश्वास के भाव से पूछा, 'क्या घर में रूपये हैं?' जालपा ने निशंक होकर कहा, 'तीन सौ चाहिए न, मैं अभी लिये आती हं।

रमेश–'अगर वह घर पर आ गए हों, तो भेज देना।

जालपा आकर तांगे पर बैठी और कोचवान से चौक चलने को कहा उसने अपना हार बेच डालने का निश्चय कर लिया यों उसकी कई सहेलियां थीं, जिनसे उसे रूपये मिल सकते थे। स्त्रियों में बड़ा स्नेह होता है। पुरूषों की भांति उनकी मित्रता केवल पान? बीड़ो तक ही समाप्त नहीं हो जाती, मगर अवसर नहीं था। सर्राफे में पहुँचकर वह सोचने लगी, किस दुकान पर जाऊँ। भय हो रहा था, कहीं ठगी न जाऊँ। इस सिरे से उस सिरे तक चक्कर लगा आई, किसी दुकान पर जाने की हिम्मत न पड़ी। उधार वक्त भी निकला जाता था। आखिर एक दुकान पर एक बूढ़े सर्राफ को देखकर उसका संकोच कुछ कम हआ। सर्राफ बड़ा घाघ था, जालपा की झिझक और हिचक देखकर समझ गया, अच्छा शिकार फँसा। जालपा ने हार दिखाकर कहा, आप इसे ले सकते हैं?'

सर्राफ ने हार को इधर-उधर देखकर कहा, 'मुझे चार पैसे की गुंजाइश होगी, तो क्यों न ले लूंगा। माल चोखा नहीं है।'

जालपा-'तुम्हें लेना है, इसलिए माल चोखा नहीं है, बेचना होता, तो चोखा होता। कितने में लोगे?'

सर्राफ-'आप ही कह दीजिए।'

सर्राफ ने साढ़े तीन सौ दाम लगाए, और बढ़ते-बढ़ते चार सौ तक पहुँचा। जालपा को देर हो रही थी, रूपये लिये और चल खड़ी हुई। जिस हार को उसने इतने चाव से खरीदा था, जिसकी लालसा उसे बाल्यकाल ही में उत्पन्न हो गई थी, उसे आज आधे दामों बेचकर उसे जरा भी दुःख नहीं हुआ, बल्कि गर्वमय हर्ष का अनुभव हो रहा था। जिस वक्त रमा को मालूम होगा कि उसने रूपये दे दिए हैं, उन्हें कितना आनंद होगा। कहीं दफ्तर पहुँच गए हों तो बड़ा मजा हो। यह सोचती हुई वह फिर दफ्तर पहुँची। रमेश बाबू उसे देखते हुए बोले, 'क्या हुआ, घर पर मिले?'

जालपा-'क्या अभी तक यहाँ नहीं आए? घर तो नहीं गए। यह कहते हुए उसने नोटों का पुलिंदा रमेश बाबू की तरफ बढ़ा दिया रमेश बाबू नोटों को गिनकर बोले,-ठीक है, मगर वह अब तक कहाँ हैं। अगर न आना था, तो एक खत लिख देते। मैं तो बड़े संकट में पड़ा हुआ था। तुम बड़े वक्त से आ गई। इस वक्त तुम्हारी सूझ-बूझ देखकर जी खुश हो गया यही सच्ची देवियों का धर्म है।'

जालपा फिर तांगे पर बैठकर घर चली तो उसे मालूम हो रहा था, मैं कुछ ऊंची हो गई हूँ। शरीर में एक विचित्र स्फूर्ति दौड़ रही थी। उसे विश्वास था, वह आकर चिंतित बैठे होंगे। वह जाकर पहले उन्हें खूब आड़े हाथों लेगी, और खूब लज्जित करने के बाद यह हाल कहेगी, लेकिन जब घर में पहुँची तो रमानाथ का कहीं पता न था।

जागेश्वरी ने पूछा, 'कहाँ चली गई थीं इस धूप में?'

जालपा-'एक काम से चली गई थी। आज उन्होंने भोजन नहीं किया, न जाने कहाँ चले गए।'

जागेश्वरी-दफ्तर गए होंगे।'

जालपा-'नहीं, दफ्तर नहीं गए। वहाँ से एक चपरासी पूछने आया था।

यह कहती हुई वह ऊपर चली गई, बचे हुए रूपये संदूक में रखे और पंखा झलने लगी। मारे गरमी के देह फुंकी जा रही थी, लेकिन कान द्वार की ओर लगे थे। अभी तक उसे इसकी जरा भी शंका न थी कि रमा ने विदेश की राह ली है।

चार बजे तक तो जालपा को विशेष चिंता न हुई लेकिन ज्यों-ज्यों दिन ढलने लगा, उसकी चिंता बढ़ने लगी। आखिर वह सबसे ऊंची छत पर चढ़ गई, हालांकि

उसके जीर्ण होने के कारण कोई ऊपर नहीं आता था, और वहाँ चारों तरफ नजर दौडाई, लेकिन रमा किसी तरफ से आता दिखाई न दिया जब संध्या हो गई और रमा घर न आया, तो जालपा का जी घबराने लगा। कहाँ चले गए? वह दफ्तर से घर आए बिना कहीं बाहर न जाते थे। अगर किसी मित्र के घर होते, तो क्या अब तक न लौटते? मालूम नहीं, जेब में कुछ है भी या नहीं। बेचारे दिनभर से न मालूम कहाँ भटक रहे होंगे। वह फिर पछताने लगी कि उनका पत्र पढ़ते ही उसने क्यों न हार निकालकर दे दिया क्यों दुविधा में पड़ गई। बेचारे शर्म के मारे घर न आते होंगे। कहाँ जाय? किससे पूछे?

चिराग जल गए, तो उससे न रहा गया सोचा, शायद रतन से कुछ पता चले। उसके बंगले पर गई तो मालूम हुआ, आज तो वह इधर आए ही नहीं। जालपा ने उन सभी पार्कों और मैदानों को छान डाला, जहाँ रमा के साथ वह बहुधा घूमने आया करती थी, और नौ बजते-बजते निराश लौट आई। अब तक उसने अपने आंसुओं को रोका था, लेकिन घर में कदम रखते ही जब उसे मालूम हो गया कि अब तक वह नहीं आए, तो वह हताश होकर बैठ गई। उसकी यह शंका अब दृढ़ हो गई कि वह जरूर कहीं चले गए। फिर भी कुछ आशा थी कि शायद मेरे पीछे आए हों और फिर चले गए हों। जाकर जागेश्वरी से पूछा, 'वह घर आए थे, अम्माँजी?'

जागेश्वरी-'यार-दोस्तों में बैठे कहीं गपशप कर रहे होंगे। घर तो सराय है। दस बजे घर से निकले थे, अभी तक पता नहीं।'

जालपा-'दफ्तर से घर आकर तब वह कहीं जाते थे। आज तो आए नहीं। कहिए तो गोपी बाबू को भेज दूं। जाकर देखें, कहाँ रह गए।'

जागेश्वरी-'लड़के इस वक्त कहाँ देखने जाएँगे। उनका क्या ठीक है। थोड़ी देर और देख लो, फिर खाना उठाकर रख देना। कोई कहाँ तक इंतजार करे।'

जालपा ने इसका कुछ जवाब न दिया दफ्तर की कोई बात उनसे न कही। जागेश्वरी सुनकर घबड़ा जाती, और उसी वक्त रोना-पीटना मच जाता। वह ऊपर जाकर लेट गई और अपने भाग्य पर रोने लगी। रह-रहकर चित्त ऐसा विकल होने लगा, मानो कलेजे में शूल उठ रहा हो बार-बार सोचती, अगर रातभर न आए तो कल क्या करना होगा? जब तक कुछ पता न चले कि वह किधर गए, तब तक कोई जाय तो कहाँ जाय! आज उसके मन ने पहली बार स्वीकार किया कि यह सब उसी की करनी का फल है। यह सच है कि उसने कभी आभूषणों के लिए आग्रह नहीं किया– लेकिन उसने कभी स्पष्ट रूप से मना भी तो नहीं किया अगर गहने चोरी जाने के बाद इतनी अधीर न हो गई होती, तो आज यह दिन क्यों आता। मन की

इस दुर्बल अवस्था में जालपा अपने भार से अधिक भाग अपने ऊपर लेने लगी। वह जानती थी, रमा रिश्वत लेता है, नोच-खसोटकर रूपये लाता है। फिर भी कभी उसने मना नहीं किया उसने खुद क्यों अपनी कमली के बाहर पांव फैलाया-क्यों उसे रोज सैर-सपाटे की सूझती थी? उपहारों को ले-लेकर वह क्यों फूली न समाती थी? इस जिम्मेदारी को भी इस वक्त जालपा अपने ही ऊपर ले रही थी। रमानाथ ने प्रेम के वश होकर उसे प्रसन्न करने के लिए ही तो सब कुछ करते थे। युवकों का यही स्वभाव है। फिर उसने उनकी रक्षा के लिए क्या किया क्यों उसे यह समझ न आई कि आमदनी से ज्यादा खर्च करने का दंड एक दिन भोगना पड़ेगा। अब उसे ऐसी कितनी ही बातें याद आ रही थीं, जिनसे उसे रमा के मन की विकलता का परिचय पा जाना चाहिए था, पर उसने कभी उन बातों की ओर ध्यान न दिया।

जालपा इन्हीं चिंताओं में डूबी हुई न जाने कब तक बैठी रही। जब चौकीदारों की सीटियों की आवाज उसके कानों में आई, तो वह नीचे जाकर जागेश्वरी से बोली, 'वह तो अब तक नहीं आए। आप चलकर भोजन कर लीजिए।'

जागेश्वरी बैठे-बैठे झपकियां ले रही थी। चौंककर बोली, 'कहाँ चले गए थे?'

जालपा-'वह तो अब तक नहीं आए।'

जागेश्वरी-'अब तक नहीं आए? आधी रात तो हो गई होगी। जाते वक्त तुमसे कुछ कहा भी नहीं?'

जालपा-'कुछ नहीं।' जागेश्वरी-'तुमने तो कुछ नहीं कहा?'

जालपा-'मैं भला क्यों कहती।'

जागेश्वरी-'तो मैं लालाजी को जगाऊं?'

जालपा-'इस वक्त जगाकर क्या कीजिएगा? आप चलकर कुछ खा लीजिए न।'

जागेश्वरी-मुझसे अब कुछ न खाया जायगा। ऐसा मनमौजी लड़का है कि कुछ कहा न सुना, न जाने कहाँ जाकर बैठ रहा कम-से-कम कहला तो देता कि मैं इस वक्त न आऊँगा।'

जागेश्वरी फिर लेट रही, मगर जालपा उसी तरह बैठी रही। यहाँ तक कि सारी रात गुजर गई, पहाड़-सी रात जिसका एक-एक पल एक-एक वर्ष के समान कट रहा था।

तेईस

एक सप्ताह हो गया, रमा का कहीं पता नहीं। कोई कुछ कहता है, कोई कुछ। बेचारे रमेश बाबू दिन में कई-कई बार आकर पूछ जाते हैं। तरह-तरह के अनुमान हो रहे हैं। केवल इतना ही पता चलता है कि रमानाथ ग्यारह बजे रेलवे स्टेशन की ओर गए थे। मुंशी दयानाथ का ख्याल है, यद्यपि वे इसे स्पष्ट रूप से प्रकट नहीं करते कि रमा ने आत्महत्या कर ली। ऐसी दशा में यही होता है। इसकी कई मिसालें उन्होंने खुद आँखों से देखी हैं। सास और ससुर दोनों ही जालपा पर सारा इलजाम थोप रहे हैं। साफ-साफ कह रहे हैं कि इसी के कारण उसके प्राण गए। इसने उसका नाकों दम कर दिया पूछो, थोड़ी-सी तो आपकी आमदनी, फिर तुम्हें रोज सैर-सपाटे और दावत-तवाजे की क्यों सूझती थी। जालपा पर किसी को दया नहीं आती। कोई उसके आंसू नहीं पोंछता। केवल रमेश बाबू उसकी तत्परता और सदबुद्धि की प्रशंसा करते हैं, लेकिन मुंशी दयानाथ की आँखों में उस कृत्य का कुछ मूल्य नहीं। आग लगाकर पानी लेकर दौड़ने से कोई निर्दोष नहीं हो जाता!

एक दिन दयानाथ वाचनालय से लौटे, तो मुँह लटका हुआ था। एक तो उनकी सूरत यों ही मुहर्रमी थी, उस पर मुँह लटका लेते थे तो कोई बच्चा भी कह सकता था कि इनका मिजाज बिगडा हुआ है।

जागेश्वरी ने पूछा, 'क्या है, किसी से कहीं बहस हो गई क्या?

दयानाथ-'नहीं जी, इन तकाजों के मारे हैरान हो गया जिधर जाओ, उधर लोग नोचने दौड़ते हैं, न जाने कितना कर्ज ले रक्खा है। आज तो मैंने साफ कह दिया, मैं कुछ नहीं जानता। मैं किसी का देनदार नहीं हूँ। जाकर मेमसाहब से माँगो।

इसी वक्त जालपा आ पड़ी। ये शब्द उसके कानों में पड़ गए। इन सात दिनों में उसकी सूरत ऐसी बदल गई थी कि पहचानी न जाती थी। रोते-रोते आँखें सूज आई थीं। ससुर के ये कठोर शब्द सुनकर तिलमिला उठी, बोली, 'जी हाँ। आप उन्हें सीधे मेरे पास भेज दीजिए, मैं उन्हें या तो समझा दूँगी, या उनके दाम चुका दूँगी।'

दयानाथ ने तीखे होकर कहा, 'क्या दे दोगी तुम, हजारों का हिसाब है, सात सौ तो एक ही सर्राफ के हैं। अभी कै पैसे दिए हैं तुमने?'

जालपा-'उसके गहने मौजूद हैं, केवल दो-चार बार पहने गए हैं। वह आए तो मेरे पास भेज दीजिए। मैं उसकी चीजें वापस कर दूँगी। बहुत होगा, दस पाँच रूपये तावान के ले लेगा।'

यह कहती हुई वह ऊपर जा रही थी कि रतन आ गई और उसे गले से लगाती हुई बोली, 'क्या अब तक कुछ पता नहीं चला?' जालपा को इन शब्दों में स्नेह और सहानुभूति का एक सागर उमड़ता हुआ जान पड़ा। यह गैर होकर इतनी चिंतित है, और यहाँ अपने ही सास और ससुर हाथ धोकर पीछे पड़े हुए हैं। इन अपनों से गैर ही अच्छे। आँखों में आंसू भरकर बोली, 'अभी तो कुछ पता नहीं चला बहन!'

रतन–'यह बात क्या हुई, कुछ तुमसे तो कहा–सुनी नहीं हुई?

जालपा–'जरा भी नहीं, कसम खाती हूँ। उन्होंने नोटों के खो जाने का मुझसे जिक्र ही नहीं किया अगर इशारा भी कर देते, तो मैं रूपये दे देती। जब वह दोपहर तक नहीं आए और मैं खोजती हुई दफ्तर गई, तब मुझे मालूम हुआ, कुछ नोट खो गए हैं। उसी वक्त जाकर मैंने रूपये जमा कर दिए।

रतन–'मैं तो समझती हूँ, किसी से आँखें लड़ गई। दस–पाँच दिन में आप पता लग जायगा। यह बात सच न निकले, तो जो कहो दूं।'

जालपा ने हकबकाकर पूछा, 'क्या तुमने कुछ सुना है?'

रतन–'नहीं, सुना तो नहीं पर मेरा अनुमान है।'

जालपा–'नहीं रतन–'मैं इस पर जरा भी विश्वास नहीं करती। यह बुराई उनमें नहीं है, और चाहे जितनी बुराइयाँ हों। मुझे उन पर संदेह करने का कोई कारण नहीं है।'

रतन ने हँसकर कहा,'इस कला में ये लोग निपुण होते हैं। तुम बेचारी क्या जानो!'

जालपा दृढ़ता से बोली, 'अगर वह इस कला में निपुण होते हैं, तो हम भी हृदय को परखने में कम निपुण नहीं होतीं। मैं इसे नहीं मान सकती। अगर वह मेरे स्वामी थे, तो मैं भी उनकी स्वामिनी थी।'

रतन–'अच्छा चलो, कहीं घूमने चलती हो? चलो, तुम्हें कहीं घुमा लावें।'

जालपा–'नहीं, इस वक्त तो मुझे फुरसत नहीं है। फिर घरवाले यों ही प्राण लेने पर तुले हुए हैं, तब तो जीता ही न छोड़ेंगे। किधर जाने का विचार है?'

रतन–'कहीं नहीं, जरा बाजार तक जाना था।' जालपा–क्या लेना है?

रतन–'जौहरियों की दुकान पर एक–दो चीज देखूंगी। बस, मैं तुम्हारा जैसा कंगन चाहती हूँ। बाबूजी ने भी कई महीने के बाद रूपये लौटा दिए। अब खुद तलाश करूंगी।' जालपा–मेरे कंगन में ऐसे कौन से रूप लगे हैं। बाजार में उससे बहुत अच्छे मिल सकते हैं।

रतन–'मैं तो उसी नमूने का चाहती हूँ।'

जालपा–'उस नमूने का तो बना-बनाया मुश्किल से मिलेगा, और बनवाने में महीनों का झंझट। अगर सब न आता हो, तो मेरा ही कंगन ले लो, मैं फिर बनवा लूंगी।'

रतन ने उछलकर कहा, 'वाह, तुम अपना कंगन दे दो, तो क्या कहना है!मूसलों ढोल बजाऊँ! छः सौ का था

जालपा–'हाँ, था तो छः सौ का, मगर महीनों सर्राफ की दुकान की खाक छाननी पड़ी थी। जड़ाई तो खुद बैठकर करवाई थी। तुम्हारे खातिर दे दूँगी। जालपा ने कंगन निकालकर रतन के हाथों में पहना दिए। रतन के मुख पर एक विचित्र गौरव का आभास हुआ, मानो किसी कंगाल को पारस मिल गया हो यही आत्मिक आनंद की चरम सीमा है। कृतज्ञता से भरे हुए स्वर से बोली,

तुम जितना कहो, उतना देने को तैयार हूँ। तुम्हें दबाना नहीं चाहती। तुम्हारे लिए यही क्या कम है कि तुमने इसे मुझे दे दिया मगर एक बात है। अभी मैं सब रूपये न दे सकूँगी, अगर दो सौ रूपये फिर दे दूं तो कुछ हरज है?'

जालपा ने साहसपूर्वक कहा, 'कोई हरज नहीं, जी चाहे कुछ भी मत दो।'

रतन–'नहीं, इस वक्त मेरे पास चार सौ रूपये हैं, मैं दिए जाती हूँ। मेरे पास रहेंगे तो किसी दूसरी जगह खर्च हो जाएँगे। मेरे हाथ में तो रूपये टिकते ही नहीं, करूं क्या जब तक खर्च न हो जाएँ, मुझे एक चिंता-सी लगी रहती है, जैसे सिर पर कोई बोझ सवार हो। जालपा ने कंगन की डिबिया उसे देने के लिए निकाली तो उसका दिल मसोस उठा। उसकी कलाई पर यह कंगन देखकर रमा कितना खुश होता था।'

आज वह होता तो क्या यह चीज इस तरह जालपा के हाथ से निकल जाती! फिर कौन जाने कंगन पहनना उसे नसीब भी होगा या नहीं। उसने बहुत जब्त किया, पर आंसू निकल ही आए।

रतन उसके आंसू देखकर बोली, 'इस वक्त रहने दो बहन, फिर ले लूंगी, जल्दी ही क्या है।'

जालपा ने उसकी ओर बक्स को बढ़ाकर कहा, 'क्यों, क्या मेरे आंसू देखकर? तुम्हारी खातिर से दे रही हूँ, नहीं यह मुझे प्राणों से भी प्रिय था। तुम्हारे पास इसे देखूंगी, तो मुझे तसकीन होती रहेगी। किसी दूसरे को मत देना, इतनी दया करना।

रतन–'किसी दूसरे को क्यों देने लगी। इसे तुम्हारी निशानी समझूगी। आज बहुत दिन के बाद मेरे मन की अभिलाषा पूरी हुई। केवल दुःख इतना ही है, कि बाबूजी अब नहीं हैं। मेरा मन कहता है कि वे जल्दी ही आएंगे। वे मारे शर्म के चले

गए हैं, और कोई बात नहीं। वकील साहब को भी यह सुनकर बड़ा दुःख हुआ। लोग कहते हैं, वकीलों का हृदय कठोर होता है, मगर इनको तो मैं देखती हूँ, जरा भी किसी की विपत्ति सुनी और तड़प उठे।'

जालपा ने मुस्कराकर कहा, 'बहन, एक बात पूछूं, बुरा तो न मानोगी? वकील साहब से तुम्हारा दिल तो न मिलता होगा।'

रतन का विनोद-रंजित, प्रसन्न मुख एक क्षण के लिए मलिन हो उठा। मानो किसी ने उसे उस चिर-स्नेह की याद दिला दी हो, जिसके नाम को वह बहुत पहले रो चुकी थी। बोली, 'मुझे तो कभी यह ख्याल भी नहीं आया बहन कि मैं युवती हूँ और वे बूढ़े। हैं। मेरे हृदय में जितना प्रेम, जितना अनुराग है, वह सब मैंने उनके ऊपर अर्पण कर दिया अनुराग, यौवन या रूप या धन से नहीं उत्पन्न होता। अनुराग अनुराग से उत्पन्न होता है। मेरे ही कारण वे इस अवस्था में इतना परिश्रम कर रहे हैं, और दूसरा है ही कौन। क्या यह छोटी बात है? कल कहीं चलोगी? कहो तो शाम को आऊँ?'

जालपा-'जाऊँगी तो मैं कहीं नहीं, मगर तुम आना जरूर। दो घड़ी दिल बहलेगा। कुछ अच्छा नहीं लगता। मन डाल-डाल दौड़ता-फिरता है। समझ में नहीं आता, मुझसे इतना संकोच क्यों किया-यह भी मेरा ही दोष है। मुझमें जरूर उन्होंने कोई ऐसी बात देखी होगी, जिसके कारण मुझसे परदा करना उन्हें जरूरी मालूम हुआ। मुझे यही दुःख है कि मैं उनका सच्चा स्नेह न पा सकी। जिससे प्रेम होता है, उससे हम कोई भेद नहीं रखते।'

रतन उठकर चली, तो जालपा ने देखा,कंगन का बक्स मेज पर पड़ा हुआ है। बोली, 'इसे लेती जाओ बहन, यहाँ क्यों छोड़े जाती हो।'

रतन-'ले जाऊँगी, अभी क्या जल्दी पड़ी है। अभी पूरे रूपये भी तो नहीं दिए!'

जालपा-'नहीं, नहीं, लेती जाओ। मैं न मानूंगी।'

मगर रतन सीढ़ी से नीचे उतर गई। जालपा हाथ में कंगन लिये खड़ी रही। थोड़ी देर बाद जालपा ने संदूक से पाँच सौ रूपये निकाले और दयानाथ के पास जाकर बोली,यह रूपये लीजिए, नारायणदास के पास भिजवा दीजिए। बाकी रूपये भी मैं जल्द ही दे दूँगी। दयानाथ ने झेंपकर कहा, 'रूपये कहाँ मिल गए?' जालपा ने निसंकोच होकर कहा, 'रतन के हाथ कंगन बेच दिया' दयानाथ उसका मुँह ताकने लगे।

चौबीस

एक महीना गुजर गया प्रयाग के सबसे अधिक छपने वाले दैनिक पत्र में एक नोटिस निकल रहा है, जिसमें रमानाथ के घर लौट आने की प्रेरणा दी गई है, और उसका पता लगा लेने वाले आदमी को पाँच सौ रूपये इनाम देने का वचन दिया गया है, मगर अभी कहीं से कोई खबर नहीं आई। जालपा चिंता और दु:ख से घुलती चली जाती है। उसकी दशा देखकर दयानाथ को भी उस पर दया आने लगी है। आखिर एक दिन उन्होंने दीनदयाल को लिखा, 'आप आकर बहू को कुछ दिनों के लिए ले जाइए। दीनदयाल यह समाचार पाते ही घबड़ाए हुए आए, पर जालपा ने मैके जाने से इंकार कर दिया दीनदयाल ने विस्मित होकर कहा, 'क्या यहाँ पड़े-पड़े प्राण देने का विचार है?'

जालपा ने गंभीर स्वर में कहा, 'अगर प्राणों को इसी भांति जाना होगा, तो कौन रोक सकता है। मैं अभी नहीं मरने की दादाजी, सच मानिए। अभागिनों के लिए वहाँ भी जगह नहीं है।'

दीनदयाल, 'आखिर चलने में हरज ही क्या है। शहजादी और बासन्ती दोनों आई हुई हैं। उनके साथ हँस-बोलकर जी बहलता रहेगा।

जालपा-'यहाँ लाला और अम्माँजी को अकेली छोड़कर जाने को मेरा जी नहीं चाहता। जब रोना ही लिखा है, तो रोऊंगी।'

दीनदयाल, यह बात क्या हुई, सुनते हैं कुछ कर्ज हो गया था, कोई कहता है, सरकारी रकम खा गए थे।'

जालपा-'जिसने आपसे यह कहा, उसने सरासर झूठ कहाँ'

दीनदयाल-'तो फिर क्यों चले गए?'

जालपा-'यह मैं बिलकुल नहीं जानती। मुझे बार-बार खुद यही शंका होती है।

दीनदयाल-'लाला दयानाथ से तो झगड़ा नहीं हुआ?'

जालपा-'लालाजी के सामने तो वह सिर तक नहीं उठाते, पान तक नहीं खाते, भला झगड़ा क्या करेंगे। उन्हें घूमने का शौक था। सोचा होगा, यों तो कोई जाने न देगा, चलो भाग चलें।'

दीनदयाल-'शायद ऐसा ही हो कुछ लोगों को इधर-उधर भटकने की सनक होती है। तुम्हें यहाँ जो कुछ तकलीफ हो, मुझसे साफ-साफ कह दो। खरच के लिए कुछ भेज दिया करूं?'

जालपा ने गर्व से कहा, 'मुझे कोई तकलीफ नहीं है, दादाजी! आपकी दया से किसी चीज की कमी नहीं है।'

दयानाथ और जागेश्वरी दोनों ने जालपा को समझाया, पर वह जाने पर राजी न हुई। तब दयानाथ झुंझलाकर बोले, 'यहाँ दिन-भर पड़े-पड़े रोने से तो अच्छा है।'

जालपा-क्या वह कोई दूसरी दुनिया है, या मैं वहाँ जाकर कुछ और हो जाऊँगी। और फिर रोने से क्यों डरूं, जब हँसना था, तब हँसती थी, जब रोना है, तो रोऊंगी। वह काले कोसों चले गए हों, पर मुझे तो हरदम यहीं बैठे दिखाई देते हैं। यहाँ वे स्वयं नहीं हैं, पर घर की एक-एक चीज में बसे हुए हैं। यहाँ से जाकर तो मैं निराशा से पागल हो जाऊँगी।

दीनदयाल समझ गए यह अभिमानिनी अपनी टेक न छोड़ेगी। उठकर बाहर चले गए। संध्या समय चलते वक्त उन्होंने पचास रूपये का एक नोट जालपा की तरफ बढ़ाकर कहा, 'इसे रख लो, शायद कोई जरूरत पड़े। जालपा ने सिर हिलाकर कहा, 'मुझे इसकी बिलकुल जरूरत नहीं है,

दादाजी, हाँ, इतना चाहती हूँ कि आप मुझे आशीर्वाद दें। संभव है, आपके आशीर्वाद से मेरा कल्याण हो।

दीनदयाल की आँखों में आंसू भर आए, नोट वहीं चारपाई पर रखकर बाहर चले आए।

क्वार का महीना लग चुका था। मेघ के जल-शून्य टुकड़े कभी-कभी आकाश में दौड़ते नजर आ जाते थे। जालपा छत पर लेटी हुई उन मेघ-खंडों की किलोलें देखा करती। चिंता-व्यथित प्राणियों के लिए इससे अधिक मनोरंजन की और वस्तु ही कौन है? बादल के टुकड़े भांति-भांति के रंग बदलते, भांति-भांति के रूप भरते, कभी आपस में प्रेम से मिल जाते, कभी रुठकर अलग-अलग हो जाते, कभी दौड़ने लगते, कभी ठिठक जाते। जालपा सोचती, रमानाथ भी कहीं बैठे यही मेघ-क्रीड़ा देखते होंगे। इस कल्पना में उसे विचित्र आनंद मिलता। किसी माली को अपने लगाए पौधों से, किसी बालक को अपने बनाए हुए घरौंदों से जितनी आत्मीयता होती है, कुछ वैसा ही अनुराग उसे उन आकाशगामी जीवों से होता था। विपत्ति में हमारा मन अंतर्मुखी हो जाता है। जालपा को अब यही शंका होती थी कि ईश्वर ने मेरे पापों का यह दंड दिया है। आखिर रमानाथ किसी का गला दबाकर ही तो रोज रूपये लाते थे। कोई खुशी से तो न दे देता।

यह रूपये देखकर वह कितनी खुश होती थी। इन्हीं रूपयों से तो नित्य शौक श्रृंगार की चीजें आती रहती थीं। उन वस्तुओं को देखकर अब उसका जी जलता था। यही सारे दुःखों की मूल हैं। इन्हीं के लिए तो उसके पति को विदेश जाना पड़ा।

वे चीजें उसकी आँखों में अब कांटों की तरह गड़ती थीं, उसके हृदय में शूल की तरह चुभती थीं।

आखिर एक दिन उसने इन चीजों को जमा किया, मखमली स्लीपर, रेशमी मोजे, तरह-तरह की बेलें, गीते, पिन, कंघियाँ, आईने, कोई कहाँ तक गिनाए। अच्छा-खासा एक ढेर हो गया वह इस ढेर को गंगा में डुबा देगी, और अब से एक नये जीवन का सा पात करेगी। इन्हीं वस्तुओं के पीछे, आज उसकी यह गति हो रही है। आज वह इस मायाजाल को नष्ट कर डालेगी। उनमें कितनी ही चीजें तो ऐसी सुंदर थीं कि उन्हें ढूंकते मोह आता था, मगर ग्लानि की उस प्रचंड ज्वाला को पानी के ये छींटे क्या बुझाते। आधी रात तक वह इन चीजों को उठा-उठाकर अलग रखती रही, मानो किसी यात्रा की तैयारी कर रही हो हाँ, यह वास्तव में यात्रा ही थी,अंध ेरे से उजाले की, मिथ्या से सत्य की। मन में सोच रही थी, अब यदि ईश्वर की दया हुई और वह फिर लौटकर घर आए, तो वह इस तरह रहेगी कि थोड़े-से-थोड़े में निर्वाह हो जाय। एक पैसा भी व्यर्थ न खर्च करेगी। अपनी मजदूरी के ऊपर एक कौड़ी भी घर में न आने देगी। आज से उसके नए जीवन का आरंभ होगा।

ज्योंही चार बजे, सड़क पर लोगों के आने-जाने की आहट मिलने लगी। जालपा ने बेग उठा लिया और गंगा-स्नान करने चली। बेग बहुत भारी था, हाथ में उसे लटकाकर दस कदम भी चलना कठिन हो गया। बार-बार हाथ बदलती थी। यह भय भी लगा हुआ था कि कोई देख न ले। बोझ लेकर चलने का उसे कभी अवसर न पड़ा था। इक्के वाले पुकारते थे, पर वह इधर कान न देती थी। यहाँ तक कि हाथ बेकाम हो गए, तो उसने बेग को पीठ पर रख लिया और कदम बढ़ाकर चलने लगी। लंबा घूंघट निकाल लिया था कि कोई पहचान न सके।

वह घाट के समीप पहुँची, तो प्रकाश हो गया था। सहसा उसने रतन को अपनी मोटर पर आते देखा। उसने चाहा, सिर झुकाकर मुँह छिपा ले, पर रतन ने दूर ही से पहचान लिया, मोटर रोककर बोली,कहाँ जा रही हो बहन, श्यह पीठ पर बेग कैसा है?'

जालपा ने घूंघट हटा लिया और निशंक होकर बोली, गंगा-स्नान करने जा रही हूँ।'

रतन-'मैं तो स्नान करके लौट आई, लेकिन चलो, तुम्हारे साथ चलती हूँ। तुम्हें घर पहुँचाकर लौट जाऊँगी। बेग रख दो।'

जालपा-नहीं-नहीं, यह भारी नहीं है। तुम जाओ, तुम्हें देर होगी। मैं चली जाऊँगी।'

मगर रतन ने न माना, कार से उतरकर उसके हाथ से बेग ले ही लिया

और कार में रखती हुई बोली, 'क्या भरा है तुमने इसमें, बहुत भारी है। खोलकर देखूं?'

जालपा-इसमें तुम्हारे देखने लायक कोई चीज नहीं है।'

बेग में ताला न लगा था। रतन ने खोलकर देखा, तो विस्मित होकर बोली, 'इन चीजों को कहाँ लिये जाती हो?'

जालपा ने कार पर बैठते हुए कहा, इन्हें गंगा में बहा दूँगी।'

रतन ने विस्मय में पड़कर कहा, 'गंगा में! कुछ पागल तो नहीं हो गई हो चलो, घर लौट चलो। बेग रखकर फिर आ जाना।'

जालपा ने दृढ़ता से कहा,नहीं रतन-'मैं इन चीजों को डुबाकर ही जाऊँगी।'

रतन-'आखिर क्यों?'

जालपा-'पहले कार को बढ़ाओ, फिर बताऊं।'

रतन-'नहीं, पहले बता दो।'

जालपा-'नहीं, यह न होगा। पहले कार को बढ़ाओ।'

रतन ने हारकर कार को बढ़ाया और बोली, अच्छा अब तो बताओगी?'

जालपा ने उलाहने के भाव से कहा, 'इतनी बात तो तुम्हें खुद ही समझ लेनी चाहिए थी। मुझसे क्या पूछती हो अब वे चीजें मेरे किस काम की हैं! इन्हें देख-देखकर मुझे दुःख होता है। जब देखने वाला ही न रहा, तो इन्हें रखकर क्या करूं?'

रतन ने एक लंबी सांस खींची और जालपा का हाथ पकड़कर कांपते हुए स्वर में बोली, 'बाबूजी के साथ तुम यह बहुत बड़ा अन्याय कर रही हो, बहन, वे कितनी उमंग से इन्हें लाए होंगे। तुम्हारे अंगों पर इनकी शोभा देखकर कितना प्रसन्न हुए होंगे। एक-एक चीज उनके प्रेम की एक-एक स्मृति है। उन्हें गंगा में बहाकर तुम उस प्रेम का घोर अनादर कर रही हो।' जालपा विचार में डूब गई। मन में संकल्प-विकल्प होने लगा, किंतु एक ही क्षण में वह फिर संभल गई, बोली, 'यह बात नहीं है। बहन! जब तक ये चीजें मेरी आँखों से दूर न हो जाएँगी, मेरा चित्त शांत न होगा। इसी विलासिता ने मेरी यह दुर्गति की है। यह मेरी विपत्ति की गठरी है, प्रेम की स्मृति नहीं। प्रेम तो मेरे ह्दय पर अंकित है।'

रतन-'तुम्हारा ह्दय बड़ा कठोर है। जालपा, मैं तो शायद ऐसा न कर सकती।'

जालपा-'लेकिन मैं तो इन्हें अपनी विपत्ति का मूल समझती हूँ।'

एक क्षण चुप रहने के बाद वह फिर बोली, 'उन्होंने मेरे साथ बड़ा अन्याय किया है, बहन! जो पुरूष अपनी स्त्री से कोई परदा रखता है, मैं समझती हूँ, वह उससे प्रेम नहीं करता। मैं उनकी जगह पर होती, तो यों तिलांजलि देकर न भागती।

अपने मन की सारी व्यथा कह सुनाती और जो कुछ करती, उनकी सलाह से करती। स्त्री और पुरूष में दुराव कैसा!'

रतन ने गंभीर मुस्कान के साथ कहा, 'ऐसे पुरूष तो बहुत कम होंगे, जो स्त्री से अपना दिल खोलते हों। जब तुम स्वयं दिल में चोर रखती हो, तो उनसे क्यों आशा रखती हो कि वे तुमसे कोई परदा न रक्खें। तुम ईमान से कह सकती हो कि तुमने उनसे परदा नहीं रक्खा?

जालपा ने सकुचाते हुए कहा, 'मैंने अपने मन में चोर नहीं रखा।'

रतन ने जोर देकर कहा, 'झूठ बोलती हो, बिलकुल झूठ, अगर तुमने विश्वास किया होता, तो वे भी खुलते।'

जालपा इस आक्षेप को अपने सिर से न टाल सकी। उसे आज ज्ञात हुआ कि कपट का आरंभ पहले उसी की ओर से हुआ। गंगा का तट आ पहुँचा। कार रूक गई। जालपा उतरी और बेग को उठाने लगी, किंतु रतन ने उसका हाथ हटाकर कहा, नहीं, मैं इसे न ले जाने दूँगी। समझ लो कि डूब गए। जालपा-'ऐसा कैसे समझ लूं।

रतन-'मुझ पर दया करो, बहन के नाते।'

जालपा-'बहन के नाते तुम्हारे पैर धो सकती हूँ, मगर इन कांटों को ह्रदय में नहीं रख सकती।' रतन ने भौंहें सिकोड़कर कहा, किसी तरह न मानोगी?'

जालपा ने स्थिर भाव से कहा, हाँ, किसी तरह नहीं।'

रतन ने विरक्त होकर मुँह उधर कर लिया। जालपा ने बेग उठा लिया और तेजी से घाट से उतरकर जल-तट तक पहुँच गई, फिर बेग को उठाकर पानी में फेंक दिया अपनी निर्बलता पर यह विजय पाकर उसका मुख प्रदीप्त हो गया। आज उसे जितना गर्व और आनंद हुआ, उतना इन चीजों को पाकर भी न हुआ था। उन असंख्य प्राणियों में जो इस समय स्नान ध्यान कर रहे थे, कदाचित किसी को अपने अंप्तःकरण में प्रकाश का ऐसा अनुभव न हुआ होगा। मानो प्रभात की सुनहरी ज्योति उसके रोम-रोम में व्याप्त हो रही है। जब वह स्नान करके ऊपर आई, तो रतन ने पूछा, 'डुबा दिया?'

जालपा-'हाँ।'

रतन-'बड़ी निठुर हो'

जालपा-'यही निठुरता मन पर विजय पाती है। अगर कुछ दिन पहले निठुर हो जाती, तो आज यह दिन क्यों आता। कार चल पड़ी।

पच्चीस

रमानाथ को कलकत्ता आए दो महीने के ऊपर हो गए हैं। वह अभी तक देवीदीन के घर पड़ा हुआ है। उसे हमेशा यही धुन सवार रहती है कि रूपये कहाँ से आवे, तरह-तरह के मंसूबे बांधता है, भांति-भांति की कल्पनाएं करता है, पर घर से बाहर नहीं निकलता। हाँ, जब खूब अंधेरा हो जाता है, तो वह एक बार मुहल्ले के वाचनालय में जरूर जाता है। अपने नगर और प्रांत के समाचारों के लिए उसका मन सदैव उत्सुक रहता है। उसने वह नोटिस देखी, जो दयानाथ ने पत्रों में छपवाई थी, पर उस पर विश्वास न आया कौन जाने, पुलिस ने उसे गिरफ्तार करने के लिए माया रची हो। रूपये भला किसने चुकाए होंगे? असंभव... एक दिन उसी पत्र में रमानाथ को जालपा का एक खत छपा मिला, जालपा ने आग्रह और याचना से भरे हुए शब्दों में उसे घर लौट आने की प्रेरणा की थी। उसने लिखा था,तुम्हारे जिम्मे किसी का कुछ बाकी नहीं है, कोई तुमसे कुछ न कहेगा। रमा का मन चंचल हो उठा, लेकिन तुरंत ही उसे ख्याल आया, यह भी पुलिस की शरारत होगी। जालपा ने यह पत्र लिखा, इसका क्या प्रमाण है? अगर यह भी मान लिया जाय कि रूपये घरवालों ने अदा कर दिए होंगे, तो क्या इस दशा में भी वह घर जा सकता है। शहर भर में उसकी बदनामी हो ही गई होगी, पुलिस में इत्तला की ही जा चुकी होगी। उसने निश्चय किया कि मैं नहीं जाऊँगा। जब तक कम-से-कम पाँच हजार रूपये हाथ में न हो जायंगे, घर जाने का नाम न लूंगा। और रूपये नहीं दिए गए, पुलिस मेरी खोज में है, तो कभी घर न जाऊँगा। कभी नहीं।

देवीदीन के घर में दो कोठरियाँ थीं और सामने एक बरामदा था। बरामदे में दुकान थी, एक कोठरी में खाना बनता था, दूसरी कोठरी में बरतन-भांड़े रक्खे हुए थे। ऊपर एक कोठरी थी और छोटी-सी खुली हुई छत' रमा इसी ऊपर के हिस्से में रहता था। देवीदीन के रहने, सोने, बैठने का कोई विशेष स्थान न था। रात को दुकान बढ़ाने के बाद वही बरामदा शयनगृह बन जाता था। दोनों वहीं पड़े रहते थे। देवीदीन का काम चिलम पीना और दिनभर गप्पें लड़ाना था।

दुकान का सारा काम बुढ़िया करती थी। मंडी जाकर माल लाना, स्टेशन से माल भेजना या लेना, यह सब भी वही कर लेती थी। देवीदीन ग्राहकों को पहचानता तक न था। थोड़ी-सी हिंदी जानता था। बैठा-बैठा रामायण, तोता-मैना, रामलीला या माता मरियम की कहानी पढ़ा करता। जब से रमा आ गया है, बुडढे को अंग्रेजी पढ़ने का शौक हो गया है। सबेरे ही प्राइमर लाकर बैठ जाता है, और नौ-दस बजे

तक अक्षर पढ़ता रहता है। बीच-बीच में लतीफे भी होते जाते हैं, जिनका देवीदीन के पास अखंड भंडार है। मगर जग्गो को रमा का आसन जमाना अच्छा नहीं लगता। वह उसे अपना मुनीम तो बनाए हुए है, हिसाब-किताब उसी से लिखवाती है, पर इतने से काम के लिए वह एक आदमी रखना व्यर्थ समझती है। यह काम तो वह ग्राहकों से यों ही करा लेती थी। उसे रमा का रहना खलता था, पर रमा इतना विनम्र, इतना सेवा-तत्पर, इतना धर्मनिष्ठ है कि वह स्पष्ट रूप से कोई आपत्ति नहीं कर सकती। हाँ, दूसरों पर रखकर श्लेष रूप से उसे सुना-सुनाकर दिल का गुबार निकालती रहती है। रमा ने अपने को ब्राह्मण कह रक्खा है और उसी धर्म का पालन करता है। ब्राह्मण और धर्मनिष्ठ बनकर वह दोनों प्राणियों का श्रद्धापात्र बन सकता है। बुढ़िया के भाव और व्यवहार को वह खूब समझता है, पर करे क्या? बेहयाई करने पर मजबूर है। परिस्थिति ने उसके आत्मसम्मान का अपहरण कर डाला है। एक दिन रमानाथ वाचनालय में बैठा हुआ पत्र पढ़रहा था कि एकाएक उसे रतन दिखाई पड़ गई। उसके अंदाज से मालूम होता था कि वह किसी को खोज रही है। बीसों आदमी बैठे पुस्तकें और पत्र पढ़ रहे थे। रमा की छाती धकधक करने लगी। वह रतन की आँखें बचाकर सिर झुकाए हुए कमरे से निकल गया और पीछे के अंध ेरे बरामदे में, जहाँ पुराने टूटे फटे संदूक और कुर्सियाँ पड़ी हुई थीं, छिपा खड़ा रहा रतन से मिलने और घर के समाचार पूछने के लिए उसकी आत्मा तड़प रही थी पर मारे संकोच के सामने न आ सकता था। आह! कितनी बातें पूछने की थीं! पर उनमें मुख्य यही थी कि जालपा के विचार उसके विषय में क्या हैं। उसकी निष्ठुरता पर रोती तो नहीं है। उसकी उइंडता पर क्षुब्ध तो नहीं है? उसे धूर्त और बेईमान तो नहीं समझ रही है? दुबली तो नहीं हो गई है? और लोगों के क्या भाव हैं? क्या घर की तलाशी हुई? मुकदमा चला? ऐसी ही हजारों बातें जानने के लिए वह विकल हो रहा था, पर मुँह कैसे दिखाए ! वह झांक-झांककर देखता रहा जब रतन चली गई, मोटर चल दिया, तब उसकी जान में जान आई। उसी दिन से एक सप्ताह तक वह वाचनालय न गया घर से निकला तक नहीं।

कभी-कभी पड़े-पड़े रमा का जी ऐसा घबड़ाता कि पुलिस में जाकर सारी कथा कह सुनाए। जो कुछ होना है, हो जाय। साल-दो साल की कैद इस आजीवन कारावास से तो अच्छी ही है। फिर वह नए सिरे से जीवन? संग्राम में प्रवेश करेगा, हाथ-पांव बचाकर काम करेगा, अपनी चादर के बाहर जौ-भर भी पांव न फैलाएगा, लेकिन एक ही क्षण में हिम्मत टूट जाती। इस प्रकार दो महीने और बीत गए। पूस का महीना आया। रमा के पास जाड़ों का कोई कपड़ा न था। घर से तो वह कोई चीज लाया ही न था, यहाँ भी कोई चीज बनवा न सका था। अब तक तो उसने

धोती ओढ़कर किसी तरह रातें काटी, पर पूस के कड़कड़ाते जाड़े लिहाफ या कंबल के बगैर कैसे कटते।

बेचारा रात-भर गठरी बना पड़ा रहता। जब बहुत सर्दी लगती, तो बिछावन ओढ़ लेता। देवीदीन ने उसे एक पुरानी दरी बिछाने को दे दी थी। उसके घर में शायद यही सबसे अच्छा बिछावन था। इस श्रेणी के लोग चाहे दस हजार के गहने पहन लें, शादी-ब्याह में दस हजार खर्च कर दें, पर बिछावन गूदड़ा ही रक्खेंगे। इस सड़ी हुई दरी से जाड़ा भला क्या जाता, पर कुछ न होने से अच्छा ही था।

रमा संकोचवश देवीदीन से कुछ कह न सकता था और देवीदीन भी शायद इतना बड़ा खर्च न उठाना चाहता था, या संभव है, इधर उसकी निगाह ही न जाती हो जब दिन ढलने लगता, तो रमा रात के कष्ट की कल्पना से भयभीत हो उठता था, मानो काली बला दौड़ती चली आती हो रात को बार-बार खिड़की खोलकर देखता कि सबेरा होने में कितनी कसर है। एक दिन शाम को वह वाचनालय जा रहा था कि उसने देखा, एक बड़ी कोठी के सामने हजारों कंगले जमा हैं। उसने सोचा,यह क्या बात है, क्यों इतने आदमी जमा हैं?भीड़ के अंदर घुसकर देखा, तो मालूम हुआ, सेठजी कंबलों का दान कर रहे हैं। कंबल बहुत घटिया थे, पतले और हल्के; पर जनता एक पर एक टूटी पड़ती थी। रमा के मन में आया, एक कंबल ले लूं। यहाँ मुझे कौन जानता है। अगर कोई जान भी जाय, तो क्या हरज-गरीब ब्राह्मण अगर दान का अधिकारी नहीं तो और कौन है। लेकिन एक ही क्षण में उसका आत्मसम्मान जाग उठा। वह कुछ देर वहाँ खड़ा ताकता रहा, फिर आगे बढ़ा। उसके माथे पर तिलक देखकर मुनीमजी ने समझ लिया, यह ब्राह्मण है। इतने सारे कंगलों में ब्राह्मणों की संख्या बहुत कम थी। ब्राह्मणों को दान देने का पुण्य कुछ और ही है। मुनीम मन में प्रसन्न था कि एक ब्राह्मण देवता दिखाई तो दिए! इसलिए जब उसने रमा को जाते देखा, तो बोला, 'पंडितजी, कहाँ चले, कंबल तो लेते जाइए! 'रमा मारे संकोच के गड़ गया उसके मुँह से केवल इतना ही निकला, 'मुझे इच्छा नहीं है।'

यह कहकर वह फिर बढ़ा, मुनीमजी ने समझा, शायद कंबल घटिया देखकर देवताजी चले जा रहे हैं। ऐसे आत्म-सम्मान वाले देवता उसे अपने जीवन में शायद कभी मिले ही न थे। कोई दूसरा ब्राह्मण होता, दो-चार चिकनी-चुपड़ी बातें करता और अच्छे कंबल माँगता। यह देवता बिना कुछ कहे, निर्व्याज भाव से चले जा रहे हैं, तो अवश्य कोई त्यागी जीव हैं। उसने लपककर रमा का हाथ पकड़ लिया और बोला,'आओ तो महाराज, आपके लिए चोखा कंबल रक्खा है। यह तो कंगलों के लिए है। रमा ने देखा कि बिना माँगे एक चीज मिल रही है, जबरदस्ती गले लगाई

जा रही है, तो वह दो बार और नहीं – नहीं करके मुनीम के साथ अंदर चला गया मुनीम ने उसे कोठी में ले जाकर तख्त पर बैठाया और एक अच्छा-सा दबीज कंबल भेंट किया रमा की संतोष वृत्ति का उस पर इतना प्रभाव पड़ा कि उसने पाँच रूपये दक्षिणा भी देना चाहा, किन्तु रमा ने उसे लेने से साफ इंकार कर दिया जन्म-जन्माँतर की संचित मर्यादा कंबल लेकर ही आहत हो उठी थी। दक्षिणा के लिए हाथ फैलाना उसके लिए असंभव हो गया।

मुनीम ने चकित होकर कहा, 'आप यह भेंट न स्वीकार करेंगे, तो सेठजी को बड़ा दुःख होगा।'

रमा ने विरक्त होकर कहा,आपके आग्रह से मैंने कंबल ले लिया, पर दक्षिणा नहीं ले सकता मुझे धन की आवश्यकता नहीं। जिस सज्जन के घर टिका हुआ हूँ, वह मुझे भोजन देते हैं। और मुझे लेकर क्या करना है?'

'सेठजी मानेंगे नहीं!'

'आप मेरी ओर से क्षमा माँग लीजिएगा।'

'आपके त्याग को धन्य है। ऐसे ही ब्राह्मणों से धर्म की मर्यादा बनी हुई है। कुछ देर बैठिए तो, सेठजी आते होंगे। आपके दर्शन पाकर बहुत प्रसन्न होंगे। ब्राह्मणों के परम भक्त हैं। और त्रिकाल संध्या-वंदन करते हैं महाराज, तीन बजे रात को गंगा-तट पर पहुँच जाते हैं और वहाँ से आकर पूजा पर बैठ जाते हैं। दस बजे भागवत का पारायण करते हैं। भोजन पाते हैं, तब कोठी में आते हैं। तीन-चार बजे फिर संध्या करने चले जाते हैं। आठ बजे थोड़ी देर के लिए फिर आते हैं। नौ बजे ठाकुरद्वारे में कीर्तन सुनते हैं और फिर संध्या करके भोजन पाते हैं। थोड़ी देर में आते ही होंगे। आप कुछ देर बैठे, तो बड़ा अच्छा हो आपका स्थान कहाँ है?

रमा ने प्रयाग न बताकर काशी बतलाया इस पर मुनीमजी का आग्रह और बढ़ा, पर रमा को यह शंका हो रही थी कि कहीं सेठजी ने कोई धार्मिक प्रसंग छेड़ दिया, तो सारी कलई खुल जायगी। किसी दूसरे दिन आने का वचन देकर उसने पिंड छुडाया।

नौ बजे वह वाचनालय से लौटा, तो डर रहा था कि कहीं देवीदीन ने कंबल देखकर पूछा,कहाँ से लाए, तो क्या जवाब दूँगा। कोई बहाना कर दूँगा। कह दूँगा, एक पहचान की दुकान से उधार लाया हूँ। देवीदीन ने कंबल देखते ही पूछा, सेठ करोड़ीमल के यहाँ पहुँच गए क्या, महाराज?'

रमा ने पूछा, 'कौन सेठ करोड़ीमल?'

अरे वही, जिसकी वह बड़ी लाल कोठी है।'

रमा कोई बहाना न कर सका। बोला, 'हाँ, मुनीमजी ने पिंड ही न छोडा! बड़ा धर्मात्मा जीव है।'

देवीदीन ने मुस्कराकर कहा, 'बड़ा धर्मात्मा! उसी के थामे तो यह धरती थमी है, नहीं तो अब तक मिट गई होती!'

रमानाथ-'काम तो धर्मात्माओं ही के करता है, मन का हाल ईश्वर जाने। जो सारे दिन पूजापाठ और दानव्रत में लगा रहे, उसे धर्मात्मा नहीं तो और क्या कहा जाय।'

देवीदीन-'उसे पापी कहना चाहिए, महापापी, दया तो उसके पास से होकर भी नहीं निकली। उसकी जूट की मिल है। मजूरों के साथ जितनी निर्दयता इसकी मिल में होती है, और कहीं नहीं होती। आदमियों को हंटरों से पिटवाता है, हंटरों से। चर्बी-मिला घी बेचकर इसने लाखों कमा लिए। कोई नौकर एक मिनट की भी देर करे तो तुरंत तलब काट लेता है। अगर साल में दो-चार हजार दान न कर दे, तो पाप का धन पचे कैसे! धर्म-कर्म वाले ब्राह्मण तो उसके द्वार पर झांकते भी नहीं। तुम्हारे सिवा वहाँ कोई पंडित था?' रमा ने सिर हिलाया।

'कोई जाता ही नहीं। हाँ, लोभी-लंपट पहुँच जाते हैं। जितने पुजारी देखे, सबको पत्थर ही पाया पत्थर पूजते-पूजते इनके दिल भी पत्थर हो जाते हैं। इसके तीन तो बड़े-बड़े धरमशाले हैं, मुदा है पाखंडी। आदमी चाहे और कुछ न करे, मन में दया बनाए रखे। यही सौ धरम का एक धरम है।'

दिन की रक्खी हुई रोटियाँ खाकर जब रमा कंबल ओढ़कर लेटा, तो उसे बड़ी ग्लानि होने लगी। रिश्वत में उसने हजारों रूपये मारे थे, पर कभी एक क्षण के लिए भी उसे ग्लानि न आई थी। रिश्वत बुद्धि से, कौशल से, पुरूषार्थ से मिलती है। दान पौरूषहीन, कर्महीन या पाखंडियों का आधार है। वह सोच रहा था,मैं अब इतना दीन हूँ कि भोजन और वस्त्र के लिए मुझे दान लेना पड़ता है! वह देवीदीन के घर दो महीने से पड़ा हुआ था, पर देवीदीन उसे भिक्षुक नहीं मेहमान समझता था। उसके मन में कभी दान का भाव आया ही न था। रमा के मन में ऐसा उद्वेग उठा कि इसी दम थाने में जाकर अपना सारा वृत्तांत कह सुनाए। यही न होगा, दो-तीन साल की सजा हो जाएगी, फिर तो यों प्राण सूली पर न टंगे रहेंगे। कहीं डूब ही क्यों न जाये इस तरह जीने से फायदा ही क्या! न घर का हूँ न घाट का। दूसरों का भार तो क्या उठाऊंगा, अपने ही लिए दूसरों का मुँह ताकता हूँ। इस जीवन से किसका उपकार हो रहा है? धिक्कार है मेरे जीने को! रमा ने निश्चय किया, कल निशंक होकर काम की टोह में निकलूंगा जो कुछ होना है, हो।

छब्बीस

अभी रमा मुँह-हाथ धो रहा था कि देवीदीन प्राइमर लेकर आ पहुँचा और बोला, 'भैया, यह तुम्हारी अंगरेजी बड़ी विकट है। एस-आई-आर 'सर' होता है, तो पी-आई-टी 'पिट' क्यों हो जाता है? बी-यू-टी 'बट' है, लेकिन पी-यू-टी 'पुट' क्यों होता है? तुम्हें भी बड़ी कठिन लगती होगी।

रमा ने मुस्कराकर कहा, 'पहले तो कठिन लगती थी, पर अब तो आसान मालूम होती है। देवीदीन 'जिस दिन पराइमर खतम होगी, महाबीरजी को सवा सेर लडडू चढ़ाऊंगा। पराई-मर का मतलब है, पराई स्त्री मर जाय। मैं कहता हूँ, हमारी मर, पराई के मरने से हमें क्या सुख! तुम्हारे बाल-बच्चे तो हैं न भैया?'

रमा ने इस भाव से कहा, 'मानो हैं, पर न होने के बराबर हैं, हाँ, हैं तो!'

'कोई चिट्ठी-चपाती आई थी?'

'ना!'

'और न तुमने लिखी-अरे! तीन महीने से कोई चिट्ठी ही नहीं भेजी? घबड़ाते न होंगे लोग?'

'जब तक यहाँ कोई ठिकाना न लग जाय, क्या पत्र लिखूं।'

'अरे भले आदमी, इतना तो लिख दो कि मैं यहाँ कुशल से हूँ। घर से भाग आए थे, उन लोगों को कितनी चिंता हो रही होगी! माँ-बाप तो हैं न?'

'हाँ, हैं तो।'

देवीदीन ने गिड़गिडाकर कहा, 'तो भैया, आज ही चिट्ठी डाल दो, मेरी बात मानो।'

रमा ने अब तक अपना हाल छिपाया था। उसके मन में कितनी ही बार इच्छा हुई कि देवीदीन से कह दूं, पर बात होंठों तक आकर रूक जाती थी। वह देवीदीन के मुँह से आलोचना सुनना चाहता था। वह जानना चाहता था कि यह क्या सलाह देता है। इस समय देवीदीन के सद्भाव ने उसे पराभूत कर दिया।

बोला, 'मैं घर से भाग आया हूँ, दादा!'

देवीदीन ने मूंछों में मुस्कराकर कहा, 'यह तो मैं जानता हूँ, क्या बाप से लड़ाई हो गई?'

'नहीं!'

'माँ ने कुछ कहा होगा?'

यह भी नहीं!'

'तो फिर घरवाली से ठन गई होगी। वह कहती होगी, मैं अलग रहूँगी, तुम कहते होगे मैं अपने माँ-बाप से अलग न रहूँगा। या गहने के लिए जिद करती होगी। नाक में दम कर दिया होगा। क्यों?'

रमा ने लज्जित होकर कहा, 'कुछ ऐसी बात थी, दादा! वह तो गहनों की बहुत इच्छुक न थी, लेकिन पा जाती थी, तो प्रसन्न हो जाती थी, और मैं प्रेम की तरंग में आगा-पीछा कुछ न सोचता था।'

देवीदीन के मुँह से मानो आप-ही-आप निकल आया, 'सरकारी रकम तो नहीं उड़ा दी?'

रमा को रोमाँच हो आया छाती धक-से हो गई। वह सरकारी रकम की बात उससे छिपाना चाहता था। देवीदीन के इस प्रश्न ने मानो उस पर छापा मार दिया। वह कुशल सैनिक की भांति अपनी सेना को घाटियों से, जासूसों की आँख बचाकर, निकाल ले जाना चाहता था, पर इस छापे ने उसकी सेना को अस्त-व्यस्त कर दिया उसके चेहरे का रंग उड़ गया वह एकाएक कुछ निश्चय न कर सका कि इसका क्या जवाब दूं।

देवीदीन ने उसके मन का भाव भांपकर कहा, 'प्रेम बड़ा बेढब होता है, भैया! बड़े-बड़े चूक जाते हैं, तुम तो अभी लड़के हो गबन के हजारों मुकदमे हर साल होते हैं। तहकीकात की जाय, तो सबका कारण एक ही होगा,गहना। दस-बीस वारदात तो मैं आँखों देख चुका हूँ। यह रोग ही ऐसा है। औरत मुँह से तो यही कहे जाती है कि यह क्यों लाए, वह क्यों लाए, रूपये कहाँ से आवेंगे, लेकिन उसका मन आनंद से नाचने लगता है। यहीं एक डाक-बाबू रहते थे। बेचारे ने छुरी से गला काट लिया एक दूसरे मियाँ साहब को मैं जानता हूँ, जिनको पाँच साल की सजा हो गई, जेल में मर गए। एक तीसरे पंडितजी को जानता हूँ, जिन्होंने अफीम खाकर जान दे दी। बुरा रोग है। दूसरों को क्या कहूँ, मैं ही तीन साल की सजा काट चुका हूँ। जवानी की बात है, जब इस बुढ़िया पर जोबन था, ताकती थी तो मानो कलेजे पर तीर चला देती थी। मैं डाकिया था। मनीआर्डर तकसीम किया करता था। यह कानों के झुमकों के लिए जान खा रही थी। कहती थी, सोने ही के लूंगी। इसका बाप चौधरी था। मेवे की दुकान थी। मिजाज बढ़ा हुआ था। मुझ पर प्रेम का नसा छाया हुआ था। अपनी आमदनी की डींगें मारता रहता था। कभी फूल के हार लाता, कभी मिठाई, कभी अतर-फुलेल सहर का हलका था। जमाना अच्छा था। दुकानदारों से जो चीज माँग लेता, मिल जाती थी। आखिर मैंने एक मनीआर्डर पर झूठे दस्तखत बनाकर रूपये उड़ा लिए। कुल तीस रूपये थे। झुमके लाकर इसे दिए। इतनी खुश हुई, इतनी खुश हुई, कि कुछ न पूछो, लेकिन एक ही महीने में चोरी पकड़ ली गई।

तीन साल की सजा हो गई। सजा काटकर निकला तो यहाँ भाग आया फिर कभी घर नहीं गया। यह मुँह कैसे दिखाता। हाँ, घर पत्र भेज दिया बुढ़िया खबर पाते ही चली आई। यह सब कुछ हुआ, मगर गहनों से उसका पेट नहीं भरा। जब देखो, कुछ–न कुछ बनता ही रहता है। एक चीज आज बनवाई, कल उसी को तुड़वाकर कोई दूसरी चीज बनवाई, यही तार चला जाता है। एक सोनार मिल गया है, मजूरी में साफ–भाजी ले जाता है। मेरी तो सलाह है, घर पर एक खत लिख दो, लेकिन पुलिस तो तुम्हारी टोह में होगी। कहीं पता मिल गया, तो काम बिगड़ जायगा। मैं न किसी से एक खत लिखाकर भेज दूं?'

रमा ने आग्रहपूर्वक कहा, 'नहीं, दादा! दया करो। अनर्थ हो जायगा। पुलिस से ज्यादा तो मुझे घरवालों का भय है।'

देवीदीन–'घर वाले खबर पाते ही आ जाएँगे। यह चर्चा ही न उठेगी। उनकी कोई चिंता नहीं। डर पुलिस ही का है।'

रमानाथ–'मैं सजा से बिलकुल नहीं डरता। तुमसे कहा नहीं, एक दिन मुझे वाचनालय में जान–पहचान की एक स्त्री दिखाई दी। हमारे घर बहुत आती–जाती थी। मेरी स्त्री से बड़ी मित्रता थी। एक बड़े वकील की पत्नी है। उसे देखते ही मेरी नानी मर गई। ऐसा सिटपिटा गया कि उसकी ओर ताकने की हिम्मत न पड़ी। चुपके से उठकर पीछे के बरामदे में जा छिपा। अगर उस वक्त उससे दो–चार बातें कर लेता, तो घर का सारा समाचार मालूम हो जाता और मुझे यह विश्वास है कि वह इस मुलाकात की किसी से चर्चा भी न करती। मेरी पत्नी से भी न कहती, लेकिन मेरी हिम्मत ही न पड़ी। अब अगर मिलना भी चाहूँ, तो नहीं मिल सकता उसका पता–ठिकाना कुछ भी तो नहीं मालूम। देवीदीन–तो फिर उसी को क्यों नहीं एक चिट्ठी लिखते?

रमानाथ–'चिटठी तो मुझसे न लिखी जाएगी।'

देवीदीन–तो कब तक चिट्ठी न लिखोगे?'

रमानाथ–'देखा चाहिए।'

देवीदीन–'पुलिस तुम्हारी टोह में होगी।'

देवीदीन चिंता में डूब गया रमा को भ्रम हुआ, शायद पुलिस का भय इसे चिंतित कर रहा है। बोला, हाँ, इसकी शंका मुझे हमेशा बनी रहती है। तुम देखते हो, मैं दिन को बहुत कम घर से निकलता हूँ, लेकिन मैं तुम्हें अपने साथ नहीं घसीटना चाहता। मैं तो जाऊँगा ही, तुम्हें क्यों उलझन में डालूं। सोचता हूँ, कहीं और चला जाऊँ, किसी ऐसे गाँव में जाकर रहूँ, जहाँ पुलिस की गंध भी न हो।

देवीदीन ने गर्व से सिर उठाकर कहा, 'मेरे बारे में तुम कुछ चिंता न करो भैया, यहाँ पुलिस से डरने वाले नहीं हैं। किसी परदेशी को अपने घर ठहराना पाप नहीं है। हमें क्या मालूम किसके पीछे पुलिस है? यह पुलिस का काम है, पुलिस जाने। मैं पुलिस का मुखबिर नहीं, जासूस नहीं, गोइंदा नहीं। तुम अपने को बचाए रहो, देखो भगवान क्या करते हैं। हाँ, कहीं बुढ़िया से न कह देना,नहीं तो उसके पेट में पानी न पचेगा।'

दोनों एक क्षण चुपचाप बैठे रहे। दोनों इस प्रसंग को इस समय बंद कर देना चाहते थे। सहसा देवीदीन ने कहा,क्यों भैया, कहो तो मैं तुम्हारे घर चला जाऊँ। किसी को कानों-कान खबर न होगी। मैं इधर-उधर से सारा ब्योरा पूछ आऊँगा। तुम्हारे पिता से मिलूंगा, तुम्हारी माता को समझाऊंगा, तुम्हारी घरवाली से बातचीत करूंगा। फिर जैसा उचित जान पड़े, वैसा करना।

रमा ने मन-ही-मन प्रसन्न होकर कहा, 'लेकिन कैसे पूछोगे दादा, लोग कहेंगे न कि तुमसे इन बातों से क्या मतलब?'

देवीदीन ने ठट्ठा मारकर कहा, 'भैया, इससे सहज तो कोई काम ही नहीं।

एक जनेऊ गले में डाला और ब्राह्मन बन गए। फिर चाहे हाथ देखो, चाहे, कुंडली बांचो, चाहे सगुन विचारो, सब कुछ कर सकते हो। बुढ़िया भिक्षा लेकर आवेगी। उसे देखते ही कहूँगा, माता तेरे को पुत्र के परदेस जाने का बड़ा कष्ट है, क्या तेरा कोई पुत्र विदेस गया है? इतना सुनते ही घर-भर के लोग आ जाएँगे। वह भी आवेगी। उसका हाथ देखूंगा। इन बातों में मैं पक्का हूँ भैया, तुम निश्चिन्त रहो कुछ कमा लाऊंगा, देख लेना। माघ-मेला भी होगा। स्नान करता आऊँगा।

रमा की आँखें मनोल्लास से चमक उठीं। उसका मन मधुर कल्पनाओं के संसार में जा पहुँचा। जालपा उसी वक्त रतन के पास दौड़ी जायगी। दोनों भांति-भांति के प्रश्न करेंगी,क्यों बाबा, वह कहाँ गए हैं? अच्छी तरह हैं न? कब तक घर आयेंगे-कभी बाल-बच्चों की सुधि आती है उनको-वहाँ किसी कामिनी के माया-जाल में तो नहीं फँस गए? दोनों शहर का नाम भी पूछेंगी।

कहीं दादा ने सरकारी रूपये चुका दिए हों, तो मजा आ जाय। तब एक ही चिंता रहेगी। देवीदीन बोला, 'तो है न सलाह?' रमानाथ-'कहाँ जायंगे दादा, कष्ट होगा।'

'माघ का स्नान भी तो करूंगा। कष्ट के बिना कहीं पुन्न होता है! मैं तो कहता हूँ, तुम भी चलो। मैं वहाँ सब रंग-ढंग देख लूंगा। अगर देखना कि मामला टिचन है, तो चैन से घर चले जाना। कोई खटका मालूम हो, तो मेरे साथ ही लौट आना।'

रमा ने हँसकर कहा, 'कहाँ की बात करते हो, दादा! मैं यों कभी न जाऊँगा। स्टेशन पर उतरते ही कहीं पुलिस का सिपाही पकड़ ले, तो बस!'

देवीदीन ने गंभीर होकर कहा, 'सिपाही क्या पकड़ लेगा, दिल्लगी है! मुझसे कहो, मैं प्रयागराज के थाने में ले जाकर खड़ा कर दूं। अगर कोई तिरछी आँखों से भी देख ले तो मूंछ मुडा लूं! ऐसी बात भला! सैकड़ों खूनियों को जानता हूँ जो यहाँ कलकत्ता में रहते हैं। पुलिस के अफसरों के साथ दावतें खाते हैं, पुलिस उन्हें जानती है, फिर भी उनका कुछ नहीं कर सकती! रूपये में बड़ा बल है, भैया!'

रमा ने कुछ जवाब न दिया उसके सामने यह नया प्रश्न आ खड़ा हुआ। जिन बातों को वह अनुभव न होने के कारण महाकष्ट-साकेय समझता था, उन्हें इस बूढ़े ने निर्मूल कर दिया, और बूढा शेखीबाजों में नहीं है, वह मुँह से जो कहता है, उसे पूरा कर दिखाने की सामर्थ्य रखता है। उसने सोचा, तो क्या मैं सचमुच देवीदीन के साथ घर चला जाऊँ?' यहाँ कुछ रूपये मिल जाते, तो नए सूट बनवा लेता, फिर शान से जाता। वह उस अवसर की कल्पना करने लगा, जब वह नया सूट पहने हुए घर पहुँचेगा। उसे देखते ही गोपी और विश्वम्भर दौड़ेंगे, भैया आए, भैया आए! दादा निकल आयंगे। अम्माँ को पहले विश्वास न आयगा, मगर जब दादा जाकर कहेंगे,हाँ, आ तो गए, तब वह रोती हुई द्वार की ओर चलेंगी। उसी वक्त मैं पहुँचकर उनके पैरों पर फिर पड़ूंगा। जालपा वहाँ न आएगी। वह मान किए बैठी रहेगी। रमा ने मन-ही-मन वह वाक्य भी सोच लिए, जो वह जालपा को मनाने के लिए कहेगा। शायद रूपये की चर्चा ही न आए। इस विषय पर कुछ कहते हुए सभी को संकोच होगा। अपने प्रियजनों से जब कोई अपराध हो जाता है, तो हम उघाड़ कर उसे दुखी नहीं करते। चाहते हैं कि उस बात का उसे ध्यान ही न आए, उसके साथ ऐसा व्यवहार करते हैं कि उसे हमारी ओर से जरा भी भ्रम न हो, वह भूलकर भी यह न समझे कि मेरी अपकीर्ति हो रही है।

देवीदीन ने पूछा, 'क्या सोच रहे हो? चलोगे न?'

रमा ने दबी जबान से कहा, 'तुम्हारी इतनी दया है, तो चलूंगा, मगर पहले तुम्हें मेरे घर जाकर पूरा-पूरा समाचार लाना पड़ेगा। अगर मेरा मन न भरा, तो मैं लौट आऊँगा।'

देवीदीन ने दृढ़ता से कहा, 'मंजूर।'

रमा ने संकोच से आँखें नीची करके कहा, 'एक बात और है?'

देवीदीन-'क्या बात है? कहो।'

'मुझे कुछ कपड़े बनवाने पड़ेंगे।'

'बन जायेंगे।'

'मैं घर पहुँचकर तुम्हारे रूपये दिला दूँगा।'

'और मैं तुम्हारी गुरू-दक्षिणा भी वहीं दे दूँगा।'

'गुरू-दक्षिणा भी मुझी को देनी पड़ेगी। मैंने तुम्हें चार हरफ अंग्रेजी पढ़ा दिए, तुम्हारा इससे कोई उपकार न होगा। तुमने मुझे पाठ पढ़ाए हैं, उन्हें मैं उम्र-भर नहीं भूल सकता मुँह पर बड़ाई करना खुशामद है, लेकिन दादा, मातापिता के बाद जितना प्रेम मुझे तुमसे है, उतना और किसी से नहीं। तुमने ऐसे गाढ़े समय मेरी बांह पकड़ी, जब मैं बीच धार में बहा जा रहा था। ईश्वर ही जाने, अब तक मेरी क्या गति हुई होती, किस घाट लगा होता!'

देवीदीन ने चुहल से कहा, 'और जो कहीं तुम्हारे दादा ने मुझे घर में न घुसने दिया तो?'

रमा ने हँसकर कहा, 'दादा तुम्हें अपना बड़ा भाई समझेंगे, तुम्हारी इतनी खातिर करेंगे कि तुम ऊब जाओगे। जालपा तुम्हारे चरण धो-धो पिएगी, तुम्हारी इतनी सेवा करेगी कि जवान हो जाओगे।' देवीदीन ने हँसकर कहा, 'तब तो बुढ़िया डाह के मारे जल मरेगी। मानेगी नहीं, नहीं तो मेरा जी चाहता है कि हम दोनों यहाँ से अपना डेरा-डंडा लेकर चलते और वहीं अपनी सिरकी तानते। तुम लोगों के साथ जिंदगी के बाकी दिन आराम से कट जाते मगर इस चुडैल से कलकत्ता न छोडा जायगा। तो बात पक्की हो गई न?'

'हाँ, पक्की ही है।'

'दुकान खुले तो चलें, कपड़े लावें आज ही सिलने को दे दें।'

देवीदीन के चले जाने के बाद रमा बड़ी देर तक आनंद-कल्पनाओं में मग्न बैठा रहा जिन भावनाओं को उसने कभी मन में आश्रय न दिया था, जिनकी गहराई और विस्तार और उद्वेग से वह इतना भयभीत था कि उनमें फिसलकर डूब जाने के भय से चंचल मन को उधर भटकने भी न देता था, उसी अथाह और अछोर कल्पना सागर में वह आज स्वच्छंद रूप से क्रीड़ा करने लगा। उसे अब एक नौका मिल गई थी। वह त्रिवेणी की सैर, वह अल्प्रेड पार्क की बहार, वह खुसरो बाग का आनंद, वह मित्रों के जलसे, सब याद आ-आकर हृदय को गुदगुदाने लगे। रमेश उसे देखते ही गले लिपट जाएँगे। मित्रगण पूढेंगे, कहाँ गए थे, यार-खूब सैर की? रतन उसकी खबर पाते ही दौड़ी आएगी और पूछेगी,तुम कहाँ ठहरे थे, बाबूजी? मैंने सारा कलकत्ता छान मारा। फिर जालपा की मान-प्रतिमा सामने आ खड़ी हुई।

सहसा देवीदीन ने आकर कहा, 'भैया, दस बज गए, चलो बाजार होते आवें।'

रमा ने चौंककर पूछा, 'क्या दस बज गए?'

देवीदीन-'दस नहीं, ग्यारह का अमल होगा।'

रमा चलने को तैयार हुआ, लेकिन द्वार तक आकर रूक गया

देवीदीन ने पूछा, क्यों खड़े कैसे हो गए?'

''तुम्हीं चले जाओ, मैं जाकर क्या करूंगा!'

''क्या डर रहे हो?'

"नहीं, डर नहीं रहा हूँ, मगर क्या फायदा?'

'मैं अकेले जाकर क्या करूंगा! मुझे क्या मालूम, तुम्हें कौन कपड़ा पसंद है। चलकर अपनी पसंद से ले लो। वहीं दरजी को दे देंगे।'

'तुम जैसा कपड़ा चाहे ले लेना। मुझे सब पसन्द है।'

'तुम्हें डर किस बात का है? पुलिस तुम्हारा कुछ नहीं करेगी। कोई तुम्हारी तरफ ताकेगा भी नहीं।

'मैं डर नहीं रहा हूँ दादा, जाने की इच्छा नहीं है।'

'डर नहीं रहे हो, तो क्या कर रहे हो कह रहा हूँ कि कोई तुम्हें कुछ न कहेगा, इसका मेरा जिम्मा, मुदा तुम्हारी जान निकली जाती है!'

देवीदीन ने बहुत समझाया, आश्वासन दिया, पर रमा जाने पर राजी न हुआ। वह डरने से कितना ही इंकार करे, पर उसकी हिम्मत घर से बाहर निकलने की न पड़ती थी। वह सोचता था, अगर किसी सिपाही ने पकड़ लिया, तो देवीदीन क्या कर लेगा। माना सिपाही से इसका परिचय भी हो, तो यह आवश्यक नहीं कि वह सरकारी मामले में परिचय का निर्वाह करे। यह मिकैत-खुशामद करके रह जाएगा, मेरे सिरब कहीं पकड़ा जाऊँ, तो प्रयाग के बदले जेल जाना पड़े। आखिर देवीदीन लाचार होकर अकेला ही गया

देवीदीन घंटे-भर में लौटा, तो देखा, रमा छत पर टहल रहा है। बोला, 'कुछ खबर है, कै बज गए? बारह का अमल है। आज रोटी न बनाओगे क्या? घर जाने की खुशी में खाना-पीना छोड़ दोगे?'

रमा ने झेंपकर कहा, 'बना लूंगा दादा, जल्दी क्या है।'

'यह देखो, नमूने लाया हूँ, इनमें जौन-सा पसंद करो, ले लूं।'

यह कह कर देवीदीन ने ऊनी और रेशमी कपड़ों के सैकड़ों नमूने निकालकर रख दिए। पाँच-छ: रूपये गज से कम का कोई कपड़ा न था। रमा ने नमूनों को उलट-पलटकर देखा और बोला,इतने महंगे कपड़े क्यों लाए, दादा? और सस्ते न थे?

'सस्ते थे, मुदा विलायती थे।'

'तुम विलायती कपड़े नहीं पहनते?'

'इधर बीस साल से तो नहीं लिए, उधर की बात नहीं कहता। कुछ बेसी दाम लग जाता है, पर रूपया तो देस ही में रह जाता है।

रमा ने लजाते हुए कहा, 'तुम नियम के बड़े पक्के हो दादा!'

देवीदीन की मुद्रा सहसा तेजवान हो गई। उसकी बुझी हुई आँखें चमक उठीं। देह की नसें तन गई। अकड़कर बोला, जिस देस में रहते हैं, जिसका अन्न-जल खाते हैं, उसके लिए इतना भी न करें तो जीने को धिक्कार है। दो जवान बेटे इसी सुदेसी की भेंट कर चुका हूँ, भैया! ऐसे-ऐसे पढ़े थे, कि तुमसे क्या कहें। दोनों बिदेसी कपड़ों की दुकान पर तैनात थे। क्या मजाल थी कोई गाहक दुकान पर आ जाय। हाथ जोड़कर, घिघियाकर, धमकाकर, लजवाकर सबको उधर लेते थे। बजाजे में सियार लोटने लगे। सबों ने जाकर कमिसनर से फरियाद की। सुनकर आग हो गया। बीस गौजी गोरे भेजे कि अभी जाकर बजार से पहरे उठा दो। गोरों ने दोनों भाइयों से कहा, यहाँ से चले जाव, मुदा वह अपनी जगह से जौ-भर न हिले। भीड़ लग गई। गोरे उन पर घोड़े चढ़ा लाते थे, पर दोनों चट्टान की तरह डटे खड़े थे। आखिर जब इस तरह कुछ बस न चला तो सबों ने डंडों से पीटना शुरु किया दोनों वीर डंडे खाते थे, पर जगह से न हिलते थे। जब बड़ा भाई गिर पड़ा तो छोटा उसकी जगह पर आ खड़ा हुआ। अगर दोनों अपने डंडे संभाल लेते तो भैया उन बीसों को मार भगाते, लेकिन हाथ उठाना तो बड़ी बात है, सिर तक न उठाया अन्त में छोटा भी वहीं गिर पड़ा। दोनों को लोगों ने उठाकर अस्पताल भेजा। उसी रात को दोनों सिधार गए। तुम्हारे चरन छूकर कहता हूँ भैया, उस बखत ऐसा जान पड़ता था कि मेरी छाती गज-भर की हो गई है, पांव जमीन पर न पड़ते थे, यही उमंग आती थी कि भगवान ने औरों को पहले न उठा लिया होता, तो इस समय उन्हें भी भेज देता। जब अर्थी चली है, तो एक लाख आदमी साथ थे। बेटों को गंगा में सौंपकर मैं सीधे बजाजे पहुँचा और उसी जगह खड़ा हुआ, जहाँ दोनों वीरों की लहास गिरी थी। गाहक के नाम चिड़िए का पूत तक न दिखाई दिया आठ दिन वहाँ से हिला तक नहीं। बस भोर के समय आधा घंटे के लिए घर आता था और नहा-धोकर कुछ जलपान करके चला जाता था। नवें दिन दुकानदारों ने कसम खाई कि विलायती कपड़े अब न मंगावेंगे। तब पहरे उठा लिए गए। तब से विदेसी दियासलाई तक घर में नहीं लाया।

रमा ने सच्चे दिल से कहा, 'दादा, तुम सच्चे वीर हो, और वे दोनों लड़के भी सच्चे योद्धा थे। तुम्हारे दर्शनों से आँखें पवित्र होती हैं।'

देवीदीन ने इस भाव से देखा मानो इस बड़ाई को वह बिलकुल अतिशयोक्ति नहीं समझता। शहीदों की शान से बोला, इन बड़े-बड़े आदमियों के किए कुछ न होगा। इन्हें बस रोना आता है, छोकरियों की भांति बिसूरने के सिवा इनसे और कुछ

नहीं हो सकता। बड़े-बड़े देस-भगतों को बिना विलायती सराब के चैन नहीं आता। उनके घर में जाकर देखो, तो एक भी देसी चीज न मिलेगी।

दिखाने को दस-बीस कुरते गाढ़े के बनवा लिए, घर का और सब सामान विलायती है। सब-के-सब भोग बिलास में अंधे हो रहे हैं, छोटे भी और बड़े भी। उस पर दावा यह है कि देस का उद्धार करेंगे। अरे तुम क्या देस का उद्धार करोगे। पहले अपना उद्धार तो कर लो। गरीबों को लूटकर विलायत का घर भरना तुम्हारा काम है। इसीलिए तुम्हारा इस देस में जनम हुआ है। हाँ, रोए जाव, विलायती सराबें उड़ाओ, विलायती मोटरें दौडाओ, विलायती मुरब्बे और अचार चक्खो, विलायती बरतनों में खाओ, विलायती दवाइयाँ पियो, पर देस के नाम को रोये जाव। मुदा इस रोने से कुछ न होगा। रोने से माँ दूध पिलाती है, सेर अपना सिकार नहीं छोड़ता। रोओ उसके सामने, जिसमें दया और धरम हो। तुम धमकाकर ही क्या कर लोगे-जिस धमकी में कुछ दम नहीं है, उस धमकी की परवाह कौन करता है। एक बार यहाँ एक बड़ा भारी जलसा हुआ। एक साहब बहादुर खड़े होकर खूब उछले-कूदे। जब वह नीचे आए, तब मैंने उनसे पूछा,साहब, सच बताओ, जब तुम सुराज का नाम लेते हो, तो उसका कौन सा रूप तुम्हारी आँखों के सामने आता है? तुम भी बड़ी-बड़ी तलब लोगे, तुम भी अंगरेजों की तरह बंगलों में रहोगे, पहाड़ों की हवा खाओगे, अंगरेजी ठाठ बनाए घूमोगे, इस सुराज से देस का क्या कल्यान होगा। तुम्हारी और तुम्हारे भाईबंदों की जिंदगी भले आराम और ठाठ से गुजरे, पर देस का तो कोई भला न होगा। बस, बगलें झांकने लगे। तुम दिन में पाँच बेर खाना चाहते हो, और वह भी बढ़िया माल, गरीब किसान को एक जून सूखा चबाने भी नहीं मिलता। उसी का रक्त चूसकर तो सरकार तुम्हें रुपये देती है। तुम्हारा ध्यान कभी उनकी ओर जाता है? अभी तुम्हारा राज नहीं है, तब तो तुम भोग-बिलास पर इतना मरते हो, जब तुम्हारा राज हो जायगा, तब तो तुम गरीबों को पीसकर पी जाओगे। रमा भद्र-समाज पर यह आक्षेप न सुन सका। आखिर वह भी तो भद्रसमाज का ही एक अंग था। बोला, 'यह बात तो नहीं है दादा, कि पढ़े लिखे लोग किसानों का ध्यान नहीं करते। उनमें से कितने ही खुद किसान थे, या हैं। उन्हें अगर विश्वास हो जाय कि हमारे कष्ट उठाने से किसानों का कोई उपकार होगा और जो बचत होगी, वह किसानों के लिए खर्च की जायगी, तो वह खुशी से कम वेतन पर काम करेंगे, लेकिन जब वह देखते हैं कि बचत दूसरे हड़प जाते हैं, तो वह सोचते हैं, अगर दूसरों को ही खाना है, तो हम क्यों न खाएं। 'देवीदीन-'तो सुराज मिलने पर दस-दस, पाँच पाँच हजार के अफसर नहीं रहेंगे? वकीलों की लूट नहीं रहेगी? पुलिस की लूट बंद हो जाएगी?'

एक क्षण के लिए रमा सिटपिटा गया इस विषय में उसने खुद कभी विचार न किया था, मगर तुरंत ही उसे जवाब सूझ गया बोला, 'दादा, तब तो सभी काम बहुमत से होगा। अगर बहुमत कहेगा कि कर्मचारियों के वेतन घटा दिए जाएँ, तो घट जाएँगे। देहातों के संगठनों के लिए भी बहुमत जितने रूपये माँगेगा, मिल जाएँगे। कुंजी बहुमत के हाथ में रहेगी, और अभी दस-पाँच बरस चाहे न हो लेकिन आगे चलकर बहुमत किसानों और मजूरों ही का हो जाएगा। देवीदीन ने मुस्कराकर कहा, 'भैया, तुम भी इन बातों को समझते हो यही मैंने भी सोचा था। भगवान करे, कुछ दिन और जिऊं। मेरा पहला सवाल यह होगा कि विलायती चीजों पर दुगुना महसूल लगाया जाय और मोटरों पर चौगुना। अच्छा अब भोजन बनाओ। सांझ को चलकर कपड़े दरजी को दे देंगे। मैं भी जब तक खा लूं।'

शाम को देवीदीन ने आकर कहा, 'चलो भैया, अब तो अंधेरा हो गया'

रमा सिर पर हाथ धरे बैठा हुआ था। मुख पर उदासी छाई हुई थी। बोला, 'दादा, मैं घर न जाऊँगा।'

देवीदीन ने चकित होकर पूछा, क्यों क्या बात हुई?'

रमा की आँखें सजल हो गई। बोला, 'कौन सा मुँह लेकर जाऊँ, दादा! मुझे तो डूब मरना चाहिए था।'

यह कहते-कहते वह खुलकर रो पड़ा। वह वेदना जो अब तक मूर्छित पड़ी थी, शीतल जल के यह छींटे पाकर सचेत हो गई और उसके क्रंदन ने रमा के सारे अस्तित्व को जैसे छेद डाला। इसी क्रंदन के भय से वह उसे छेड़ता न था, उसे सचेत करने की चेष्टा न करता था। संयत विस्मृति से उसे अचेत ही रखना चाहता था, मानो कोई दु:खिनी माता अपने बालक को इसलिए जगाते डरती हो कि वह तुरंत खाने को माँगने लगेगा।

सत्ताईस

कई दिनों के बाद एक दिन कोई आठ बजे रमा पुस्तकालय से लौट रहा था कि मार्ग में उसे कई युवक शतरंज के किसी नक्शे की बातचीत करते मिले। यह नक्शा वहाँ के एक हिंदी दैनिक पत्र में छपा था और उसे हल करने वाले को पचास रूपये इनाम देने का वचन दिया गया था। नक्शा असाकेय-सा जान पड़ता था। कम-से कम इन युवकों की बातचीत से ऐसा ही टपकता था। यह भी मालूम हुआ कि वहाँ के और भी कितने ही शतरंजबाजों ने उसे हल करने के लिए भरपूर जोर

लगाया, पर कुछ पेश न गई। अब रमा को याद आया कि पुस्तकालय में एक पत्र पर बहुत-से आदमी झुके हुए थे और उस नक्शे की नकल कर रहे थे। जो आता था, दो-चार मिनट तक वह पत्र देख लेता था। अब मालूम हुआ, यह बात थी। रमा का इनमें से किसी से भी परिचय न था, पर वह यह नक्शा देखने के लिए इतना उत्सुक हो रहा था कि उससे बिना पूछे न रहा गया बोला,आप लोगों में किसी के पास वह नक्शा है?

युवकों ने एक कंबलपोश आदमी को नक्शे की बात पूछते सुना तो समझे कोई अताई होगा। एक ने रूखाई से कहा, 'हाँ, है तो, मगर तुम देखकर क्या करोगे, यहाँ अच्छे-अच्छे गोते खा रहे हैं। एक महाशय, जो शतरंज में अपना सानी नहीं रखते, उसे हल करने के लिए सौ रूपये अपने पास से देने को तैयार हैं।'

दूसरा युवक बोला, 'दिखा क्यों नहीं देते जी, कौन जाने यही बेचारे हल कर लें, शायद इन्हीं की सूझ लड़ जाएँ' इस प्रेरणा में सज्जनता नहीं व्यंग्य था, उसमें यह भाव छिपा था कि हमें दिखाने में कोई हज्र नहीं है, देखकर अपनी आँखों को तृप्त कर लो मगर तुम जैसे उल्लू उसे समझ ही नहीं सकते, हल क्या करेंगे। जान-पहचान की एक दुकान में जाकर उन्होंने रमा को नक्शा दिखाया।

रमा को तुरंत याद आ गया, यह नक्शा पहले भी कहीं देखा है। सोचने लगा, कहाँ देखा है?

एक युवक ने चुटकी ली, 'आपने तो हल कर लिया होगा!'

दूसरा, 'अभी नहीं किया तो एक क्षण में किए लेते हैं!'

तीसरा, 'जरा दो-एक चाल बताइए तो?'

रमा ने उत्तेजित होकर कहा, यह मैं नहीं कहता कि मैं उसे हल कर ही लूंगा, मगर ऐसा नक्शा मैंने एक बार हल किया है, और संभव है, इसे भी हल कर लूं। जरा कागज-पेंसिल दीजिए तो नकल कर लूं।'

युवकों का अविश्वास कुछ कम हुआ। रमा को कागज-पेंसिल मिल गया एक क्षण में उसने नक्शा नकल कर लिया और युवकों को धन्यवाद देकर चला। एकाएक उसने फिरकर पूछा, जवाब किसके पास भेजना होगा?'

एक युवक ने कहा, 'प्रजा-मित्र' के संपादक के पास।'

रमा ने घर पहुँचकर उस नक्शे पर दिमाग लगाना शुरू किया, लेकिन मुहरों की चालें सोचने की जगह वह यही सोच रहा था कि यह नक्शा कहाँ देखा। शायद याद आते ही उसे नक्शे का हल भी सूझ जायगा। अन्य प्राणियों की तरह मस्तिष्क भी कार्य में तत्पर न होकर बहाने खोजता है। कोई आधार मिल जाने से वह मानो छुट्टी पा जाता है। रमा आधी रात तक नक्शा सामने खोले बैठा रहा शतरंज की जो

बड़ी-बड़ी मार्के की बाजियाँ खेली थीं, उन सबका नक्शा उसे याद था, पर यह नक्शा कहाँ देखा?

सहसा उसकी आँखों के सामने बिजली-सी कौधं गई। खोई हुई स्मृति मिल गई। अहा! राजा साहब ने यह नक्शा दिया था। हाँ, ठीक है। लगातार तीन दिन दिमाग लडाने के बाद इसे उसने हल किया था। नक्शे की नकल भी कर लाया था। फिर तो उसे एक-एक चाल याद आ गई। एक क्षण में नक्शा हल हो गया! उसने उल्लास के नशे में जमीन पर दो-तीन कुलांचें लगाई, मूछों पर ताव दिया, आईने में मुँह देखा और चारपाई पर लेट गया इस तरह अगर महीने में एक नक्शा मिलता जाए, तो क्या पूछना!

देवीदीन अभी आग सुलगा रहा था कि रमा प्रसन्न मुख आकर बोला, 'दादा, जानते हो प्रजा-मित्र अखबार का दफ्तर कहाँ है?'

देवीदीन-'जानता क्यों नहीं हूँ। यहाँ कौन अखबार है, जिसका पता मुझे न मालूम हो 'प्रजा-मित्र' का संपादक एक रंगीला युवक है, जो हरदम मुँह में पान भरे रहता है। मिलने जाओ, तो आँखों से बातें करता है, मगर है हिम्मत का धनी, दो बेर जेल हो आया है।'

रमा-'आज जरा वहाँ तक जाओगे?'

देवीदीन ने कातर भाव से कहा, 'मुझे भेजकर क्या करोगे? मैं न जा सकूँगा।'

'क्या बहुत दूर है?'

'नहीं, दूर नहीं है।'

'फिर क्या बात है?'

देवीदीन ने अपराधियों के भाव से कहा, 'बात कुछ नहीं है, बुढ़िया बिगड़ती है। उसे बचन दे चुका हूँ कि सुदेसी-बिदेसी के झगड़े में न पडूंगा, न किसी अखबार के दफ्तर में जाऊँगा। उसका दिया खाता हूँ, तो उसका हुकुम भी तो बजाना पड़ेगा।'

रमा ने मुस्कराकर कहा, 'दादा, तुम तो दिल्लगी करते हो मेरा एक बड़ा जरूरी काम है। उसने शतरंज का एक नक्शा छापा था, जिस पर पचास रूपया इनाम है। मैंने वह नक्शा हल कर दिया है। आज छप जाय, तो मुझे यह इनाम मिल जाय। अखबारों के दफ्तर में अक्सर खुपिया पुलिस के आदमी आते-जाते रहते हैं। यही भय है। नहीं, मैं खुद चला जाता, लेकिन तुम नहीं जा रहे

हो तो लाचार मुझे ही जाना पड़ेगा। बड़ी मेहनत से यह नक्शा हल किया है। सारी रात जागता रहा हूँ।'

देवीदीन ने चिंतित स्वर में कहा, 'तुम्हारा वहाँ जाना ठीक नहीं।'

रमा ने हैरान होकर पूछा, 'तो फिर? क्या डाक से भेज दूं?'

देवीदीन ने एक क्षण सोचकर कहा, 'नहीं, डाक से क्या भेजोगे। इधर-उधर हो जाय, तो तुम्हारी मेहनत अकारथ जाय। रजिस्ट्री कराओ, तो कहीं परसों पहुँचेगा। कल इतवार है। किसी और ने जवाब भेज दिया, तो इनाम वह मार ले जायगा। यह भी तो हो सकता है कि अखबार वाले धांधली कर बैठें और तुम्हारा जवाब अपने नाम से छापकर रूपया हजम कर लें।'

रमा ने दुविधा में पड़कर कहा, 'मैं ही चला जाऊँगा।' 'तुम्हें मैं न जाने दूँगा। कहीं फँस जाओ तो बस!'

'फँसना तो एक दिन है ही। कब तक छिपा रहंगा?'

'तो मरने के पहले ही क्यों रोना-पीटना हो जब फँसोगे, तब देखी जाएगी। लाओ, मैं चला जाऊँ। बुढ़िया से कोई बहाना कर दूँगा। अभी भेंट भी हो जाएगी। दफ्तर ही में रहते भी हैं। फिर घूमने-घामने चल देंगे, तो दस बजे से पहले न लौटेंगे।'

रमा ने डरते-डरते कहा, 'तो दस बजे बाद जाना, क्या हरज है।'

देवीदीन ने खड़े होकर कहा, 'तब तक कोई दूसरा काम आ गया, तो आज रह जाएगा। घंटे-भर में लौट आता हूँ। अभी बुढ़िया देर में आएगी। 'यह कहते हुए देवीदीन ने अपना काला कंबल ओढ़ा, रमा से लिफाफा लिया और चल दिया

जग्गो साग-भाजी और फल लेने मंडी गई हुई थी। आधा घंटे में सिर पर एक टोकरी रक्खे और एक बड़ा सा टोकरा मजूर के सिर पर रखवाए आई। पसीने से तर थी। आते ही बोली, 'कहाँ गए? जरा बोझा तो उतारो, गरदन टूट गई।'

रमा ने आगे बढ़कर टोकरी उतरवा ली। इतनी भारी थी कि संभाले न संभलती थी।

जग्गो ने पूछा, 'वह कहाँ गए हैं?'

रमा ने बहाना किया, 'मुझे तो नहीं मालूम, अभी इसी तरफ चले गए हैं।'

बुढ़िया ने मजूर के सिर का टोकरा उतरवाया और जमीन पर बैठकर एक टूटी-सी पंखिया झलती हुई बोली, 'चरस की चाट लगी होगी और क्या, मैं मरमर कमाऊं और यह बैठे-बैठे मौज उड़ाएं और चरस पीएं।'

रमा जानता था, देवीदीन चरस पीता है, पर बुढ़िया को शांत करने के लिए बोला, 'क्या चरस पीते हैं? मैंने तो नहीं देखा!'

बुढ़िया ने पीठ की साड़ी हटाकर उसे पंखी की डंडी से खुजाते हुए कहा, 'इनसे कौन नसा छूटा है, चरस यह पीएं, गांजा यह पीएं, सराब इन्हें चाहिए, भांग इन्हें चाहिए, हाँ अभी तक अफीम नहीं खाई, या राम जाने खाते हों, मैं कौन हरदम देखती रहती हूँ। मैं तो सोचती हूँ कौन जाने आगे क्या हो, हाथ में चार पैसे होंगे,

तो पराए भी अपने हो जाएँगे, पर इस भले आदमी को रत्ती भर चिंता नहीं सताती। कभी तीरथ है, कभी कुछ, कभी कुछ, मेरा तो (नाक पर उंगली रखकर) नाक में दम आ गया भगवान उठा ले जाते तो यह कुसंग तो छूट जाती। तब याद करेंगे लाला! तब जग्गो कहाँ मिलेगी, जो कमा-कमाकर गुलछर्रे उड़ाने को दिया करेगी। तब रक्त के आंसू न रोएं, तो कह देना कोई कहता था। (मजूर से) के पैसे हुए तेरे?'

मजूर ने बीड़ी जलाते हुए कहा, 'बोझा देख लो दाई, गरदन टूट गई!'

जग्गो ने निर्दय भाव से कहा, 'हाँ-हाँ, गरदन टूट गई! बड़ी सुकुमार है न? यह ले, कल फिर चले आना।'

मजूर ने कहा, 'यह तो बहुत कम है। मेरा पेट न भरेगा।'

जग्गो ने दो पैसे और थोड़े से आलू देकर उसे विदा किया और दुकान सजाने लगी। सहसा उसे हिसाब की याद आ गई। रमा से बोली, 'भैया, जरा आज का खरचा तो टांक दो। बाजार में जैसे आग लग गई है। बुढ़िया छबडियों में चीजें लगा-लगाकर रखती जाती थी और हिसाब भी लिखाती जाती थी। आलू, टमाटर, कद्दू, केले, पालक, सेम, संतरे, गोभी, सब चीजों का तौल और दर उसे याद था। रमा से दोबारा पढ़वाकर उसने सुना तब उसे संतोष हुआ। इन सब कामों से छुट्टी पाकर उसने अपनी चिलम भरी और मोढ़े पर बैठकर पीने लगी, लेकिन उसके अंदाज से मालूम होता था कि वह तंबाकू का रस लेने के लिए नहीं, दिल को जलाने के लिए पी रही है। एक क्षण के बाद बोली, 'दूसरी औरत होती तो घड़ी-भर इसके साथ निबाह न होता, घड़ी-भर, पहर रात से चक्की में जुत जाती हूँ और दस बजे रात तक दुकान पर बैठी सती होती रहती हूँ। खाते-पीते बारह बजते हैं तब जाकर चार पैसे दिखाई देते हैं, और जो कुछ कमाती हूँ, यह नसे में बरबाद कर देता है। सात कोठरी में छिपा के रक्खू, पर इसकी निगाह पहुँच जाती है। निकाल लेता है। कभी एकाध चीज-बस्त बनवा लेती हूँ तो वह आँखों में गड़ने लगती है। तानों से छेदने लगता है। भाग में लड़कों का सुख भोगना नहीं बदा था, तो क्या करूं! छाती फाड़ के मर जाऊँ? माँगे से मौत भी तो नहीं मिलती। सुख भोगना लिखा होता, तो जवान बेटे चल देते, और इस पियक्कड़ के हाथों मेरी यह सांसत होती! इसी ने सुदेसी के झगड़े में पड़कर मेरे लालों की जान ली। आओ, इस कोठरी में भैया, तुम्हें मुग्दर की जोड़ी दिखाऊं। दोनों इस जोड़ी से पाँच-पाँच सौ हाथ उधरते थे।'

अंधेरी कोठरी में जाकर रमा ने मुग्दर की जोड़ी देखी। उस पर वार्निश थी, साफ-सुथरी मानो अभी किसी ने उधरकर रख दिया हो। बुढ़िया ने सगर्व नजरों से देखकर कहा,लोग कहते थे कि यह जोड़ी महा ब्राह्मन को दे दे, तुझे देख-देख कलक होगा। मैंने कहा,यह जोड़ी मेरे लालों की जुगल जोड़ी है। यही मेरे दोनों लाल

हैं। बुढ़िया के प्रति आज रमा के हृदय में असीम श्रद्धा जाग्रत हुई। कितना पावन धैर्य है, कितनी विशाल वत्सलता, जिसने लकड़ी के इन दो टुकड़ों को जीवन प्रदान कर दिया है। रमा ने जग्गो को माया और लोभ में डूबी हुई, पैसे पर जान देने वाली, कोमल भावों से सर्वथा विहीन समझ रखा था। आज उसे विदित हुआ कि उसका हृदय कितना स्नेहमय, कितना कोमल, कितना मनस्वी है। बुढ़िया ने उसके मुँह की ओर देखा, तो न जाने क्यों उसका मात! हृदय उसे गले लगाने के लिए अधीर हो उठा। दोनों के हृदय प्रेम के सूत्र में बंध गए। एक ओर पुत्र-स्नेह था, दूसरी ओर मातृ-भक्ति। वह मालिन्य जो अब तक गुप्त भाव से दोनों को पृथक किए हुए था, आज एकाएक दूर हो गया बुढ़िया ने कहा, 'मुँह-हाथ धो लिया है न बेटा, बड़े मीठे संतरे लाई हूँ, एक लेकर चखो तो।'

रमा ने संतरा खाते हुए कहा, 'आज से मैं तुम्हें अम्माँ कहा करूंगा।'

बुढ़िया के शुष्क, ज्योतिहीन, ठंडे, कृपण नजरों से मोती के-से दो बिंदु निकल पड़े।

इतने में देवीदीन दबे पांव आकर खड़ा हो गया बुढ़िया ने तड़पकर पूछा,यह इतने सबेरे किधर सवारी गई थी सरकार की?

देवी ने सरलता से मुस्कराकर कहा, 'कहीं नहीं, जरा एक काम से चला गया था।'

'क्या काम था, जरा मैं भी तो सुनूं, या मेरे सुनने लायक नहीं है?''

'पेट में दरद था, जरा वैदजी के पास चूरन लेने गया था।'

'झूठे हो तुम, उड़ो उससे जो तुम्हें जानता न हो चरस की टोह में गए थे तुम।'

'नहीं, तेरे चरन छूकर कहता हूँ। तू झूठ-मूठ मुझे बदनाम करती है।'

'तो फिर कहाँ गए थे तुम?'

'बता तो दिया रात खाना दो कौर ज्यादा खा गया था, सो पेट फूल गया, और मीठा-मीठा--

'झूठ है, बिलकुल झूठ! तुम चाहे झूठ बोलो, तुम्हारा मुँह साफ कहे देता है, यह बहाना है, चरस, गांजा, इसी टोह में गए थे तुम। मैं एक न मानूंगी। तुम्हें इस बुढ़ापे में नसे की सूझती है, यहाँ मेरी मरन हुई जाती है। सबेरे के गए-गए नौ बजे लौटे हैं, जानो यहाँ कोई इनकी लौंडी है।'

देवीदीन ने एक झाड़ू लेकर दुकान में झाड़ू लगाना शुरू किया, पर बुढ़िया ने उसके हाथ से झाड़ू छीन लिया और पूछा, तुम अब तक थे कहाँ? जब तक यह न बताओगे, भीतर घुसने न दूँगी।

देवीदीन ने सिटपिटाकर कहा, 'क्या करोगी पूछकर, एक अखबार के दफ्तर में तो गया था। जो चाहे कर ले।'

बुढ़िया ने माथा ठोंककर कहा, 'तुमने फिर वही लत पकड़ी? तुमने कान न पकड़ाथा कि अब कभी अखबारों के नगीच न जाऊँगा। बोलो, यही मुँह था कि कोई और!'

'तू बात तो समझती नहीं, बस बिगड़ने लगती है।'

'खूब समझती हूँ। अखबार वाले दंगा मचाते हैं और गरीबों को जेल ले जाते हैं। आज बीस साल से देख रही हूँ। वहाँ जो आता-जाता है, पकड़ लिया जाता है। तलासी तो आए दिन हुआ करती है। क्या बुढ़ापे में जेल की रोटियाँ तोड़ोगे?'

देवीदीन ने एक लिफाफा रमानाथ को देकर कहा, 'यह रूपये हैं भैया, गिन लो। देख, यह रूपये वसूल करने गया था। जी न मानता हो, तो आधे ले ले!'

बुढ़िया ने आँखें गाड़कर कहा, 'अच्छा! तो तुम अपने साथ इस बेचारे को भी डुबाना चाहते हो तुम्हारे रूपये में आग लगा दूँगी। तुम रूपये मत लेना, भैया! जान से हाथ धोओगे। अब सेंतमेंत आदमी नहीं मिलते, तो सब लालच दिखाकर लोगों को फँसाते हैं। बाजार में पहरा दिलावेंगे, अदालत में गवाही करावेंगे! फेंक दो उसके रूपये, जितने रूपये चाहो, मुझसे ले जाओ।'

जब रमानाथ ने सारा वृत्तांत कहा, तो बुढ़िया का चित्त शांत हुआ। तनी हुई भवें ढीली पड़ गई, कठोर मुद्रा नर्म हो गई। मेघ-पट को हटाकर नीला आकाश हँस पड़ा। विनोद करके बोली, 'इसमें से मेरे लिए क्या लाओगे, बेटा?'

रमा ने लिफाफा उसके सामने रखकर कहा, 'तुम्हारे तो सभी हैं, अम्माँ! मैं रूपये लेकर क्या करूंगा?'

'घर क्यों नहीं भेज देते। इतने दिन आए हो गए, कुछ भेजा नहीं।'

'मेरा घर यही है, अम्माँ! कोई दूसरा घर नहीं है।'

बुढ़िया का मातृत्व वंचित ह्रदय गद्गद हो उठा। इस मात!-भक्ति के लिए कितने दिनों से उसकी आत्मा तड़प रही थी। इस कृपण ह्रदय में जितना प्रेम संचित हो रहा था, वह सब माता के स्तन में एकत्र होने वाले दूध की भांति बाहर निकलने के लिए आतुर हो गया उसने नोटों को गिनकर कहा, पचास हैं, बेटा! पचास मुझसे और ले लो। चाय का पतीला रखा हुआ है। चाय की दुकान खोल दो। यहीं एक तरफ चार-पाँच मोढ़े और मेज रख लेना। दो-दो घंटे सांझ-सवेरे बैठ जाओगे तो गुजर भर को मिल जायगा। हमारे जितने गाहक आवेंगे, उनमें से कितने ही चाय भी पी लेंगे।'

देवीदीन बोला, 'तब चरस के पैसे मैं इस दुकान से लिया करूंगा!'

बुढ़िया ने विहंसित और पुलकित नजरों से देखकर कहा, 'कौड़ी-कौड़ी का हिसाब लूंगी। इस उधर में न रहना।'

रमा अपने कमरे में गया, तो उसका मन बहुत प्रसन्न था। आज उसे कुछ वही आनंद मिल रहा था, जो अपने घर भी कभी न मिला था। घर पर जो स्नेह मिलता था, वह उसे मिलना ही चाहिए था। यहाँ जो स्नेह मिला, वह मानो आकाश से टपका था। उसने स्नान किया, माथे पर तिलक लगाया और पूजा का स्वांग भरने बैठा कि बुढ़िया आकर बोली,बेटा, तुम्हें रसोई बनाने में बड़ी तकलीफ होती है। मैंने एक ब्राह्मनी ठीक कर दी है। बेचारी बड़ी गरीब है। तुम्हारा भोजन बना दिया करेगी। उसके हाथ का तो तुम खा लोगे, नेम-करम से रहती है बेटा,ऐसी बात नहीं है। मुझसे रूपये-पैसे उधार ले जाती है। इसी से राजी हो गई है।'

उन वृद्ध आँखों से प्रगाढ़, अखंड मातृत्व झलक रहा था, कितना विशुद्ध, पवित्र! ऊंच-नीच और जाति मर्यादा का विचार आप ही आप मिट गया बोला, 'जब तुम मेरी माता हो गई तो फिर काहे का छूत-विचार! मैं तुम्हारे ही हाथ का खाऊंगा।'

बुढ़िया ने जीभ दांतों से दबाकर कहा, 'अरे नहीं बेटा! मैं तुम्हारा धरम न लूंगी, कहाँ तुम बराम्हन और कहाँ हम खटिक ऐसा कहीं हुआ है।'

'मैं तो तुम्हारी रसोई में खाऊंगा। जब माँ-बाप खटिक हैं, तो बेटा भी खटिक है। जिसकी आत्मा बड़ी हो वही ब्राह्मण है।'

'और जो तुम्हारे घरवाले सुनें तो क्या कहें!'

'मुझे किसी के कहने-सुनने की चिंता नहीं है, अम्माँ! आदमी पाप से नीच होता है, खाने-पीने से नीच नहीं होता। प्रेम से जो भोजन मिलता है, वह पवित्र होता है। उसे तो देवता भी खाते हैं।'

बुढ़िया के हृदय में भी जाति-गौरव का भाव उदय हुआ। बोली, 'बेटा, खटिक कोई नीच जात नहीं है। हम लोग बराम्हन के हाथ का भी नहीं खाते। कहार का पानी तक नहीं पीते। माँस-मछरी हाथ से नहीं छूते, कोई कोई सराब पीते हैं, मुदा लुक-छिपकर। इसने किसी को नहीं छोडा, बेटा! बड़े-बड़े तिलकधारी गटागट पीते हैं। लेकिन मेरी रोटियाँ तुम्हें अच्छी नहीं लगेंगी?'

रमा ने मुस्कराकर कहा, 'प्रेम की रोटियों में अमृत रहता है, अम्माँ! चाहे गेहूँ की हों या बाजरे की।' बुढ़िया यहाँ से चली तो मानो अंचल में आनंद की निधि भरे हो।

अट्ठाईस

जब से रमा चला गया था, रतन को जालपा के विषय में बड़ी चिंता हो गई थी। वह किसी बहाने से उसकी मदद करते रहना चाहती थी। इसके साथ ही यह भी चाहती थी कि जालपा किसी तरह ताड़ने न पाएँ अगर कुछ रूपया खर्च करके भी रमा का पता चल सकता, तो वह सहर्ष खर्च कर देती। जालपा की वह रोती हुई आँख देखकर उसका ह्रदय मसोस उठता था। वह उसे प्रसन्नमुख देखना चाहती थी। अपने अंधेरे, रोने घर से ऊबकर वह जालपा के घर चली जाया करती थी। वहाँ घड़ी-भर हँस-बोल लेने से उसका चित्त प्रसन्न हो जाता था। अब वहाँ भी वही नहूसत छा गई। यहाँ आकर उसे अनुभव होता था कि मैं भी संसार में हूँ, उस संसार में जहाँ जीवन है, लालसा है, प्रेम है, विनोद है। उसका अपना जीवन तो व्रत की वेदी पर अर्पित हो गया था। वह तन-मन से उस व्रत का पालन करती थी, पर शिवलिंग के ऊपर रखे हुए घट में क्या वह प्रवाह है, तरंग है, नाद है, जो सरिता में है? वह शिव के मस्तक को शीतल करता रहे, यही उसका काम है, लेकिन क्या उसमें सरिता के प्रवाह और तरंग और नाद का लोप नहीं हो गया है?

इसमें संदेह नहीं कि नगर के प्रतिष्ठित और संपन्न घरों से रतन का परिचय था, लेकिन जहाँ प्रतिष्ठा थी, वहाँ तकल्लुफ था, दिखावा था, ईर्ष्या थी, निंदा थी। क्लब के संसर्ग से भी उसे अरूचि हो गई थी। वहाँ विनोद अवश्य था, क्रीडा अवश्य थी,, किंतु पुरूषों की आतुरता भी थे, विकल ह्रदय भी, उन्मत्त शब्द भी। जालपा के घर अगर वह शान न थी, वह दौलत न थी, तो वह दिखावा भी न था, वह ईर्ष्या भी न थी। रमा जवान था, रूपवान था, चाहे रसिक भी हो, पर रतन को अभी तक उसके विषय में संदेह करने का कोई अवसर न मिला था, और जालपा जैसी सुंदरी के रहते हुए उसकी संभावना भी न थी। जीवन के बाजार में और सभी दुकानदारों की कुटिलता और जट्टपन से तंग आकर उसने इस छोटी-सी दुकान का आश्रय लिया था, किंतु यह दुकान भी टूट गई। अब वह जीवन की सामग्रियाँ कहाँ बसा देगी, सच्चा माल कहाँ पावेगी?

एक दिन वह ग्रामोफोन लाई और शाम तक बजाती रही। दूसरे दिन ताजे मेवों की एक कटोरी लाकर रख गई। जब आती तो कोई सौगात लिये आती। अब तक वह जागेश्वरी से बहुत कम मिलती थी, पर अब बहुधा उसके पास आ बैठती और इधर-उधर की बातें करती। कभी-कभी उसके सिर में तेल डालती और बाल गूंथती। गोपी और विश्वम्भर से भी अब स्नेह हो गया कभीकभी दोनों को मोटर पर घुमाने

ले जाती। स्कूल से आते ही दोनों उसके बंगले पर पहुँच जाते और कई लड़कों के साथ वहाँ खेलते। उनके रोने-चिल्लाने और झगड़ने में रतन को हार्दिक आनंद प्राप्त होता था। वकील साहब को भी अब रमा के घरवालों से कुछ आत्मीयता हो गई थी। बार-बार पूछते रहते थे, 'रमा बाबू का कोई खत आया-कुछ पता लगा? उन लोगों को कोई तकलीफ तो नहीं है?'

एक दिन रतन आई, तो चेहरा उतरा हुआ था। आँखें भारी हो रही थीं। जालपा ने पूछा, 'आज जी अच्छा नहीं है क्या?' रतन ने कुंठित स्वर में कहा, 'जी तो अच्छा है, पर रात-भर जागना पड़ा।

रात से उन्हें बड़ा कष्ट है। जाड़ों में उनको दमे का दौरा हो जाता है। बेचारे जाड़ों-भर एमलशन और सनाटोजन और न जाने कौन-कौन से रस खाते रहते हैं, पर यह रोग गला नहीं छोड़ता। कलकत्ता में एक नामी वैद्य हैं। अबकी उन्हीं से इलाज कराने का इरादा है। कल चली जाऊँगी। मुझे ले तो नहीं जाना चाहते, कहते हैं, वहाँ बहुत कष्ट होगा, लेकिन मेरा जी नहीं मानता। कोई बोलने वाला तो होना चाहिए। वहाँ दो बार हो आई हूँ, और जब-जब गई हूँ, बीमार हो गई हूँ।

मुझे वहाँ जरा भी अच्छा नहीं लगता, लेकिन अपने आराम को देखूं या उनकी बीमारी को देखूं। बहन कभी-कभी ऐसा जी ऊब जाता है कि थोड़ी-सी संखिया खाकर सो रहूँ। विधाता से इतना भी नहीं देखा जाता। अगर कोई मेरा सर्वस्व लेकर भी इन्हें अच्छा कर दे, कि इस बीमारी की जड़ टूट जावे, तो मैं खुशी से दे दूँगी।'

जालपा ने सशंक होकर कहा,'यहाँ किसी वैद्य को नहीं बुलाया?'

'यहाँ के वैद्यों को देख चुकी हूँ, बहन! वैद्य-डाक्टर सबको देख चुकी!'

'तो कब तक आओगी?'

'कुछ ठीक नहीं। उनकी बीमारी पर है। एक सप्ताह में आ जाऊँ, महीने-दो महीने लग जायं, क्या ठीक है, मगर जब तक बीमारी की जड़ न टूट जायगी, न आऊँगी।'

विधि अंतरिक्ष में बैठी हँस रही थी। जालपा मन में मुस्कराई। जिस बीमारी की जड़ जवानी में न टूटी, बुढ़ापे में क्या टूटेगी, लेकिन इस सदिच्छा से सहानुभूति न रखना असंभव था। बोली, 'ईश्वर चाहेंगे, तो वह वहाँ से जल्द अच्छे होकर लौटेंगे, बहन!'

'तुम भी चलतीं तो बड़ा आनंद आता।'

जालपा ने करूण भाव से कहा, 'क्या चलूं बहन, जाने भी पाऊं। यहाँ दिन-भर यह आशा लगी रहती है कि कोई खबर मिलेगी। वहाँ मेरा जी और घबड़ाया करेगा।'

'मेरा दिल तो कहता है कि बाबूजी कलकत्ता में हैं।'

'तो जरा इधर-उधर खोजना। अगर कहीं पता मिले तो मुझे तुरंत खबर देना।'

'यह तुम्हारे कहने की बात नहीं है, जालपा।'

'यह मुझे मालूम है। खत तो बराबर भेजती रहोगी?'

'हाँ अवश्य, रोज नहीं तो अंतरे दिन जरूर लिखा करूंगी, मगर तुम भी जवाब देना।'

जालपा पान बनाने लगी। रतन उसके मुँह की ओर अपेक्षा के भाव से ताकती रही, मानो कुछ कहना चाहती है और संकोचवश नहीं कह सकती। जालपा ने पान देते समय उसके मन का भाव ताड़कर कहा, 'क्या है। हन, क्या कह रही हो?'

रतन- कुछ नही मेरे पास कुछ रुपये हैं, तुम रख लो बहन मेरे पास रहेंगे 'तो खर्च हो जायंगे। जालपा ने मुस्कराकर आपत्ति की, और जो मुझसे खर्च हो जायं?'

रतन ने प्रफुल्ल मन से कहा, 'तुम्हारे ही तो हैं बहन, किसी गैर के तो नहीं हैं।'

जालपा विचारों में डूबी हुई जमीन की तरफ ताकती रही। कुछ जवाब न दिया रतन ने शिकवे के अंदाज से कहा, 'तुमने कुछ जवाब नहीं दिया बहन, मेरी समझ में नहीं आता, तुम मुझसे खिंची क्यों रहती हो मैं चाहती हूँ, हममें और तुममें जरा भी अंतर न रहे लेकिन तुम मुझसे दूर भागती हो अगर मान लो मेरे सौ-पचास रूपये तुम्हीं से खर्च हो गए, तो क्या हुआ। बहनों में तो ऐसा कौड़ी-कौड़ी का हिसाब नहीं होता।'

जालपा ने गंभीर होकर कहा, 'कुछ कहूँ, बुरा तो न मानोगी?'

'बुरा मानने की बात होगी तो जरूर बुरा मानूंगी।'

'मैं तुम्हारा दिल दुखाने के लिए नहीं कहती। संभव है, तुम्हें बुरी लगे। तुम अपने मन में सोचो, तुम्हारे इस बहनापे में दया का भाव मिला हुआ है या नहीं? तुम मेरी गरीबी पर तरस खाकर--

रतन ने लपककर दोनों हाथों से उसका मुँह बंद कर दिया और बोली, 'बस अब रहने दो। तुम चाहे जो ख्याल करो, मगर यह भाव कभी मेरे मन में न था और न हो सकता है। मैं तो जानती हूँ, अगर मुझे भूख लगी हो, तो मैं निस्संकोच होकर तुमसे कह दूँगी, बहन, मुझे कुछ खाने को दो, भूखी हूँ।' जालपा ने उसी निर्ममता से कहा, 'इस समय तुम ऐसा कह सकती हो तुम जानती हो कि किसी दूसरे समय तुम पूरियों या रोटियों के बदले मेवे खिला सकती हो, लेकिन ईश्वर न करे कोई ऐसा समय आए जब तुम्हारे घर में रोटी का टुकड़ा न हो, तो शायद तुम इतनी निस्संकोच न हो सको।'

रतन ने दृढ़ता से कहा, 'मुझे उस दशा में भी तुमसे माँगने में संकोच न होगा। मैत्री परिस्थितियों का विचार नहीं करती। अगर यह विचार बना रहे, तो समझ लो मैत्री नहीं है। ऐसी बातें करके तुम मेरा द्वार बंद कर रही हो मैंने मन में समझा था, तुम्हारे साथ जीवन के दिन काट दूँगी, लेकिन तुम अभी से चेतावनी दिए देती हो अभागों को प्रेम की भिक्षा भी नहीं मिलती। यह कहते-कहते रतन की आँखें सजल हो गई। जालपा अपने को दुखिनी समझ रही थी और दुखी जनों को निर्मम सत्य कहने की स्वाधीनता होती है। लेकिन रतन की मनोव्यथा उसकी व्यथा से कहीं विदारक थी। जालपा के पति के लौट आने की अब भी आशा थी। वह जवान है, उसके आते ही जालपा को ये बुरे दिन भूल जाएँगे। उसकी आशाओं का सूर्य फिर उदय होगा। उसकी इच्छाएं फिर फले-फूलेंगी। भविष्य अपनी सारी आशाओं और आकांक्षाओं के साथ उसके सामने था, विशाल, उज्ज्वल, रमणीक' रतन का भविष्य क्या था? कुछ नहीं, शून्य, अंधकार!

जालपा आँखें पोंछकर उठ खड़ी हुई। बोली, 'पत्रों के जवाब देती रहना। रूपये देती जाओ।'

रतन ने पर्स से नोटों का एक बंडल निकालकर उसके सामने रख दिया, पर उसके चेहरे पर प्रसन्नता न थी। जालपा ने सरल भाव से कहा, 'क्या बुरा मान गई।'

रतन ने रूठे हुए शब्दों में कहा, 'बुरा मानकर तुम्हारा क्या कर लूंगी।'

जालपा ने उसके गले में बांहें डाल दीं। अनुराग से उसका ह्रदय गदगद हो गया रतन से उसे इतना प्रेम कभी न हुआ था। वह उससे अब तक खिंचती थी, ईर्ष्याकरती थी। आज उसे रतन का असली रूप दिखाई दिया' यह सचमुच अभागिनी है और मुझसे बढ़कर। एक क्षण बाद, रतन आँखों में आंसू और हँसी एक साथ भरे विदा हो गई।

उनतीस

कलकत्ता में वकील साहब ने ठहरने का पहले ही इंतजाम कर लिया था। कोई कष्ट न हआ। रतन ने महाराज और टीमल कहार को साथ ले लिया था। दोनों वकील साहब के पुराने नौकर थे और घर के-से आदमी हो गए थे। शहर के बाहर एक बंगला था। उसके तीन कमरे मिल गए। इससे ज्यादा जगह की वहाँ जरूरत भी न थी। हाते में तरह-तरह के फल-पौधे लगे हुए थे। स्थान बहुत सुंदर मालूम होता था। पास-पड़ोस में और कितने ही बंगले थे। शहर के लोग उधर हवाखोरी के लिए

जाया करते थे और हरे होकर लौटते थे, पर रतन को वह जगह फाड़े खाती थी। बीमार के साथ वाले भी बीमार होते हैं। उदासों के लिए स्वर्ग भी उदास है। सद्यर्ष ने वकील साहब को और भी शिथिल कर दिया था। दो-तीन दिन तो उनकी दशा उससे भी खराब रही, जैसी प्रयाग में थी,, लेकिन दवा शुरू होने के दो-तीन दिन बाद वह कुछ संभलने लगे। रतन सुबह से आधी रात तक उनके पास ही कुर्सी डाले बैठी रहती। स्नान-भोजन की भी सुधि न रहती। वकील साहब चाहते थे कि यह यहाँ से हट जाय तो दिल खोलकर कराहें। उसे तस्कीन देने के लिए वह अपनी दशा को छिपाने की चेष्टा करते रहते थे। वह पूछती, आज कैसी तबीयत है? तो वह फीकी मुस्कराहट के साथ कहते, 'आज तो जी बहुत हल्का मालूम होता है।' बेचारे सारी रात करवटें बदलकर काटते थे, पर रतन पूछती, रात नींद आई थी?' तो कहते, 'हाँ, खूब सोया रतन पथ्य सामने ले जाती, तो अरूचि होने पर भी खा लेते। रतन समझती, अब यह अच्छे हो रहे हैं। कविराज जी से भी वह यही समाचार कहती। वह भी अपने उपचार की सफलता पर प्रसन्न थे। एक दिन वकील साहब ने रतन से कहा, 'मुझे डर है कि मुझे अच्छा होकर तुम्हारी दवा न करनी पड़े।'

रतन ने प्रसन्न होकर कहा, 'इससे बढ़कर क्या बात होगी। मैं तो ईश्वर से मनाती हूँ कि तुम्हारी बीमारी मुझे दे दें। 'शाम को घूम आया करो। अगर बीमार पड़ने की इच्छा हो, तो मेरे अच्छे हो जाने पर पड़ना।'

'कहाँ जाऊँ, मेरा तो कहीं जाने को जी ही नहीं चाहता। मुझे यहीं सबसे अच्छा लगता है।'

वकील साहब को एकाएक रमानाथ का ख्याल आ गया बोले, 'जरा शहर के पार्कों में घूम-घाम कर देखो, शायद रमानाथ का पता चल जाय। रतन को अपना वादा याद आ गया रमा को पा जाने की आनंदमय आशा ने एक क्षण के लिए उसे चंचल कर दिया कहीं वह पार्क में बैठे मिल जाएँ, तो पूछूंगी कहिए बाबूजी, अब कहाँ भागकर जाइएगा? इस कल्पना से उसकी मुद्रा खिल उठी। बोली, 'जालपा से मैंने वादा तो किया था कि पता लगाऊंगी, पर यहाँ आकर भूल गई।'

वकील साहब ने साग्रह कहा, 'आज चली जाओ। आज क्या, शाम को रोज घंटे-भर के लिए निकल जाया करो।'

रतन ने चिंतित होकर कहा, 'लेकिन चिंता तो लगी रहेगी।'

वकील साहब ने मुस्कराकर कहा, 'मेरी? मैं तो अच्छा हो रहा हूँ।'

रतन ने संदिग्ध भाव से कहा, 'अच्छा, चली जाऊँगी।'

रतन को कल से वकील साहब के आश्वासन पर कुछ संदेह होने लगा था। उनकी चेष्टा से अच्छे होने का कोई लक्षण उसे न दिखाई देता था। इनका चेहरा क्यों

दिन-दिन पीला पड़ता जाता है! इनकी आँखें क्यों हरदम बंद रहती हैं! देह क्यों दिन-दिन घुलती जाती है! महाराज और कहार से वह यह शंका न कह सकती थी। कविराज से पूछते उसे संकोच होता था। अगर कहीं रमा मिल जाते, तो उनसे पूछती। वह इतने दिनों से यहाँ हैं, किसी दूसरे डाक्टर को दिखाती। इन कविराज जी से उसे कुछ-कुछ निराशा हो चली थी। जब रतन चली गई, तो वकील साहब ने टीमल से कहा, 'मुझे जरा उठाकर बिठा दो, टीमल, पड़े-पड़े कमर सीधी हो गई। एक प्याली चाय पिला दो। कई दिन हो गए, चाय की सूरत नहीं देखी। यह पथ्य मुझे मारे डालता है। दूध देखकर ज्वर चढ़ आता है, पर उनकी खातिर से पी लेता हूँ! मुझे तो इन कविराज की दवा से कोई फायदा नहीं मालूम होता। तुम्हें क्या मालूम होता है?'

टीमल ने वकील साहब को तकिए के सहारे बैठाकर कहा, 'बाबूजी सो देख लेव, यह तो मैं पहले ही कहने वाला था। सो देख लेव, बहूजी के डर के मारे नहीं कहता था।'

वकील साहब ने कई मिनट चुप रहने के बाद कहा, 'मैं मौत से डरता नहीं, टीमल! बिलकुल नहीं। मुझे स्वर्ग और नरक पर बिलकुल विश्वास नहीं है। अगर संस्कारों के अनुसार आदमी को जन्म लेना पड़ता है, तो मुझे विश्वास है, मेरा जन्म किसी अच्छे घर में होगा। फिर भी मरने को जी नहीं चाहता। सोचता हूँ, मर गया तो क्या होगा।'

टीमल ने कहा, 'बाबूजी सो देख लेव, आप ऐसी बातें न करें। भगवान चाहेंगे, तो आप अच्छे हो जाएँगे। किसी दूसरे डाक्टर को बुलाऊं-आप लोग तो अंगरेजी पढ़े हैं, सो देख लेव, कुछ मानते ही नहीं, मुझे तो कुछ और ही संदेह हो रहा है। कभी-कभी गंवारों की भी सुन लिया करो। सो देख लेव, आप मानो चाहे न मानो, मैं तो एक सयाने को लाऊंगा। बंगाल के ओझे-सयाने मसहूर हैं।'

वकील साहब ने मुँह उधर लिया प्रेत-बाधा का वह हमेशा मजाक उड़ाया करते थे। कई ओझों को पीट चुके थे। उनका ख्याल था कि यह प्रवंचना है, ढोंग है, लेकिन इस वक्त उनमें इतनी शक्ति भी न थी कि टीमल के इस प्रस्ताव का विरोध करते। मुँह उधर किया

महाराज ने चाय लाकर कहा, 'सरकार, चाय लाया हूँ।'

वकील साहब ने चाय के प्याले को क्षुधित नजरों से देखकर कहा, ले जाओ, अब न पीऊंगा। उन्हें मालूम होगा, तो दुखी होंगी। क्यों महाराज, जब से मैं आया हूँ मेरा चेहरा कुछ हरा हुआ है?'

महाराज ने टीमल की ओर देखा। वह हमेशा दूसरों की राय देखकर राय दिया करते थे। खुद सोचने की शक्ति उनमें न थी। अगर टीमल ने कहा है, आप अच्छे हो रहे हैं, तो वह भी इसका समर्थन करेंगे। टीमल ने इसके विरुद्ध कहा है, तो उन्हें भी इसके विरुद्ध ही कहना चाहिए। टीमल ने उनके असमंजस को भांपकर कहा, 'हरा क्यों नहीं हुआ है, हाँ, जितना होना चाहिए उतना नहीं हुआ।'

महाराज बोले, 'हाँ, कुछ हरा जरूर हुआ है, मुदा बहुत कम।'

वकील साहब ने कुछ जवाब नहीं दिया दो-चार वाक्य बोलने के बाद वह शिथिल हो जाते थे और दस पाँच मिनट शांत अचेत पड़े रहते थे। कदाचित उन्हें अपनी दशा का यथार्थ ज्ञान हो चुका था। उसके मुख पर, बुद्धिपर, मस्तिष्क पर मृत्युकी छाया पड़ने लगी थी। अगर कुछ आशा थी, तो इतनी ही कि शायद मन की दुर्बलता से उन्हें अपनी दशा इतनी हीन मालूम होती हो उनका दम अब पहले से ज्यादा फूलने लगा था। कभी कभी तो ऊपर की सांस ऊपर ही रह जाती थी। जान पड़ता था, बस अब प्राण निकला। भीषण प्राण-वेदना होने लगती थी। कौन जाने, कब यही अवरोध एक क्षण और बढ़कर जीवन का अंत कर दे।

सामने उद्यान में चांदनी कोहरे की चादर ओढ़े, जमीन पर पड़ी सिसक रही थी। फल और पौधे मलिन मुख, सिर झुकाए, आशा और भय से विकल हो-होकर मानो उसके वक्ष पर हाथ रखते थे, उसकी शीतल देह को स्पर्श करते थे और आंसू की दो बूंदें गिराकर फिर उसी भांति देखने लगते थे। सहसा वकील साहब ने आँखें खोलीं। आँखों के दोनों कोनों में आंसू की बूंदें मचल रही थीं।

क्षीण स्वर में बोले, 'टीमल! क्या सिद्धू आए थे?'

फिर इस प्रश्न पर आप ही लज्जित हो मुस्कराते हुए बोले, 'मुझे ऐसा मालूम हुआ, जैसे सिद्धू आए हों।'

फिर गहरी सांस लेकर चुप हो गए, और आँखें बंद कर लीं। सिद्धू उस बेटे का नाम था, जो जवान होकर मर गया था। इस समय वकील साहब को बराबर उसी की याद आ रही थी। कभी उसका बालपन सामने आ जाता, कभी उसका मरना आगे दिखाई देने लगता, कितने स्पष्ट, कितने सजीव चित्र थे। उनकी स्मृति कभी इतनी मूर्तिमान, इतनी चित्रमय न थी। कई मिनट के बाद उन्होंने फिर आँखें खोली और इधर-उधर खोई हुई आँखों से देखा। उन्हें अभी ऐसा जान पड़ता था कि मेरी माता आकर पूछ रही हैं, 'बेटा, तुम्हारा जी कैसा है?'

सहसा उन्होंने टीमल से कहा, 'यहाँ आओ। किसी वकील को बुला लाओ, जल्दी जाओ, नहीं वह घूमकर आती होंगी।'

इतने में मोटर का हार्न सुनाई दिया और एक पल में रतन आ पहुँची। वकील को बुलाने की बात उड़ गई। वकील साहब ने प्रसन्न-मुख होकर पूछा, 'कहाँ? कहाँ गई?कुछ उसका पता मिला?'

रतन ने उनके माथे पर हाथ रखते हुए कहा, 'कई जगह देखा। कहीं न दिखाई दिए। इतने बड़े शहर में सड़कों का पता तो जल्दी चलता नहीं, वह भला क्या मिलेंगे। दवा खाने का समय तो आ गया न?'

वकील साहब ने दबी जबान से कहा, 'लाओ, खा लूं।'

रतन ने दवा निकाली और उन्हें उठाकर पिलाई। इस समय वह न जाने क्यों कुछ भयभीत-सी हो रही थी। एक अस्पष्ट, अज्ञात शंका उसके हृदय को दबाए हुए थी। एकाएक उसने कहा, 'उन लोगों में से किसी को तार दूं।

वकील साहब ने प्रश्न की आँखों से देखा। फिर आप ही आप उसका आशय समझकर बोले, 'नहीं-नहीं, किसी को बुलाने की जरूरत नहीं। मैं अच्छा हो रहा हूँ।'

फिर एक क्षण के बाद सावधान होने की चेष्टा करके बोले, 'मैं चाहता हूँ कि अपनी वसीयत लिखवा दूं।'

जैसे एक शीतल, तीव्र बाण रतन के पैर से घुसकर सिर से निकल गया मानो उसकी देह के सारे बंधन खुल गए, सारे अवयव बिखर गए, उसके मस्तिष्क के सारे परमाणु हवा में उड़ गए। मानो नीचे से धरती निकल गई, ऊपर से आकाश निकल गया और अब वह निराधार, निस्पंद, निर्जीव खड़ी है। अवरूद्ध, अश्रुकंपित कंठ से बोली घर से किसी को बुलाऊं? यहाँ किससे सलाह ली जाए? कोई भी तो अपना नहीं है।

'अपनों के लिए इस समय रतन अधीर हो रही थी। कोई भी तो अपना होता, जिस पर वह विश्वास कर सकती, जिससे सलाह ले सकती। घर के लोग आ जाते, तो दौड़-धूप करके किसी दूसरे डाक्टर को बुलाते। वह अकेली क्या-क्या करे-आखिर भाई-बंद और किस दिन काम आयेंगे। संकट में ही अपने काम आते हैं। फिर यह क्यों कहते हैं कि किसी को मत बुलाओ!

वसीयत की बात फिर उसे याद आ गई! यह विचार क्यों इनके मन में आया? वैद्य जी ने कुछ कहा तो नहीं? क्या होने वाला है, भगवान! यह शब्द अपने सारे संसर्गों के साथ उसके हृदय को विदीर्ण करने लगा। चिल्ला-चिल्लाकर रोने के लिए उसका मन विकल हो उठा। अपनी माता याद आई। उसके अंचल में मुँह छिपाकर रोने की आकांक्षा उसके मन में उत्पन्न हुई। उस स्नेहमय अंचल में रोकर उसकी बाल-आत्मा को कितना संतोष होता था। कितनी जल्द उसकी सारी मनोव्यथा शांत

हो जाती थी। आह! यह आधार भी अब नहीं। महाराज ने आकर कहा, 'सरकार, भोजन तैयार है। थाली परसूं?'

रतन ने उसकी ओर कठोर नजरों से देखा। वह बिना जवाब की अपेक्षा किए चुपके-से चला गया

मगर एक ही क्षण में रतन को महाराज पर दया आ गई। उसने कौन-सी बुराई की जो भोजन के लिए पूछने आया भोजन भी ऐसी चीज है, जिसे कोई छोड़ सके! वह रसोई में जाकर महाराज से बोली, 'तुम लोग खा लो, महाराज! मुझे आज भूख नहीं लगी है।'

महाराज ने आग्रह किया, 'दो ही फुलके खा लीजिए, सरकार!'

रतन ठिठक गई। महाराज के आग्रह में इतनी सह्रदयता, इतनी संवेदना भरी हुई थी कि रतन को एक प्रकार की सांत्वना का अनुभव हुआ। यहाँ कोई अपना नहीं है, यह सोचने में उसे अपनी भूल प्रतीत हुई। महाराज ने अब तक रतन को कठोर स्वामिनी के रूप में देखा था। वही स्वामिनी आज उसके सामने खड़ी मानो सहानुभूति की भिक्षा माँग रही थी। उसकी सारी सदवृत्तियाँ उमड़ उठीं।

रतन को उसके दुर्बल मुख पर अनुराग का तेज नजर आया उसने पूछा, 'क्यों महाराज, बाबूजी को इस कविराज की दवा से कोई लाभ हो रहा है?'

महाराज ने डरते-डरते वही शब्द दुहरा दिए, जो आज वकील साहब से कहे थे,कुछ-कुछ तो हो रहा है, लेकिन जितना होना चाहिए उतना नहीं।

रतन ने अविश्वास के अंदाज से देखकर कहा, तुम भी मुझे धोखा देते हो, महाराज!

महाराज की आँखें डबडबा गई। बोले, 'भगवान सब अच्छा ही करेंगे बहूजी, घबड़ाने से क्या होगा। अपना तो कोई बस नहीं है।'

रतन ने पूछा, 'यहाँ कोई ज्योतिषी न मिलेगा? जरा उससे पूछते। कुछ पूजापाठ भी करा लेने से अच्छा होता है।'

महाराज ने तुष्टि के भाव से कहा, 'यह तो मैं पहले ही कहने वाला था, बहूजी! लेकिन बाबूजी का मिजाज तो जानती हो इन बातों से वह कितना बिगड़ते हैं।'

रतन ने दृढ़ता से कहा, 'सबेरे किसी को जरूर बुला लाना।'

'सरकार चिढ़ेंगे!'

'मैं तो कहती हूँ।'

यह कहती हुई वह कमरे में आई और रोशनी के सामने बैठकर जालपा को पत्र लिखने लगी,

बहन, नहीं कह सकती, क्या होने वाला है। आज मुझे मालूम हुआ है कि मैं अब तक मीठे भ्रम में पड़ी हुई थी। बाबूजी अब तक मुझसे अपनी दशा छिपाते थे, मगर आज यह बात उनके काबू से बाहर हो गई। तुमसे क्या कहूँ, आज वह वसीयत लिखने की चर्चा कर रहे थे। मैंने ही टाला। दिल घबड़ा रहा है। बहन, जी चाहता है, थोड़ी सी संखिया खाकर सो रहूँ। विधाता को संसार दयालु, कृपालु, दीन बंधु और जाने कौन कौन? सी उपाधियाँ। देता है। मैं कहती हूँ, उससे निर्दयी, निर्मम, निष्ठुर कोई शत्रु भी नहीं हो सकता। पूर्वजन्म का संस्कार केवल मन को समझाने की चीज है। जिस दंड का हेतु ही हमें न मालूम हो, उस दंड का मूल्य ही क्या! वह तो जबर्दस्त की लाठी है, जो आघात करने के लिए कोई कारण गढ़ लेती है। इस अंधेरे, निर्जन, कांटों से भरे हुए जीवन-मार्ग में मुझे केवल एक टिमटिमाता हुआ दीपक मिला था। मैं उसे अंचल में छिपाए, विधि को धन्यवाद देती हुई, गाती चली जाती थी, पर वह दीपक भी मुझसे छीना जा रहा है। इस अंधकार में मैं कहाँ जाऊँगी, कौन मेरा रोना सुनेगा, कौन मेरी बांह पकड़ेगा। बहन, मुझे क्षमा करना। मुझे बाबूजी का पता लगाने का अवकाश नहीं मिला। आज कई पार्कों का चक्कर लगा आई, पर कहीं पता नहीं चला। कुछ अवसर मिला तो फिर जाऊँगी।

'माताजी को मेरा प्रणाम कहना।'

पत्र लिखकर रतन बरामदे में आई। शीतल समीर के झोंके आ रहे थे। प्रकृति मानो रोग-शय्या पर पड़ी सिसक रही थी। उसी वक्त वकील साहब की सांस वेग से चलने लगी।

तीस

रात के तीन बज चुके थे। रतन आधी रात के बाद आरामकुर्सी पर लेटे ही लेटे झपकिया ले रही थीं कि सहसा वकील साहब के गले का खर्राटा सुनकर चौंकं पड़ी। उल्टी सांसें चल रही थीं। वह उनके सिरहाने चारपाई पर बैठ गई और उनका सिर उठाकर अपनी जांघ पर रख लिया। अभी न जाने कितनी रात बाकी है। मेज पर रखी हुई छोटी घड़ी की ओर देखा। अभी तीन बजे थे। सबेरा होने में चार घंटे की देर थी। कविराज कहीं नौ बजे आवेंगे! यह सोचकर वह हताश हो गई। अभागिनी रात क्या अपना काला मुँह लेकर विदा न होगी! मालूम होता है, एक युग हो गया! कई मिनट के बाद वकील साहब की सांस रूकी। सारी देह पसीने में तर थी। हाथ से रतन को हट जाने का इशारा किया और तकिए पर सिर रखकर फिर

आँखें बंद कर लीं।

एकाएक उन्होंने क्षीण स्वर में कहा, रतन–'अब विदाई का समय आ गया मेरे अपरा के–

उन्होंने दोनों हाथ जोड़ लिए और उसकी ओर दीन याचना की आँखों से देखा। कुछ कहना चाहते थे, पर मुँह से आवाज न निकली।

रतन ने चीखकर कहा, 'टीमल, महाराज, क्या दोनों मर गए?'

महाराज ने आकर कहा, 'मैं सोया थोड़े ही था बहूजी, क्या बाबूजी?'

रतन ने डांटकर कहा, 'बको मत, जाकर कविराज को बुला लाओ, कहना अभी चलिए।'

महाराज ने तुरंत अपना पुराना ओवरकोट पहना, सोटा उठाया और चल दिया रतन उठकर स्टोव जलाने लगी कि शायद सेंक से कुछ फायदा हो उसकी सारी घबराहट, सारी दुर्बलता, सारा शोक मानो लुप्त हो गया उसकी जगह एक प्रबल आत्मर्निभरता का उदय हआ। कठोर कर्तव्य ने उसके सारे अस्तित्व को सचेत कर दिया। स्टोव जलाकर उसने रूई के गाले से छाती को सेंकना शुरू किया कोई पंद्रह मिनट तक ताबड़तोड़ सेंकने के बाद वकील साहब की सांस कुछ थमी।

आवाज काबू में हुई। रतन के दोनों हाथ अपने गालों पर रखकर बोले, 'तुम्हें बड़ी तकलीफ हो रही है मुन्नी! क्या जानता था, इतनी जल्द यह समय आ जाएगा। मैंने तुम्हारे साथ बड़ा अन्याय किया है, प्रिये! ओह कितना बड़ा अन्याय! मन की सारी लालसा मन में रह गई। मैंने तुम्हारे जीवन का सर्वनाश कर दिया, क्षमा करना।

यही अंतिम शब्द थे जो उनके मुख से निकले। यही जीवन का अंतिम सूत्र था, यही मोह का अंतिम बंधन था।

रतन ने द्वार की ओर देखा। अभी तक महाराज का पता न था। हाँ, टीमल खड़ा था, और सामने अथाह अंधकार जैसे अपने जीवन की अंतिम वेदना से मूर्छित पड़ा था।

रतन ने कहा, 'टीमल, जरा पानी गरम करोगे?'

टीमल ने वहीं खड़े-खड़े कहा, 'पानी गरम करके क्या करोगी बहूजी, गोदान करा दो। दो बूंद गंगाजल मुँह में डाल दो।'

रतन ने पति की छाती पर हाथ रक्खा। छाती गरम थी। उसने फिर द्वार की ओर ताका। महाराज न दिखाई दिए। वह अब भी सोच रही थी, कविराजजी आ जाते तो शायद इनकी हालत संभल जाती। पछता रही थी कि इन्हें यहाँ क्यों लाई–कदाचित रास्ते की तकलीफ और जलवायु ने बीमारी को असाध्य कर दिया यह भी पछतावा हो रहा था कि मैं संध्या समय क्यों घूमने चली गई। शायद उतनी ही देर में इन्हें

ठंड लग गई। जीवन एक दीर्घ पश्चाताप के सिवा और क्या है! पछतावे की एक-दो बात थी! इस आठ साल के जीवन में मैंने पति को क्या आराम पहुँचाया-वह बारह बजे रात तक कानूनी पुस्तकें देखते रहते थे, मैं पड़ी सोती रहती थी। वह संध्या समय भी मुवक्किलों से मामले की बातें करते थे, मैं पार्क और सिनेमा की सैर करती थी, बाजारों में मटरगश्ती करती थी। मैंने इन्हें धनोपार्जन के एक यंत्र के सिवा और क्या समझा! यह कितना चाहते थे कि मैं इनके साथ बैठूं और बातें करूं, पर मैं भागती फिरती थी। मैंने कभी इनके हृदय के समीप जाने की चेष्टा नहीं की, कभी प्रेम की दृष्टि से नहीं देखा। अपने घर में दीपक न जलाकर दूसरों के उजाले घर का आनंद उठाती फिरी, मनोरंजन के सिवा मुझे और कुछ सूझता ही न था। विलास और मनोरंजन, यही मेरे जीवन के दो लक्ष्य थे। अपने जले हुए दिल को इस तरह शांत करके मैं संतुष्ट थी। खीर और मलाई की थाली क्यों न मुझे मिली, इस क्षोभ में मैंने अपनी रोटियों को लात मार दी। आज रतन को उस प्रेम का पूर्ण परिचय मिला, जो इस विदा होने वाली आत्मा को उससे था, वह इस समय भी उसी की चिंता में मग्न थी। रतन के लिए जीवन में फिर भी कुछ आनंद था, कुछ रूचि थी, कुछ उत्साह था। इनके लिए जीवन में कौन सा सुख था। न खाने-पीने का सुख, न मेले-तमाशे का शौक। जीवन क्या, एक दीर्घ तपस्या थी, जिसका मुख्य उद्देश्य कर्तव्य का पालन था?

क्या रतन उनका जीवन सुखी न बना सकती थी? क्या एक क्षण के लिए कठोर कर्तव्य की चिंताओं से उन्हें मुक्त न कर सकती थी? कौन कह सकता है कि विराम और विश्राम से यह बुझने वाला दीपक कुछ दिन और न प्रकाशमान रहता। लेकिन उसने कभी अपने पति के प्रति अपना कर्तव्य ही न समझा। उसकी अंतरात्मा सदैव विद्रोह करती रही, केवल इसलिए कि इनसे मेरा संबंध क्यों हुआ?

क्या उस विषय में सारा अपराध इन्हीं का था! कौन कह सकता है कि दरिद्र मातापिता ने मेरी और भी दुर्गति न की होती, जवान आदमी भी सब-के-सब क्या आदर्श ही होते हैं? उनमें भी तो व्यभिचारी, क्रोधी, शराबी सभी तरह के होते हैं। कौन कह सकता है, इस समय मैं किस दशा में होती। रतन का एक-एक रोआं इस समय उसका तिरस्कार कर रहा था। उसने पति के शीतल चरणों पर सिर झुका लिया और बिलख-बिलखकर रोने लगी। वह सारे कठोर भाव जो बराबर उसके मन में उठते रहते थे, वह सारे कटु वचन जो उसने जल-जलकर उन्हें कहे थे, इस समय सैकड़ों बिच्छुओं के समान उसे डंक मार रहे थे। हाय! मेरा यह व्यवहार उस प्राणी के साथ था, जो सागर की भांति गंभीर था। इस हृदय में कितनी कोमलता थी, कितनी उदारता! मैं एक बीड़ापान दे देती थी, तो कितना प्रसन्न हो जाते थे। जरा

हँसकर बोल देती थी, तो कितने तृप्त हो जाते थे, पर मुझसे इतना भी न होता था। इन बातों को याद कर-करके उसका हृदय फटा जाता था। उन चरणों पर सिर रक्खे हुए उसे प्रबल आकांक्षा हो रही थी कि मेरे प्राण इसी क्षण निकल जायें। उन चरणों को मस्तक से स्पर्श करके उसके हृदय में कितना अनुराग उमड़ा आता था, मानो एक युग की संचित निधि को वह आज ही, इसी क्षण, लुटा देगी। मृत्यु की दिव्य ज्योति के सम्मुख उसके अंदर का सारा मालिन्य, सारी दुर्भावना, सारा विद्रोह मिट गया था। वकील साहब की आँखें खुली हुई थीं, पर मुख पर किसी भाव का चिन्ह न था। रतन की विह्वलता भी अब उनकी बुझती हुई चेतना को प्रदीप्त न कर सकती थी। हर्ष और शोक के बंधन से वह मुक्त हो गए थे, कोई रोए तो गम नहीं, हँसे तो खुशी नहीं। टीमल ने आचमनी में गंगाजल लेकर उनके मुँह में डाल दिया आज उन्होंने कुछ बाधा न दी। वह जो पाखंडों और रूढियों का शत्रु था, इस समय शांत हो गया था, इसलिए नहीं कि उसमें धार्मिक विश्वास का उदय हो गया था, बल्कि इसलिए कि उसमें अब कोई इच्छा न थी। इतनी ही उदासीनता से वह विष का घूंट पी जाता। मानव-जीवन की सबसे महान घटना कितनी शांति के साथ घटित हो जाती है। वह विश्व का एक महान अंग, वह महत्तवाकांक्षाओं का प्रचंड सागर, वह उद्योग का अनंत भंडार, वह प्रेम और द्वेष, सुख और दुःख का लीला-क्षेत्र, वह बुद्धि और बल की रंगभूमि न जाने कब और कहाँ लीन हो जाती है, किसी को खबर नहीं होती। एक हिचकी भी नहीं, एक उच्छ्वास भी नहीं, एक आह भी नहीं निकलती! सागर की हिलोरों का कहाँ अंत होता है, कौन बता सकता है। ध्वनि कहाँ वायु-मग्न हो जाती है, कौन जानता है। मानवीय जीवन उस हिलोर के सिवा, उस ध्वनि के सिवा और क्या है! उसका अवसान भी उतना ही शांत, उतना ही अदृश्य हो तो क्या आश्चर्य है। भूतों के भक्त पूछते हैं, क्या वस्तु निकल गई?कोई विज्ञान का उपासक कहता है, एक क्षीण ज्योति निकल जाती है। कपोल-विज्ञान के पुजारी कहते हैं, आँखों से प्राण निकले, मुँह से निकले, ब्रह्मांड से निकले। कोई उनसे पूछे, हिलोर लय होते समय क्या चमक उठती है? ध्वनि लीन होते समय क्या मूर्तिमान हो जाती है? यह उस अनंत यात्रा का एक विश्राम मात्र है, जहाँ यात्रा का अंत नहीं, नया उत्थान होता है। कितना महान परिवर्तन! वह जो मच्छर के डंक को सहन न कर सकता था, अब उसे चाहे मिट्टी में दबा दो, चाहे अग्नि-चिता पर रख दो, उसके माथे पर बल तक न पड़ेगा।

टीमल ने वकील साहब के मुख की ओर देखकर कहा, 'बहूजी, आइए खाट से उतार दें। मालिक चले गए!'

यह कहकर वह भूमि पर बैठ गया और दोनों आँखों पर हाथ रखकर फूट-फूटकर रोने लगा। आज तीस वर्ष का साथ छूट गया जिसने कभी आधी बात नहीं कही, कभी तू करके नहीं पुकारा, वह मालिक अब उसे छोड़े चला जा रहा था।

रतन अभी तक कविराज की बाट जोह रही थी। टीमल के मुख से यह शब्द सुनकर उसे धक्का-सा लगा। उसने उठकर पति की छाती पर हाथ रक्खा।

साठ वर्ष तक अविश्राम गति से चलने के बाद वह अब विश्राम कर रही थी। फिर उसे माथे पर हाथ रखने की हिम्मत न पड़ी। उस देह को स्पर्श करते हुए, उस मरे हुए मुख की ओर ताकते हुए, उसे ऐसा विराग हो रहा था, जो ग्लानि से मिलता था। अभी जिन चरणों पर सिर रखकर वह रोई थी, उसे छूते हुए उसकी उंगलिया कटी सी जाती थीं। जीवन सा इतना कोमल है, उसने कभी न समझा था। मौत का ख्याल कभी उसके मन में न आया था। उस मौत ने आँखों के सामने उसे लूट लिया! एक क्षण के बाद टीमल ने कहा, 'बहूजी, अब क्या देखती हो, खाट के नीचे उतार दो। जो होना था हो गया'

उसने पैर पकड़ा, रतन ने सिर पकड़ा और दोनों ने शव को नीचे लिटा दिया और वहीं जमीन पर बैठकर रतन रोने लगी, इसलिए नहीं कि संसार में अब उसके लिए कोई अवलंब न था, बल्कि इसलिए कि वह उसके साथ अपने कर्तव्य को पूरा न कर सकी। उसी वक्त मोटर की आवाज आई और कविराजजी ने पदार्पण किया कदाचित अब भी रतन के ह्रदय में कहीं आशा की कोई बुझती हुई चिनगारी पड़ी हुई थी! उसने तुरंत आँखें पोंछ डालीं, सिर का अंचल संभाल लिया, उलझे हुए केश समेट लिये और खड़ी होकर द्वार की ओर देखने लगी। प्रभात ने आकाश को अपनी सुनहली किरणों से रंजित कर दिया था। क्या इस आत्मा के नव-जीवन का यही प्रभात था।

इकतीस

उसी दिन शव काशी लाया गया यहीं उसकी दाह-क्रिया हुई। वकील साहब के एक भतीजे मालवे में रहते थे। उन्हें तार देकर बुला लिया गया दाह-क्रिया उन्होंने की। रतन को चिता के दृश्य की कल्पना ही से रोमाँच होता था। वहाँ पहुँचकर शायद वह बेहोश हो जाती। जालपा आजकल प्रायः सारे दिन उसी के साथ रहती। शोकातुर रतन को न घर-बार की सुधि थी, न खाने-पीने की। नित्य ही कोई-न-कोई

ऐसी बात याद आ जाती जिस पर वह घंटों रोती। पति के साथ उसका जो धर्म था, उसके एक अंश का भी उसने पालन किया होता, तो उसे बोध होता। अपनी कर्तव्यहीनता, अपनी निष्ठुरता, अपनी श्रृंगार-लोलुपता की चर्चा करके वह इतना रोती कि हिचकियां बंध जातीं। वकील साहब के सद्‌गुणों की चर्चा करके ही वह अपनी आत्मा को शांति देती थी। जब तक जीवन के द्वार पर एक रक्षक बैठा हुआ था, उसे कुत्तों या बिल्ली या चोर-चकार की चिंता न थी, लेकिन अब द्वार पर कोई रक्षक न था, इसलिए वह सजग रहती थी, पति का गुणगान किया करती। जीवन का निर्वाह कैसे होगा, नौकरों-चाकरों में किन-किन को जवाब देना होगा, घर का कौन-कौन सा खर्च कम करना होगा, इन प्रश्नों के विषय में दोनों में कोई बात न होती। मानो यह चिंता मग्न आत्मा के प्रति अभक्ति होगी। भोजन करना, साफ वस्त्र पहनना और मन को कुछ पढ़कर बहलाना भी उसे अनुचित जान पड़ता था। श्राद्ध के दिन उसने अपने सारे वस्त्र और आभूषण महापात्र को दान कर दिए। इन्हें लेकर अब वह क्या करेगी? इनका व्यवहार करके क्या वह अपने जीवन को कलंकित करेगी! इसके विरुद्ध पति की छोटी से छोटी वस्तु को भी स्मृतिचिन्ह समझकर वह देखती-भालती रहती थी। उसका स्वभाव इतना कोमल हो गया था कि कितनी ही बड़ी हानि हो जाय, उसे क्रोध न आता था। टीमल के हाथ से चाय का सेट छूटकर फिर पड़ा, पर रतन के माथे पर बल तक न आया पहले एक दवात टूट जाने पर इसी टीमल को उसने बुरी डांट बताई थी, निकाले देती थी, पर आज उससे कई गुने नुकसान पर उसने जबान तक न खोली। कठोर भाव उसके हृदय में आते हुए मानो डरते थे कि कहीं आघात न पहुँचे या शायद पति-शोक और पति-गुणगान के सिवा और किसी भाव या विचार को मन में लाना वह पाप समझती थी। वकील साहब के भतीजे का नाम था मणिभूषण' बड़ा ही मिलनसार, हँसमुख, कार्य-कुशल' इसी एक महीने में उसने अपने सैकड़ों मित्र बना लिए।

शहर में जिन-जिन वकीलों और रईसों से वकील साहब का परिचय था, उन सबसे उसने ऐसा मेल-जोल बढ़ाया, ऐसी बेतकल्लुफी पैदा की कि रतन को खबर नहीं और उसने बैंक का लेन-देन अपने नाम से शुरू कर दिया इलाहाबाद बैंक में वकील साहब के बीस हजार रूपये जमा थे। उस पर तो उसने कब्जा कर ही लिया, मकानों के किराए भी वसूल करने लगा। गाँवों की तहसील भी खुद ही शुरू कर दी, मानो रतन से कोई मतलब नहीं है। एक दिन टीमल ने आकर रतन से कहा, 'बहूजी, जाने वाला तो चला गया, अब घर-द्वार की भी कुछ खबर लीजिए। मैंने सुना, भैयाजी ने बैंक का सब रूपया अपने नाम करा लिया'

रतन ने उसकी ओर ऐसे कठोर कुपित नजरों से देखा कि उसे फिर कुछ कहने की हिम्मत न पड़ी। उस दिन शाम को मणिभूषण ने टीमल को निकाल दिया, चोरी का इलजाम लगाकर निकाला जिससे रतन कुछ कह भी न सके। अब केवल महाराज रह गए। उन्हें मणिभूषण ने भंग पिला-पिलाकर ऐसा मिलाया कि वह उन्हीं का दम भरने लगे। महरी से कहते, बाबूजी का बड़ा रईसाना मिजाज है। कोई सौदा लाओ, कभी नहीं पूछते, कितने का लाए। बड़ों के घर में बड़े ही होते हैं। बहूजी बाल की खाल निकाला करती थीं, यह बेचारे कुछ नहीं बोलते। महरी का मुँह पहले ही सी दिया गया था। उसके अधेड़ यौवन ने नए मालिक की रसिकता को चंचल कर दिया था। वह एक न एक बहाने से बाहर की बैठक में ही मंडलाया करती। रतन को जरा भी खबर न थी, किस तरह उसके लिए व्यूह रचा जा रहा है।

एक दिन मणिभूषण ने रतन से कहा, 'काकीजी, अब तो मुझे यहाँ रहना व्यर्थ मालूम होता है। मैं सोचता हं, अब आपको लेकर घर चला जाऊँ। वहाँ आपकी बहू आपकी सेवा करेगी, बाल-बच्चों में आपका जी बहल जायगा और खर्च भी कम हो जाएगा। आप कहें तो यह बंगला बेच दिया जाय। अच्छे दाम मिल जायंगे।'

रतन इस तरह चौंकी, मानो उसकी मूर्छा भंग हो गई हो, मानो किसी ने उसे झंझोड़कर जगा दिया हो सकपकाई हुई आँखों से उसकी ओर देखकर बोली, 'क्या मुझसे कुछ कह रहे हो?'

मणिभूषण-'जी हाँ, कह रहा था कि अब हम लोगों का यहाँ रहना व्यर्थ है। आपको लेकर चला जाऊँ, तो कैसा हो?'

रतन ने उदासीनता से कहा, 'हाँ, अच्छा तो होगा।'

मणिभूषण-'काकाजी ने कोई वसीयतनामा लिखा हो, तो लाइए देखूं, उनको इच्छाओं के आगे सिर झुकाना हमारा धर्म है।'

रतन ने उसी भांति आकाश पर बैठे हुए, जैसे संसार की बातों से अब उसे कोई सरोकार ही न रहा हो, जवाब दिया, 'वसीयत तो नहीं लिखी, और क्या जरूरत थी?

मणिभूषण ने फिर पूछा, 'शायद कहीं लिखकर रख गए हों?'

रतन-'मुझे तो कुछ मालूम नहीं। कभी जिक्र नहीं किया'

मणिभूषण ने मन में प्रसन्न होकर कहा, मेरी इच्छा है कि उनकी कोई यादगार बनवा दी जाय।

रतन ने उत्सुकता से कहा, 'हाँ-हाँ, मैं भी चाहती हूँ।'

मणिभूषण-'गाँव की आमदनी कोई तीन हजार साल की है, यह आपको मालूम है। इतना ही उनका वार्षिक दान होता था। मैंने उनके हिसाब की किताब देखी

है। दो सौ-ढाई सौ से किसी महीने में कम नहीं है। मेरी सलाह है कि वह सब ज्यों-का-त्यों बना रहे।'

रतन ने प्रसन्न होकर कहा, हाँ, और क्या!'

मणिभूषण-'तो गाँव की आमदनी तो धामार्थ पर अर्पण कर दी जाए मकानों का किराया कोई दो सौ रूपये महीना है। इससे उनके नाम पर एक छोटीसी संस्कृत पाठशाला खोल दी जाए।

रतन-'बहुत अच्छा होगा।'

मणिभूषण-'और यह बंगला बेच दिया जाए इस रूपये को बैंक में रख दिया जाय।'

रतन-'बहुत अच्छा होगा। मुझे रूपये-पैसे की अब क्या जरूरत है।'

मणिभूषण-'आपकी सेवा के लिए तो हम सब हाजिर हैं। मोटर भी अलग कर दी जाय। अभी से यह फिक्र की जाएगी, तब जाकर कहीं दो-तीन महीने में फुरसत मिलेगी।'

रतन ने लापरवाही से कहा, 'अभी जल्दी क्या है। कुछ रूपये बैंक में तो हैं।'

मणिभूषण-'बैंक में कुछ रूपये थे, मगर महीने-भर से खर्च भी तो हो रहे हैं। हजार-पाँच सौ पड़े होंगे। यहाँ तो रूपये जैसे हवा में उड़ जाते हैं। मुझसे तो इस शहर में एक महीना भी न रहा जाय। मोटर को तो जल्द ही निकाल देना चाहिए।'

रतन ने इसके जवाब में भी यही कह दिया, 'अच्छा तो होगा।'

वह उस मानसिक दुर्बलता की दशा में थी, जब मनुष्य को छोटे-छोटे काम भी असूझ मालूम होने लगते हैं। मणिभूषण की कार्य-कुशलता ने एक प्रकार से उसे पराभूत कर दिया था। इस समय जो उसके साथ थोड़ी-सी भी सहानुभूति दिखा देता, उसी को वह अपना शुभचिंतक समझने लगती। शोक और मनस्ताप ने उसके मन को इतना कोमल और नर्म बना दिया था कि उस पर किसी की भी छाप पड़ सकती थी। उसकी सारी मलिनता और भिकता मानो भस्म हो गई थी, वह सभी को अपना समझती थी। उसे किसी पर संदेह न था, किसी से शंका न थी। कदाचित उसके सामने कोई चोर भी उसकी संपत्ति का अपहरण करता तो वह शोर न मचाती।

बत्तीस

षोडशी के बाद से जालपा ने रतन के घर आना-जाना कम कर दिया था। केवल एक बार घंटे-दो घंटे के लिए चली जाया करती थी। इधर कई दिनों से मुंशी

दयानाथ को ज्वर आने लगा था। उन्हें ज्वर में छोड़कर कैसे जाती। मुंशीजी को जरा भी ज्वर आता, तो वह बक-झक करने लगते थे। कभी गाते, कभी रोते, कभी यमदूतों को अपने सामने नाचते देखते। उनका जी चाहता कि सारा घर मेरे पास बैठा रहे, संबंधियों को भी बुला लिया जाय, जिसमें वह सबसे अंतिम भेंट कर लें। क्योंकि इस बीमारी से बचने की उन्हें आशा न थी। यमराज स्वयं उनके सामने विमान लिये खड़े थे। जागेश्वरी और सब कुछ कर सकती थी, उनकी बक-झक न सुन सकती थी। ज्योंही वह रोने लगते, वह कमरे से निकल जाती। उसे भूत-बाधा का भ्रम होता था। मुंशीजी के कमरे में कई समाचार पत्रों के गाइल थे। यही उन्हें एक व्यसन था। जालपा का जी वहाँ बैठे-बैठे घबड़ाने लगता, तो इन गाइलों को उलटपलटकर देखने लगती। एक दिन उसने एक पुराने पत्र में शतरंज का एक नक्शा देखा, जिसे हल कर देने के लिए किसी सज्जन ने पुरस्कार भी रक्खा था। उसे ख्याल आया कि जिस ताक पर रमानाथ की बिसात और मुहरे रक्खे हुए हैं उस पर एक किताब में कई नक्शे भी दिए हुए हैं। वह तुरंत दौड़ी हुई ऊपर गई और वह कापी उठा लाई यह नक्शा उस कापी में मौजूद था, और नक्शा ही न था, उसका हल भी दिया हुआ था। जालपा के मन में सहसा यह विचार चमक पड़ा, इस नक्शे को किसी पत्र में छपा दूं तो कैसा हो! शायद उनकी निगाह पड़ जाय। यह नक्शा इतना सरल तो नहीं है कि आसानी से हल हो जाय। इस नगर में जब कोई उनका सानी नहीं है, तो ऐसे लोगों की संख्या बहुत नहीं हो सकती, जो यह नक्शा हल कर सकें। कुछ भी हो, जब उन्होंने यह नक्शा हल किया है, तो इसे देखते ही फिर हल कर लेंगे। जो लोग पहली बार देखेंगे, उन्हें दो-एक दिन सोचने में लग जायंगे। मैं लिख दूँगी कि जो सबसे पहले हल कर ले, उसी को पुरस्कार दिया जाय। जुआ तो है ही। उन्हें रूपये न भी मिलें, तो भी इतना तो संभव है ही कि हल करने वालों में उनका नाम भी हो कुछ पता लग जायगा। कुछ भी न हो, तो रूपये ही तो जायंगे। दस रूपये का पुरस्कार रख दूं। पुरस्कार कम होगा, तो कोई बड़ा खिलाड़ी इधर ध्यान न देगा। यह बात भी रमा के हित की ही होगी। इसी उधेड़-बुन में वह आज रतन से न मिल सकी। रतन दिनभर तो उसकी राह देखती रही। जब वह शाम को भी न गई, तो उससे न रहा गया।

आज वह पति-शोक के बाद पहली बार घर से निकली। कहीं रौनक न थी, कहीं जीवन न था, मानो सारा नगर शोक मना रहा है। उसे तेज मोटर चलाने की धुन थी, पर आज वह तांगे से भी कम जा रही थी। एक वृद्धा को सड़क के किनारे बैठे देखकर उसने मोटर रोक दिया और उसे चार आने दे दिए। कुछ आगे और बढ़ी, तो दो कांस्टेबल एक कैदी को लिये जा रहे थे। उसने मोटर रोककर एक कांस्टेबल

को बुलाया और उसे एक रूपया देकर कहा, इस कैदी को मिठाई खिला देना। कांस्टेबल ने सलाम करके रूपया ले लिया दिल में खुश हुआ, आज किसी भाग्यवान का मुँह देखकर उठा था।

जालपा ने उसे देखते ही कहा, 'क्षमा करना बहन, आज मैं न आ सकी। दादाजी को कई दिन से ज्वर आ रहा है।'

रतन ने तुरंत मुंशीजी के कमरे की ओर कदम उठाया और पूछा, 'यहीं हैं न? तुमने मुझसे न कहा'

मुंशीजी का ज्वर इस समय कुछ उतरा हुआ था। रतन को देखते ही बोले, 'बड़ा दुःख हुआ देवीजी, मगर यह तो संसार है। आज एक की बारी है, कल दूसरे की बारी है। यही चल-चलाव लगा हुआ है। अब मैं भी चला। नहीं बच सकता बड़ी प्यास है, जैसे छाती में कोई भट्ठी जल रही हो फुंका जाता हूँ। कोई अपना नहीं होता। बाईजी, संसार के नाते सब स्वार्थ के नाते हैं। आदमी अकेला हाथ पसारे एक दिन चला जाता है। हाय-हाय! लड़का था वह भी हाथ से निकल गया! न जाने कहाँ गया आज होता, तो एक पानी देने वाला तो होता। यह दो लौंडे हैं, इन्हें कोई फिक्र ही नहीं, मैं मर जाऊँ या जी जाऊँ। इन्हें तीन वक्त खाने को चाहिए, तीन दफ्ा पानी पीने को, बस और किसी काम के नहीं। यहाँ बैठते दोनों का दम घुटता है। क्या करूं। अबकी न बचूंगा।'

रतन ने तस्कीन दी, 'यह मलेरिया है, दो-चार दिन में आप अच्छे हो जायंगे। घबड़ाने की कोई बात नहीं।'

मुंशीजी ने दीन नजरों से देखकर कहा, 'बैठ जाइए बहूजी, आप कहती हैं, आपका आशीर्वाद है, तो शायद बच जाऊँ, लेकिन मुझे तो आशा नहीं है। मैं भी ताल ठोके यमराज से लड़ने को तैयार बैठा हूँ। अब उनके घर मेहमानी खाऊंगा। अब कहाँ जाते हैं बचकर बचा! ऐसा-ऐसा रगेदूं, कि वह भी याद करें। लोग कहते हैं, वहाँ भी आत्माएं इसी तरह रहती हैं। इसी तरह वहाँ भी कचहरियाँ हैं, हाकिम हैं, राजा हैं, रंक हैं। व्याख्यान होते हैं, समाचार-पत्र छपते हैं। फिर क्या चिंता है। वहाँ भी अहलमद हो जाऊँगा। मजे से अखबार पढ़ा करूंगा।'

रतन को ऐसी हँसी छूटी कि वहाँ खड़ी न रह सकी। मुंशीजी विनोद के भाव से वे बातें नहीं कर रहे थे। उनके चेहरे पर गंभीर विचार की रेखा थी। आज डेढ़-दो महीने के बाद रतन हँसी, और इस असामयिक हँसी को छिपाने के लिए कमरे से निकल आई। उसके साथ ही जालपा भी बाहर आ गई। रतन ने अपराधी नजरों से उसकी ओर देखकर कहा, 'दादाजी ने मन में क्या समझा होगा। सोचते होंगे, मैं तो जान से मर रहा हूँ और इसे हँसी सूझती है। अब वहाँ न जाऊँगी, नहीं ऐसी ही कोई

बात फिर कहेंगे, तो मैं बिना हँसे न रह सकूँगी। देखो तो आज कितनी बे-मौका हँसी आई है। वह अपने मन को इस उच्छृंखलता के लिए धिक्कारने लगी। जालपा ने उसके मन का भाव ताड़कर कहा, मुझे भी अक्सर इनकी बातों पर हँसी आ जाती है, बहन! इस वक्त तो इनका ज्वर कुछ हल्का है। जब जोर का ज्वर होता है तब तो यह और भी ऊल-जलूल बकने लगते हैं। उस वक्त हँसी रोकनी मुश्किल हो जाती है। आज सबेरे कहने लगे, मेरा पेट भक हो गया,मेरा पेट भक हो गया इसकी रट लगा दी। इसका आशय क्या था, न मैं समझ सकी,

न अम्माँ समझ सकीं, पर वह बराबर यही रटे जाते थे, पेट भक हो गया! पेट भक हो गया! आओ कमरे में चलें।

रतन-'मेरे साथ न चलोगी?'

जालपा-'आज तो न चल सकूंगी, बहन।'

'कल आओगी?'

'कह नहीं सकती। दादा का जी कुछ हल्का रहा, तो आऊँगी।'

'नहीं भाई, जरूर आना। तुमसे एक सलाह करनी है।'

'क्या सलाह है?'

'मन्नी कहते हैं, यहाँ अब रहकर क्या करना है, घर चलो। बंगले को बेच देने को कहते हैं।'

जालपा ने एकाएक ठिठककर उसका हाथ पकड़ लिया और बोली, यह तो तुमने बुरी खबर सुनाई, बहन! मुझे इस दशा में तुम छोड़कर चली जाओगी? मैं न जाने दूँगी! मन्नी से कह दो, बंगला बेच दें, मगर जब तक उनका कुछ पता न चल जायगा। मैं तुम्हें न छोडूँगी। तुम कुल एक हफ्ते बाहर रहीं, मुझे एक-एक पल पहाड़ हो गया मैं न जानती थी कि मुझे तुमसे इतना प्रेम हो गया है। अब तो शायद मैं मर ही जाऊँ। नहीं बहन , तुम्हारे पैरों पड़ती हूँ, अभी जाने का नाम न लेना।

रतन की भी आँखें भर आई। बोली, 'मुझसे भी वहाँ न रहा जायगा, सच कहती हूँ। मैं तो कह दूँगी, मुझे नहीं जाना है। जालपा उसका हाथ पकड़े हुए ऊपर अपने कमरे में ले गई और उसके गले में हाथ डालकर बोली, 'कसम खाओ कि मुझे छोड़कर न जाओगी।'

रतन ने उसे अंकवार में लेकर कहा, 'लो, कसम खाती हूँ, न जाऊँगी। चाहे इधर की दुनिया उधर हो जाय। मेरे लिए वहाँ क्या रखा है। बंगला भी क्यों बेचूं, दो-ढाई सौ मकानों का किराया है। हम दोनों के गुजर के लिए काफी है। मैं आज ही मन्नी से कह दूँगी, मैं न जाऊँगी।'

सहसा फर्श पर शतरंज के मुहरे और नक्शे देखकर उसने पूछा,यह शतरंज किसके साथ खेल रही थीं?

जालपा ने शतरंज के नक्शे पर अपने भाग्य का पांसा फेंकने की जो बात सोची थी, वह सब उससे कह सुनाई,मन में डर रही थी कि यह कहीं इस प्रस्ताव को व्यर्थ न समझे, पागलपन न ख्याल करे, लेकिन रतन सुनते ही बाग-बाग हो गई। बोली,दस रूपये तो बहुत कम पुरस्कार है। पचास रूपये कर दो। रूपये मैं देती हूँ।

जालपा ने शंका की, लेकिन इतने पुरस्कार के लोभ से कहीं अच्छे शतरंजबाजों ने मैदान में कदम रक्खा तो?'

रतन ने दृढ़ता से कहा,कोई हरज नहीं। बाबूजी की निगाह पड़ गई, तो वह इसे जरूर हल कर लेंगे और मुझे आशा है कि सबसे पहले उन्हीं का नाम आवेगा। कुछ न होगा, तो पता तो लग ही जायगा। अखबार के दफ्तर में तो उनका पता आ ही जायगा। तुमने बहुत अच्छा उपाय सोच निकाला है। मेरा मन कहता है, इसका अच्छा फल होगा, मैं अब मन की प्रेरणा की कायल हो गई हूँ। जब मैं इन्हें लेकर कलकत्ता चली थी, उस वक्त मेरा मन कह रहा था, यहाँ जाना अच्छा न होगा।'

जालपा-'तो तुम्हें आशा है?'

'पूरी! मैं कल सबेरे रूपये लेकर आऊँगी।'

'तो मैं आज खत लिख रखूंगी। किसके पास भेजूं? वहाँ का कोई प्रसिद्ध पत्र होना चाहिए।'

'वहाँ तो 'प्रजा-मित्र' की बड़ी चर्चा थी। पुस्तकालयों में अक्सर लोग उसी को पढ़ते नजर आते थे।'

'तो 'प्रजा-मित्र' ही को लिखूंगी, लेकिन रूपये हड़प कर जाय और नक्शा न छापे तो क्या हो?'

'होगा क्या, पचास रूपये ही तो ले जाएगा। दमड़ी की हंडिया खोकर कुत्तों की जात तो पहचान ली जायगी, लेकिन ऐसा हो नहीं सकता जो लोग देशहित के लिए जेल जाते हैं, तरह-तरह की धौंस सहते हैं, वे इतने नीच नहीं हो सकते। मेरे साथ आधा घंटे के लिए चलो तो तुम्हें इसी वक्त रूपये दे दूं।'

जालपा ने नीमराजी होकर कहा, 'इस वक्त कहाँ चलूं। कल ही आऊँगी।'

'उसी वक्त मुंशीजी पुकार उठे, 'बहू! बहू!'

जालपा तो लपकी हुई उनके कमरे की ओर चली। रतन बाहर जा रही थी कि जागेश्वरी पंखा लिये अपने को झलती हुई दिखाई पड़ गई। रतन ने पूछा, 'तुम्हें गर्मी लग रही है अम्माँजी? मैं तो ठंड के मारे कांप रही हैं। अरे! तुम्हारे पांवों में यह क्या उजला-उजला लगा हुआ है? क्या आटा पीस रही थीं?'

जागेश्वरी ने लज्जित होकर कहा, 'हाँ, वैद्य जी ने इन्हें हाथ के आटे की रोटी खाने को कहा है। बाजार में हाथ का आटा कहाँ मयस्सर-मुहल्ले में कोई पिसनहारी नहीं मिलती। मजूरिने तक चक्की से आटा पिसवा लेती हैं। मैं तो एक आना सेर देने को राजी हूँ, पर कोई मिलती ही नहीं।'

रतन ने अचंभे से कहा, 'तुमसे चक्की चल जाती है?'

जागेश्वरी ने झेंप से मुस्कराकर कहा, 'कौन बहुत था। पाव-भर तो दो दिन के लिए हो जाता है। खाते नहीं एक कौर भी, बहू पीसने जा रही थी, लेकिन फिर मुझे उनके पास बैठना पड़ता। मुझे रात-भर चक्की पीसना गौं है, उनके पास घड़ी-भर बैठना गौं नहीं।

रतन जाकर जांत के पास एक मिनट खड़ी रही, फिर मुस्कराकर माची पर बैठ गई और बोली, 'तुमसे तो अब जांत न चलता होगा, माँजी! लाओ थोडा सा गेहूँ मुझे दो, देखूं तो।'

जागेश्वरी ने कानों पर हाथ रखकर कहा, 'अरे नहीं बहू, तुम क्या पीसोगी!चलो यहाँ से।'

रतन ने प्रमाण दिया, 'मैंने बहुत दिनों तक पीसा है, माँजी' जब मैं अपने घर थी, तो रोज पीसती थी। मेरी अम्माँ, लाओ थोडा-सा गेहूँ।'

'हाथ दुखने लगेगा। छाले पड़ जाएँगे।'

'कुछ नहीं होगा माँजी, आप गेहूँ तो लाइए।'

जागेश्वरी ने उसका हाथ पकड़कर उठाने की कोशिश करके कहा, 'गेहूँ घर में नहीं हैं। अब इस वक्त बाजार से कौन लावे।'

'अच्छा चलिए, मैं भंडारे में देखूं। गेहूँ होगा कैसे नहीं।'

रसोई की बगल वाली कोठरी में सब खाने-पीने का सामान रहता था। रतन अंदर चली गई और हाँडियों में टटोल-टटोलकर देखने लगी। एक हाँडी में गेहूँ निकल आए। बड़ी खुश हुई। बोली,देखो माँजी, निकले कि नहीं, तुम मुझसे बहाना कर रही थीं। उसने एक टोकरी में थोडा-सा गेहूँ निकाल लिया और खुश-खुश चक्की पर जाकर पीसने लगी। जागेश्वरी ने जाकर जालपा से कहा, 'बहू, वह जांत पर बैठी गेहूँ पीस रही हैं। उठाती हूँ, उठती ही नहीं। कोई देख ले तो क्या कहे।

जालपा ने मुंशीजी के कमरे से निकलकर सास की घबराहट का आनंद उठाने के लिए कहा, 'यह तुमने क्या गजब किया, अम्माँजी! सचमुच, कोई देख ले तो नाक ही कट जाय! चलिए, जरा देखूं।'

जागेश्वरी ने विवशता से कहा, 'क्या करूं, मैं तो समझा के हार गई, मानती ही नहीं।'

जालपा ने जाकर देखा, तो रतन गेहूँ पीसने में मग्न थी। विनोद के स्वाभाविक आनंद से उसका चेहरा खिला हुआ था। इतनी ही देर में उसके माथे पर पसीने की बूंदें आ गई थीं। उसके बलिष्ठ हाथों में जांत लट्ठ के समान नाच रहा था।

जालपा ने हँसकर कहा, 'ओ री, आटा महीन हो, नहीं पैसे न मिलेंगे।'

रतन को सुनाई न दिया बहरों की भांति अनिश्चित भाव से मुस्कराई।

जालपा ने और जोर से कहा, 'आटा खूब महीन पीसना, नहीं पैसे न पाएगी। रतन ने भी हँसकर कहा, जितना महीन कहिए उतना महीन पीस दूं, बहूजी। पिसाई अच्छी मिलनी चाहिए।

जालपा–'मोले सेर।'

रतन–'मोले सेर सही।'

जालपा–'मुँह धो आओ। धोले सेर मिलेंगे।'

रतन–'मैं यह सब पीसकर उठूंगी। तुम यहाँ क्यों खड़ी हो?'

जालपा–'आ जाऊँ, मैं भी खिंचा दूं।'

रतन–'जी चाहता है, कोई जांत का गीत गाऊं!'

जालपा–'अकेले कैसे गाओगी! (जागेश्वरी से) अम्माँ आप जरा दादाजी के पास बैठ जायं, मैं अभी आती हूं।

जालपा भी जांत पर जा बैठी और दोनों जांत का यह गीत गाने लगीं।

'मोहि जोगिन बनाके कहाँ गए रे जोगिया'

दोनों के स्वर मधुर थे। जांत की घुमुर-घुमुर उनके स्वर के साथ साज का काम कर रही थी। जब दोनों एक कड़ी गाकर चुप हो जातीं, तो जांत का स्वर मानो कंठ-ध्वनि से रंजित होकर और भी मनोहर हो जाता था। दोनों के हृदय इस समय जीवन के स्वाभाविक आनंद से पूर्ण थे? न शोक का भार था, न वियोग का दुःख। जैसे दो चिड़ियाँ प्रभात की अपूर्व शोभा से मग्न होकर चहक रही हों।

तैंतीस

रमानाथ की चाय की दुकान खुल तो गई, पर केवल रात को खुलती थी। दिन-भर बंद रहती थी। रात को भी अधिकतर देवीदीन ही दुकान पर बैठता, पर बिक्री अच्छी हो जाती थी। पहले ही दिन तीन रूपये के पैसे आए, दूसरे दिन से चार-पाँच रूपये का औसत पड़ने लगा। चाय इतनी स्वादिष्ट होती थी कि जो एक बार यहाँ चाय पी लेता फिर दूसरी दुकान पर न जाता। रमा ने मनोरंजन की भी कुछ

सामग्री जमा कर दी। कुछ रूपये जमा हो गए, तो उसने एक सुंदर मेज ली। चिराग जलने के बाद साग-भाजी की बिक्री ज्यादा न होती थी। वह उन टोकरों को उठाकर अंदर रख देता और बरामदे में वह मेज लगा देता। उस पर ताश के सेट रख देता। दो दैनिक-पत्र भी मंगाने लगा। दुकान चल निकली। उन्हीं तीन-चार घंटों में छः-सात रूपये आ जाते थे और सब खर्च निकालकर तीन-चार रूपये बच रहते थे।

इन चार महीनों की तपस्या ने रमा की भोग-लालसा को और भी प्रचंड कर दिया था। जब तक हाथ में रूपये न थे, वह मजबूर था। रूपये आते ही सैरसपाटे की धुन सवार हो गई। सिनेमा की याद भी आई। रोज के व्यवहार की मामूली चीजें, जिन्हें अब तक वह टालता आया था, अब अबाध रूप से आने लगीं। देवीदीन के लिए वह एक सुंदर रेशमी चादर लाया जग्गो के सिर में पीड़ा होती रहती थी। एक दिन सुगंधित तेल की शीशियाँ लाकर उसे दे दी। दोनों निहाल हो गए। अब बुढ़िया कभी अपने सिर पर बोझ लाती तो डांटता, 'काकी, अब तो मैं भी चार पैसे कमाने लगा हूँ, अब तू क्यों जान देती है? अगर फिर कभी तेरे सिर पर टोकरी देखी तो कहे देता हूँ, दुकान उठाकर फेंक दूँगा। फिर मुझे जो सजा चाहे दे देना। बुढ़िया बेटे की डांट सुनकर गदगद हो जाती। मंडी से बोझ लाती तो पहले चुपके से देखती, रमा दुकान पर नहीं है। अगर वह बैठा होता तो किसी दली को एक-दो पैसा देकर उसके सिर पर रख देती। वह न होता तो लपकी हुई आती और जल्दी से बोझ उतारकर शांत बैठ जाती, जिससे रमा भांप न सके।

एक दिन 'मनोरमा थियेटर' में राधेश्याम का कोई नया ड्रामा होने वाला था। इस ड्रामे की बड़ी धूम थी। एक दिन पहले से ही लोग अपनी जगहें रक्षित करा रहे थे। रमा को भी अपनी जगह रक्षित करा लेने की धुन सवार हुई। सोचा, कहीं रात को टिकट न मिला तो टापते रह जायंगे। तमाशे की बड़ी तारीफ है। उस वक्त एक के दो देने पर भी जगह न मिलेगी। इसी उत्सुकता ने पुलिस के भय को भी पीछे डाल दिया ऐसी आफत नहीं आई है कि घर से निकलते ही पुलिस पकड़ लेगी। दिन को न सही, रात को तो निकलता ही हूँ। पुलिस चाहती तो क्या रात को न पकड़ लेती। फिर मेरा वह हुलिया भी नहीं रहा पगड़ी चेहरा बदल देने के लिए काफी है। यों मन को समझाकर वह दस बजे घर से निकला। देवीदीन कहीं गया हुआ था। बुढ़िया ने पूछा, कहाँ जाते हो, बेटा-रमा ने कहा, 'कहीं नहीं काकी, अभी आता हूँ।'

रमा सड़क पर आया, तो उसका साहस हिम की भांति पिघलने लगा। उसे पग-पग पर शंका होती थी, कोई कांस्टेबल न आ रहा हो उसे विश्वास था कि पुलिस का एक-एक चौकीदार भी उसका हुलिया पहचानता है और उसके चेहरे पर निगाह पड़ते ही पहचान लेगा। इसलिए वह नीचे सिर झुकाए चल रहा था। सहसा

उसे ख्याल आया, गुप्त पुलिस वाले सादे कपड़े पहने इधर-उधर घूमा करते हैं। कौन जाने, जो आदमी मेरे बगल में आ रहा है, कोई जासूस ही हो मेरी ओर ध्यान से देख रहा है। यों सिर झुकाकर चलने से ही तो नहीं उसे संदेह हो रहा है। यहाँ और सभी सामने ताक रहे हैं। कोई यों सिर झुकाकर नहीं चल रहा है। मोटरों की इस रेल-पेल में सिर झुकाकर चलना मौत को नेवता देना है। पार्क में कोई इस तरह चहलकदमी करे, तो कर सकता है। यहाँ तो सामने देखना चाहिए। लेकिन बगलवाला आदमी अभी तक मेरी ही तरफ ताक रहा है। है शायद कोई खुफिया ही। उसका साथ छोड़ने के लिए वह एक तंबोली की दुकान पर पान खाने लगा। वह आदमी आगे निकल गया रमा ने आराम की लंबी सांस ली।

अब उसने सिर उठा लिया और दिल मजबूत करके चलने लगा। इस वक्त ट्राम का भी कहीं पता न था, नहीं उसी पर बैठ लेता। थोड़ी ही दूर चला होगा कि तीन कांस्टेबल आते दिखाई दिए। रमा ने सड़क छोड़ दी और पटरी पर चलने लगा। ख्वामख्वाह सांप के बिल में उंगली डालना कौन सी बहादुरी है। दुर्भाग्य की बात, तीनों कांस्टेबलों ने भी सड़क छोड़कर वही पटरी ले ली। मोटरों के आने-जाने से बार-बार इधर-उधर दौड़ना पड़ता था। रमा का कलेजा धक-धक करने लगा। दूसरी पटरी पर जाना तो संदेह को और भी बढ़ा देगा। कोई ऐसी गली भी नहीं जिसमें घुस जाऊँ। अब तो सब बहुत समीप आ गए। क्या बात है, सब मेरी ही तरफ देख रहे हैं। मैंने बड़ी हिमाकत की कि यह पगगड़ बांध लिया और बंधी भी कितनी बेतुकी। एक टीले-सा ऊपर उठ गया है। यह पगड़ी आज मुझे पकड़ावेगी। बांधी थी कि इससे सूरत बदल जाएगी। यह उल्टे और तमाशा बन गई। हाँ, तीनों मेरी ही ओर ताक रहे हैं। आपस में कुछ बातें भी कर रहे हैं। रमा को ऐसा जान पड़ा, पैरों में शक्ति नहीं है। व शायद सब मन में मेरा हुलिया मिला रहे हैं। अब नहीं बच सकता, घर वालों को मेरे पकड़े जाने की खबर मिलेगी, तो कितने लज्जित होंगे। जालपा तो रो-रोकर प्राण ही दे देगी। पाँच साल से कम सजा न होगी। आज इस जीवन का अंत हो रहा है। इस कल्पना ने उसके ऊपर कुछ ऐसा आतंक जमाया कि उसके औसान जाते रहे। जब सिपाहियों का दल समीप आ गया, तो उसका चेहरा भय से कुछ ऐसा विकृत हो गया, उसकी आँखें कुछ ऐसी सशंक हो गई और अपने को उनकी आँखों से बचाने के लिए वह कुछ इस तरह दूसरे आदमियों की आड़ खोजने लगा कि मामूली आदमी को भी उस पर संदेह होना स्वाभाविक था, फिर पुलिस वालों की मंजी हुई आँखें क्यों चूकतीं। एक ने अपने साथी से कहा, 'यो मनई चोर न होय, तो तुमरी टांगन ते निकर जाईब कस चोरन की नाई ताकत है।' दूसरा बोला, 'कुछ संदेह तो हमऊ का हुय रहा है। फुरै कह पांडे, असली चोर है।'

तीसरा आदमी मुसलमान था, उसने रमानाथ को ललकारा, 'ओ जी ओ पगड़ी, जरा इधर आना, तुम्हारा क्या नाम है?'

रमानाथ ने सीनाजोरी के भाव से कहा,'हमारा नाम पूछकर क्या करोगे? मैं क्या चोर हूँ?'

'चोर नहीं, तुम साह हो, नाम क्यों नहीं बताते?'

रमा ने एक क्षण आगा-पीछा में पड़कर कहा, 'हीरालाल।'

'घर कहाँ है?'

'घर!'

'हाँ, घर ही पूछते हैं।'

'शाहजहाँपुर।'

'कौन मुहल्ला-

रमा शाहजहाँपुर न गया था, न कोई कल्पित नाम ही उसे याद आया कि बता दे। दुस्साहस के साथ बोला, 'तुम तो मेरा हुलिया लिख रहे हो!'

कांस्टेबल ने भभकी दी, 'तुम्हारा हुलिया पहले से ही लिखा हुआ है! नाम झूठ बताया, सयनत झूठ बताई, मुहल्ला पूछा तो बगलें झांकने लगे। महीनों से तुम्हारी तलाश हो रही है, आज जाकर मिले हो चलो थाने पर।' यह कहते हुए उसने रमानाथ का हाथ पकड़ लिया रमा ने हाथ छुडाने की चेष्टा करके कहा, 'वारंट लाओ तब हम चलेंगे। क्या मुझे कोई देहाती समझ लिया है?'

कांस्टेबल ने एक सिपाही से कहा, 'पकड़ लो जी इनका हाथ, वहीं थाने पर वारंट दिखाया जाएगा।'

शहरों में ऐसी घटनाएं मदारियों के तमाशों से भी ज्यादा मनोरंजक होती हैं। सैकड़ों आदमी जमा हो गए। देवीदीन इसी समय अफीम लेकर लौटा आ रहा था, यह जमाव देखकर वह भी आ गया देखा कि तीन कांस्टेबल रमानाथ को घसीटे लिये जा रहे हैं। आगे बढ़कर बोला, 'हैं?हैं, जमादार! यह क्या करते हो? यह पंडितजी तो हमारे मिहमान हैं, कहाँ पकड़े लिये जाते हो?'

तीनों कांस्टेबल देवीदीन से परिचित थे। रूक गए। एक ने कहा, 'तुम्हारे मिहमान हैं यह, कब से?'

देवीदीन ने मन में हिसाब लगाकर कहा, 'चार महीने से कुछ बेशी हुए होंगे। मुझे प्रयाग में मिल गए थे। रहने वाले भी वहीं के हैं। मेरे साथ ही तो आए थे।

मुसलमान सिपाही ने मन में प्रसन्न होकर कहा, 'इनका नाम क्या है?'

देवीदीन ने सिटपिटाकर कहा, 'नाम इन्होंने बताया न होगा?'

सिपाहियों का संदेह दृढ़ हो गया पांडे ने आँखें निकालकर कहा, 'जान परत है तुमहू मिले हौ, नांव काहे नाहीं बतावत हो इनका?'

देवीदीन ने आधारहीन साहस के भाव से कहा,? 'मुझसे रोब न जमाना पांडे, समझे! यहाँ धमकियों में नहीं आने के।'

मुसलमान सिपाही ने मानो मध्यस्थ बनकर कहा, 'बूढ़े बाबा, तुम तो ख्वामख्वाह बिगड़ रहे हो इनका नाम क्यों नहीं बतला देते?'

देवीदीन ने कातर नजरों से रमा की ओर देखकर कहा, 'हम लोग तो रमानाथ कहते हैं। असली नाम यही है या कुछ और, यह हम नहीं जानते।'

पांडे ने आँखें निकालकर हथेली को सामने करके कहा, 'बोलो पंडितजी, क्या नाम है तुम्हारा? रमानाथ या हीरालाल? या दोनों, एक घर का एक ससुराल का?'

तीसरे सिपाही ने दर्शकों को संबोधित करके कहा, 'नांव है रमानाथ, बतावत है हीरालाल? सबूत हुय गवा। दर्शकों में कानाफूसी होने लगी। शुबहे की बात तो है।

'साफ है, नाम और पता दोनों गलत बता दिया' एक मारवाड़ी सज्जन बोले, 'उचक्को सो है। एक मौलवी साहब ने कहा, 'कोई इश्तिहारी मुलजिम है।'

जनता को अपने साथ देखकर सिपाहियों को और भी जोर हो गया। रमा को भी अब उनके साथ चुपचाप चले जाने ही में अपनी कुशल दिखाई दी। इस तरह सिर झुका लिया, मानो उसे इसकी बिलकुल परवा नहीं है कि उस पर लाठी पड़ती है या तलवार। इतना अपमानित वह कभी न हुआ था। जेल की कठोरतम यातना भी इतनी ग्लानि न उत्पन्न करती। थोड़ी देर में पुलिस स्टेशन दिखाई दिया दर्शकों की भीड़ बहुत कम हो गई थी। रमा ने एक बार उनकी ओर लज्जित आशा के भाव से ताका, देवीदीन का पता न था। रमा के मुँह से एक लंबी सांस निकल गई। इस विपत्ति में क्या यह सहारा भी हाथ से निकल गया?

चौंतीस

पुलिस स्टेशन के दफ्तर में इस समय बड़ी मेज के सामने चार आदमी बैठे हुए थे। एक दारोगा थे, गोरे से, शौकीन, जिनकी बड़ी-बड़ी आँखों में कोमलता की झलक थी। उनकी बगल में नायब दारोगा थे। यह सिक्ख थे, बहुत हँसमुख, सजीवता के पुतले, गेहुंआं रंग, सुडौल, सुगठित शरीर' सिर पर केश था, हाथों में कड़े पर

सिगार से परहेज न करते थे। मेज की दूसरी तरफ इंस्पेक्टर और डिप्टी सुपरिंटेंडेंट बैठे हुए थे। इंस्पेक्टर अधेड़, सांवला, लंबा आदमी था, कौड़ी की-सी आँखें, फूले हुए गाल और ठिगना कद' डिप्टी सुपरिंटेंडेंट लंबा छरहरा जवान था, बहुत ही विचारशील और अल्पभाषी, इसकी लंबी नाक और ऊंचा मस्तक उसकी कुलीनता के साक्षी थे।

डिप्टी ने सिगार का एक कश लेकर कहा, 'बाहरी गवाहों से काम नहीं चल सकेगा। इनमें से किसी को एप्रूवर बनना होगा। और कोई अल्टरनेटिव नहीं है।'

इंस्पेक्टर ने दारोगा की ओर देखकर कहा, 'हम लोगों ने कोई बात उठा तो नहीं रक्खी, हलफ से कहता हूँ। सभी तरह के लालच देकर हार गए। सबों ने ऐसी गुट कर रखी है कि कोई टूटता ही नहीं। हमने बाहर के गवाहों को भी आजमाया, पर सब कानों पर हाथ रखते हैं।'

डिप्टी, उस मारवाड़ी को फिर आजमाना होगा। उसके बाप को बुलाकर खूब धमकाइए। शायद इसका कुछ दबाव पड़े।'

इंस्पेक्टर-'हलफ से कहता हूँ, आज सुबह से हम लोग यही कर रहे हैं। बेचारा बाप लड़के के पैरों पर गिरा, पर लड़का किसी तरह राजी नहीं होता।'

कुछ देर तक चारों आदमी विचारों में मग्न बैठे रहे। अंत में डिप्टी ने निराशा के भाव से कहा, मुकदमा नहीं चल सकता मुफ्त का बदनामी हुआ। इंस्पेक्टर,एक हप्ते की मुहलत और लीजिए, शायद कोई टूट जाय। यह निश्चय करके दोनों आदमी यहाँ से रवाना हुए। छोटे दारोगा भी उसके साथ ही चले गए। दारोगाजी ने हुक्का मंगवाया कि सहसा एक मुसलमान सिपाही ने आकर कहा, 'दारोगाजी, लाइए कुछ इनाम दिलवाइए। एक मुलजिम को शुबहे पर गिरफ्तार किया है। इलाहाबाद का रहने वाला है, नाम है रमानाथ, पहले नाम और सयनत दोनों गलत बतलाई थीं। देवीदीन खटिक जो नुक्कड़ पर रहता है, उसी के घर ठहरा हुआ है। जरा डांट बताइएगा तो सब कुछ उगल देगा।'

दारोगा-'वही है न जिसके दोनों लड़के--ब'

सिपाही-'जी हाँ, वही है।'

इतने में रमानाथ भी दारोगा के सामने हाजिर किया गया दारोगा ने उसे सिर से पांव तक देखा, मानो मन में उसका हुलिया मिला रहे हों। तब कठोर दृष्टि से देखकर बोले, 'अच्छा, यह इलाहाबाद का रमानाथ है। खूब मिले भाई। छः महीने से परेशान कर रहे हो कैसा साफ हुलिया है कि अंधा भी पहचान ले। यहाँ कब से आए हो?' कांस्टेबल ने रमा को परामर्श दिया, 'सब हाल सच-सच कह दो, तो तुम्हारे साथ कोई सख्ती न की जाएगी।'

रमा ने प्रसन्नचित्त बनने की चेष्टा करके कहा, 'अब तो आपके हाथ में हूँ, रियायत कीजिए या सख्ती कीजिए। इलाहाबाद की म्युनिसिपैलिटी में नौकर था। हिमाकत कहिए या बदनसीबी, चुंगी के चार सौ रूपये मुझसे खर्च हो गए। मैं वक्त पर रूपये जमा न कर सका। शर्म के मारे घर के आदमियों से कुछ न कहा, नहीं तो इतने रूपये इंतजाम हो जाना कोई मुश्किल न था। जब कुछ बस न चला, तो वहाँ से भागकर यहाँ चला आया इसमें एक हर्फ भी गलत नहीं है।'

दारोगा ने गंभीर भाव से कहा, 'मामला कुछ संगीन है,क्या कुछ शराब का चस्का पड़ गया था?'

'मुझसे कसम ले लीजिए, जो कभी शराब मुँह से लगाई हो।'

कांस्टेबल ने विनोद करके कहा, मुहब्बत के बाजार में लुट गए होंगे, हुजूर।'

रमा ने मुस्कराकर कहा, 'मुझसे फाकेमस्तों का वहाँ कहाँ गुजर?'

दारोगा-'तो क्या जुआ खेल डाला? या, बीवी के लिए जेवर बनवा डाले!'

रमा झेंपकर रह गया अपराधी मुस्कराहट उसके मुख पर रो पड़ी।

दारोगा-'अच्छी बात है, तुम्हें भी यहाँ खासे मोटे जेवर मिल जायंगे!'

एकाएक बूढ़ा देवीदीन आकर खड़ा हो गया दारोगा ने कठोर स्वर में कहा, 'क्या काम है यहाँ?'

देवीदीन-'हुजूर को सलाम करने चला आया इन बेचारों पर दया की नजर रहे हुजूर, बेचारे बड़े सीधे आदमी हैं।

दारोगा-'बचा सरकारी मुलजिम को घर में छिपाते हो, उस पर सिफारिश करने आए हो!'

देवीदीन-'मैं क्या सिफारिस करूंगा हुजूर, दो कौड़ी का आदमी।'

दारोगा-'जानता है, इन पर वारंट है, सरकारी रूपये गबन कर गए हैं।'

देवीदीन-'हुजूर, भूल-चूक आदमी से ही तो होती है। जवानी की उम्र है ही, खर्च हो गए होंगे।

यह कहते हुए देवीदीन ने पाँच गिन्नियाँ कमर से निकालकर मेज पर रख दीं।

दारोगा ने तड़पकर कहा, 'यह क्या है?'

देवीदीन-'कुछ नहीं है, हुजूर को पान खाने को।'

दारोगा-'रिश्वत देना चाहता है! क्यों? कहो तो बचा, इसी इल्जाम में भेज दूं।'

देवीदीन-'भेज दीजिए सरकार। घरवाली लकड़ी-कफन की फिकर से छूट जाएगी। वहीं बैठा आपको दुआ दूँगा।

दारोगा-'अबे इन्हें छुडाना है तो पचास गिन्नियाँ लाकर सामने रक्खो। जानते हो इनकी गिरफ्तारी पर पाँच सौ रूपये का इनाम है!'

देवीदीन-'आप लोगों के लिए इतना इनाम हुजूर क्या है। यह गरीब परदेसी आदमी हैं, जब तक जिएंगे आपको याद करेंगे।'

दारोगा-बक-बक मत कर, यहाँ धरम कमाने नहीं आया हूँ।'

देवीदीन-'बहुत तंग हूँ हुजूर।दुकानदारी तो नाम की है।'

कांस्टेबल-'बुढ़िया से माँग जाके।'

देवीदीन-'कमाने वाला तो मैं ही हूं हजूर, लड़कों का हाल जानते ही हो तन-पेट काटकर कुछ रूपये जमा कर रखे थे, सो अभी सातों-धाम किए चला आता हूँ। बहुत तंग हो गया हूँ।

दारोगा-'तो अपनी गिन्नियाँ उठा ले। इसे बाहर निकाल दो जी।'

देवीदीन-'आपका हुकुम है, तो लीजिए जाता हूँ। धक्का क्यों दिलवाइएगा।'

दारोगा-'कांस्टेबल से- इन्हें हिरासत में रखो। मुंशी से कहो इनका बयान लिख लें।'

देवीदीन के होंठ आवेश से कांप रहे थे। उसके चेहरे पर इतनी व्यग्रता रमा ने कभी नहीं देखी, जैसे कोई चिड़िया अपने घोंसले में कौवे को घुसते देखकर विह्वल हो गई हो वह एक मिनट तक थाने के द्वार पर खड़ा रहा, फिर पीछे गिरा और एक सिपाही से कुछ कहा, तब लपका हुआ सड़क पर चला गया, मगर एक ही पल में फिर लौटा और दारोगा से बोला, 'हुजूर, दो घंटे की मुहलत न दीजिएगा?'

रमा अभी वहीं खड़ाथा। उसकी यह ममता देखकर रो पड़ा। बोला, 'दादा, अब तुम हैरान न हो, मेरे भाग्य में जो कुछ लिखा है, वह होने दो। मेरे भी यहाँ होते, तो इससे ज्यादा और क्या करते! मैं मरते दम तक तुम्हारा उपकार--

देवीदीन ने आँखें पोंछते हुए कहा, 'कैसी बातें कर रहे हो, भैया! जब रूपये पर आई तो देवीदीन पीछे हटने वाला आदमी नहीं है। इतने रूपये तो एक-एक दिन जुए में हार-जीत गया हूँ। अभी घर बेच दूं, तो दस हजार की मालियत है। क्या सिर पर लाद कर ले जाऊँगा। दारोगाजी, अभी भैया को हिरासत में न भेजो, मैं रूपये की गिकर करके थोड़ी देर में आता हूँ।'

देवीदीन चला गया तो दारोगाजी ने सहृदयता से भरे स्वर में कहा, 'है तो खुर्राट, मगर बड़ा नेक। तुमने इसे कौनसी बूटी सुंघा दी?'

रमा ने कहा, 'गरीबों पर सभी को रहम आता है।'

दारोगा ने मुस्कराकर कहा, पुलिस को छोड़कर, इतना और कहिए। मुझे तो यकीन नहीं कि पचास गिन्नियाँ लावे।'

रमानाथ-'अगर लाए भी तो उससे इतना बड़ा तावान नहीं दिलाना चाहता। आप मुझे शौक से हिरासत में ले लें।'

दारोगा–'मुझे पाँच सौ के बदले साढ़े छः सौ मिल रहे हैं, क्यों छोड़ूं। तुम्हारी गिरफ्तारी का इनाम मेरे किसी दूसरे भाई को मिल जाय, तो क्या बुराई है।

रमानाथ–'जब मुझे चक्की पीसनी है, तो जितनी जल्द पीस लूं उतना ही अच्छा। मैंने समझा था, मैं पुलिस की नजरों से बचकर रह सकता हूँ। अब मालूम हुआ कि यह बेकली और आठों पहर पकड़ लिए जाने का खौफ जेल से कम जानलेवा नहीं।'

दारोगाजी को एकाएक जैसे कोई भूली हुई बात याद आ गई। मेज के दराज से एक मिसल निकाली, उसके पन्ने इधर-उधर उल्टे, तब नम्रता से बोले, अगर मैं कोई ऐसी तरकीब बतलाऊं कि देवीदीन के रूपये भी बच जाएँ और तुम्हारे ऊपर भी आंच न आए तो कैसा?'

रमा ने अविश्वास के भाव से कहा, ऐसी तरकीब कोई है, मुझे तो आशा नहीं।'

दारोगा–'अभी साई के सौ खेल हैं। इसका इंतजाम मैं कर सकता हूँ। आपको महज एक मुकदमे में शहादत देनी पड़ेगी?'

रमानाथ–'झूठी शहादत होगी।'

दारोगा–'नहीं, बिलकुल सच्ची। बस समझ लो कि आदमी बन जाओगे।म्युनिसिपैलिटी के पंजे से तो छूट जाओगे, शायद सरकार परवरिश भी करे। यों अगर चालान हो गया तो पाँच साल से कम की सजा न होगी। मान लो, इस वक्त देवी तुम्हें बचा भी ले, तो बकरे की माँ कब तक खैर मनाएगी। जिंदगी खराब हो जायगी। तुम अपना नफा-नुकसान खुद समझ लो। मैं जबरदस्ती नहीं करता।'

दारोगाजी ने डकैती का वृत्तांत कह सुनाया रमा ऐसे कई मुकदमे समाचारपत्रों में पढ़ चुका था। संशय के भाव से बोला, 'तो मुझे मुखबिर बनना पड़ेगा और यह कहना पड़ेगा कि मैं भी इन डकैतियों में शरीक था। यह तो झूठी शहादत हुई।'

दारोगा–'मुआमला बिलकुल सच्चा है। आप बेगुनाहों को न फँसाएंगे। वही लोग जेल जाएँगे जिन्हें जाना चाहिए। फिर झूठ कहाँ रहा–डाकुओं के डर से यहाँ के लोग शहादत देने पर राजी नहीं होते। बस और कोई बात नहीं। यह मैं मानता हूँ कि आपको कुछ झूठ बोलना पड़ेगा, लेकिन आपकी जिंदगी बनी जा रही है, इसके लिहाज से तो इतना झूठ कोई चीज नहीं। खूब सोच लीजिए। शाम तक जवाब दीजिएगा।'

रमा के मन में बात बैठ गई। अगर एक बार झूठ बोलकर वह अपने पिछले कर्मों का प्रायश्चित्त कर सके और भविष्य भी सुधार ले, तो पूछना ही क्या जेल से तो बच जायगा। इसमें बहुत आगा-पीछा की जरूरत ही न थी। हाँ, इसका निश्चय

हो जाना चाहिए कि उस पर फिर म्युनिसिपैलिटी अभियोग न चलाएगी और उसे कोई जगह अच्छी मिल जायगी। वह जानता था, पुलिस की गरज है और वह मेरी कोई वाजिब शर्त अस्वीकार न करेगी। इस तरह बोला, मानो उसकी आत्मा धर्म और अधर्म के संकट में पड़ी हुई है, 'मुझे यही डर है कि कहीं मेरी गवाही से बेगुनाह लोग न फँस जाएँ।'

दारोगा-'इसका मैं आपको इत्मीनान दिलाता हूँ।'

रमानाथ-'लेकिन कल को म्युनिसिपैलिटी मेरी गर्दन नापे तो मैं किसे पुकारूंगा?'

दारोगा-'मजाल है, म्युनिसिपैलिटी चूं कर सके। गौजदारी के मुकदमे में मुददई तो सरकार ही होगी। जब सरकार आपको मुआफ कर देगी, तो मुकदमा कैसे चलाएगी। आपको तहरीरी मुआफीनामा दे दिया जायगा, साहब।'

रमानाथ-'और नौकरी?'

दारोगा-'वह सरकार आप इंतजाम करेगी। ऐसे आदमियों को सरकार खुद अपना दोस्त बनाए रखना चाहती है। अगर आपकी शहादत बढ़िया हुई और उस फ्री की जिरहों के जाल से आप निकल गए, तो फिर आप पारस हो जाएँगे!' दारोगा ने उसी वक्त मोटर मंगवाई और रमा को साथ लेकर डिप्टी साहब से मिलने चल दिए। इतनी बड़ी कारगुजारी दिखाने में विलंब क्यों करते? डिप्टी से एकांत में खूब जीट उड़ाई। इस आदमी का यों पता लगाया इसकी सूरत देखते ही भांप गया कि मगरूर है, बस गिरफ्तार ही तो कर लिया! बात सोलहों आने सच निकली। निगाह कहीं चूक सकती है! हुजूर, मुजरिम की आँखें पहचानता हूँ। इलाहाबाद की म्युनिसिपैलिटी के रूपये गबन करके भागा है। इस मामले में शहादत देने को तैयार है। आदमी पढ़ा-लिखा, सूरत का शरीफ और जहीन है।'

डिप्टी ने संदिग्ध भाव से कहा, 'हाँ, आदमी तो होशियार मालूम होता है।'

'मगर मुआफीनामा लिये बगैर इसे हमारा एतबार न होगा। कहीं इसे यह शुबहा हुआ कि हम लोग इसके साथ कोई चाल चल रहे हैं, तो साफ निकल जाएगा।

डिप्टी-'यह तो होगा ही। गवर्नमेंट से इसके बारे में बातचीत करना होगा। आप टेलीफोन मिलाकर इलाहाबाद पुलिस से पूछिए कि इस आदमी पर कैसा मुकदमा है। यह सब तो गवर्नमेंट को बताना होगा। दारोगाजी ने टेलीफोन डाइरेक्टरी देखी, नंबर मिलाया और बातचीत शुरू हुई।

डिप्टी-क्या बोला?

दारोगा-'कहता है, यहाँ इस नाम के किसी आदमी पर मुकदमा नहीं है।'

डिप्टी–'यह कैसा है भाई, कुछ समझ में नहीं आता। इसने नाम तो नहीं बदल दिया?'

दारोगा–'कहता है, म्युनिसिपैलिटी में किसी ने रूपये गबन नहीं किए। कोई मामला नहीं है।'

डिप्टी–'ये तो बड़ा ताज्जुब का बात है। आदमी बोलता है हम रूपया लेकर भागा, म्युनिसिपैलिटी बोलता है कोई रूपया गबन नहीं किया यह आदमी पागल तो नहीं है?'

दारोगा–'मेरी समझ में कोई बात नहीं आती, अगर कह दें कि तुम्हारे ऊपर कोई इल्जाम नहीं है, तो फिर उसकी गर्द भी न मिलेगी।'

'अच्छा, म्युनिसिपैलिटी के दफ्तर से पूछिए।'

दारोगा ने फिर नंबर मिलाया सवाल–जवाब होने लगा।

दारोगा–'आपके यहाँ रमानाथ कोई क्लर्क था?

जवाब, जी हाँ, था।

दारोगा–'वह कुछ रूपये गबन करके भागा है?

जवाब,'नहीं। वह घर से भागा है, पर गबन नहीं किया क्या वह आपके यहाँ है?

दारोगा–'जी हाँ, हमने उसे गिरफ्तार किया है। वह खुद कहता है कि मैंने रूपये गबन किए। बात क्या है?' जवाब, 'पुलिस तो लाल बुझक्कड़ है। जरा दिमाग लड़ाइए।'

दारोगा–'यहाँ तो अक्ल काम नहीं करती।'

जवाब, 'यहीं क्या, कहीं भी काम नहीं करती। सुनिए, रमानाथ ने मीजान लगाने में गलती की, डरकर भागा। बाद को मालूम हुआ कि तहबील में कोई कमी न थी। आई समझ में बात।'

डिप्टी–'अब क्या करना होगा खां साहब' चिड़िया हाथ से निकल गया!'

दारोगा–'निकल कैसे जाएगी हजूर' रमानाथ से यह बात कही ही क्यों जाए? बस उसे किसी ऐसे आदमी से मिलने न दिया जाय जो बाहर की खबरें पहुँचा सके। घरवालों को उसका पता अब लग जावेगा ही, कोई न कोई जरूर उसकी तलाश में आवेगा। किसी को न आने दें। तहरीर में कोई बात न लाई जाए जबानी इत्मीनान दिला दिया जाय। कह दिया जाय, कमिश्नर साहब को मुआफीनामा के लिए रिपोर्ट की गई है। इंस्पेक्टर साहब से भी राय ले ली जाय। इधर तो यह लोग सुपरिंटेंडेंट से परामर्श कर रहे थे, उधर एक घंटे में देवीदीन लौटकर थाने आया तो कांस्टेबल ने कहा, 'दारोगाजी तो साहब के पास गए।'

देवीदीन ने घबड़ाकर कहा, 'तो बाबूजी को हिरासत में डाल दिया?' कांस्टेबल, 'नहीं, उन्हें भी साथ ले गये।'

देवीदीन ने सिर पीटकर कहा, 'पुलिस वालों की बात का कोई भरोसा नहीं। कह गया कि एक घंटे में रूपये लेकर आता हूँ, मगर इतना भी सबर न हुआ। सरकार से पाँच ही सौ तो मिलेंगे। मैं छः सौ देने को तैयार हूँ। हाँ, सरकार में कारगुजारी हो जायगी और क्या वहीं से उन्हें परागराज भेज देंगे। मुझसे भेंट भी न होगी। बुढ़िया रो रोकर मर जायगी। यह कहता हुआ देवीदीन वहीं जमीन पर बैठ गया' कांस्टेबल ने पूछा, तो यहाँ कब तक बैठे रहोगे?'

देवीदीन ने मानो कोड़े की काट से आहत होकर कहा,'अब तो दारोगाजी से दो-दो बातें करके ही जाऊँगा। चाहे जेल ही जाना पड़े, पर फटकारूंगा जरूर, बुरी तरह फटकारूंगा। आखिर उनके भी तो बाल-बच्चे होंगे! क्या भगवान से जरा भी नहीं डरते! तुमने बाबूजी को जाती बार देखा था? बहुत रंजीदा थे? 'कांस्टेबल, 'रंजीदा तो नहीं थे, खासी तरह हँस रहे थे। दोनों जने मोटर में बैठकर गए हैं।'

देवीदीन ने अविश्वास के भाव से कहा, 'हँस क्या रहे होंगे बेचारे। मुँह से चाहे हँस लें, दिल तो रोता ही होगा।'

देवीदीन को यहाँ बैठे एक घंटा भी न हुआ था कि सहसा जग्गो आ खड़ी हुई। देवीदीन को द्वार पर बैठे देखकर बोली, 'तुम यहाँ क्या करने लगे? भैया कहाँ हैं?'

देवीदीन ने मर्माहत होकर कहा, 'भैया को ले गए सुपरीडंट के पास, न जाने भेंट होती है कि ऊपर ही ऊपर परागराज भेज दिए जाते हैं।'

जग्गो-'दारोगाजी भी बड़े वह हैं। कहाँ तो कहा था कि इतना लेंगे, कहाँ लेकर चल दिए!

देवीदीन-'इसीलिए तो बैठा हूँ कि आवे तो दो-दो बातें कर लूं।'

जग्गो-'हाँ, फटकारना जरूर,जो अपनी बात का नहीं, वह अपने बाप का क्या होगा। मैं तो खरी कहूँगी। मेरा क्या कर लेंगे!'

देवीदीन-'दुकान पर कौन है?

जग्गो-'बंद कर आई हूँ। अभी बेचारे ने कुछ खाया भी नहीं। सबेरे से वैसे ही हैं। चूल्हे में जाय वह तमासा, उसी के टिकट लेने तो जाते थे। न घर से निकलते तो काहे को यह बला सिर पड़ती।

देवीदीन-'जो उधर ही से पराग भेज दिया तो?'

जग्गो-'तो चिट्ठी तो आवेगी ही। चलकर वहीं देख आवेंगे?'

देवीदीन-'(आँखों में आंसू भरकर) सजा हो जायगी?

जग्गो–'रूपया जमा कर देंगे तब काहे को होगी। सरकार अपने रूपये ही तो लेगी?

देवीदीन–'नहीं पगली, ऐसा नहीं होता। चोर माल लौटा दे तो वह छोड़ थोड़े ही दिया जाएगा।

'जग्गो ने परिस्थिति की कठोरता अनुभव करके कहा, 'दारोगाजी,'

वह अभी बात भी पूरी न करने पाई थी कि दारोगाजी की मोटर सामने आ पहुँची। इंस्पेक्टर साहब भी थे। रमा इन दोनों को देखते ही मोटर से उतरकर आया और प्रसन्न मुख से बोला, 'तुम यहाँ देर से बैठे हो क्या दादा? आओ, कमरे में चलो। अम्माँ, तुम कब आइ?'

दारोगाजी ने विनोद करके कहा, 'कहो चौधरी, लाए रूपये?'

देवीदीन–'जब कह गया कि मैं थोड़ी देर में आता हूँ, तो आपको मेरी राह देख लेनी चाहिए थी। चलिए, अपने रूपये लीजिए।'

दारोगा–'खोदकर निकाले होंगे?'

देवीदीन–'आपके अकबाल से हजार–पाँच सौ अभी ऊपर ही निकल सकते हैं। जमीन खोदने की जरूरत नहीं पड़ी। चलो भैया, बुढ़िया कब से खड़ी है। मैं रूपये चुकाकर आता हूँ। यह तो इंस्पेक्टर साहब थे न? पहले इसी थाने में थे।

दारोगा–'तो भाई, अपने रूपये ले जाकर उसी हाँड़ी में रख दो। अफसरों की सलाह हुई कि इन्हें छोड़ना न चाहिए। मेरे बस की बात नहीं है।'

इंस्पेक्टर साहब तो पहले ही दफ्तर में चले गए थे। ये तीनों आदमी बातें करते उसके बगल वाले कमरे में गए। देवीदीन ने दारोगा की बात सुनी, तो भौंहें तिरछी हो गई। बोला, दारोगाजी, मरदों की एक बात होती है, मैं तो यही जानता हूँ। मैं रूपये आपके हुक्म से लाया हूँ। आपको अपना कौल पूरा करना पड़ेगा। कहके मुकर जाना नीचों का काम है।'

इतने कठोर शब्द सुनकर दारोगाजी को भन्ना जाना चाहिए था, पर उन्होंने जरा भी बुरा न माना। हँसते हुए बोले, भई अब चाहे, नीच कहो, चाहे दगाबाज कहो, पर हम इन्हें छोड़ नहीं सकते। ऐसे शिकार रोज नहीं मिलते। कौल के पीछे अपनी तरक्की नहीं छोड़ सकता। दारोगा के हँसने पर देवीदीन और भी तेज हुआ, तो आपने कहा किस मुँह से था?'

दारोगा–कहा तो इसी मुँह से था, लेकिन मुँह हमेशा एक–सा तो नहीं रहता। इसी मुँह से जिसे गाली देता हूँ, उसकी इसी मुँह से तारीफ भी करता हूँ।'

देवीदीन–'(तिनककर) यह मूंछे मुड़वा डालिए।

दारोगा–'मुझे बड़ी खुशी से मंजूर है। नीयत तो मेरी पहले ही थी, पर शर्म के मारे न मुड़वाता था। अब तुमने दिल मजबूत कर दिया'

देवीदीन–'हंसिए मत दारोगाजी, आप हँसते हैं और मेरा खून जला जाता है। मुझे चाहे जेल ही क्यों न हो जाए, लेकिन मैं कप्तान साहब से जरूर कह दूँगा। हूँ तो टके का आदमी पर आपके अकबाल से बड़े अफसरों तक पहुँच है।'

दारोगा–'अरे, यार तो क्या सचमुच कप्तान साहब से मेरी शिकायत कर दोगे?'

देवीदीन ने समझा कि धमकी कारगर हुई। अकड़कर बोला, 'आप जब किसी की नहीं सुनते, बात कहकर मुकर जाते हैं, तो दूसरे भी अपने-सी करेंगे ही। मेम साहब तो रोज ही दुकान पर आती हैं।'

दारोगा' -कौन, देवी? अगर तुमने साहब या मेम साहब से मेरी कुछ शिकायत की, तो कसम खाकर कहता हूँ, कि घर खुदवाकर फेंक दूँगा!'

देवीदीन–'जिस दिन मेरा घर खुदेगा, उस दिन यह पगड़ी और चपरास भी न रहेगी, हुजूर।'

दारोगा–'अच्छा तो मारो हाथ पर हाथ, हमारी तुम्हारी दो-दो चोटें हो जायं,यही सही।'

देवीदीन–'पछताओगे सरकार, कहे देता हूँ पछताओगे।'

रमा अब जब्त न कर सका। अब तक वह देवीदीन के बिगड़ने का तमाशा देखने के लिए भीगी बिल्ली बना खड़ा था। कहकहा मारकर बोला, 'दादा, दारोगाजी तुम्हें चिढ़ा रहे हैं। हम लोगों में ऐसी सलाह हो गई है कि मैं बिना कुछ लिए-दिए ही छूट जाऊँगा, ऊपर से नौकरी भी मिल जायगी। साहब ने पक्का वादा किया है। मुझे अब यहीं रहना होगा।'

देवीदीन ने रास्ता भटके हुए आदमी की भांति कहा, 'कैसी बात है भैया, क्या कहते हो! क्या पुलिस वालों के चकमे में आ गए? इसमें कोई न कोई चाल जरूर छिपी होगी।'

रमा ने इत्मीनान के साथ कहा, 'और बात नहीं, एक मुकदमे में शहादत देनी पड़ेगी।' देवीदीन ने संशय से सिर हिलाकर कहा, 'झूठा मुकदमा होगा?'

रमानाथ–'नहीं दादा, बिलकुल सच्चा मामला है। मैंने पहले ही पूछ लिया है।'

देवीदीन की शंका शांत न हुई। बोला, 'मैं इस बारे में और कुछ नहीं कह सकता भैया, जरा सोच-समझकर काम करना। अगर मेरे रूपयों को डरते हो, तो यही समझ लो कि देवीदीन ने अगर रूपयों की परवा की होती, तो आज लखपति होता। इन्हीं हाथों से सौ-सौ रूपये रोज कमाए और सब-के-सब उड़ा दिए हैं। किस मुकदमे में सहादत देनी है? कुछ मालूम हुआ?'

दारोगाजी ने रमा को जवाब देने का अवसर न देकर कहा, 'वही डकैतियों वाला मुआमला है जिसमें कई गरीब आदमियों की जान गई थी। इन डाकुओं ने सूबे-भर में हंगामा मचा रक्खा था। उनके डर के मारे कोई आदमी गवाही देने पर राजी नहीं होता।'

देवीदीन ने उपेक्षा के भाव से कहा, 'अच्छा तो यह मुखबिर बन गए?यह बात है। इसमें तो जो पुलिस सिखाएगी वही तुम्हें कहना पड़ेगा, भैया! मैं छोटी समझ का आदमी हूँ, इन बातों का मर्म क्या जानूं, पर मुझसे मुखबिर बनने को कहा जाता, तो मैं न बनता, चाहे कोई लाख रूपया देता। बाहर के आदमी को क्या मालूम कौन अपराधी है, कौन बेकसूर है। दो-चार अपराधियों के साथ दो-चार बेकसूर भी जरूर ही होंगे।'

दारोगा-'हरगिज नहीं। जितने आदमी पकड़े गए हैं, सब पक्के डाकू हैं।'

देवीदीन-'यह तो आप कहते हैं न, हमें क्या मालूम।'

दारोगा-'हम लोग बेगुनाहों को फँसाएंगे ही क्यों? यह तो सोचो।

देवीदीन-'यह सब भुगते बैठा हूँ, दारोगाजी! इससे तो यही अच्छा है कि आप इनका चालान कर दें। साल-दो साल का जेल ही तो होगा। एक अधरम के दंड से बचने के लिए बेगुनाहों का खून तो सिर पर न चढ़ेगा!'

रमा ने भीरूता से कहा, 'मैंने खूब सोच लिया है दादा, सब कागज देख लिए हैं, इसमें कोई बेगुनाह नहीं है।'

देवीदीन ने उदास होकर कहा,'होगा भाई! जान भी तो प्यारी होती है!'यह कहकर वह पीछे घूम पड़ा। अपने मनोभावों को इससे स्पष्ट रूप से वह प्रकट न कर सकता था। एकाएक उसे एक बात याद आ गई। मुड़कर बोला, 'तुम्हें कुछ रूपये देता जाऊँ।'

रमा ने खिसियाकर कहा, 'क्या जरूरत है?'

दारोगा-'आज से इन्हें यहीं रहना पड़ेगा।'

देवीदीन ने कर्कश स्वर में कहा,'हाँ हजूर, इतना जानता हूँ। इनकी दावत होगी, बंगला रहने को मिलेगा, नौकर मिलेंगे, मोटर मिलेगी। यह सब जानता हूँ। कोई बाहर का आदमी इनसे मिलने न पावेगा, न यह अकेले आ-जा सकेंगे, यह सब देख चुका हूँ।'

यह कहता हुआ देवीदीन तेजी से कदम उठाता हुआ चल दिया, मानो वहाँ उसका दम घुट रहा हो दारोगा ने उसे पुकारा, पर उसने फिरकर न देखा। उसके मुख पर पराभूत वेदना छाई हुई थी।

जग्गो ने पूछा, 'भैया नहीं आ रहे हैं?'

देवीदीन ने सड़क की ओर ताकते हुए कहा, 'भैया अब नहीं आवेंगे। जब अपने ही अपने न हुए तो बेगाने तो बेगाने हैं ही!' वह चला गया बुढ़िया भी पीछे-पीछे भुनभुनाती चली।

पैंतीस

रूदन में कितना उल्लास, कितनी शांति, कितना बल है। जो कभी एकांत में बैठकर, किसी की स्मृति में, किसी के वियोग में, सिसक-सिसक और बिलख बिलख नहीं रोया, वह जीवन के ऐसे सुख से वंचित है, जिस पर सैकड़ों हंसियाँ न्योछावर हैं। उस मीठी वेदना का आनंद उन्हीं से पूछो, जिन्होंने यह सौभाग्य प्राप्त किया है। हँसी के बाद मन खिन्न हो जाता है, आत्मा क्षुब्धा हो जाती है, मानो हम थक गए हों, पराभूत हो गए हों। रूदन के पश्चात एक नवीन स्फूर्ति, एक नवीन जीवन, एक नवीन उत्साह का अनुभव होता है। जालपा के पास 'प्रजा-मित्र' कार्यालय का पत्र पहुँचा, तो उसे पढ़कर वह रो पड़ी। पत्र एक हाथ में लिये, दूसरे हाथ से चौखट पकड़े, वह खूब रोई। क्या सोचकर रोई, वह कौन कह सकता है। कदाचित अपने उपाय की इस आशातीत सफलता ने उसकी आत्मा को विह्वल कर दिया, आनंद की उस गहराई पर पहुँचा दिया जहाँ पानी है, या उस ऊंचाई पर जहाँ उष्णता हिम बन जाती है। आज छः महीने के बाद यह सुख-संवाद मिला। इतने दिनों वह छलमयी आशा और कठोर दुराषा का खिलौना बनी रही। आह! कितनी बार उसके मन में तरंग उठी कि इस जीवन का क्यों न अंत कर दूं! कहीं मैंने सचमुच प्राण त्याग दिए होते तो उनके दर्शन भी न पाती! पर उनका हिया कितना कठोर है। छः महीने से वहाँ बैठे हैं, एक पत्र भी न लिखा, खबर तक नहीं ली। आखिर यही न समझ लिया होगा कि बहुत होगा रो-रोकर मर जायगी। उन्होंने मेरी परवाह ही कब की! दस-बीस रूपये तो आदमी यार-दोस्तों पर भी खर्च कर देता है। वह प्रेम नहीं है। प्रेम हृदय की वस्तु है, रूपये की नहीं। जब तक रमा का कुछ पता न था, जालपा सारा इलजाम अपने सिर रखती थी,, पर आज उनका पता पाते ही उसका मन अकस्मात कठोर हो गया। तरह-तरह के शिकवे पैदा होने लगे। वहाँ क्या समझकर बैठे हैं? इसीलिए तो कि वह स्वाधीन हैं, आजाद हैं, किसी का दिया नहीं खाते।

इसी तरह मैं कहीं बिना कहे-सुने चली जाती, तो वह मेरे साथ किस तरह पेश आते? शायद तलवार लेकर गर्दन पर सवार हो जाते या जिंदगी-भर मुँह न

देखते। वहीं खड़े-खड़े जालपा ने मन-ही-मन शिकायतों का दफ्तर खोल दिया

सहसा रमेश बाबू ने द्वार पर पुकारा, 'गोपी, गोपी, जरा इधर आना।'

मुंशीजी ने अपने कमरे में पड़े-पड़े कराहकर कहा, 'कौन है भाई, कमरे में आ जाओ। अरे! आप हैं रमेश बाबू! बाबूजी, मैं तो मरकर जिया हं। बस यही समझिए कि नई जिंदगी हुई। कोई आशा न थी। कोई आगे न कोई पीछे, दोनों लौंडे आवारा हैं, मैं मरुं या जीऊं, उनसे मतलब नहीं। उनकी माँ को मेरी सूरत देखते डर लगता है। बस बेचारी बहू ने मेरी जान बचाई, वह न होती तो अब तक चल बसा होता।'

रमेश बाबू ने कृत्रिम संवेदना दिखाते हुए कहा, 'आप इतने बीमार हो गए और मुझे खबर तक न हुई। मेरे यहाँ रहते आपको इतना कष्ट हुआ! बहू ने भी मुझे एक पुर्जा न लिख दिया छुट्टी लेनी पड़ी होगी?'

मुंशी-'छुट्टी के लिए दरख्वास्त तो भेज दी थी, मगर साहब मैंने डाक्टरी सर्टिफिकेट नहीं भेजी। सोलह रूपये किसके घर से लाता। एक दिन सिविल सर्जन के पास गया, मगर उन्होंने चिट्ठी लिखने से इनकार किया आप तो जानते हैं वह बिना फीस लिये बात नहीं करते। मैं चला आया और दरख्वास्त भेज दी। मालूम नहीं मंजूर हुई या नहीं। यह तो डाक्टरों का हाल है। देख रहे हैं कि आदमी मर रहा है, पर बिना भेंट लिये कदम न उठावेंगे!'

रमेश बाबू ने चिंतित होकर कहा, 'यह तो आपने बुरी खबर सुनाई, मगर आपकी छुट्टी नामंजूर हुई तो क्या होगा?'

मुंशीजी ने माथा ठोंकर कहा, 'होगा क्या, घर बैठ रहूँगा। साहब पूछेंगे तो साफ कह दूँगा, मैं सर्जन के पास गया था, उसने छुट्टी नहीं दी। आखिर इन्हें क्यों सरकार ने नौकर रखा है। महज कुर्सी की शोभा बढ़ाने के लिए? मुझे डिसमिस हो जाना मंजूर है, पर सर्टिफिकेट न दूँगा। लौंडे गायब हैं। आपके लिए पान तक लाने वाला कोई नहीं। क्या करूं?'

रमेश ने मुस्कराकर कहा, मेरे लिए आप तरददुद न करें। मैं आज पान खाने नहीं, भरपेट मिठाई खाने आया हूँ। (जालपा को पुकारकर) बहूजी, तुम्हारे लिए खुशखबरी लाया हूँ। मिठाई मंगवा लो।

जालपा ने पान की तश्तरी उनके सामने रखकर कहा, 'पहले वह खबर सुनाइए। शायद आप जिस खबर को नई-नई समझ रहे हों, वह पुरानी हो गई हो'

रमेश-'जी कहीं हो न! रमानाथ का पता चल गया कलकत्ता में हैं।'

जालपा-'मुझे पहले ही मालूम हो चुका है।'

मुंशीजी झपटकर उठ बैठे। उनका ज्वर मानो भागकर उत्सुकता की आड़ में जा छिपा, रमेश का हाथ पकड़कर बोले, 'मालूम हो गया कलकत्ता में हैं? कोई खत आया था?'

रमेश-'खत नहीं था, एक पुलिस इंक्वायरी थी। मैंने कह दिया, उन पर किसी तरह का इलजाम नहीं है। तुम्हें कैसे मालूम हुआ, बहूजी?'

जालपा ने अपनी स्कीम बयान की। 'प्रजा-मित्र' कार्यालय का पत्र भी दिखाया पत्र के साथ रूपयों की एक रसीद थी जिस पर रमा का हस्ताक्षर था।

रमेश-'दस्तखत तो रमा बाबू का है, बिलकुल साफ धोखा हो ही नहीं सकता मान गया बहूजी तुम्हें! वाह, क्या हिकमत निकाली है! हम सबके कान काट लिए। किसी को न सूझी। अब जो सोचते हैं, तो मालूम होता है, कितनी आसान बात थी। किसी को जाना चाहिए जो बचा को पकड़कर घसीट लाए। यह बातचीत हो रही थी कि रतन आ पहुँची। जालपा उसे देखते ही वहाँ से निकली और उसके गले से लिपटकर बोली, 'बहन कलकत्ता से पत्र आ गया वहीं हैं।'

रतन-'मेरे सिर की कसम?'

जालपा-'हाँ, सच कहती हूँ। खत देखो न!'

रतन-'तो आज ही चली जाओ।'

जालपा-'यही तो मैं भी सोच रही हूँ। तुम चलोगी?'

रतन-'चलने को तो मैं तैयार हूँ, लेकिन अकेला घर किस पर छोडूं! बहन, मुझे मणिभूषण पर कुछ शुबहा होने लगा है। उसकी नीयत अच्छी नहीं मालूम होती। बैंक में बीस हजार रूपये से कम न थे। सब न जाने कहाँ उड़ा दिए। कहता है, क्रिया-कर्म में खर्च हो गए। हिसाब माँगती हूँ, तो आँखें दिखाता है। दफ्तर की कुंजी अपने पास रखे हुए है। माँगती हूँ, तो टाल जाता है। मेरे साथ कोई कानूनी चाल चल रहा है। डरती हूँ, मैं उधर जाऊँ, इधर वह सब कुछ ले-देकर चलता बने। बंगले के गाहक आ रहे हैं। मैं भी सोचती हूँ, गाँव में जाकर शांति से पड़ी रहूँ। बंगला बिक जायगा, तो नकद रूपये हाथ आ जाएँगे। मैं न रहूँगी,तो शायद ये रूपये मुझे देखने को भी न मिलें। गोपी को साथ लेकर आज ही चली जाओ। रूपये का इंतजाम मैं कर दूँगी।'

जालपा-'गोपीनाथ तो शायद न जा सकें, दादा की दवा-दारू के लिए भी तो कोई चाहिए।

रतन-'वह मैं कर दूँगी। मैं रोज सबेरे आ जाऊँगी और दवा देकर चली जाऊँगी। शाम को भी एक बार आ जाया करूंगी।

जालपा ने मुस्कराकर कहा, और दिन? भर उनके पास बैठा कौन रहेगा।

रतन–'मैं थोड़ी देर बैठी भी रहा करूंगी, मगर तुम आज ही जाओ। बेचारे वहाँ न जाने किस दशा में होंगे। तो यही तय रही न?'

रतन मुंशीजी के कमरे में गई, तो रमेश बाबू उठकर खड़े हो गए और बोले, 'आइए देवीजी, रमा बाबू का पता चल गया!

रतन–'इसमें आधा श्रेय मेरा है।

रमेश–'आपकी सलाह से तो हुआ ही होगा। अब उन्हें यहाँ लाने की फिक्र करनी है।'

रतन–'जालपा चली जाएँ और पकड़ लाएं। गोपी को साथ लेती जावें, आपको इसमें कोई आपत्ति तो नहीं है, दादाजी?'

मुंशीजी को आपत्ति तो थी, उनका बस चलता तो इस अवसर पर दसपाँच आदमियों को और जमा कर लेते, फिर घर के आदमियों के चले जाने पर क्यों आपत्ति न होती, मगर समस्या ऐसी आ पड़ी थी कि कुछ बोल न सके। गोपी कलकत्ता की सैर का ऐसा अच्छा अवसर पाकर क्यों न खुश होता। विशम्भर दिल में ऐंठकर रह गया विधाता ने उसे छोटा न बनाया होता, तो आज उसकी यह हकतलफी न होती। गोपी ऐसे कहाँ के बड़े होशियार हैं, जहाँ जाते हैं कोई–न–कोई चीज खो आते हैं। हाँ, मुझसे बड़े हैं। इस दैवी विधान ने उसे मजबूर कर दिया

रात को नौ बजे जालपा चलने को तैयार हुई। सास–ससुर के चरणों पर सिर झुकाकर आशीर्वाद लिया, विशम्भर रो रहा था, उसे गले लगा कर प्यार किया और मोटर पर बैठी। रतन स्टेशन तक पहुँचाने के लिए आई थी। मोटर चली तो जालपा ने कहा, 'बहन, कलकत्ता तो बहुत बड़ा शहर होगा। वहाँ कैसे पता चलेगा?'

रतन–'पहले 'प्रजा–मित्र' के कार्यालय में जाना। वहाँ से पता चल जाएगा। गोपी बाबू तो हैं ही।'

जालपा–'ठहरूंगी कहाँ?'

रतन–'कई धर्मशाले हैं। नहीं होटल में ठहर जाना। देखो रूपये की जरूरत पड़े, तो मुझे तार देना। कोई–न कोई इंतजाम करके भेजूंगी। बाबूजी आ जाएँ,तो मेरा बड़ा उपकार हो यह मणिभूषण मुझे तबाह कर देगा।'

जालपा–'होटल वाले बदमाश तो न होंगे?'

रतन–'कोई जरा भी शरारत करे, तो ठोकर मारना। बस, कुछ पूछना मत, ठोकर जमाकर तब बात करना। (कमर से एक छुरी निकालकर) इसे अपने पास रख लो। कमर में छिपाए रखना। मैं जब कभी बाहर निकलती हूँ, तो इसे अपने पास रख लेती हूँ। इससे दिल बड़ा मजबूत रहता है। जो मर्द किसी स्त्री को छेड़ता है, उसे समझ लो कि पल्ले सिरे का कायर, नीच और लंपट है। तुम्हारी छुरी की चमक और

तुम्हारे तेवर देखकर ही उसकी रुह फना हो जायगी। सीधा दुम दबाकर भागेगा, लेकिन अगर ऐसा मौका आ ही पड़े जब तुम्हें छुरी से काम लेने के लिए मजबूर हो जाना पड़े, तो जरा भी मत झिझकना। छुरी लेकर पिल पड़ना। इसकी बिलकुल फिक्र मत करना कि क्या होगा, क्या न होगा। जो कुछ होना होगा, हो जायगा।'

जालपा ने छुरी ले ली, पर कुछ बोली नहीं। उसका दिल भारी हो रहा था। इतनी बातें सोचने और पूछने की थीं कि उनके विचार से ही उसका दिल बैठा जाता था।

स्टेशन आ गया कुलियों ने असबाब उतारा, गोपी टिकट लाया जालपा पत्थर की मूर्ति की भांति प्लेटफार्म पर खड़ी रही, मानो चेतना शून्य हो गई हो किसी बड़ी परीक्षा के पहले हम मौन हो जाते हैं। हमारी सारी शक्तियाँ उस संग्राम की तैयारी में लग जाती हैं। रतन ने गोपी से कहा, 'होशियार रहना।'

गोपी इधर कई महीनों से कसरत करता था। चलता तो मुडढे और छाती को देखा करता। देखने वालों को तो वह ज्यों का त्यों मालूम होता है, पर अपनी नजर में वह कुछ और हो गया था। शायद उसे आश्चर्य होता था कि उसे आते देखकर क्यों लोग रास्ते से नहीं हट जाते, क्यों उसके डील-डौल से भयभीत नहीं हो जाते। अकड़कर बोला, 'किसी ने जरा चीं-चपड़ की तो तोड़ दूँगा।'

रतन मुस्कराई, 'यह तो मुझे मालूम है। सो मत जाना।'

गोपी, 'पलक तक तो झपकेगी नहीं। मजाल है नींद आ जाय।'

गाड़ी आ गई। गोपी ने एक डिब्बे में घुसकर कब्जा जमाया जालपा की आँखों में आंसू भरे हुए थे। बोली, बहन, 'आशीर्वाद दो कि उन्हें लेकर कुशल से लौट आऊँ।

इस समय उसका दुर्बल मन कोई आश्रय, कोई सहारा, कोई बल ढूंढ रहा था और आशीर्वाद और प्रार्थना के सिवा वह बल उसे कौन प्रदान करता। यही बल और शांति का वह अक्षय भंडार है जो किसी को निराश नहीं करता, जो सबकी बांह पकड़ता है, सबका बेड़ा पार लगाता है। इंजन ने सीटी दी। दोनों सहेलिया गले मिलीं। जालपा गाड़ी में जा बैठी।

रतन ने कहा, 'जाते ही जाते खत भेजना। जालपा ने सिर हिलाया।'

'अगर मेरी जरूरत मालूम हो, तो तुरंत लिखना। मैं सब कुछ छोड़कर चली आऊँगी।'

जालपा ने सिर हिला दिया

'रास्ते में रोना मत।' जालपा हँस पड़ी। गाड़ी चल दी।

छत्तीस

देवीदीन ने चाय की दुकान उसी दिन से बंद कर दी थी और दिन-भर उस अदालत की खाक छानता फिरता था जिसमें डकैती का मुकदमा पेश था और रमानाथ की शहादत हो रही थी। तीन दिन रमा की शहादात बराबर होती रही और तीनों दिन देवीदीन ने न कुछ खाया और न सोया आज भी उसने घर आते ही आते कुरता उतार दिया और एक पंखिया लेकर झलने लगा। फागुन लग गया था और कुछ-कुछ गर्मी शुरू हो गई थी, पर इतनी गर्मी न थी कि पसीना बहे या पंखे की जरूरत हो। अफसर लोग तो जाड़ों के कपड़े पहने हुए थे, लेकिन देवीदीन पसीने में तर था। उसका चेहरा, जिस पर निष्कपट बुढ़ापा हँसता रहता था, खिसियाया हुआ था, मानो बेगार से लौटा हो। जग्गो ने लोटे में पानी लाकर रख दिया और बोली, चिलम रख दूं? देवीदीन की आज तीन दिन से यह खातिर हो रही थी। इसके पहले बुढ़िया कभी चिलम रखने को न पूछती थी। देवीदीन इसका मतलब समझता था। बुढ़िया को सदय नजरों से देखकर बोला, नहीं, रहने दो, चिलम न पिऊंगा।

'तो मुँह-हाथ तो धो लो। गर्द पड़ी हुई है।'

'धो लूंगा, जल्दी क्या है।'

बुढ़िया आज का हाल जानने को उत्सुक थी, पर डर रही थी कहीं देवीदीन झुंझला न पड़े। वह उसकी थकान मिटा देना चाहती थी, जिससे देवीदीन प्रसन्न होकर आप-ही-आप सारा वृत्तांत कह चले।

'तो कुछ जलपान तो कर लो। दोपहर को भी तो कुछ नहीं खाया था, मिठाई लाऊं-लाओ, पंखी मुझे दे दो।'

देवीदीन ने पंखिया दे दी। बुढ़िया झलने लगी। दो-तीन मिनट तक आँखें बंद करके बैठे रहने के बाद देवीदीन ने कहा, 'आज भैया की गवाही खत्म हो गई!

बुढ़िया का हाथ रूक गया बोली, 'तो कल से वह घर आ जाएँगे?'

देवीदीन-'अभी नहीं छुट्टी मिली जाती, यही बयान दीवानी में देना पड़ेगा। और अब वह यहाँ आने ही क्यों लगे! कोई अच्छी जगह मिल जायगी, घोड़े पर चढ़े-चढ़े घूमेंगे, मगर है पक्का। मतलबी, पंद्रह बेगुनाहों को फँसा दिया, पाँच-छः को तो फांसी हो जाएगी। औरों को दस-दस बारह-बारह साल की सजा मिली रक्खी है। इसी के बयान से मुकदमा सबूत हो गया कोई कितनी ही जिरह करे, क्या मजाल जरा भी हिचकिचाए। अब एक भी न बचेगा। किसने कर्म किया, किसने नहीं किया इसका हाल दैव जाने, पर मारे सब जाएँगे। घर से भी तो सरकारी रूपया खाकर

भागा था। हमें बड़ा धोखा हुआ। जग्गो ने मीठे तिरस्कार से देखकर कहा, 'अपनी नेकी। बदी अपने साथ है। मतलबी तो संसार है, कौन किसके लिए मरता है।'

देवीदीन ने तीव्र स्वर में कहा,'अपने मतलब के लिए जो दूसरों का गला काटे उसको जहर दे देना भी पाप नहीं है।'

सहसा दो प्राणी आकर खड़े हो गए। एक गोरा, खूबसूरत लड़का था, जिसकी उम्र पंद्रह-सोलह साल से ज्यादा न थी। दूसरा अधेड़ था और सूरत से चपरासी मालूम होता था। देवीदीन ने पूछा, 'किसे खोजते हो?'

चपरासी ने कहा, 'तुम्हारा ही नाम देवीदीन है न? मैं 'प्रजा-मित्र' के दफ्तर से आया हूँ। यह बाबू उन्हीं रमानाथ के भाई हैं जिन्हें सतरंज का इनाम मिला था। यह उन्हीं की खोज में दफ्तर गए थे। संपादकजी ने तुम्हारे पास भेज दिया तो मैं जाऊँ न?' यह कहता हुआ वह चला गया। देवीदीन ने गोपी को सिर से पांव तक देखा। आकृति रमा से मिलती थी। बोला, 'आओ बेटा, बैठो। कब आए घर से?' गोपी ने एक खटिक की दुकान पर बैठना शान के खिलाफ समझा, खड़ा-खड़ा बोला, 'आज ही तो आया हूँ। भाभी भी साथ हैं। धर्मशाले में ठहरा हुआ हूँ।'

देवीदीन ने खड़े होकर कहा, 'तो जाकर बहू को यहाँ लाओ नब ऊपर तो रमा बाबू का कमरा है ही, आराम से रहो धरमसाले में क्यों पड़े रहोगे। नहीं चलो, मैं भी चलता हूँ। यहाँ सब तरह का आराम है।'

उसने जग्गो को यह खबर सुनाई और ऊपर झाड़ू लगाने को कहकर गोपी के साथ धर्मशाले चल दिया बुढ़िया ने तुरंत ऊपर जाकर झाड़ू। लगाया, लपककर हलवाई की दुकान से मिठाई और दही लाई, सुराही में पानी भरकर रख दिया फिर अपना हाथ-मुँह धोया, एक रंगीन साड़ी निकाली, गहने पहने और बन-ठनकर बहू की राह देखने लगी।

इतने में फिटन भी आ पहुँची। बुढ़िया ने जाकर जालपा को उतारा। जालपा पहले तो साफ-भाजी की दुकान देखकर कुछ झिझकी, पर बुढ़िया का स्नेह-स्वागत देखकर उसकी झिझक दूर हो गई। उसके साथ ऊपर गई, तो हर एक चीज इसी तरह अपनी जगह पर पाई मानो अपना ही घर हो।

जग्गो ने लोटे में पानी रखकर कहा, 'इसी घर में भैया रहते थे, बेटी! आज पंद्रह रोज से घर सूना पड़ा हुआ है। हाथ-मुँह धोकर दही-चीनी खा लो न, बेटी! भैया का हाल तो अभी तुम्हें न मालूम हुआ होगा। '

जालपा ने सिर हिलाकर कहा, 'कुछ ठीक-ठीक नहीं मालूम हुआ। वह जो पत्र छपता है, वहाँ मालूम हुआ था कि पुलिस ने गिरफ्तार कर लिया है।

देवीदीन भी ऊपर आ गया था। बोला, 'गिरफ्तार तो किया था, पर अब तो वह एक मुकदमे में सरकारी गवाह हो गए हैं। परागराज में अब उन पर कोई मुकदमा न चलेगा और साइत नौकरी-चाकरी भी मिल जाए जालपा ने गर्व से कहा, 'क्या इसी डर से वह सरकारी गवाह हो गए हैं?

वहाँ तो उन पर कोई मामला ही नहीं है। मुकदमा क्यों चलेगा?'

देवीदीन ने डरते-डरते कहा, 'कुछ रूपये-पैसे का मुआमला था न?'

जालपा ने मानो आहत होकर कहा, 'वह कोई बात न थी। ज्योंही हम लोगों को मालूम हुआ कि कुछ सरकारी रकम इनसे खर्च हो गई है, उसी वक्त पहुँचा दी। यह व्यर्थ घबड़ाकर चले आए और फिर ऐसी चुप्पी साधी कि अपनी खबर तक न दी।'

देवीदीन का चेहरा जगमगा उठा, मानो किसी व्यथा से आराम मिल गया हो बोला, 'तो यह हम लोगों को क्या मालूम! बार-बार समझाया कि घर पर खत-पत्तर भेज दो, लोग घबड़ाते होंगे, पर मारे शर्म के लिखते ही न थे। इसी धोखे में पड़े रहे कि परागराज में मुकदमा चल गया होगा। जानते तो सरकारी गवाह क्यों बनते?'

'सरकारी गवाह' का आशय जालपा से छिपा न था। समाज में उनकी जो निंदा और अपकीर्ति होती है, यह भी उससे छिपी न थी। सरकारी गवाह क्यों बनाए जाते हैं, किस तरह प्रलोभन दिया जाता है, किस भांति वह पुलिस के पुतले बनकर अपने ही मित्रों का गला घोंटते हैं, यह उसे मालूम था। मगर कोई आदमी अपने बुरे आचरण पर लज्जित होकर भी सत्य का उद्‌घाटन करे, छल और कपट का आवरण हटा दे, तो वह सज्जन है, उसके साहस की जितनी प्रशंसा की जाए, कम है। मगर शर्त यही है कि वह अपनी गोष्ठी के साथ किए का फल भोगने को तैयार रहे। हँसता-खेलता फांसी पर चढ़ जाए तो वह सच्चा वीर है, लेकिन अपने प्राणों की रक्षा के लिए स्वार्थ के नीच विचार से, दंड की कठोरता से भयभीत होकर अपने साथियों से दगा करे, आस्तीन का सांप बन जाए तो वह कायर है, पतित है, बेहया है। विश्वासघात डाकुओं और समाज के शत्रुओं में भी उतना ही हेय है जितना किसी अन्य क्षेत्रों में, ऐसे प्राणी को समाज कभी क्षमा नहीं करता, कभी नहीं,जालपा इसे खूब समझती थी। यहाँ तो समस्या और भी जटिल हो गई थी। रमा ने दंड के भय से अपने किए हुए पापों का परदा नहीं खोला था। उसमें कम-से-कम सच्चाई तो होती। निंदा होने पर भी आंशिक सच्चाई का एक गुण तो होता। यहाँ तो उन पापों का परदा खोला गया था, जिनकी हवा तक उसे न लगी थी। जालपा को सहसा इसका विश्वास न आया अवश्य कोई-न? कोई बात हुई होगी, जिसने रमा को

सरकारी गवाह बनने पर मजबूर कर दिया होगा। सकुचाती हुई बोली, 'क्या यहाँ भी कोई--कोई बात हो गई थी?'

देवीदीन उसकी मनोव्यथा का अनुभव करता हुआ बोला, 'कोई बात नहीं। यहाँ वह मेरे साथ ही परागराज से आए। जब से आए यहाँ से कहीं गए नहीं। बाहर निकलते ही न थे। बस एक दिन निकले और उसी दिन पुलिस ने पकड़ लिया एक सिपाही को आते देखकर डरे कि मुझी को पकड़ने आ रहा है, भाग खड़े हुए। उस सिपाही को खटका हुआ। उसने शुबहे में गिरफ्तार कर लिया। मैं भी इनके पीछे थाने में पहुँचा। दारोगा पहले तो रिसवत माँगते थे, मगर जब मैं घर से रूपये लेकर गया, तो वहाँ और ही गुल खिल चुका था। अफसरों में न जाने क्या बातचीत हुई। उन्हें सरकारी गवाह बना लिया मुझसे तो भैया ने कहा कि इस मुआमले में बिलकुल झूठ न बोलना पड़ेगा। पुलिस का मुकदमा सच्चा है। सच्ची बात कह देने में क्या हरज है। मैं चुप हो रहा क्या करता।'

जग्गो-'न जाने सबों ने कौनसी बूटी सुंघा दी। भैया तो ऐसे न थे। दिन भर अम्माँ-अम्माँ करते रहते थे। दुकान पर सभी तरह के लोग आते हैं, मर्द भी औरत भी, क्या मजाल कि किसी की ओर आँख उठाकर देखा हो।'

देवीदीन-'कोई बुराई न थी। मैंने तो ऐसा लड़का ही नहीं देखा। उसी धोखे में आ गए।'

जालपा ने एक मिनट सोचने के बाद कहा, 'क्या उनका बयान हो गया?'

'हाँ, तीन दिन बराबर होता रहा, आज खतम हो गया।'

जालपा ने उद्विग्न होकर कहा, 'तो अब कुछ नहीं हो सकता? मैं उनसे मिल सकती हूँ?'

देवीदीन जालपा के इस प्रश्न पर मुस्करा पड़ा। बोला, 'हाँ, और क्या, जिसमें जाकर भंडागोड़ कर दो, सारा खेल बिगाड़ दो! पुलिस ऐसी गधी नहीं है। आजकल कोई भी उनसे नहीं मिलने पाता। कड़ा पहरा रहता है।'

इस प्रश्न पर इस समय और कोई बातचीत न हो सकती थी। इस गुत्थी को सुलझाना आसान न था। जालपा ने गोपी को बुलाया वह छज्जे पर खड़ा सड़क का तमाशा देख रहा था। ऐसा शरमा रहा था, मानो ससुराल आया हो धीरे-धीरे आकर खड़ा हो गया जालपा ने कहा, 'मुँह-हाथ धोकर कुछ खा तो लो। दही तो तुम्हें बहुत अच्छा लगता है। 'गोपी लजा कर फिर बाहर चला गया।

देवीदीन ने मुस्कराकर कहा, 'हमारे सामने न खाएंगे। हम दोनों चले जाते हैं। तुम्हें जिस चीज की जरूरत हो, हमसे कह देना, बहूजी! तुम्हारा ही घर है।'

'भैया को तो हम अपना ही समझते थे। और हमारे कौन बैठा हुआ है। 'जग्गो ने गर्व से कहा, 'वह तो मेरे हाथ का बनाया खा लेते थे।'

जालपा ने मुस्कराकर कहा, 'अब तुम्हें भोजन न बनाना पड़ेगा, माँजी, मैं बना दिया करूंगी।'

जग्गो ने आपत्ति की, 'हमारी बिरादरी में दूसरों के हाथ का खाना मना है, बहू, अब चार दिन के लिए बिरादरी में नक्य क्या बनूं!'

जालपा-'हमारी बिरादरी में भी तो दूसरों का खाना मना है।'

जग्गो-'यहाँ तुम्हें कौन देखने आता है। फिर पढ़े-लिखे आदमी इन बातों का विचार भी तो नहीं करते। हमारी बिरादरी तो मूरख लोगों की है।' जालपा-'यह तो अच्छा नहीं लगता कि तुम बनाओ और मैं खाऊं। जिसे बहू बनाया, उसके हाथ का खाना पड़ेगा। नहीं खाना था, तो बहू क्यों बनाया'

देवीदीन ने जग्गो की ओर प्रशंसा-सूचक नजरों से देखकर कहा, 'बहू ने बात पते की कह दी। इसका जवाब सोचकर देना। अभी चलो। इन लोगों को जरा आराम करने दो।'

दोनों नीचे चले गए, तो गोपी ने आकर कहा, 'भैया इसी खटिक के यहाँ रहते थे क्या? खटिक ही तो मालूम होते हैं।'

जालपा ने फटकारकर कहा, 'खटिक हों या चमार हों, लेकिन हमसे और तुमसे सौगुने अच्छे हैं। एक परदेशी आदमी को छः महीने तक अपने घर में ठहराया, खिलाया, पिलाया हममें है इतनी हिम्मत! यहाँ तो कोई मेहमान आ जाता है, तो वह भी भारी हो जाता है। अगर यह नीचे हैं, तो हम इनसे कहीं नीचे हैं।'

गोपी मुँह-हाथ धो चुका था। मिठाई खाता हुआ बोला, किसी को ठहरा लेने से कोई ऊंचा नहीं हो जाता। चमार कितना ही दानपुण्य करे, पर रहेगा तो चमार ही।'

जालपा-'मैं उस चमार को उस पंडित से अच्छा समझूंगी, जो हमेशा दूसरों का धन खाया करता है।'

जलपान करके गोपी नीचे चला गया शहर घूमने की उसकी बड़ी इच्छा थी। जालपा की इच्छा कुछ खाने की न हुई। उसके सामने एक जटिल समस्या खड़ी थी,रमा को कैसे इस दलदल से निकाले। उस निंदा और उपहास की कल्पना ही से उसका अभिमान आहत हो उठता था। हमेशा के लिए वह सबकी आँखों से फिर जाएँगे, किसी को मुँह न दिखा सकेंगे। फिर, बेगुनाहों का खून किसकी गर्दन पर होगा। अभियुक्तों में न जाने कौन अपराधी है, कौन निरपराध है, कितने द्वेष के शिकार हैं, कितने लोभ के, सभी सजा पा जाएँगे। शायद दो-चार को फांसी भी हो जाय। किस पर यह हत्या पड़ेगी? उसने फिर सोचा, माना किसी पर हत्या न पड़ेगी।

कौन जानता है, हत्या पड़ती है या नहीं, लेकिन अपने स्वार्थ के लिए,ओह! कितनी बड़ी नीचता है। यह कैसे इस बात पर राजी हुए! अगर म्युनिसिपैलिटी के मुकदमा चलाने का भय भी था, तो दो-चार साल की कैद के सिवा और क्या होता, उससे बचने के लिए इतनी घोर नीचता पर उतर आए! अब अगर मालूम भी हो जाए कि म्युनिसिपैलिटी कुछ नहीं कर सकती, तो अब हो ही क्या सकता है। इनकी शहादत तो हो ही गई। सहसा एक बात किसी भारी कील की तरह उसके हृदय में चुभ गई।

क्यों न यह अपना बयान बदल दें। उन्हें मालूम हो जाए कि म्युनिसिपैलिटी उनका कुछ नहीं कर सकती, तो शायद वह खुद ही अपना बयान बदल दें। यह बात उन्हें कैसे बताई जाए? किसी तरह संभव है। वह अधीर होकर नीचे उतर आई और देवीदीन को इशारे से बुलाकर बोली, 'क्यों दादा, उनके पास कोई खत भी नहीं पहुँच सकता? पहरे वालों को दस-पाँच रूपये देने से तो शायद खत पहुँच जाय।'

देवीदीन ने गर्दन हिलाकर कहा, मुसकिल है। पहरे पर बड़े जंचे हुए आदमी रखे गए हैं। मैं दो बार गया था। सबों ने फाटक के सामने खड़ाभी न होने दिया'

'उस बंगले के आसपास क्या है?'

'एक ओर तो दूसरा बंगला है। एक ओर एक कलमी आम का बाग है और सामने सड़क है।'

'हाँ, शाम को घूमने-घामने तो निकलते ही होंगे?'

'हाँ, बाहर कुरसी डालकर बैठते हैं। पुलिस के दो-एक अफसर भी साथ रहते हैं।'

'अगर कोई उस बाग में छिपकर बैठे, तो कैसा हो! जब उन्हें अकेले देखे, खत फेंक दे। वह जरूर उठा लेंगे।'

देवीदीन ने चकित होकर कहा, 'हाँ, हो तो सकता है, लेकिन अकेले मिलें तब तो!'

जरा और अंधेरा हुआ, तो जालपा ने देवीदीन को साथ लिया और रमानाथ का बंगला देखने चली। एक पत्र लिखकर जेब में रख लिया था। बार-बार देवीदीन से पूछती, अब कितनी दूर है? अच्छा! अभी इतनी ही दूर और! वहाँ हाते में रोशनी तो होगी ही। उसके दिल में लहरें-सी उठने लगीं। रमा अकेले टहलते हुए मिल जाएँ, तो क्या पूछना। रुमाल में बांधकर खत को उनके सामने फेंक दूं। उनकी सूरत बदल गई होगी। सहसा उसे शंका हो। गई,कहीं वह पत्र पढ़कर भी अपना बयान न बदलें, तब क्या होगा? कौन जाने अब मेरी याद भी उन्हें है या नहीं। कहीं मुझे देखकर वह मुँह उधर लें तो-इस शंका से वह सहम उठी। देवीदीन से बोली, 'क्यों दादा,

वह कभी घर की चर्चा करते थे?' देवीदीन ने सिर हिलाकर कहा, 'कभी नहीं। मुझसे तो कभी नहीं की। उदास बहुत रहते थे।'

इन शब्दों ने जालपा की शंका को और भी सजीव कर दिया, शहर की घनी बस्ती से ये लोग दूर निकल आए थे। चारों ओर सन्नाटा था। दिनभर वेग से चलने के बाद इस समय पवन भी विश्राम कर रहा था। सड़क के किनारे के वृक्ष और मैदान चन्द्रमा के मंद प्रकाश में हतोत्साह, निर्जीव-से मालूम होते थे। जालपा को ऐसा आभास होने लगा कि उसके प्रयास का कोई फल नहीं है, उसकी यात्रा का कोई लक्ष्य नहीं है, इस अनंत मार्ग में उसकी दशा उस अनाथ की-सी है जो मुट्ठीभर अन्न के लिए द्वार-द्वार फिरता हो वह जानता है, अगले द्वार पर उसे अन्न न मिलेगा, गालियां ही मिलेंगी, फिर भी वह हाथ फैलाता है, उसे आशा का अवलंब नहीं निराशा ही का अवलंब है।

एकाएक सड़क के दाहनी तरफ बिजली का प्रकाश दिखाई दिया देवीदीन ने एक बंगले की ओर उंगली उठाकर कहा, 'यही उनका बंगला है।'

जालपा ने डरते-डरते उधर देखा, मगर बिलकुल सन्नाटा छाया हुआ था। कोई आदमी न था। फाटक पर ताला पड़ा हुआ था।

जालपा बोली,'यहाँ तो कोई नहीं है।'

देवीदीन ने फाटक के अंदर झांककर कहा, 'हाँ, शायद यह बंगला छोड़ दिया'

'कहीं घूमने गए होंगे?'

'घूमने जाते तो द्वार पर पहरा होता। यह बंगला छोड़ दिया'

'तो लौट चलें।'

'नहीं, जरा पता लगाना चाहिए, गए कहाँ?'

बंगले की दाहनी तरफ आमों के बाग में प्रकाश दिखाई दिया शायद खटिक बाग की रखवाली कर रहा था। देवीदीन ने बाग में आकर पुकारा, कौन है यहाँ? किसने यह बाग लिया है?'

एक आदमी आमों के झुरमुट से निकल आया देवीदीन ने उसे पहचानकर कहा , 'अरे! तुम हो जंगली? तुमने यह बाग लिया है?'

जगंली ठिगना-सा गठीला आदमी था, बोला,'हाँ दादा, ले लिया, पर कुछ है नहीं। डंड ही भरना पड़ेगा। तुम यहाँ कैसे आ गए?'

'कुछ नहीं, यों ही चला आया था। इस बंगले वाले आदमी क्या हुए?'

जंगली ने इधर-उधर देखकर कनबतियों में कहा, 'इसमें वही मुखबर टिका हुआ था। आज सब चले गए। सुनते हैं, पंद्रह-बीस दिन में आएंगे, जब फिर हाईकोर्ट

में मुकदमा पेस होगा। पढ़े-लिखे आदमी भी ऐसे दगाबाज होते हैं, दादा! सरासर झूठी गवाही दी। न जाने इसके बाल-बच्चे हैं या नहीं, भगवान को भी नहीं डरा!'

जालपा वहीं खड़ी थी। देवीदीन ने जंगली को और जहर उगलने का अवसर न दिया बोला, 'तो पंद्रह-बीस दिन में आएंगे, खूब मालूम है?

जंगली-'हाँ, वही पहरे वाले कह रहे थे।'

'कुछ मालूम हुआ, कहाँ गए हैं?'

'वही मौका देखने गए हैं जहाँ वारदात हुई थी।'

देवीदीन चिलम पीने लगा और जालपा सड़क पर आकर टहलने लगी। रमा की यह निंदा सुनकर उसका हृदय टुकड़े-टुकड़े हुआ जाता था। उसे रमा पर क्रोध न आया, ग्लानि न आई, उसे हाथों का सहारा देकर इस दलदल से निकालने के लिए उसका मन विकल हो उठा। रमा चाहे उसे दुत्कार ही क्यों न दे, उसे ठुकरा ही क्यों न दे, वह उसे अपयश के अंधेरे खड्ड में न गिरने देगी। जब दोनों यहाँ से चले तो जालपा ने पूछा, 'इस आदमी से कह दिया न कि जब वह आ जायं तो हमें खबर दे दे?'

'हाँ, कह दिया'

सैंतीस

एक महीना गुजर गया गोपीनाथ पहले तो कई दिन कलकत्ता की सैर करता रहा, मगर चार-पाँच दिन में ही यहाँ से उसका जी ऐसा उचाट हुआ कि घर की रट लगानी शुरू की। आखिर जालपा ने उसे लौटा देना ही अच्छा समझा, यहाँ तो वह छिप-छिप कर रोया करता था।

जालपा कई बार रमा के बंगले तक हो आई। वह जानती थी कि अभी रमा नहीं आए हैं। फिर भी वहाँ का एक चक्कर लगा आने में उसको एक विचित्र संतोष होता था। जालपा कुछ पढ़ते-पढ़ते या लेटे-लेटे थक जाती, तो एक क्षण के लिए खिड़की के सामने आ खड़ी होती थी। एक दिन शाम को वह खिड़की के सामने आई, तो सड़क पर मोटरों की एक कतार नजर आई। कौतूहल हुआ, इतनी मोटरें कहाँ जा रही हैं! गौर से देखने लगी। छः मोटरें थीं। उनमें पुलिस के अफसर बैठे हुए थे। एक में सब सिपाही थे। आखिरी मोटर पर जब उसकी निगाह पड़ी तो, मानो उसके सारे शरीर में बिजली की लहर दौड़ गई। वह ऐसी तन्मय हुई कि खिड़की से जीने तक दौड़ी आई, मानो मोटर को रोक लेना चाहती हो, पर इसी एक पल

में उसे मालूम हो गया कि मेरे नीचे उतरते-उतरते मोटरें निकल जाएँगी। वह फिर खिड़की के सामने आयी, रमा अब बिलकुल सामने आ गया था। उसकी आँखें खिड़की की ओर लगी हुई थीं। जालपा ने इशारे से कुछ कहना चाहा, पर संकोच ने रोक दिया ऐसा मालूम हुआ कि रमा की मोटर कुछ धीमी हो गई है। देवीदीन की आवाज भी सुनाई दी, मगर मोटर रूकी नहीं। एक ही क्षण में वह आगे बढ़गई, पर रमा अब भी रह-रहकर खिड़की की ओर ताकता जाता था।

जालपा ने जीने पर आकर कहा, 'दादा!'

देवीदीन ने सामने आकर कहा, 'भैया आ गए! वह क्या मोटर जा रही है!'

यह कहता हुआ वह ऊपर आ गया जालपा ने उत्सुकता को संकोच से दबाते हुए कहा, 'तुमसे कुछ कहा?'

देवीदीन-'और क्या कहते, खाली राम-राम की। मैंने कुसल पूछी। हाथ से दिलासा देते चले गए। तुमने देखा कि नहीं?'

जालपा ने सिर झुकाकर कहा, देखा क्यों नहीं? खिड़की पर जरा खड़ी थी।

'उन्होंने भी तुम्हें देखा होगा?'

'खिड़की की ओर ताकते तो थे। '

'बहुत चकराए होंगे कि यह कौन है!'

'कुछ मालूम हुआ मुकदमा कब पेश होगा?'

'कल ही तो।'

'कल ही! इतनी जल्द, तब तो जो कुछ करना है आज ही करना होगा। किसी तरह मेरा खत उन्हें मिल जाता, तो काम बन जाता।'

देवीदीन ने इस तरह ताका मानो कह रहा है, तुम इस काम को जितना आसान समझती हो उतना आसान नहीं है।

जालपा ने उसके मन का भाव ताड़कर कहा, 'क्या तुम्हें संदेह है कि वह अपना बयान बदलने पर राजी होंगे?'

देवीदीन को अब इसे स्वीकार करने के सिवा और कोई उपाय न सूझा, बोला,हाँ, बहूजी, मुझे इसका बहुत अंदेसा है। और सच पूछो तो है भी जोखिम, अगर वह बयान बदल भी दें, तो पुलिस के पंजे से नहीं छूट सकते। वह कोई दूसरा इलजाम लगा कर उन्हें पकड़ लेगी और फिर नया मुकदमा चलावेगी।'

जालपा ने ऐसी नजरों से देखा, मानो वह इस बात से जरा भी नहीं डरती। फिर बोली, 'दादा, मैं उन्हें पुलिस के पंजे से बचाने का ठेका नहीं लेती। मैं केवल यह चाहती हूँ कि हो सके तो अपयश से उन्हें बचा लूं। उनके हाथों इतने घरों की बरबादी होते नहीं देख सकती। अगर वह सचमुच डकैतियों में शरीक होते, तब भी

मैं यही चाहती कि वह अंत तक अपने साथियों के साथ रहें और जो सिर पर पड़े उसे खुशी से झेलें। मैं यह कभी न पसंद करती कि वह दूसरों को दगा देकर मुखबिर बन जायं, लेकिन यह मामला तो बिलकुल झूठ है। मैं यह किसी तरह नहीं बरदाश्त कर सकती कि वह अपने स्वार्थ के लिए झूठी गवाही दें। अगर उन्होंने खुद अपना बयान न बदला, तो मैं अदालत में जाकर सारा कच्चा चिट्ठा खोल दूँगी, चाहे नतीजा कुछ भी हो वह हमेशा के लिए मुझे त्याग दें, मेरी सूरत न देखें, यह मंजूर है, पर यह नहीं हो सकता कि वह इतना बड़ा कलंक माथे पर लगावें। मैंने अपने पत्र में सब लिख दिया है। देवीदीन ने उसे आदर की दृष्टि से देखकर कहा, 'तुम सब कर लोगी बहू, अब मुझे विश्वास हो गया। जब तुमने कलेजा इतना मजबूत कर लिया है, तो तुम सब कुछ कर सकती हो।'

'तो यहाँ से नौ बजे चलें?'

'हाँ, मैं तैयार हूँ।'

अड़तीस

वह रमानाथ- ,जो पुलिस के भय से बाहर न निकलता था, जो देवीदीन के घर में चोरों की तरह पड़ा जिंदगी के दिन पूरे कर रहा था, आज दो महीनों से राजसी भोग-विलास में डूबा हुआ है। रहने को सुंदर सजा हुआ बंगला है, सेवा-टहल के लिए चौकीदारों का एक दल, सवारी के लिए मोटर, भोजन पकाने के लिए एक काश्मीरी बावरची है। बड़े-बड़े अफसर उसका मुँह ताका करते हैं। उसके मुँह से बात निकली नहीं कि पूरी हुई! इतने ही दिनों में उसके मिजाज में इतनी नफासत आ गई है, मानो वह खानदानी रईस हो। विलास ने उसकी विवेक-बुद्धिको सम्मोहित-सा कर दिया है। उसे कभी इसका ख्याल भी नहीं आता कि मैं क्या कर रहा हूँ और मेरे हाथों कितने बेगुनाहों का खून हो रहा है। उसे एकांत-विचार का अवसर ही नहीं दिया जाता। रात को वह अधिकारियों के साथ सिनेमा या थिएटर देखने जाता है, शाम को मोटरों की सैर होती है। मनोरंजन के नित्य नए सामान होते रहते हैं। जिस दिन अभियुक्तों को मैजिस्ट्रेट ने सेशन सुपुर्द किया, सबसे ज्यादा खुशी उसी को हुई। उसे अपना सौभाग्य-सूर्य उदय होता हुआ मालूम होता था।

पुलिस को मालूम था कि सेशन जज के इजलास में यह बहार न होगी। संयोग से जज हिन्दुस्तानी थे और निष्पक्षता के लिए बदनाम, पुलिस हो या चोर, उनकी निगाह में बराबर था। वह किसी के साथ रिआयत न करते थे। इसलिए पुलिस ने

रमा को एक बार उन स्थानों की सैर कराना जरूरी समझा, जहाँ वारदातें हुई थीं। एक जमींदार की सजी-सजाई कोठी में डेरा पड़ा। दिन-भर लोग शिकार खेलते, रात को ग्रामोफोन सुनते, ताश खेलते और बजरों पर नदियों की सैर करते। ऐसा जान पड़ता था कि कोई राजकुमार शिकार खेलने निकला है। इस भोग-विलास में रमा को अगर कोई अभिलाषा थी, तो यह कि जालपा भी यहाँ होती। जब तक वह पराश्रित था, दरिद्र था, उसकी विलासेंद्रियाँ मानो मूच्छित हो रही थीं। इन शीतल झोंकों ने उन्हें फिर सचेत कर दिया। वह इस कल्पना में मग्न था कि यह मुकदमा खत्म होते ही उसे अच्छी जगह मिल जायगी। तब वह जाकर जालपा को मना लावेगा और आनंद से जीवनसुख भोगेगा।

हाँ, वह नए प्रकार का जीवन होगा, उसकी मर्यादा कुछ और होगी, सिद्धान्त कुछ और होंगे। उसमें कठोर संयम होगा और पक्का नियाँण! अब उसके जीवन का कुछ उद्देश्य होगा, कुछ आदर्श होगा। केवल खाना, सोना और रूपये के लिए हाय-हाय करना ही जीवन का व्यापार न होगा। इसी मुकदमे के साथ इस मार्गहीन जीवन का अंत हो जायगा। दुर्बल इच्छा ने उसे यह दिन दिखाया था और अब एक नए और संस्कृत जीवन का स्वप्न दिखा रही थी। शराबियों की तरह ऐसे मनुष्य रोज ही संकल्प करते हैं, लेकिन उन संकल्पों का अंत क्या होता है? नए-नए प्रलोभन सामने आते रहते हैं और संकल्प की अवधि भी बढ़ती चली जाती है। नए प्रभात का उदय कभी नहीं होता।

एक महीना देहात की सैर के बाद रमा पुलिस के सहयोगियों के साथ अपने बंगले पर जा रहा था। रास्ता देवीदीन के घर के सामने से था, कुछ दूर ही से उसे अपना कमरा दिखाई दिया अनायास ही उसकी निगाह ऊपर उठ गई। खिड़की के सामने कोई खड़ा था। इस वक्त देवीदीन वहाँ क्या कर रहा है? उसने जरा ध्यान से देखा। यह तो कोई औरत है! मगर औरत कहाँ से आई

क्या देवीदीन ने वह कमरा किराए पर तो नहीं उठा दिया, ऐसा तो उसने कभी नहीं किया।

मोटर जरा और समीप आई तो उस औरत का चेहरा साफ नजर आने लगा। रमा चौंक पड़ा। यह तो जालपा है! बेशक जालपा है! मगर नहीं, जालपा यहाँ कैसे आयगी? मेरा पता-ठिकाना उसे कहाँ मालूम! कहीं बुड्ढे ने उसे खत तो नहीं लिख दिया? जालपा ही है। नायब दारोगा मोटर चला रहा था। रमा ने बड़ी मित्रता के साथ कहा, सरदार साहब, एक मिनट के लिए रूक जाइए। मैं जरा देवीदीन से एक बात कर लूं। नायब ने मोटर जरा धीमी कर दी, लेकिन फिर कुछ सोचकर उसे आगे बढ़ा दिया

रमा ने तेज होकर कहा, 'आप तो मुझे कैदी बनाए हुए हैं।'

नायब ने खिसियाकर कहा, 'आप तो जानते हैं, डिप्टी साहब कितनी जल्द जामे से बाहर हो जाते हैं।'

बंगले पर पहुँचकर रमा सोचने लगा, जालपा से कैसे मिलूं। वहाँ जालपा ही थी, इसमें अब उसे कोई शुबहा न था। आँखों को कैसे धोखा देता। हृदय में एक ज्वाला-सी उठी हुई थी, क्या करूं? कैसे जाऊँ?' उसे कपड़े उतारने की सुधि भी न रही। पंद्रह मिनट तक वह कमरे के द्वार पर खड़ा रहा कोई हिकमत न सूझी। लाचार पलंग पर लेटा रहा जरा ही देर में वह फिर उठा और सामने सहन में निकल आया सड़क पर उसी वक्त बिजली रोशन हो गई। फाटक पर चौकीदार खड़ा था। रमा को उस पर इस समय इतना क्रोध आया, कि गोली मार दे। अगर मुझे कोई अच्छी जगह मिल गई, तो एक-एक से समझूंगा। तुम्हें तो डिसमिस कराके छोड़ूँगा। कैसा शैतान की तरह सिर पर सवार है। मुँह तो देखो जराब मालूम होता है।करी की दुम है। वाह रे आपकी पगड़ी, कोई टोकरी ढोने वाला कुली है। अभी कुत्ता भूक पड़े, तो आप दुम दबाकर भागेंगे, मगर यहाँ ऐसे डटे खड़े हैं मानो किसी किले के द्वार की रक्षा कर रहे हैं।

एक चौकीदार ने आकर कहा, 'इंसपिक्टर साहब ने बुलाया है। कुछ नए तवे मंगवाए हैं। रमा ने झल्लाकर कहा, 'मुझे इस वक्त फुरसत नहीं है।'

फिर सोचने लगा। जालपा यहाँ कैसे आई, अकेले ही आई है या और कोई साथ है? जालिम ने बुडढे से एक मिनट भी बात नहीं करने दिया। जालपा पूछेगी तो जरूर, कि क्यों भागे थे। साफ-साफ कह दूँगा, उस समय और कर ही क्या सकता था। पर इन थोड़े दिनों के कष्ट ने जीवन का प्रश्न तो हल कर दिया। अब आनंद से जिंदगी कटेगी। कोशिश करके उसी तरफ अपना तबादला करवा लूंगा। यह सोचते-सोचते रमा को ख्याल आया कि जालपा भी यहाँ मेरे साथ रहे, तो क्या हरज है। बाहर वालों से मिलने की रोक-टोक है। जालपा के लिए क्या रूकावट हो सकती है। लेकिन इस वक्त इस प्रश्न को छेड़ना उचित नहीं। कल इसे तय करूंगा। देवीदीन भी विचित्र जीव है। पहले तो कई बार आया, पर आज उसने भी सन्नाटा खींच लिया कम-से-कम इतना तो हो सकता था कि आकर पहरे वाले कांस्टेबल से जालपा के आने की खबर मुझे देता। फिर मैं देखता कि कौन जालपा को नहीं आने देता। पहले इस तरह की कैद जरूरी थी, पर अब तो मेरी परीक्षा पूरी हो चुकी। शायद सब लोग खुशी से राजी हो जाएँगे।

रसोइया थाली लाया माँस एक ही तरह का था। रमा थाली देखते ही झल्ला गया इन दिनों रूचिकर भोजन देखकर ही उसे भूख लगती थी। जब तक चार-पाँच

प्रकार का माँस न हो, चटनी-अचार न हो, उसकी तृप्ति न होती थी। बिगड़कर बोला, 'क्या खाऊं तुम्हारा सिर-थाली उठा ले जाओ।

रसोइए ने डरते-डरते कहा,'हुजूर, इतनी जल्द और चीजें कैसे बनाता! अभी कुल दो घंटे तो आए हुए हैं।' 'दो घंटे तुम्हारे लिए थोड़े होते हैं!' 'अब हुजूर से क्या कहूँ!'

'मत बको।'

'हुजूर'

'मत बको-डैम!'

रसोइए ने फिर कुछ न कहा। बोतल लाया, बर्फ तोड़कर ग्लास में डाली और पीछे हटकर खड़ाहो गया रमा को इतना क्रोध आ रहा था कि रसोइए को नोच खाए। उसका मिजाज इन दिनों बहुत तेज हो गया था। शराब का दौर शुरू हुआ, तो रमा का गुस्सा और भी तेज हो गया लाल-लाल आँखों से देखकर बोला, 'चाहूँ तो अभी तुम्हारा कान पकड़कर निकाल दूं। अभी, इसी दम! तुमने समझा क्या है!'

उसका क्रोध बढ़ता देखकर रसोइया चुपके-से सरक गया रमा ने ग्लास लिया और दो-चार लुकमे खाकर बाहर सहन में टहलने लगा। यही धुन सवार थी, कैसे यहाँ से निकल जाऊँ। एकाएक उसे ऐसा जान पड़ा कि तार के बाहर वृक्षों की आड़ में कोई है। हाँ, कोई खड़ा उसकी तरफ ताक रहा है। शायद इशारे से अपनी तरफ बुला रहा है। रमानाथ का दिल धड़कने लगा। कहीं षडयंत्रकारियों ने उसके प्राण लेने की तो नहीं ठानी है! यह शंका उसे सदैव बनी रहती थी। इसी ख्याल से वह रात को बंगले के बाहर बहुत कम निकलता था। आत्म-रक्षा के भाव ने उसे अंदर चले जाने की प्रेरणा की। उसी वक्त एक मोटर सड़क पर निकली। उसके प्रकाश में रमा ने देखा, वह अंधेरी छाया स्त्री है। उसकी साड़ी साफ नजर आ रही है। फिर उसे ऐसा मालूम हुआ कि वह स्त्री उसकी ओर आ रही है। उसे फिर शंका हुई, कोई मर्द यह वेश बदलकर मेरे साथ छल तो नहीं कर रहा है। वह ज्यों-ज्यों पीछे हटता गया, वह छाया उसकी ओर बढ़ती गई, यहाँ तक कि तार के पास आकर उसने कोई चीज रमा की तरफ फैंकी। रमा चीख मारकर पीछे हट गया, मगर वह केवल एक लिफाफा था। उसे कुछ तस्कीन हुई। उसने फिर जो सामने देखा, तो वह छाया अंध कारमें विलीन हो गई थी। रमा ने लपककर वह लिफाफा उठा लिया भय भी था और कौतूहल भी। भय कम था, कौतूहल अधिक। लिफाफे को हाथ में लेकर देखने लगा। सिरनामा देखते ही उसके ह्रदय में फुरहरियाँ-सी उड़ने लगीं। लिखावट जालपा की थी। उसने फौरन लिफाफा खोला। जालपा ही की लिखावट थी। उसने एक ही सांस में पत्र पढ़ डाला और तब एक लंबी सांस ली। उसी सांस के साथ चिंता का

वह भीषण भार जिसने आज छः महीने से उसकी आत्मा को दबाकर रक्खा था, वह सारी मनोव्यथा जो उसका जीवनरक्त चूस रही थी, वह सारी दुर्बलता, लज्जा, ग्लानि मानो उड़ गई, छू मंतर हो गई। इतनी स्फूर्ति, इतना गर्व, इतना आत्म-विश्वास उसे कभी न हुआ था। पहली सनक यह सवार हुई, अभी चलकर दारोगा से कह दूं, मुझे इस मुकदमे से कोई सरोकार नहीं है, लेकिन फिर ख्याल आया, बयान तो अब हो ही चुका, जितना अपयश मिलना था, मिल ही चुका, अब उसके फल से क्यों हाथ धोऊं। मगर इन सबों ने मुझे कैसा चकमा दिया है! और अभी तक मुगालते में डाले हुए हैं। सब के-सब मेरी दोस्ती का दम भरते हैं, मगर अभी तक असली बात मुझसे छिपाए हुए हैं। अब भी इन्हें मुझ पर विश्वास नहीं। अभी इसी बात पर अपना बयान बदल दूं, तो आटे-दाल का भाव मालूम हो यही न होगा, मुझे कोई जगह न मिलेगी। बला से, इन लोगों के मनसूबे तो खाक में मिल जाएँगे। इस दगाबाजी की सजा तो मिल जायगी। और, यह कुछ न सही, इतनी बड़ी बदनामी से तो बच जाऊँगा। यह सब शरारत जरूर करेंगे, लेकिन झूठा इलजाम लगाने के सिवा और कर ही क्या सकते हैं। जब मेरा यहाँ रहना साबित ही नहीं तो मुझ पर दोष ही क्या लग सकता है। सबों के मुँह में कालिख लग जायगी। मुँह तो दिखाया न जाएगा, मुकदमा क्या चलाएंगे।

मगर नहीं, इन्होंने मुझसे चाल चली है, तो मैं भी इनसे वही चाल चलूंगा। कह दूँगा, अगर मुझे आज कोई अच्छी जगह मिल जाएगी, तो मैं शहादत दूँगा, वरना साफ कह दूँगा, इस मामले से मेरा कोई संबंध नहीं। नहीं तो पीछे से किसी छोटे-मोटे थाने में नायब दारोगा बनाकर भेज दें और वहाँ सड़ा करूं। लूंगा इंस्पेक्टरी और कल दस बजे मेरे पास नियुक्ति का परवाना आ जाना चाहिए।

वह चला कि इसी वक्त दारोगा से कह दूं, लेकिन फिर रूक गया एक बार जालपा से मिलने के लिए उसके प्राण तड़प रहे थे। उसके प्रति इतना अनुराग, इतनी श्रद्धा उसे कभी न हुई थी, मानो वह कोई दैवी-शक्ति हो जिसे देवताओं ने उसकी रक्षा के लिए भेजा हो दस बज गए थे। रमानाथ ने बिजली गुल कर दी और बरामदे में आकर जोर से किवाड़ बंद कर दिए, जिससें पहरे वाले सिपाही को मालूम हो, अंदर से किवाड़ बंद करके सो रहे हैं। वह अंधेरे बरामदे में एक मिनट खड़ा रहा तब आहिस्ता से उतरा और कांटेदार गेंसिंग के पास आकर सोचने लगा, उस पार कैसे जाऊँ?' शायद अभी जालपा बगीचे में हो देवीदीन जरूर उसके साथ होगा। केवल यही तार उसकी राह रोके हुए था। उसे फांद जाना असंभव था। उसने तारों के बीच से होकर निकल जाने का निश्चय किया अपने सब कपड़े समेट लिए और कांटों को बचाता हुआ सिर और कंधो को तार के बीच में डाला, पर न जाने कैसे

कपड़े फँस गए। उसने हाथ से कपड़ों को छुडाना चाहा, तो आस्तीन कांटों में फँस गई। धोती भी उलझी हुई थी। बेचारा बड़े संकट में पड़ा। न इस पार जा सकता था, न उस पार, जरा भी असावधानी हुई और कांटे उसकी देह में चुभ जाएँगे।

मगर इस वक्त उसे कपड़ों की परवा न थी। उसने गर्दन और आगे बढ़ाई और कपड़ों में लंबा चीरा लगाता उस पार निकल गया सारे कपड़े तार-तार हो गए। पीठ में भी कुछ खरोंचे लगे पर इस समय कोई बंदूक का निशाना बांधकर भी उसके सामने खड़ा हो जाता, तो भी वह पीछे न हटता। फटे हुए कुरते को उसने वहीं फेंक दिया, गले की चादर फट जाने पर भी काम दे सकती थी, उसे उसने ओढ़ लिया, धोती समेट ली और बगीचे में घूमने लगा। सन्नाटा था। शायद रखवाला खटिक खाना खाने गया हुआ था। उसने दो-तीन बार धीरे-धीरे जालपा का नाम लेकर पुकारा भी। किसी की आहट न मिली, पर निराशा होने पर भी मोह ने उसका गला न छोडा। उसने एक पेड़ के नीचे जाकर देखा। समझ गया, जालपा चली गई। वह उन्हीं पैरों देवीदीन के घर की ओर चला।

उसे जरा भी शोक न था। बला से किसी को मालूम हो जाय कि मैं बंगले से निकल आया हूँ, पुलिस मेरा कर ही क्या सकती है। मैं कैदी नहीं हूँ, गुलामी नहीं लिखाई है।

आधी रात हो गई थी। देवीदीन भी आधा घंटा पहले लौटा था और खाना खाने जा रहा था कि एक नंगे-धडंगे आदमी को देखकर चौंक पड़ा। रमा ने चादर सिर पर बांध ली थी और देवीदीन को डराना चाहता था। देवीदीन ने सशंक होकर कहा, 'कौन है? '

सहसा पहचान गया और झपटकर उसका हाथ पकड़ता हुआ बोला, 'तुमने तो भैया खूब भेस बनाया है? कपड़े क्या हुए? '

रमानाथ-'तार से निकल रहा था। सब उसके कांटों में उलझकर फट गए।

देवीदीन-'राम राम! देह में तो कांटे नहीं चुभे?

रमानाथ-'कुछ नहीं, दो-एक खरोंचे लग गए। मैं बहुत बचाकर निकला।

देवीदीन-'बहू की चिट्ठी मिल गई न?

रमानाथ-'हाँ, उसी वक्त मिल गई थी। क्या वह भी तुम्हारे साथ थी?'

देवीदीन-'वह मेरे साथ नहीं थीं, मैं उनके साथ था। जब से तुम्हें मोटर पर आते देखा, तभी से जाने-जाने लगाए हुए थीं।

रमानाथ-'तुमने कोई खत लिखा था? '

देवीदीन-'मैंने कोई खत-पत्तर नहीं लिखा भैया जब वह आई तो मुझे आप ही अचंभा हुआ कि बिना जाने-बूझे कैसे आ गई। पीछे से उन्होंने बताया वह सतरंज

वाला नकसा उन्हीं ने पराग से भेजा था और इनाम भी वहीं से आया था।

रमा की आँखें फैल गई। जालपा की चतुराई ने उसे विस्मय में डाल दिया इसके साथ ही पराजय के भाव ने उसे कुछ खिन्न कर दिया यहाँ भी उसकी हार हुई! इस बुरी तरह!

बुढ़िया ऊपर गई हुई थी। देवीदीन ने जीने के पास जाकर कहा, 'अरे क्या करती है? बहू से कह दे। एक आदमी उनसे मिलने आया है।

यह कहकर देवीदीन ने फिर रमा का हाथ पकड़ लिया और बोला, 'चलो, अब सरकार में तुम्हारी पेसी होगी। बहुत भागे थे। बिना वारंट के पकड़े गए। इतनी आसानी से पुलिस भी न पकड़ सकती! '

रमा का मनोल्लास द्रवित हो गया था। लज्जा से गड़ा जाता था। जालपा के प्रश्नों का उसके पास क्या जवाब था। जिस भय से वह भागा था, उसने अंत में उसका पीछा करके उसे परास्त ही कर दिया। वह जालपा के सामने सीधी आँखें भी तो न कर सकता था। उसने हाथ छुडा लिया और जीने के पास ठिठक गया देवीदीन ने पूछा, 'क्यों रूक गए? '

रमा ने सिर खुजलाते हुए कहा, 'चलो, मैं आता हूँ।'

बुढ़िया ने ऊपर ही से कहा, 'पूछो, कौन आदमी है, कहाँ से आया है?'

देवीदीन ने विनोद किया, कहता है, मैं जो कुछ कहूँगा, बहू से ही कहूँगा।'

'कोई चिट्ठी लाया है?'

'नहीं!'

सन्नाटा हो गया देवीदीन ने एक क्षण के बाद पूछा, 'कह दूं, लौट जाय?'

जालपा जीने पर आकर बोली, कौन आदमी है, पूछती तो हूँ!'

'कहता है, बड़ी दूर से आया हूँ!'

'है कहाँ?'

'यह क्या खड़ा है!'

'अच्छा, बुला लो!'

रमा चादर ओढ़े, कुछ झिझकता, कुछ झेंपता, कुछ डरता, जीने पर चढ़ा। जालपा ने उसे देखते ही पहचान लिया तुरंत दो कदम पीछे हट गई। देवीदीन वहाँ न होता तो वह दो कदम और आगे बढ़ी होती। उसकी आँखों में कभी इतना नशा न था, अंगों में कभी इतनी चपलता न थी, कपोल कभी इतने न दमके थे, हृदय में कभी इतना मृदु कंपन न हुआ था। आज उसकी तपस्या सफल हुई!

उनतालीस

वियोगियों के मिलन की रात बटोहियों के पड़ाव की रात है, जो बातों में कट जाती है। रमा और जालपा, दोनों ही को अपनी छः महीने की कथा कहनी थी। रमा ने अपना गौरव बढ़ाने के लिए अपने कष्टों को खूब बढ़ा-चढ़ाकर बयान किया। जालपा ने अपनी कथा में कष्टों की चर्चा तक न आने दी। वह डरती थी इन्हें दुःख होगा, लेकिन रमा को उसे रूलाने में विशेष आनंद आ रहा था। वह क्यों भागा, किसलिए भागा, कैसे भागा, यह सारी गाथा उसने करूण शब्दों में कही और जालपा ने सिसक-सिसककर सुनीब, वह अपनी बातों से उसे प्रभावित करना चाहता था। अब तक सभी बातों में उसे परास्त होना पड़ा था। जो बात उसे असूझ मालूम हुई, उसे जालपा ने चुटकियों में पूरा कर दिखाया शतरंज वाली बात को वह खूब नमक-मिर्च लगाकर बयान कर सकता था,

लेकिन वहाँ भी जालपा ही ने नीचा दिखाया फिर उसकी कीर्ति-लालसा को इसके सिवा और क्या उपाय था कि अपने कष्टों की राई को पर्वत बनाकर दिखाए।

जालपा ने सिसककर कहा, 'तुमने यह सारी आफतें झेली, पर हमें एक पत्र तक न लिखा। क्यों लिखते, हमसे नाता ही क्या था! मुँह देखे की प्रीति थी! आँख ओट पहाड़ ओट।'

रमा ने हसरत से कहा, 'यह बात नहीं थी जालपा, दिल पर जो कुछ गुजरती थी दिल ही जानता है, लेकिन लिखने का मुँह भी तो हो जब मुँह छिपाकर घर से भागा, तो अपनी विपत्ति-कथा क्या लिखने बैठता! मैंने तो सोच लिया था, जब तक खूब रूपये न कमा लूंगा, एक शब्द भी न लिखूंगा।'

जालपा ने आंसू-भरी आँखों में व्यंग्य भरकर कहा, 'ठीक ही था, रूपये आदमी से ज्यादा प्यारे होते ही हैं! हम तो रूपये के यार हैं, तुम चाहे चोरी करो, डाका मारो, जाली नोट बनाओ, झूठी गवाही दो या भीख माँगो, किसी उपाय से रूपये लाओ। तुमने हमारे स्वभाव को कितना ठीक समझा है, कि वाह! गोसाई जी भी तो कह गए हैं, स्वारथ लाइ करहिं सब प्रीति।'

रमा ने झेंपते हुए कहा, 'नहीं-नहीं प्रिये, यह बात न थी। मैं यही सोचता था कि इन फटे-हालों जाऊँगा कैसे। सच कहता हूँ, मुझे सबसे ज्यादा डर तुम्हीं से लगता था। सोचता था, तुम मुझे कितना कपटी, झूठा, कायर समझ रही होगी। शायद मेरे मन में यह भाव था कि रूपये की थैली देखकर तुम्हारा ह्रदय कुछ तो नर्म होगा।'

जालपा ने व्यथित कंठ से कहा, 'मैं शायद उस थैली को हाथ से छूती भी नहीं। आज मालूम हो गया, तुम मुझे कितनी नीच, कितनी स्वार्थिनी, कितनी लोभिन समझते हो! इसमें तुम्हारा कोई दोष नहीं, सरासर मेरा दोष है। अगर मैं भली होती, तो आज यह दिन ही क्यों आता। जो पुरूष तीस-चालीस रूपये का नौकर हो, उसकी स्त्री अगर दो-चार रूपये रोज खर्च करे, हजार-दो हजार के गहने पहनने की नीयत रक्खे, तो वह अपनी और उसकी तबाही का सामान कर रही है। अगर तुमने मुझे इतना धनलोलुप समझा, तो कोई अन्याय नहीं किया मगर एक बार जिस आग में जल चुकी, उसमें फिर न जलूंगी। इन महीनों में मैंने उन पापों का कुछ प्रायश्चित्त किया है और शेष जीवन के अंत समय तक करूंगी। यह मैं नहीं कहती कि भोग-विलास से मेरा जी भर गया, या गहने-कपड़े से मैं ऊब गई, या सैर-तमाशे से मुझे घृणा हो गई। यह सब अभिलाषाएं ज्यों की त्यों हैं। अगर तुम अपने पुरूषार्थ से, अपने परिश्रम से, अपने सदुद्योग से उन्हें पूरा कर सको तो क्या कहना। लेकिन नीयत खोटी करके, आत्मा को कलुषित करके एक लाख भी लाओ, तो मैं उसे ठुकरा दूँगी। जिस वक्त मुझे मालूम हुआ कि तुम पुलिस के गवाह बन गए हो, मुझे इतना दुःख हुआ कि मैं उसी वक्त दादा को साथ लेकर तुम्हारे बंगले तक गई, मगर उसी दिन तुम बाहर चले गए थे और आज लौटे हो मैं इतने आदमियों का खून अपनी गर्दन पर नहीं लेना चाहती। तुम अदालत में साफ-साफ कह दो कि मैंने पुलिस के चकमे में आकर गवाही दी थी, मेरा इस मुआमले से कोई संबंध नहीं है। रमा ने चिंतित होकर कहा, 'जब से तुम्हारा खत मिला, तभी से मैं इस प्रश्न पर विचार कर रहा हूँ, लेकिन समझ में नहीं आता क्या करूं। एक बात कहकर मुकर जाने का साहस मुझमें नहीं है।'

'बयान तो बदलना ही पड़ेगा।'

'आखिर कैसे?'

'मुश्किल क्या है। जब तुम्हें मालूम हो गया कि म्युनिसिपैलिटी तुम्हारे ऊपर कोई मुकदमा नहीं चला सकती, तो फिर किस बात का ड़र?'

'डर न हो, झेंप भी तो कोई चीज है। जिस मुँह से एक बात कही, उसी मुँह से मुकर जाऊँ, यह तो मुझसे न होगा। फिर मुझे कोई अच्छी जगह मिल जाएगी। आराम से जिंदगी बसर होगी। मुझमें गली-गली ठोकर खाने का बूता नहीं है।'

जालपा ने कोई जवाब न दिया वह सोच रही थी, आदमी में स्वार्थ की मात्रा कितनी अधिक होती है। रमा ने फिर धृष्टता से कहा, 'और कुछ मेरी ही गवाही पर तो सारा फैसला नहीं हुआ जाता। मैं बदल भी जाऊँ, तो पुलिस कोई दूसरा आदमी

खड़ा कर देगी। अपराधियों की जान तो किसी तरह नहीं बच सकती। हाँ, मैं मुफ्त में मारा जाऊँगा।'

जालपा ने त्योरी चढ़ाकर कहा, 'कैसी बेशर्मी की बातें करते हो जी! क्या तुम इतने गए-बीते हो कि अपनी रोटियों के लिए दूसरों का गला काटो। मैं इसे नहीं सह सकती। मुझे मजदूरी करना, भूखों मर जाना मंजूर है, बड़ी-से-बड़ी विपत्ति जो संसार में है, वह सिर पर ले सकती हूँ, लेकिन किसी का बुरा करके स्वर्ग का राज भी नहीं ले सकती।'

रमा इस आदर्शवाद से चिढ़कर बोला, ' तो क्या तुम चाहती कि मैं यहाँ कुलीगीरी करूं?'

जालपा-'नहीं, मैं यह नहीं चाहती, लेकिन अगर कुलीगीरी भी करनी पड़े तो वह खून से तर रोटियाँ खाने से कहीं बढ़कर है।'

रमा ने शांत भाव से कहा, 'जालपा, तुम मुझे जितना नीच समझ रही हो, मैं उतना नीच नहीं हूँ। बुरी बात सभी को बुरी लगती है। इसका दु:ख मुझे भी है कि मेरे हाथों इतने आदमियों का खून हो रहा है, लेकिन परिस्थिति ने मुझे लाचार कर दिया है। मुझमें अब ठोकरें खाने की शक्ति नहीं है। न मैं पुलिस से रार मोल ले सकता हूँ। दुनिया में सभी थोड़े ही आदर्श पर चलते हैं। मुझे क्यों उस ऊंचाई पर चढ़ाना चाहती हो, जहाँ पहुँचने की शक्ति मुझमें नहीं है।'

जालपा ने तीक्ष्ण स्वर में कहा, 'जिस आदमी में हत्या करने की शक्ति हो, उसमें हत्या न करने की शक्ति का न होना अचंभे की बात है। जिसमें दौड़ने की शक्ति हो, उसमें खड़े रहने की शक्ति न हो इसे कौन मानेगा। जब हम कोई काम करने की इच्छा करते हैं, तो शक्ति आप ही आप आ जाती है। तुम यह निश्चय कर लो कि तुम्हें बयान बदलना है, बस और बातें आप आ जायंगी।'

रमा सिर झुकाए हुए सुनता रहा

जालपा ने और आवेश में आकर कहा, ' अगर तुम्हें यह पाप की खेती करनी है, तो मुझे आज ही यहाँ से विदा कर दो। मैं मुँह में कालिख लगाकर यहाँ से चली जाऊँगी और फिर तुम्हें दिक करने न आऊँगी। तुम आनंद से रहना। मैं अपना पेट मेहनत-मजूरी करके भर लूंगी। अभी प्रायश्चित्त पूरा नहीं हुआ है, इसीलिए यह दुर्बलता हमारे पीछे पड़ी हुई है। मैं देख रही हूँ, यह हमारा सर्वनाश करके छोड़ेगी।'

रमा के दिल पर कुछ चोट लगी। सिर खुजलाकर बोला, ' चाहता तो मैं भी हूँ कि किसी तरह इस मुसीबत से जान बचे।'

'तो बचाते क्यों नहीं। अगर तुम्हें कहते शर्म आती हो, तो मैं चलूं। यही अच्छा होगा। मैं भी चली चलूंगी और तुम्हारे सुपरंडंट साहब से सारा वृत्तांत साफ-साफ कह दूँगी।'

रमा का सारा पसोपेश गायब हो गया अपनी इतनी दुर्गति वह न कराना चाहता था कि उसकी स्त्री जाकर उसकी वकालत करे। बोला, 'तुम्हारे चलने की जरूरत नहीं है जालपा, मैं उन लोगों को समझा दूँगा।'

जालपा ने जोर देकर कहा, ' साफ बताओ, अपना बयान बदलोगे या नहीं?'

रमा ने मानो कोने में दबकर कहा,कहता तो हूँ, बदल दूँगा।'

'मेरे कहने से या अपने दिल से?'

'तुम्हारे कहने से नहीं, अपने दिल से, मुझे खुद ही ऐसी बातों से घृणा है। सिर्फ जरा हिचक थी, वह तुमने निकाल दी।

फिर और बातें होने लगीं। कैसे पता चला कि रमा ने रूपये उड़ा दिए हैं? रूपये अदा कैसे हो गए? और लोगों को गबन की खबर हुई या घर ही में दबकर रह गई?रतन पर क्या गुजरी–गोपी क्यों इतनी जल्द चला गया? दोनों कुछ पढ़ रहे हैं या उसी तरह आवारा फिरा करते हैं?आखिर में अम्माँ और दादा का जिक्र आया फिर जीवन के मनसूबे बांधे जाने लगे। जालपा ने कहा, 'घर चलकर रतन से थोड़ी–सी जमीन ले लें और आनंद से खेती–बारी करें। रमा ने कहा, 'कहीं उससे अच्छा है कि यहाँ चाय की दुकान खोलें। इस पर दोनों में मुबाहसा हुआ। आखिर रमा को हार माननी पड़ी। यहाँ रहकर वह घर की देखभाल न कर सकता था, भाइयों को शिक्षा न दे सकता था और न मातापिता की सेवा–सत्कार कर सकता था। आखिर घरवालों के प्रति भी तो उसका कुछ कर्तव्य है। रमा निरूत्तर हो गया

चालीस

रमा मुँह–अंधेरे अपने बंगले जा पहुँचा। किसी को कानों–कान खबर न हुई। नाश्ता करके रमा ने खत साफ किया, कपड़े पहने और दारोगा के पास जा पहुँचा। त्योरियाँ चढ़ी हुई थीं। दारोगा ने पूछा, 'खैरियत तो है, नौकरों ने कोई शरारत तो नहीं की।

रमा ने खड़े–खड़े कहा, 'नौकरों ने नहीं, आपने शरारत की है, आपके मातहतों, अफसरों और सब ने मिलकर मुझे उल्लू बनाया है।'

दारोगा ने कुछ घबड़ाकर पूछा, आखिर बात क्या है, कहिए तो?

रमानाथ–'बात यही है कि इस मुआमले में अब कोई शहादत न दूँगा। उससे मेरा ताल्लुक नहीं। आप ने मेरे साथ चाल चली और वारंट की धमकी देकर मुझे शहादत देने पर मजबूर किया अब मुझे मालूम हो गया कि मेरे ऊपर कोई इलजाम

नहीं। आप लोगों का चकमा था। पुलिस की तरफ से शहादत नहीं देना चाहता, मैं आज जज साहब से साफ कह दूँगा। बेगुनाहों का खून अपनी गर्दन पर न लूंगा।'

दारोगा ने तेज होकर कहा, 'आपने खुद गबन तस्लीम किया था।

रमानाथ-'मीजान की गलती थी। गबन न था। म्युनिसिपैलिटी ने मुझ पर कोई मुकदमा नहीं चलाया।

'यह आपको मालूम कैसे हुआ?'

'इससे आपको कोई बहस नहीं। मैं शहादत न दूँगा। साफ-साफ कह दूँगा, पुलिस ने मुझे धोखा देकर शहादत दिलवाई है। जिन तारीखों का वह वाकया है, उन तारीखों में मैं इलाहाबाद में था। म्युनिसिपल आफिस में मेरी हाजिरी मौजूद है।'

दारोगा ने इस आपत्ति को हँसी में उड़ाने की चेष्टा करके कहा, 'अच्छा साहब, पुलिस ने धोखा ही दिया, लेकिन उसका खातिरख्वाह इनाम देने को भी तो हाजिर है। कोई अच्छी जगह मिल जाएगी, मोटर पर बैठे हुए सैर करोगे। खुफिया पुलिस में कोई जगह मिल गई, तो चैन ही चैन है। सरकार की नजरों में इज्जत और रूसूख कितना बढ़ गया, यों मारे-मारे फिरते। शायद किसी दफ्तर में क्लर्की मिल जाती, वह भी बड़ी मुश्किल से, यहाँ तो बैठे-बिठाए तरक्की का दरवाजा खुल गया अच्छी तरह कारगुजारी होगी, तो एक दिन रायबहादुर मुंशी रमानाथ डिप्टी सुपरिंटेंडेंट हो जाओगे। तुम्हें हमारा एहसान मानना चाहिए और आप उल्टे खफा होते हैं।

रमा पर इस प्रलोभन का कुछ असर न हुआ। बोला, 'मुझे क्लर्क बनना मंजूर है, इस तरह की तरक्की नहीं चाहता। यह आप ही को मुबारक रहे। इतने में डिप्टी साहब और इंस्पेक्टर भी आ पहुँचे। रमा को देखकर इंस्पेक्टर साहब ने फरमाया, 'हमारे बाबू साहब तो पहले ही से तैयार बैठे हैं। बस इसी की कारगुजारी पर वारा न्यारा है।'

रमा ने इस भाव से कहा, 'मानो मैं भी अपना नफा-नुकसान समझता हूँ,जी। हाँ, आज वारा-न्यारा कर दूँगा। इतने दिनों तक आप लोगों के इशारे पर चला, अब अपनी आँखों से देखकर चलूंगा।'

इंस्पेक्टर ने दारोगा का मुँह देखा, दारोगा ने डिप्टी का मुँह देखा, डिप्टी ने इंस्पेक्टर का मुँह देखा। यह कहता क्या है? इंस्पेक्टर साहब विस्मित होकर बोले, 'क्या बात है? हलफ से कहता हूँ, आप कुछ नाराज मालूम होते हैं!

रमानाथ-'मैंने फैसला किया है कि आज अपना बयान बदल दूँगा। बेगुनाहों का खून नहीं कर सकता।

इंस्पेक्टर ने दया-भाव से उसकी तरफ देखकर कहा, 'आप बेगुनाहों का खून नहीं कर रहे हैं, अपनी तकदीर की इमारत खड़ी कर रहे हैं। हलफ से कहता हूँ,

ऐसे मौके बहुत कम आदमियों को मिलते हैं। आज क्या बात हुई कि आप इतने खफा हो गए? आपको कुछ मालूम है, दारोगा साहब, आदमियों ने तो कोई शोखी नहीं की–अगर किसी ने आपके मिजाज के खिलाफ कोई काम किया हो, तो उसे गोली मार दीजिए, हलफ से कहता

दारोगा–'मैं अभी जाकर पता लगाता हूँ।'

रमानाथ–'आप तकलीफ न करें। मुझे किसी से शिकायत नहीं है। मैं थोड़े से फायदे के लिए अपने ईमान का खून नहीं कर सकता।

एक मिनट सन्नाटा रहा किसी को कोई बात न सूझी। दारोगा कोई दूसरा चकमा सोच रहे थे, इंस्पेक्टर कोई दूसरा प्रलोभन। डिप्टी एक दूसरी ही फिक्र में था। रूखेपन से बोला, 'रमा बाबू, यह अच्छा बात न होगा।'

रमा ने भी गर्म होकर कहा, 'आपके लिए न होगी। मेरे लिए तो सबसे अच्छी यही बात है। '

डिप्टी, 'नहीं, आपका वास्ते इससे बुरा दोसरा बात नहीं है। हम तुमको छोड़ेगा नहीं, हमारा मुकदमा चाहे बिगड़ जाय, लेकिन हम तुमको ऐसा लेसन दे देगा कि तुम उमिर भर न भूलेगा। आपको वही गवाही देना होगा जो आप दिया अगर तुम कुछ गड़बड़ करेगा, कुछ भी गोलमाल किया तो हम तोमारे साथ दोसरा बर्ताव करेगा। एक रिपोर्ट में तुम यों (कलाइयों को ऊपर–नीचे रखकर) चला जायगा।'

यह कहते हुए उसने आँखें निकालकर रमा को देखा, मानो कच्चा ही खा जाएगा। रमा सहम उठा। इन आतंक से भरे शब्दों ने उसे विचलित कर दिया यह सब कोई झूठा मुकदमा चलाकर उसे फँसा दें, तो उसकी कौन रक्षा करेगा। उसे यह आशा न थी कि डिप्टी साहब जो शील और विनय के पुतले बने हुए थे, एकबारगी यह रूद्र रूप धारण कर लेंगे, मगर वह इतनी आसानी से दबने वाला न था। तेज होकर बोला, 'आप मुझसे जबरदस्ती शहादत दिलाएंगे?'

डिप्टी ने पैर पटकते हुए कहा, 'हाँ, जबरदस्ती दिलाएगा!'

रमानाथ–'यह अच्छी दिल्लगी है!'

डिप्टी–'तोम पुलिस को धोखा देना दिल्लगी समझता है। अभी दो गवाह देकर साबित कर सकता है कि तुम राजद्रोह की बात कर रहा था। बस चला जायगा सात साल के लिए। चक्की पीसते–पीसते हाथ में गड्ढा पड़ जायगा। यह चिकना–चिकना गाल नहीं रहेगा। '

रमा जेल से डरता था। जेल–जीवन की कल्पना ही से उसके रोएं खड़े होते थे। जेल ही के भय से उसने यह गवाही देनी स्वीकार की थी। वही भय इस वक्त भी उसे कातर करने लगा। डिप्टी भाव–विज्ञान का ज्ञाता था। आसन का पता पा गया

बोला, 'वहाँ हलवा पूरी नहीं पायगा। धूल मिला हुआ आटा का रोटी, गोभी के सड़े हुए पत्तों का रसा, और अरहर के दाल का पानी खाने को पावेगा। काल-कोठरी का चार महीना भी हो गया, तो तुम बच नहीं सकता वहीं मर जायगा। बात-बात पर वार्डर गाली देगा, जूतों से पीटेगा, तुम समझता क्या है! '

रमा का चेहरा फीका पड़ने लगा। मालूम होता था, प्रतिक्षण उसका खून सूखता चला जाता है। अपनी दुर्बलता पर उसे इतनी ग्लानि हुई कि वह रो पड़ा। कांपती हुई आवाज से बोला, 'आप लोगों की यह इच्छा है, तो यही सही! भेज दीजिए जेल। मर ही जाऊँगा न, फिर तो आप लोगों से मेरा गला छूट जायगा। जब आप यहाँ तक मुझे तबाह करने पर आमादा हैं, तो मैं भी मरने को तैयार हूँ। जो कुछ होना होगा, होगा।

उसका मन दुर्बलता की उस दशा को पहुँच गया था, जब जरा-सी सहानुभूति, जरा-सी सहृदयता सैकड़ों धामकियों से कहीं कारगर हो जाती है। इंस्पेक्टर साहब ने मौका ताड़ लिया उसका पक्ष लेकर डिप्टी से बोले, हलफ से कहता हूँ, 'आप लोग आदमी को पहचानते तो हैं नहीं, लगते हैं रोब जमाने। इस तरह गवाही देना हर एक समझदार आदमी को बुरा मालूम होगा। यह कुदरती बात है। जिसे जरा भी इज्जत का ख्याल है, वह पुलिस के हाथों की कठपुतली बनना पसंद न करेगा। बाबू साहब की जगह मैं होता तो मैं भी ऐसा ही करता, लेकिन इसका मतलब यह नहीं है कि यह हमारे खिलाफ शहादत देंगे। आप लोग अपना काम कीजिए, बाबू साहब की तरफ से बेफिक्र रहिए, हलफ से कहता हूँ।

उसने रमा का हाथ पकड़ लिया और बोला, 'आप मेरे साथ चलिए, बाबूजी! आपको अच्छे-अच्छे रिकार्ड सुनाऊं।'

रमा ने रूठे हुए बालक की तरह हाथ छुडाकर कहा, 'मुझे दिक न कीजिए। इंस्पेक्टर साहबब अब तो मुझे जेलखाने में मरना है।

इंस्पेक्टर ने उसके कंधो पर हाथ रखकर कहा, 'आप क्यों ऐसी बातें मुँह से निकालते हैं साहबब जेलखाने में मरें आपके दुश्मन।'

डिप्टी ने तसमा भी बाकी न छोड़ना चाहा। बड़े कठोर स्वर में बोला, मानो रमा से कभी का परिचय नहीं है, 'साहब, यों हम बाबू साहब के साथ सब तरह का सलूक करने को तैयार हैं, लेकिन जब वह हमारा खिलाफ गवाही देगा, हमारा जड़ खोदेगा, तो हम भी कार्रवाई करेगा। जरूर से करेगा। कभी छोड़ नहीं सकता।'

इसी वक्त सरकारी एडवोकेट और बैरिस्टर मोटर से उतरे।

इकतालीस

रतन पत्रों में जालपा को तो ढाढ़स देती रहती थी पर अपने विषय में कुछ न लिखती थी। जो आप ही व्यथित हो रही हो, उसे अपनी व्यथाओं की कथा क्या सुनाती! वही रतन जिसने रूपयों की कभी कोई हैसियत न समझी, इस एक ही महीने में रोटियों को भी मुहताज हो गई थी। उसका वैवाहिक जीवन बहुत सुखी न हो, पर उसे किसी बात का अभाव न था। मरियल घोड़े पर सवार होकर भी यात्रा पूरी हो सकती है अगर सड़क अच्छी हो, नौकर-चाकर, रूपय-पैसे और भोजन आदि की सामग्री साथ हो घोड़ा भी तेज हो, तो पूछना ही क्या! रतन की दशा उसी सवार की-सी थी। उसी सवार की भांति वह मंदगति से अपनी जीवन-यात्रा कर रही थी। कभी कभी वह घोड़े पर झुंझलाती होगी, दूसरे सवारों को उड़े जाते देखकर उसकी भी इच्छा होती होगी कि मैं भी इसी तरह उड़ती, लेकिन वह दुखी न थी, अपने नसीबों को रोती न थी। वह उस गाय की तरह थी, जो एक पतली-सी पगहिया के बंधन में पड़कर, अपनी नाद के भूसे-खली में मगन रहती है। सामने हरे-हरे मैदान हैं, उसमें सुगंधमय घासें लहरा रही हैं, पर वह पगहिया तुडाकर कभी उधार नहीं जाती। उसके लिए उस पगहिया और लोहे की जंजीर में कोई अंतर नहीं। यौवन को प्रेम की इतनी क्षुधा नहीं होती, जितनी आत्म-प्रदर्शन की। प्रेम की क्षुध ा पीछे आती है। रतन को आत्मप्रदर्शन के सभी उपाय मिले हुए थे। उसकी युवती आत्मा अपने श्रृंगार और प्रदर्शन में मग्न थी। हँसी-विनोद, सैर-सपाटा, खाना-पीना, यही उसका जीवन था, जैसा प्राय: सभी मनुष्यों का होता है। इससे गहरे जल में जाने की न उसे इच्छा थी, न प्रयोजन, संपन्नता बहुत कुछ मानसिक व्यथाओं को शांत करती है। उसके पास अपने दु:खों को भुलाने के कितने ही ढंग हैं, सिनेमा है, थिएटर है, देश-भ्रमण है, ताश है, पालतू जानवर हैं, संगीत है, लेकिन विपन्नता को भुलाने का मनुष्य के पास कोई उपाय नहीं, इसके सिवा कि वह रोए, अपने भाग्य को कोसे या संसार से विरक्त होकर आत्म-हत्या कर ले। रतन की तकदीर ने पलटा खाया था। सुख का स्वप्न भंग हो गया था और विपन्नता का कंकाल अब उसे खड़ा घूर रहा था। और यह सब हुआ अपने ही हाथों!

पंडितजी उन प्राणियों में थे, जिन्हें मौत की फिक्र नहीं होती। उन्हें किसी तरह यह भ्रम हो गया था कि दुर्बल स्वास्थ्य के मनुष्य अगर पथ्य और विचार से रहें, तो बहुत दिनों तक जी सकते हैं। वह पथ्य और विचार की सीमा के बाहर कभी न जाते। फिर मौत को उनसे क्या दुश्मनी थी, जो ख्वामख्वाह उनके पीछे पड़ती।

अपनी वसीयत लिख डालने का ख्याल उन्हें उस वक्त आया, जब वह मरणासन्न हुए, लेकिन रतन वसीयत का नाम सुनते ही इतनी शोकातुर, इतनी भयभीत हुई कि पंडितजी ने उस वक्त टाल जाना ही उचित समझा, तब से फिर उन्हें इतना होश न आया कि वसीयत लिखवाते। पंडितजी के देहावसान के बाद रतन का मन इतना विरक्त हो गया कि उसे किसी बात की भी सुध-बुध न रही। यह वह अवसर था, जब उसे विशेष रूप से सावधन रहना चाहिए था। इस भांति सतर्क रहना चाहिए था, मानो दुश्मनों ने उसे घेर रक्खा हो, पर उसने सब कुछ मणिभूषण पर छोड़ दिया और उसी मणिभूषण ने धीरे-धीरे उसकी सारी संपत्ति अपहरण कर ली। ऐसे-ऐसे षडयंत्र रचे कि सरला रतन को उसके कपट-व्यवहार का आभास तक न हुआ। फंदा जब खूब कस गया, तो उसने एक दिन आकर कहा, 'आज बंगला खाली करना होगा। मैंने इसे बेच दिया है। '

रतन ने जरा तेज होकर कहा, 'मैंने तो तुमसे कहा था कि मैं अभी बंगला न बेचूंगी।'

मणिभूषण ने विनय का आवरण उतार फेंका और त्योरी चढ़ाकर बोला, 'आपमें बातें भूल जाने की बुरी आदत है। इसी कमरे में मैंने आपसे यह जिक्र किया था और आपने हामी भरी थी। जब मैंने बेच दिया, तो आप यह स्वांग खड़ा करती हैं! बंगला आज खाली करना होगा और आपको मेरे साथ चलना होगा।

'मैं अभी यहीं रहना चाहती हूँ।'

'मैं आपको यहाँ न रहने दूँगा।'

'मैं तुम्हारी लौंडी नहीं हूँ।'

'आपकी रक्षा का भार मेरे ऊपर है। अपने कुल की मर्यादा-रक्षा के लिए मैं आपको अपने साथ ले जाऊँगा।'

रतन ने होंठ चबाकर कहा, 'मैं अपनी मर्यादा की रक्षा आप कर सकती हूँ। तुम्हारी मदद की जरूरत नहीं। मेरी मर्जी के बगैर तुम यहाँ कोई चीज नहीं बेच सकते। '

मणिभूषण ने वज्र-सा मारा, 'आपका इस घर पर और चाचाजी की संपत्ति पर कोई अधिकार नहीं। वह मेरी संपत्ति है। आप मुझसे केवल गुजारे का सवाल कर सकती हैं। '

रतन ने विस्मित होकर कहा, 'तुम कुछ भंग तो नहीं खा गए हो?'

मणिभूषण ने कठोर स्वर में कहा, 'मैं इतनी भंग नहीं खाता कि बेसिरपैर की बातें करने लगूँ, आप तो पढ़ी-लिखी हैं, एक बड़े वकील की धर्मपत्नी थीं। कानून

की बहुत-सी बातें जानती होंगी। सम्मिलित परिवार में विधवा का अपने पुरूष की संपत्ति पर कोई अधिकार नहीं होता। चाचाजी और मेरे पिताजी में कभी अलगौझा नहीं हुआ। चाचाजी यहाँ थे, हम लोग इंदौर में थे, पर इससे यह नहीं सिद्ध होता कि हममें अलगौझा था। अगर चाचा अपनी संपत्ति आपको देना चाहते, तो कोई वसीयत अवश्य लिख जाते और यद्यपि वह वसीयत कानून के अनुसार कोई चीज न होती, पर हम उसका सम्मान करते। उनका कोई वसीयत न करना साबित कर रहा है कि वह कानून के साधारण व्यवहार में कोई बाधा न डालना चाहते थे। आज आपको बंगला खाली करना होगा। मोटर और अन्य वस्तुएं भी नीलाम कर दी जाएँगी। आपकी इच्छा हो, मेरे साथ चलें या रहें।

यहाँ रहने के लिए आपको दस-ग्यारह रूपये का मकान काफी होगा। गुजारे के लिए पचास रूपये महीने का प्रबंध मैंने कर दिया है। लेना-देना चुका लेने के बाद इससे ज्यादा की गुंजाइश ही नहीं।'

रतन ने कोई जवाब न दिया कुछ देर वह हतबुद्धि-सी बैठी रही, फिर मोटर मंगवाई और सारे दिन वकीलों के पास दौड़ती फिरी। पंडितजी के कितने ही वकील मित्र थे। सभी ने उसका वृत्तांत सुनकर खेद प्रकट किया और वकील साहब के वसीयत न लिख जाने पर हैरत करते रहे। अब उसके लिए एक ही उपाय था। वह यह सिद्ध करने की चेष्टा करे कि वकील साहब और उनके भाई में अलहदगी हो गई थी। अगर यह सिद्ध हो गया और सिद्ध हो जाना बिलकुल आसान था, तो रतन उस संपत्ति की स्वामिनी हो जाएगी। अगर वह यह सिद्ध न कर सकी, तो उसके लिए कोई चारा न था। अभागिनी रतन लौट आई। उसने निश्चय किया, जो कुछ मेरा नहीं है, उसे लेने के लिए मैं झूठ का आश्रय न लूंगी। किसी तरह नहीं। मगर ऐसा कानून बनाया किसने? क्या स्त्री इतनी नीच, इतनी तुच्छ, इतनी नगण्य है? क्यों?

दिन-भर रतन चिंता में डूबी, मौन बैठी रही। इतने दिनों वह अपने को इस घर की स्वामिनी समझती रही। कितनी बड़ी भूल थी। पति के जीवन में जो लोग उसका मुँह ताकते थे, वे आज उसके भाग्य के विधाता हो गए! यह घोर अपमान रतन-जैसी मानिनी स्त्री के लिए असह्य था। माना, कमाई पंडितजी की थी, पर यह गाँव तो उसी ने खरीदा था, इनमें से कई मकान तो उसके सामने ही बने, उसने यह एक क्षण के लिए भी न ख्याल किया था कि एक दिन यह जायदाद मेरी जीविका का आधार होगी। इतनी भविष्य-चिंता वह कर ही न सकती थी। उसे इस जायदाद के खरीदने में, उसके संवारने और सजाने में वही आनंद आता था, जो माता अपनी संतान को फलते-फूलते देखकर पाती है। उसमें स्वार्थ का भाव न था, केवल अपनेपन का गर्व था, वही ममता थी, पर पति की आँखें बंद होते ही उसके पाले

और गोद के खेलाए बालक भी उसकी गोद से छीन लिए गए। उसका उन पर कोई अधिकार नहीं! अगर वह जानती कि एक दिन यह कठिन समस्या उसके सामने आएगी, तो वह चाहे रूपये को लुटा देती या दान कर देती, पर संपत्ति की कील अपनी छाती पर न गाड़ती। पंडितजी की ऐसी कौन बहुत बड़ी आमदनी थी। क्या गर्मियों में वह शिमले न जा सकती थी? क्या दो-चार और नौकर न रक्खे जा सकते थे? अगर वह गहने ही बनवाती, तो एक-एक मकान के मूल्य का एक-एक गहना बनवा सकती थी, पर उसने इन बातों को कभी उचित सीमा से आगे न बढ़ने दिया केवल यही स्वप्न देखने के लिए! यही स्वप्न! इसके सिवा और था ही क्या! जो कल उसका था उसकी ओर आज आँखें उठाकर वह देख भी नहीं सकती! कितना महंगा था वह स्वप्न! हाँ, वह अब अनाथिनी थी। कल तक दूसरों को भीख देती थी, आज उसे खुद भीख माँगनी पड़ेगी। और कोई आश्रय नहीं! पहले भी वह अनाथिनी थी, केवल भ्रम-वश अपने को स्वामिनी समझ रही थी। अब उस भ्रम का सहारा भी नहीं रहा!

सहसा विचारों ने पलटा खाया मैं क्यों अपने को अनाथिनी समझ रही हूँ? क्यों दूसरों के द्वार पर भीख माँगू? संसार में लाखों ही स्त्रियाँ मेहनत-मजदूरी करके जीवन का निर्वाह करती हैं। क्या मैं कोई काम नहीं कर सकती? मैं कपड़ा क्या नहीं सी सकती? किसी चीज की छोटी-मोटी दुकान नहीं रख सकती? लड़के भी पढ़ा सकती हूँ। यही न होगा, लोग हँसेंगे, मगर मुझे उस हँसी की क्या परवा! वह मेरी हँसी नहीं है, अपने समाज की हँसी है।

शाम को द्वार पर कई ठेले वाले आ गए। मणिभूषण ने आकर कहा, 'चाचीजी, आप जो-जो चीजें कहें लदवाकर भिजवा दूं। मैंने एक मकान ठीक कर लिया है।'

रतन ने कहा, 'मुझे किसी चीज की जरूरत नहीं। न तुम मेरे लिए मकान लो। जिस चीज पर मेरा कोई अधिकार नहीं, वह मैं हाथ से भी नहीं छू सकती। मैं अपने घर से कुछ लेकर नहीं आई थी। उसी तरह लौट जाऊँगी।'

मणिभूषण ने लज्जित होकर कहा, 'आपका सब कुछ है, यह आप कैसे कहती हैं कि आपका कोई अधिकार नहीं। आप वह मकान देख लें। पंद्रह रूपया किराया है। मैं तो समझता हूँ आपको कोई कष्ट न होगा। जो-जो चीजें आप कहें, मैं वहाँ पहुँचा दूं।

रतन ने व्यंग्यमय आँखों से देखकर कहा, 'तुमने पंद्रह रूपये का मकान मेरे लिए व्यर्थ लिया! इतना बड़ा मकान लेकर मैं क्या करूंगी! मेरे लिए एक कोठरी

काफी है, जो दो रूपये में मिल जायगी। सोने के लिए जमीन है ही। दया का बोझ सिर पर जितना कम हो, उतना ही अच्छा!

मणिभूषण ने बड़े विनम्र भाव से कहा, 'आखिर आप चाहती क्या हैं? उसे कहिए तो!'

रतन उत्तेजित होकर बोली, 'मैं कुछ नहीं चाहती। मैं इस घर का एक तिनका भी अपने साथ न ले जाऊँगी। जिस चीज पर मेरा कोई अधिकार नहीं, वह मेरे लिए वैसी ही है जैसी किसी गैर आदमी की चीज, मैं दया की भिखारिणी न बनूंगी। तुम इन चीजों के अधिकारी हो, ले जाओ। मैं जरा भी बुरा नहीं मानती! दया की चीज न जबरदस्ती ली जा सकती है, न जबरदस्ती दी जा सकती है। संसार में हजारों विध वाएं हैं, जो मेहनत-मजूरी करके अपना निर्वाह कर रही हैं। मैं भी वैसे ही हूँ। मैं भी उसी तरह मजूरी करूंगी और अगर न कर सकूँगी, तो किसी गडढे में डूब मरुंगी। जो अपना पेट भी न पाल सके, उसे जीते रहने का, दूसरों का बोझ बनने का कोई हक नहीं है। यह कहती हुई रतन घर से निकली और द्वार की ओर चली। मणिभूषण ने उसका रास्ता रोककर कहा, 'अगर आपकी इच्छा न हो, तो मैं बंगला अभी न बेचूं।'

रतन ने जलती हुई आँखों से उसकी ओर देखा। उसका चेहरा तमतमाया हुआ था। आंसुओं के उमड़ते हुए वेग को रोककर बोली, 'मैंने कह दिया, इस घर की किसी चीज से मेरा नाता नहीं है। मैं किराए की लौंडी थी। लौडी का घर से क्या संबंध है! न जाने किस पापी ने यह कानून बनाया था। अगर ईश्वर कहीं है और उसके यहाँ कोई न्याय होता है, तो एक दिन उसी के सामने उस पापी से पूछूंगी, क्या तेरे घर में माँ-बहनें न थीं? तुझे उनका अपमान करते लज्जा न आई? अगर मेरी जबान में इतनी ताकत होती कि सारे देश में उसकी आवाज पहुँचती, तो मैं सब स्त्रियों से कहती, बहनों, किसी सम्मिलित परिवार में विवाह मत करना और अगर करना तो जब तक अपना घर अलग न बना लो, चैन की नींद मत सोना। यह मत समझो कि तुम्हारे पति के पीछे उस घर में तुम्हारा मान के साथ पालन होगा। अगर तुम्हारे पुरूष ने कोई लडका नहीं छोडा, तो तुम अकेली रहो चाहे परिवार में, एक ही बात है। तुम अपमान और मजूरी से नहीं बच सकतीं। अगर तुम्हारे पुरूष ने कुछ छोडा है तो अकेली रहकर तुम उसे भोग सकती हो, परिवार में रहकर तुम्हें उससे हाथ धोना पड़ेगा। परिवार तुम्हारे लिए फूलों की सेज नहीं, कांटों की शय्या है, तुम्हारा पार लगाने वाली नौका नहीं, तुम्हें निगल जाने वाला जंतु है।।'

संध्या हो गई थी। गर्द से भरी हुई फागुन की वायु चलने वालों की आँखों में धूल झोंक रही थी। रतन चादर संभालती सड़क पर चली जा रही थी। रास्ते में

कई परिचित स्त्रियों ने उसे टोका, कई ने अपनी मोटर रोक ली और उसे बैठने को कहा, पर रतन को उनकी सहृदयता इस समय बाण-सी लग रही थी। वह तेजी से कदम उठाती हुई जालपा के घर चली जा रही थी। आज उसका वास्तविक जीवन आरंभ हुआ था।

बयालीस

ठीक दस बजे जालपा और देवीदीन कचहरी पहुँच गए। दर्शकों की काफी भीड़ थी। ऊपर की गैलरी दर्शकों से भरी हुई थी। कितने ही आदमी बरामदों में और सामने के मैदान में खड़े थे। जालपा ऊपर गैलरी में जा बैठी, देवीदीन बरामदे में खड़ा हो गया।

इजलास पर जज साहब के एक तरफ अहलमद था और दूसरी तरफ पुलिस के कई कर्मचारी खड़े थे। सामने कठघरे के बाहर दोनों तरफ के वकील खड़े मुकदमा पेश होने का इंतजार कर रहे थे। मुलजिमों की संख्या पंद्रह से कम न थी। सब कठघरे के बगल में जमीन पर बैठे हुए थे। सभी के हाथों में हथकडियाँ थीं, पैरों में बेडियाँ। कोई लेटा था, कोई बैठा था, कोई आपस में बातें कर रहा था। दो पंजे लड़ा रहे थे। दो में किसी विषय पर बहस हो रही थी। सभी प्रसन्नचित्त थे। घबराहट, निराशा या शोक का किसी के चेहरे पर चिन्ह भी न था।

ग्यारह बजते-बजते अभियोग की पेशी हुई। पहले जाब्ते की कुछ बातें हुई, फिर दो-एक पुलिस की शहादतें हुई। अंत में कोई तीन बजे रमानाथ गवाहों के कठघरे में लाया गया दर्शकों में सनसनी-सी फैल गई। कोई तंबोली की दुकान से पान खाता हुआ भागा, किसी ने समाचार-पत्र को मरोड़कर जेब में रक्खा और सब इजलास के कमरे में जमा हो गए। जालपा भी संभलकर बारजे में खड़ी हो गई। वह चाहती थी कि एक बार रमा की आँखें उठ जातीं और वह उसे देख लेती, लेकिन रमा सिर झुकाए खड़ा था, मानो वह इधर-उधर देखते डर रहा हो उसके चेहरे का रंग उड़ा हुआ था। कुछ सहमा हुआ, कुछ घबराया हुआ इस तरह खड़ा था, मानो उसे किसी ने बांध रक्खा है और भागने की कोई राह नहीं है। जालपा का कलेजा धक-धक कर रहा था, मानो उसके भाग्य का निर्णय हो रहा हो।

रमा का बयान शुरू हुआ। पहला ही वाक्य सुनकर जालपा सिहर उठी, दूसरे वाक्य ने उसकी त्योरियों पर बल डाल दिए, तीसरे वाक्य ने उसके चेहरे का रंग फीका कर दिया और चौथा वाक्य सुनते ही वह एक लंबी सांस खींचकर पीछे रखी

हुई कुरसी पर टिक गई, मगर फिर दिल न माना। जंगले पर झुककर फिर उधर कान लगा दिए। वही पुलिस की सिखाई हुई शहादत थी जिसका आशय वह देवीदीन के मुँह से सुन चुकी थी। अदालत में सन्नाटा छाया हुआ था। जालपा ने कई बार खांसा कि शायद अब भी रमा की आँखें ऊपर उठ जाएँ, लेकिन रमा का सिर और भी झुक गया मालूम नहीं, उसने जालपा के खांसने की आवाज पहचान ली या आत्म-ग्लानि का भाव उदय हो गया उसका स्वर भी कुछ धीमा हो गया।

एक महिला ने जो जालपा के साथ ही बैठी थी, नाक सिकोड़कर कहा, 'जी चाहता है, इस दुष्ट को गोली मार दें। ऐसे-ऐसे स्वार्थी भी इस देश में पड़े हैं जो नौकरी या थोड़े-से धन के लोभ में निरपराधों के गले पर छुरी उधरने से भी नहीं हिचकते! 'जालपा ने कोई जवाब न दिया

एक दूसरी महिला ने जो आँखों पर ऐनक लगाए हुए थी, 'निराशा के भाव से कहा, 'इस अभागे देश का ईश्वर ही मालिक है। गवर्नरी तो लाला को कहीं नहीं मिल जाती! अधिक-से-अधिक कहीं कुर्क हो जाएँगे। उसी के लिए अपनी आत्मा की हत्या कर रहे हैं। मालूम होता है, कोई मरभुखा, नीच आदमी है,पल्ले सिरे का कमीना और छिछोरा।

तीसरी महिला ने ऐनक वाली देवी से मुस्कराकर पूछा, 'आदमी फैशनेबुल है और पढ़ा-लिखा भी मालूम होता है। भला, तुम इसे पा जाओ तो क्या करो?'

ऐनकबाज देवी ने उदंडता से कहा, 'नाक काट लूं! बस नकटा बनाकर छोड़ दूं।'

'और जानती हो, मैं क्या करूं?'

'नहीं! शायद गोली मार दोगी!'

'ना! गोली न मारूं। सरे बाजार खड़ा करके पाँच सौ जूते लगवाऊं। चांद गंजी हो जाय!'

'उस पर तुम्हें जरा भी दया नहीं आयगी?'

'यह कुछ कम दया है? उसकी पूरी सजा तो यह है कि किसी ऊंची पहाड़ी से ढकेल दिया जाय! अगर यह महाशय अमेरिका में होते, तो जिन्दा जला दिये जाते!'

एक वृद्धा ने इन युवतियों का तिरस्कार करके कहा, 'क्यों व्यर्थ में मुँह खराब करती हो? वह घृणा के योग्य नहीं, दया के योग्य है। देखती नहीं हो, उसका चेहरा कैसा पीला हो गया है, जैसे कोई उसका गला दबाए हुए हो अपनी माँ या बहन को देख ले, तो जरूर रो पड़े। आदमी दिल का बुरा नहीं है। पुलिस ने धमकाकर उसे

सीधा किया है। मालूम होता है, एक-एक शब्द उसके ह्रदय को चीर-चीरकर निकल रहा हो।'

ऐनक वाली महिला ने व्यंग किया, ' जब अपने पांव कांटा चुभता है, तब आह निकलती है? '

जालपा अब वहाँ न ठहर सकी। एक-एक बात चिंगारी की तरह उसके दिल पर फफोले डाले देती थी। ऐसा जी चाहता था कि इसी वक्त उठकर कह दे, "यह महाशय बिलकुल झूठ बोल रहे हैं, सरासर झूठ, और इसी वक्त इसका सबूत दे दे। वह इस आवेश को पूरे बल से दबाए हुए थी। उसका मन अपनी कायरता पर उसे धिक्कार रहा था। क्यों वह इसी वक्त सारा वृत्तांत नहीं कह सुनाती। पुलिस उसकी दुश्मन हो जायगी, हो जाय। कुछ तो अदालत को ख्याल होगा। कौन जाने, इन गरीबों की जान बच जाय! जनता को तो मालूम हो जायगा कि यह झूठी शहादत है। उसके मुँह से एक बार आवाज निकलते-निकलते रह गई। परिणाम के भय ने उसकी जबान पकड़ ली। आखिर उसने वहाँ से उठकर चले आने ही में कुशल समझी।

देवीदीन उसे उतरते देखकर बरामदे में चला आया और दया से सने हुए स्वर में बोला, 'क्या घर चलती हो, बहूजी?'

जालपा ने आंसुओं के वेग को रोककर कहा, 'हाँ, यहाँ अब नहीं बैठा जाता।

हाते के बाहर निकलकर देवीदीन ने जालपा को सांत्वना देने के इरादे से कहा, 'पुलिस ने जिसे एक बार बूटी सुंघा दी, उस पर किसी दूसरी चीज का असर नहीं हो सकता।'

जालपा ने घृणा-भाव से कहा, 'यह सब कायरों के लिए है।'

कुछ दूर दोनों चुपचाप चलते रहे। सहसा जालपा ने कहा, 'क्यों दादा, अब और तो कहीं अपील न होगी? कैदियों का यहीं फैसला हो जायगा।। देवीदीन इस प्रश्न का आशय समझ गया

बोला, 'नहीं, हाईकोर्ट में अपील हो सकती है।'

फिर कुछ दूर तक दोनों चुपचाप चलते रहे। जालपा एक वृक्ष की छांह में खड़ी हो गई और बोली, 'दादा, मेरा जी चाहता है, आज जज साहब से मिलकर सारा हाल कह दूं। शुरू से जो कुछ हुआ, सब कह सुनाऊं। मैं सबूत दे दूँगी, तब तो मानेंगे?'

देवीदीन ने आँखें गाड़कर कहा,'जज साहब से!'

जालपा ने उसकी आँखों से आँखें मिलाकर कहा, 'हाँ!'

देवीदीन ने दुविधा में पड़कर कहा, 'मैं इस बारे में कुछ नहीं कह सकता, बहूजी! हाकिम का वास्ता, न जाने चित पड़े या पट।'

जालपा बोली, 'क्या पुलिस वालों से यह नहीं कह सकता कि तुम्हारा गवाह बनाया हुआ है?

'कह तो सकता है।'

'तो आज मैं उससे मिलूं। मिल तो लेता है?'

'चलो, दरियाति करेंगे, लेकिन मामला जोखिम है।'

'क्या जोखिम है, बताओ।'

'भैया पर कहीं झूठी गवाही का इलजाम लगाकर सजा कर दे तो?'

'तो कुछ नहीं। जो जैसा करे, वैसा भोगे।'

देवीदीन ने जालपा की इस निर्ममता पर चकित होकर कहा, 'एक दूसरा खटका है। सबसे बड़ा डर उसी का

जालपा ने उद्यत भाव से पूछा, 'वह क्या?'

देवीदीन–'पुलिस वाले बड़े कायर होते हैं। किसी का अपमान कर डालना तो इनकी दिल्लगी है। जज साहब पुलिस कमिसनर को बुलाकर यह सब हाल कहेंगे जरूर। कमिसनर सोचेंगे कि यह औरत सारा खेल बिगाड़ रही है। इसी को गिरफ्तार कर लो। जज अंगरेज होता तो निडर होकर पुलिस की तंबीह करता। हमारे भाई तो ऐसे मुकदमों में चूं करते डरते हैं कि कहीं हमारे ही ऊपर न बगावत का इलजाम लग जाय। यही बात है। जज साहब पुलिस कमिसनर से जरूर कह सुनावेंगे। फिर यह तो न होगा कि मुकदमा उठा लिया जाय। यही होगा कि कलई न खुलने पावे। कौन जाने तुम्हीं को गिरफ्तार कर लें। कभी-कभी जब गवाह बदलने लगता है, या कलई खोलने पर उतारु हो जाता है, तो पुलिस वाले उसके घर वालों को दबाते हैं। इनकी माया अपरंपार है।

जालपा सहम उठी। अपनी गिरफ्तारी का उसे भय न था, लेकिन कहीं पुलिस वाले रमा पर अत्याचार न करें। इस भय ने उसे कातर कर दिया उसे इस समय ऐसी थकान मालूम हुई मानो सैकड़ों कोस की मंजिल मारकर आई हो उसका सारा सत्साहस बर्फ के समान पिघल गया

कुछ दूर आगे चलने के बाद उसने देवीदीन से पूछा, 'अब तो उनसे मुलाकात न हो सकेगी?' देवीदीन ने पूछा, भैया से?'

'किसी तरह नहीं। पहरा और कड़ाकर दिया गया होगा। चाहे उस बंगले को ही छोड़ दिया हो और अब उनसे मुलाकात हो भी गई तो क्या फायदा! अब किसी तरह अपना बयान नहीं बदल सकते। दरोगहलगी में फँस जाएँगे।'

कुछ दूर और चलकर जालपा ने कहा, 'मैं सोचती हूँ, घर चली जाऊँ। यहाँ रहकर अब क्या करूंगी।'

देवीदीन ने करूणा भरी हुई आँखों से उसे देखकर कहा, 'नहीं बहू, अभी मैं न जाने दूँगा। तुम्हारे बिना अब हमारा यहाँ पल-भर भी जी न लगेगा। बुढ़िया तो रो-रोकर परान ही दे देगी। अभी यहाँ रहो, देखो क्या फैसला होता है। भैया को मैं इतना कच्चे दिल का आदमी नहीं समझता था। तुम लोगों की बिरादरी में सभी सरकारी नौकरी पर जान देते हैं। मुझे तो कोई सौ रूपया भी तलब दे, तो नौकरी न करूं। अपने रोजगार की बात ही दूसरी है। इसमें आदमी कभी थकता ही नहीं। नौकरी में जहाँ पाँच से छः घंटे हुए कि देह टूटने लगी, जम्हाइयाँ आने लगीं।'

रास्ते में और कोई बातचीत न हुई। जालपा का मन अपनी हार मानने के लिए किसी तरह राजी न होता था। वह परास्त होकर भी दर्शक की भांति यह अभिनय देखने से संतुष्ट न हो सकती थी। वह उस अभिनय में सम्मिलित होने और अपना पार्ट खेलने के लिए विवश हो रही थी। क्या एक बार फिर रमा से मुलाकात न होगी? उसके ह्रदय में उन जलते हुए शब्दों का एक सागर उमड़ रहा था, जो वह उससे कहना चाहती थी। उसे रमा पर जरा भी दया न आती थी, उससे रत्ती-भर सहानुभूति न होती थी। वह उससे कहना चाहती थी, 'तुम्हारा धन और वैभव तुम्हें मुबारक हो, जालपा उसे पैरों से ठुकराती है। तुम्हारे खून से रंगे हुए हाथों के स्पर्श से मेरी देह में छाले पड़ जाएँगे। जिसने धन और पद के लिए अपनी आत्मा बेच दी, उसे मैं मनुष्य नहीं समझती। तुम मनुष्य। नहीं हो, तुम पशु भी नहीं, तुम कायर हो! कायर!'जालपा का मुखमंडल तेजमय हो गया गर्व से उसकी गर्दन तन गई। यह शायद समझते होंगे, जालपा जिस वक्त मुझे झब्बेदार पगड़ी बांध घोड़े पर सवार देखेगी, फूली न समाएगी। जालपा इतनी नीच नहीं है। तुम घोड़े पर नहीं, आसमान में उड़ो, मेरी आँखों में हत्यारे हो, पूरे हत्यारे, जिसने अपनी जान बचाने के लिए इतने आदमियों की गर्दन पर छुरी चलाई! मैंने चलते-चलते समझाया था, उसका कुछ असर न हुआ! ओह, तुम इतने धन-लोलुप हो, इतने लोभी! कोई हरज नहीं। जालपा अपने पालन और रक्षा के लिए तुम्हारी मुहताज नहीं।' इन्हीं संतप्त भावनाओं में डूबी हुई जालपा घर पहुँची।

तैंतालीस

एक महीना गुजर गया जालपा कई दिन तक बहुत विकल रही। कई बार उन्माद-सा हुआ कि अभी सारी कथा किसी पत्र में छपवा दूं, सारी कलई खोल दूं, सारे हवाई किले ढा दूं, पर यह सभी उद्वेग शांत हो गए। आत्मा की गहराइयों में

छिपी हुई कोई शक्ति उसकी जबान बंद कर देती थी। रमा को उसने हृदय से निकाल दिया था। उसके प्रति अब उसे क्रोध न था, द्वेष न था, दया भी न थी, केवल उदासीनता थी। उसके मर जाने की सूचना पाकर भी शायद वह न रोती। हाँ, इसे ईश्वरीय विधान की एक लीला, माया का एक निर्मम हास्य, एक क्रूर क्रीडा समझकर थोड़ी देर के लिए वह दुःखी हो जाती। प्रणय का वह बंधन जो उसके गले में दो-ढाई साल पहले पड़ा था, टूट चुका था, पर उसका निशान बाकी था। रमा को इस बीच में उसने कई बार मोटर पर अपने घर के सामने से जाते देखा। उसकी आँखें किसी को खोजती हुई मालूम होती थीं। उन आँखों में कुछ लज्जा थी, कुछ क्षमा-याचना, पर जालपा ने कभी उसकी तरफ आँखें न उठाई। वह शायद इस वक्त आकर उसके पैरों पर पड़ता, तो भी वह उसकी ओर न ताकती। रमा की इस घृणित कायरता और महान स्वार्थपरता ने जालपा के हृदय को मानो चीर डाला था, फिर भी उस प्रणय-बंधन का निशान अभी बना हुआ था। रमा की वह प्रेम-विह्वल मूर्ति, जिसे देखकर एक दिन वह गद्‌गद् हो जाती थी, कभी-कभी उसके हृदय में छाए हुए अंधेरे में क्षीण, मलिन, निरानंद ज्योत्स्ना की भांति प्रवेश करती, और एक क्षण के लिए वह स्मृतियाँ विलाप कर उठतीं। फिर उसी अंधकार और नीरवता का परदा पड़ जाता। उसके लिए भविष्य की मृदु स्मृतियाँ न थीं, केवल कठोर, नीरस वर्तमान विकराल रूप से खड़ा घूर रहा था।

वह जालपा, जो अपने घर बात-बात पर मान किया करती थी, अब सेवा, त्याग और सहिष्णुता की मूर्ति थी। जग्गो मना करती रहती, पर वह मुँह-अंधेरे सारे घर में झाडू लगा आती, चौका-बरतन कर डालती, आटा गूंधकर रख देती, चूल्हा जला देती। तब बुढ़िया का काम केवल रोटियाँ सेंकना था। छूत-विचार को भी उसने ताक पर रख दिया था। बुढ़िया उसे ठेल-ठालकर रसोई में ले जाती और कुछ न कुछ खिला देती। दोनों में माँ-बेटी का सा प्रेम हो गया था।

मुकदमे की सब कार्रवाई समाप्त हो चुकी थी। दोनों पक्ष के वकीलों की बहस हो चुकी थी। केवल फैसला सुनाना बाकी था। आज उसकी तारीख थी। आज बड़े सबेरे घर के काम-धंधों से फुर्सत पाकर जालपा दैनिक-पत्र वाले की आवाज पर कान लगाए बैठी थी, मानो आज उसी का भाग्य-निर्णय होने वाला है। इतने में देवीदीन ने पत्र लाकर उसके सामने रख दिया। जालपा पत्र पर टूट पड़ी और फैसला पढ़ने लगी। फैसला क्या था, एक ख्याली कहानी थी, जिसका प्रधान नायक रमा था। जज ने बार-बार उसकी प्रशंसा की थी। सारा अभियोग उसी के बयान पर अवलंबित था। देवीदीन ने पूछा, 'फैसला छपा है?'

जालपा ने पत्र पढ़ते हुए कहा, 'हाँ, है तो!'

'किसकी सजा हुई?'

'कोई नहीं छूटा, एक को फांसी की सजा मिली। पाँच को दस-दस साल और आठ को पाँच-पाँच साल। उसी दिनेश को फांसी हुई।'

यह कहकर उसने समाचार-पत्र रख दिया और एक लंबी सांस लेकर बोली, 'इन बेचारों के बाल-बच्चों का न जाने क्या हाल होगा!'

देवीदीन ने तत्परता से कहा, 'तुमने जिस दिन मुझसे कहा था, उसी दिन से मैं इन बातों का पता लगा रहा हूँ। आठ आदमियों का तो अभी तक ब्याह ही नहीं हुआ और उनके घर वाले मजे में हैं। किसी बात की तकलीफ नहीं है। पाँच आदमियों का विवाह तो हो गया है, पर घर के खुश हैं। किसी के घर रोजगार होता है, कोई जमींदार है, किसी के बाप-चचा नौकर हैं। मैंने कई आदमियों से पूछा, यहाँ कुछ चंदा भी किया गया है। अगर उनके घर वाले लेना चाहें तो तो दिया जायगा। खाली दिनेस तबाह है। दो छोटे-छोटे बच्चे हैं, बुढ़िया, माँ और औरत, यहाँ किसी स्कूल में मास्टर था। एक मकान किराए पर लेकर रहता था। उसकी खराबी है।

जालपा ने पूछा, 'उसके घर का पता लगा सकते हो?'

'हाँ, उसका पता कौन मुसकिल है?'

जालपा ने याचना-भाव से कहा, 'तो कब चलोगे? मैं भी तुम्हारे साथ चलूंगी। अभी तो वक्त है। चलो, जरा देखें।'

देवीदीन ने आपत्ति करके कहा, 'पहले मैं देख तो आऊँ। इस तरह मेरे साथ कहाँ-कहाँ दौड़ती फिरोगी? '

जालपा ने मन को दबाकर लाचारी से सिर झुका लिया और कुछ न बोली। देवीदीन चला गया। जालपा फिर समाचार-पत्र देखने लगी,पर उसका ध्यान दिनेश की ओर लगा हुआ था। बेचारा फांसी पा जायगा। जिस वक्त उसने फांसी का हुक्म सुना होगा, उसकी क्या दशा हुई होगी। उसकी बूढ़ी माँ और स्त्री यह खबर सुनकर छाती पीटने लगी होंगी। बेचारा स्कूल-मास्टर ही तो था, मुश्किल से रोटियाँ चलती होंगी। और क्या सहारा होगा? उनकी विपत्ति की कल्पना करके उसे रमा के प्रति उत्तेजना, पूर्ण घृणा हुई कि वह उदासीन न रह सकी। उसके मन में ऐसा उद्वेग उठा कि इस वक्त वह आ जायं तो ऐसा धिक्कारूं कि वह भी याद करें। तुम मनुष्य हो! कभी नहीं। तुम मनुष्य के रूप में राक्षस हो, राक्षस! तुम इतने नीच हो कि उसको प्रकट करने के लिए कोई शब्द नहीं है। तुम इतने नीच हो कि आज कमीने से कमीना आदमी भी तुम्हारे ऊपर थूक रहा है। तुम्हें किसी ने पहले ही क्यों न मार डाला। इन आदमियों की जान तो जाती ही, पर तुम्हारे मुँह में तो कालिख न लगती।

तुम्हारा इतना पतन हुआ कैसे! जिसका पिता इतना सच्चा, इतना ईमानदार हो, वह इतना लोभी, इतना कायर!

शाम हो गई, पर देवीदीन न आया। जालपा बार-बार खिड़की पर खड़ी हो-होकर इधर-उधर देखती थी, पर देवीदीन का पता न था। धीरे-धीरे आठ बज गए और देवी न लौटा। सहसा एक मोटर द्वार पर आकर रूकी और रमा ने उतरकर जग्गो से पूछा, 'सब कुशल-मंगल है न दादी! दादा कहाँ गए हैं?'

जग्गो ने एक बार उसकी ओर देखा और मुँह उधर लिया केवल इतना बोली, 'कहीं गए होंगे, मैं नहीं जानती।'

रमा ने सोने की चार चूडियाँ जेब से निकालकर जग्गो के पैरों पर रख दी और बोला, 'यह तुम्हारे लिए लाया हूँ दादी, पहनो, ढीली तो नहीं हैं?'

जग्गो ने चूडियाँ उठाकर जमीन पर पटक दी और आँखें निकालकर बोली, 'जहाँ इतना पाप समा सकता है, वहाँ चार चूडियों की जगह नहीं है! भगवान की दया से बहुत चूडियाँ पहन चुकी और अब भी सेर-दो सेर सोना पड़ा होगा, लेकिन जो खाया, पहना, अपनी मिहनत की कमाई से, किसी का गला नहीं दबाया, पाप की गठरी सिर पर नहीं लादी, नीयत नहीं बिगाड़ी। उस कोख में आग लगे जिसने तुम जैसे कपूत को जन्म दिया यह पाप की कमाई लेकर तुम बहू को देने आए होगे! समझते होंगे, तुम्हारे रूपयों की थैली देखकर वह लट्टू हो जाएगी। इतने दिन उसके साथ रहकर भी तुम्हारी लोभी आँखें उसे न पहचान सकीं। तुम जैसे राक्षस उस देवी के जोग न थे। अगर अपनी कुसल चाहते हो, तो इन्हीं पैरों जहाँ से आए हो वहीं लौट जाओ, उसके सामने जाकर क्यों अपना पानी उतरवाओगे। तुम आज पुलिस के हाथों जख्मी होकर, मार खाकर आए होते, तुम्हें सजा हो गई होती, तुम जेल में डाल दिए गए होते तो बहू तुम्हारी पूजा करती, तुम्हारे चरन धो-धोकर पीती। वह उन औरतों में है जो चाहे मजूरी करें, उपास करें, फटे-चीथड़े पहनें, पर किसी की बुराई नहीं देख सकतीं। अगर तुम मेरे लड़के होते, तो तुम्हें जहर दे देती। क्यों खड़े मुझे जला रहे हो चले क्यों नहीं जाते। मैंने तुमसे कुछ ले तो नहीं लिया है?

रमा सिर झुकाए चुपचाप सुनता रहा तब आहत स्वर में बोला, 'दादी, मैंने बुराई की है और इसके लिए मरते दम तक लज्जित रहूँगा, लेकिन तुम मुझे जितना नीच समझ रही हो, उतना नीच नहीं हूँ। अगर तुम्हें मालूम होता कि पुलिस ने मेरे साथ कैसी-कैसी सख्तियाँ कीं, मुझे कैसी-कैसी धमकियां दीं, तो तुम मुझे राक्षस न कहतीं।'

जालपा के कानों में इन आवाजों की भनक पड़ी। उसने जीने से झांककर देखा। रमानाथ खड़ा था। सिर पर बनारसी रेशमी साफा था, रेशम का बढ़िया कोट,

आँखों पर सुनहली ऐनक। इस एक ही महीने में उसकी देह निखर आई थी। रंग भी अधिक गोरा हो गया था। ऐसी कांति उसके चेहरे पर कभी न दिखाई दी थी। उसके अंतिम शब्द जालपा के कानों में पड़ गए, बाज की तरह टूटकर धम-धम करती हुई नीचे आई और जहर में बुझे हुए नोबाणों का उस पर प्रहार करती हुई बोली, 'अगर तुम सख्तियों और धमकियों से इतना दब सकते हो, तो तुम कायर हो तुम्हें अपने को मनुष्य कहने का कोई अधिकार नहीं। क्या सख्तियाँ की थीं? जरा सुनूं! लोगों ने तो हँसते-हँसते सिर कटा लिए हैं, अपने बेटों को मरते देखा है, कोल्हू में पेले जाना मंजूर किया है, पर सच्चाई से जौभर भी नहीं हटे, तुम भी तो आदमी हो, तुम क्यों धमकी में आ गए? क्यों नहीं छाती खोलकर खड़े हो गए कि इसे गोली का निशाना बना लो, पर मैं झूठ न बोलूंगा। क्यों नहीं सिर झुका दिया-देह के भीतर इसीलिए आत्मा रक्खी गई है कि देह उसकी रक्षा करे। इसलिए नहीं कि उसका सर्वनाश कर दे। इस पाप का क्या पुरस्कार मिला? जरा मालूम तो हो!

रमा ने दबी हुई आवाज से कहा, 'अभी तो कुछ नहीं।'

जालपा ने सर्पिणी की भांति फुकारकर कहा,यह सुनकर मुझे बड़ी खुशी हुई! ईश्वर करे, तुम्हें मुँह में कालिख लगाकर भी कुछ न मिले! मेरी यह सच्चे दिल से प्रार्थना है, लेकिन नहीं, तुम जैसे मोम के पुतलों को पुलिस वाले कभी नाराज न करेंगे। तुम्हें कोई जगह मिलेगी और शायद अच्छी जगह मिले, मगर जिस जाल में तुम फँसे हो, उसमें से निकल नहीं सकते। झूठी गवाही, झूठे मुकदमे बनाना और पाप का व्यापार करना ही तुम्हारे भाग्य में लिख गया। जाओ शौक से जिंदगी के सुख लूटो। मैंने तुमसे पहले ही कह दिया था और आज फिर कहती हूँ कि मेरा तुमसे कोई नाता नहीं है। मैंने समझ लिया कि तुम मर गए। तुम भी समझ लो कि मैं मर गई। बस, जाओ। मैं औरत हूँ। अगर कोई धमकाकर मुझसे पाप कराना चाहे, तो चाहे उसे न मार सकूं, अपनी गर्दन पर छुरी चला दूँगी। क्या तुममें औरतों के बराबर भी हिम्मत नहीं है?

रमा ने भिक्षुकों की भांति गिड़गिडाकर कहा, 'तुम मेरा कोई उज्र न सुनोगी?'

जालपा ने अभिमान से कहा,'नहीं!'

'तो मैं मुँह में कालिख लगाकर कहीं निकल जाऊँ?'

'तुम्हारी खुशी!'

'तुम मुझे क्षमा न करोगी?

'कभी नहीं, किसी तरह नहीं!'

रमा एक क्षण सिर झुकाए खड़ा रहा, तब धीरे-धीरे बरामदे के नीचे जाकर जग्गो से बोला,

' दादी, दादा आएं तो कह देना, मुझसे जरा देर मिल लें। जहाँ कहें, आ जाऊँ?'

जग्गो ने कुछ पिघलकर कहा, 'कल यहीं चले आना।'

रमा ने मोटर पर बैठते हुए कहा, 'यहाँ अब न आऊँगा, दादी!'

मोटर चली गई तो जालपा ने कुत्सित भाव से कहा, 'मोटर दिखाने आए थे, जैसे खरीद ही तो लाए हों!'

जग्गो ने भर्त्सना की, 'तुम्हें इतना बेलगाम न होना चाहिए था, बहू! दिल पर चोट लगती है, तो आदमी को कुछ नहीं सूझता।'

जालपा ने निष्ठुरता से कहा, 'ऐसे हयादार नहीं हैं, दादी! इसी सुख के लिए तो आत्मा बेची, उनसे यह सुख भला क्या छोड़ा जायगा। पूछा नहीं, दादा से मिलकर क्या करोगे? वह होते तो ऐसी फटकार सुनाते कि छठी का दूध याद आ जाता।'

जग्गो ने तिरस्कार के भाव से कहा, 'तुम्हारी जगह मैं होती तो मेरे मुँह से ऐसी बातें न निकलतीं। तुम्हारा हिया बड़ा कठोर है। दूसरा मर्द होता तो इस तरह चुपका-चुपका सुनता-मैं तो थर-थर कांप रही थी कि कहीं तुम्हारे ऊपर हाथ न चला दे, मगर है बड़ा गमखोर।'

जालपा ने उसी निष्ठुरता से कहा, 'इसे गमखोरी नहीं कहते दादी, यह बेहयाई है।'

देवीदीन ने आकर कहा, 'क्या यहाँ भैया आए थे? मुझे मोटर पर रास्ते में दिखाई दिए थे।'

जग्गो ने कहा, 'हाँ, आए थे। कह गए हैं, दादा मुझसे जरा मिल लें।'

देवीदीन ने उदासीन होकर कहा, 'मिल लूंगा। यहाँ कोई बातचीत हुई?'

जग्गो ने पछताते हुए कहा, 'बातचीत क्या हुई, पहले मैंने पूजा की, मैं चुप हुई तो बहू ने अच्छी तरह फूल माला चढ़ाई।'

जालपा ने सिर नीचा करके कहा, 'आदमी जैसा करेगा, वैसा भोगेगा।'

जग्गो-'अपना ही समझकर तो मिलने आए थे।'

जालपा-'कोई बुलाने तो न गया था। कुछ दिनेश का पता चला, दादा!'

देवीदीन-'हाँ, सब पूछ आया हाबड़े में घर है। पता-ठिकाना सब मालूम हो गया'

जालपा ने डरते-डरते कहा, 'इस वक्त चलोगे या कल किसी वक्त?'

देवीदीन-'तुम्हारी जैसी मरजी, जी जाहे इसी बखत चलो, मैं तैयार हूँ।

जालपा-'थक गए होंगे?'

देवीदीन-'इन कामों में थकान नहीं होती बेटी।'

आठ बज गए थे। सड़क पर मोटरों का तांता बंध हुआ था। सड़क की दोनों पटरियों पर हजारों स्त्री-पुरूष बने-ठने, हँसते-बोलते चले जाते थे। जालपा ने सोचा, दुनिया कैसी अपने राग-रंग में मस्त है। जिसे उसके लिए मरना हो मरे, वह अपनी टेव न छोड़ेगी। हर एक अपना छोटा-सा मिट्टी का घरौंदा बनाए बैठा है। देश बह जाए, उसे परवा नहीं। उसका घरौंदा बच रहे! उसके स्वार्थ में बाधा न पड़े। उसका भोला-भाला हृदय बाजार को बंद देखकर खुश होता। सभी आदमी शोक से सिर झुकाए, त्योरियाँ बदले उन्मत्त-से नजर आते। सभी के चेहरे भीतर की जलन से लाल होते। वह न जानती थी कि इस जन-सागर में ऐसी छोटी-छोटी कंकड़ियों के गिरने से एक हल्कोरा भी नहीं उठता, आवाज तक नहीं आती।

चवालीस

रमा मोटर पर चला, तो उसे कुछ सूझता न था, कुछ समझ में न आता था, कहाँ जा रहा है। जाने हुए रास्ते उसके लिए अनजाने हो गए थे। उसे जालपा पर क्रोध न था, जरा भी नहीं। जग्गो पर भी उसे क्रोध न था। क्रोध था अपनी दुर्बलता पर, अपनी स्वार्थलोलुपता पर, अपनी कायरता पर। पुलिस के वातावरण में उसका औचित्य-ज्ञान भ्रष्ट हो गया था। वह कितना बड़ा अन्याय करने जा रहा है, उसका उसे केवल उस दिन ख्याल आया था, जब जालपा ने समझाया था। फिर यह शंका मन में उठी ही नहीं। अफसरों ने बड़ी-बड़ी आशाएं बांधकर उसे बहला रक्खा। वह कहते, अजी बीबी की कुछ फिक्र न करो। जिस वक्त तुम एक जड़ाऊ हार लेकर पहुँचोगे और रूपयों की थैली नजर कर दोगे, बेगम साहब का सारा गुस्सा भाग जायगा। अपने सूबे में किसी अच्छी-सी जगह पर पहुँच जाओगे, आराम से जिंदगी कटेगी। कैसा गुस्सा! इसकी कितनी ही आँखों देखी मिसालें दी गई। रमा चक्कर में फँस गया फिर उसे जालपा से मिलने का अवसर ही न मिला। पुलिस का रंग जमता गया। आज वह जड़ाऊ हार जेब में रखे जालपा को अपनी विजय की खुशखबरी देने गया था। वह जानता था जालपा पहले कुछ नाक-भौं सिकोड़ेगी पर यह भी जानता था कि यह हार देखकर वह जरूर खुश हो जायगी। कल ही संयुक्त प्रांत के होम सेक्रेटरी के नाम कमिश्नर पुलिस का पत्र उसे मिल जाएगा। दो-चार दिन यहाँ खूब सैर करके घर की राह लेगा। देवीदीन और जग्गो को भी वह अपने साथ ले जाना चाहता था। उनका एहसान वह कैसे भूल सकता था। यही मनसूबे मन में बांधकर वह जालपा के पास गया था, जैसे कोई भक्त फल और नैवेद्य लेकर देवता की

उपासना करने जाय, पर देवता ने वरदान देने के बदले उसके थाल को ठुकरा दिया, उसके नैवेद्य उसकी ओर ताकने का साहस न कर सकता था। उसने सोचा, इसी वक्त जज के पास चलूं और सारी कथा कह सुनाऊं। पुलिस मेरी दुश्मन हो जाय, मुझे जेल में सड़ा डाले, कोई परवा नहीं। सारी कलई खोल दूँगा। क्या जज अपना फैसला नहीं बदल सकता-अभी तो सभी मुल्जिम हवालात में हैं। पुलिस वाले खूब दांत पीसेंगे, खूब नाचे-कूदेंगे, शायद मुझे कच्चा ही खा जायं। खा जायं! इसी दुर्बलता ने तो मेरे मुँह में कालिख लगा दी।

जालपा की वह क्रोधोन्मता मूर्ति उसकी आँखों के सामने फिर गई। ओह, कितने गुस्से में थी! मैं जानता कि वह इतना बिगड़ेगी, तो चाहे दुनिया इधर से उधर हो जाती, अपना बयान बदल देता। बड़ा चकमा दिया इन पुलिस वालों ने, अगर कहीं जज ने कुछ नहीं सुना और मुलिजमों को बरी न किया, तो जालपा मेरा मुँह न देखेगी। मैं उसके पास कौन मुँह लेकर जाऊँगा। फिर जिंदा रहकर ही क्या करूंगा। किसके लिए?

उसने मोटर रोकी और इधर-उधर देखने लगा। कुछ समझ में न आया, कहाँ आ गया। सहसा एक चौकीदार नजर आया उसने उससे जज साहब के बंगले का पता पूछा, चौकीदार हँसकर बोला, 'हुजूर तो बहुत दूर निकल आए। यहाँ से तो छः-सात मील से कम न होगा, वह उधर चौरंगी की ओर रहते हैं।'

रमा चौरंगी का रास्ता पूछकर फिर चला। नौ बज गए थे। उसने सोचा,जज साहब से मुलाकात न हुई, तो सारा खेल बिगड़ जाएगा। बिना मिले हटूंगा ही नहीं। अगर उन्होंने सुन लिया तो ठीक ही है, नहीं कल हाईकोर्ट के जजों से कहूँगा। कोई तो सुनेगा। सारा वृत्तांत समाचार-पत्रों में छपवा दूँगा, तब तो सबकी आँखें खुलेंगी।

मोटर तीस मील की चाल से चल रही थी। दस मिनट ही में चौरंगी आ पहुँची। यहाँ अभी तक वही चहल-पहल थी,, मगर रमा उसी जन्नाटे से मोटर लिये जाता था। सहसा एक पुलिसमैन ने लाल बत्ती दिखाई। वह रूक गया और बाहर सिर निकालकर देखा, तो वही दारोगाजी!

दारोगा ने पूछा, 'क्या अभी तक बंगले पर नहीं गए? इतनी तेज मोटर न चलाया कीजिए। कोई वारदात हो जायगी। कहिए, बेगम साहब से मुलाकात हुई? मैंने तो समझा था, वह भी आपके साथ होंगी। खुश तो खूब हुई होंगी!

रमा को ऐसा क्रोध आया कि मूंछे उखाड़ लूं, पर बात बनाकर बोला, 'जी हाँ, बहुत खुश हुई।'

'मैंने कहा था न, औरतों की नाराजी की वही दवा है। आप कांपे जाते थे।'

'मेरी हिमाकत थी।'

'चलिए, मैं भी आपके साथ चलता हूँ। एक बाजी ताश उड़े और जरा सरूर जमे, डिप्टी साहब और इंस्पेक्टर साहब आएंगे। जोहरा को बुलवा लेंगे। दो घड़ी की बहार रहेगी। अब आप मिसेज रमानाथ को बंगले ही पर क्यों नहीं बुला लेते। वहाँ उस खटिक के घर पड़ी हुई हैं।'

रमा ने कहा, 'अभी तो मुझे एक जरूरत से दूसरी तरफ जाना है। आप मोटर ले जाएँ।मैं पांव-पांव चला आऊँगा।

दारोगा ने मोटर के अंदर जाकर कहा, 'नहीं साहब, मुझे कोई जल्दी नहीं है। आप जहाँ चलना चाहें, चलिए। मैं जरा भी मुखिल न हूँगा। रमा ने कुछ चिढ़कर कहा, लेकिन मैं अभी बंगले पर नहीं जा रहा हूँ।

दारोगा ने मुस्कराकर कहा, 'मैं समझ रहा हूँ, लेकिन मैं जरा भी मुखिल न हूँगा। वही बेगम साहब-रमा ने बात काटकर कहा, 'जी नहीं, वहाँ मुझे नहीं जाना है।

दारोगा-'तो क्या कोई दूसरा शिकार है? बंगले पर भी आज कुछ कम बहार न रहेगी। वहीं आपके दिल बहलाव का कुछ सामान हाजिर हो जायगा।'

रमा ने एकबारगी आँखें लाल करके कहा, क्या आप मुझे शोहदा समझते हैं? मैं इतना जलील नहीं हूँ।'

दारोगा ने कुछ लज्जित होकर कहा, 'अच्छा साहब, गुनाह हुआ, माफ कीजिए। अब कभी ऐसी गुस्ताखी न होगी लेकिन अभी आप अपने को खतरे से बाहर न समझें, मैं आपको किसी ऐसी जगह न जाने दूँगा, जहाँ मुझे पूरा इत्मीनान न होगा। आपको खबर नहीं, आपके कितने दुश्मन हैं। मैं आप ही के फायदे के ख्याल से कह रहा हूँ।

रमा ने होंठ चबाकर कहा, 'बेहतर हो कि आप मेरे फायदे का इतना ख्याल न करें। आप लोगों ने मुझे मलियामेट कर दिया और अब भी मेरा गला नहीं छोड़ते। मुझे अब अपने हाल पर मरने दीजिए।मैं इस गुलामी से तंग आ गया हूँ। मैं माँ के पीछे-पीछे चलने वाला बच्चा नहीं बनना चाहता। आप अपनी मोटर चाहते हैं, शौक से ले जाइए। मोटर की सवारी और बंगले में रहने के लिए पंद्रह आदमियों को कुर्बान करना पड़ा है। कोई जगह पा। जाऊँ, तो शायद पंद्रह सौ आदमियों को कुर्बान करना पड़े। मेरी छाती इतनी मजबूत नहीं है। आप अपनी मोटर ले जाइए।'

यह कहता हुआ वह मोटर से उतर पड़ा और जल्दी से आगे बढ़ गया।

दारोगा ने कई बार पुकारा, जरा सुनिए, बात तो सुनिए, लेकिन उसने पीछे फिरकर देखा तक नहीं। जरा और आगे चलकर वह एक मोड़ से घूम गया इसी सड़क पर जज का बंगला था। सड़क पर कोई आदमी न मिला। रमा कभी इस पटरी

पर और कभी उस पटरी पर जा-जाकर बंगलों के नंबर पढ़ता चला जाता था। सहसा एक नंबर देखकर वह रूक गया एक मिनट तक खड़ा देखता रहा कि कोई निकले तो उससे पूछू साहब हैं या नहीं। अंदर जाने की उसकी हिम्मत न पड़ती थी। ख्याल आया, जज ने पूछा, तुमने क्यों झूठी गवाही दी, तो क्या जवाब दूँगा। यह कहना कि पुलिस ने मुझसे जबरदस्ती गवाही दिलवाई, प्रलोभन दिया, मारने की धमकी दी, लज्जास्पद बात है। अगर वह पूछे कि तुमने केवल दो-तीन साल की सजा से बचने के लिए इतना बड़ा कलंक सिर पर ले लिया, इतने आदमियों की जान लेने पर उतारू हो गए, उस वक्त तुम्हारी बुद्धि कहाँ गई थी, तो उसका मेरे पास क्या जवाब है? ख्वामख्वाह लज्जित होना पड़ेगा।

बेवकूफ बनाया जाऊँगा। वह लौट पड़ा। इस लज्जा का सामना करने की उसमें सामर्थ्य न थी। लज्जा ने सदैव वीरों को परास्त किया है। जो काल से भी नहीं डरते, वे भी लज्जा के सामने खड़े होने की हिम्मत नहीं करते। आग में झुक जाना, तलवार के सामने खड़े हो जाना, इसकी अपेक्षा कहीं सहज है। लाज की रक्षा ही के लिए बड़े-बड़े राज्य मिट गए हैं, रक्त की नदिया बह गई हैं, प्राणों की होली खेल डाली गई है। उसी लाज ने आज रमा के पग भी पीछे हटा दिए।

शायद जेल की सजा से वह इतना भयभीत न होता।

पैंतालीस

रमा आधी रात गए सोया, तो नौ बजे दिन तक नींद न खुली, वह स्वप्न देख रहा था, दिनेश को फांसी हो रही है। सहसा एक स्त्री तलवार लिये हुए फांसी की ओर दौड़ी और फांसी की रस्सी काट दी, चारों ओर हलचल मच गई। वह औरत जालपा थी। जालपा को लोग घेरकर पकड़ना चाहते थे, पर वह पकड़ में न आती थी। कोई उसके सामने जाने का साहस न कर सकता था। तब उसने एक छलांग मारकर रमा के ऊपर तलवार चलाई। रमा घबड़ाकर उठ बैठा देखा तो दारोगा और इंस्पेक्टर कमरे में खड़े हैं, और डिप्टी साहब आरामकुर्सी पर लेटे हुए सिगार पी रहे हैं।

दारोगा ने कहा, 'आज तो आप खूब सोए बाबू साहब! कल कब लौटे थे?'

रमा ने एक कुर्सी पर बैठकर कहा, 'जरा देर बाद लौट आया था। इस मुकदमे की अपील तो हाईकोर्ट में होगी न?'

इंस्पेक्टर, 'अपील क्या होगी, जाब्ते की पाबंदी होगी। आपने मुकदमे को इतना मजबूत कर दिया है कि वह अब किसी के हिलाए हिल नहीं सकता हलफ से कहता हूँ, आपने कमाल कर दिया अब आप उधर से बेफिक्र हो जाइए। हाँ, अभी जब तक फैसला न हो जाय, यह मुनासिब होगा कि आपकी हिफाजत का ख्याल रक्खा जाय। इसलिए फिर पहरे का इंतजाम कर दिया गया है। इधर हाईकोर्ट से फैसला हुआ, उधर आपको जगह मिली।'

डिप्टी साहब ने सिगार का धुआं फेंक कर कहा, यह डी. ओ. कमिश्नर साहब ने आपको दिया है, जिसमें आपको कोई तरह की शक न हो। देखिए, यू. पी. के होम सेक्रेटरी के नाम है। आप वहाँ यह डी. ओ. दिखाएंगे, वह आपको कोई बहुत अच्छी जगह दे देगा। इंस्पेक्टर,कमिश्नर साहब आपसे बहुत खुश हैं, हलफ से कहता हूँ। डिप्टी-बहुत खुश हैं। वह यू. पी. को अलग डायरेक्ट भी चिटठी लिखेगा। तुम्हारा भाग्य खुल गया'

यह कहते हुए उसने डी. ओ. रमा की तरफ बढ़ा दिया रमा ने लिफाफा खोलकर देखा और एकाएक उसको फाड़कर पुर्जे-पुर्जे कर डाला, तीनों आदमी विस्मय से उसका मुँह ताकने लगे।

दारोगा ने कहा, 'रात बहुत पी गए थे क्या? आपके हक में अच्छा न होगा!'

इंस्पेक्टर, 'हलफ से कहता हूँ, कमिश्नर साहब को मालूम हो जायगा, तो बहुत नाराज होंगे।'

डिप्टी, 'इसका कुछ मतलब हमारे समझ में नहीं आया इसका क्या मतलब है?'

रमानाथ-'इसका यह मतलब है कि मुझे इस डी. ओ. की जरूरत नहीं है और न मैं नौकरी चाहता हूँ। मैं आज ही यहाँ से चला जाऊँगा।'

डिप्टी-'जब तक हाईकोर्ट का फैसला न हो जाय, तब तक आप कहीं नहीं जा सकता।'

रमानाथ-'क्यों?'

डिप्टी-'कमिश्नर साहब का यह हुक्म है।'

रमानाथ-'मैं किसी का गुलाम नहीं हूँ।'

इंस्पेक्टर-'बाबू रमानाथ, आप क्यों बना-बनाया खेल बिगाड़ रहे हैं? जो कुछ होना था, वह हो गया दस पाँच दिन में हाईकोर्ट से फैसले की तसदीक हो जायगी आपकी बेहतरी इसी में है कि जो सिला मिल रहा है, उसे खुशी से लीजिए और आराम से जिंदगी के दिन बसर कीजिए। खुदा ने चाहा, तो एक दिन आप भी किसी ऊंचे ओहदे पर पहुँच जाएँगे। इससे क्या फायदा कि अफसरों को नाराज कीजिए

और कैद की मुसीबतें झेलिए। हलफ से कहता हूँ, अफसरों की जरा-सी निगाह बदल जाय, तो आपका कहीं पता न लगे। हलफ से कहता हूँ, एक इशारे में आपको दस साल की सजा हो जाय। आप हैं किस ख्याल में? हम आपके साथ शरारत नहीं करना चाहते। हाँ, अगर आप हमें सख्ती करने पर मजबूर करेंगे, तो हमें सख्ती करनी पड़ेगी। जेल को आसान न समझिएगा। खुदा दोजख में ले जाए, पर जेल की सजा न दे। मार-धाड़, गाली-गुतरि वह तो वहाँ की मामूली सजा है। चक्की में जोत दिया तो मौत ही आ गई। हलफ से कहता हूँ, दोजख से बदतर है जेल!'

दारोगा-'यह बेचारे अपनी बेगम साहब से माजूर हैं, वह शायद इनके जान की गाहक हो रही हैं। उनसे इनकी कोर दबती है।'

इंस्पेक्टर, 'क्या हुआ, कल तो वह हार दिया था न? फिर भी राजी नहीं हुई?'

रमा ने कोट की जेब से हार निकालकर मेज पर रख दिया और बोला, वह हार यह रक्खा हुआ है।

इंस्पेक्टर-'अच्छा, इसे उन्होंने नहीं कबूल किया

डिप्टी-कोई प्राउड लेडी है।

इंस्पेक्टर-'कुछ उनकी भी मिजाज-पुरसी करने की जरूरत होगी।'

दारोगा-'यह तो बाबू साहब के रंग-ढंग और सलीके पर मुनहसर है। अगर आप ख्वामख्वाह हमें मजबूर न करेंगे, तो हम आपके पीछे न पड़ेंगे।'

डिप्टी-'उस खटिक से भी मुचलका ले लेना चाहिए।'

रमानाथ के सामने एक नई समस्या आ खड़ी हुई, पहली से कहीं जटिल, कहीं भीषण। संभव था, वह अपने को कर्तव्य की वेदी पर बलिदान कर देता, दो-चार साल की सजा के लिए अपने को तैयार कर लेता। शायद इस समय उसने अपने आत्म-समर्पण का निश्चय कर लिया था, पर अपने साथ जालपा को भी संकट में डालने का साहस वह किसी तरह न कर सकता था। वह पुलिस के शिकंजे में कुछ इस तरह दब गया था कि अब उसे बेदाग निकल जाने का कोई मार्ग दिखाई न देता था। उसने देखा कि इस लड़ाई में मैं पेश नहीं पा सकता पुलिस सर्वशक्तिमान है, वह मुझे जिस तरह चाहे दबा सकती है। उसके मिजाज की तेजी गायब हो गई। विवश होकर बोला, 'आखिर आप लोग मुझसे क्या चाहते हैं? '

इंस्पेक्टर ने दारोगा की ओर देखकर आँखें मारी, मानो कह रहे हों, 'आ गया पंजे में।', और बोले, 'बस इतना ही कि आप हमारे मेहमान बने रहें, और मुकदमे के हाईकोर्ट में तय हो जाने के बाद यहाँ से रूखसत हो जाएँ। क्योंकि उसके बाद हम आपकी हिफाजत के जिम्मेदार न होंगे। अगर आप कोई सर्टिफिकेट लेना चाहेंगे, तो वह दे दी जाएगी, लेकिन उसे लेने या न लेने का आपको पूरा अख्तियार है। अगर

आप होशियार हैं, तो उसे लेकर फायदा उठाएंगे, नहीं इधर-उधर के धक्के खाएंगे। आपके ऊपर गुनाह बेलज्जत की मसल सादिक आयगी। इसके सिवा हम आपसे और कुछ नहीं चाहते ब हलफ से कहता हूँ, हर एक चीज जिसकी आपको ख्वाहिश हो, यहाँ हाजिर कर दी जाएगी, लेकिन जब तक मुकदमा खत्म हो जाए, आप आजाद नहीं हो सकते।

रमानाथ ने दीनता के साथ पूछा, 'सैर करने तो जा सकूँगा, या वह भी नहीं?'

इंस्पेक्टर ने सूत्र रूप से कहा, 'जी नहीं! '

दारोगा ने उस सूत्र की व्याख्या की, 'आपको वह आजादी दी गई थी, पर आपने उसका बेजा इस्तेमाल किया, जब तक इसका इत्मीनान न हो जाय कि आप उसका जायज इस्तेमाल कर सकते हैं या नहीं, आप उस हक से महरूम रहेंगे।

दारोगा ने इंस्पेक्टर की तरफ देखकर मानो इस व्याख्या की दाद देनी चाही, जो उन्हें सहर्ष मिल गई। तीनों अफसर रूखसत हो गए और रमा एक सिगार जलाकर इस विकट परिस्थिति पर विचार करने लगा।

छियालीस

एक महीना और निकल गया मुकदमे के हाईकोर्ट में पेश होने की तिथि नियत हो गई है। रमा के स्वभाव में फिर वही पहले की-सी भीरूता और खुशामद आ गई है। अफसरों के इशारे पर नाचता है। शराब की मात्रा पहले से बढ़ गई है, विलासिता ने मानो पंजे में दबा लिया है। कभी-कभी उसके कमरे में एक वेश्या जोहरा भी आ जाती है, जिसका गाना वह बड़े शौक से सुनता है।

एक दिन उसने बड़ी हसरत के साथ जोहरा से कहा, 'मैं डरता हूँ, कहीं तुमसे प्रेम न बढ़ जाय। उसका नतीजा इसके सिवा और क्या होगा कि रो-रोकर जिंदगी काटूं, तुमसे वफा की उम्मीद और क्या हो सकती है!'

जोहरा दिल में खुश होकर अपनी बड़ी-बड़ी रतनारी आँखों से उसकी ओर ताकती हुई बोली,हाँ साहब, हम वफा क्या जानें, आखिर वेश्या ही तो ठहरीं! बेवफा वेश्या भी कहीं वफादार हो सकती है?'

रमा ने आपत्ति करके पूछा, 'क्या इसमें कोई शक है?'

जोहरा-'नहीं, जरा भी नहीं, आप लोग हमारे पास मुहब्बत से लबालब भरे दिल लेकर आते हैं, पर हम उसकी जरा भी कद्र नहीं करतीं, यही बात है न?'

रमानाथ-'बेशक।'

जोहरा–'मुआफ कीजिएगा, आप मरदों की तरफदारी कर रहे हैं। हक यह है कि वहाँ आप लोग दिल–बहलाव के लिए जाते हैं, महज गम गलत करने के लिए, महज आनंद उठाने के लिए। जब आपको वफा की तलाश ही नहीं होती, तो वह मिले क्यों कर–लेकिन इतना मैं जानती हूँ कि हममें जितनी बेचारियाँ मरदों की बेवफाई से निराश होकर अपना आराम–चैन खो बैठती हैं,उनका पता अगर दुनिया को चले, तो आँखें खुल जायं। यह हमारी भूल है कि तमाशबीनों से वफा चाहते हैं, चील के घोंसले में माँस ढूंढ़ते हैं, पर प्यासा आदमी अंधे कुएं की तरफ दौड़े, तो मेरे ख्याल में उसका कोई कसूर नहीं।

उस दिन रात को चलते वक्त जोहरा ने दारोगा को खुशखबरी दी, 'आज तो हजरत खूब मजे में आए ब खुदा ने चाहा, तो दो–चार दिन के बाद बीवी का नाम भी न लें।'

दारोगा ने खुश होकर कहा, 'इसीलिए तो तुम्हें बुलाया था। मजा तो जब है कि बीवी यहाँ से चली जाएँ फिर हमें कोई गम न रहेगा। मालूम होता है स्वराज्यवालों ने उस औरत को मिला लिया है। यह सब एक ही शैतान हैं।'

जोहरा की आमोदरफ्त बढ़ने लगी, यहाँ तक कि रमा खुद अपने चकमे में आ गया उसने जोहरा से प्रेम जताकर अफसरों की नजर में अपनी साख जमानी चाही थी, पर जैसे बच्चे खेल में रो पड़ते हैं, वैसे ही उसका प्रेमाभिनय भी प्रेमोन्माद बन बैठा जोहरा उसे अब वफा और मुहब्बत की देवी मालूम होती थी। वह जालपा की–सी सुंदरी न सही, बातों में उससे कहीं चतुर, हाव–भाव में कहीं कुशल, सम्मोहन–कला में कहीं पटु थी। रमा के हृदय में नए–नए मनसूबे पैदा होने लगे।

एक दिन उसने जोहरा से कहा, 'जोहरा – जुदाई का समय आ रहा है। दो–चार दिन में मुझे यहाँ से चला जाना पडेगा। फिर तुम्हें क्यों मेरी याद आने लगी?'

जोहरा ने कहा, 'मैं तुम्हें न जाने दूँगी। यहीं कोई अच्छी–सी नौकरी कर लेना। फिर हम–तुम आराम से रहेंगे

रमा ने अनुरक्त होकर कहा, 'दिल से कहती हो जोहरा? देखो, तुम्हें मेरे सिर की कसम, दगा मत देना।'

जोहरा–'अगर यह खौफ हो तो निकाह पढ़ा लो। निकाह के नाम से चिढ़ हो, तो ब्याह कर लो। पंडितों को बुलाओ। अब इसके सिवा मैं अपनी मुहब्बत का और क्या सबूत दूं।'

रमा निष्कपट प्रेम का यह परिचय पाकर विह्वल हो उठा। जोहरा के मुँह से निकलकर इन शब्दों की सम्मोहक–शक्ति कितनी बढ़ गई थी। यह कामिनी, जिस पर बड़े–बड़े रईस फिदा हैं, मेरे लिए इतना बड़ा त्याग करने को तैयार है! जिस खान

में औरों को बालू ही मिलता है, उसमें जिसे सोने के डले मिल जायं, क्या वह परम भाग्यशाली नहीं है? रमा के मन में कई दिनों तक संग्राम होता रहा जालपा के साथ उसका जीवन कितना नीरस, कितना कठिन हो जायगा। वह पग-पग पर अपना धर्म और सत्य लेकर खड़ी हो जाएगी और उसका जीवन एक दीर्घ तपस्या, एक स्थायी साधना बनकर रह जाएगा। सात्विक जीवन कभी उसका आदर्श नहीं रहा साधारण मनुष्यों की भांति वह भी भोग-विलास करना चाहता था। जालपा की ओर से हटकर उसका विलासासक्त मन प्रबल वेग से जोहरा की ओर खिंचा। उसको व्रत-धारिणी वेश्याओं के उदाहरण याद आने लगे। उसके साथ ही चंचल वृत्ति की गृहिणियों की मिसालें भी आ पहुचीं। उसने निश्चय किया, यह सब ढकोसला है। न कोई जन्म से निर्दोष है, न कोई दोषी। यह सब परिस्थिति पर निर्भर है।

जोहरा रोज आती और बंधन में एक गांठ और देकर जाती। ऐसी स्थिति में संयमी युवक का आसन भी डोल जाता। रमा तो विलासी था। अब तक वह केवल इसलिए इधर-उधर न भटक सका था कि ज्योंही, उसके पंख निकले, जालिये ने उसे अपने पिंजरे में बंद कर दिया कुछ दिन पिंजरे से बाहर रहकर भी उसे उड़ने का साहस न हुआ। अब उसके सामने एक नवीन दृश्य था, वह छोटा-सा कुल्हियों वाला पिंजरा नहीं, बल्कि एक गुलाबों से लहराता हुआ बाग, जहाँ की कैद में स्वाधीनता का आनंद था। वह इस बाग में क्यों न क्रीड़ा का आनंद उठाए!

सैंतालीस

रमा ज्यों-ज्यों जोहरा के प्रेम-पाश में फँसता जाता था, पुलिस के अधिकारी वर्ग उसकी ओर से निःशंक होते जाते थे। उसके ऊपर जो कैद लगाई गई थी, धीरे-धीरे ढीली होने लगी। यहाँ तक कि एक दिन डिप्टी साहब शाम को सैर करने चले तो रमा को भी मोटर पर बिठा लिया जब मोटर देवीदीन की दुकान के सामने से होकर निकली, तो रमा ने अपना सिर इस तरह भीतर खींच लिया कि किसी की नजर न पड़ जाय। उसके मन में बड़ी उत्सुकता हुई कि जालपा है या चली गई, लेकिन वह अपना सिर बाहर न निकाल सका। मन में वह अब भी यही समझता था कि मैंने जो रास्ता पकड़ा है, वह कोई बहुत अच्छा रास्ता नहीं है, लेकिन यह जानते हुए भी वह उसे छोड़ना न चाहता था। देवीदीन को देखकर उसका मस्तक आप-ही-आप लज्जा से झुक जाता, वह किसी दलील से अपना पक्ष सिद्ध न कर सकता उसने सोचा, मेरे लिए सबसे उत्तम मार्ग यही है कि इनसे मिलना-जुलना छोड़

दूं। उस शहर में तीन प्राणियों को छोड़कर किसी चौथे आदमी से उसका परिचय न था, जिसकी आलोचना या तिरस्कार का उसे भय होता। मोटर इधर-उधर घूमती हुई हाबड़ा-ब्रिज की तरफ चली जा रही थी, कि सहसा रमा ने एक स्त्री को सिर पर गंगा-जल का कलसा रक्खे घाटों के ऊपर आते देखा। उसके कपड़े बहुत मैले हो रहे थे और कृशांगी ऐसी थी कि कलसे के बोझ से उसकी गरदन दबी जाती थी। उसकी चाल कुछ-कुछ जालपा से मिलती हुई जान पड़ी। सोचा, जालपा यहाँ क्या करने आवेगी, मगर एक ही पल में कार और आगे बढ़ गई और रमा को उस स्त्री का मुँह दिखाई दिया उसकी छाती धक-से हो गई। यह जालपा ही थी। उसने खिड़की के बगल में सिर छिपाकर गौर से देखा। बेशक जालपा थी, पर कितनी दुर्बल! मानो कोई वृद्धा, अनाथ हो न वह कांति थी, न वह लावण्य, न वह चंचलता, न वह गर्व, रमा हृदयहीन न था। उसकी आँखें सजल हो गई। जालपा इस दशा में और मेरे जीते जी! अवश्य देवीदीन ने उसे निकाल दिया होगा और वह टहलनी बनकर अपना निर्वाह कर रही होगी। नहीं, देवीदीन इतना बेमुरौवत नहीं है। जालपा ने खुद उसके आश्रय में रहना स्वीकार न किया होगा। मानिनी तो है ही। कैसे मालूम हो, क्या बात है? मोटर दूर निकल आई थी। रमा की सारी चंचलता, सारी भोगलिप्सा गायब हो गई थी। मलिन वसना, दुखिनी जालपा की वह मूर्ति आँखों के सामने खड़ी थी। किससे कहे? क्या कहे? यहाँ कौन अपना है? जालपा का नाम जबान पर आ जाय, तो सब-के-सब चौंक पड़ें और फिर घर से निकलना बंद कर दें। ओह! जालपा के मुख पर शोक की कितनी गहरी छाया थी, आँखों में कितनी निराशा! आह, उन सिमटी हुई आँखों में जले हुए हृदय से निकलने वाली कितनी आहें सिर पीटती हुई मालूम होती थीं, मानो उन पर हँसी कभी आई ही नहीं, मानो वह कली बिना खिले ही मुरझा गई। कुछ देर के बाद जोहरा आई, इठलाती, मुस्कराती, लचकती, पर रमा आज उससे भी कटा-कटा रहा।

जोहरा ने पूछा, 'आज किसी की याद आ रही है क्या? 'यह कहते हुए उसने अपनी गोल नर्म मक्खन-सी बांह उसकी गरदन में डालकर उसे अपनी ओर खींचा। रमा ने अपनी तरफ जरा भी जोर न किया उसके हृदय पर अपना मस्तक रख दिया, मानो अब यही उसका आश्रय है। जोहरा ने कोमलता में डूबे हुए स्वर में पूछा, 'सच बताओ, आज इतने उदास क्यों हो? क्या मुझसे किसी बात पर नाराज हो?'

रमा ने आवेश से कांपते हुए स्वर में कहा,'नहीं जोहरा-'तुमने मुझ अभागे पर जितनी दया की है, उसके लिए मैं हमेशा तुम्हारा एहसानमंद रहूँगा। तुमने उस वक्त मुझे संभाला, जब मेरे जीवन की टूटी हुई किश्ती गोते खा रही थी, वे दिन मेरी जिंदगी के सबसे मुबारक दिन हैं और उनकी स्मृति को मैं अपने दिल में बराबर

पूजता रहूँगा। मगर अभागों को मुसीबत बार-बार अपनी तरफ खींचती है! प्रेम का बंधन भी उन्हें उस तरफ खिंच जाने से नहीं रोक सकता

मैंने जालपा को जिस सूरत में देखा है, वह मेरे दिल को भालों की तरह छेद रहा है। वह आज फटे-मैले कपड़े पहने, सिर पर गंगा-जल का कलसा लिये जा रही थी। उसे इस हालत में देखकर मेरा दिल टुकड़े-टुकड़े। हो गया मुझे अपनी जिंदगी में कभी इतना रंज न हुआ था। जोहरा – कुछ नहीं कह सकता, उस पर क्या बीत रही है।'

जोहरा ने पूछा, 'वह तो उस बुडढे मालदार खटिक के घर पर थी?'

रमानाथ-'हाँ थी तो, पर नहीं कह सकता, क्यों वहाँ से चली गई। इंस्पेक्टर साहब मेरे साथ थे। उनके सामने मैं उससे कुछ पूछ तक न सका। मैं जानता हूँ, वह मुझे देखकर मुँह उधर कर लेती और शायद मुझे जलील समझती, मगर कम-से-कम मुझे इतना तो मालूम हो जाता कि वह इस वक्त इस दशा में क्यों है। जोहरा, तुम मुझे चाहे दिल में जो कुछ समझ रही हो, लेकिन मैं इस ख्याल में मगन हूँ कि तुम्हें मुझसे प्रेम है और प्रेम करने वालों से हम कम-से-कम हमदर्दी की आशा करते हैं। यहाँ एक भी ऐसा आदमी नहीं, जिससे मैं अपने दिल का कुछ हाल कह सकूं। तुम भी मुझे रास्ते पर लाने ही के लिए भेजी गई थीं, मगर तुम्हें मुझ पर दया आई। शायद तुमने गिरे हुए आदमी पर ठोकर मारना मुनासिब न समझा, अगर आज हम और तुम किसी वजह से रूठ जायं, तो क्या कल तुम मुझे मुसीबत में देखकर मेरे साथ जरा भी हमदर्दी न करोगी? क्या मुझे भूखों मरते देखकर मेरे साथ उससे कुछ भी ज्यादा सलूक न करोगी, जो आदमी कुत्तों के साथ करता है? मुझे तो ऐसी आशा नहीं। जहाँ एक बार प्रेम ने वास किया हो, वहाँ उदासीनता और विराग चाहे पैदा हो जाय, हिंसा का भाव नहीं पैदा हो सकता क्या तुम मेरे साथ जरा भी हमदर्दी न करोगी जोहरा? तुम अगर चाहो, तो जालपा का पूरा पता लगा सकती हो, वह कहाँ है, क्या करती है, मेरी तरफ से उसके दिल में क्या ख्याल है, घर क्यों नहीं जाती, यहाँ कब तक रहना चाहती है? अगर तुम किसी तरह जालपा को प्रयाग जाने पर राजी कर सको जोहरा –'तो मैं उम्र-भर तुम्हारी गुलामी करूंगा। इस हालत में मैं उसे नहीं देख सकता, शायद आज ही रात को मैं यहाँ से भाग जाऊँ। मुझ पर क्या गुजरेगी, इसका मुझे जरा भी भय नहीं हैं। मैं बहादुर नहीं हूँ, बहुत ही कमजोर आदमी हूँ। हमेशा खतरे के सामने मेरा हौसला पस्त हो जाता है, लेकिन मेरी बेगैरती भी यह चोट नहीं सह सकती।'

जोहरा वेश्या थी, उसको अच्छे-बुरे सभी तरह के आदमियों से साबिका पड़ चुका था। उसकी आँखों में आदमियों की परख थी। उसको इस परदेशी युवक में

और अन्य व्यक्तियों में एक बड़ा फर्क दिखाई देता था। पहले वह यहाँ भी पैसे की गुलाम बनकर आई थी, लेकिन दो-चार दिन के बाद ही उसका मन रमा की ओर आकर्षित होने लगा। प्रौढ़ा स्त्रियाँ अनुराग की अवहेलना नहीं कर सकतीं। रमा में और सब दोष हों, पर अनुराग था। इस जीवन में जोहरा को यह पहला आदमी ऐसा मिला था जिसने उसके सामने अपना हृदय खोलकर रख दिया, जिसने उससे कोई परदा न रक्खा। ऐसे अनुराग रत्न को वह खोना नहीं चाहती थी। उसकी बात सुनकर उसे जरा भी ईर्ष्या न हुई, बल्कि उसके मन में एक स्वार्थमय सहानुभूति उत्पन्न हुई। इस युवक को, जो प्रेम के विषय में इतना सरल था, वह प्रसन्न करके हमेशा के लिए अपना गुलाम बना सकती थी। उसे जालपा से कोई शंका न थी। जालपा कितनी ही रूपवती क्यों न हो, जोहरा अपने कला-कौशल से, अपने हाव-भाव से उसका रंग फीका कर सकती थी। इसके पहले उसने कई महान सुंदरी क्षत्रानियों को रूलाकर छोड़ दिया था, फिर जालपा किस गिनती में थी। जोहरा ने उसका हौसला बढ़ाते हुए कहा, 'तो इसके लिए तुम क्यों इतना रंज करते हो, प्यारे! जोहरा तुम्हारे लिए सब कुछ करने को तैयार है। मैं कल ही जालपा का पता लगाऊंगी और वह यहाँ रहना चाहेगी, तो उसके आराम के सब सामान कर दूँगी। जाना चाहेगी, तो रेल पर भेज दूँगी।

रमा ने बड़ी दीनता से कहा, 'एक बार मैं उससे मिल लेता, तो मेरे दिल का बोझ उतर जाता।

जोहरा चिंतित होकर बोली, 'यह तो मुश्किल है प्यारे! तुम्हें यहाँ से कौन जाने देगा?'

रमानाथ-'कोई तदबीर बताओ।'

जोहरा-'मैं उसे पार्क में खड़ी कर आऊँगी। तुम डिप्टी साहब के साथ वहाँ जाना और किसी बहाने से उससे मिल लेना। इसके सिवा तो मुझे और कुछ नहीं सूझता।

रमा अभी कुछ कहना ही चाहता था कि दारोगाजी ने पुकारा, 'मुझे भी खिलवत में आने की इजाजत है? '

दोनों संभल बैठे और द्वार खोल दिया दारोगाजी मुस्कराते हुए आए और जोहरा की बगल में बैठकर बोले, 'यहाँ आज सन्नाटा कैसा! क्या आज खजाना खाली है? जोहरा-'आज अपने दस्ते-हिनाई से एक जाम भर कर दो।

रमानाथ-'भाईजान नाराज न होना। रमा ने कुछ तुर्श होकर कहा, 'इस वक्त तो रहने दीजिए, दारोगाजी, आप तो पिए हुए नजर आते हैं।'

दारोगा ने जोहरा का हाथ पकड़कर कहा, 'बस, एक जाम जोहरा-'और एक बात और, आज मेरी मेहमानी कबूल करो!'

रमा ने तेवर बदलकर कहा, 'दारोगाजी, आप इस वक्त यहाँ से जायं। मैं यह गवारा नहीं कर सकता, दारोगा ने नशीली आँखों से देखकर कहा, 'क्या आपने पट्टा लिखा लिया है?'

रमा ने कड़ककर कहा, 'जी हाँ, मैंने पट्टा लिखा लिया है!

दारोगा-'तो आपका पट्टा खारिज! '

रमानाथ-'मैं कहता हूँ, यहाँ से चले जाइए।'

दारोगा-'अच्छा! अब तो मेंढकी को भी जुकाम पैदा हुआ! क्यों न हो, चलो जोहरा-'इन्हें यहाँ बकने दो।'

यह कहते हुए उन्होंने जोहरा का हाथ पकड़कर उठाया रमा ने उनके हाथ को झटका देकर कहा, 'मैं कह चुका, आप यहाँ से चले जाएँ। जोहरा इस वक्त नहीं जा सकती। अगर वह गई, तो मैं उसका और आपका-दोनों का खून पी जाऊँगा। जोहरा मेरी है, और जब तक मैं हूँ, कोई उसकी तरफ आँख नहीं उठा सकता।'

यह कहते हुए उसने दारोगा साहब का हाथ पकड़कर दरवाजे के बाहर निकाल दिया और दरवाजा जोर से बंद करके सिटकनी लगा दी। दारोगाजी बलिष्ठ आदमी थे, लेकिन इस वक्त नशे ने उन्हें दुर्बल बना दिया था। बाहर बरामदे में खड़े होकर वह गालिया बकने और द्वार पर ठोकर मारने लगे।

रमा ने कहा, 'कहो तो जाकर बचा को बरामदे के नीचे ढकेल दूं। शैतान का बच्चा!'

जोहरा-''बकने दो, आप ही चला जायगा।

रमानाथ-'चला गया

जोहरा ने मगन होकर कहा, 'तुमने बहुत अच्छा किया, सुअर को निकाल बाहर किया मुझे ले जाकर दिक करता। क्या तुम सचमुच उसे मारते?'

रमानाथ-'मैं उसकी जान लेकर छोड़ता। मैं उस वक्त अपने आपे में न था। न जाने मुझमें उस वक्त कहाँ से इतनी ताकत आ गई थी।

जोहरा-'और जो वह कल से मुझे न आने दे तो?'

रमानाथ-'कौन, अगर इस बीच में उसने जरा भी भांजी मारी, तो गोली मार दूँगा। वह देखो, ताक पर पिस्तौल रक्खा हुआ है। तुम अब मेरी हो, जोहरा! मैंने अपना सब कुछ तुम्हारे कदमों पर निसार कर दिया और तुम्हारा सब कुछ पाकर ही मैं संतुष्ट हो सकता हूँ। तुम मेरी हो, मैं तुम्हारा हूँ। किसी तीसरी औरत या मर्द को हमारे बीच में आने का मजाज नहीं है, जब तक मैं मर न जाऊँ।'

जोहरा की आँखें चमक रही थीं , उसने रमा की गरदन में हाथ डालकर कहा, 'ऐसी बात मुँह से न निकालो, प्यारे!'

अड़तालीस

सारे दिन रमा उद्वेग के जंगलों में भटकता रहा कभी निराशा की अंधाकारमय घाटियाँ सामने आ जातीं, कभी आशा की लहराती हुई हरियाली। जोहरा गई भी होगी? यहाँ से तो बड़े लंबे-चौड़े वादे करके गई थी। उसे क्या गरज है? आकर कह देगी, मुलाकात ही नहीं हुई। कहीं धोखा तो न देगी? जाकर डिप्टी साहब से सारी कथा कह सुनाए। बेचारी जालपा पर बैठे-बिठाए आफत आ जाय। क्या जोहरा इतनी नीच प्रकृति की हो सकती है? कभी नहीं, अगर जोहरा इतनी बेवफा, इतनी दगाबाज है, तो यह दुनिया रहने के लायक ही नहीं। जितनी जल्द आदमी मुँह में कालिख लगाकर डूब मरे, उतना ही अच्छा। नहीं, जोहरा मुझसे दगा न करेगी। उसे वह दिन याद आए, जब उसके दफ्तर से आते ही जालपा लपककर उसकी जेब टटोलती थी और रूपये निकाल लेती थी। वही जालपा आज इतनी सत्यवादिनी हो गई। तब वह प्यार करने की वस्तु थी, अब वह उपासना की वस्तु है। जालपा मैं तुम्हारे योग्य नहीं हूँ। जिस ऊंचाई पर तुम मुझे ले जाना चाहती हो, वहाँ तक पहुँचने की शक्ति मुझमें नहीं है। वहाँ पहुँचकर शायद चक्कर खाकर गिर पड़ूं। मैं अब भी तुम्हारे चरणों में सिर झुकाता हूँ। मैं जानता हूँ, तुमने मुझे अपने ह्रदय से निकाल दिया है, तुम मुझसे विरक्त हो गई हो, तुम्हें अब मेरे डूबने का दुःख है न तैरने की खुशी, पर शायद अब भी मेरे मरने या किसी घोर संकट में फँस जाने की खबर पाकर तुम्हारी आँखों से आंसू निकल आएंगे। शायद तुम मेरी लाश देखने आओ। हा! प्राण ही क्यों नहीं निकल जाते कि तुम्हारी निगाह में इतना नीच तो न रहूँ। रमा को अब अपनी उस गलती पर घोर पश्चाताप हो रहा था, जो उसने जालपा की बात न मानकर की थी।अगर उसने उसके आदेशानुसार जज के इजलास में अपना बयान बदल दिया होता, धमकियों में न आता, हिम्मत मजबूत रखता, तो उसकी यह दशा क्यों होती? उसे विश्वास था, जालपा के साथ वह सारी कठिनाइयाँ झेल जाता। उसकी श्रद्धा और प्रेम का कवच पहनकर वह अजेय हो जाता। अगर उसे फांसी भी हो जाती, तो वह हँसते-खेलते उस पर चढ़ जाता। मगर पहले उससे चाहे जो भूल हुई, इस वक्त तो वह भूल से नहीं, जालपा की खातिर ही यह कष्ट भोग रहा था। कैद जब भोगना ही है, तो उसे रो-रोकर भोगने से तो यह कहीं अच्छा है कि हँस-हँसकर

भोगा जाय। आखिर पुलिस अधिकारियों के दिल में अपना विश्वास जमाने के लिए वह और क्या करता! यह दुष्ट जालपा को सताते, उसका अपमान करते, उस पर झूठे मुकदमे चलाकर उसे सजा दिलाते। वह दशा तो और भी असह्य होती। वह दुर्बल था, सब अपमान सह सकता था, जालपा तो शायद प्राण ही दे देती।

उसे आज ज्ञात हुआ कि वह जालपा को छोड़ नहीं सकता, और जोहरा को त्याग देना भी उसके लिए असंभव-सा जान पड़ता था। क्या वह दोनों रमणियों को प्रसन्न रख सकता था?क्या इस दशा में जालपा उसके साथ रहना स्वीकार करेगी? कभी नहीं। वह शायद उसे कभी क्षमा न करेगी! अगर उसे यह मालूम भी हो जाये कि उसी के लिए वह यह यातना भोग रहा है, तो वह उसे क्षमा न करेगी। वह कहेगी, मेरे लिए तुमने अपनी आत्मा को क्यों कलंकित किया।

मैं अपनी रक्षा आप कर सकती थी। वह दिनभर इसी उधोड़-बुन में पड़ा रहा आँखें सड़क की ओर लगी हुई थीं। नहाने का समय टल गया, भोजन का समय टल गया। किसी बात की परवा न थी। अखबार से दिल बहलाना चाहा, उपन्यास लेकर बैठा, मगर किसी काम में भी चित्त न लगा। आज दारोगाजी भी नहीं आए। या तो रात की घटना से रूष्ट या लज्जित थे। या कहीं बाहर चले गए। रमा ने किसी से इस विषय में कुछ पूछा भी नहीं।

सभी दुर्बल मनुष्यों की भांति रमा भी अपने पतन से लज्जित था। वह जब एकांत में बैठता, तो उसे अपनी दशा पर दुःख होता, क्यों उसकी विलासवृत्ति इतनी प्रबल है? वह इतना विवेक-शून्य न था कि अधोगति में भी प्रसन्न रहता, लेकिन ज्योंही और लोग आ जाते, शराब की बोतल आ जाती, जोहरा सामने आकर बैठ जाती, उसका सारा विवेक और धर्म-ज्ञान भ्रष्ट हो जाता। रात के दस बज गए, पर जोहरा का कहीं पता नहीं। फाटक बंद हो गया रमा को अब उसके आने की आशा न रही, लेकिन फिर भी उसके कान लगे हुए थे। क्या बात हुई क्या जालपा उसे मिली ही नहीं या वह गई ही नहीं?

उसने इरादा किया अगर कल जोहरा न आई, तो उसके घर पर किसी को भेजूंगा। उसे दो-एक झपकियां आई और सबेरा हो गया। फिर वही विकलता शुरू हुई। किसी को उसके घर भेजकर बुलवाना चाहिए। कम-से कम यह तो मालूम हो जाय कि वह घर पर है या नहीं।

दारोगा के पास जाकर बोला, 'रात तो आप आपे में न थे।'

दारोगा ने ईर्ष्याको छिपाते हुए कहा, 'यह बात न थी। मैं महज आपको छेड़ रहा था।'

रमानाथ–'जोहरा रात आई नहीं, जरा किसी को भेजकर पता तो लगवाइए, बात क्या है। कहीं नाराज तो नहीं हो गई?

दारोगा ने बेदिली से कहा, 'उसे गरज होगा खुद आएगी। किसी को भेजने की जरूरत नहीं है।'

रमा ने फिर आग्रह न किया समझ गया, यह हजरत रात बिगड़ गए। चुपके से चला आया अब किससे कहे, सबसे यह बात कहना लज्जास्पद मालूम होता था। लोग समझेंगे, यह महाशय एक ही रसिया निकले। दारोगा से तो थोड़ी सी घनिष्ठता हो गई थी।

एक हफ्ते तक उसे जोहरा के दर्शन न हुए। अब उसके आने की कोई आशा न थी। रमा ने सोचा, आखिर बेवफा निकली। उससे कुछ आशा करना मेरी भूल थी। या मुमकिन है, पुलिस अधिकारियों ने उसके आने की मनाही कर दी हो कम-से-कम मुझे एक पत्र तो लिख सकती थी। मुझे कितना धोखा हुआ। व्यर्थ उससे अपने दिल की बात कही। कहीं इन लोगों से न कह दे, तो उल्टी आंतें गले पड़ जायं, मगर जोहरा बेवफाई नहीं कर सकती। रमा की अंतरात्मा इसकी गवाही देती थी। इस बात को किसी तरह स्वीकार न करती थी। शुरू के दस-पाँच दिन तो जरूर जोहरा ने उसे लुब्ध करने की चेष्टा की थी। फिर अनायास ही उसके व्यवहार में परिवर्तन होने लगा था। वह क्यों बार-बार सजल-नो होकर कहती थी, देखो बाबूजी, मुझे भूल न जाना। उसकी वह हसरत भरी बातें याद आ-आकर कपट की शंका को दिल से निकाल देतीं। जरूर कोई न कोई नई बात हो गई है। वह अक्सर एकांत में बैठकर जोहरा की याद करके बच्चों की तरह रोता। शराब से उसे घृणा हो गई। दारोगाजी आते, इंस्पेक्टर साहब आते पर, रमा को उनके साथ दस पाँच मिनट बैठना भी अखरता। वह चाहता था, मुझे कोई न छेड़े।, कोई न बोले। रसोइया खाने को बुलाने आता, तो उसे घुड़क देता। कहीं घूमने या सैर करने की उसकी इच्छा ही न होती। यहाँ कोई उसका हमदर्द न था, कोई उसका मित्र न था, एकांत में मन-मारे बैठे रहने में ही उसके चित्त को शांति होती थी। उसकी स्मृतियों में भी अब कोई आनंद न था। नहीं, वह स्मृतियाँ भी मानो उसके ह्रदय से मिट गई थीं। एक प्रकार का विराग उसके दिल पर छाया रहता था।

सातवां दिन था। आठ बज गए थे। आज एक बहुत अच्छा फिल्म होने वाला था। एक प्रेम-कथा थी। दारोगाजी ने आकर रमा से कहा, तो वह चलने को तैयार हो गया कपड़े पहन रहा था कि जोहरा आ पहुँची। रमा ने उसकी तरफ एक बार आँख उठाकर देखा, फिर आईने में अपने बाल संवारने लगा। न कुछ बोला, न कुछ कहाँ हाँ, जोहरा का वह सादा, आनरणहीन स्वरूप देखकर उसे कुछ आश्चर्य

अवश्य हुआ। वह केवल एक सफेद साड़ी पहने हुए थी। आभूषण का एक तार भी उसकी देह पर न था। होंठ मुरझाए हुए और चेहरे पर क्रीडामय चंचलता की जगह तेजमय गंभीरता झलक रही थी। वह एक मिनट खड़ी रही, तब रमा के पास जाकर बोली, 'क्या मुझसे नाराज हो? बेकसूर, बिना कुछ पूछे-गछे?'

रमा ने फिर भी कुछ जवाब न दिया जूते पहनने लगा। जोहरा ने उसका हाथ पकड़कर कहा, 'क्या यह खफगी इसलिए है कि मैं इतने दिनों आई क्यों नहीं!'

रमा ने रूखाई से जवाब दिया, 'अगर तुम अब भी न आतीं, तो मेरा क्या अख्तियार था। तुम्हारी दया थी कि चली आई!' यह कहने के साथ उसे ख्याल आया कि मैं इसके साथ अन्याय कर रहा हूँ। लज्जित नजरों से उसकी ओर ताकने लगा। जोहरा ने मुस्कराकर कहा, 'यह अच्छी दिल्लगी है। आपने ही तो एक काम सौंपा और जब वह काम करके लौटी तो आप बिगड़ रहे हैं। क्या तुमने वह काम इतना आसान समझा था कि चुटकी बजाने में पूरा हो जाएगा। तुमने मुझे उस देवी से वरदान लेने भेजा था, जो ऊपर से फूल है, पर भीतर से पत्थर, जो इतनी नाजुक होकर भी इतनी मजबूत है।

रमा ने बेदिली से पूछा, 'है कहाँ? क्या करती है?'

जोहरा-'उसी दिनेश के घर हैं, जिसको फांसी की सजा हो गई है। उसके दो बच्चे हैं, औरत है और माँ है। दिनभर उन्हीं बच्चों को खिलाती है, बुढ़िया के लिए नदी से पानी लाती है। घर का सारा काम-काज करती है और उनके लिए बड़े-बड़े आदमियों से चंदा माँग लाती है। दिनेश के घर में न कोई जायदाद थी, न रूपये थे। लोग बड़ी तकलीफ में थे। कोई मददगार तक न था, जो जाकर उन्हें ढाढ़स तो देता। जितने साथी-सोहबती थे, सब-के-सब मुँह छिपा बैठे। दो-तीन फाके तक हो चुके थे। जालपा ने जाकर उनको जिला लिया'

रमा की सारी बेदिली काफूर हो गई। जूता छोड़ दिया और कुर्सी पर बैठकर बोले, 'तुम खड़ी क्यों हो, शुरू से बताओ, तुमने तो बीच में से कहना शुरू किया एक बात भी मत छोड़ना। तुम पहले उसके पास कैसे पहुँची पता कैसे लगा?

जोहरा-'कुछ नहीं, पहले उसी देवीदीन खटिक के पास गई। उसने दिनेश के घर का पता बता दिया चटपट जा पहुँची।

रमानाथ-'तुमने जाकर उसे पुकारा-तुम्हें देखकर कुछ चौंकी नहीं? कुछ झिझकी तो जरूर होगी!

जोहरा मुस्कराकर बोली, मैं इस रूप में न थी। देवीदीन के घर से मैं अपने घर गई और ब्रह्मा-समाजी लेडी का स्वांग भरा। न जाने मुझमें ऐसी कौन सी बात है, जिससे दूसरों को फौरन पता चल जाता है कि मैं कौन हूँ, या क्या हूँ। और

ब्रह्माणि-लेडियों को देखती हूँ, कोई उनकी तरफ आँखें तक नहीं उठाता। मेरा पहनावा-ओढ़ावा वही है, मैं भड़कीले कपड़े या फजूल के गहने बिलकुल नहीं पहनती। फिर भी सब मेरी तरफ आँखें फाड़-फाड़कर देखते हैं। मेरी असलियत नहीं छिपती। यही खौफ मुझे था कि कहीं जालपा भांप न जाय, लेकिन मैंने दांत खूब साफ कर लिए थे। पान का निशान तक न था। मालूम होता था किसी कालेज की लेडी टीचर होगी। इस शक्ल में मैं वहाँ पहुँची। ऐसी सूरत बना ली कि वह क्या, कोई भी न भांप सकता था। परदा ढंका रह गया मैंने दिनेश की माँ से कहा, 'मैं यहाँ यूनिवर्सिटी में पढ़ती हूँ। अपना घर मुंगेर बतलाया बच्चों के लिए मिठाई ले गई थी। हमदर्द का पार्ट खेलने गई थी, और मेरा ख्याल है कि मैंने खूब खेला, दोनों औरतें बेचारी रोने लगीं। मैं भी जब्त न कर सकी। उनसे कभी-कभी मिलते रहने का वादा किया जालपा इसी बीच में गंगाजल लिये पहुँची। मैंने दिनेश की माँ से बंगला में पूछा, 'क्या यह कहारिन है? उसने कहा, नहीं, यह भी तुम्हारी ही तरह हम लोगों के दु:ख में शरीक होने आ गई है। यहाँ इनका शौहर किसी दफ्तर में नौकर है। और तो कुछ नहीं मालूम, रोज सबेरे आ जाती हैं और बच्चों को खेलाने ले जाती हैं। मैं अपने हाथ से गंगाजल लाया करती थी। मुझे रोक दिया और खुद लाती हैं। हमें तो इन्होंने जीवन-दान दिया कोई आगे-पीछे न था। बच्चे दाने-दाने को तरसते थे। जब से यह आ गई हैं, हमें कोई कष्ट नहीं है। न जाने किस शुभ कर्म का यह वरदान हमें मिला है।

उस घर के सामने ही एक छोटा-सा पार्क है। मुहल्ले-भर के बच्चे वहीं खेला करते हैं। शाम हो गई थी, जालपा देवी ने दोनों बच्चों को साथ लिया और पार्क की तरफ चलीं। मैं जो मिठाई ले गई थी, उसमें से बूढ़ी ने एक-एक मिठाई दोनों बच्चों को दी थी। दोनों कूद-कूदकर नाचने लगे। बच्चों की इस खुशी पर मुझे रोना आ गया दोनों मिठाइयाँ खाते हुए जालपा के साथ हो लिए। जब पार्क में दोनों बच्चे खेलने लगे, तब जालपा से मेरी बातें होने लगीं! रमा ने कुर्सी और करीब खींच ली, और आगे को झुक गया बोला,तुमने किस तरह बातचीत शुरू की।

जोहरा-"कह तो रही हूँ। मैंने पूछा, 'जालपा देवी, तुम कहाँ रहती हो? घर की दोनों औरतों से तुम्हारी बड़ाई सुनकर तुम्हारे ऊपर आशिक हो गई हूँ।'

रमानाथ-'यही लफ्ज कहा था तुमने?'

जोहरा-'हाँ, जरा मजाक करने की सूझी। मेरी तरफ ताज्जुब से देखकर बोली, तुम तो बंगालिन नहीं मालूम होतीं। इतनी साफ हिंदी कोई बंगालिन नहीं बोलती। मैंने कहा, 'मैं मुंगेर की रहने वाली हूँ और वहाँ मुसलमानी औरतों के साथ बहुत मिलती-जुलती रही हूँ। आपसे कभी-कभी मिलने का जी चाहता है। आप कहाँ

रहती हैं। कभी-कभी दो घड़ी के लिए चली आऊँगी। आपके साथ घड़ी भर बैठकर मैं भी आदमीयत सीख जाऊँगी। जालपा ने शरमाकर कहा, 'तुम तो मुझे बनाने लगीं, कहाँ तुम कालेज की पढ़ने वाली, कहाँ मैं अपढ़गंवार औरत। तुमसे मिलकर मैं अलबत्ता आदमी बन जाऊँगी। जब जी चाहे, यहीं चले आना। यही मेरा घर समझो।

मैंने कहा, 'तुम्हारे स्वामीजी ने तुम्हें इतनी आजादी दे रक्खी है। बड़े अच्छे ख्यालों के आदमी होंगे। किस दफ्तर में नौकर हैं?'

जालपा ने अपने नाखूनों को देखते हुए कहा, 'पुलिस में उम्मेदवार हैं।'

मैंने ताज्जुब से पूछा, 'पुलिस के आदमी होकर वह तुम्हें यहाँ आने की आजादी देते हैं?'

जालपा इस प्रश्न के लिए तैयार न मालूम होती थी। कुछ चौंककर बोली, 'वह मुझसे कुछ नहीं कहते-मैंने उनसे यहाँ आने की बात नहीं कही-वह घर बहुत कम आते हैं। वहीं पुलिस वालों के साथ रहते हैं।'

उन्होंने एक साथ तीन जवाब दिए। फिर भी उन्हें शक हो रहा था कि इनमें से कोई जवाब इत्मीनान के लायक नहीं है। वह कुछ खिसियानी-सी होकर दूसरी तरफ ताकने लगी। मैंने पूछा, 'तुम अपने स्वामी से कहकर किसी तरह मेरी मुलाकात उस मुखबिर से करा सकती हो, जिसने इन कैदियों के खिलाफ गवाही दी है? रमानाथ की आँखें फैल गई और छाती धक-धक करने लगी। जोहरा बोली, 'यह सुनकर जालपा ने मुझे चुभती हुई आँखों से देखकर पूछा, तुम उनसे मिलकर क्या करोगी?'

मैंने कहा, 'तुम मुलाकात करा सकती हो या नहीं, मैं उनसे यही पूछना चाहती हूँ कि तुमने इतने आदमियों को फँसाकर क्या पाया? देखूंगी वह क्या जवाब देते हैं?

जालपा का चेहरा सख्त पड़ गया बोली, 'वह यह कह सकता है, मैंने अपने फायदे के लिए किया! सभी आदमी अपना फायदा सोचते हैं। मैंने भी सोचा।' जब पुलिस के सैकड़ों आदमियों से कोई यह प्रश्न नहीं करता, तो उससे यह प्रश्न क्यों किया जाय? इससे कोई फायदा नहीं।

मैंने कहा, 'अच्छा, मान लो तुम्हारा पति ऐसी मुखबिरी करता, तो तुम क्या करतीं?

जालपा ने मेरी तरफ सहमी हुई आँखों से देखकर कहा, 'तुम मुझसे यह सवाल क्यों करती हो, तुम खुद अपने दिल में इसका जवाब क्यों नहीं ढूंढ़ती?'

मैंने कहा,'मैं तो उनसे कभी न बोलती, न कभी उनकी सूरत देखती।'

जालपा ने गंभीर चिंता के भाव से कहा, 'शायद मैं भी ऐसा ही समझती,या न समझती, कुछ कह नहीं सकती। आखिर पुलिस के अफसरों के घर में भी तो

औरतें हैं, वे क्यों नहीं अपने आदमियों को कुछ कहतीं, जिस तरह उनके हृदय अपने मरदों के-से हो गए हैं, संभव है, मेरा हृदय भी वैसा ही हो जाता।'

इतने में अंधेरा हो गया जालपादेवी ने कहा, 'मुझे देर हो रही है। बच्चे साथ हैं। कल हो सके तो फिर मिलिएगा। आपकी बातों में बड़ा आनंद आता है।'

मैं चलने लगी, तो उन्होंने चलते-चलते मुझसे कहा,'जरूर आइएगा। वहीं मैं मिलूंगी। आपका इंतजार करती रहूँगी। लेकिन दस ही कदम के बाद फिर रूककर बोलीं, 'मैंने आपका नाम तो पूछा ही नहीं। अभी तुमसे बातें करने से जी नहीं भरा। देर न हो रही हो तो आओ, कुछ देर गप-शप करें।' मैं तो यह चाहती ही थी। अपना नाम जोहरा बतला दिया रमा ने पूछा, 'सच!'

जोहरा-'हाँ, हरज क्या था। पहले तो जालपा भी जरा चौंकी, पर कोई बात न थी। समझ गई, बंगाली मुसलमान होगी। हम दोनों उसके घर गई। उस जरा से कठघरे में न जाने वह कैसे बैठती हैं। एक तिल भी जगह नहीं। कहीं मटके हैं, कहीं पानी, कहीं खाट, कहीं बिछावनब सील और बदबू से नाक फटी जाती थी। खाना तैयार हो गया था। दिनेश की बहू बरतन धो रही थी। जालपा ने उसे उठा दिया,जाकर बच्चों को खिलाकर सुला दो, मैं बरतन धोए देती हूँ। और खुद बरतन माँजने लगीं। उनकी यह खिदमत देखकर मेरे दिल पर इतना असर हआ कि मैं भी वहीं बैठ गई और माँजे हुए बरतनों को धोने लगी। जालपा ने मुझे वहाँ से हट जाने के लिए कहा, पर मैं न हटी, बराबर बरतन धोती रही। जालपा ने तब पानी का मटका अलग हटाकर कहा, 'मैं पानी न दूँगी, तुम उठ जाओ, मुझे बड़ी शर्म आती है, तुम्हें मेरी कसम, हट जाओ, यहाँ आना तो तुम्हारी सजा हो गई, तुमने ऐसा काम अपनी जिंदगी में क्यों किया होगा! मैंने कहा, 'तुमने भी तो कभी नहीं किया होगा, जब तुम करती हो, तो मेरे लिए क्या हरज है।'

जालपा ने कहा, 'मेरी और बात है।'

मैंने पूछा, 'क्यों? जो बात तुम्हारे लिए है, वही मेरे लिए भी है। कोई महरी क्यों नहीं रख लेती हो?' जालपा ने कहा, 'महरियाँ आठ-आठ रूपये माँगती हैं।' मैं बोली, 'मैं आठ रूपये महीना दे दिया करूंगी।'

जालपा ने ऐसी निगाहों से मेरी तरफ देखा, जिसमें सच्चे प्रेम के साथ सच्चा उल्लास, सच्चा आशीर्वाद भरा हुआ था। वह चितवन! आह! कितनी पाकीजा थी, कितनी पाक करने वाली। उनकी इस बेगरज खिदमत के सामने मुझे अपनी जिंदगी कितनी जलील, कितनी काबिले नगरत मालूम हो रही थी। उन बरतनों के धोने में मुझे जो आनंद मिला, उसे मैं बयान नहीं कर सकती।

बरतन धोकर उठीं, तो बुढ़िया के पांव दबाने बैठ गई। मैं चुपचाप खड़ी थी। मुझसे बोलीं, 'तुम्हें देर हो रही हो तो जाओ, कल फिर आना। मैंने कहा, 'नहीं, मैं तुम्हें तुम्हारे घर पहुँचाकर उधर ही से निकल जाऊँगी। गरज नौ बजे के बाद वह वहाँ से चलीं। रास्ते में मैंने कहा, 'जालपा-'तुम सचमुच देवी हो।'

जालपा ने छूटते ही कहा, 'जोहरा-'ऐसा मत कहो मैं खिदमत नहीं कर रही हूँ, अपने पापों का प्रायश्चित्त कर रही हूँ। मैं बहुत दुःखी हूँ। मुझसे बड़ी अभागिनी संसार में न होगी।'

मैंने अनजान बनकर कहा, 'इसका मतलब मैं नहीं समझी।'

जालपा ने सामने ताकते हुए कहा, 'कभी समझ जाओगी। मेरा प्रायश्चित्त इस जन्म में न पूरा होगा। इसके लिए मुझे कई जन्म लेने पड़ेंगे।'

'मैंने कहा,तुम तो मुझे चक्कर में डाले देती हो, बहन! मेरी समझ में कुछ नहीं आ रहा है। जब तक तुम इसे समझा न दोगी, मैं तुम्हारा गला न छोडूँगी।' जालपा ने एक लंबी सांस लेकर कहा, 'जोहरा-'किसी बात को खुद छिपाए रहना इससे ज्यादा आसान है कि दूसरों पर वह बोझ रखूं।' मैंने आर्त कंठ से कहा, 'हाँ, पहली मुलाकात में अगर आपको मुझ पर इतना एतबार न हो, तो मैं आपको इलजाम न दूँगी, मगर कभी न कभी आपको मुझ पर एतबार करना पड़ेगा। मैं आपको छोडूँगी नहीं।'

कुछ दूर तक हम दोनों चुपचाप चलती रहीं, एकाएक जालपा ने कांपती हुई आवाज में कहा, 'जोहरा – अगर इस वक्त तुम्हें मालूम हो जाय कि मैं कौन हूँ, तो शायद तुम नफरत से मुँह उधर कर लोगी और मेरे साए से भी दूर भागोगी।'

इन लफ्जों में न मालूम क्या जादू था कि मेरे सारे रोएं खड़े हो गए। यह एक रंज और शर्म से भरे हुए दिल की आवाज थी और इसने मेरी स्याह जिंदगी की सूरत मेरे सामने खड़ी कर दी। मेरी आँखों में आंसू भर आए। ऐसा जी में आया कि अपना सारा स्वांग खोल दूं। न जाने उनके सामने मेरा दिल क्यों ऐसा हो गया था। मैंने बड़े-बड़े काइएं और छंटे हुए शोहदों और पुलिस-अफसरों को चपर-गट्ट बनाया है, पर उनके सामने मैं जैसे भीगी बिल्ली बनी हुई थी। फिर मैंने जाने कैसे अपने को संभाल लिया मैं बोली तो मेरा गला भी भरा हुआ था 'यह तुम्हारा ख्याल गलत है देवी!'

'शायद तब मैं तुम्हारे पैरों पर फिर पडूंगी। अपनी या अपनों की बुराइयों पर शर्मिन्दा होना सच्चे दिलों का काम है।'

जालपा ने कहा, 'लेकिन तुम मेरा हाल जानकर करोगी क्या बस, इतना ही समझ लो कि एक गरीब अभागिन औरत हूँ, जिसे अपने ही जैसे अभागे और गरीब आदमियों के साथ मिलने-जुलने में आनंद आता है।'

'इसी तरह वह बार-बार टालती रही, लेकिन मैंने पीछा न छोडा, आखिर उसके मुँह से बात निकाल ही ली।'

रमा ने कहा, 'यह नहीं, सब कुछ कहना पड़ेगा।'

जोहरा-'अब आधी रात तक की कथा कहाँ तक सुनाऊं। घंटों लग जाएँगे। जब मैं बहुत पीछे पड़ी, तो उन्होंने आखिर में कहा, मैं उसी मुखबिर की बदनसीब औरत हूँ, जिसने इन कैदियों पर यह आफत ढाई है। यह कहते-कहते वह रो पड़ीं। फिर जरा आवाज को संभालकर बोलीं,हम लोग इलाहाबाद के रहने वाले हैं। एक ऐसी बात हुई कि इन्हें वहाँ से भागना पड़ा। किसी से कुछ कहा न सुना, भाग आए। कई महीनों में पता चला कि वह यहाँ हैं।'

रमा ने कहा, 'इसका भी किस्सा है। तुमसे बताऊंगा कभी, जालपा के सिवा और किसी को यह न सूझती।

जोहरा बोली,'यह सब मैंने दूसरे दिन जान लिया अब मैं तुम्हारे रगरग से वाकिफ हो गई। जालपा मेरी सहेली है। शायद ही अपनी कोई बात उन्होंने मुझसे छिपाई हो कहने लगीं,जोहरा- 'मैं बड़ी मुसीबत में फँसी हुई हूँ। एक तरफ तो एक आदमी की जान और कई खानदानों की तबाही है, दूसरी तरफ अपनी तबाही है। मैं चाहूँ, तो आज इन सबों की जान बचा सकती हूँ। मैं अदालत को ऐसा सबूत दे सकती हूँ कि फिर मुखबिर की शहादत की कोई हैसियत ही न रह जायगी, पर मुखबिर को सजा से नहीं बचा सकती। बहन, इस दुविधा में मैं पड़ी नरक का कष्ट झेल रही हूँ। न यही होता है कि इन लोगों को मरने दूं, और न यही हो सकता है कि रमा को आग में झोंक दूं। यह कहकर वह रो पड़ी और बोलीं, बहन, मैं खुद मर जाऊँगी, पर उनका अनिष्ट मुझसे न होगा। न्याय पर उन्हें भेंट नहीं कर सकती। अभी देखती हूँ, क्या फैसला होता है। नहीं कह सकती, उस वक्त मैं क्या कर बैठूं। शायद वहीं हाईकोर्ट में सारा किस्सा कह सुनाऊं, शायद उसी दिन जहर खाकर सो रहूँ।

इतने में देवीदीन का घर आ गया हम दोनों विदा हुई। जालपा ने मुझसे बहुत इसरार किया कि कल इसी वक्त फिर आना। दिन-भर तो उन्हें बात करने की फुरसत नहीं रहती। बस वही शाम को मौका मिलता था। वह इतने रूपये जमा कर देना चाहती हैं कि कम-से-कम दिनेश के घर वालों को कोई तकलीफ न हो दो सौ रूपये से ज्यादा जमा कर चुकी हैं। मैंने भी पाँच रूपये दिए। मैंने दो-एक बार जिक्र किया कि आप इन झगड़ों में न पड़िए, अपने घर चली जाइए,

लेकिन मैं साफ-साफ कहती हूँ, मैंने कभी जोर देकर यह बात न कही। जब-जब मैंने इसका इशारा किया, उन्होंने ऐसा मुँह बनाया, गोया वह यह बात सुनना

भी नहीं चाहतीं। मेरे मुँह से पूरी बात कभी न निकलने पाई। एक बात है, 'कहो तो कहूँ?'

रमा ने मानो ऊपरी मन से कहा, 'क्या बात है?'

जोहरा–'डिप्टी साहब से कह दूं, वह जालपा को इलाहाबाद पहुँचा दें। उन्हें कोई तकलीफ न होगी। बस दो औरतें उन्हें स्टेशन तक बातों में लगा ले जाएँगी। वहाँ गाड़ी तैयार मिलेगी, वह उसमें बैठा दी जाएँगी, या कोई और तदबीर सोचो।'

रमा ने जोहरा की आँखों से आँख मिलाकर कहा, 'क्या यह मुनासिब होगा?'

जोहरा ने शरमाकर कहा, 'मुनासिब तो न होगा।'

रमा ने चटपट जूते पहन लिए और जोहरा से पूछा, देवीदीन के ही घर पर रहती है न?'

जोहरा उठ खड़ी हुई और उसके सामने आकर बोली, 'तो क्या इस वक्त जाओगे?'

रमानाथ–'हाँ जोहरा–'इसी वक्त चला जाऊँगा। बस, उनसे दो बातें करके उस तरफ चला जाऊँगा जहाँ मुझे अब से बहुत पहले चला जाना चाहिए था।'

जोहरा–'मगर कुछ सोच तो लो, नतीजा क्या होगा।'

रमानाथ–'सब सोच चुका, ज्यादा से ज्यादा तीन? चार साल की कैद दरोगबयानी के जुर्म में, बस अब रूखसत, भूल मत जाना जोहरा – शायद फिर कभी मुलाकात हो!'

रमा बरामदे से उतरकर सहन में आया और एक क्षण में फाटक के बाहर था। दरबान ने कहा, 'हुजूर ने दारोगाजी को इत्तला कर दी है?'

रमानाथ–'इसकी कोई जरूरत नहीं।'

चौकीदार–'मैं जरा उनसे पूछ लूं। मेरी रोजी क्यों ले रहे हैं, हुजूर?'

रमा ने कोई जवाब न दिया तेजी से सड़क पर चल खड़ा हुआ। जोहरा निस्पंद खड़ी उसे हसरत-भरी आँखों से देख रही थी। रमा के प्रति ऐसा प्यार, ऐसा विकल करने वाला प्यार उसे कभी न हुआ था। जैसे कोई वीरबाला अपने प्रियतम को समरभूमि की ओर जाते देखकर गर्व से फूली न समाती हो चौकीदार ने लपककर दारोगा से कहा वह बेचारे खाना खाकर लेटे ही थे। घबराकर निकले, रमा के पीछे दौड़े और पुकारा, 'बाबू साहब, जरा सुनिए तो, एक मिनट रूक जाइए, इससे क्या फायदा, कुछ मालूम तो हो, आप कहाँ जा रहे हैं? आखिर बेचारे एक बार ठोकर खाकर गिर पड़े। रमा ने लौटकर उन्हें उठाया और पूछा, कहीं चोट तो नहीं आई?'

दारोगा–'कोई बात न थी, जरा ठोकर खा गया था। आखिर आप इस वक्त कहाँ जा रहे हैं?सोचिए तो इसका नतीजा क्या होगा?'

रमानाथ–'मैं एक घंटे में लौट आऊँगा। जालपा को शायद मुखालिफों ने बहकाया है कि हाईकोर्ट में एक अर्जी दे दे। जरा उसे जाकर समझाऊंगा।–

दारोगा–'यह आपको कैसे मालूम हुआ?'

रमानाथ–'जोहरा कहीं सुन आई है।'

दारोगा–'बड़ी बेवफा औरत है। ऐसी औरत का तो सिर काट लेना चाहिए।'

रमानाथ–'इसीलिए तो जा रहा हूँ। या तो इसी वक्त उसे स्टेशन पर भेजकर आऊँगा, या इस बुरी तरह पेश आऊँगा कि वह भी याद करेगी। ज्यादा बातचीत का मौका नहीं है। रात-भर के लिए मुझे इस कैद से आजाद कर दीजिए।'

दारोगा–'मैं भी चलता हूँ, जरा ठहर जाइए।'

रमानाथ–'जी नहीं, बिलकुल मामला बिगड़ जाएगा। मैं अभी आता हूँ।'

दारोगा लाजवाब हो गए। एक मिनट तक खड़े सोचते रहे, फिर लौट पड़े और जोहरा से बातें करते हुए पुलिस स्टेशन की तरफ चले गए। उधर रमा ने आगे बढ़कर एक तांगा किया और देवीदीन के घर जा पहुँचा। जालपा दिनेश के घर से लौटी थी और बैठी जग्गो और देवीदीन से बातें कर रही थी। वह इन दिनों एक ही वक्त खाना खाया करती थी। इतने में रमा ने नीचे से आवाज दी। देवीदीन उसकी आवाज पहचान गया बोला, 'भैया हैं सायत।'

जालपा–'कह दो, यहाँ क्या करने आए हैं। वहीं जायं।'

देवीदीन–'नहीं बेटी, जरा पूछ तो लूं, क्या कहते हैं। इस बखत कैसे उन्हें छुट्टी मिली?'

जालपा–'मुझे समझाने आए होंगे और क्या! मगर मुँह धो रक्खें।'

देवीदीन ने द्वार खोल दिया रमा ने अंदर आकर कहा, 'दादा, तुम मुझे यहाँ देखकर इस वक्त ताज्जुब कर रहे होगे। एक घंटे की छुट्टी लेकर आया हूँ। तुम लोगों से अपने बहुत से अपराधों को क्षमा कराना था। जालपा ऊपर हैं?'

देवीदीन बोला, 'हाँ, हैं तो। अभी आई हैं, बैठो, कुछ खाने को लाऊं!'

रमानाथ–'नहीं, मैं खाना खा चुका हूँ। बस, जालपा से दो बातें करना चाहता हूँ।'

देवीदीन–'वह मानेंगी नहीं, नाहक शर्मिन्दा होना पड़ेगा। मानने वाली औरत नहीं है।'

रमानाथ–'मुझसे दो-दो बातें करेंगी या मेरी सूरत ही नहीं देखना चाहतीं? जरा जाकर पूछ लो।'

देवीदीन–'इसमें पूछना क्या है, दोनों बैठी तो हैं, जाओ। तुम्हारा घर जैसे तब था वैसे अब भी है।'

रमानाथ-'नहीं दादा, उनसे पूछ लो। मैं यों न जाऊँगा।'

देवीदीन ने ऊपर जाकर कहा,'तुमसे कुछ कहना चाहते हैं, बहू!'

जालपा मुँह लटकाकर बोली,'तो कहते क्यों नहीं, मैंने कुछ जबान बंद कर दी है? जालपा ने यह बात इतने जोर से कही थी कि नीचे रमा ने भी सुन ली। कितनी निर्ममता थी! उसकी सारी मिलन-लालसा मानो उड़ गई। नीचे ही से खड़े-खड़े बोला, 'वह अगर मुझसे नहीं बोलना चाहतीं, तो कोई जबरदस्ती नहीं। मैंने जज साहब से सारा कच्चा चिटठा कह सुनाने का निश्चय कर लिया है। इसी इरादे से इस वक्त चला हूँ। मेरी वजह से इनको इतने कष्ट हुए, इसका मुझे खेद है। मेरी अक्ल पर परदा पड़ा हुआ था। स्वार्थ ने मुझे अंधा कर रखा था। प्राणों के मोह ने, कष्टों के भय ने बुद्धि हर ली थी। कोई ग्रह सिर पर सवार था। इनके अनुष्ठानों ने उस ग्रह को शांत कर दिया शायद दो-चार साल के लिए सरकार की मेहमानी खानी पड़े। इसका भय नहीं। जीता रहा तो फिर भेंट होगी। नहीं मेरी बुराइयों को माफ करना और मुझे भूल जाना। तुम भी देवी दादा और दादी, मेरे अपराध क्षमा करना। तुम लोगों ने मेरे ऊपर जो दया की है, वह मरते दम तक न भूलूंगा। अगर जीता लौटा, तो शायद तुम लोगों की कुछ सेवा कर सकूँ। मेरी तो जिंदगी सत्यानाश हो गई। न दीन का हुआ न दुनिया का। यह भी कह देना कि उनके गहने मैंने ही चुराए थे। सर्राफ को देने के लिए रूपये न थे। गहने लौटाना जरूरी था, इसीलिए वह कुकर्म करना पड़ा। उसी का फल आज तक भोग रहा हूँ और शायद जब तक प्राण न निकल जाएँगे, भोगता रहूँगा। अगर उसी वक्त सगाई से सारी कथा कह दी होती, तो चाहे उस वक्त इन्हें बुरा लगता, लेकिन यह विपत्ति सिर पर न आती। तुम्हें भी मैंने धोखा दिया था। दादा, मैं ब्राह्मण नहीं हूँ, कायस्थ हूँ, तुम जैसे देवता से मैंने कपट किया न जाने इसका क्या दंड मिलेगा। सब कुछ क्षमा करना। बस, यही कहने आया था।'

रमा बरामदे के नीचे उतर पड़ा और तेजी से कदम उठाता हुआ चल दिया जालपा भी कोठे से उतरी, लेकिन नीचे आई तो रमा का पता न था। बरामदे के नीचे उतरकर देवीदीन से बोली, 'किधर गए हैं दादा?' देवीदीन ने कहा, 'मैंने कुछ नहीं देखा, बहू! मेरी आँखें आंसू से भरी हुई थीं। वह अब न मिलेंगे। दौड़ते हुए गए थे।'

जालपा कई मिनट तक सड़क पर निस्पंद-सी खड़ी रही। उन्हें कैसे रोक लूं! इस वक्त वह कितने दु:खी हैं, कितने निराश हैं! मेरे सिर पर न जाने क्या शैतान सवार था कि उन्हें बुला न लिया भविष्य का हाल कौन जानता है। न जाने कब भेंट होगी। विवाहित जीवन के इन दो-ढाई सालों में कभी उसका हृदय अनुराग से इतना प्रकंपित न हुआ था। विलासिनी रूप में वह केवल प्रेम आवरण के दर्शन कर सकती

थी। आज त्यागिनी बनकर उसने उसका असली रूप देखा, कितना मनोहर, कितना विशुद्ध, कितना विशाल, कितना तेजोमय। विलासिनी ने प्रेमोद्यान की दीवारों को देखा था, वह उसी में खुश थी। त्यागिनी बनकर वह उस उद्यान के भीतर पहुँच गई थी,कितना रम्य दृश्य था, कितनी सुगंध, कितना वैचित्रय, कितना विकास, इसकी सुगंध में, इसकी रम्यता का देवत्व भरा हुआ था। प्रेम अपने उच्चतर स्थान पर पहुँचकर देवत्व से मिल जाता है। जालपा को अब कोई शंका नहीं है, इस प्रेम को पाकर वह जन्म-जन्माँतरों तक सौभाग्यवती बनी रहेगी। इस प्रेम ने उसे वियोग, परिस्थिति और मृत्यु के भय से मुक्त कर दिया,उसे अभय प्रदान कर दिया इस प्रेम के सामने अब सारा संसार और उसका अखंड वैभव तुच्छ है।

इतने में जोहरा आ गई। जालपा को पटरी पर खड़े देखकर बोली, वहाँ कैसे खड़ी हो, बहन, आज तो मैं न आ सकी। चलो, आज मुझे तुमसे बहुत-सी बातें करनी हैं।'

दोनों ऊपर चली गई।

पचास

दारोगा को भला कहाँ चैन? रमा के जाने के बाद एक घंटे तक उसका इंतजार करते रहे, फिर घोड़े पर सवार हुए और देवीदीन के घर जा पहुँचे। वहाँ मालूम हुआ कि रमा को यहाँ से गए आधा घंटे से ऊपर हो गया फिर थाने लौटे। वहाँ रमा का अब तक पता न था। समझे देवीदीन ने धोखा दिया कहीं उन्हें छिपा रक्खा होगा। सरपट साइकिल दौडाते हुए फिर देवीदीन के घर पहुँचे और धमकाना शुरू किया देवीदीन ने कहा,विश्वास न हो, घर की खाना-तलाशी ले लीजिए और क्या कीजिएगा। कोई बहुत बड़ा घर भी तो नहीं है। एक कोठरी नीचे है, एक ऊपर।

दारोगा ने साइकिल से उतरकर कहा, तुम बतलाते क्यों नहीं, वह कहाँ गए?'

देवीदीन-'मुझे कुछ मालूम हो तब तो बताऊं साहब! यहाँ आए, अपनी घरवाली से तकरार की और चले गए।'

दारोगा-'वह कब इलाहाबाद जा रही हैं?'

देवीदीन-'इलाहाबाद जाने की तो बाबूजी ने कोई बातचीत नहीं की। जब तक हाईकोर्ट का फैसला न हो जायगा, वह यहाँ से न जाएँगी।'

दारोगा-'मुझे तुम्हारी बातों का यकीन नहीं आता। 'यह कहते हुए दारोगा नीचे की कोठरी में घुस गए और हर एक चीज को गौर से देखा। फिर ऊपर चढ़ गए।

वहाँ तीन औरतों को देखकर चौंके, जोहरा को शरारत सूझी, तो उसने लंबा-सा चूंघट निकाल लिया और अपने हाथ साड़ी में छिपा लिए। दारोगाजी को शक हुआ। शायद हजरत यह भेस बदले तो नहीं बैठे हैं!

देवीदीन से पूछा, 'यह तीसरी औरत कौन है?' देवीदीन ने कहा, 'मैं नहीं जानता। कभी-कभी बहू से मिलने आ जाती हैं।'

दारोगा-'मुझी से उड़ते हो बचा! साड़ी पहनाकर मुलजिम को छिपाना चाहते हो! इनमें कौन जालपा देवी हैं। उनसे कह दो, नीचे चली जायं। दूसरी औरत को यहीं रहने दो।'

जालपा हट गई, तो दारोगाजी ने जोहरा के पास जाकर कहा, 'क्यों हजरत, मुझसे यह चालें! क्या कहकर वहाँ से आए थे और यहाँ आकर मजे में आ गए। सारा गुस्सा हवा हो गया अब यह भेस उतारिए और मेरे साथ चलिए, देर हो रही है।'

यह कहकर उन्होंने जोहरा का घूंघट उठा दिया जोहरा ने ठहाका मारा। दारोगाजी मानो फिसलकर विस्मय-सागर में पड़े। बोले-अरे, तुम हो जोहरा! तुम यहाँ कहाँ?'

जोहरा-'अपनी डयूटी बजा रही हूँ।'

'और रमानाथ कहाँ गए? तुम्हें तो मालूम ही होगा?'

'वह तो मेरे यहाँ आने के पहले ही चले गए थे। फिर मैं यहीं बैठ गई और जालपा देवी से बात करने लगी।'

'अच्छा, जरा मेरे साथ आओ। उनका पता लगाना है।'

जोहरा ने बनावटी कौतूहल से कहा, 'क्या अभी तक बंगले पर नहीं पहूंचे?'

'ना! न जाने कहाँ रह गए।'

रास्ते में दारोगा ने पूछा, 'जालपा कब तक यहाँ से जाएगी?'

जोहरा-'मैंने खूब पट्टी पढ़ाई है। उसके जाने की अब जरूरत नहीं है। शायद रास्ते पर आ जायं। रमानाथ ने बुरी तरह डांटा है। उनकी धमकियों से डर गई हैं।'

दारोगा-'तुम्हें यकीन है कि अब यह कोई शरारत न करेगी?'

जोहरा-'हाँ, मेरा तो यही ख्याल है।'

दारोगा-'तो फिर यह कहाँ गया?'

जोहरा-'कह नहीं सकती।'

दारोगा-'मुझे इसकी रिपोर्ट करनी होगी। इंस्पेक्टर साहब और डिप्टी साहब को इत्तला देना जरूरी है। ज्यादा पी तो नहीं गया था?'

जोहरा-'पिए हुए तो थे।'

दारोगा–'तो कहीं फिर–गिरा पड़ा होगा। इसने बहुत दिक किया! तो मैं जरा उधर जाता हूँ। तुम्हें पहुँचा दूं, तुम्हारे घर तक।'

जोहरा–'बड़ी इनायत होगी।'

दारोगा ने जोहरा को मोटर साइकिल पर बिठा लिया और उसको जरा देर में घर के दरवाजे पर उतार दिया, मगर इतनी देर में मन चंचल हो गया बोले, 'अब तो जाने का जी नहीं चाहता, जोहरा! चलो, आज कुछ गप–शप हो। बहुत दिन हुए, तुम्हारी करम की निगाह नहीं हुई।'

जोहरा ने जीने के ऊपर एक कदम रखकर कहा, 'जाकर पहले इंस्पेक्टर साहब से इत्तला तो कीजिए। यह गप–शप का मौका नहीं है।

दारोगा ने मोटर साइकिल से उतरकर कहा, 'नहीं, अब न जाऊँगा, जोहरा सुबह देखी जायगी। मैं भी आता हूँ।

जोहरा–'आप मानते नहीं हैं। शायद डिप्टी साहिब आते हों। आज उन्होंने कहला भेजा था।'

दारोगा–मुझे चकमा दे रही हो जोहरा, देखो, इतनी बेवफाई अच्छी नहीं।'

जोहरा ने ऊपर चढ़कर द्वार बंद कर लिया और ऊपर जाकर खिड़की से सिर निकालकर बोली, 'आदाब अर्ज।'

इक्यावन

दारोगा घर जाकर लेट रहे। ग्यारह बज रहे थे। नींद खुली, तो आठ बज गए थे। उठकर बैठे ही थे कि टेलीफोन पर पुकार हुई। जाकर सुनने लगे। डिप्टी साहब बोल रहे थे,इस रमानाथ ने बड़ा गोलमाल कर दिया है। उसे किसी दूसरी जगह ठहराया जायगा। उसका सब सामान कमिश्नर साहब के पास भेज देना होगा। 'रात को वह बंगले पर था या नहीं?'

दारोगा ने कहा, 'जी नहीं, रात मुझसे बहाना करके अपनी बीवी के पास चला गया था।'

टेलीफोन–'तुमने उसको क्यों जाने दिया? हमको ऐसा डर लगता है, कि उसने जज से सब हाल कह दिया है। मुकदमा का जांच फिर से होगा। आपसे बड़ा भारी ब्लंडर हुआ है। सारा मेहनत पानी में फिर गया उसको जबरदस्ती रोक लेना चाहिए था।'

दारोगा–'तो क्या वह जज साहब के पास गया था?'

डिप्टी, 'हाँ साहब, वहीं गया था, और जज भी कायदा को तोड़ दिया वह फिर से मुकदमा का पेशी करेगा। रमा अपना बयान बदलेगा। अब इसमें कोई डाउट नहीं है और यह सब आपका बंगलिंग है। हम सब उस बाढ़ में बह जायगा। जोहरा भी दगा दिया है।

दारोगा उसी वक्त रमानाथ का सब सामान लेकर पुलिस-कमिश्नर के बंगले की तरफ चले। रमा पर ऐसा गुस्सा आ रहा था कि पावें तो समूचा ही निगल जाएँ। कमबख्त को कितना समझाया, कैसी-कैसी खातिर की, पर दगा कर ही गया इसमें जोहरा की भी सांठ-गांठ है। बीवी को डांट-फटकार करने का महज बहाना था। जोहरा बेगम की तो आज ही खबर लेता हूँ। कहाँ जाती है। देवीदीन से भी समझूंगा। एक हफ्ते तक पुलिस-कर्मचारियों में जो हलचल रही उसका जिक्र करने की कोई जरूरत नहीं। रात की रात और दिन के दिन इसी फिक्र में चक्कर खाते रहते थे। अब मुकदमे से कहीं ज्यादा अपनी फिक्र थी। सबसे ज्यादा घबराहट दारोगा को थी। बचने की कोई उम्मीद नहीं नजर आती थी। इंस्पेक्टर और डिप्टी,दोनों ने सारी जिम्मेदारी उन्हीं के सिर डाल दी और खुद बिलकुल अलग हो गए।

इस मुकदमे की फिर पेशी होगी, इसकी सारे शहर में चर्चा होने लगी। अंगरेजी न्याय के इतिहास में यह घटना सर्वथा अभूतपूर्व थी। कभी ऐसा नहीं हुआ। वकीलों में इस पर कानूनी बहसें होतीं। जज साहब ऐसा कर भी सकते हैं? मगर जज दृढ़था। पुलिसवालों ने बड़े-बड़े जोर लगाए, पुलिस कमिश्नर ने यहाँ तक कहा कि इससे सारा पुलिस-विभाग बदनाम हो जायगा, लेकिन जज ने किसी की न सुनी। झूठे सबूतों पर पंद्रह आदमियों की जिंदगी बरबाद करने की जिम्मेदारी सिर पर लेना उसकी आत्मा के लिए असह्य था। उसने हाईकोर्ट को सूचना दी और गवर्नमेंट को भी।

इधर पुलिस वाले रात-दिन रमा की तलाश में दौड़-धूप करते रहते थे, लेकिन रमा न जाने कहाँ जा छिपा था कि उसका कुछ पता ही न चलता था। हफ्तों सरकारी कर्मचारियों में लिखा-पढ़ी होती रही। मनों कागज स्याह कर दिए गए। उधर समाचार-पत्रों में इस मामले पर नित्य आलोचना होती रहती थी। एक पत्रकार ने जालपा से मुलाकात की और उसका बयान छाप दिया दूसरे ने जोहरा का बयान छाप दिया इन दोनों बयानों ने पुलिस की बखिया उधेड़ दी। जोहरा ने तो लिखा था कि मुझे पचास रूपये रोज इसलिए दिए जाते थे कि रमानाथ को बहलाती रहूँ और उसे कुछ सोचने या विचार करने का अवसर न मिले। पुलिस ने इन बयानों को पढ़ा, तो दांत पीस लिए। जोहरा और जालपा दोनों कहीं और जा छिपीं, नहीं तो पुलिस ने जरूर उनकी शरारत का मजा चखाया होता।

आखिर दो महीने के बाद फैसला हुआ। इस मुकदमे पर विचार करने के लिए एक सिविलियन नियुक्त किया गया। शहर के बाहर एक बंगले में विचार हुआ, जिसमें ज्यादा भीड़-भाड़ न हो फिर भी रोज दस-बारह हजार आदमी जमा हो जाते थे। पुलिस ने एड़ी-चोटी का जोर लगाया कि मुलजिमों में कोई मुखबिर बन जाए, पर उसका उद्योग न सफल हुआ। दारोगाजी चाहते तो नई शहादतें बना सकते थे, पर अपने अफसरों की स्वार्थपरता पर वह इतने खिन्न हुए कि दूर से तमाशा देखने के सिवा और कुछ न किया जब सारा यश अफसरों को मिलता और सारा अपयश मातहतों को, तो दारोगाजी को क्या गरज पड़ी थी कि नई शहादतों की फिक्र में सिर खपाते। इस मुआमले में अफसरों ने सारा दोष दारोगा ही के सिर मढ़ा, उन्हीं की बेपरवाही से रमानाथ हाथ से निकला। अगर ज्यादा सख्ती से निगरानी की जाती, तो जालपा कैसे उसे खत लिख सकती, और वह कैसे रात को उससे मिल सकता था। ऐसी दशा में मुकदमा उठा लेने के सिवा और क्या किया जा सकता था। तबेले की बला बदंर के सिर गई। दारागा तनज्जुल हो गए और नायब दारागा का तराई में तबादला कर दिया गया

जिस दिन मुलजिमों को छोड़ा गया, आधा शहर उनका स्वागत करने को जमा था। पुलिस ने दस बजे रात को उन्हें छोड़ा, पर दर्शक जमा हो ही गए। लोग जालपा को भी खींच ले गए। पीछे-पीछे देवीदीन भी पहुँचा। जालपा पर फूलों की वर्षा हो रही थी और 'जालपादेवी की जय!' से आकाश गूंज रहा था। मगर रमानाथ की परीक्षा अभी समाप्त न हुई थी। उस पर दरोग-बयानी का अभियोग चलाने का निश्चय हो गया।

बावन

उसी बंगले में ठीक दस बजे मुकदमा पेश हुआ। सावन की झड़ी लगी हुई थी। कलकत्ता दलदल हो रहा था, लेकिन दर्शकों का एक अपार समूह सामने मैदान में खड़ा था। महिलाओं में दिनेश की पत्नी और माता भी आई हुई थीं। पेशी से दस-पंद्रह मिनट पहले जालपा और जोहरा भी बंद गाड़ियों में आ पहुँचीं। महिलाओं को अदालत के कमरे में जाने की आज्ञा मिल गई। पुलिस की शहादतें शुरू हुई। डिप्टी सुपरिटेंडेंट, इंस्पेक्टर, दारोगा, नायब दारोगा-'सभी के बयान हुए। दोनों तरफ के वकीलों ने जिरहें भी की, पर इन कार्रवाइयों में उल्लेखनीय कोई बात न थी। जाब्ते की पाबंदी की जा रही थी। रमानाथ का बयान हुआ, पर उसमें भी कोई नई

बात न थी। उसने अपने जीवन के गत एक वर्ष का पूरा वृत्तांत कह सुनाया कोई बात न छिपाई, वकील के पूछने पर उसने कहा,जालपा के त्याग, निष्ठा और सत्य-प्रेम ने मेरी आँखें खोली और उससे भी ज्यादा जोहरा के सौजन्य और निष्कपट व्यवहार ने, मैं इसे अपना सौभाग्य समझता हूँ कि मुझे उस तरफ से प्रकाश मिला जिधर औरों को अंधकार मिलता है। विष में मुझे सुधा प्राप्त हो गई।

इसके बाद सफाई की तरफ से देवीदीन-'जालपा और जोहरा के बयान हुए। वकीलों ने इनसे भी सवाल किया, पर सच्चे गवाह क्या उखड़ते। जोहरा का बयान बहुत ही प्रभावोत्पादक था। उसने देखा, जिस प्राणी को जंजीरों से जकड़ने के लिए वह भेजी गई है, वह खुद दर्द से तड़प रहा है, उसे मरहम की जरुरत है, जंजीरों की नहीं। वह सहारे का हाथ चाहता है, धक्के का झोंका नहीं। जालपा देवी के प्रति उसकी श्रद्धा, उसका अटल विश्वास देखकर मैं अपने को भूल गई। मुझे अपनी नीचता, अपनी स्वार्थपरता पर लज्जा आई। मेरा जीवन कितना अधम, कितना पतित है, यह मुझ पर उस वक्त खुला, और जब मैं जालपा से मिली, तो उसकी निष्काम सेवा, उसका उज्ज्वल तप देखकर मेरे मन के रहे सहे संस्कार भी मिट गए। विलास-युक्त जीवन से मुझे घृणा हो गई। मैंने निश्चय कर लिया, इसी अंचल में मैं भी आश्रय लूंगी।

मगर उससे भी ज्यादा मार्के का बयान जालपा का था। उसे सुनकर दर्शकों की आँखों में आंसू आ गए। उसके अंतिम शब्द ये थे, 'मेरे पति निर्दोष हैं! ईश्वर की दृष्टि में ही नहीं, नीति की दृष्टि में भी वह निर्दोष हैं।'

उनके भाग्य में मेरी विलासासक्ति का प्रायश्चित्त करना लिखा था, वह उन्होंने किया वह बाजार से मुँह छुपाकर भागे। उन्होंने मुझ पर अगर कोई अत्याचार किया, तो वह यही कि मेरी इच्छाओं को पूरा करने में उन्होंने सदैव कल्पना से काम लिया मुझे प्रसन्न करने के लिए, मुझे सुखी रखने के लिए उन्होंने अपने ऊपर बड़े से बड़ा भार लेने में कभी संकोच नहीं किया वह यह भूल गए कि विलास-वृत्ति संतोष करना नहीं जानती। जहाँ मुझे रोकना उचित था, वहाँ उन्होंने मुझे प्रोत्साहित किया, और इस अवसर पर भी मुझे पूरा विश्वास है, मुझ पर अत्याचार करने की धमकी देकर ही उनकी जबान बंद की गई थी। अगर अपराधिनी हूँ, तो मैं हूँ, जिसके कारण उन्हें इतने कष्ट झेलने पड़े। मैं मानती हूँ कि मैंने उन्हें अपना बयान बदलने के लिए मजबूर किया। अगर मुझे विश्वास होता कि वह डाकों में शरीक हुए, तो सबसे पहले मैं उनका तिरस्कार करती। मैं यह नहीं सह सकती थी कि वह निरपराधियों की लाश पर अपना भवन खड़ा करें। जिन दिनों यहाँ डाके पड़े, उन तारीखों में मेरे स्वामी प्रयाग में थे। अदालत चाहे तो टेलीफोन द्वारा इसकी जांच कर सकती है। अगर

जरूरत हो, तो म्युनिसिपल बोर्ड के अधिकारियों का बयान लिया जा सकता है। ऐसी दशा में मेरा कर्तव्य इसके सिवा कुछ और हो ही नहीं सकता था, जो मैंने किया अदालत ने सरकारी वकील से पूछा,क्या प्रयाग से इस मुआमले की कोई रिपोर्ट माँगी गई थी?

वकील ने कहा, जी हाँ, मगर हमारा उस विषय पर कोई विवाद नहीं है। सफाई के वकील ने कहा,इससे यह तो सिद्ध हो जाता है कि मुलजिम डाके में शरीक नहीं था। अब केवल यह बात रह जाती है कि वह मुखबिर क्यों बना वादी वकील, स्वार्थ-सिद्धि के सिवा और क्या हो सकता है!

सफाई का वकील, मेरा कथन है, उसे धोखा दिया गया और जब उसे मालूम हो गया कि जिस भय से उसने पुलिस के हाथों की कठपुतली बनना स्वीकार किया था। वह उसका भ्रम था, तो उसे धमकिया दी गई। अब सफाई का कोई गवाह न था।

सरकारी वकील ने बहस शुरू की, योर आना, आज आपके सम्मुख एक ऐसा अभियोग उपस्थित हुआ है जैसा सौभाग्य से बहुत कम हुआ करता है। आपको जनकपुर की डकैती का हाल मालूम है। जनकपुर के आसपास कई गाँवों में लगातार डाके पड़े और पुलिस डकैतों की खोज करने लगी। महीनों पुलिस कर्मचारी अपनी जान हथेलियों पर लिए, डकैतों को ढूंढ़ निकालने की कोशिश करते रहे। आखिर उनकी मेहनत सफल हुई और डाकुओं की खबर मिली। यह लोग एक घर के अंदर बैठे पाए गए। पुलिस ने एकबारगी सबों को पकड़ लिया, लेकिन आप जानते हैं, ऐसे मामलों में अदालतों के लिए सबूत पहुँचाना कितना मुश्किल होता है। जनता इन लोगों से कितना डरती है। प्राणों के भय से शहादत देने पर तैयार नहीं होती। यहाँ तक कि जिनके घरों में डाके पड़े थे, वे भी शहादत देने का अवसर आया तो साफ निकल गए। महानुभावो, पुलिस इसी उलझन में पड़ी हुई थी कि एक युवक आता है और इन डाकुओं का सरगना होने का दावा करता है। वह उन डकैतियों का ऐसा सजीव, ऐसा प्रमाणपूर्ण वर्णन करता है कि पुलिस धोखे में आ जाती है। पुलिस ऐसे अवसर पर ऐसा आदमी पाकर गैबी मदद समझती है। यह युवक इलाहाबाद से भाग आया था और यहाँ भूखों मरता था। अपने भाग्य-निर्माण का ऐसा सुअवसर पाकर उसने अपना स्वार्थ-सिद्ध करने का निश्चय कर लिया मुखबिर बनकर सजा का तो उसे कोई भय था ही नहीं, पुलिस की सिफारिश से कोई अच्छी नौकरी पा जाने का विश्वास था। पुलिस ने उसका खूब आदरसत्कार किया और उसे अपना मुखबिर बना लिया बहुत संभव था कि कोई शहादत न पाकर पुलिस इन मुलजिमों को छोड़ देती और उन पर कोई मुकदमा न चलाती, पर इस युवक के चकमे में आकर उसने

अभियोग चलाने का निश्चय कर लिया उसमें चाहे और कोई गुण हो या न हो, उसकी रचना-शक्ति की प्रखरता से इनकार नहीं किया जा सकता उसने डकैतियों का ऐसा यथार्थ वर्णन किया कि जंजीर की एक कड़ी भी कहीं से गायब न थी। अंकुर से फल निकलने तक की सारी बातों की उसने कल्पना कर ली थी। पुलिस ने मुकदमा चला दिया

पर ऐसा मालूम होता है कि इस बीच में उसे स्वभाग्य-निर्माण का इससे भी अच्छा अवसर मिल गया बहुत संभव है, सरकार की विरोधिनी संस्थाओं ने उसे प्रलोभन दिए हों और उन प्रलोभनों ने उसे स्वार्थ-सिद्धिका यह नया रास्ता सुझा दिया हो, जहाँ धन के साथ यश भी था, वाहवाही भी थी, देश-भक्ति का गौरव भी था। वह अपने स्वार्थ के लिए सब कुछ कर सकता है। वह स्वार्थ के लिए किसी के गले पर छुरी भी चला सकता है और साधु-वेश भी धारण कर सकता है, यही उसके जीवन का लक्ष्य है। हम खुश हैं कि उसकी सदबुद्धि ने अंत में उस पर विजय पाई, चाहे उनका हेतु कुछ भी क्यों न हो निरपराधियों को दंड देना पुलिस के लिए उतना ही आपत्तिजनक है, जितना अपराधियों को छोड़ देना। वह अपनी कारगुजारी दिखाने के लिए ही ऐसे मुकदमे नहीं चलाती। न गवर्नमेंट इतनी न्याय-शून्य है कि वह पुलिस के बहकावे में आकर सारहीन मुकदमे चलाती फिरे लेकिन इस युवक की चकमेबाजियों से पुलिस की जो बदनामी हुई और सरकार के हजारों रूपये खर्च हो गए, इसका जिम्मेदार कौन है? ऐसे आदमी को आदर्श दंड मिलना चाहिए, ताकि फिर किसी को ऐसी चकमेबाजी का साहस न हो ऐसे मिथ्या का संसार रचने वाले प्राणी के लिए मुक्त रहकर समाज को ठगने का मार्ग बंद कर देना चाहिए। उसके लिए इस समय सबसे उपयुक्त स्थान वह है, जहाँ उसे कुछ दिन आत्म-चिंतन का अवसर मिले। शायद वहाँ के एकांतवास में उसको आंतरिक जागृति प्राप्त हो जाय। आपको केवल यह विचार करना है कि उसने पुलिस को धोखा दिया या नहीं। इस विषय में अब कोई संदेह नहीं रह जाता कि उसने धोखा दिया अगर धमकिया दी गई थीं, तो वह पहली अदालत के बाद जज की अदालत में अपना बयान वापस ले सकता था, पर उस वक्त भी उसने ऐसा नहीं किया इससे यह स्पष्ट है कि धमकियों का आक्षेप मिथ्या है। उसने जो कुछ किया, स्वेच्छा से किया ऐसे आदमी को यदि दंड न दिया गया, तो उसे अपनी कुटिल नीति से काम लेने का फिर साहस होगा और उसकी हिँसक मनोवृत्तियाँ और भी बलवान हो जाएँगी।

फिर सफाई के वकील ने जवाब दिया, 'यह मुकदमा अंगरेजी इतिहास ही में नहीं, शायद सर्वदेशीय न्याय के इतिहास में एक अद्‌भुत घटना है। रमानाथ एक साधारण युवक है। उसकी शिक्षा भी बहुत मामूली हुई है। वह ऊंचे विचारों का

आदमी नहीं है। वह इलाहाबाद के म्युनिसिपल आफिस में नौकर है। वहाँ उसका काम चुंगी के रूपये वसूल करना है। वह व्यापारियों से प्रथानुसार रिश्वत लेता है और अपनी आमदनी की परवा न करता हुआ अनाप-शनाप खर्च करता है। आखिर एक दिन मीजान में गलती हो जाने से उसे शक होता है कि उससे कुछ रूपये उठ गए। वह इतना घबड़ा जाता है कि किसी से कुछ नहीं कहता, बस घर से भाग खड़ा होता है। वहाँ दफ्तर में उस पर शुबहा होता है और उसके हिसाब की जांच होती है। तब मालूम होता है कि उसने कुछ गबन नहीं किया, सिर्फ हिसाब की भूल थी।

फिर रमानाथ के पुलिस के पंजे में फँसने, गरजी मुखबिर बनने और शहादत देने का जिक्र करते हुए उसने कहा, अब रमानाथ के जीवन में एक नया परिवर्तन होता है, ऐसा परिवर्तन जो एक विलास-प्रिय, पद-लोलुप युवक को धर्मनिष्ठ और कर्तव्यशील बना देता है। उसकी पत्नी जालपा, जिसे देवी कहा जाए तो अतिशयोक्ति न होगी, उसकी तलाश में प्रयाग से यहाँ आती है और यहाँ जब उसे मालूम होता है कि रमा एक मुकदमे में पुलिस का मुखबिर हो गया है, तो वह उससे छिपकर मिलने आती है। रमा अपने बंगले में आराम से पड़ा हुआ है। फाटक पर संतरी पहरा दे रहा है। जालपा को पति से मिलने में सफलता नहीं होती। तब वह एक पत्र लिखकर उसके सामने फेंक देती है और देवीदीन के घर चली जाती है। रमा यह पत्र पढ़ता है और उसकी आँखों के सामने से परदा हट जाता है। वह छिपकर जालपा के पास जाता है। जालपा उससे सारा वृत्तांत कह सुनाती है और उससे अपना बयान वापस लेने पर जोर देती है। रमा पहले शंकाएं करता है, पर बाद को राजी हो जाता है और अपने बंगले पर लौट जाता है। वहाँ वह पुलिस-अफसरों से साफ कह देता है, कि मैं अपना बयान बदल दूँगा। अधिकारी उसे तरह-तरह के प्रलोभन देते हैं, पर जब इसका रमा पर कोई असर नहीं होता और उन्हें मालूम हो गया है कि उस पर गबन का कोई मुकदमा नहीं है, तो वे उसे जालपा को गिरफ्तार करने की ध मकी देते हैं। रमा की हिम्मत टूट जाती है। वह जानता है, पुलिस जो चाहे कर सकती है, इसलिए वह अपना इरादा तबदील कर देता है और वह जज के इजलास में अपने बयान का समर्थन कर देता है। अदालत में रमा से सफाई ने कोई जिरह नहीं की थी। यहाँ उससे जिरहें की गई, लेकिन इस मुकदमे से कोई सरोकार न रखने पर भी उसने जिरहों के ऐसे जवाब दिए कि जज को भी कोई शक न हो सका और मुलजिमों को सजा हो गई। रमानाथ की और भी खातिरदारियाँ होने लगीं। उसे एक सिफारिशी खत दिया गया और शायद उसकी यू.पी. गवर्नमेंट से सिफारिश भी की गई। फिर जालपादेवी ने फांसी की सजा पाने वाले मुलिजम दिनेश के बाल-बच्चों का पालन-पोषण करने का निश्चय किया। इधर-उधर से चंदे माँग-माँगकर वह

उनके लिए जिंदगी की जरूरतें पूरी करती थीं। उसके घर का कामकाज अपने हाथों करती थीं। उसके बच्चों को खिलाने को ले जाती थीं।

एक दिन रमानाथ मोटर पर सैर करता हुआ जालपा को सिर पर एक पानी का मटका रक्खे देख लेता है। उसकी आत्म-मर्यादा जाग उठती है। जोहरा को पुलिस-कर्मचारियों ने रमानाथ के मनोरंजन के लिए नियुक्त कर दिया है। जोहरा युवक की मानसिक वेदना देखकर द्रवित हो जाती है और वह जालपा का पूरा समाचार लाने के इरादे से चली जाती है। दिनेश के घर उसकी जालपा से भेंट होती है। जालपा का त्याग, सेवा और साधना देखकर इस वेश्या का हृदय इतना प्रभावित हो जाता है कि वह अपने जीवन पर लज्जित हो जाती है और दोनों में बहनापा हो जाता है। वह एक सप्ताह के बाद जाकर रमा से सारा वृत्तांत कह सुनाती है। रमा उसी वक्त वहाँ से चल पड़ता है और जालपा से दो-चार बातें करके जज के बंगले पर चला जाता है। उसके बाद जो कुछ हुआ, वह हमारे सामने है।

मैं यह नहीं कहता कि उसने झूठी गवाही नहीं दी, लेकिन उस परिस्थिति और उन प्रलोभनों पर ध्यान दीजिए, तो इस अपराध की गहनता बहुत कुछ घट जाती है। उस झूठी गवाही का परिणाम अगर यह होता, कि किसी निरपराध को सजा मिल जाती तो दूसरी बात थी। इस अवसर पर तो पंद्रह युवकों की जान बच गई। क्या अब भी वह झूठी गवाही का अपराधी है? उसने खुद ही तो अपनी झूठी गवाही का इकबाल किया है। क्या इसका उसे दंड मिलना चाहिए? उसकी सरलता और सज्जनता ने एक वेश्या तक को मुग्ध कर दिया और वह उसे बहकाने और बहलाने के बदले उसके मार्ग का दीपक बन गई। जालपादेवी की कर्तव्यपरायणता क्या दंड के योग्य है? जालपा ही इस ड्रामा की नायिका है। उसके सदनुराग, उसके सरल प्रेम, उसकी धर्मपरायणता, उसकी पतिभक्ति, उसके स्वार्थ-त्याग, उसकी सेवा-निष्ठा, किस-किस गुण की प्रशंसा की जाय! आज वह रंगमंच पर न आती, तो पंद्रह परिवारों के चिराग गुल हो जाते। उसने पंद्रह परिवारों को अभयदान दिया है।

उसे मालूम था कि पुलिस का साथ देने से सांसारिक भविष्य कितना उज्ज्वल हो जाएगा, वह जीवन की कितनी ही चिंताओं से मुक्त हो जायगी। संभव है, उसके पास भी मोटरकार हो जायगी, नौकर-चाकर हो जायंगे, अच्छा-सा घर हो जायगा, बहुमूल्य आभूषण होंगे। क्या एक युवती रमणी के हृदय में इन सुखों का कुछ भी मूल्य नहीं है? लेकिन वह यह यातना सहने के लिए तैयार हो जाती है। क्या यही उसके धर्मानुराग का उपहार होगा कि वह पति-वंचित होकर जीवन पथ पर भटकती गिरे-एक साधरण स्त्री में, जिसने उच्चकोटि की शिक्षा नहीं पाई, क्या इतनी निष्ठा, इतना त्याग, इतना विमर्श किसी दैवी प्रेरणा का परिचायक नहीं है? क्या एक पतिता

का ऐसे कार्य में सहायक हो जाना कोई महत्व नहीं रखता–मैं तो समझता हूँ, रखता है। ऐसे अभियोग रोज नहीं पेश होते। शायद आप लोगों को अपने जीवन में फिर ऐसा अभियोग सुनने का अवसर न मिले।

यहाँ आप एक अभियोग का फैसला करने बैठे हुए हैं, मगर इस कोर्ट के बाहर एक और बहुत बड़ा न्यायालय है, जहाँ आप लोगों के न्याय पर विचार होगा। जालपा का वही फैसला न्यायानुयल होगा जिसे बाहर का विशाल न्यायालय स्वीकार करे। वह न्यायालय कानूनों की बारीकियों में नहीं पड़ता जिनमें उलझकर, जिनकी पेचीदगियों में फँसकर, हम अकसर पथ–भ्रष्ट हो जाया करते हैं, अकसर दूध का पानी और पानी का दूध कर बैठते हैं। अगर आप झूठ पर पश्चाताप करके सच्ची बात कह देने के लिए, भोग–विलासयुक्त जीवन को ठुकराकर फटेहालों जीवन व्यतीत करने के लिए किसी को अपराधी ठहराते हैं, तो आप संसार के सामने न्याय का कोई ऊंचा आदर्श नहीं उपस्थित कर रहे हैं। सरकारी वकील ने इसका प्रत्युत्तर देते हुए कहा, धर्म और आदर्श अपने स्थान पर बहुत ही आदर की चीजें हैं, लेकिन जिस आदमी ने जान–बूझकर झूठी गवाही दी, उसने अपराध अवश्य किया और इसका उसे दंड मिलना चाहिए। यह सत्य है कि उसने प्रयाग में कोई गबन नहीं किया था और उसे इसका भ्रम–मात्र था, लेकिन ऐसी दशा में एक सच्चे आदमी का यह कर्तव्य था कि वह गिरफ्तार हो जाने पर अपनी सफाई देता। उसने सजा के भय से झूठी गवाही देकर पुलिस को क्यों धोखा दिया–यह विचार करने की बात है। अगर आप समझते हैं कि उसने अनुचित काम किया, तो आप उसे अवश्य दंड देंगे।

अब अदालत के फैसला सुनाने की बारी आई। सभी को रमा से सहानुभूति हो गई था, पर इसके साथ ही यह भी मानी हुई बात थी कि उसे सजा होगी। क्या सजा होगी, यही देखना था। लोग बड़ी उत्सुकता से फैसला सुनने के लिए और सिमट आए, कुर्सियाँ और आगे खींच ली गई, और कनबतियाँ भी बंद हो गई।

'मुआमला केवल यह है कि एक युवक ने अपनी प्राण–रक्षा के लिए पुलिस का आश्रय लिया और जब उसे मालूम हो गया कि जिस भय से वह पुलिस का आश्रय ले रहा है, वह सर्वथा निर्मूल है, तो उसने अपना बयान वापस ले लिया रमानाथ में अगर सत्यनिष्ठा होती, तो वह पुलिस का आश्रय ही क्यों लेता, लेकिन इसमें कोई संदेह नहीं कि पुलिस ने उसे रक्षा का यह उपाय सुझाया और इस तरह उसे झूठी गवाही देने का प्रलोभन दिया मैं यह नहीं मान सकता कि इस मुआमले में गवाही देने का प्रस्ताव स्वतः उसके मन में पैदा हो गया उसे प्रलोभन दिया गया, जिसे उसने दंड–भय से स्वीकार कर लिया उसे यह भी अवश्य विश्वास दिलाया गया होगा कि जिन लोगों के विरुद्ध उसे गवाही देने के लिए तैयार किया जा रहा

था, वे वास्तव में अपराधी थे। क्योंकि रमानाथ में जहाँ दंड का भय है, वहाँ न्यायभक्ति भी है। वह उन पेशेवर गवाहों में नहीं है, जो स्वार्थ के लिए निरपराधियों को फँसाने से भी नहीं हिचकते। अगर ऐसी बात न होती, तो वह अपनी पत्नी के आग्रह से बयान बदलने पर कभी राजी न होता। यह ठीक है कि पहली अदालत के बाद ही उसे मालूम हो गया था कि उस पर गबन का कोई मुकदमा नहीं है और जज की अदालत में वह अपने बयान को वापस न ले सकता था। उस वक्त उसने यह इच्छा प्रकट भी अवश्य की, पर पुलिस की धमकियों ने फिर उस पर विजय पाई। पुलिस को बदनामी से बचने के लिए इस अवसर पर उसे धमकियां देना स्वाभाविक है, क्योंकि पुलिस को मुलजिमों के अपराधी होने के विषय में कोई संदेह न था। रमानाथ धमकियों में आ गया, यह उसकी दुर्बलता अवश्य है, पर परिस्थिति को देखते हुए क्षम्य है। इसलिए मैं रमानाथ को बरी करता हूँ।'

तरेपन

चौ की शीतल, सुहावनी, स्फूर्तिमयी संध्या, गंगा का तट, टेसुओं से लहलहाता हुआ ढाक का मैदान, बरगद का छायादार वृक्ष, उसके नीचे बंधी हुई गाएं, भैंसें, कद्दू और लौकी की बेलों से लहराती हुई झोंपडियाँ, न कहीं गर्द न गुबार, न शोर न गुल, सुख और शांति के लिए क्या इससे भी अच्छी जगह हो सकती है? नीचे स्वर्णमयी गंगा लाल, काले, नीले आवरण से चमकती हुई, मंद स्वरों में गाती, कहीं लपकती, कहीं झिझकती, कहीं चपल, कहीं गंभीर, अनंत अंधकारकी ओर चली जा रही है, मानो बहुरंजित बालस्मृति क्रीडा और विनोद की गोद में खेलती हुई, चिंतामय, संघर्षमय, अंधकारमय भविष्य की ओर चली जा रही हो। देवी और रमा ने यहीं, प्रयाग के समीप आकर आश्रय लिया है।

तीन साल गुजर गए हैं, देवीदीन ने जमीन ली, बाग लगाया, खेती जमाई, गाय–भैंसें खरीदी और कर्मयोग में, अविरत उद्योग में सुख, संतोष और शांति का अनुभव कर रहा है। उसके मुख पर अब वह जर्दी, झुर्रियाँ नहीं हैं, एक नई स्फूर्ति, एक नई कांति झलक रही है। शाम हो गई है, गाएं–भैंसें हार से लौटीं। जग्गो ने उन्हें खूटे से बांध और थोडा–थोडा भूसा लाकर उनके सामने डाल दिया इतने में देवी और गोपी भी बैलगाड़ी पर डांठें लादे हुए आ पहुँचे। दयानाथ ने बरगद के नीचे जमीन साफ कर रखी है। वहीं डांठें उतारी गई। यहीं इस छोटी–सी बस्ती का खलिहान है।

दयानाथ नौकरी से बरखास्त हो गए थे और अब देवी के असिस्टेंट हैं। उनको समाचार-पत्रों से अब भी वही प्रेम है, रोज कई पत्र आते हैं, और शाम को फुर्सत पाने के बाद मुंशीजी पत्रों को पढ़कर सुनाते और समझाते हैं। श्रोताओं में बहुधा आसपास के गाँवों के दस-पाँच आदमी भी आ जाते हैं और रोज एक छोटीमोटी सभा हो जाती है।

रमा को तो इस जीवन से इतना अनुराग हो गया है कि अब शायद उसे थानेदारी ही नहीं, चुंगी की इंस्पेक्टरी भी मिल जाय, तो शहर का नाम न ले। प्रातःकाल उठकर गंगा-स्नान करता है, फिर कुछ कसरत करके दूध पीता है और दिन निकलते-निकलते अपनी दवाओं का संदूक लेकर आ बैठता है। उसने वैद्य की कई किताबें पढ़ ली हैं और छोटी-मोटी बीमारियों की दवा दे देता है। दस-पाँच मरीज रोज आ जाते हैं और उसकी कीर्ति दिन-दिन बढ़ती जाती है। इस काम से छुट्टी पाते ही वह अपने बगीचे में चला जाता है। वहाँ कुछ साफ-भाजी भी लगी हुई है, कुछ फल-फलों के वृक्ष हैं और कुछ जड़ी-बूटियाँ हैं। अभी तो बाग से केवल तरकारी मिलती है, पर आशा है कि तीन-चार साल में नींबू, अमरूद,बेर, नारंगी, आम, केले, आंवले, कटहल, बेल आदि फलों की अच्छी आमदनी होने लगेगी।

देवी ने बैलों को गाड़ी से खोलकर खूटे से बांध दिया और दयानाथ से बोला,'अभी भैया नहीं लौटे?'

दयानाथ ने डांठों को समेटते हुए कहा, 'अभी तो नहीं लौटे। मुझे तो अब इनके अच्छे होने की आशा नहीं है। जमाने का उधार है। कितने सुख से रहती थीं, गाड़ी थी, बंगला था, दरजनों नौकर थे। अब यह हाल है। सामान सब मौजूद है, वकील साहब ने अच्छी संपत्ति छोड़ी थी, मगर भाई-भतीजों ने हड़प ली। देवीदीन 'भैया कहते थे, अदालत करतीं तो सब मिल जाता, पर कहती हैं, मैं अदालत में झूठ न बोलूंगी। औरत बड़े ऊंचे विचार की है।'

सहसा जागेश्वरी एक छोटे-से शिशु को गोद में लिये हुए एक झोंपड़े से निकली और बच्चे को दयानाथ की गोद में देती हुई देवीदीन से बोली, 'भैया, जरा चलकर रतन को देखो, जाने कैसी हुई जाती है। जोहरा और बहू, दोनों रो रही हैं! बच्चा न जाने कहाँ रह गए!

देवीदीन ने दयानाथ से कहा, 'चलो लाला, देखें।' जागेश्वरी बोली, 'यह जाकर क्या करेंगे, बीमार को देखकर तो इनकी नानी पहले ही मर जाती है।'

देवीदीन ने रतन की कोठरी में जाकर देखा। रतन बांस की एक खाट पर पड़ी थी। देह सूख गई थी। वह सूर्यमुखी का-सा खिला हुआ चेहरा मुरझाकर पीला हो

गया था। वह रंग जिन्होंने चित्र को जीवन और स्पंदन प्रदान कर रखा था, उड़ गए थे, केवल आकार शेष रह गया था। वह श्रवण-प्रिय, प्राणप्रद, विकास और आह्लाद में डूबा हुआ संगीत मानो आकाश में विलीन हो गया था, केवल उसकी क्षीण उदास प्रतिध्वनि रह गई थी। जोहरा उसके ऊपर झुकी उसे करूण, विवश, कातर, निराश तथा तृष्णामय नजरों से देख रही थी। आज साल-भर से उसने रतन की सेवा-शुश्रूषा में दिन को दिन और रात को रात न समझा था। रतन ने उसके साथ जो स्नेह किया था, उस अविश्वास और बहिष्कार के वातावरण में जिस खुले निःसंकोच भाव से उसके साथ बहनापा निभाया था, उसका एहसान वह और किस तरह मानती। जो सहानुभूति उसे जालपा से भी न मिली, वह रतन ने प्रदान की। दुःख और परिश्रम ने दोनों को मिला दिया, दोनों की आत्माएं संयुक्त हो गई। यह घनिष्ठ स्नेह उसके लिए एक नया ही अनुभव था, जिसकी उसने कभी कल्पना भी न की थी। इस मौके में उसके वंचित ह्रदय ने पति-प्रेम और पुत्र-स्नेह दोनों ही पा लिया। देवीदीन ने रतन के चेहरे की ओर संचित नजरों से देखा, तब उसकी नाड़ी हाथ में लेकर पूछा, कितनी देर से नहीं बोलीं?'

जालपा ने आँखें पोंछकर कहा, 'अभी तो बोलती थीं। एकाएक आँखें ऊपर चढ़ गई और बेहोश हो गई। वैद्य जी को लेकर अभी तक नहीं आए?'

देवीदीन ने कहा, 'इनकी दवा वैद्य के पास नहीं है। यह कहकर उसने थोड़ी-सी राख ली, रतन के सिर पर हाथ फेरा, कुछ मुँह में बुदबुदाया और एक चुटकी राख उसके माथे पर लगा दी। तब पुकारा, रतन बेटी, आँखें खोलो।'

रतन ने आँखें खोल दी और इधर-उधर सकपकाई हई आँखों से देखकर बोली, मेरी मोटर आई थी न? कहाँ गया वह आदमी? उससे कह दो, थोड़ी देर के बाद लाए। जोहरा-'आज मैं तुम्हें अपने बगीचे की सैर कराऊंगी। हम दोनों झूले पर बैठेंगी।'

जोहरा फिर रोने लगी। जालपा भी आंसुओं के वेग को न रोक सकी। रतन एक क्षण तक छत की ओर देखती रही। फिर एकाएक जैसे उसकी स्मृति जाग उठी हो, वह लज्जित होकर एक उदास मुस्कराहट के साथ बोली, 'मैं सपना देख रही थी, दादा!'

लोहित आकाश पर कालिमा का परदा पड़ गया था। उसी वक्त रतन के जीवन पर मृत्यु ने परदा डाल दिया

रमानाथ वैद्यजी को लेकर पहर रात को लौटे, तो यहाँ मौत का सन्नाटा छाया हुआ था। रतन की मृत्यु का शोक वह शोक न था, जिसमें आदमी हाय-हाय करता

है, बल्कि वह शोक था जिसमें हम मूक रूदन करते हैं, जिसकी याद कभी नहीं भूलती, जिसका बोझ कभी दिल से नहीं उतरता।

रतन के बाद जोहरा अकेली हो गई। दोनों साथ सोती थीं, साथ बैठती थीं, साथ काम करती थीं। अकेले जोहरा का जी किसी काम में न लगता। कभी नदी-तट पर जाकर रतन को याद करती और रोती, कभी उस आम के पौधो के पास जाकर घंटों खड़ी रहती, जिसे उन दोनों ने लगाया था। मानो उसका सुहाग लुट गया हो। जालपा को बच्चे के पालन और भोजन बनाने से इतना अवकाश न मिलता था कि उसके साथ बहुत उठती-बैठती, और बैठती भी तो रतन की चर्चा होने लगती और दोनों रोने लगतीं।

भादों का महीना था। पृथ्वी और जल में रण छिड़ा हुआ था। जल की सेनाएं वायुयान पर चढ़कर आकाश से जल-धारों की वर्षा कर रही थीं। उसकी थल-सेनाओं ने पृथ्वी पर उत्पात मचा रखा था। गंगा गाँवों और कस्बों को निफल रही थी। गाँव के गाँव बहते चले जाते थे। जोहरा नदी के तट पर बाढ़ का तमाशा देखने लगी। वह कृशांगी गंगा इतनी विशाल हो सकती है, इसका वह अनुमान भी न कर सकती थी। लहरें उन्मत्त होकर गरजतीं, मुँह से फन निकालतीं, हाथों उछल रही थीं। चतुर डकैतों की तरह पैंतरे बदल रही थीं। कभी एक कदम आतीं, फिर पीछे लौट पड़तीं और चक्कर खाकर फिर आगे को लपकतीं। कहीं कोई झोंपड़ा डगमगाता तेजी से बहा जा रहा था, मानो कोई शराबी दौड़ा जाता हो कहीं कोई वृक्ष डाल-पत्तों समेत डूबता-उतराता किसी पाषाणयुग के जंतु की भांति तैरता चला जाता था। गाएं और भैंसें, खाट और तख्ते मानो तिलस्मी चित्रों की भांति आँखों के सामने से निकले जाते थे। सहसा एक किश्ती नजर आई। उस पर कई स्त्री-पुरूष बैठे थे। बैठे क्या थे, चिमटे हुए थे। किश्ती कभी ऊपर जाती, कभी नीचे आती। बस यही मालूम होता था कि अब उलटी, अब उलटी। पर वाह रे साहस सब अब भी 'गंगा माता की जय' पुकारते जाते थे। स्त्रियाँ अब भी गंगा के यश के गीत गाती थीं।

जीवन और मृत्यु का ऐसा संघर्ष किसने देखा होगा। दोनों तरफ के आदमी किनारे पर, एक तनाव की दशा में हृदय को दबाए खड़े थे। जब किश्ती करवट लेती, तो लोगों के दिल उछल-उछलकर ओठों तक आ जाते।। रस्सियाँ फेंकने की कोशिश की जाती, पर रस्सी बीच ही में फिर पड़ती थी। एकाएक एक बार किश्ती उलट ही गई। सभी प्राणी लहरों में समा गए। एक क्षण कई स्त्री-पुरूष, डूबते-उतराते दिखाई दिए, फिर निगाहों से ओझल हो गए। केवल एक उजली-सी चीज किनारे की ओर चली आ रही थी। वह एक रेले में तट से कोई बीस गज तक आ गई। समीप से मालूम हुआ, स्त्री है। जोहरा – जालपा और रमा, तीनों खड़े थे। स्त्री की

गोद में एक बच्चा भी नजर आता था। दोनों को निकाल लाने के लिए तीनों विकल हो उठे, पर बीस गज तक तैरकर उस तरफ जाना आसान न था। फिर रमा तैरने में बहुत कुशल न था। कहीं लहरों के जोर में पांव उखड़ जाएँ, तो फिर बंगाल की खाड़ी के सिवा और कहीं ठिकाना न लगे।

जोहरा ने कहा, 'मैं जाती हूँ!'

रमा ने लजाते हुए कहा, जाने को तो मैं तैयार हूँ, लेकिन वहाँ तक पहुँच भी सकूँगा, इसमें संदेह है। कितना तोड़ है!'

जोहरा ने एक कदम पानी में रखकर कहा, 'नहीं, मैं अभी निकाल लाती हूँ।'

वह कमर तक पानी में चली गई। रमा ने सशंक होकर कहा,'क्यों नाहक जान देने जाती हो वहाँ शायद एक गड्ढा है। मैं तो जा ही रहा था।'

जोहरा ने हाथों से मना करते हुए कहा, 'नहीं-नहीं, तुम्हें मेरी कसम, तुम न आना। मैं अभी लिये आती हूँ। मुझे तैरना आता है।'

जालपा ने कहा,'लाश होगी और क्या!'

रमानाथ-'शायद अभी जान हो'

जालपा-'अच्छा, तो जोहरा तो तैर भी लेती है। जभी हिम्मत हुई।'

रमा ने जोहरा की ओर चिंतित आँखों से देखते हुए कहा, हाँ, कुछ-कुछ जानती तो हैं। ईश्वर करे लौट आएं। मुझे अपनी कायरता पर लज्जा आ रही है।

जालपा ने बेहयाई से कहा, इसमें लज्जा की कौन सी बात है। मरी लाश के लिए जान को जोखिम में डालने से फायदा, जीती होती, तो मैं खुद तुमसे कहती, जाकर निकाल लाओ।'

रमा ने आत्म-धिक्कार के भाव से कहा,'यहाँ से कौन जान सकता है, जान है या नहीं। सचमुच बाल बच्चों वाला आदमी नामर्द हो जाता है। मैं खड़ा रहा और जोहरा चली गई।'

सहसा एक जोर की लहर आई और लाश को फिर धारा में बहा ले गई। जोहरा लाश के पास पहुँच चुकी थी। उसे पकड़कर खींचना ही चाहती थी कि इस लहर ने उसे दूर कर दिया जोहरा खुद उसके जोर में आ गई और प्रवाह की ओर कई हाथ बह गई। वह फिर संभली पर एक दूसरी लहर ने उसे फिर ढकेल दिया रमा व्यग्र होकर पानी में कूद पड़ा और जोर-जोर से पुकारने लगा, 'जोहरा जोहरा! मैं आता हूँ।'

मगर जोहरा में अब लहरों से लड़ने की शक्ति न थी। वह वेग से लाश के साथ ही धारे में बही जा रही थी। उसके हाथ-पांव हिलना बंद हो गए थे। एकाएक एक ऐसा रेला आया कि दोनों ही उसमें समा गई। एक मिनट के बाद जोहरा के

काले बाल नजर आए। केवल एक क्षण तक यही अंतिम झलक थी। फिर वह नजर न आई।

रमा कोई सौ गज तक जोरों के साथ हाथ-पांव मारता हुआ गया, लेकिन इतनी ही दूर में लहरों के वेग के कारण उसका दम फूल गया अब आगे जाय कहाँ? जोहरा का तो कहीं पता भी न था। वही आखिरी झलक आँखों के सामने थी। किनारे पर जालपा खड़ी हाय-हाय कर रही थी। यहाँ तक कि वह भी पानी में कूद पड़ी। रमा अब आगे न बढ़ सका। एक शक्ति आगे खींचती थी, एक पीछे। आगे की शक्ति में अनुराग था, निराशा थी, बलिदान था। पीछे की शक्ति में कर्तव्य था, स्नेह था, बंधन था। बंधन ने रोक लिया वह लौट पड़ा। कई मिनट तक जालपा और रमा घुटनों तक पानी में खड़े उसी तरफ ताकते रहे। रमा की जबान आत्म-धिक्कार ने बंद कर रक्खी थी, जालपा की, शोक और लज्जा ने। आखिर रमा ने कहा, 'पानी में क्यों खड़ी हो? सर्दी हो जाएगी।

जालपा पानी से निकलकर तट पर खड़ी हो गई, पर मुँह से कुछ न बोली, मृत्यु के इस आघात ने उसे पराभूत कर दिया था। जीवन कितना अस्थिर है, यह घटना आज दूसरी बार उसकी आँखों के सामने चरितार्थ हुई। रतन के मरने की पहले से आशंका थी। मालूम था कि वह थोड़े दिनों की मेहमान है, मगर जोहरा की मौत तो वज्राघात के समान थी। अभी आधा घड़ी पहले तीनों आदमी प्रसन्नचित्त, जल-क्रीड़ा देखने चले थे। किसे शंका थी कि मृत्यु की ऐसी भीषण पीड़ा उनको देखनी पड़ेगी। इन चार सालों में जोहरा ने अपनी सेवा, आत्मत्याग और सरल स्वभाव से सभी को मुग्ध कर लिया था। उसके अतीत को मिटाने के लिए, अपने पिछले दागों को धो डालने के लिए, उसके पास इसके सिवा और क्या उपाय था। उसकी सारी कामनाएं, सारी वासनाएं सेवा में लीन हो गई। कलकत्ता में वह विलास और मनोरंजन की वस्तु थी। शायद कोई भला आदमी उसे अपने घर में न घुसने देता। यहाँ सभी उसके साथ घर के प्राणी का-सा व्यवहार करते थे। दयानाथ और जागेश्वरी को यह कहकर शांत कर दिया गया था कि वह देवीदीन की विधवा बहू है। जोहरा ने कलकत्ता में जालपा से केवल उसके साथ रहने की भिक्षा माँगी थी। अपने जीवन से उसे घृणा हो गई थी। जालपा की विश्वासमय उदारता ने उसे आत्मशुद्धि के पथ पर डाल दिया। रतन का पवित्र, निष्काम जीवन उसे प्रोत्साहित किया करता था। थोड़ी देर के बाद रमा भी पानी से निकला और शोक में डूबा हुआ घर की ओर चला। मगर अकसर वह और जालपा नदी के किनारे आ बैठते और जहाँ जोहरा डूबी थी उस तरफ घंटों देखा करते। कई दिनों तक उन्हें यह आशा बनी रही कि शायद जोहरा बच गई हो और किसी तरफ से चली आए। लेकिन

धीरे-धीरे यह क्षीण आशा भी शोक के अंधकार में खो गई। मगर अभी तक जोहरा की सूरत उनकी आँखों के सामने गिरा करती है। उसके लगाए हुए पौधे, उसकी पाली हुई बिल्ली, उसके हाथों के सिले हुए कपड़े, उसका कमरा, यह सब उसकी स्मृति के चिन्ह उनके पास जाकर रमा की आँखों के सामने जोहरा की तस्वीर खड़ी हो जाती है।